Augustus Rose
Philadelphia Underground

AUGUSTUS ROSE

PHILA DELPHIA UNDER GROUND

Roman

Aus dem Amerikanischen
von Werner Löcher-Lawrence

PIPER

Mehr über unsere Autoren und Bücher: www.piper.de/literatur

Die amerikanische Originalausgabe erschien 2017 unter dem Titel *The Readymade Thief* bei Viking, einem Imprint von Penguin Random House, New York.

MIX
Papier aus verantwortungsvollen Quellen
FSC® C014496
FSC www.fsc.org

ISBN 978-3-492-05797-4

Umschlaggestaltung: zero-media.net, München nach einem Entwurf von JAYA MICELI
Umschlagabbildung: JAYA MICELI
Satz: Kösel Media GmbH, Krugzell
Gesetzt aus der Sabon LT
Druck und Bindung: GGP Media GmbH, Pößneck
Printed in the EU

Für Nami und Auggie, meine Illuminatoren

Es gibt keine Lösung, weil es kein Problem gibt.

Marcel Duchamp

Prolog

Zum DePaul-Aquarium und Naturkundemuseum auf Petty Island mitten im Delaware River kannst du von New Jersey aus über eine Brücke fahren, doch dann landest du bei einem CITGO-Wachmann und musst ihn überreden, dich durchzulassen (viel Glück dabei!). Sonst kannst du nur wieder umdrehen. Da ist es besser, dir gleich ein kleines Boot von einem der alten Anleger auf der Philly-Seite auszuleihen und den knappen Kilometer über den Fluss zu rudern. Bist du erst mal auf der Insel, meidest du am besten das große Ladegelände, das tagsüber voller Hafenarbeiter ist und nachts von einem Sicherheitsdienst bewacht wird. Geh stattdessen durch das Feuchtgebiet am Südende der Insel. Das Aquarium steht fast allein inmitten einer Ansammlung zuplanierter Fundamente, es ist eines von zwei Relikten des in den Sechzigern aufgegebenen Versuchs, die Insel in so etwas wie eine Touristenattraktion zu verwandeln. Das andere ist der Blizzard, eine dahinrostende Achterbahn, deren mächtige vorzeitliche Silhouette vorm Nachthimmel aufragt.

Das Aquarium, ein lang gezogenes, einstöckiges Gebäude, kauert unbewacht in seinem Schatten. Dort hineinzukommen ist nicht weiter kompliziert. Das Tor vorn und die Eingangstüren sind mit massiven Ketten verschlossen, aber es ist nicht schwer, auf der Ostseite über die Mauer zu klettern und hinten zu einem Ladedock zu gelangen, dessen metallenes Tor irgendwer hochgebogen hat. Bist du da erst mal durch, kannst du problemlos mit der Taschenlampe herumleuchten und den Lichtkegel über die Reihen leerer Bassins schweifen lassen, einige davon noch mit knochenweiß gebleichten Korallen und falschen Riffen. Du kannst in die Alligatorengrube klettern, in Höhlen und über Felsen mit der Patina alter, getrockneter Algen kriechen. An der Decke der Eingangshalle hängt eine Reihe lebensgroßer Gipshaie mit rissigen, angeschlagenen Flossen, die sonst aber noch komplett sind. Die Fossilien aus dem Saal des Paläozoikums sind verschwunden, da steht nur noch ein Ozean-Diorama mit verblichenen Plastikmodellen aus dem Kambrium, orangefarbenen Trilobiten, grünen Nautilussen, Meeresschnecken, Tang und Seeanemonen – einer starren, surrealen Arena voller Unterwasserpflanzen und fieberhaft erdachter urzeitlicher Vielzeller.

Lee hat in diesem Raum Stunden zugebracht und sich bei jedem ihrer Besuche in diesem Diorama verloren. So muss es sein zu tauchen, stellt sie sich vor, allein in einer fremden Meereslandschaft. Tomi, das andere Mitglied der Philadelphia Urbex Society (kurz für: *Urban Expedition*, Mitgliederzahl: zwei), ist heute Abend nicht mit dabei, weil Lee ihn und sein endloses Gerede, sein Umsichwerfen mit den Namen obskurer Kunstbewegungen (Fluxus und Lettrismus, Paraphysik und Situationistische Psychogeografie), weil sie ihn und seinen unersättlichen Durst nach ihrer Aufmerksamkeit heute mal nicht ertragen kann.

Urbane Erkundungen sind keine ganz ungefährliche Freizeitbeschäftigung, besonders nicht für eine einzelne und dazu noch so zarte und »elfenhafte« Frau, wie Tomi Lee einmal (nur einmal) genannt hat. Aber Lee fühlt sich hier sicherer als an anderen Orten. Allein schon seine Abgelegenheit macht das Aquarium für illegale Bewohner uninteressant, wie das Fehlen von Graffiti und jeder anderen Form von Vandalismus schlagend belegt. Lee hält es für möglich, dass einer der Petty-Island-Wachmänner herkommen könnte, doch das ist unwahrscheinlich: Das Aquarium gehört nicht der CITGO (das gesamte Feuchtgebiet der Insel ist Objekt heftiger Auseinandersetzungen zwischen Umweltschützern und örtlichen Unternehmern), und Sicherheitsleute sind von Natur aus desinteressiert und faul.

Lee sitzt auf einem alten, hölzernen Bürostuhl, den sie vom Kassentisch hergeholt hat, hält den Streifen des Schwangerschaftstests in der Hand und starrt auf die kleine, verblichene Meereslandschaft aus Plastik. Sie denkt über das winzige Ding nach, das da in ihr heranwächst. Lee weiß, wer der Vater ist – hat aber bestimmt nicht die Absicht, es ihm zu sagen. Dieses Ding bewohnt eine unterirdische Höhle ihres Körpers, schwimmt in amniotischer Stille und wartet nur darauf, hervorzubrechen und Lees Leben zu verwüsten. All ihre Hoffnungen und Pläne – ein Leben, über das nur sie bestimmt, selbst die Chance auf einen Platz am College – sind vernichtet, noch bevor dieses Wesen seinen ersten Atemzug tun kann. Es sei denn, *sie* vernichtet es *vorher*. Das ist die wahre Frage, die sich ihr jetzt stellt und das Diorama vor ihr besetzt, irgendwo zwischen *Wiwaxia* und *Hallucigenia*.

Das Ding ist sechsunddreißig Tage alt, sie kennt den genauen Moment seiner Empfängnis, und so hat sie nicht mehr viel Zeit, um zu entscheiden, was sie tun soll. Lee starrt noch eine Weile in das gläserne Becken, ohne etwas zu sehen, bis ein einzelnes Objekt hinter dem kunstvoll gestalteten prähistorischen Seetang ihre Aufmerksamkeit erregt: ein aufgerolltes Stück Papier, das sich nur als winzige Schriftrolle beschreiben lässt, zusammengebunden mit etwas, das wie ein menschliches Haar aussieht, gehalten von den grünen Plastiktentakeln einer kambrischen Seeanemone. Lee bricht eine der beiden Hauptregeln der Urbex Society *(»Nimm nichts, lass nichts zurück«)*, greift von hinten ins Becken und holt die Rolle heraus. Das Haar, lang und schwarz, reißt, als sie daran zieht, und so entrollt sich das Papier in ihrer Hand. Lee streicht es auf dem Glasdeckel des Beckens glatt, betrachtet es und versucht zu verstehen, was es zu bedeuten hat. Weil sie, als ihr Blick auf das Foto fällt, sofort begreift, dass es für sie hier deponiert wurde. Was bedeutet, dass der Stationsvorsteher sie gefunden hat.

Sie hat das Foto schon einmal gesehen, über dem Schreibtisch in seinem Zimmer, und Lee studiert die Frau, die darauf abgelichtet ist. Das Foto ist sehr alt, im brüchigen Papier zeichnen sich ein, zwei Risse ab. Sie nimmt es mit auf die Toilette und hält es neben ihr Gesicht, stellt sich vor den gesprungenen Spiegel und richtet die Taschenlampe darauf. Es kommt ihr vor, als blicke sie in der Zeit zurück und einer anderen Ausgabe ihrer selbst in die Augen, in ein Gesicht, das sich im Echo der Jahrzehnte nur leicht verändert hat. Sie und die Frau auf dem Foto sehen fast identisch aus. Lee dreht das Bild um. In der oberen Ecke steht mit Bleistift in flüssiger Schreibschrift: *»A. T., Juli 1911.«* Darunter befindet sich das vertraute Kryptogramm, dessen Bedeutung nach fast einem Jahrhundert immer noch nicht entschlüsselt ist, und unter dem Kryptogramm ist in der krakeligen Handschrift des Stationsvorstehers zu lesen: *»Gib zurück, was du genommen hast.«*

Buch I

Staub aufwirbeln

Eins

Lee war gerade sechs, als sie das erste Mal etwas klaute. Ihre Mutter hatte sie auf einer Geburtstagsfeier geparkt, wo sie mit Kindern spielen sollte, die sie kaum kannte, geschweige denn mochte, und beim Versteckenspielen verkroch sie sich im elterlichen Kleiderschrank des Geburtstagskinds. Lee war winzig, sagte meist nichts und war ohnehin so gut wie unsichtbar. Sich zu verstecken fiel ihr also leicht, und das Spiel bot eine gute Gelegenheit, für sich zu sein. Sie blieb sehr lange in diesem Schrank, auch noch, als die anderen Kinder längst neue Spiele spielten, und entdeckte eine mit verblichenem grünem Samt beklebte und einem alten Bindfaden zugebundene Schachtel. Etwas klackerte darin. Eigentlich wollte Lee sie gar nicht aufmachen, doch dann verfing sich ihr Finger in der Schleife, und der Bindfaden löste sich wie von selbst.

In der Schachtel war ein Stapel vergilbter Briefe, die ebenfalls von einem Bindfaden zusammengehalten wurden, ein bemaltes eisernes Spielzeugdampfschiff, eine alte hölzerne Pfeife und das, was geklackert hatte: ein Glasfläschchen mit etwas drin. Lee hockte im Schrank, lauschte dem Schreien der anderen Kinder, hielt das Fläschchen ins gedämpfte Licht, das durch die Lamellen fiel, und versuchte zu erraten, was darin war. Als sie ihre Mutter ihren Namen rufen hörte, geriet sie in Panik, stopfte sich die kleine Flasche in die Tasche und schob die Schachtel zurück unter den Stapel Pullover, unter dem sie verborgen gewesen war. Sie folgte ihrer Mutter durchs Haus hinaus zum Auto und stellte fest, dass es bereits spät, längst dunkel war und die Eltern der anderen Kinder schon wieder weg waren. Ihre Mutter hielt ihr die hintere Tür auf, Lee kletterte auf den Rücksitz, und ihr Vater drehte sich um, lächelte sie an, wie er es tat, wenn er sich einen Fehltritt geleistet hatte, und gab ihr einen angebissenen Riegel Schokolade. »War es schön, Schatz?«, fragte er, aber Lees Antwort ging in dem Lärm unter, mit dem ihre Mutter die Tür zuschlug. Auf der Fahrt nach Hause sagte keiner etwas. Später baute sich Lee unter ihrer Decke ein Zelt, holte das Fläschchen hervor und untersuchte es im Schein ihrer Taschenlampe. Es war aus blauem, angelaufenem Glas gefertigt. Lee hatte ein schlechtes Gewissen, weil sie etwas genommen hatte, das ihr nicht gehörte, doch als sie es schüttelte, fuhr ihr ein genussvoller Schauer über den Rücken. Sie musste das Fläschchen direkt ins Licht halten, um den winzigen silbernen Würfel darin zu erkennen.

Wenn Lee aus der Schule kam, war ihre Mutter bei der Arbeit, ihr Vater aber normalerweise zu Hause. Manchmal kniete er in der Einfahrt und bastelte an seinem alten Dodge Dart herum. Die Haube stand offen, und er ließ sie auf dem Kotflügel sitzen, die Beine im Motorraum, gab ihr den Vergaser oder den Verteiler und erklärte ihr, wozu all die Teile da waren. Wenn der Motor lief, machte er manchmal eine Spritztour mit ihr und ließ sie auf geraden, unbefahrenen Nebenstraßen sogar auf seinem Schoß sitzen und lenken.

Oder sie kam heim, und das Haus war voll mit seinen Freunden, Leuten aus der örtlichen Musikszene, und gelegentlich war ein mehr oder minder berühmter Bassist oder Schlagzeuger aus dieser oder jener Band dabei, die in der Stadt Station machte, wobei Lee zu jung war, um sie zu kennen. Ihr Vater arbeitete unregelmäßig, inspizierte und reparierte Röntgenapparate in Krankenhäusern, war in

Wirklichkeit aber Singer-Songwriter und Musiker. Im Jahr vor Lees Geburt hatte er bei einem Indie-Label ein eigenes Album herausgebracht, und so wurde er manchmal während des Auftritts einer Band für einen Song mit auf die Bühne geholt, verdiente aber nie wirklich etwas damit. Seine Freunde sagten alle, er hätte ein zweiter Elliott Smith sein können, wenn nur sein Leben einen etwas anderen Verlauf genommen hätte.

Lees Vater hatte ein entwaffnendes Lächeln, mit dem er die Stimmung in jedem Raum löste, den er betrat. Wie von einer unterschwelligen, natürlichen Kraft fühlten sich die Leute zu ihm hingezogen. Lee liebte es, nach Hause zu kommen, wenn das Wohnzimmer voll war, sich unbemerkt in eine Ecke zu setzen und den Geschichten zu lauschen. Besonders ihren Vater beobachtete sie gern, wie er auf seinem gewohnten Platz am Ende des Sofas saß und auf seine Socken starrte, während jemand eine Geschichte von Verlust oder Erfolg erzählte. Und sie liebte es zu sehen, wie andere ihn ansahen, wenn er schließlich den Blick hob, ein Lächeln um die Mundwinkel, und sein trockener Kommentar, den Lee nur selten verstand, alle anderen im Raum zum Lachen brachte.

Wie durch ein unausgesprochenes Einverständnis verabschiedeten sich die Besucher immer eine gute halbe Stunde, bevor Lees Mutter, die Krankenschwester war, zurück nach Hause kam. Bis dahin hatte ihr Vater (mit Lees Hilfe) die herumstehenden Gläser eingesammelt, gespült und weggeräumt und sich an so etwas wie ein Abendessen gemacht. Einmal hatten sie ein paar Gläser übersehen, die jemand in einen Übertopf gestellt hatte, und Lees Mom nahm ihre Tochter beiseite und fragte, ob jemand zu Besuch gewesen sei. Da sie keinen Grund sah zu lügen, sagte Lee, ja, ein paar von Dads Freunden seien da gewesen.

»Was haben sie gemacht?«

»Einfach nur dagesessen, Grapefruitsaft getrunken und geredet.«

Lee konnte zuschauen, wie sich die Kiefermuskeln ihrer Mom verspannten, die daraufhin die beiden Gläser nahm und sie auf die Ablage über der Spülmaschine stellte. Sie begriff, dass ihr Vater sie dort finden sollte, als einfaches, klares Zeichen, dass ihre Mom Bescheid wusste.

Abends stritten sie. Lee konnte es aus ihrem Zimmer hören, und sie verstand nicht, was so schlimm daran sein konnte, mit seinen Freunden ein Glas Saft zu trinken, und warum ihre Mutter immer so angespannt und wütend war. Am Morgen darauf war ihr Vater nicht da. Er blieb ein paar Tage weg, aber das kam ständig vor, und Lee war es gewohnt.

Lee war sieben, als ihr Vater endgültig verschwand, ohne ein Wort. An jenem Tag kam sie aus der Schule, und das Haus fühlte sich anders an. Lee sah sich um, fand aber keinen Grund, bis sie ins Schlafzimmer ihrer Eltern ging und feststellte, dass die Sachen ihres Vaters weg waren. Seine Schubladen waren leer, der Schrank und auch, was oben auf der Kommode gestanden hatte, nicht mehr da. Im Bad war es das Gleiche.

Alles mitgenommen hatte er bisher noch nie, aber dennoch erwartete Lee, dass er in ein paar Tagen zurückkäme. Fünf Tage vergingen, dann eine Woche, und sie fragte ihre Mom, die unbewegt auf sie heruntersah. »Vielleicht kommt er morgen zurück, vielleicht auch nie. Ich kann es dir nicht sagen. Du gewöhnst dich besser daran.«

»Wohin ist er diesmal?«

»Ich wünschte, ich wüsste es.«

Ihre Mom sagte nichts mehr dazu. Tage, Wochen und Monate verstrichen, und irgendwann schien es klar, dass ihr Vater tatsächlich nicht wieder zurückkam, ja nicht mal einen Brief schickte. Lee sah, wie ihre Mutter innerlich zerbrach, Stück für Stück, und manchmal konnte sie hören, wie sie abends hinter der Tür ihres Schlafzimmers weinte, dann irgendwann still wurde – wie innerlich ausgehöhlt kam ihre Mutter ihr jetzt vor. Hin und wieder, wenn sie aus der Schule heimkehrte und ihre Mutter noch bei der Arbeit war, hörte sich Lee die CD ihres Vaters an, seine kratzige, sehnsüchtige Stimme. Es war gleichzeitig traurig und lustig, und Lee mochte das Gefühl, das sie erfüllte, wenn sie die Musik hörte. Eines Tages jedoch kam sie nach Hause, und die CD war nicht mehr da.

Mit acht Jahren stahl Lee einen schimmernden schwarzen Pinsel aus der Schublade von Mrs Choi, ihrer hübschen Englischlehrerin, die ihr Haar immer zu einem Knoten gebunden trug. Mit neun klaute sie Dinge aus den Rucksäcken ihrer Schulkameraden: Federmäppchen, Armbänder mit kleinen Anhängern und Aufkleberalben. Mit zehn versuchte sie, etwas von jedem Kind in ihrer Klasse zu stehlen: Stifte, Handschuhe, bunte Trinkflaschen, nie etwas wirklich Wertvolles. Sie bewahrte ihre Beute in einem Karton in ihrem Schrank auf, und manchmal breitete sie alles auf dem Boden ihres Zimmers aus. Sonst machte sie nichts damit. Lee betrachtete keines der Kinder als Freund oder Freundin. Es war aber auch nicht so, dass die anderen sie ärgerten, ausgrenzten oder für komisch hielten. Sie schienen sie einfach nicht wahrzunehmen, und nur, wenn Lee ihre Sachen in der Hand hielt, konnte sie sich so etwas wie Nähe vorstellen.

Ihre Mom wurde zu einer Art umgekehrtem Palimpsest. Sie löschte sich Schicht für Schicht aus, bis kaum noch ein matter Umriss blieb. Die Frau, die Lee kannte, tauchte nur hin und wieder noch einmal auf, zum Beispiel, um den Geburtstag ihrer Tochter zu feiern, oder Weihnachten, und sie sorgte dafür, dass die Rechnungen bezahlt wurden und etwas zu essen auf den Tisch kam. Sonst aber war sie abwesend. Lee hasste sie dafür, dass sie sich so in sich zurückzog und sie allein ließ. Wegen der Arbeit im Krankenhaus sah Lee ihre Mom sowieso nicht so oft, und wenn sie dann da war, hatte sie fast das Gefühl, durch sie hindurchschauen zu können.

Lee war zwölf, als ihre Mom sagte, sie bringe einen Freund zum Essen mit. Lee wusste nicht, was sie davon halten sollte. Steve war das Gegenteil ihres Vaters. Er trug einen weißen Leinenkittel, eine frische weiße Leinenhose und weiße Stoffslipper. Um seinen Hals hing ein Lederriemen mit einem hellen Kristall, sein Händedruck war weich, und als er sah, wie Lee das halbe Dutzend bunter geflochtener Lederriemen um sein Handgelenk betrachtete, nahm er einen und schenkte ihn ihr. Lee bedankte sich mit einem Lächeln und steckte ihn in die Tasche. Beim Essen fragte er sie ein paar belanglose Dinge über die Schule und strich sich nach jedem Bissen mit den Fingern über die Mundwinkel.

Er kam immer öfter, und manchmal blieb er über Nacht. Steve sagte nicht viel und wenn, war es meist ein an Lees Mom gerichtetes Flüstern. Er zog so verstohlen ein, dass Lee es erst merkte, als sie die kleine Meditationsinsel entdeckte, die er in einer Ecke des Wohnzimmers eingerichtet hatte, mit einem Kissen auf dem Boden, einem Mandala an der Wand und einer kleinen Schüssel mit Räucherstäbchen. Wenn Lee nach Hause kam, roch es oft nach diesen Stäbchen, und Steve saß vor der Wand und hielt ihr den Rücken zugekehrt. Einmal sagte er, sie solle sich zu ihm setzen, und sie tat es, ohne jedoch zu begreifen, was er von ihr wollte. Wie konnte sie ihr Denken entleeren, wenn es sich ständig von selbst wieder auffüllte?

Mit dreizehn stopfte Lee in einem Laden ein tolles Misfits-T-Shirt in ihren Rucksack, weil sie gesehen hatte, wie ein Mädchen es bewunderte. Sie trug es in der Schule, und ein Junge murmelte im Vorbeigehen: »Cooles T-Shirt«, was ihr die Ohren klingeln ließ. Am nächsten Tag schob sie dem Jungen in der Cafeteria das zusammengefaltete T-Shirt unter die Nase. Die Geste kostete sie auch noch das letzte bisschen Mut, das sie aufzubringen vermochte, und ihr war ganz schwindelig, als sie weiterging. Der Junge sagte nie wieder ein Wort zu ihr, aber am nächsten Tag gab ihr ein anderer Junge einen Zehner, damit sie ihm auch eins besorgte, und so kam sie ins Geschäft.

Bald schon nahm sie regelmäßig Aufträge von Schulkameraden entgegen, für alles von Jeans über Schmuck bis hin zu CDs. Sie zog durch die Boutiquen und Kaufhäuser an der Walnut Street im Zentrum von Philly, kaufte wenig, klaute viel und verkaufte die Sachen für ein Drittel des Preises. Das Geld – Münzen und zusammengefaltete Scheine – stopfte sie in ein Loch im alten Gitarrenkasten ihres Vaters. Lees Geschmack war einfach, Jeans, Kapuzenpullis und Chucks, und so hatte sie kaum etwas, wofür sie das Geld ausgeben konnte. Doch darum ging es nicht. Zu stehlen befriedigte einen nicht zu lokalisierenden, kribbelnden Drang in ihr.

Mit vierzehn stahl sie einen Stapel leerer Geburtsurkunden von der Station, auf der ihre Mutter arbeitete, dazu einen Stempel mit dem Siegel des Krankenhauses. Sie breitete die Blätter oben auf dem Dach ihres Hauses aus, ließ sie mehrere Tage in der Sonne liegen und bearbeitete sie mit Kaffeemehl, bis sie aussahen, als hätten sie zwanzig Jahre irgendwo in einer Schublade gelegen. Dann verkaufte sie die Urkunden, damit sich die Leute falsche Ausweise und Führerscheine besorgen konnten, und gewann so die Aufmerksamkeit von Edie Oswald. Edie war blass und athletisch, groß, ohne schlaksig zu wirken, und hatte ein Gesicht, das aussah, als hätte es irgendein Renaissance-Genie aus Marmor geformt. Sie bewegte sich mit der Leichtigkeit und Unbekümmertheit eines privilegierten Mädchens und war die Einzige in der Schule, die sich heute als Sechziger-Gesellschaftszicke und morgen als Achtziger-Punk anziehen konnte und damit durchkam.

»Kann ich 'ne Kippe von dir schnorren?«, fragte Edie.

Lee stand hinter der Turnhalle an die Mauer gelehnt, ein Ort, an den sich sonst nie einer verirrte, die Reste eines Sandwichs auf der Erde vor sich. Sie fischte eine Zigarette aus ihrem Päckchen, gab sie Edie und steckte sich auch eine an.

»Ich hab dich überall in der Schule gesucht. Ich dachte schon, du hättest dich auch in Luft aufgelöst.«

Während der letzten paar Monate waren in Philadelphia sieben Teenager spurlos verschwunden, davon zwei aus ihrer Schule. Einer tauchte ein paar Wochen später wieder auf, ein fünfzehnjähriger Junge aus einer Pflegefamilie in einem Vorort. Ganz da war er allerdings nicht mehr. Seine Augen wirkten aufgequollen und leer, und es war fast so, als hätte man ihm sein Bewusstsein geraubt. Er war nicht mehr imstande zu kommunizieren, reagierte nur noch auf einfache Befehle. Lee kannte keinen von den Verschwundenen, Edie aber schon, das wusste sie. Eine von ihnen war in ihrer Clique gewesen.

»Das ist hier also deine Ecke, hm?« Edies Blick schweifte über das verdreckte Stück Gras, den Abfall und die Zigarettenstummel, als wäre es Lees Wohnzimmer. Die Aufregung darüber, dass Edie sie so ansprach, ließ Lee stumm bleiben. Von Edie Oswald bemerkt zu werden war so, als existierte man plötzlich.

Edie deutete auf die Wand voller Graffiti, darunter ein Strichmännchen mit einem in den Mund gerammten

Schwanz, der hinten aus dem Kopf wieder herauskam. »Ist das von dir?«

Lee nutzte die Gelegenheit, Edie in ihre ungerührten grünen Augen zu sehen. Das Mädchen hatte einen zottigen schwarzen Bob und zog ständig einen Mundwinkel hoch, als stünde sie kurz davor loszulachen. Lee wusste, dass sie eine clevere Antwort geben sollte, doch der Moment dafür war längst verstrichen, und langsam wurde es peinlich.

Sie starrten auf das Footballfeld hinaus. Lee sah, wie ein Junge einem weiten Pass hinterherlief und die Arme reckte, doch der Ball rutschte ihm durch die Hände. Edie gehörte nicht zu den Mädchen, die sich um Freundinnen bemühen mussten, und Lee wusste, worauf die Sache hinauslief: Innerhalb der nächsten Minute oder so würde Edie sie um etwas bitten. Sie begann in ihrem Kopf zu zählen: eins, zwei, drei, vier, fünf …

»Ich hab gehört, dass du an Sachen kommst«, sagte Edie.

Fünf. Edie kam gleich auf den Punkt, das musste Lee ihr lassen. Sie sah auf ihre Zigarette.

»Wie läuft die Geschichte?« Edie schnipste ihre Zigarette weg. »Nimmst du Bestellungen an, oder was?«

Edie wollte einen grünen Kaschmirpullover mit Seeschneckenknöpfen von Bloomingdale's. Sie hatte sogar ein Foto, und Lee spürte die Erregung, als Edie es ihr simste und sie damit ihre Telefonnummer bekam. Edie hatte wahrscheinlich Hunderte von Nummern auf ihrem Handy, Lee nicht. Bei Lee waren es jetzt zwölf.

Womit Lee nicht rechnete, war, dass Edie sie ein paar Tage später, als sie die Ware geliefert hatte, nach der Schule zu sich nach Hause einlud. Am Ende bedienten sie sich an den Schnapsflaschen ihrer Eltern und redeten über Leute in der Schule, die Lee bisher nur von Weitem kannte. Edie fragte Lee Dinge, die sie noch nie einer gefragt hatte – was sie nach der Highschool machen wolle, an welchen Ort auf der Welt sie am liebsten einmal fahren würde und was für ein Mann ihr Vater sei. Lee wurde bewusst, dass sie keine Antwort auf diese einfachen Fragen hatte. Sie sprach nie über ihren Vater und hatte keinen Schimmer, wo sie anfangen sollte. Also fragte sie Edie nach ihrem, und die blühte auf, als sie von ihm erzählte: was für ein wichtiger Mann er sei und wohin er sie überall mitnehme. Edie wusste auch schon, auf welches College sie am liebsten gehen würde, und als sie Lee danach fragte, war es so, als sollte die sagen, in welchem Profiteam sie am liebsten Basketball spielen würde. Wieder blieb Lee stumm. Edie stupste betrunken mit einem Finger auf das Muttermal über Lees Lippe und schien etwas sagen zu wollen, kicherte dann aber nur.

So musste es sein, dachte Lee, als sie, noch betrunkener von Edies Aufmerksamkeit als vom Schnaps, nach Hause ging – so musste es sein, eine Freundin zu haben.

Danach trafen sie sich immer öfter. Edie stellte Lee nur noch gelegentlich Fragen und bestand darauf, sie zu bezahlen, selbst wenn Lee kein Geld von ihr wollte. Lee merkte sich, was Edie gefiel, und stahl immer häufiger etwas, um es ihr zu schenken. Sie konnte nicht anders, ihre Gefühle für Edie waren so unberechenbar wie das Wetter. Da war dieses Prickeln, wenn Edie sie ansah, und manchmal lauerte Lee ihr nach der Schule auf, kreuzte ihren Weg und hoffte, von ihr mitgenommen zu werden. Mit der Freundschaft kam die Aufnahme in Edies Clique, und bald wurde Lee auf Partys und in Clubs eingeladen.

Zum ersten Mal ging Lee jetzt auch auf eine Schulparty. Sie gab Edie die Kombination ihres Spinds, weil er in der Nähe der Sporthalle und damit schnell zu erreichen war, und Edie verstaute vorher ein paar mit Schnaps gefüllte Colaflaschen darin. Betrunken und ermutigt tanzte sogar

Lee, hüpfte ungelenk mit den Leuten aus Edies Clique herum, die jetzt auch ihre Clique war, wie Lee sich sagte, und hörte, wie sie lästerten und sich gegenseitig verarschten, wer denn nun wieder mit wem hinter wessen Rücken rummachte und wer wem auf die Zahnbürste gepinkelt hätte. Aber für Lee war das Highlight der Party, mit Edie auf dem Klo hoch oben beim Fenster zu hocken und sich mit ihr einen Joint zu teilen. Wenn sie mit Edie zusammen war, schien Lee für ihre Freundin der einzige Mensch auf der Welt zu sein. Edie konzentrierte sich komplett auf sie, und das mit so ernsthaftem Interesse, dass Lee sich fühlte wie noch nie zuvor.

»Was hältst du von Danny Poole?«, fragte Edie.

Bisher war ihr dieser Junge aus Edies Clique nicht weiter aufgefallen, nur dass sie manchmal das Gefühl hatte, von ihm angestarrt zu werden, er dann aber immer gleich wegsah, sobald sie sich umdrehte. Lee versuchte, ihn mit Edies grün schimmernden Augen zu sehen.

»Er mag dich«, sagte Edie.

»Das hat er dir erzählt?«

»Ich sehe es. Wollt ihr mal mit mir und Deke auf die Piste? Wir vier könnten ziemlich Spaß haben.«

Deke war Edies Freund. Er zog sich wie ein Headbanger an und spielte in einer Heavy-Metal-Band Gitarre, fuhr aber den Infiniti seiner Eltern und trug Vierhundert-Dollar-Stiefel. Lee hatte das Gefühl, auserwählt worden zu sein. »Sicher«, sagte sie. Warum nicht.

»Cool. Dann mach ich das klar.« Edie griff in ihre Handtasche und holte ein zusammengefaltetes Papiertaschentuch heraus. Sie schlug es auf, und zum Vorschein kamen zwei mit einem Pulver gefüllte Gelkapseln. Edie hielt sie vor sich hin, bis Lee eine nahm, Edie aber den Vortritt ließ und ihre erst nach ihr schluckte.

»Was war das?«

»*Olly-olly-oxen-free! Eins-zwei-drei-ich-komme!*«, trillerte Edie.

Lee hatte noch nie Ecstasy genommen. »Wie fühlt es sich an?«

»Das wirst du gleich sehen.« Edie hüpfte von der Fensterbank, und Lee folgte ihr zurück auf die Party.

Lee hatte später keine großen Erinnerungen an dieses erste Mal, weil es sich mit all den anderen Malen vermischte. Was sie noch wusste, war, dass sie sich beim Tanzen wie ein Fluss gefühlt hatte. Sie erinnerte sich an die Empfindung reinen Glücks, und dass die Leute alle eine Art Kraftfeld um sich hatten, zitternde Umrisse, die sie zu berühren versuchte. Vor allem aber erinnerte sie sich, dass sie an diesem Abend mit Edie nach Hause gegangen war, mit ihr in einem Bett geschlafen und Edies Haut auf ihrer gespürt hatte, Edies Finger auf ihrem Rücken, hinauf und hinunter. Edie, die ihr in die Augen sah.

»Warum ich?«, fragte Lee. Die Droge machte alle Fragen plötzlich fragbar. »Du kannst ... du kannst mit allen in der Schule abhängen. Deine Freunde, denen wär ich doch total egal, wenn du mich nicht dazugeholt hättest.«

Edies Augen wurden langsam vom Schlaf übermannt, und als sie sie noch mal aufriss, glaubte Lee, ihr Spiegelbild in ihnen zu sehen. »Du willst wissen, was an dir besonders ist.«

Lee fühlte sich dumm, als sie es so ausgesprochen hörte, aber ja, sie nahm an, dass sie genau das wissen wollte.

Edie schwieg einen Moment lang. »Als ich neun war, habe ich ein kleines Vogelbaby gefunden. Es kann nicht älter als eine Woche gewesen sein, aber es hatte schon Federn und tapste wie betrunken über den Bürgersteig. Also hab ich es in meine Jacke gewickelt und mit nach Hause genommen. Ich hab ihm in einem Pappkarton ein Nest gebaut und es mit Körnern, Marienkäfern und Cheerios gefüttert. Es war das Erste, worum ich mich morgens nach dem Aufwachen gekümmert habe, und jeden Tag nach der Schule bin ich gleich wieder zu ihm hin.«

»Denkst du, ich muss gerettet werden?«, fragte Lee.

Edie sah sie mit einer Mischung aus Zuneigung und Mitleid an. »Als ich dich das erste Mal gesehen habe, wollte ich dich auch gleich einpacken und mit nach Hause nehmen. Du bist so hübsch, ein so schönes kleines Vögelchen, und wirkst so verloren, Lee. Jeder, der ein Herz hat, würde dich mitnehmen wollen.«

Lee überlegte, wie sie mit dieser Aussage umgehen sollte. Gerade Edie sollte sie für stark und selbstständig halten. Doch die Droge gab ihr ein so samtiges Gefühl, dass es schwer war, nicht zu lächeln. »Was ist aus dem kleinen Vogel geworden?«, fragte sie.

Aber Edie schlief bereits.

Lee war es gewöhnt, unsichtbar zu sein, sie war es schon ihr ganzes Leben lang gewesen, und so war es nicht leicht für sie, mit dem Scheinwerferlicht umzugehen, selbst wenn es nur der diffuse Rand des Lichts war, das sich auf Edie richtete. Die Drogen halfen. Weißes Pulver, blaue und gelbe Pillen, plastikartige rote Sternchen, moosiges lila Kraut mit Kristallen, Dinge, die geschnupft, geraucht oder geschluckt wurden. Stimulanzien und Sedative, Entaktogene und Dissoziativa, Psychotropika und Halluzinogene. Dinge, die sie öffneten oder so tief in sich versinken ließen, dass sie Angst bekam, nie wieder herauszufinden. Meth ließ sie innerlich zucken und zappeln wie ein aufziehbares Spielzeug, Ecstasy vor Liebe triefen, Ketamin dahintreiben. Oxy wickelte sie in eine warme, dampfende Decke. Bald schon tauschte sie ihr Diebesgut gegen Drogen, erst in kleinen, dann in größeren Mengen, die sie an die anderen in ihrer Clique vertickte.

Danny Poole war, wie sich herausstellte, ein netter Kerl, schüchtern, aber aufmerksam. Er spielte Schlagzeug in Dekes Band. Lee begriff, dass er ihre Losgelöstheit für Schüchternheit hielt und eine Verbundenheit sah, wo es keine gab. Sie hatte ihn trotzdem gern um sich, und einige Monate lang gingen sie zusammen ins Kino, betranken sich und schliefen miteinander, unbeholfen zunächst, dann jedoch zunehmend liebevoll.

Lee wusste ernsthaft nicht, was sie davon halten sollte, als er mit einem langen handgeschriebenen Brief Schluss machte, dessen verwischte Stellen, darauf wies er ausdrücklich hin, von seinen Tränen herrührten. Der Brief beschrieb bis in die Einzelheiten, wie gern er sie hatte und dass er sogar glaubte, sie vielleicht zu *lieben* (wenigstens schien Lee das aus den blau verschmierten Klecksen herauslesen zu können), dass sie sich jedoch einfach zu ähnlich seien: »zu schüchtern und zu still«, sodass er sich mit ihr so einsam fühle, als wäre er allein.

Lee vermochte sich keine größeren Gefühle abzuringen, obwohl sie die Abende vermisste, da sie in seinem Zimmer gesessen und wortlos irgendein Trinkspiel gespielt hatten, bis sie ausreichend alkoholisiert gewesen waren, um sich aufeinanderzutasten.

Das Leben ging auch nach diesem Brief weiter, und Lee blieb das Mädchen, bei dem es Drogen und Gestohlenes gab. Das Geld, das sie verdiente, stopfte sie weiterhin in das Loch des Gitarrenkastens. Bis nichts mehr hineinpasste. Da öffnete sie ihn zum ersten Mal nach all der Zeit. Die zerknitterten, zusammengefalteten, aufgerollten Scheine bildeten auf ihrem Bett einen großen grünen Haufen, in geologischen Schichten türmte er sich auf, zuerst die großen und am Ende die kleineren Scheine von ihren Anfängen. Der Haufen roch erdig, pilzig, und um all das Geld zurück in den Kasten zu bekommen, sortierte sie es, strich die Scheine glatt und bündelte sie, zählte, was sie wieder verstaute, und hatte am Ende das Gefühl, ihre Hände seien mit einer trockenen Schimmelschicht bedeckt. Tatsächlich hatte sie etwas über zwanzigtausend Dollar beisammen, eine Summe, die Lee kaum zu fassen vermochte. In ihr wuchs das Gefühl, dass es ernsthaft möglich sein könnte, aus ihrer Situation herauszukommen: dass sich womöglich etwas aus ihrem Leben machen ließ. Vielleicht konnte sie sogar aufs College gehen, worüber sie und ihre Mutter nie gesprochen hatten.

Mit sechzehn wurde Lee bei einem Diebstahl erwischt, von einem verdeckt arbeitenden Wachmann bei Nordstrom. Sie hatte den Mann gesehen, aber für ahnungslos gehalten. Er hielt sie beim Arm gepackt, als er sie durch den Laden führte, den Beweis – eine verkrumpelte blaugrüne Kaschmirjacke – locker über der Schulter. Sie spürte die Blicke der Kunden auf sich wie nie zuvor und glühte vor Scham.

Der Wachmann rief ihre Mutter an und zog die Polizei hinzu, und auch wenn man keine Anklage erhob, machte die Polizei ihr doch klar, dass sie damit registriert sei und ein zweites Vergehen zu ernsthaften Konsequenzen führen werde. Lee versicherte hoch und heilig, noch nie etwas gestohlen zu haben und es nie wieder zu tun. Ihre Mutter sagte kein Wort zu ihr, erst auf dem Parkplatz, auf dem Weg zum Auto, fragte sie Lee, was zum Teufel sie mit dieser Jacke gewollt habe? Seit wann seien sie Country-Club-Leute?

Nur einen Monat später wurde sie das zweite Mal ertappt, und die Polizei drohte, sie vor Gericht zu bringen und in eine Jugendstrafanstalt zu stecken, um zu sehen, ob sie mit etwas Struktur in ihrem Leben nicht besser zurechtkäme. Ihre Mutter bettelte die Beamten an, ihrer Tochter noch eine Chance zu geben, und erklärte, wie Lees Vater verschwunden war und dass die Jahre seitdem für sie beide nicht einfach gewesen seien.

Lees Mutter war nicht glücklich damit, sämtliche Register ziehen und vor den Beamten des Philadelphia Police Departments so einen Tanz aufführen zu müssen. Auf dem Heimweg machte sie ihrer Tochter klar, wie weit sie sich für sie aus dem Fenster gelehnt hatte, aber Lee hörte bald schon nicht mehr zu und fragte sich, ob ihre Mom wohl irgendetwas von dem, was sie über Lees Vater gesagt hatte, tatsächlich ernst meinte.

Lee bekam für den Rest des Halbjahres eine abendliche Sperrstunde aufgebrummt und hielt die Hände still. Sie hörte auf zu stehlen, Drogen zu nehmen und auf Partys zu gehen. Natürlich machte sie sich Sorgen, es sich so mit Edie zu verscherzen, doch das war es nicht, woran ihre Freundschaft am Ende zerbrach.

Die beiden saßen in einem Café in der Stadt und redeten vage über Colleges, als sich ein großer junger Mann in einer alten Militäruniform mit ein paar langweiligen Orden auf der Brust zu ihnen setzte und sie um eine Zigarette bat. Er hatte kurzes schwarzes Haar, stark vogelartige Züge und eindringliche, tief liegende Augen. Die Zigarette steckte er sich hinters Ohr und fing eine Unterhaltung an, hauptsächlich über Musik. Mit zwei Löffeln und einer Serviette vollführte er einen kleinen Puppentanz vor ihnen auf dem Tisch und hielt den Blick dabei die ganze Zeit auf Lee gerichtet. »Du erinnerst mich an jemanden«, erklärte er ihr.

Lee nahm sich auch selbst eine Zigarette, bevor ihr bewusst wurde, dass sie dort im Café nicht rauchen durfte. »Ach ja? An wen?«

»An jemand ganz Besonderen. Wie, sagtest du noch, heißt du?«

»Ich habe gar nichts gesagt.«

»Sie heißt Lee. Lee Cuddy.«

Lee warf Edie einen bösen Blick zu. Edie grinste nur.

»Es ist schön, dich kennenzulernen, Lee.« Eine seiner Spinnenhände öffnete eine alte Schultertasche aus Stoff und zog einen Stapel bedruckter Karten hervor. Er gab beiden eine. »Warum kommt ihr nicht zu einer kleinen Party, die wir am Freitag geben?« Er schrieb etwas in ein schmales schwarzes Notizbuch. »Geht zu der Webadresse und tragt unten den Code ein. Dann bekommt ihr Ort und Zeit, um eine meiner Mitarbeiterinnen zu treffen, die euch hinbringt.« Als er sich zum Gehen wandte, konnte Lee den großen Stern erkennen, der hinten auf seinen Kopf rasiert war. Sie sah zu, wie er draußen auf ein altertümliches Fahrrad stieg und davonfuhr.

»Weißt du, was das ist?«, fragte Edie und starrte ungläubig auf die Karte.

Sie hatte das Format einer Postkarte, darauf ein altes Schwarz-Weiß-Foto, das wie die Luftaufnahme einer frisch ausgegrabenen antiken Stadt aussah. »UM STAUB AUFZUWIRBELN«, stand mit einer alten Schreibmaschine darüber getippt und unten, in derselben Schrift, SOCIÉTÉ ANONYME. Darunter: GILT FÜR EINE PERSON. Außerdem ein Datum, der 3. September, also der kommende Freitag, aber keine Adresse. Nur eine Website, gefolgt von einem sechsstelligen, jeweils unterschiedlichen Code.

»Ist das nicht dein Geburtstag?«, fragte Edie.

Das war es. Lee wurde siebzehn.

»Na, dann mal alles Gute zu deinem verdammten Geburtstag. Das hier ist die Einladung zu einer S.A.-Party.« Edie sah sich im Café um und schob die Karte schnell in ihre Handtasche, als könnte einer kommen und sie ihr wegnehmen.

»Was ist eine Essay-Party?«

»Hey, die sind legendär, die steigen in einem alten Raketensilo draußen vor der Stadt. Seit Monaten will ich zu so einer hin, aber die sind echt underground. Du kannst nicht einfach eine Karte kaufen, sondern musst warten, bis eine zu dir kommt.«

Lee gab Edie ihre Einladung. »Gib sie jemandem. Du weißt, ich kann nicht.«

»Was redest du da? Der Typ war völlig hin von dir.«

»Ich sitz bei meiner Mom fest.«

»Dann schleich dich raus. Deine Mom muss ja nicht wissen, dass du weg bist.«

Wahrscheinlich würde es gehen, da hatte Edie recht. Aber Lee gefiel es, keine Drogen mehr zu nehmen und keine Nächte mehr durchzutrinken. Sie dachte klarer, und ihre Noten wurden wieder besser.

Für Edie schien Lees Schweigen Antwort genug zu sein. »Schön«, sagte sie und schnappte ihr die Karte aus der Hand. »Ich frage Claire.«

Edie wusste ganz genau, wo es am meisten wehtat. Claire Faver war Edies beste Freundin gewesen, vor Lee, und Claires Feindseligkeit Lee gegenüber war unübersehbar.

Lee verbrachte ihren Geburtstag zu Hause und aß mit ihrer Mom und Steve einen spülwasserfarbenen, nach Socken schmeckenden Kuchen. »Wir haben ein paar Links gesehen, die du auf dem Computer zurückgelassen hast.« Steve führte die Kuchengabel zum Mund und schloss genussvoll die Augen. »Sieht aus, als hättest du dich nach Colleges umgesehen.«

Lee aß ihren Kuchen und zuckte mit den Schultern. Sie versuchte, aus dem Fenster zu sehen, aber Steves Gesicht war im Weg.

»Ein College ist teuer, weißt du. Das bedeutet Schulden.«

Lee zwang einen Bissen herunter. »Ich kann finanzielle Unterstützung bekommen. Stipendien.«

Steve nickte. »Finanzielle Unterstützung ist kompliziert, und für ein Stipendium braucht man wirklich gute Noten. Vielleicht, wenn du vor einem Jahr daran gedacht hättest …«

Steve hatte keine Ahnung, wie es um Lees Noten stand. Sie hatte trotz allem immer darauf geachtet. Am liebsten hätte sie ihm ihre letzten Zeugnisse in sein eingebildetes Maul gestopft.

»… aber wie dem auch sei, wir denken, ein College ist eine gute Idee.«

Lee sah ihre Mutter an. »Stimmt das?«

»Natürlich stimmt das«, sagte Steve und wartete, dass Lee ihn wieder ansah. »Aber wir denken auch, dass dir vorher ein, zwei Jahre Wirklichkeit guttäten. Die meisten jungen Leute haben nichts vom College, weil sie nicht reif genug dafür sind. Und nach einem Jahr oder so denkst du vielleicht sowieso, dass es nichts für dich ist. Ich war auf keinem College. Wusstest du das?«

Lee starrte auf ihre Hände. Sie hatte ihre Gabel so sehr verbogen, dass sich die Enden beinahe berührten.

»Es stimmt. Und sieh mich an. Ich liebe, was ich tue. Mein Geschäft boomt, und ich könnte bald schon eine intelligente, tatkräftige Assistentin brauchen.«

Lee wusste, er wartete darauf, dass sie den Blick hob, doch die Befriedigung würde sie ihm nicht geben.

»Julia und ich haben darüber gesprochen. Sie ist auch dafür.« Steve sah Lees Mom an, die zu lächeln versuchte. »Egal, denk drüber nach. Oh, und alles Gute zum Geburtstag.« Er hielt eine hellrote Schachtel in ihre Richtung, darin ein Stapel loser Zettel. Lee nahm sie nicht, und so stellte er sie vor sie hin.

»Die sind für die buddhistische Liturgie«, sagte er. »Das

sind Sutras. Du setzt dich morgens mit ihnen hin und singst sie, laut oder nur für dich. So.« Er öffnete die Schachtel und las vom obersten Blatt ab: »›Obdach ist die Grundlage für alles, was du dir vornimmst. Obdach ist die Milch, ist der Honig des täglichen Lebens. Obdach ist die Tür zur Befreiung.‹« Er lächelte. »Alles Gute zum Geburtstag, von deiner Mutter und mir.«

»Ich mache einen Spaziergang«, sagte Lee.

»Sei aber bitte zum Abendessen wieder da.« Steve legte das Blatt vorsichtig zurück in die Schachtel. »Deine Ausgangssperre gilt auch an deinem Geburtstag.«

Lee ging zu Edie. Es war ein weiter Weg, aber noch früh, und Edie sicher noch nicht unterwegs zur Party. Zum Teufel mit der Ausgangssperre. Edies Familie wohnte in einem zweistöckigen, mittelalterlich wirkenden Natursteinhaus im Tudorstil mit kompliziert geschnittenen Hecken. Lee lief um das Haus herum zu Edies Zimmer im Erdgeschoss, linste durchs Fenster und sah Edie mit dem Rücken zu ihr, wie sie vor dem Spiegel stand und sich schminkte. Lee wollte gerade an die Scheibe klopfen, als sie im Spiegel ein Paar ochsenblutfarbene Dr. Martens und bestrumpfte Beine auf Edies Bett entdeckte. Mehr war nicht zu erkennen, doch das war auch nicht nötig. Es war Claire. Lees Blick wanderte zurück, und sie sah, wie Edie sie im Spiegel anstarrte und sich dann wieder dem eigenen Gesicht zuwandte. Sie war raus.

Der Schmerz auf dem Weg nach Hause war größer, als sie es sich seit Jahren erlaubt hatte, und dann merkte Lee, dass ihr ein Mann folgte. Edie hatte sich oft über unerwünschte Annäherungsversuche von fremden Männern beklagt – in Cafés, der Subway oder auf der Straße –, Lee dagegen passierte das selten. Der Mann war stämmig, etwas grobschlächtig und gab sich keinerlei Mühe zu verbergen, dass er ihr folgte. Allein schon sein Aufzug: Er trug einen altmodischen Frack mit Messingknöpfen, eine enge schwarze Weste, eine schwarze Hose und dazu eine schwarze Fliege. Er sah lächerlich aus, wie ein englischer Butler, der sich in der Stadt verlaufen hatte. Lee beschleunigte ihren Schritt, tauchte in einen Subway-Bahnhof ab, lief durch ihn hindurch und kam am anderen Ende wieder heraus. Sie dachte, sie hätte ihn abgehängt, doch dann stand er plötzlich vor ihr und versperrte ihr den Weg. Lee erstarrte. »Was wollen Sie?«, fragte sie.

Er sagte nichts. Lee sah ihm in die Augen, und seine Iris war seltsam unförmig. Der Mann trat auf der Stelle und lächelte sie an. Er hatte etwas Kindliches. Lee war mit einem Mal eher neugierig als ängstlich. Dann sah sie eine schwarze Schachtel in seiner Hand, etwa so groß wie eine Zigarrenkiste. Unbeholfen öffnete er sie, und ein schwarzer Balg mit einer Linse fuhr daraus hervor. Eine alte Kamera. Er hob das Ding an die Brust und machte ein Foto von ihr, verbeugte sich leicht und ging davon. Lee wollte jemandem von der Begegnung erzählen, und wie merkwürdig sie gewesen war, aber wem? Sie hatte niemanden mehr.

Am nächsten Montag in der Schule hingen Claire und Edie die ganze Zeit aufeinander, flüsterten, lachten und tauschten Blicke. Lee war die Tür vor der Nase zugeschlagen worden. Das eine Mal, als sie Edie ohne Claire sah, fragte sie nach der Party, doch Edie schüttelte nur den Kopf, lachte und tippte weiter auf ihrem Handy herum.

Die Aussicht auf ein College und damit die Möglichkeit, sich neu zu erfinden, war zu mehr als nur einer fernen, unbestimmten Hoffnung geworden. Lee begann, Informationen über Lehrpläne und Orte mit Colleges zu sammeln. Edie hatte die Tür zwischen ihnen langsam wieder geöffnet, und Lee kam jeden Tag nach der Schule mit zu ihr, wo sie zusammen auf Edies Bett lagen und sich ausmalten, wie und wohin sie verschwinden würden. Sie schmiedeten Pläne, vage erst, dann konkreter. Sie diskutierten, wo die Chancen am größten sein würden, wo es die besten Möglichkeiten gebe und die Hoffnung auf guten alten amerikanischen Spaß. Lee überredete Edie, über die Grenzen des Bundesstaates hinauszublicken, nach New York, Kalifornien oder in irgendeine kleine Stadt, wo sie ein Haus mieten und mit dem Fahrrad zu ihren Seminaren fahren konnten.

Edie wollte Psychologie studieren, und Lee zog es ebenfalls in Betracht, bis sie über ein Foto in der *National Geographic* stolperte. Im dazugehörigen Artikel ging es um die Entdeckung einer unter der Erde begrabenen assyrischen Stadt, die vorsichtig wieder ausgegraben wurde, und das Foto zeigte eine junge Frau mit Stiefeln, Kaki-Shorts und einer grünen Baumwollbluse, die dahockte und Erde vom Kopf einer Statue pinselte. Die Frau trug ein Tuch über dem schwarzen Haar, und ihre Kleider und die sonnengebräunte Haut waren mit dem Staub roter Erde überzogen. Sie arbeitete allein, und Lee wusste sofort, dass sie diese Frau sein wollte. Hastig riss sie das Foto aus der Zeitschrift, steckte es in die Tasche und holte es abends in ihrem Zimmer wieder hervor. Sie hängte es an die Wand über ihrem Bett und schlief mit dem Gedanken ein, was sie tun müsste, um Archäologin zu werden.

Lee hatte aufgehört, Aufträge von Mitschülern anzunehmen und mit Drogen zu handeln, und musste feststellen, dass sie nach und nach wieder unsichtbar wurde. Ihre neuen Freunde aus Edies Clique hatten sie immer schon ein bisschen komisch gefunden, zu distanziert und in sich gekehrt, um je eine von ihnen zu werden. Sie hatten sie toleriert, solange sie dealte und für sie stahl, aber jetzt sah niemand mehr zu ihr hin, und kein nervöser, ängstlicher Kerl versuchte mehr, allen Mut zusammenzunehmen, um sie nach etwas zu fragen.

Edie überredete Lee, Deke ihrem alten Dealer vorzustellen, und Deke wurde der neue Anlaufpunkt. Der Drang zu stehlen verlor sich nie, tatsächlich wuchs er noch, aber Lee weigerte sich, ihm nachzugeben, und nach einer Weile verwandelte er sich in eine Art Phantomschmerz.

Claire schien es zu gefallen, dass Lee die Gunst der Clique verloren hatte, und näherte sich ihr etwas an, bis sie eines Tages nicht mehr in die Schule kam. Schwups, weg war sie, wie schon die anderen Schüler. Als Lee Edie nach ihr fragte, sah die sich auf dem Schulhof um, als fiele ihr gerade erst auf, dass Claire nicht da war. »Vielleicht ist sie endlich mit dem mageren Bassist aus der Indie-Band durchgebrannt«, sagte sie. »Angedroht hat sie's ja schon lange.«

Dann kamen eines Tages zwei Kripoleute in die Schule, um Claires Freunde zu befragen, und Edie nahm Lee beiseite und ließ sie versprechen, ihnen nichts von der S.A.-Party zu verraten, zu der sie und Claire gegangen waren.

»Warum?«, fragte Lee. »Was soll das damit zu tun haben?«

»Hat es nicht. Es hat mit nichts was zu tun. Aber wenn mein Vater erfährt, dass ich da war, bringt er mich um. Und wenn die Polizei es erfährt, kannst du darauf wetten, dass sie es ihm sagen.«

Lee versprach es, aber es änderte nichts. Die Polizei befragte sie gar nicht.

Lee saß mit einem Sandwich und einer kurzen Liste von Colleges auf der Tribüne. Sie hatte die Auswahl auf vier eingeengt, und Edie sollte es genauso machen. Gemeinsam wollten sie sich dann auf einen Favoriten einigen, eine zweite und eine dritte Wahl. Lee hatte einen Notendurchschnitt von 1,2 und beim Studierfähigkeitstest 2 100 Punkte erreicht. Edie hatte Geld und Verbindungen. Wenn sie nicht zu hoch zielten, würden sie sicher gemeinsam in ein

College kommen, und sie hatten einander versprochen, nur dort einen Platz anzunehmen, wo sie beide einen bekamen. Lee sah Edie das Spielfeld überqueren, die Arme zum Schutz vor dem Wind um den Leib geschlungen. Sie schlich die Tribüne herauf. Tränen standen ihr in den Augen, und ihre Wimperntusche war völlig verschmiert. Edie nahm Lee die Zigarette aus dem Mund und setzte sich neben sie.

»Was ist?«, fragte Lee.

Edie nahm einen Zug, gab Lee die Zigarette zurück und schniefte, den Blick aufs Footballfeld geheftet. Trotz der kalten Oktoberluft trug sie einen kurzen Rock und eine enge Strickjacke.

Lee holte ein Sweatshirt aus der Tasche und hielt es ihr hin, aber Edie ignorierte es und nahm stattdessen noch mal Lees Zigarette. »Diesmal hab ich echt Mist gebaut.«

Edie Oswald. Glückskind. Liebling der Engel. Edie ging nie was daneben. Wie schlimm konnte es sein?

»Ich bin durchgedreht. Hab Panik geschoben. Tut mir leid, Lee.«

Etwas in der Ferne machte ihr Angst, sie stand auf, inhalierte und stieg die Tribüne wieder hinunter. Unten drehte sie sich noch einmal um. »Mein Vater wird dir helfen, ich schwöre es. Es tut mir wirklich leid.«

Lee beugte sich vor und blinzelte. Der dunkle Umriss auf der anderen Seite des Feldes wurde zu drei Personen, die auf sie zueilten. Lee erkannte ihre Rektorin Mrs Bartlett und zwei Uniformen des Philadelphia Police Departments.

Zwei

Eine Einzelzelle im Jugendgefängnis Queensbrook war ein sechs mal acht Schritte großer Betonquader mit frisch gestrichenen Wänden, einer Toilette aus rostfreiem Stahl und einem Betonsockel samt Vinylunterlage zum Schlafen. In eine solche Zelle steckten sie Lee und behielten sie dort, zu ihrem eigenen Schutz, wie sie sagten. Zweiundzwanzig Stunden pro Tag, dreiunddreißig Tage lang, mit nichts als einer Bibel und dem unablässigen Schreien eines Mädchens zwei Zellen weiter. Lee war ihr ganzes Leben lang allein gewesen, aber nicht so. Die Zelle hatte kein Fenster, die Wachleute redeten nicht mit ihr, und das Licht wurde nie ausgeschaltet, sodass sich die Stunden immer bedeutungsloser in die Länge zogen, bis Lee jedes Zeitempfinden verlor. Eine Stunde war ein Tag war eine Woche war eine Stunde.

Um sich zu beschäftigen, spielte sie die Ereignisse durch, die zu ihrer Inhaftierung geführt hatten, als wären es die Szenen eines Films, spulte zurück und drückte wieder und wieder auf Play. Eine Menge dessen, was geschehen war, musste sie sich aus dem zusammenreimen, was der Staatsanwalt vor Gericht dargelegt und was ihr Edie in einem kurzen, verheulten Telefonanruf gestanden hatte, kombiniert mit dem, was sie selbst wusste.

Soweit sie es sich erklären konnte, war Folgendes passiert: Nicht lange, nachdem er Lees Kontakte übernommen hatte, war Deke gierig geworden, hatte sein Geschäft über ihren begrenzten Kreis hinaus erweitert, und mit der Gier kam die Nachlässigkeit. Aber die Cops waren ebenfalls nachlässig gewesen, und so hatte Deke zwei Beamte in

Zivil erkannt, die ihm zur Schule folgten. Er schüttelte sie ab und rief Edie an, die ihn auf dem Schulparkplatz traf. Dort gab er ihr die Drogen, und Edie geriet in Panik. Wenn sie Deke observierten und bei ihm nichts fanden, würden sie zu ihr kommen. Also versteckte sie die Tasche in Lees Spind. Die Sache hätte funktionieren können, wäre Edie nicht eingebrochen, als sie ein kleines Päckchen Kokain unten in ihrer Tasche entdeckten. Edie musste sich die Reaktion ihres Vaters vorgestellt haben, wie sie von der Schule fliegen und damit jede Chance auf ein gutes College dahin sein würde. Wahrscheinlich war ihr Lees Name in einem Anfall von Reue herausgerutscht. Auf jeden Fall durchsuchten sie daraufhin Lees Spind und fanden einen in Fleischerpapier gewickelten, burritogroßen Klotz Kokain.

Lees Mutter kam in Tränen aufgelöst und mit einem sie tröstenden Steve an der Seite auf die Polizeiwache. An einem Tisch im Verhörraum saßen sie Lee gegenüber, hinter ihnen an der Wand lehnte ein gelangweilt wirkender Detective vom Rauschgiftdezernat. Als Lee nach einem Anwalt fragte, sah ihre Mutter Steve lange an, bevor sie ihrer Tochter antwortete.

»All unser Geld steckt in Steves Geschäft«, sagte sie, den Blick immer noch auf ihn gerichtet, »und das kommt gerade erst in Gang.« Steve führte sein Unternehmen (»Der lustige Buddha! Hilfreiches für den humorvollen Buddhisten«) von zu Hause aus, wo alles voller Kisten mit billigem Kram aus Nepal, Thailand und China stand, mit Buddha-Kaffeebechern, Buddha-Wackelkopffiguren und Buddha-Auto-Luftauffrischern, mit Yin-und-Yang-Badetüchern, Dharma-Furzkissen und Nirwana-Bierdeckeln.

»Es könnte eines Tages *unser* Geschäft sein«, sagte er. »Ich glaube immer noch an dich. Aber deine Mutter und ich denken auch, es ist an der Zeit, dass du etwas Verantwortung übernimmst.«

»Geht in mein Zimmer. In Dads altem Gitarrenkasten, da ist Geld.«

Steve wandte sich ihrer Mutter zu und sah sie fragend an, und ihre Mutter schüttelte nichts ahnend den Kopf. Seine fragende Miene verschwand, als er den Blick zurück auf Lee richtete. »Erinnerst du dich, wie ich dir erklärt habe, dass alles im Leben eine Gelegenheit darstellt? Wir denken, das hier könnte eine für dich sein«, sagte er. »Eine Chance, den Dingen eine neue Richtung zu geben.«

»Es waren nicht meine«, sagte Lee. Sie weigerte sich, Steve anzusehen. »Die Drogen.«

Ihre Mutter wandte sich an den Detective, der das Gesicht verzog und sich die Achsel kratzte, als wollte er sagen, das habe er alles schon so oft gehört. Steve schob die Lippen vor. »Wem gehören sie dann?«

Lee wollte es nicht sagen. Ihre Mutter würde sich nicht für sie einsetzen, Edie sehr wohl.

»Du bist schon lange außer Kontrolle«, sagte ihre Mutter. »Es ist mein Fehler. Ich hätte früher etwas unternehmen sollen.«

Steve legte ihrer Mutter eine Hand aufs Knie. »Julia. Du musst das nicht auf deine Schultern nehmen.«

Der Anblick ihrer Mutter in diesem Moment brannte sich in Lees Gedächtnis: Wie sie dasaß und die Abdrücke der Handschellen auf Lees Handgelenken anstarrte. Wie ausgehöhlt sah sie aus, mit Stroh gefüllt.

»Mom …«

»Sieh mich an«, sagte Steve und zog Lees Blick mit den Händen auf sich. »Du giltst noch als jugendlich, allzu schlimm wird es nicht. Und du wirst Zeit zum Nachdenken haben, Zeit, deinen Weg zu finden. Erinnerst du dich, was ich dir über den Gebrauch des Weisen Geistes gesagt habe? Denkst du, du hast deinen Weisen Geist gebraucht, als du angefangen hast, mit Drogen zu handeln?«

»Ich habe Geld. Damit kann ich tun, was ich will. Ich will einen Anwalt.«

Steve stand auf, nahm die Hand ihrer Mutter und führte sie aus dem Raum. Ihre Mutter hatte Lee kein einziges Mal in die Augen gesehen.

Lee spürte, wie eine stille Wut in ihr aufstieg. Sie knirschte so laut mit den Zähnen, dass sie fürchtete, sich einen zu zerbeißen. Aber Edie hatte ihr gesagt, ihr Vater, ein mächtiger Anwalt mit mächtigen Freunden, würde ihr helfen, und Lee wusste, Edies Dad tat alles für seine Tochter. Außerdem war Edie ihr etwas schuldig. Also schwieg Lee auch weiter. Edie würde ihr helfen.

Bei der Verhandlung saß Lee neben ihrem Pflichtverteidiger, einem Mann, der nach Corned Beef roch und an dessen Manschetten die pulverigen Überbleibsel orangefarbener Cheetos klebten. Vor der Anklageverlesung hatte er sie gedrängt, einer Verständigung zuzustimmen, doch Lee hatte sich geweigert. Am Ende würde sich die Wahrheit durchsetzen. Eine Minute nach Beginn seiner Eröffnungserklärung wurde dem Anwalt bewusst, dass er die falsche Akte vor sich hatte, und er musste seine Unterlagen durchwühlen, bis er Lees fand. Edies Vater saß im Zuschauerraum und flüsterte Edies Mutter verschiedene Dinge ins Ohr. Lee starrte Edie an, als ihre Freundin gegen sie aussagte, und wollte, dass sie wenigstens einmal zu ihr hersah, während sie die Fragen des Staatsanwalts beantwortete. Wenn sie Edie in die Augen sehen könnte, würde sie aufhören. Aber Edie sah sie nicht an.

Lee dachte viel über Edie nach, ihre Freundin, die ihr einmal erklärt hatte, dass sie Lee hatte retten wollen. Lee hasste es, dass es stimmte: Sie war tatsächlich verloren gewesen, und Edie hatte sie gefunden und mitgenommen, am Ende jedoch fallenlassen. Eine Weile lang hatte Lees Leben eine Richtung gehabt, sie hatte Pläne fürs College und eine Freundin, doch das war nun vorbei und sie wieder ohne jeden Halt. Sie trieb durch den Raum, ohne einen Fixpunkt, um den sie hätte kreisen können. Sie hatte die Sache auf sich genommen. Für Edie. Warum? Weil sie das Gefühl hatte, ihr etwas zu schulden? Lee war sich mittlerweile ziemlich sicher, was mit dem kleinen Vogel geschehen war, den Edie mit nach Hause gebracht hatte. Wahrscheinlich hatte sie sich gleich wieder etwas anderem zugewandt und den Vogel in ihrem Zimmer sterben lassen.

Lee versuchte, Edie zu hassen. Sie wusste, sie war dazu fähig (sie hasste auch Steve und selbst ihre Mutter), aber Edie war nur schwach und verängstigt, und dafür konnte Lee sie nicht hassen. Die Szenen, die ihr wieder und wieder durch den Kopf gingen, Szenen mit Edie, waren durchweg gute Erinnerungen. Einen großen Teil ihrer Highschool-Zeit über hatte Edie ihr gegeben, was sie wollte. Lee zog es den Magen zusammen, dass es wehtat.

Nach einer Weile – Lee konnte nicht sagen, wann genau (nach einem Tag? Einer Woche?) – begann die Filmschleife in ihrem Kopf, sie verrückt zu machen. In ihrer Zelle gab es nichts Behagliches. Das Bett stand mitten im Raum, und sie konnte sich nirgends anlehnen, wenn sie darauf lag. Der Boden war kalt, und der einzige andere Sitz die deckellose Toilette. Manchmal lag sie auf dem Bett und starrte die Decke an, fühlte sich ausgeliefert, als gäbe es etwas, das sie fortwährend ausspionierte, ganz knapp außerhalb ihres Blickfelds. Die am weitesten von der Tür entfernte Ecke fühlte sich am sichersten an, und oft kauerte sie sich dort stundenlang zusammen, bis ihr die Kälte in die Knochen kroch.

Am Anfang hatte Lee keine Einzelzelle gehabt. Sie war in einem Bus mit zwölf anderen Mädchen ins Jugendgefängnis gekommen, von denen keines so verängstigt wirkte, wie Lee sich fühlte. Der Gefängniskomplex war eine Art Feldlager mit langen, gedrungenen beigefarbenen Gebäuden, die eher wie ein Gemeindezentrum aussahen, nicht wie eine Strafanstalt. Es gab drei Zellenblöcke, jeder mit dreißig bis fünfzig Mädchen, die nach ihrem Risikopotenzial verteilt worden waren. Lee kam in Block zwei für nicht gewalttätige Straftäterinnen, die ein eher niedriges Risiko darstellten.

Die Mädchen in Block eins waren wegen Gewaltverbrechen verurteilt, tätlichen Angriffen oder bewaffnetem Raub, einige von ihnen Wiederholungstäterinnen und vom Strafsystem verhärtet. Block drei, ein fensterloses Gebäude, das von den beiden anderen durch einen Hof abgetrennt war, wurde vom Personal und den Mädchen nur das »Wunderland« genannt.

So waren die Anstaltsinsassinnen grundsätzlich voneinander getrennt untergebracht, beim Essen und während ihrer täglichen Stunde im Hof – einem schäbigen Stück Gras mit ein paar Bänken ringsum und einem halben Basketballfeld – kamen sie jedoch zusammen. In der Cafeteria saßen sie im Prinzip nach Blöcken getrennt und wurden überwacht. In den Ecken stand je eine Aufsicht, zwei weitere liefen zwischen den Tischen umher und sorgten dafür, dass sie alle nur gedämpft miteinander sprachen.

Lee wählte dieselbe Strategie wie während ihrer ersten Monate in der Highschool: Sie hielt sich bedeckt, ging den anderen aus dem Weg und beobachtete nur. Aber anders als in der Highschool war es in der Strafanstalt nicht möglich, unsichtbar zu bleiben, und es zu versuchen, machte sie bereits zu einem möglichen Ziel von Angriffen. An ihrem dritten Tag saß sie am verlassenen Ende eines Tisches, den Kopf tief über ihr Tablett gesenkt, und schaufelte sich das Essen in den Mund, als sie jemanden hinter sich spürte. Sie fasste die Gabel fester, hielt den Kopf aber unten. Ein Mädchen schlich langsam an ihr vorbei und ließ sich auf den Platz ihr gegenüber sinken. Lee sah zwei Hände mit einer blassen, fast durchsichtigen Haut und erlaubte es sich, den Blick zu heben.

Das Mädchen hatte kurzes, struppiges, verfilztes schwarzes Haar, knochige Wangen und einen breiten Mund, der ein dünnes Lächeln erkennen ließ.

Lee war klar, dass sie jeden Blickkontakt mit einem der anderen Mädchen meiden sollte, weil dieser als Einladung oder Bedrohung hätte betrachtet werden können, aber es ging nicht anders, und als sie ihr Gegenüber erst einmal ansah, vermochte sie den Blick nicht wieder abzuwenden. Im Weiß der großen Augen des Mädchens trieben zwei stahlblaue, klumpig und verwachsen wirkende Irisscheiben. Zwei Kobaltquallen in Pfützen aus Milch.

Lee und das Mädchen starrten sich über den Tisch hinweg an. Lee verlor sich in diesen Augen, ihr Gegenüber blieb ruhig und zuckte mit keiner Wimper. Die anderen sahen zu ihnen herüber. Dann griff die Starrende nach Lees Hand. Ihre Haut war trocken, aber warm. Das Lächeln wurde breiter, und sie ließ einen langen, hohen Jammerton hören, der tief aus ihrer Brust kam. Schließlich eilte ein wie ein Arzt aussehender Mann herbei, berührte ihre Schulter, und sie zog ihre Hand zurück und ließ sich an einen anderen Tisch führen, wo sie sich setzte und darauf wartete, dass der Mann ihr etwas zu essen brachte.

Eines der anderen Mädchen rutschte auf den Platz gegenüber von Lee. »Hat sie was zu dir gesagt?«

Lee zuckte mit den Schultern, den Blick auf ihr Essen gerichtet.

Das Mädchen war eine untersetzte Latina mit einem aufs Handgelenk tätowierten Namen, dessen Schrift so verschnörkelt war, dass man ihn kaum lesen konnte. »Warum trägst du keine Schuhe?«

Lee sagte nichts, sie hob nicht mal den Blick. Am Tag zuvor hatte eine andere Insassin Lee mit Unterstützung von Späherinnen auf dem Klo ein Bein gestellt, sich ihr rückwärts auf die Brust gesetzt, ihr die Schuhe abgenommen und war ohne ein Wort wieder verschwunden. Lee war erleichtert gewesen, dass das alles war, doch sie wusste, sich so leicht und kampflos überwältigen zu lassen bedeutete, dass sie ab sofort eine Zielscheibe auf dem Rücken trug. Sie war nicht nur still, sondern auch ein leichtes Opfer. Keiner der Wachleute hatte gemerkt, dass sie den ganzen Tag in Strümpfen herumgelaufen war.

»Keine Sorge, ich besorg dir neue.«

Lee stach mit ihrer Gabel ein Stück Thunfisch-Käse-Auflauf ab, der zu einem festen Klotz geworden war. Sie riskierte einen Blick. Nicht hinauf bis zu den Augen des Mädchens, aber bis zum Mund. Die Unterlippe war in der Mitte aufgeplatzt und verkrustet.

»Die gerade? Die ist aus'm Wunderland.« Sie sprach das Wort praktisch ohne »d« aus. Als Lee nicht antwortete, fügte sie hinzu: »Block drei. Eine Irre. Ein Thrumm-Kid. Die lassen sie jetzt zusammen mit uns essen. Ist ein Experiment.«

Lee erfuhr später, dass der Block, den sie »Wunderland« nannten, die Psychoabteilung der Anstalt war, die einige Jahre zuvor für die immer zahlreicher werdenden ziellos durch die Stadt treibenden Kinder eingerichtet worden war, Kinder mit verquollenen, wie gelierten Augen, die völlig willenlos waren. Konnte man die Eltern ausfindig machen, wurden sie nach Hause geschickt, aber zu viele waren Ausreißer oder Ausgestoßene, die niemand wollte. Die Krankenhäuser und Waisenhäuser Philadelphias waren nicht darauf eingerichtet, mit einer derartigen Welle fertigzuwerden. Die Kids waren wie Schlafwandler, hilflos und so leichte Opfer, dass sie von den übrigen Insassen der Anstalt getrennt werden mussten. Lee dachte an Claire, die vor Kurzem verschwunden war. Spurlos. Gehörte sie auch zu ihnen? Lee wusste nicht, was sie glauben sollte, aber wochenlang sah sie beim Einschlafen die Quallenaugen dieses Thrumm-Mädchens durch das Dunkel treiben.

Lee dachte immer noch an Edie, wenn auch nicht mehr so oft wie früher. Die Szenenfolge hatte sich auf ein paar kurze Ereignisse reduziert, die Lee nicht aus dem Kopf wollten: wie Edie sie das erste Mal mit nach Hause genommen hatte und sie in ihrem Zimmer gesessen und getrunken hatten. Wie Edie sie abgewiesen und ihr Claire vorgezogen, sie dann aber wieder zurückgeholt hatte, einfach, indem sie sich eines Tages bei der Schulversammlung an Lees Schulter lehnte und einschlief. Und wie sie Lee angefleht hatte, den Detectives nichts von der S.A.-Party zu erzählen, auf der sie mit Claire gewesen war. Was war da passiert?

Jetzt näherten sie sich dem Jahresende. Edie verschickte sicherlich gerade ihre Bewerbungen fürs College. Wenn Lee wieder rauskam, würde Edie ihr erstes Jahr hinter sich haben.

Lees Mutter besuchte sie ganze drei Mal und gab dann auf, nachdem Lee sie alle drei Mal nicht hatte sehen wollen. Sie schrieb Briefe, aber Lee las nur den ersten. An einer einzigen Stelle benutzte ihre Mom das Pronomen »ich« und verließ sich im Übrigen auf das »wir«. Sie und Steve, erklärte sie ihr, seien mehr als einmal in sich gegangen und übereingekommen, dass auch Lee in sich gehen müsse. Es sei »Lees Reise« und das Beste, wenn sie selbst ihren Weg finde. Es tue ihnen leid, dass Lee sie nicht sehen wolle, doch sie verstünden es. Sie wüssten, dass es nicht leicht für Lee sei, ihre Haltung nachzuvollziehen, doch sie wüssten auch, dass ihr mit der Zeit die Weisheit, die dahinterstand, bewusst werden und sie als erwachsene Frau nach Hause zurückkehren werde. Lee machte aus dem Brief einen triefnassen Klumpen und warf ihn an ihre Zellendecke, wo er zwischen den kleinen Klopapierbällen der Mädchen vor ihr kleben blieb.

Nachts lag sie wach und hatte fürchterliche Angst. Es gab Gerüchte von Mädchen, die man im Wäscheraum vergewaltigt oder mit Rasierklingen traktiert hatte, einfach weil sie zu hübsch waren. Lee übernahm einen Job in der Bibliothek, der ihr erlaubte, sich vom Großteil der anderen fernzuhalten, und die drei, die Lee die Schuhe gestohlen hatten, mussten zähneknirschend zur Kenntnis nehmen, dass Maria, die Latina, ihr nicht nur neue Schuhe besorgt, sondern sie auch unter ihre Fittiche genommen hatte. Maria Velasquez redete ständig, sie war wie ein Wasserhahn, der nie abgestellt wurde, und vielleicht schloss sie Lee auch deswegen so ins Herz, weil die kaum etwas sagte und immer zuzuhören schien. Fast alle von Marias Geschichten drehten sich um ihren Freund Javi, der in einer Gang war und Leute getötet hatte, ihr aber immer treu blieb. Maria hatte noch ein Jahr, und anschließend würden sie heiraten und eine Familie gründen. Für Maria war klar, dass Javi das Bandenleben dann aufgeben würde, selbst wenn er da herausgehauen werden musste. Sie würde ihn bei ihrem Onkel unterbringen, der ein Pfandhaus besaß und mit geklauten Sachen handelte, oder bei ihrem Vater – der betrieb einen Schrottplatz, wo sie und Javi es hinten in den alten Autos miteinander getrieben hatten.

Maria hatte den Ruf verrückter Gewalttätigkeit – einmal hatte sie versucht, einer anderen Insassin mit einem Löffel ein Auge auszustechen, bloß weil die sie falsch angeguckt hatte –, und so änderten die drei Mädchen ihre Strategie und begannen, Lee auf immer subtilere Weise zu quälen. Sie warfen ihr Luftküsse zu, stellten ihr auf dem Flur ein Bein und spuckten sie an, wenn Maria gerade nicht in der

Nähe war, und wenn doch, zwinkerten sie ihr zu und machten ihr klar, was auf sie wartete. Eine von den dreien arbeitete in der Cafeteria, und Lee fand oft Dinge in ihrem Essen: Glasscherben, Insekten und schmieriges, undefinierbares Zeug. Die drei wussten, sie konnten all ihre Wut an Lee auslassen, ohne dass die sich je wehren würde.

Maria hatte Lee gesagt, sie solle zu ihr kommen, sobald sie jemand auch nur komisch ansah. Lee war dankbar und sogar gerührt, schließlich wollte Maria nicht einmal etwas dafür haben, aber sie wusste, dass sie mit ihren Problemen besser nicht zu ihr lief. Sie musste selbst damit fertigwerden. Dann, nach mehr als drei Monaten, in denen sie versuchte, die Mädchen zu ignorieren, in ständiger Angst, in einer dunklen Ecke des Gefängnisses von ihnen abgefangen zu werden, nach drei Monaten, in denen sie Tag für Tag ihr Essen so akribisch durchsuchte, dass sie, wenn die Zeit um war, höchstens ein paar Bissen heruntergebracht hatte, fand sie zwischen ihren Spaghetti etwas, das womöglich der Schwanz einer Ratte war. Und als sie die drei an ihrem Tisch lachen sah, tat Lee das Schlimmste, was sie in ihrer Situation tun konnte. Etwas in ihrem Herzen, das sie bisher noch zusammengehalten hatte, riss, und noch bevor sie sich dessen bewusst wurde, liefen Lee Tränen über die Wangen.

Lee spürte, dass alle Blicke im Raum auf sie gerichtet waren. Sie sah kurz zu Maria, deren Gesicht voller Abscheu war, die dann jedoch aufstand, eine spitz gefeilte Zahnbürste aus dem Strumpf zog, ruhig hinüber zu Mel, einer von Lees Peinigerinnen, ging und ihr, bevor die sich umdrehen konnte, die Bürste in die Schulter rammte.

Ihren Schrei noch im Hals, verdrehte Mel den Kopf, um zu begreifen, warum da dieses Ding aus ihrer Schulter ragte. Die anderen Mädchen standen auf und machten sich davon. Es war, als wäre Mel das Zentrum einer Explosion und die Mädchen die wegspritzenden Schrapnellsplitter. Nur Maria nicht. Sie legte es offenbar darauf an, dass Mel ihr in die Augen sah und begriff, wer da auf sie eingestochen hatte. Als Mels Schrei schließlich aus ihrer Kehle drang, waren bereits zwei Wachleute bei Maria, rissen sie zu Boden, und einer drückte sie mit dem Knie auf den Beton, während der andere ihr Handschellen anlegte. Lee stand da und sah zu. Maria lächelte.

Mel presste sich gegen den Tisch und schrie, jemand solle ihr diese Bürste aus dem Rücken ziehen, aber alle hielten Abstand. Endlich kam ein Pfleger von der Krankenstation und brachte sie weg. Die Zahnbürste steckte noch immer in ihrer Schulter.

Die Wachleute hatten nicht gesehen, wie Maria zugestochen hatte, die Videokamera stand im falschen Winkel, und keines der Mädchen sagte etwas, nicht mal Mel. Trotzdem sperrten sie Maria ein und schrieben ihr die Sache zu. Lee wusste, was sie zu tun hatte – was von ihr erwartet wurde und was richtig war. Als Lee den Direktor sprechen wollte und gestand, auf Mel eingestochen zu haben, war klar, dass er ihr nicht glaubte. Durch ihr Geständnis brach die Anklage gegen Maria jedoch zusammen, und sie hatten nur noch Lee, der sie die Sache anhängen konnten. Und so taten sie es.

Das Deckenlicht brannte ständig, und schloss Lee die Augen, konnte sie sein Nachbild sehen, eine über ihr schwebende orangefarbene Kugel. Das Licht folgte ihr, wenn sie in der Zelle auf und ab lief, trieb über ihr, wenn sie zu schlafen versuchte. Ihm war nicht zu entkommen. Nach achtundzwanzig Tagen verlor sie die Hoffnung, je wieder aus dieser schrumpfenden Schachtel gelassen zu werden, und da sie nirgends hinkonnte, nur in sich hinein, vergrub sich Lee in ihrem Inneren. Jeden Tag trieb sie den

Tunnel etwas weiter voran, richtungslos und ohne ein Empfinden für oben und unten. Es gab nur dieses Nach-Innen. Eines Tages glaubte sie, eine leichte Vibration zu hören, als stimmte jemand ein Cello, irgendwo in der Finsternis ihres Selbst, und sie folgte dem Klang, grub weiter nach oben oder unten, wohin auch immer, und versuchte, ihn zu lokalisieren und die Vibration mit den Händen zu spüren. Aber sie kam nicht näher heran, im Gegenteil, je mehr sie grub, desto weiter entfernte sich der Klang, bis sie so in sich verloren war, dass ihr Körper dort in dem blassen Betonraum zu essen und sich zu bewegen aufhörte.

Sie brachten sie in die psychiatrische Abteilung, nach Wunderland, und Lee lag ein paar Tage in einem Krankenhausbett und wurde über einen Tropf ernährt. Die Hände wickelten sie in Verbandmull, da Lee sich die Nägel blutig gebissen hatte. Dort in diesem Bett ließen die Vibrationen nach, sie hörte auf zu graben, und bald schon ging sie in langsamen, ziellosen Kreisen über die Station. Sie sprach immer noch nicht mit den anderen Mädchen oder dem Personal, die sich ihrerseits auch kaum Mühe gaben, mit ihr in Kontakt zu treten. Die Mädchen im Wunderland unterschieden sich von denen in Block zwei. Wie Geister begegneten sie einander auf den Fluren oder saßen reglos in ihren Zimmern, und einige von ihnen waren wie das Mädchen aus der Cafeteria mit seinen Quallenaugen und dem auf nichts und niemanden gerichteten Lächeln. Das Personal nannte sie Thrumm-Kids – den Ausdruck hatte auch Maria gebraucht – und schubste sie herum wie Airhockey-Pucks. Ein kleiner Stoß, und sie trieben ziellos in jede erdenkliche Richtung. Sie schienen harmlos, aber Lee fand sie unheimlich.

Es war nicht schrecklich im Wunderland. Als Lee die Mädchen erst einmal etwas besser kennengelernt hatte, waren die meisten von ihnen okay. Das Essen schien unverdorben, ohne Insekten, und es hatte auch niemand hineingespuckt. Der Versuch, gemeinsam mit den anderen Blöcken zu essen, war bereits wieder abgebrochen worden. Außerdem gab es einen Garten, in dem Lee arbeiten durfte. Jeden Tag legte sie etwas an Gewicht zu, und ihre Haut gewann neue Farbe. Aber Lee wusste, sie würde nicht lange hierbleiben. Sobald die Ärzte beschlössen, dass es ihr gut genug ging, würde man sie zurückschicken, entweder in Einzelhaft oder zu den anderen, und sie wusste nicht, wovor sie mehr Angst hatte.

Wenn sie daran dachte, was ihr bald wieder bevorstand, konnte sie kaum mehr atmen, ganz gleich, wie viel Luft sie in sich hineinsog. Das seien Panikattacken, erklärte der Arzt und gab ihr Beruhigungstabletten. Weil die Attacken jedoch das Einzige waren, was sie vor den anderen in Block zwei bewahrte, vermied Lee es, die Tabletten zu schlucken, spuckte sie aus und steckte sie in einen Riss in ihrer Matratze. Doch dann legten sich die Attacken von selbst. Das Personal übertrug ihr Aufgaben – das Wunderland-Büro aufräumen, Dokumente ablegen –, und Lee wusste, ihre Tage waren gezählt.

Eines Morgens war Lee allein im Büro und fühlte einen kalten Luftzug über ihren Nacken streichen. Sie drehte sich um und sah zu den Lamellen einer rechteckigen Belüftungsöffnung hinauf. Sie brauchte einen Moment, um zu überlegen, ob ihre Schultern da hindurchpassen würden, und suchte dann das Büro ab, bis ihr Blick auf den Metallstreifen eines Hängeordners fiel: Das war ein brauchbarer Schraubenzieher. Lee kletterte auf den Schreibtisch, entfernte die Lüftungsabdeckung und vermochte sich gerade so in den Schacht dahinter zu zwängen.

Mit Schultern und Hüften schob sie sich zentimeterweise voran. Es war zu eng, um wieder umzudrehen, und die Düsternis wurde immer schwärzer, bis sie sich in totaler

Dunkelheit wiederfand. Lee hatte nicht überlegt, was passieren würde, wenn sie stecken blieb, und sie begann sich auszumalen, wie es wäre, hier nicht wieder herauszukommen und in dieser Blechröhre zu verhungern. Ihr Atem wurde flacher und schneller, bis sie Mühe hatte, überhaupt noch Luft zu bekommen. Da war sie, eine neue Attacke, und Lee wusste, so gefangen und blind wie ein Wurm, würde das ihr Ende sein. Die Finsternis drängte in ihre Lunge, bis jeder einzelne Atemzug nur mehr ein Schluckauf war. Lee versuchte sich zurückzuzappeln, aber da waren Ellbogen und Handgelenke im Weg, und mit jeder Bewegung verkeilte sie sich nur noch mehr. Schließlich gelang es ihr, sich auf die Seite zu drehen und zehn, fünfzehn Zentimeter weiter vorzuschieben. Und noch einmal, und noch einmal. Als sie das Licht vor sich sah, kam auch die Luft wieder. Sie gab sich alle Mühe, das Kratzen in der Kehle wegzuschlucken, aber zu husten hatte sich noch nie so gut angefühlt.

Der Schacht brachte sie in einen Raum voller Wasserboiler, Heizkessel und Sicherungskästen. Gegenüber gab es eine Tür. Lee stand da, lauschte eine Weile und versuchte sich vorzustellen, was sich dahinter verbergen mochte. Endlich drückte sie die Klinke herunter. Durch den Spalt sah sie in einen Gang, von dem auf einer Seite mehrere Räume abgingen. Leise schlich sie ihn hinunter, konnte Stimmen hören, duckte sich unter den kleinteiligen Gitterfenstern durch und kam ganz am Ende an eine schwere Eisentür, die, wie sie durch das eingelassene quadratische Fenster sehen konnte, nach draußen führte.

Buch II

Der Übergang von der Jungfrau zur Braut

Drei

Die Tür schloss sich mit einem harten Klacken hinter ihr. Lee stand auf einem trockenen Grasstreifen, die Sonne warm auf ihrem Gesicht. Es war Mitte August. Nach acht Monaten und ein paar Tagen ihrer siebzehnmonatigen Strafe war sie wieder frei. So einfach war das. Zu ihrer Linken lag ein Parkplatz, und hinter ihr erstreckte sich die lange Mauer Wunderlands, das von außen eindeutig wie ein Lagerhaus aussah. Wie sie jetzt sah, war es nicht mehr als ein großer, provisorischer Container, etwa so wie das Ding, in das sie während des Jahres gezogen waren, als ihre Schule umgebaut worden war. Die eigentliche Strafanstalt, ein massiger, Respekt einflößender gestrichener Ziegelbau, stand dahinter. Vor ihr, hinter einem Stück Land mit vergilbtem Unkraut und ein paar Wildblumen, begann der Wald mit der Zugangsstraße, über die sie mit dem Bus 244 hierhergekommen war.

Lee ging in die Hocke, als sie Stimmen hörte, dann ein Piepsen. Eine Tür schlug zu, und ein grauer SUV verließ den Parkplatz, fuhr durch ein Sicherheitstor und verschwand auf die Straße. Über das Stück Land vor ihr verlief ein hoher Maschendrahtzaun, gesäumt von Stacheldraht. Lee lief hin, kletterte behände daran empor und stellte fest, dass sie den Stacheldraht weit genug auseinanderdrücken konnte, um hindurchzuschlüpfen und auf die andere Seite zu gelangen. Es waren höchstens noch dreißig Minuten bis zum Mittagessen, bei dem ihr Fehlen bemerkt werden würde. Sobald sie den Wald erreicht hatte, fing sie an zu rennen.

Lee war nie besonders sportlich gewesen, und die Zeit in der Anstalt, besonders die Einzelhaft, hatte ihr auch noch das letzte bisschen Körpergefühl und Kraft genommen. Sie geriet gleich außer Atem, hielt jedoch durch, indem sie sich auf das Geräusch ihrer Schuhe auf dem laubbedeckten Waldboden konzentrierte. Verschwommen zog die Welt in einer Endlosschleife aus Bäumen und flackerndem Licht an ihr vorbei.

Lee blieb stehen, ihr war schwindelig, sie stützte die Hände auf die Knie und spuckte vorgebeugt eine klebrige Masse aus Speichel und Schleim aus. Die Bäume standen dicht, und sie konnte in keiner Richtung weiter als ein Dutzend Meter sehen. Lee dachte an die Fahrt vom Gericht hierher. Der Bus war etwa zwanzig, dreißig Minuten mehr oder weniger nach Norden gefahren und dann vom Freeway auf die Zubringerstraße abgebogen. Damals war Lee der Wald wie eine durchgehende Wand vorgekommen.

Sie lief bis weit nach Einbruch der Dunkelheit, lief, bis sie taumelte und stolperte, und war immer noch im Wald. Irgendwann konnte sie einen Fluss hören und achtete darauf, ihn links neben sich zu halten, damit sie sich nicht im Kreis bewegte. Der Mond war voll, was ebenfalls ein Glück war, denn ohne ihn wäre sie schon vor Stunden direkt in einen der Bäume hineingerannt. Sie wusste, dass sie nicht mehr viel Kraft hatte, und lief nur noch weiter, weil ihr der Gedanke, mitten im Wald zu schlafen, Angst machte. Weiter und weiter schleppte sie sich, fiel in jeden Schritt und hielt sich gerade aufrecht genug, um nicht zu Boden zu gehen.

Bis der Wald so plötzlich aufhörte, dass Lee fast eine Böschung hinunterstürzte. Gut zehn Meter unter ihr auf dem Freeway zog ein stetiger Strom an Autos vorbei. Sie landete auf dem Hintern, bekam eine Ranke zu fassen, zog sich zurück auf die Beine und rannte die Böschung entlang, bis sie zu einer Betontreppe kam. Die Treppe brachte sie auf einen leeren Parkplatz unter einer Brücke. Es waren keine Autos da, keine Leute, aber von oben drang das beständige Rauschen des Verkehrs zu ihr herunter. Noch immer legte sie keine Rast ein. Hier wollte sie genauso wenig schlafen wie im Wald.

Aber wohin konnte sie? Zu Hause würden sie als Erstes nach ihr suchen, und sowieso, zum Teufel mit ihrer Mom, zum Teufel mit Steve. Eine dieser Notunterkünfte für Teenager würde der zweite Ort sein, an dem sie suchten, da hätte auf ihrer orangefarbenen Baumwolluniform hinten auch gleich »GEFLÜCHTET« stehen können. Sie dachte an die obdachlosen Kinder, die sie in der Stadt um Kleingeld hatte betteln sehen, und fragte sich, wo die schliefen. Gehörte sie jetzt zu denen?

Lee versuchte sich zu erinnern, wo sie die zerlumpten Wechselgeld-Kids gesehen hatte, deren Blick sie immer ausgewichen war. Sie wusste, am späteren Vormittag trieben sie sich um die großen Kaufhäuser herum, aber so öffentlich konnte sie sich keinesfalls sehen lassen. Lee hielt sich im Schatten der Häuser und nahm die kleineren Straßen, wo immer es ging. Sie hütete sich vor Polizisten, den Kopf im Übrigen gesenkt und die Arme um sich geschlungen, als könnte sie so die Gefängnisuniform verbergen. Bis sie irgendwann an einer mexikanischen Bäckerei vorbeikam, in dessen Fenster bauschige weiße Brotlaibe aufgereiht waren, und die ganze Gegend roch nach gegrilltem Fleisch. Lee hatte seit dem Frühstück nichts gegessen, und der Hunger nagte an ihren Eingeweiden.

Ein paar Straßen weiter konnte sie den Delaware River sehen. Sie setzte sich auf eine Bank unter einem Baum am Ufer und beobachtete drei Männer, die auf einem Felsen standen und fischten. Als sie ihre Ruten und Eimer in einen alten Truck packten, war der Mond längst untergegangen.

Sie ließen ein paar Fast-Food-Schachteln zurück, und Lee fand darin etwas weiches Brot und eine halbe Zwiebelscheibe. Sie hatte keine Ahnung, was sie tun sollte. In ihrem Aufzug etwas zu stehlen wäre Selbstmord gewesen, und so kehrte sie zu ihrer Bank zurück und setzte sich wieder. Wo sollte sie hin, wenn sie aufstand?

Eine einsame Gestalt ein Stück in den Park hinein beobachtete sie. Der Mann war kaum mehr als ein Schatten, er stand außerhalb der Laternenkegel, doch sie spürte, dass er zu ihr herübersah. Also erhob sich Lee doch, ging los und spürte, dass er ihr folgte. Noch bevor sie begriff, dass sie rannte, war sie außer Atem. Jedes Luftholen stach ihr in die Lunge. Sie wurde langsamer, sah sich aber nicht um, bis sie ein Dutzend Ecken hinter sich gebracht hatte und anfing, in Fußgänger hineinzulaufen. Die Straßen hier waren belebt. Lee erkannte die Gegend und lief weiter, hatte Angst, die Anonymität des Stadtzentrums zu verlassen, aber auch, stehen zu bleiben. Selbst als die Menschen weniger wurden, die Straßen leerer, die Blasen an ihren Füßen aufrissen und die Knöchel zu schreien begannen, lief sie weiter. Ein paar betrunkene Männer kamen aus einer Kneipe, einer fragte: »Wie viel, Mäuschen?«, zwei andere lachten, und ein vierter zuckte verlegen mit den Schultern. Sie sah, wie sie ein Taxi heranwinkten und davonfuhren. Lee ging weiter. Bis sie nur noch hinken konnte.

Der Mann, der ihr gefolgt war, war verschwunden, und Lee spürte, wie sie sich etwas entspannte. Doch damit überkam sie eine überwältigende Müdigkeit. Mit dem letzten bisschen Kraft, das ihr noch geblieben war, humpelte sie zum Rand eines kleinen Parks, wo Leute hinter Bäumen und Büschen Pappen zum Schlafen ausgebreitet hatten. Lee war zu müde, um nach einem eigenen Stück Pappe zu suchen, aber sie fand einen Platz zwischen ein paar Büschen mit nichts als einer schmutzigen Zeitschrift und einem

Kreis leerer Bierdosen. Dort legte sie sich hin, zitterte trotz der nächtlichen Hitze und spürte Ameisen ihren Rücken hinaufwandern, die Erde an ihrer Wange. Sie dachte, so würde sie niemals schlafen können, doch dann tat sie es und fiel gleich in einen Traum, in dem sie tief unter Wasser trieb, umgeben von stahlblauen Quallen, die ihr mit ihren Tentakeln elektrische Impulse über die Haut jagten.

Sie wachte auf, weil sie jemand schüttelte. Sah als Erstes die Abzeichen an der Jacke, und ihr Körper erschlaffte, gab auf. Das war es also: Sie hatten sie bereits gefunden. Sie wurde zurückgeschickt. Wahrscheinlich wieder in Einzelhaft. Dann hob sie den Blick und sah, dass es ganz und gar kein Polizist war, der sie da geweckt hatte, sondern ein Kerl in einer alten Militärjacke. Wirklich alt, so was wie aus dem Ersten Weltkrieg.

»Kannst hier nicht schlafen«, sagte er. Er hatte einen Bart und Schmutz im Gesicht, sah aber jung aus, eher wie jemand, der einem einen Caffè Latte servieren sollte.

»Das wusste ich nicht«, sagte sie. »Der Platz sah frei aus.«

Er deutete auf den Kreis leerer Dosen. »Mein Zeichen. Das kennen alle.«

»Und wohin soll ich dann?«

Er sah auf einen Punkt über ihrem Kopf, während er sprach. »Hast du was zu trinken?«

Lee schwieg.

»Geld?«

Sie schüttelte den Kopf.

Enttäuscht schob er die Lippen vor. »Nicht hier. Vielleicht solltest du mit dem Stationsvorsteher reden. Er wird was für dich finden.«

»Wer ist der Stationsvorsteher?«

»Kennst du die alte Dampfkraftanlage draußen in Callowhill?«

Lee verneinte.

»Da in der Nähe. Wenn du ihn finden sollst, wirst du ihn schon finden. Wenn nicht, dann nicht.«

Sie stand auf, ließ den Blick über den kleinen Park und die schlafenden Gestalten wandern und humpelte davon.

Lee wühlte sich durch einen Container, schob verrottendes Gemüse und pralle Säcke mit Metzgereiresten zur Seite und suchte nach etwas Essbarem, irgendeiner noch geschlossenen Packung, als sie spürte, dass da jemand hinter ihr stand. Der Arm eines Mannes packte ihre Brust, und er drückte sie gegen den Container. Seine Hand griff unter das Oberteil ihrer Gefängnisuniform und begann, ihren Bauch zu kneten. Sein warmer Atem traf auf ihren Nacken. Lee versteifte sich, der Mann packte sie fester und schob sie langsam zur Seite, bis er sie an der Mauer des Gebäudes hatte, zwischen zwei Containern. Lee fühlte seine Erektion, während der Kerl versuchte, ihr die Hose herunterzuziehen. Sie war vor Angst wie gelähmt und wollte sich zu etwas Hartem, Undurchdringbarem machen, doch dann spürte sie seine Finger, etwas in ihr löste sich, und sie trat heftig mit dem Fuß nach ihm. Er schlang ein Bein um sie, und sie wehrte sich, versuchte, unter ihm wegzukommen. Aber sein Gewicht erdrückte sie, bis er sich verspannte, erschaudernd keuchte und losließ. Einen Moment lang verharrte sie so, während der schwere Atem an ihrem Ohr zu einem stetigen Schnaufen wurde, nahm dann vorsichtig seine Hand und schob sie weg. Sie glitt zwischen ihm und der Mauer hervor. Er hatte seine Hose noch an. Der Gürtel und der obere Knopf waren offen, weiter war er nicht gekommen. Sie vermochte nicht, ihm ins Gesicht zu blicken. Lee lief davon, hinkte mehr noch als zuvor und blieb erst wieder stehen, als die Sonne ganz aufgegangen war und warm auf ihren Nacken schien.

Ihr Mund fühlte sich geschwollen und trocken an, und der Hunger wurde zu einem schmerzvollen Stechen in ihrem Magen. Auf dem Weg durch Fishtown sah sie eine Frau vom Tisch vor einem Café aufstehen, auf ihrem Teller ein nur halb gegessenes Sandwich. Lee schnappte es sich, ohne zurückzusehen, und verschlang es mit drei Bissen. Es war längst nicht genug und ließ sie ihre Müdigkeit nur noch schlimmer spüren. Sie lief in Richtung Süden, nach Callowhill, einfach, um ein Ziel zu haben.

Das Mädchen war dünn wie eine Pusteblume, hatte lockiges braunes Haar und ein spitzes Gesicht, das all ihre Züge nach vorn streben ließ. Sie saß vor dem 7-Eleven und hatte ein kleines Pappschild vor sich aufgestellt: »FUCK YOU. GIB MIR GELD.«

Es gab hier nicht viele Fußgänger, und Lee fragte sich, warum sie sich ausgerechnet hierher gesetzt hatte. Ein junger Mann mit einer Melone kam auf einem uralten Fahrrad vorbei, vorn ein großes und hinten ein kleines Rad. Er zwinkerte Lee zu. Das Mädchen sah nicht mal auf. Lee versuchte, all ihren Mut zusammenzunehmen, und machte mehrere Anläufe, sie anzusprechen, wandte sich jedoch jedes Mal wieder ab, bevor sie einen Satz herausbringen konnte. Als das Mädchen sie schließlich seinerseits ansprach, war Lee so überrascht, dass sie nicht verstand, was es sagte.

Es wühlte in einem schwarzen, mit Klebeband zusammengehaltenen Riesenmüllsack und sah weiterhin nicht zu Lee auf. »Ich sagte, du kannst hier nicht zocken. Das ist meine Ecke.«

»Ich kann hier *was* nicht?« Lee verstand, was das Mädchen meinte, aber das Wort weckte in ihr den Wunsch, es noch einmal zu hören.

»Das hier ist meine Ecke. Mein Schild, mein 7-Eleven. Das sind meine Kunden. Such dir deine eigene Ecke.«

»Wo?«

Daraufhin hob das Mädchen doch den Kopf und zog das untere Lid ihres rechten Auges mit dem Mittelfinger herunter. Ein nasser roter Halbmond kam zum Vorschein. Die Geste überraschte Lee so sehr, dass sie sie nicht persönlich nehmen konnte. »Seh ich aus wie'n Immomakler?«

Als Lee sich neben sie setzte, sah das Mädchen sie angeekelt an. »Was zur Hölle?«

»Das ist also dein Ausblick?« Lee versuchte zu lächeln, spürte aber, wie sich ihr Gesicht zu einer Grimasse verzog.

»Du siehst wie Kotze aus«, fauchte das Mädchen zurück.

In der Anstalt hatte es auch solche Mädchen gegeben, die so tief in sich versunken waren, dass der Versuch, sie zu erreichen, dem Rufen in einen tiefen Brunnen gleichkam. Lee sah ihr in die Augen, und da war nichts als blanker Hass. »Ich brauche nur einen Platz zum Schlafen«, sagte sie.

»Solange du's nicht an meiner Ecke tust, ist es mir scheißegal, wo du schläfst.«

Verzweifelt setzte Lee noch mal nach. »Wo schläfst *du*?«

»Fick dich.« Das Mädchen zitterte in ihrem Mantel, obwohl es im Verlauf des Nachmittags schwül geworden war.

»Ich hab von jemandem gehört, der eine Art Stationsvorsteher sein soll. Ich hab gehört, er kümmert sich um Leute.«

»Ich kenne keinen Stationsvorsteher.« Sie starrte Lee an, und Lee wollte schon aufgeben und aufstehen, als sie sagte: »Was hast du da eigentlich an?«

Lee sah an ihrer orangefarbenen Uniform hinunter, als fiele sie ihr jetzt erst auf. »Das ist von meiner Schwester«, sagte sie, und die Lüge ging ihr wie von selbst über die Lippen. »Sie wollte das Zeug verbrennen, als sie rauskam, aber ich find's cool.«

»Ist okay.« Das Mädchen streckte die Hand aus, um den

Ärmel zu berühren, und Lee setzte sich wieder hin und zog die Füße unter sich.

»Ich wette, in Orange siehst du gut aus«, sagte Lee.

»Ich seh auch so okay aus.«

»Willst du die Sachen?«

Das Mädchen sah Lee argwöhnisch an. »Gib sie mir.«

»Und was zieh ich an?«

»Ich hab eine Jeans und ein T-Shirt, die kriegst du dafür, umsonst. Keiner soll sagen, Lois hat 'ne Schwester hängenlassen.« Das Mädchen, Lois, zog die Sachen bereits aus ihrem Sack, eine dreckige Jeans mit mehr Löchern als Stoff und ein riesiges violettes T-Shirt von einer Art Gesundheitskampagne, auf dem in großen orangefarbenen Buchstaben »STÄRKER ALS KREBS« stand.

Lee spürte den Blick des Verkäufers drinnen, als sie sich das weite Oberteil über den Kopf zog und es gegen das T-Shirt eintauschte, das nach alten Kartoffelpuffern roch. Sie zog auch die Hose aus, gab beides dem Mädchen und schlüpfte in die Jeans.

»Ich bin so müde«, sagte Lee. »Gibt es hier nichts, wo ich unterkommen kann? Nur für eine Nacht oder so?«

Lois hielt die Gefängniskluft in die Höhe und las die mit einer Schablone über die rechte Brust gesprühte Zahl. Sie öffnete den Mund, um zu antworten, doch da glitt ihr Blick zu etwas über Lees Schulter, und sie knüllte die Uniform in ihren Schoß und wühlte plötzlich wieder in ihrem Sack.

Lee drehte sich um, und hinter ihr stand eine junge Frau, hielt den Kopf zur Seite geneigt und sah auf sie hinunter. Als Lee ihren Blick auffing, lächelte sie. »Wie heißt du?«, fragte sie. Sie hatte sich ihr blondes Haar in einem Wirbel oben auf dem Kopf festgesteckt, hatte silbrige Augen und hielt sich aufrecht wie eine Tänzerin.

Lee wusste nicht, warum sie ihr ihren Namen nannte, aber sie tat es.

»Hübsch«, erwiderte sie, aber Lee erschauderte. Es war ein Jungenname, ganz und gar nicht hübsch. »Brauchst du was, wo du unterkommen kannst, Lee?«

»Geh schon«, sagte Lois. »Ester kümmert sich um dich.«

Esters dick mit Tusche geschwärzte Wimpern ließen sie wie ein russisches Starlet aus einer lange vergangenen Zeit aussehen. Sie trug ein altes schwarzes Strickkleid, das sich wie ein enges Spinnennetz über ein rotes T-Shirt und ihre Jeans spannte. Sie war so hübsch, dass Lee große Mühe hatte, sie nicht anzustarren. Ester streckte die Hand aus, und Lee drehte sich noch mal zu Lois um, doch die war fertig mit ihr.

Lee stand auf.

»Du musst was Besonderes sein«, sagte Ester, wandte sich ab und wartete, dass Lee neben sie trat. »Lois redet eigentlich mit niemandem. Die meisten gehen ihr aus dem Weg.«

Lee wusste, sie war nichts Besonderes, und dass diese Ester ihr nur schmeichelte, obwohl sie keinen Schimmer hatte, warum. Aber es gefiel ihr, wenn sie lachte. Ester hatte große Pferdezähne mit einer freundlichen Lücke vorn, die sie nur noch schöner machte. »Sie wollte bloß was von mir.«

Die beiden kamen zu einem alten Ziegelbau, dessen Fenster im Erdgeschoss mit Brettern vernagelt waren. »Wo gehen wir hin?«, fragte Lee.

Ester antwortete nicht. Stattdessen zog sie an einem über den Eingang genagelten Stück Sperrholz, das an verdeckten Angeln hing und sich als Tür entpuppte. Sie hielt sie Lee auf.

Lee konnte nur drei, vier Meter in die Dunkelheit dahinter sehen.

»Kommst du?«, fragte Ester.

»Da hinein?«

»Willst du lieber draußen schlafen?«

Hinter ihr die Straße hinauf zeigten sich ein paar Kids gegenseitig Tanzbewegungen, ein Junge glitt in seinen Turnschuhen rückwärts neben einer über den Gehsteig wehenden braunen Papiertüte her. Weit dahinter konnte Lee die am Boden kauernde Gestalt von Lois erkennen.

Ester legte fürsorglich die Stirn in Falten. »Wir haben Betten, Essen und fließend Wasser.«

Worauf wartete Lee? Seit mehr als einem Tag irrte sie herum und suchte einen Platz, wo sie bleiben konnte. Noch so eine Möglichkeit würde sie nicht bekommen. Ihr fiel der Witz eines Priesters in der Haftanstalt ein, über einen tief Gläubigen, der zu ertrinken drohte und alle Hilfsangebote ablehnte, weil er meinte, dass Gott kommen und ihn retten werde. Lee tat einen Schritt vor in den Eingang. Die Tür schloss sich hinter ihr und sperrte einen Großteil des Lichts aus. Ester drückte einen Schalter, und eine einzelne Glühbirne leuchtete auf. Sie standen in einem großen Vorraum mit hoher Decke, die aussah wie rissiger Zuckerguss auf einem alten Kuchen. Was einmal Schaufenster gewesen sein mussten, war mit Brettern vernagelt. Es roch nach altem Hamburgerfett.

Lee folgte Ester eine Treppe hinten im Vorraum hinauf. Im ersten Stock gingen sie einen Flur mit Zimmern rechts und links hinunter. Türen gab es keine. Fast alle Zimmer waren bis auf eine Matratze leer, nur hier und da lagen ein paar Bücher oder Zeitschriften auf dem Boden, oder ein Teenager sah zu Lee heraus.

»Es war mal ein Geschäftshaus mit Zahnarztpraxen, Juwelieren, Psychologen und so weiter, bis es aufgegeben wurde.«

Lee fing den Blick eines Jungen in ihrem Alter auf, der Kopfhörer trug und auf einem Bett lag. Er lächelte, aber sein Blick war weit in die Ferne gerichtet. »Was ist das hier?«

Ester blieb vor dem letzten Zimmer am Ende des Flurs stehen, dem einzigen mit einer Tür. Sie leckte sich über den Daumen und wischte etwas aus Lees Gesicht. Lee wurde plötzlich bewusst, wie sie aussehen musste. Sie schämte sich. »Da ist er drin.«

»Wer?«

Ester klopfte an die Tür. »Der Stationsvorsteher.«

Die Stimme eines Mannes antwortete, und Ester drückte die Klinke herunter. Der Raum war größer als die anderen, und möbliert. An einem hölzernen Hutständer hingen etliche schwarze Kappen, und in einer Ecke sah Lee ein ordentlich gemachtes eisernes Bett. Auf einem Tisch stand ein Schachspiel, die Partie war offenbar noch nicht beendet, und an einem kleinen, an die Wand gerückten hölzernen Schreibtisch saß ein Mann. Er drehte sich nicht um, sondern saß tief über ein großes schwarzes Rechnungsbuch gebeugt, in das er sorgfältig etwas mit einem Füllfederhalter eintrug. Er hatte einen dicken Wollanzug an, obwohl es hier drin an die dreißig Grad warm sein musste. In einer Ecke stand ein Hocker, auf den oben das Vorderrad eines Fahrrads montiert war. Der Mann schrieb weiter.

Endlich hob er den Kopf, schraubte seinen Füller zu und legte ihn auf den Tisch. Das Buch schob er in eine Schublade. Der Mann nahm die Brille ab, ersetzte sie durch eine andere, wandte sich Lee zu und sah sie mit kleinen, wässrigen Augen an. Er hatte dichtes braunes, sorgfältig nach hinten gekämmtes Haar, sein Gesicht wirkte zart. Er musste etwa Ende dreißig sein und musterte Lee ohne ein Wort von Kopf bis Fuß. Lee hatte das Gefühl, als blickte er in sie hinein und sähe dort etwas, das sie selbst nicht erkennen konnte. Der Raum roch nach Knoblauch, auf dem kleinen Schreibtisch stand eine halb gegessene Schüssel Nudeln. Hunger fraß an Lees Eingeweiden, und sie blickte aus dem Fenster. Lois saß immer noch eine Straße weiter an ihrer Ecke.

Der Mann nickte Ester zu, die Lee ein ermutigendes Lächeln schenkte und sie mit ihm allein ließ.

»Also«, sagte er, als Ester die Tür hinter sich zugemacht hatte. »Erzähl mir ein bisschen von dir.«

Der Mann hatte kurze nikotingelbe Finger, aber seine Nägel waren gepflegt und glänzten.

»Was denn?«

»Okay, fangen wir so an: Wie hast du zu uns gefunden?«

Er hatte eine seltsame Wirkung auf sie. Lee wollte ihm sagen, was er hören wollte, wusste aber nicht, was das war. Was sie durcheinanderbrachte. Der Mann schien sich seiner Wirkung absolut bewusst zu sein und beantwortete ihre Beschämung mit Ruhe und Gelassenheit.

Lee überlegte. »Diese Frau, Ester. Sie hat mich gefunden.« Hat mich gefunden, warum sagte sie das so? Das klang, als wäre sie ein verloren gegangenes Hundebaby.

Der Mann legte eine Hand auf das Rad und setzte es sanft in Bewegung. »Vielleicht kommt es dir so vor. Aber wer hier wohnt, findet uns, immer. Weil er es aus irgendeinem Grund muss, manchmal, ohne zu wissen, warum – bis er darauf kommt.«

Lee betrachtete das sich drehende Rad. Sie erzählte dem Mann nichts von dem jungen Kerl im Park, der ihr gesagt hatte, sie solle nach ihm fragen. »Ich habe nach einem Platz zum Schlafen gesucht, das ist alles.«

Als er aufstand, bemerkte Lee, dass er nicht viel größer als sie selbst war. Er kam durchs Zimmer, trat neben sie und schaute wie sie aus dem Fenster. »Hat die Vollzugsanstalt deinen Bedürfnissen nicht entsprochen?«

Sie sah zu Lois hinunter, die ihren orangefarbenen Kittel trug. Er musste den Austausch gesehen haben. »Die Uniform ist von meiner Schwester.«

»Das heißt, wenn ich jetzt im Jugendgefängnis anrufe,

sagen die mir, dass sie nichts von einem geflohenen Mädchen wissen?«

Sie musterte den Mann. Was hatte er vor? Worum ging es ihm? Lee war eine gute Lügnerin, wenn es sein musste, aber manchmal zahlte es sich aus, die Wahrheit zu sagen. Sie schwieg.

Er sah gut aus, doch dann lächelte er, und Lees Blick fiel auf ein wildes Durcheinander von Karnickelzähnen. »Ganz ruhig. Wir nehmen hier alle möglichen Leute auf. Solange du gewillt bist, deinen Beitrag zu leisten.« Er holte ein altes silbernes Etui aus der Jacke und bot ihr eine Zigarette an, doch Lee lehnte ab. Wenn sie in der Anstalt eines gelernt hatte, dann, nichts anzunehmen, ehe sie nicht die Fäden sah, die damit verknüpft waren.

Er steckte sich selbst eine Zigarette an und kniff beim Ausatmen die Augen zusammen. »Sollen wir einen Platz für dich suchen?«

Lees Zimmer lag quer gegenüber vom Büro des Stationsvorstehers, und wie alle anderen bis auf seines war es ohne Tür. Es gab nur eine Matratze auf dem Boden, eine Decke und ein Kissen. Lee legte sich hin und drehte sich zur Wand. Der Stationsvorsteher hatte ihr alles gezeigt und gesagt, sie könne jederzeit zu ihm kommen, ganz gleich, was sie brauche. Sie versuchte zu schlafen, roch aber wieder den Knoblauch, als wäre er hier bei ihr im Zimmer. Sie richtete sich auf, und da stand Ester vor ihr und hielt einen Teller Nudeln vor sie hin, wie sie auf dem Tisch des Mannes gestanden hatten. Sie hatte sich das Haar mit einem Tuch hochgebunden.

»Du musst Hunger haben«, sagte sie. »Es ist nicht viel, aber es füllt dir erst mal den Magen. Am Abend gibt es dann was Richtiges.«

Lee nahm den Teller, ohne zu zögern, und stopfte sich

eine Gabel Nudeln in den Mund. Dass ihr etwas von dem warmen Öl den Hals herunterlief, war ihr egal.

»Moment.« Ester zog eine Tüte mit geriebenem Käse aus der Tasche, öffnete sie und streute etwas über Lees Teller.

Lee rührte ihn unter die Nudeln, aß weiter und starrte Ester auf die nackten Füße, bis die sich zu ihr setzte.

»Alles okay?«

Lee nickte, den Mund noch immer voll.

»Ich weiß, du bist in Schwierigkeiten«, sagte Ester. »Aber hier ist es sicher.« Ester saß so nahe neben ihr, dass Lee ihre Wärme spüren konnte. Sie kämpfte dagegen an, sich an sie zu lehnen. Etwas an der Art, wie ihr Körper auf Ester reagierte, erinnerte sie daran, wie Edie sie angezogen hatte, und dem traute sie nicht.

»Im Übrigen möchte ich, dass du weißt, du brauchst mir nichts zu erzählen, aber wenn du reden willst, bin ich immer da. Ganz gleich, was es ist.« Sie zog sich das Tuch vom Kopf und wischte Lee damit über den Hals.

Ester schüttelte ihr langes blondes Haar aus, das ihr über die Schultern fiel, und aus dem russischen Starlet wurde eine Sechziger-Jahre-Pazifistin.

»Was ist das hier?«, fragte Lee.

Ester faltete das Tuch zusammen und gab es Lee. Sie stand auf. »Wir nennen es die Kristallburg. Sieh es im Moment einfach mal als einen sicheren Platz, an dem du bleiben kannst. Du verstehst das alles schon früh genug, und bis dahin schau dich um und stell dich den anderen vor. Geh nur nicht nach oben, okay?«

»Was ist oben?«

Ester lächelte. »Lass dir erst mal Zeit. Du wirst es schon sehen. Wenn du so weit bist.«

Lee schloss die Augen eine gefühlte Sekunde lang, und als sie die Lider wieder hob, war Ester nicht mehr da. Sie war so erschöpft, dass sie sich wie ausgeleert vorkam, als bestünde sie aus nichts als alten Knochen, die von der über sie gespannten Haut zusammengehalten wurden. Lee schlief gleich wieder ein.

Dann war es dunkel, nur das schwache Licht einer Laterne fiel ins Zimmer. Lee lag wach und beobachtete die über die Wände wandernden Schatten. Irgendwo über ihr öffnete und schloss sich eine Tür, Ester kam vorbei und ging zum Stationsvorsteher hinein. Lee hörte das leise Hin und Her ihrer Stimmen.

Insgeheim wünschte sie sich, Ester würde kommen und mit ihr reden, aber als sie aus dem Zimmer des Stationsvorstehers trat und sah, dass Lee wach war, hatte sie nur ein Zahnlückenlächeln für sie. So viele Monate im Jugendgefängnis hatte Lee nachts wach gelegen und sich vorgestellt, wie es sein würde, frei durch die Stadt laufen zu können. In einem Restaurant zu essen, ins Kino zu gehen, die Meeresbrandung zu hören und den Sand zwischen den Zehen zu spüren. Jetzt war sie wieder draußen, konnte aber nichts von alledem tun. Sie hatte das Angebot dieser Leute angenommen, wer auch immer sie waren. Saß sie jetzt hier fest? Plötzlich schrumpfte der Raum zusammen und war nicht größer als ihre Einzelzelle. Ihr wurde schwindelig.

Lee stand auf, nahm ihre Schuhe und trug sie, so leise es ging, den Flur hinunter. Sie rechnete damit, dass jeden Moment jemand aus der Dunkelheit hervorspringen und sie packen könnte. Aber sie schaffte es nach unten. Sie zog die Schuhe an und durchquerte den Vorraum. Wahrscheinlich war die Tür abgeschlossen. Aber nein, sie öffnete sich, und Lee stand auf der Straße.

In der Ferne heulte eine Sirene, ringsum war es ruhig. Lee ging mitten auf der Fahrbahn, das Licht der Straßenlaternen ließ alles um sie herum gelblich und fahl aussehen. Sie fragte sich, was passieren würde, wenn sie nach Hause ginge, blass und kümmerlich vor ihrer Mutter stünde und ihr erzählte, wie es in der Anstalt gewesen war. Was würde ihre Mutter tun? Steve würde sie zurückschicken wollen, aber vielleicht bot ihre Mom ihm die Stirn?

Lee kam an die Ecke mit dem 7-Eleven. Lois war nirgends zu entdecken, und Lee fragte sich, wo sie wohl schlief. Warum nicht in der Kristallburg? Sie sah, wie ein Mann in einem schmutzigen Flanellhemd und einer Trainingshose drinnen im Laden Windeln und eine Schachtel Zigaretten kaufte. Als er an ihr vorbeikam, schaute er gleich zweimal hin, ganz so, als wäre sie ein Geist und er nicht sicher, ob er sie tatsächlich gesehen hatte. Die letzten acht Monate über hatte sie sich diese Situation in verschiedenen Varianten vorgestellt – sie an einem Strand, in einem Park, auf einer Straße in der Stadt, selbst auf einer so ruhigen wie der hier, doch nie hatte sie für möglich gehalten, dass sie sich so einsam fühlen könnte. Lee dachte an Edie. Es war Mitte August. Bestimmt verabschiedete sich Edie gerade von allen und packte fürs College. Lee kehrte um und ging zurück.

Sie war wieder drinnen und hatte den Vorraum durchquert, als sie die Eingangstür hinter sich aufgehen hörte. Es war zu dunkel, um im Türrahmen mehr als die Gestalt eines Mannes ausmachen zu können, der einen Hut und einen dunklen Mantel trug. Lee duckte sich in eine dunkle Öffnung unter der Treppe, und der Mann schaltete die Taschenlampe seines Handys ein.

Sie sah graue Stoppeln auf seiner Kehle aufleuchten, als er über ihr die Treppe hinaufging. Er erreichte den ersten Stock mit ihrem Zimmer und stieg hinauf in den zweiten. Nach oben. Lee hörte ein Klopfen, und wieder öffnete und schloss sich eine Tür. Lee schlich dem Mann hinterher. Auf dem Treppenabsatz im zweiten Stock konnte sie die Tür ausmachen. Dahinter hörte sie eine Frauenstimme, nicht Esters, und die Antwort eines Mannes, ohne dass sie seine

Worte verstanden hätte. Lee drückte die Klinke. Die Tür war verschlossen.

Am nächsten Morgen erwachte Lee und hörte von irgendwo unter sich die Akkorde eines Songs von Sly and the Family Stone heraufdringen, *Everyday People*. Sie hörte auch Stimmen und roch, dass da etwas gekocht wurde. Pfannkuchen vielleicht, und Speck.

Im Morgenlicht nahm sie ihr Zimmer etwas genauer in Augenschein. Der Teppich war schmutzig und die Fensterbank voller Brandflecken von ausgedrückten Zigaretten. Auf die Wand über der Matratze hatte jemand mehrere Reihen stilisierter Mäuseköpfe gezeichnet, siebzehn insgesamt, dreimal fünf plus zwei. Sie waren genau gleich, nur die Augen wurden immer größer.

»Gut geschlafen?«

Lee drehte sich um und sah Ester im Gegenlicht stehen, von einem Heiligenschein aus Staubpartikeln umkränzt. Die junge Frau schien etwas verschlafen und hielt eine große Tasse in der Hand.

»Komm, wir besorgen dir was zum Frühstück, und ich stelle dich den anderen vor.«

Sie führte Lee nach unten in den Vorraum und durch eine Tür zu einer Treppe, die hinab ins Untergeschoss führte. Lee konnte immer deutlicher Stimmen hören, dazu das Klirren von Besteck und Geschirr. Endlich kamen sie in einen großen Kellerraum, wo vielleicht zwei Dutzend Jugendliche, etwa in Lees Alter, an ein paar Tischen saßen und frühstückten. Ein Mädchen in einem zu großen Steelers-Pullover und ohne Hose stand immer wieder auf, ging von einem Tisch zum anderen, offenbar um etwas zwischen zwei Gruppen anzuzetteln, die spielerisch Beleidigungen austauschten. Keiner hob den Blick, als Lee eintrat, bis Ester zwei Finger in den Mund steckte und pfiff.

»Alle mal herhören«, rief sie, als es still wurde im Raum. Lee spürte plötzlich alle Blicke auf sich. »Das hier ist Lee.«

Worauf alle gemeinsam und im Chor antworteten: »Hi, Lee!«, und sich wieder an das machten, was sie zuvor getan hatten.

»Das hätten wir«, sagte Ester und nahm zwei gefüllte Teller von einem Jungen mit bloßem Oberkörper und einer Schürze entgegen. Sie stellte die Teller auf einen leeren Tisch, und Lee und sie setzten sich einander gegenüber. Lee schob ihr Rührei hin und her, bevor sie den ersten Bissen nahm.

»So«, sagte Ester und wartete darauf, dass Lee sie ansah. »Jetzt sag mir mal, worin du gut bist.«

»Worin ich gut bin?«

»Worin du gut bist. Alle tragen hier ihren Teil bei, und wir fangen mit dem an, worin du gut bist.«

Lee überlegte. Sie war einigermaßen gut in der Schule, wenn auch in keinem Fach wirklich überragend. Sie konnte nicht kochen, war nicht besonders stark, schnell oder künstlerisch begabt und schrieb lausig schlecht mit zehn Fingern. Stehlen konnte sie. Und verschwinden. Aber das waren keine Sachen, mit denen man angab.

»Wie bist du mit Computern?«

Lee zuckte mit den Schultern. Von Computern hatte sie kaum eine Ahnung. Mit jeder Frage fühlte sie sich ein bisschen nutzloser.

»Was sind deine persönlichen Stärken?«

»Wie meinst du das?«

»Vergiss es.« Ester schaute sie einen Moment zu lang an. »Irgendwas?«

Lee steckte sich eine Gabel Rührei in den Mund, damit sie nicht antworten musste.

Ester schien zu spüren, dass Lee sich schämte, und schenkte ihr ein warmes Lächeln. »Keine Sorge, wir haben hier Platz für dich. Wir müssen nur herausfinden, was deine Rolle sein kann. Alle haben eine Rolle, das ist wichtig. Und keine gilt mehr als eine andere. Das ist auch wichtig. Verstehst du, was ich meine?« Sie berührte Lees Schulter so sanft, dass es sich wie eine Umarmung anfühlte.

Diese Art Erklärung hätte auch von Steve kommen können, von Ester jedoch war sie wie eine warme Decke, in die Lee sich einhüllen wollte. Sie wandte den Blick ab, aus Angst vor den eigenen Gefühlen.

»Gott, wie hübsch du bist. Und du weißt es nicht mal, oder?«

Ester war eine der schönsten Frauen, die Lee je gesehen hatte. Sie fragte sich, was hübsch in Esters Augen bedeutete.

»Hier«, sagte Ester. »Ich zeig's dir.« Sie stand auf und holte eine alte Polaroidkamera, die zwischen allerlei Büchern in einem Regal lag. »Bitte lächeln«, sagte sie, hielt die Kamera in die Höhe und hatte bereits den Auslöser gedrückt, bevor Lee mehr tun konnte, als sie anstarren.

Langsam spuckte die Kamera ein Foto aus, und Ester wedelte damit hin und her, bis es klar wurde. »Wie gemalt«, schwärmte sie und zeigte es Lee. »Das hat meine Großmutter immer gesagt. Ziemlich altmodisch, was?« Sie ließ das Foto in ihre Tasche fallen. »Fürs Erste kannst du abwaschen. Alle können abwaschen.« Ester lächelte dieses Lächeln, das Lee denken ließ, alles sei in Ordnung, dann stand sie auf. »Geh zu Doug rüber, wenn du fertig bist.« Sie nickte zu dem Jungen hinüber, der ihr die Teller gegeben hatte. Jetzt stand er an einem offenen Mülleimer und kratzte die Reste aus der Pfanne. »Ich komme dich später holen.«

Lee frühstückte allein zu Ende und sah zu, wie die anderen nacheinander aufstanden und ihre leeren Teller in Plastikwannen stellten. Als sie selbst fertig war, ging sie zu Doug, zum Abwaschen.

Sie brauchte fast zwei Stunden. Doug hatte helle Augen, die nie lange an einem Ort verweilten. Er trug die ganze Zeit Kopfhörer, nahm nur einen von ihnen aus dem Ohr, wenn es eine Frage zu beantworten galt, und ließ sie allein, als sie etwa halb fertig waren. Aber Lee gefiel es so allein in der Küche, und ihr gefiel auch, dass sie etwas beitragen konnte, und wenn es nur der Abwasch war. Als alles sauber, aufgestapelt und weggeräumt war, der Boden gefegt und alle Tische und Arbeitsflächen abgewischt, ging sie nach oben, suchte Ester in den Zimmern entlang des Ganges und stieg, als sie sie dort nicht fand, hinauf in den zweiten Stock. Sie legte ein Ohr an die Tür, die genau in dem Moment aufging, und fast wäre Lee in ein Mädchen hineingefallen. Ihr Blick blieb an einem Nasenring und einem auf die Schulter tätowierten rosa Blitz hängen. Sie stammelte so etwas wie, dass sie Ester suche.

Ohne ein Wort schlug ihr das Mädchen die Tür vor der Nase zu. Lee hatte ihr Gleichgewicht immer noch nicht ganz wiedergefunden und drehte sich um, als sich die Tür aufs Neue öffnete und Ester herauskam. Lee erhaschte einen Blick in den Flur hinter ihr, der genau wie der unten aussah, nur dass die Zimmer Türen hatten. Von irgendwoher war das leise Wummern von Technomusik zu hören. Ester drängte sich auf den Treppenabsatz und zog die Tür hinter sich zu.

»Habe ich nicht gesagt, dass du hier nicht raufkommen sollst?« Sie lächelte nicht.

Die Frage ließ Lee innerlich zusammenzucken. Sie folgte Ester nach unten. »Ich bin mit dem Abwasch fertig.«

»Gut.« Im ersten Stock unten wandte sich Ester zu Lee um. »Wie war das Frühstück?«

»Es war gut. Danke«, sagte Lee mit gesenktem Blick. Sie schämte sich, sich nicht schon vorher dafür bedankt zu haben.

»Das geht schon in Ordnung. Aber umsonst gibt es so was nicht.«

»Oh, ich ...« Lee spürte, wie sie rot wurde, während sie in ihren Taschen wühlte, obwohl sie doch wusste, dass da nichts zu finden war. Was hatte sie getan? Ester war völlig verändert.

»Das meine ich nicht. Erinnerst du dich, was ich über das Beitrag-Leisten gesagt habe?«

Lee nickte.

»Schon mal gebettelt?«

Lee hörte, wie sich die Tür oben wieder öffnete und schloss. Sie trat zur Seite, als sich Doug an ihnen vorbeischob und eine Plastikwanne voll mit schmutzigem Geschirr nach unten trug. Ester wartete nicht auf Lees Antwort.

»Man kann's richtig und falsch machen«, sagte sie. »Wenn du es erst mal raushast, ist nichts mehr dabei.«

Lee versuchte sich vorzustellen, wie sie Fremde ansprach und um Kleingeld anbettelte. Bei dem Gedanken wurde ihr ganz flau im Magen. Aber Ester zu enttäuschen wäre noch schlimmer gewesen. »Gibt es nichts anderes, was ich tun könnte?«

»Hast du Angst wegen der Bullen?« Ester legte einen Arm um sie und drückte sie an sich. »Musst du nicht. Halt einfach den Kopf unten, und es passiert nichts. Ich habe den Eindruck, du bist ganz gut im Kopf-unten-Halten. Und hier ...« Ester pflückte einem vorbeikommenden Jungen eine Truckerkappe vom Kopf, ohne dass der auch nur für eine Sekunde innegehalten hätte, und setzte sie Lee auf. »*Presto* ... inkognito.«

Lee zog sich die Kappe tief in die Stirn, bis sie fast auch ihre Augen bedeckte.

Ester zwinkerte ihr zu. »Das klappt alles bestens.«

Sie stellte sie einem Mädchen namens Kellygreen vor,

das Lee eine Geschichte gab. Sie benutze sie selbst auch, sagte Kellygreen, und zwar, dass sie einem gewalttätigen Stiefvater davongelaufen sei und alle Unterkünfte voll seien, und jetzt versuche sie, genug für ein Zimmer zusammenzubekommen. Kellygreen wollte ihr eine gute Ecke zeigen, wo die anderen ein Auge auf sie haben würden. »Keine Angst«, sagte sie, als das Lee zu überraschen schien. »Wir passen aufeinander auf.« Kellygreen hatte langes erdbeerblondes Haar, rotwächserne Wangen und derart vertrauensvoll naive Augen, dass Lee klar war: *Sie* hatte keine Schwierigkeiten, Fremde auf der Straße davon zu überzeugen, ihr Geld zu geben. Was sie selbst anging, war sie da weniger zuversichtlich.

Eine Stunde lang lief Lee an ihrer Ecke auf und ab, einer Kreuzung mit vielen Touristen und Studenten von der nahe gelegenen University of Pennsylvania, und versuchte, genug Mut aufzubringen, einen von ihnen anzusprechen und ihre Geschichte zu erzählen. Sie versuchte, unsichtbar zu bleiben und gleichzeitig potenzielle Spender auszumachen: Die da sieht zu arm aus, und der da hat offenbar einen schlechten Tag und ist ganz sicher nicht in Geberlaune. Der da drüben ist ein Widerling, und der hinter ihm stinkt genau wie Steve nach New Age. Die wenigen, die infrage kamen, waren längst weg, hinter der nächsten Ecke, in einem der Restaurants, Läden oder Cafés verschwunden, wenn sie durchgeatmet und Mut geschöpft hatte.

Kellygreen hatte nichts dazu gesagt, wie Lee ihre Scham überwinden sollte. Bis Mittag war sie angewidert von sich und stellte sich vor, wie sie mit leeren Händen zu Ester zurückkommen würde. Der Gedanke war unerträglich. Sie dachte an Lois, die sich einfach ein Pappschild gebastelt hatte, an ihrer Ecke saß und darauf wartete, dass ihr die

Leute ein paar Münzen hinwarfen. Vielleicht nahm sie so nicht viel ein, doch es schien etwas, das auch Lee zustande bringen könnte. Nur was sagte die Polizei dazu? Vielleicht sollte sie etwas stehlen? Aber Ester wollte Geld.

»Entschuldigung.«

Lee war nicht aufgefallen, wie tief sie in Gedanken versunken war, und verblüfft, einen Mann vor sich stehen zu sehen, mittelalt, mit Krawatte und Strickjacke, eine Aktentasche aus Stoff unter dem Arm.

»Du siehst ziemlich verloren aus. Kann ich dir helfen?«

Vielleicht war es ein Professor von der Universität. Sein Bart hatte etwas Tröstendes. »Ich versuche bloß gerade, mir zu überlegen, was ich tun soll«, sagte sie.

»Kann ich dir dabei helfen?«

»Nur, wenn Sie mich zurück nach Cincinnati bringen.« Die Lüge kam ihr so leicht über die Lippen.

»Nach Ohio?«

»Jack meinte, wir würden hier Arbeit finden, und er hat versprochen, sich um mich zu kümmern. Ich bin so blöd. Entschuldigen Sie, Sir, das ist nicht Ihr Problem. Ich bin nur ein wenig … Ich muss einen Weg finden, wie ich zurück nach Hause komme.« Es war, als spräche da jemand anders, ein anderes Mädchen in ihr, das nach Hause wollte. Fast glaubte sie sich selbst.

»Ich nehme an, mit deinem Freund lief es nicht so wie gedacht.«

Lee fixierte einen auf dem Pflaster platt getretenen Kaugummi. »Nein.«

Der Mann zog seine Brieftasche hervor. Einen Moment lang dachte sie, jetzt käme ein Dienstausweis zum Vorschein, doch dann nahm er sechzig Dollar heraus, alles, was drin war. »Ich weiß nicht, ob du die Wahrheit sagst, und ich nehme an, es ist mir auch egal. Ich habe eine Tochter in deinem Alter, und ich hoffe, sollte sie mal so was

Dummes machen, dass ihr dann auch jemand hilft. Selbst wenn sie nicht die Wahrheit sagt.«

Lee nahm das Geld erst, als er es ihr in die Hand drückte. Sie sah ihm hinterher, wie er die Straße hinunterging, sich zwischen den Leuten hindurchschlängelte, bis er in einer Seitenstraße verschwand.

Bevor sie in die Kristallburg zurückkehrte, kaufte sich Lee eine Cola, bezahlte mit einem Zwanzig-Dollar-Schein und bat um möglichst kleines Wechselgeld. Das wollte sie Ester als Tageseinnahme geben. So würden die sechzig Dollar noch etwas reichen. Lee hoffte nur, dass achtzehn Dollar und ein paar Cent genug waren. Aber als sie Ester das Geld nach ihrer Rückkehr überreichte, zählte die nicht mal nach, sondern steckte es nur in die Tasche und ging, um oben nach etwas zu sehen.

Später am Abend duschte Lee in einem der Badezimmer der Kristallburg und trocknete sich mit einem feuchten Handtuch ab, das dort auf einer Stange hing. Beim Essen hatte ein Mädchen Lee die Spaghetti übers T-Shirt gekippt. Das Mädchen hatte versucht, so zu tun, als wäre es ein Unfall gewesen, doch Lee wusste es besser. Sie sah sich im Spiegel an und erkannte das Gesicht kaum, das ihr da entgegenblickte. Ihre Haare waren strähnig und verfilzt, die Augen eingefallen und dunkel und irgendwie auch gleichzeitig geschwollen. Außerdem hatte sie Gewicht verloren. Lee sah es an den vorstehenden Beckenknochen und an ihrem Brustbein, das weiß und brüchig wie ein dünner Weizencracker wirkte. Sie zog ihre schmutzigen Sachen mit dem roten Soßenfleck wieder an und richtete sich das Haar, so gut es ging. Sie sah sich noch einmal an, in diesem lächerlichen lila T-Shirt. »STÄRKER ALS KREBS«. Okay.

Als sie auf ihrem Bett lag und einzuschlafen versuchte, kam ein junger Mann an ihrem Zimmer vorbei. Er trug einen komischen weißen, viel zu kleinen Anzug, eine weiße Kappe und einen Stoffranzen über der Schulter. Lee konnte sein Gesicht nicht erkennen, nur seine spiegelnde Brille. Er klopfte an die Tür des Stationsvorstehers.

»Hast du es?«, hörte sie den Stationsvorsteher fragen.

»Es war nicht leicht.«

»Der Priester?«

»Mit dem alten Mann werde ich fertig. Er sitzt da unten fest, was soll er tun?«

»Das wird alles verändern. Verstehst du … es gibt keinen Weg mehr zurück.«

»Ich weiß.«

»Gib es mir«, sagte der Stationsvorsteher.

Als der junge Mann erneut an ihrem Zimmer vorbeikam, hatte er seine Tasche nicht mehr dabei. Lee wünschte, sie hätte mit dem Stationsvorsteher etwas zu besprechen. Er hatte ihr gesagt, sie könne jederzeit zu ihm kommen, schließlich seien sie hier eine Familie. Aber was sollte sie ihm sagen?

Es war spät, und Lee schien endlich einschlafen zu können, als sie spürte, dass jemand in ihrer Tür stand. Sie schrak zusammen und wusste, dass er es war. Ihr war, als hätte er ihre Gedanken gehört. Sie spürte, wie er das Zimmer betrat, und wartete einen Moment, bevor sie den Kopf zu ihm umwandte. Er trug denselben Anzug wie tags zuvor.

»Entschuldige, wenn ich dich wecke, es war ein anstrengender Tag. Trotzdem wollte ich nach dir sehen. Hast du genug zu essen bekommen heute?« Er trat ganz ins Zimmer und setzte sich zu ihr. Er hatte eine Tasse Tee dabei.

»Ja«, sagte sie. »Danke.«

»Aber du hast allein gegessen, oder?«

Es stimmte. Das Mädchen hatte Lee mit ihrer Spaghettisoße besudelt, woraufhin sich Lee allein an einen Tisch gesetzt und so getan hatte, als lese sie ein Buch. Sie wusste einfach nicht, wie sie es anstellen sollte, sich mit an einen der anderen Tische zu setzen. Es war genau wie in der Highschool, vor Edie.

»Warum lernst du die anderen nicht ein bisschen kennen, hm? Hier beißt dich niemand.«

»Ich hab nur gelesen«, sagte sie.

Er gab ihr den Tee, und sie lehnte sich an die Wand. Die warme Tasse fühlte sich gut an in ihren Händen.

»Das ist völlig okay. Aber die anderen sind neugierig, und du kannst ihnen viel geben.«

Lee wusste nicht, was das sein sollte, aber ihr gefiel sein Lächeln, als sie eine Grimasse zog.

»Wirst du das für mich tun?«

»Was?«

»Dich bemühen.«

»Okay.« Sie wusste nicht, was sie noch sagen sollte. Sie konnte sehen, dass er drauf und dran war, wieder zu gehen, und suchte fieberhaft nach etwas, womit sie ihn dahalten konnte. »Darf ich Sie etwas fragen?«

»Natürlich.«

Sie mochte es, dass er nicht wegsah, während er mit ihr sprach. Aber was sollte sie ihn nur fragen? »Was ist im zweiten Stock?«, kam es aus ihr heraus.

»Du hast heute Morgen versucht hinaufzugehen, richtig?«

»Ich wollte es eigentlich gar nicht. Ich wollte nur …«

»Verstehst du, was Verlangen ist, Lee?«

»Wie meinen Sie das?«

»Du bist noch zu jung, denke ich, um die Natur des Verlangens zu verstehen. Du weißt, was es bedeutet, etwas zu wollen, vielleicht sogar, sich nach etwas zu sehnen, aber wahres Verlangen ist etwas völlig anderes.«

»Sicher.«

»Du verstehst nicht, wovon ich rede, aber das wirst du noch. Wir sind eine Gemeinschaft, wir existieren wie eine Strömung unter der Gesellschaft, und um zusammen mit ihr zu existieren, brauchen wir eine Währung, die die Gesellschaft wertschätzt.«

Sie spürte seinen Blick auf ihr und hielt ihren auf seinen Schuhen. Gut, dass sie die warme Tasse hatte, an der sie sich festhalten konnte, sonst hätte sie nicht gewusst, wohin mit ihren Händen.

»Du verstehst es noch nicht, aber das wird schon. Die Gesellschaft hat dich verstoßen. Sie hat beschlossen, dass es in ihr keinen Platz für dich gibt. Was für ein Gefühl ist das?«

Lee sah das anders. Ihre Mutter hatte sie verstoßen. Und Steve, der keine Verwendung für sie gehabt hatte. Die Gesellschaft wusste nicht mal, dass es sie gab.

Als sähe er wieder in ihren Kopf, sagte der Vorsteher: »Selbst deine Familie lehnt dich ab. Entschuldige, dass ich so offen bin. Aber ich will, dass du weißt, du bist nicht allein. Jeder hier fühlt sich auf irgendeine Weise abgelehnt, von seiner Familie, seinen Freunden, der Gesellschaft oder unserer angeblich so sozialen Gemeinschaft. Aber jetzt bist du hier und hast einen anderen Platz gefunden, eine andere Möglichkeit. Eine andere Familie.«

Sie spürte eine Gefühlswallung in ihrer Brust aufsteigen, es war wie ein Sog, der sie verschlingen wollte. Lee führte den Löffel zum Mund, biss kräftig zu und konzentrierte sich auf die Härte des Metalls, spürte jedoch, wie sie die Schlacht langsam, aber sicher verlor. Der Mann nahm ihr den Löffel aus der Hand, stellte ihn zurück in den Tee und nahm dann auch ihre Tasse. Er legte den Arm um sie, und Lee schluchzte. Er sagte nichts, hielt sie nur, und sie drückte sich an seine Brust. Er war so dünn, dass sie seine Rippen unter der Anzugjacke fühlen konnte, und sein Herz war direkt dort an ihrem Ohr. Es schlug langsam, pumpte nichts als Ruhe voran, und ihr Schluchzen wurde langsamer und glich sich seinem Herzschlag an.

»Die Kristallburg ist wie ein Schloss mit vielen Räumen, und den Zutritt zu einigen von ihnen musst du dir erst verdienen. Das tust du mit Vertrauen. Vertrauen verschafft Zutritt.« Er löste eine Haarsträhne, die hinter ihrem Ohr saß. »Alles zu seiner Zeit. Kann ich darauf vertrauen, dass du erst wieder dort hinaufgehst, wenn ich dir sage, dass es so weit ist?«

Lee nickte gegen seine Brust.

»Ich muss hören, wie du es sagst.«

»Ja«, sagte sie und setzte sich auf. »Sie können mir vertrauen.«

»Gut.« Er küsste sie sanft auf den Kopf. »Ich habe dir gesagt, dass du zu uns passt.« Er stand auf. »Wir gehen offen und ehrlich miteinander um, und du wirst sehen, dass wir uns umeinander kümmern.« Er schien sich verabschieden zu wollen, hielt aber noch einmal inne, und Lee folgte seinem Blick, der sich auf ihre Matratze richtete. Er beugte sich näher darüber und zog das dünne Laken zur Seite. Darunter war ein großer brauner Fleck. »Entschuldige, das tut mir leid. Das sollte nicht passieren. Wir besorgen dir eine andere Matratze. Bis dahin ...« Er hielt ihr seine Hand hin, half ihr auf, zog das Laken herunter und drehte die Matratze um. Auf den Knien machte er ihr das Bett neu, zog sorgfältig das Laken straff, ging in sein Zimmer und kam mit einem in Seidenpapier gewickelten und von einer Schnur zusammengehaltenen Päckchen zurück, das er auf das Fußende ihres Betts legte. »Ich habe gehört, was beim Essen unten passiert ist. Ich hoffe, das hilft.«

Als er gegangen war, schnürte Lee das Päckchen auf. Ein Kleid lag darin. Es war ziemlich altmodisch, ein einfaches graues Baumwollkleid mit weiter Taille und weißen, stoffüberzogenen Knöpfen vorn, die hoch bis zum Hals reichten. Uralt fühlte es sich an.

Lee legte das Kleid zur Seite, ließ sich auf das frisch gemachte Bett sinken und spürte immer noch die Lippen des Stationsvorstehers auf ihrem Kopf. Sie kam sich dumm und kurz auch schmutzig vor (der Mann war doppelt so alt wie sie), aber was immer sie fühlte, hatte nichts mit Sex zu tun, es war etwas anderes. Er sah sie. Wenn sie vor ihm stand, wusste sie, dass sie in diesem Moment alles war, was ihn interessierte, und das mochte sie. Lee drehte sich zur Wand und versuchte, sich zum Einschlafen zu zwingen, rollte sich auf den Bauch, dann wieder auf den Rücken. Etwas grub sich ihr ins Rückgrat, eine Feder in der Matratze. Wieder veränderte sie ihre Lage, entkam dem Ding aber nicht. Bis sie letztlich aufstand und das Laken erneut abzog (da war ja selbst der Fleck noch besser). Doch unter dem Stoff der Matratze zeichnete sich ein rechteckiger Umriss ab. Sie befühlte ihn, fühlte mit den Fingern die Spirale eines Notizbuchs und drückte es zum Rand der Matratze, wo sie es durch einen Riss herausbugsieren konnte.

Das Notizbuch war etwa so groß wie ihre Hand, und als sie es öffnete, fiel eine Karte auf ihr Bett. Lee erkannte das Design. Genau so eine hatte dieser Kerl ihr und Edie in dem Café gegeben. Auf der hier war eine mechanische, insektenartige Figur unter einer Wolke zu sehen, mit drei eingeklinkten Textfeldern, auf denen ein Event der Société Anonyme angekündigt wurde. Das Datum lag ein paar Wochen zurück. Ganz unten stand: »GILT FÜR EINE PERSON«, mit einer Webadresse und einem sechsstelligen Code. Wie bei ihrer Einladung gab es keine Straßenangabe, aber jemand hatte auf der Rückseite eine Adresse notiert.

Die erste Hälfte des Notizbuchs war voller Skizzen und Zeichentrickfiguren. Einige Leute in ihrer Schule, Graffitisprayer, hatten solche Bücher gehabt. Lee entdeckte den

Mäusekopf von der Wand, wieder und wieder, je weiter sie blätterte. Dann, nach der Hälfte, wurde es zu einem Tagebuch. Die Einträge waren undatiert, aber einzelne Leerzeilen deuteten darauf hin, dass sie tageweise entstanden waren. Insgesamt waren es siebzehn.

Die Tagebuchschreiberin – es gab keinen Namen, doch dass es eine Sie war, sah Lee sofort – hatte ganz so wie sie angefangen, ohne Bleibe und Halt, bis sie zu einer Party in einem gewissen »Silo« eingeladen worden war. An einem verabredeten Ort hatte sie einen Jungen getroffen, der sie zusammen mit einigen anderen zu diesem Silo ein ganzes Stück außerhalb der Stadt gebracht hatte. Für den Fall, dass sie noch mal hinwollte, hatte sie sich den Namen der Straße aufgeschrieben, dort dann aber Ester kennengelernt, die sie mit in die Kristallburg genommen hatte. Die ersten Einträge sprühten nur so vor fieberhafter Begeisterung, sie handelten von all ihren neuen Freundinnen und Freunden hier. Die Tagebuchschreiberin war fraglos kontaktfreudiger als Lee, und Lee hasste es zu sehen, dass sie genauso auf die Begegnungen mit dem Stationsvorsteher hingefiebert hatte. Nur nannte sie ihn Josef, und Lee verspürte plötzlich einen Stich in ihrer Brust: Sie war eifersüchtig darauf, dass diese, wie immer sie hieß, sich offenbar seinen Namen verdient hatte.

Lee versuchte sich vorzustellen, wie sie ebenfalls wach dagelegen und darauf gewartet hatte, dass Ester oder der Stationsvorsteher ihr ihre Aufmerksamkeit schenkte. Lee fragte sich, was sie gemacht hatte, bevor sie hergekommen war. Wahrscheinlich war sie von zu Hause weggelaufen und wusste nicht, wohin. War sie einsam gewesen? Wo war sie jetzt?

Etwa nach einer Woche wurden die Einträge so wirr und selbstbezogen, dass ihnen kaum noch zu folgen war. Sie schrieb, dass sie Josef gefallen wolle, um sein Vertrauen zu gewinnen, dass sie vor etwas oben im zweiten Stock Angst habe, es aber dennoch so unbedingt sehen wolle, dass sie nachts davon träume. Der letzte Eintrag bestand aus einer einzigen Zeile: »*Heute ist er gekommen. Es ist Zeit. Ich schließe die Augen und sehe es.*«

Am nächsten Tag ging Lee wieder betteln, doch nicht an derselben Ecke, weil sie dem Professor nicht noch einmal begegnen wollte. Lee gefiel der Gedanke, dass er sie sich in einem Bus auf dem Weg nach Ohio vorstellte. Stattdessen suchte sie sich eine Stelle bei den Treppen zum Philadelphia Museum of Art, wo die Touristen anstanden, um sich neben der lebensgroßen Bronzefigur von Rocky Balboa fotografieren zu lassen und dabei dessen Siegerpose nachzuahmen. Leider war sie hier nicht die einzige Bettlerin, und sie beobachtete die anderen, Ältere wie Jüngere, die Fremde ansprachen und um Geld angingen, als fragten sie nur nach der Zeit. Am Nachmittag gab sie auf. Sie hatte immer noch die vierzig Dollar, die sich über zwei Tage strecken ließen. Erst danach würde sie gezwungen sein, sich etwas einfallen zu lassen.

Lee wanderte durch die Innenstadt und fand auf verschlungenen Wegen zurück zur Kristallburg. Es war fast fünf, als sie dort wieder ankam, spät genug, um Feierabend zu machen. Lois saß an ihrer Ecke und trug den orangefarbenen Kittel der Strafanstalt. »Haste was Kleingeld über?«, fragte sie, als Lee an ihr vorbeilief.

Lee blieb stehen und wartete darauf, dass Lois sie ansah und wiedererkannte. »Wo hast du das Kleid her?«, fragte Lois, den Blick auf Lees Beine gerichtet.

Lee sah an sich herunter und fuhr mit der Hand über den gestärkten Baumwollstoff.

»Haben sie dich schon mit nach oben genommen?«, hakte Lois weiter nach.

Lee setzte sich neben sie. Lois war fies, aber Lee wollte ihr trotzdem helfen. »Warum kommst du nicht mit? Ist echt nicht schlecht – ein Platz zum Schlafen, eine Dusche, zwei Mahlzeiten pro Tag …«

»Hast du jetzt Esters Job?«

»Was?«

»Leute anwerben?«

»Nein, ich …«

»Vergiss es. Ich kann mit denen nichts anfangen. Aber egal, du wirst noch früh genug nach oben kommen.«

»Warum sagst du das?«

»Er beobachtet uns in diesem Moment, weißt du?«, sagte sie, ohne zum Fenster des Stationsvorstehers hinüberzusehen. »Wahrscheinlich.«

Lee schwieg.

»Hat er mit dir schon übers Vertrauen gesprochen?«, fragte Lois.

Lee antwortete nicht, aber sie wusste, dass ihr Ausdruck sie verriet.

»Na, das ging ja schnell. Sollte einen allerdings auch nicht überraschen, bei ’nem hübschen Mädchen wie dir.«

»Wovon redest du?«

»Erst sagt er dir, du musst dir sein Vertrauen verdienen. Dann sagt er dir seinen Namen. Und dann, dass es Zeit ist. Dann siehst du, was oben ist. Ich hab noch nie mit einer gesprochen, die schon oben war. Hab nie eine wiedergesehen.«

»Das glaube ich dir nicht.«

»Ob du's mir glaubst oder nicht.«

Lee stand auf. Sie wusste, Lois versuchte, ihr Angst zu machen. So war sie nun mal. Trotzdem konnte Lee aus irgendeinem Grund nicht anders, als ihr zu helfen, wobei ihr klar war, wenn sich einer nicht helfen lassen wollte, hatte es keinen Sinn. »Okay«, sagte sie. »Wie du magst.«

Abends beim Essen setzte sich Lee bewusst an einen Tisch mit vier anderen. Eine von den vieren war das Mädchen mit den Spaghetti vom Abend zuvor. Sie war schwarz, hatte die gebleichten Haare zu engen Cornrows geflochten und schlaue, hübsche Augen. Sie deutete mit ihrer Gabel auf Lee und sagte: »Wie gefällt dir mein Kleid?«

Lee sah verlegen an sich hinunter. Sie wusste nicht, was sie sagen sollte.

»Weißt du, wie lange ich schon danach suche? Du hast es aus meinem Zimmer geklaut.«

Ein anderes Mädchen flüsterte dem Jungen neben sich etwas zu und kicherte.

Das schwarze Mädchen spießte mit ihrer Gabel ein Stück Hähnchenfleisch von Lee auf und steckte es sich in den Mund. »Ich will es zurück.«

Lee sah noch einmal auf ihr Kleid und ließ den Blick durch den Raum schweifen. Es war genau wie mit ihren Schuhen in der Strafanstalt, aber da hatte Maria sie verteidigt. Sie stand auf. Ernüchtert.

»Okay, wenn du das sagst. Ich geh mich umziehen und bring es dir.«

»Nichts da«, antwortete das Mädchen. »Gleich hier.«

»Komm schon. Ich habe nicht mal einen BH an.«

»Ist nicht mein Problem, dass du flacher bist als Nebraska.«

In diesem Moment wurde es still im Raum, als hätte jemand ein Fenster zugemacht und alle Geräusche ausgesperrt. Lee spürte, wie sich die Aufmerksamkeit der Leute hinter ihr verlagerte, sie drehte sich um und sah den Stationsvorsteher mit einem Teller in der Hand in der Schlange stehen und wie alle anderen auf sein Essen warten. Er unterhielt sich ungezwungen mit ein paar Jungen und Mädchen, und Lee wünschte, sie könnte hören, was er sagte. Jetzt sah er sie und nickte, doch dann drehte er sich auch schon wieder um, und ihr blieb nicht mal dieses kleine bisschen von ihm.

Der Stationsvorsteher nahm seinen Teller mit nach oben, und der Raum geriet aufs Neue in Bewegung, als wäre das Fenster wieder geöffnet worden. Das Mädchen starrte Lee an, und Lee begann, ihr Kleid aufzuknöpfen. Doch da streckte ihre Peinigerin die Hand aus und berührte sie am Arm.

»Hey, Mann, ich mach doch nur Spaß«, sagte sie. »Natürlich ist das nicht mein Kleid. Und ich mag flache Tittchen. Meine Mom hatte schöne große, und du solltest sie jetzt mal sehen, wie zwei Strümpfe mit 'ner Grapefruit.« Sie lachte.

»Du bist so ein Biest, Ramona«, sagte der Junge.

Zum Ende des Essens hatte Lee das Gefühl, dass sie akzeptiert worden war. Ester kam nach unten und lächelte, als sie Lee dort am Tisch entdeckte. Ihre Zahnlücke zu sehen gab Lee ein gutes Gefühl.

Später kam der Stationsvorsteher wieder in ihr Zimmer. Er setzte sich neben sie aufs Bett und fragte, wie sie sich eingewöhne. Lee wollte unbedingt so antworten, dass es ihm gefiel, wusste jedoch nicht, was sie im Einzelnen sagen sollte. Bei Ester war es leichter, da die ihre Gefühle auf dem Gesicht trug. Dieser Mann aber war nicht zu entschlüsseln.

»Ich habe dich heute bei den anderen am Tisch gesehen. Wie ich's gesagt habe, niemand beißt dich.«

»Ich gebe mir Mühe.«

Er lächelte. »Darf ich dich etwas fragen?« Der Mann wartete, bis Lee ihn anschaute, bevor er fortfuhr. »Was hat Lois zu dir gesagt? Am Nachmittag, an der Ecke?«

Lee konnte dem Mann nicht verraten, was Lois ihr erzählt hatte. »Sie ist ganz allein. Warum nehmen Sie sie nicht auch hier auf?«

»Lois ist jederzeit willkommen, wenn sie wieder zu uns kommen mag. Das weiß sie.«

»Wiederkommen?«

»Sie war mal hier, für kurze Zeit. Aber einige sind einfach … zu verwildert. Sie haben zu lange auf der Straße gelebt und … fangen an, Dinge zu glauben, sogar zu sehen, die es gar nicht gibt. Sie fühlen sich da draußen besser. Lois ist nicht mehr hier bei uns, aber wir haben immer noch ein Auge auf sie. Wer einmal Teil der Familie geworden ist, bleibt es auch.« Er ergriff Lees Hand und löste sie sanft von der Locke, an der sie gezogen hatte, nahm die Strähne und schob sie ihr hinters Ohr. »Hat sie dir etwas gesagt?«

Der Mann lehnte sich zurück, rutschte hinter sie und begann ihr Haar zu flechten. Lee spürte ein Prickeln im Nacken.

Sie starrte in eine dunkle Ecke des Zimmers. »Nicht wirklich.« Er drehte ihren Kopf, bis er ihr in die Augen sehen konnte, und Lee, ohne dass sie sich hätte stoppen können, sagte: »Nur, dass sie mit Ihnen nichts anfangen kann.« Warum hatte sie das ausgesprochen? Sie hasste sich dafür.

Der Stationsvorsteher flocht Lees Haare zu zwei Zöpfen, die er ihr um den Kopf legte und feststeckte. Bei einem anderen Mann wäre es ihr womöglich unheimlich vorgekommen, doch bei ihm wirkte es nur altbacken und etwas aufgesetzt.

»Bald schon sagst du nicht mehr ›mit Ihnen‹, sondern redest von ›uns‹«, meinte er. »Bis dahin würde ich dir empfehlen, dich von Lois fernzuhalten. Sie ist wie ein wildes Tier, unberechenbar und sogar gefährlich. Verstehst du?«

Lee wusste, dass er damit unrecht hatte, doch sie nickte.

Er stand auf und sah sie lange an. »Als ich dir das erste Mal begegnet bin, dachte ich, es wäre reiner Zufall.«

»Was für ein Zufall?«

»Aber jeder Zufall hat eine Bedeutung. Er trägt ein Stück Schicksal in sich. Erinnerst du dich, wie ich dir gesagt habe, dass du aus einem ganz bestimmten Grund hergekommen bist?«

»Ja.«

»Ich bin ziemlich sicher, du kennst diesen Grund nicht. Habe ich recht?«

Lee sagte nichts.

»Nun, ich kenne ihn. Ich glaube nur nicht, dass du schon bereit dafür bist, ihn zu erfahren. Aber das wird sich ändern. Bald schon. Kannst du mir bis dahin vertrauen?«

Lee nickte.

»Danke. Gute Nacht, Lee.«

»Gute Nacht, Sir«, sagte sie.

»Du solltest mich Josef nennen.«

Als der Stationsvorsteher weg war, ging Lee den Flur hinunter ins Bad. Sie knöpfte ihr Kleid auf und stellte sich vor den Spiegel. Sie erkannte das Mädchen nicht, das sie da anstarrte. Der chaotische Wuschel ihres Haares war gezähmt, ja, elegant. Dieses Mädchen war hübsch und kultiviert. Als er ihr seinen Namen gesagt hatte, war Lee erschaudert, als hätte er ihr den Schlüssel zu einem geheimen Garten gegeben.

In dieser Nacht träumte Lee, dass sie sich ihr Zimmer mit einem anderen Mädchen teilte, der Tagebuchschreiberin. Ihr Haar war genau wie Lees geflochten, und sie hörte nicht auf, von Josef hier und Josef da zu sprechen. Lee wurde ungehalten, als das Mädchen ihr neues Kleid anzog und immer wieder mit fettigen Fingern darüberstrich. Sie erwachte, weil jemand den Flur herunterkam, und das Mädchen aus dem Traum war immer noch in ihrem Zimmer, jetzt nackt, einige furchterregende Augenblicke lang, dann löste es sich in Luft auf. Lee spürte das Kleid an sich und begriff, dass sie darin eingeschlafen war.

Jemand klopfte an die Tür des Stationsvorstehers, leise erst, dann lauter. Sie hörte, wie sich die Tür öffnete und der Stationsvorsteher »Was ist?« fragte. Dann aber war nur noch ein Flüstern zu vernehmen, und Lee stellte sich schlafend, als der Stationsvorsteher, blass und dürr, in Boxershorts und einem weißen Unterhemd einem Jungen den Flur hinunter folgte.

Lee lag im Dunkeln und ließ den Traum verklingen. Von oben hörte sie Geräusche, erhobene Stimmen, die sich jedoch schnell wieder senkten. Sie musste an das Tagebuch denken, holte es hervor und las den letzten Eintrag noch einmal: *»Heute ist er gekommen. Es ist Zeit. Ich schließe die Augen und sehe es.«* Oben. Was war mit ihr geschehen?

Lee steckte das Tagebuch hinter die Heizung und stand auf. Der Flur war leer. Sie trat zur Tür des Stationsvorstehers und lauschte, griff nach der Klinke und drückte sie so vorsichtig nach unten, als entschärfte sie eine Bombe. Die Tür öffnete sich einen Spaltbreit. Du musst sofort umkehren, sagte sie sich. Hatte sie ihm nicht versprochen, dass er ihr vertrauen könne? Aber es war, als wäre da etwas in ihr in Gang gesetzt worden, das sie nicht aufhalten konnte. Sie schob sich in den Raum und zog die Tür hinter sich zu.

Das eine Mal, als sie hier gewesen war, hatte der Stationsvorsteher all ihre Aufmerksamkeit auf sich gezogen, und auch jetzt, wo er nicht da war, trug der Raum einen Rest seiner Gegenwart in sich. Sie konnte ihn spüren, hinter dem Geruch von Knoblauch und Zigarettenasche und in allem, was er berührt hatte. Das ganze Zimmer schien von ihm erfüllt. In der Ecke neben der Tür stand ein alter Schrank, und über einer Kommode hing ein Bild, eine wilde Farben- und Bewegungsexplosion, deren Anblick sie ganz schwindelig machte. Sie sagte sich immer wieder, dass sie jetzt endlich gehen müsse, und einmal sagte sie es sogar laut, doch dann, bevor es ihr richtig bewusst wurde, hatte sie den Schrank geöffnet. Fünf Anzüge hingen darin, alle dunkel, aus dicker Wolle, alt und leicht von Motten angefressen.

Auf dem Ärmel von einem von ihnen sah sie ein Abzeichen und zog ihn hervor. Es war eher eine Uniform als ein Anzug, sogar noch schwerer als die anderen und so dunkelblau, dass er fast schon schwarz war. Der Stoff war zerknittert und wirkte uralt. Im Fach über den Anzügen lag eine passende Kappe mit dem gleichen Abzeichen. Sie musste an die Uniform des jungen Mannes denken, der den Stationsvorsteher nachts besucht hatte. Sie hatte anders ausgesehen, schien jedoch aus derselben Zeit zu stammen. Lee ließ den Anzug wieder zwischen den anderen verschwinden.

Das Fahrrad-Rad bewegte sich nicht. Es schien nur dazu da zu sein, Schatten zu werfen. Sie überflog kurz die Titel der Bücher im Regal, viele Lehrbücher für organische Chemie und ein paar Bände über Kunstgeschichte. Ein ganzes Brett war allein Titeln über Alchemie vorbehalten. Auf dem Schreibtisch stand eine alte mechanische Schreibmaschine. Lee nahm den metallenen Füllfederhalter in die Hand, der daneben lag, und ließ ihn zwischen ihren Fingern auf- und abrollen. Sie widerstand dem Drang, ihn in ihrer Tasche verschwinden zu lassen (wie wunderbar würde sich das anfühlen?), legte ihn zurück und zog die Schreibtischschublade auf. Da lag das schwarze Rechnungsbuch, in dem er geschrieben hatte, als sie mit Ester hereingekommen war.

Die Seiten waren mit einer winzigen, ordentlichen Handschrift gefüllt, in schwarzer Tinte: Die Datumsangaben reichten fast vier Jahre zurück, gefolgt von Zahlenkolonnen, und hinter jeder Zahl stand ein »M« oder ein »W«.

Darauf folgten wieder Notizen in einer Art Kurzschrift oder einem Code. Der letzte Eintrag war vor ein paar Tagen gemacht worden: »46, W.« Daneben hatte der Stationsvorsteher ein Fragezeichen gesetzt und es mit einem Kreis umrandet.

Plötzlich sah Lee etwas düster unter dem Bett hervorschimmern. Sie ging in die Hocke, zog eine alte metallene, abschließbare Kassette hervor und stellte sie auf den Schreibtisch. Das Schloss war kaputt, drinnen lag ein Bündel Polaroids. Als sie das Gummiband herunterwand, fielen sie ihr aus der Hand und ergossen sich über den Tisch. Lauter Gesichter sahen zu ihr auf, allesamt von Teenagern, schwarzen, weißen, braunen, mit kurzem oder langem Haar, zu Zöpfen geflochten, in Cornrows oder in die Höhe stehend, die Haut glatt, picklig, sommersprossig. Die Gesichter hätten aus dem Jahrbuch ihrer Highschool sein können. Hinten auf jedem Foto war eine Nummer vermerkt.

Jetzt sah Lee ihr eigenes Gesicht. Es war das Foto, das Ester in der Cafeteria gemacht hatte. Hintendrauf stand eine »46«. Und dann erkannte sie ein anderes. Sie hielt es in die Höhe, und Claire Faver guckte sie an. Lee wusste nicht, was sie davon halten sollte. Sie war jetzt seit einer Woche hier, da hätte sie Claire begegnen müssen, wenn sie auch noch hier wäre. Lee hob den Blick, und er fiel auf ein anderes, gerahmtes Foto über dem Schreibtisch. Sie legte Claire zur Seite und nahm den Rahmen von der Wand. Hatte es da die ganze Zeit gehangen? Lee konnte sich nicht daran erinnern, dabei hätte es ihr auffallen müssen. Das Foto schien mindestens hundert Jahre alt zu sein, an den Rändern rissig und abgegriffen. Darauf zu sehen war eine junge Frau mit vor der Brust verschränkten Armen, die an der Kamera vorbeischaute. Ihr Kleid war das von Lee, das Haar zu zwei Zöpfen geflochten, um den Kopf gelegt und festgesteckt. Sie hatte die gleiche Nase wie Lee, die gleichen schläfrigen Augen und ... Lee sah genauer hin. Es hätte auch ein kleiner Fleck auf dem Foto sein können, aber nein, die Frau hatte exakt das gleiche Muttermal über der Lippe wie Lee.

Lee zitterte. Ihr Kleid fühlte sich plötzlich grotesk an, und sie wollte sich die Zöpfe aus den Haaren reißen. Wie kam sie überhaupt hierher? Lee dachte an den jungen Mann im Park, der ihr gesagt hatte, sie solle nach dem Stationsvorsteher fragen. Hatte der Kerl die ganze Zeit auf sie gewartet? *Erst sagt er dir, du musst dir sein Vertrauen verdienen. Dann sagt er dir seinen Namen. Und dann, dass es Zeit ist. Dann siehst du, was oben ist.* Ihre Hände zitterten zu sehr, um das Gummi wieder um die Fotos zu bekommen, und so warf sie sie in die Kassette und schob das Ding zurück unters Bett. Lee wollte hier raus, doch da sah sie ihn an der Wand hängen, an der halb hölzernen, halb metallenen Garderobe: den Ranzen, den der junge Mann dem Stationsvorsteher gebracht hatte. Sie packte ihn. Schritte kamen den Flur herunter. Unmöglich, zurück in ihr Zimmer zu schleichen, ohne ertappt zu werden. Sie sah zum Schrank hinüber. Da würde sie hineinpassen. Dann fiel ihr Blick auf die Feuerleiter vorm Fenster. Das Fenster wollte erst nicht aufgehen, und Lee hätte es fast eingeschlagen, doch im letzten Moment entdeckte sie den Riegel. Jetzt öffnete es sich ganz leicht, und sie kletterte hinaus und schloss es hinter sich wieder.

Der Bürgersteig lag tief unter ihr, zu tief, um zu springen. Lee ließ die Tasche fallen und versuchte, die Leiter nach unten zu schieben, doch sie wollte sich keinen Millimeter bewegen. Jede Sekunde musste er zurück durch die Tür kommen. Lee fragte sich, wie lange er brauchen würde, um festzustellen, dass da jemand in seinem Zimmer gewesen war, und wie lange dann, um aus dem Fenster zu sehen. Eine andere Leiter führte nach oben. Sie kletterte hinauf.

Bis zum nächsten Stock, wo sie erstarrte, weil der Absatz unter ihrem Gewicht laut ächzte. Lee sah nach oben, doch da ging es nicht weiter. Ein Stück seitlich führte ein zweites Fenster auf die Feuertreppe hinaus, durch das sie in den Flur spähen konnte, der nur von den Lichtern aus ein paar offenen Türen erhellt wurde. Der Großteil der Türen war geschlossen. Ganz am Ende lag die Tür zum Treppenhaus, über das man hinaus auf die Straße gelangen würde. Wenn sie es bis dorthin schaffte, bevor der Stationsvorsteher merkte, dass jemand bei ihm gewesen war, hatte sie vielleicht eine Chance.

Lee schob das Fenster leise hoch und schlich den Gang hinunter. Nicht weit vor ihr stand eine Tür auf. Sie blieb stehen und sah vorsichtig hinein.

Drinnen saß ein Mädchen auf einem Bett. Wie eine Puppe mit roten Ringellocken, das Gesicht voller Sommersprossen, saß sie da in einem engen, bauchfreien lila Top, das ihre Brüste hochdrückte. Dazu trug sie einen winzigen lila Faltenrock mit weißen Strümpfen und passenden lila Pumps, hatte die Beine unter sich gezogen und starrte Lee mit zwei großen, blauen, zitternden Quallenaugen direkt ins Gesicht. Es war klar, dass sie Lee sah und gleichzeitig nicht sah, den Blick auf sie gerichtet hatte und doch durch sie hindurchschaute. Ihr Aufzug, vor allem aber diese riesigen leeren Augen, machten sie zu so etwas wie einer Zeichentrickfigur. Lee wurde schwindelig. Sie versuchte zu begreifen, was sie vor sich hatte, stand da und war unfähig, sich zu bewegen. Bis das Mädchen sie anlächelte. Das reichte, um den Bann zu brechen.

Auf der anderen Seite des Flurs stand eine weitere Tür offen. In einem identischen Zimmer saß ein vielleicht vierzehnjähriger Junge, trug nichts als eine enge blaue Unterhose und wiegte sich im Takt einer Musik, die Lee nicht hören konnte. Seine großen braunen Augen schauten Lee mit ihrer ungestalten Iris an, als sie an ihm vorbeikam, doch auch er sagte nichts. Lee hatte ihn auf einem der Polaroids in der Kassette unten gesehen. Auf dem Foto waren seine Augen noch normal gewesen. Lee rannte los.

Sie war fast an der Tür am Ende des Flurs, als sie von einem dreimaligen lauten Klopfen gestoppt wurde. Lee erstarrte. Dasselbe Mädchen, das sie schon einmal die Tür hatte öffnen sehen, kam aus einem der Räume vor ihr. Sie hielt Lee den Rücken zugewandt und machte auf. Ein Mann in einem glänzenden Anzug kam herein und blieb stehen, als er Lee erblickte. Er grinste anzüglich. »Na wer ist denn das?«

Das Mädchen drehte sich um und riss die Augen auf, als sie Lee sah.

Mit sechs, sieben großen Schritten war Lee wieder am Fenster und kletterte so schnell hinaus, dass sie fast den Halt verloren hätte. Sie nahm die Leiter nach unten und schaute ein letztes Mal hoch zu dem Mädchen, das zu ihr hinuntersah. Dann spürte Lee einen anderen Blick auf sich und drehte sich um. Der Stationsvorsteher lehnte sich aus seinem Fenster und starrte sie an. In der Hand hielt er das geöffnete Rechnungsbuch, und auf seinem Gesicht lag der perplexe Ausdruck eines Jungen, dessen Gefühle gerade böse verletzt worden waren.

Lee sah nach unten. Sie würde sich die Beine brechen, wenn sie sprang, daran bestand kein Zweifel. Panisch drückte sie ein weiteres Mal auf die Leiter, die aber immer noch nicht nachgeben wollte. Lee hörte, wie sich das Fenster hinter ihr öffnete, und sprang voller Verzweiflung mit ihrem ganzen Gewicht auf die untere Sprosse, worauf die Leiter endlich nachgab. Sie hielt sich fest, ratterte mit der gesamten Konstruktion nach unten und landete unsanft auf dem Bürgersteig. Ohne sich lange zu versichern, dass sie sich nicht verletzt hatte, war sie auch schon wieder auf den Beinen. Der Ranzen lag nur ein paar Schritte entfernt. Sie packte ihn und rannte die Straße hinunter.

Vier

Der alte Geo Prizm ihrer Mom stand nicht in der Einfahrt. Den relativ neu aussehenden Prius, der stattdessen dort parkte, kannte Lee nicht, aber die tibetischen Gebetsperlen – oder was auch immer da am Rückspiegel hing – stanken förmlich nach Steve. Zwischen ihrem und dem Nachbarhaus schlich Lee nach hinten.

Mit etwas Glück war ihre Mutter bei der Arbeit. Steve hockte immer zu Hause, da er keinen richtigen Job hatte, aber er hatte auch keinen Schimmer, und wenn sie leise genug war, konnte sie rein und wieder raus, ohne dass er etwas merkte. Lee fuhr die alte Schubkarre hinters Haus, stellte sie hochkant an die Mauer und kletterte hinauf. Das Fenster zu ihrem Zimmer ließ sich ohne Probleme öffnen.

Einen Moment lang glaubte sie, im falschen Haus gelandet zu sein. Ihr Zimmer war das ganz sicher nicht mehr. All ihre Sachen waren weg und durch Korbtische mit Orchideen und Duftkerzen ersetzt worden. Wo ihr Bett gestanden hatte, lagen ein paar Kissen vor einem hölzernen Schränkchen, auf dem ein steinerner Buddha saß, mit Räucherstäbchen im Sand vor den Beinen. Wo einst das Bild einer Archäologin geklebt hatte, hing jetzt eine Bambusrolle mit asiatischer Lackschrift neben einem gewebten Mandala. Selbst der Schreibtisch, an dem sie ihre Hausaufgaben gemacht hatte, war nicht mehr da. Das Zimmer roch nach verbranntem Salbei, und Lee schlich hindurch und gab sich Mühe, nicht zu würgen; all ihre Wut konzentrierte sie darauf, sonst wäre sie ausgerastet. Es war, als hätten die beiden sie völlig ausgelöscht.

Lee schob eine Schranktür auf. Ein Stapel ungeöffneter Schachteln mit Steves Firmenlogo, einem fröhlich lachenden Buddha, nahm fast den ganzen Platz ein. Nur im Fach ganz oben standen noch ein paar alte Kartons. Sie zog sie heraus, Kartons voll mit ihren Sachen. Lee nahm eine Jeans, einige T-Shirts, eine graue Kapuzenjacke, Unterwäsche und Strümpfe und ihre schwarzen Chucks. Der Gitarrenkasten war nirgends zu entdecken. Lee schob die Schachteln zur Seite, ohne sich um den Lärm zu scheren. Dann sah sie ihn, er lehnte hinter dem größten von Steves Stapeln und war fast ganz mit einem Schlafsack bedeckt. Lee atmete aus. Vielleicht sollte sie doch den Bus nach Ohio nehmen. Wieder musste sie an Edie denken und fragte sich, auf welches College sie wohl gehen würde, verdrängte den Gedanken aber wieder. Sie schob den Stapel beiseite und nahm ihren Gitarrenkasten.

Lee merkte gleich, dass er leer war. Eine ganze Lametta-Gala aus alten Puppen und ausgestopften Tieren hatte ihre Mutter mal für sie aufgebaut, als niemand zu ihrem sechsten Geburtstag gekommen war, und jetzt hatte sie ihr Geld gestohlen oder es Steve stehlen lassen, damit er ein Auto und einen Haufen Plastikschrott kaufen konnte. Lee öffnete den Kasten. Alles, was sie gespart hatte, ihr ganzes Collegegeld: weg. Ihre Hoffnung auf einen Neuanfang: weg. Das Einzige, was sie fand, waren siebzig Cent und die kleine blaue Glasflasche mit dem silbernen Würfel. Lee stopfte ihre Sachen und den Schlafsack in den Stoffranzen, zog die Chucks und die Kapuzenjacke an und steckte das kleine Fläschchen ein.

Diese Schweine. Lee wusste nicht, warum sie erwartet hatte, dass ihr Geld noch da war. Sie hätten es nicht einfach so nehmen dürfen, und darauf hatte sie vertraut. Sie wollte schreien, alles im Zimmer zertrümmern, sich auf den steinernen Buddha hocken und draufpinkeln. Sie packte das

Mandala und versuchte, es zu zerreißen. Es war der einzige stumme Zerstörungsakt, der ihr einfiel, doch nicht mal der funktionierte. Das Mandala sah zwar gewoben aus, war aber nichts als ein Stück buntes, hartes Plastik.

Als Lee die Tür öffnete, konnte sie am Ende des Flurs Steves zu einer ledrigen Beule geknautschten Ellbogen auf dem Küchentisch sehen. Sie ging in seine Richtung, hörte das Klacken einer Pfanne und roch gebratenen Speck. Ihre Mutter trat ins Blickfeld, und Lee erstarrte. Sie fragte sich, was sie sich davon erhoffte, den beiden die Meinung zu sagen. Irgendwie hatte ihre Mom Lee nicht gesehen, trotz der Tatsache, dass sie praktisch vor ihr stand, und als sie sich wegdrehte, schlüpfte Lee in ihr Schlafzimmer.

Steves Brieftasche lag auf dem Nachttisch, mit zweihundertdreiundzwanzig Dollar darin. Lee überlegt, ob sie herumsuchen sollte, vielleicht war ja noch etwas von ihrem Geld irgendwo versteckt, aber sie wusste, sie sollte das Glück nicht herausfordern. Steve würde ohne zu zögern die Polizei rufen, und ihre Mom würde es zulassen. Eine seiner Ketten, mit einem in Leder gefassten violetten Kristall, hing am Spiegel. Steve nannte es sein »transzendentales Amulett«, und er trug es, wenn er besonders viel positive Energie aus dem Universum brauchte. Lee nahm es mit, nur um ihn zu ärgern.

Einige Busfahrten und zwanzig Gehminuten später kam Lee an einem abgezäunten Schrottplatz vorbei, mit Motorblöcken, rostenden Achsen und Heizkörpern, alten Kühlschränken und Bergen von Kupferresten, und das alles in ordentlichen Reihen, wie eine Art Obstgarten für zerquetschtes Metall. Es war genau, wie Maria es in der Strafanstalt beschrieben hatte. »SANTIAGOS SCHROTT-CITY« verkündete ein Schild über dem Eingang, das aus verdrehten Metallstücken, Rohrenden und alten Golfschlägern zusammengeschweißt worden war. Der Großteil des Platzes war mit rostenden Autos gefüllt, manche aufeinandergestapelt, andere so zerfetzt, dass Lee den Tod förmlich riechen konnte. Es gab jedoch auch noch einige, die mehr oder weniger okay aussahen. Die standen weiter hinten.

Lee schlüpfte hinter einen Pick-up voller Eisenreste und schlich durch Reihen mit alten Apparaturen zu den intakten Autos hinüber. Sie suchte sich einen auf Blöcken stehenden alten Transporter aus, weil er nur wenige Fenster hatte, und freute sich, dass er innen mit Teppich ausgelegt war. Zu seinen besten Zeiten musste das Ding ein echtes Protzmobil gewesen sein, jetzt war es ein verrottender Metallhaufen, der nach Schimmel, schalem Bier und Kotze roch. Aber Lee hatte frische Sachen zum Anziehen, etwas Geld und einen Platz zum Schlafen, wenigstens für ein, zwei Nächte. Sie dachte an das, was sie im zweiten Stock der Kristallburg gesehen hatte. Das Mädchen und den Jungen. Was war mit ihnen geschehen? Die Thrumm-Kids im Wunderland, die waren genauso gewesen, völlig leer und ohne Richtung. Das Mädchen, dem das Tagebuch gehörte. War sie auch so geworden? War das das Schicksal, dem Lee gerade noch entgangen war? Der Gedanke erfüllte sie mit Erleichterung, gleichzeitig aber auch mit Wut.

Lee wurde vom Kreischen zerberstenden Metalls aus dem Schlaf gerissen und brauchte ein paar Sekunden, um sich zu erinnern, wo sie war. Sie kroch zum Fahrerfenster des Transporters und linste hinaus ins Morgenlicht. Ein paar Männer packten allen möglichen Schrott auf einen Haufen, ein weiterer suchte darin herum, und auf einem Tieflader stand ein Auto, wahrscheinlich aus den Siebzigern, das hinten komplett eingedrückt war.

Einen Moment lang war Lee unsicher, ob sie die Ereignisse der letzten Tage nur geträumt hatte, doch dann fiel ihr Blick auf den Ranzen aus der Kristallburg, der in einer Ecke des Transporters lag. Sie kroch hin, machte ihn auf und nahm ihre eigenen Sachen heraus. Darunter kam eine kleine Pappschachtel zum Vorschein. Lee öffnete sie. In einem Nest aus zerknüllten Zeitungen lag ein merkwürdiges Objekt: ein Knäuel Bindfaden zwischen zwei identischen Messingplatten, die von vier langen Schrauben zusammengehalten wurden. Sie nahm, was immer es war, aus der Schachtel. Es wirkte sehr alt. Die Platten maßen etwa fünf mal sechs Zentimeter, und auf der oberen stand in sorgfältig gemalten Druckbuchstaben:

P.G	**.ECIDES**	**DÉBARRASSE.**
LE.	**D.SERT**	**F.URNIS.ENT**
.AS	**HOW.V.R.**	**COR.ESPONDS**

Lee drehte das Ding um, und auf der anderen Seite las sie in den gleichen Buchstaben:

.IR.	**.CAR.É**	**LONGSEA→**
F.NE,	**HEA.,**	**.O.SQUE→**
TE.U	**S.ARP**	**BAR AIN→**

Beim Umdrehen hatte etwas in dem Knäuel geklackert. Was auch immer Lee zu finden erwartet hatte, dieses Ding war eine Enttäuschung. Trotzdem, sie hoffte, dass es dem Stationsvorsteher etwas bedeutete und es ihn böse getroffen hatte, dass es weg war. Vorerst legte sie es zurück in die Schachtel.

Lee hatte fast einen Tag lang nichts gegessen, und ihre Kehle war wie ausgetrocknet. Sie blieb dennoch ein paar Stunden in der heißen Düsternis des Transporters hocken, bis sie hörte, wie die Männer den Platz verließen und das Tor vorn verschlossen. Zur Sicherheit wartete sie noch eine weitere halbe Stunde und vertrieb sich die Zeit damit, die Lederkordel um Steves Kristall zu entfernen und sich mit ihrem kleinen blauen Fläschchen eine eigene Kette zu basteln. Schließlich holte sie auch noch einmal das komische Ding mit dem Bindfadenknäuel hervor und versuchte, den Code zu entschlüsseln. Rätsel hatte Lee schon immer gemocht. Zusammen mit ihrem Vater hatte sie sich bei jeder Gelegenheit durch ein dickes Buch mit Denksportaufgaben gearbeitet, das er ihr zu ihrem siebten Geburtstag geschenkt hatte. Jetzt aber verlor sie schnell die Geduld, legte das Ding weg, und als sie sicher war, dass sich niemand mehr auf dem Platz befand, kletterte sie aus dem Transporter, fand ganz hinten ein loses Stück Maschendraht und schlüpfte durch den Zaun.

Knapp zwei Kilometer die Straße hinunter gab es eine Tankstelle mit einem Gemischtwarenladen, wo Lee sich eine Portion Trockenfleisch, Maischips, eine Cola und eine Dose Sardinen kaufte. Die Cola trank sie in einem Zug aus, und der Zuckerstoß setzte ihr Blut wieder in Bewegung. Da fiel ihr Blick auf ein Bekanntmachungsbrett neben dem Eingang, von dem ein Gesicht auf sie herabblickte. Unmöglich, aber wahr. Lee war es nicht gewohnt, Edie mit Brille zu sehen, doch auf dem Foto hatte ihre Freundin eine auf und lächelte. Sie trug die enge rote Strickjacke, die Lee ursprünglich für sich selbst gestohlen hatte, und über dem Foto stand in großen Druckbuchstaben das Wort »VERMISST«, darunter: »EDIE OSWALD«. Dazu nähere Angaben zur Person: Alter, Größe und Gewicht, Haar-, Augen- und Hautfarbe. Lee riss das Foto von der Tafel und las auch den Rest: Zuletzt sei Edie am Abend des 1. August gesehen worden, als sie ihr Zuhause in Belmont Village verlassen habe. Das war fast neun Wochen her. Das Datum erinnerte Lee an etwas, und sie starrte darauf, bis ihr einfiel, an was. Der 1. August hatte auch auf der Karte gestanden, die sie im Tagebuch des Mädchens gefunden hatte. War Edie in einem der Zimmer oben im zweiten Stock? Vielleicht sollte sie die Kristallburg niederbrennen, dachte Lee. Wenn sie nur wüsste, es ginge, ohne dass eines der armen Kids verletzt würde.

Abends im Transporter sah Lee jedes Mal, wenn sie die Augen schloss, das Gesicht des Mädchens aus dem Zimmer oben vor sich. Sie wurde es einfach nicht los, es lauerte direkt hinter ihren Lidern, und Lee fragte sich, was im Kopf dieses Mädchens vorgegangen war. Sie dachte an die Männer, die zu ihr kamen. Die gehörten nicht zur Kristallburg, das waren Kunden. Lee musste an das denken, was ihr der Stationsvorsteher über die Natur des Verlangens gesagt hatte. Es hatte wie etwas Tiefschürfendes geklungen, aber jetzt ekelte es sie an. Wer weiß, was da oben geschah … Vielleicht war auch Claire dort gelandet. Und Edie. Hatte auch Edie in einem der Zimmer der Kristallburg geschlafen? Hatte er ihr seinen Namen genannt und sie nach oben eingeladen? Lee selbst hätte dort enden können, wäre sie länger geblieben. Und bald schon würde es jemand anders sein.

Lee stellte sich vor zurückzugehen, sich ins Zimmer des Stationsvorstehers zu schleichen, während er schlief, und ihm ein Messer ins Auge zu stechen. Dazu würde sie niemals den Mut haben. Aber sie konnte etwas tun. Ein paar Straßen vom Schrottplatz entfernt fand sie eine Telefonzelle.

Als der Mann von der Vermittlung fragte, wen sie anrufen wolle, wusste Lee es nicht. »Die Polizei?«

»Handelt es sich um einen Notfall? Dann sollten Sie die 911 wählen.«

»Es ist kein Notfall.«

»Welcher Distrikt bitte?«

»Das weiß ich nicht. Gibt es nicht so was wie ein anonymes Anzeigetelefon?«

Es klang dumm, als sie es sagte, aber wie sich herausstellte, gab es das tatsächlich. Die Frau, mit der Lee schließlich verbunden wurde, wirkte gelangweilt und wenig überzeugt, als Lee ihr zu erklären versuchte, was sie gesehen hatte. Selbst Lee kam es immer fantastischer vor, je länger sie redete. Am Ende schrieb sich die Frau trotzdem die Kreuzung auf, an der das Gebäude lag, und versprach, dass sich jemand darum kümmern werde.

Lee hatte nicht vorgehabt, wirklich zur Kristallburg zurückzukehren. Es war eine dumme Idee, doch sie wollte mit eigenen Augen sehen, wen die Polizei aus dem Haus brachte. Wenn Edie unter den Thrumm-Kids war, hatte Lee ihr etwas erspart. Vielleicht konnte sie ihr helfen und sie ins Leben zurückholen. Zu sehen, wie der Stationsvorsteher verhaftet und in Handschellen abgeführt wurde, das wäre auch etwas. Als sie ankam, war das Haus dunkel und schien völlig verlassen. Sie wartete. Ungefähr eine Stunde später kam ein Streifenwagen um die Ecke gebogen und hielt auf das Haus zu. Lee drückte sich ins Dunkel. Der Wagen blieb mitten auf der Straße stehen, und auf der Beifahrerseite stieg ein Beamter aus, eine Hand auf seiner Pistole, in der anderen eine Stablampe. Er lief zur Tür der Kristallburg, öffnete sie und ging hinein.

Lee wartete, eine Minute, dann zwei, und fragte sich, was sie erwartete. Schüsse? Eine Massenflucht? Polizeiwagen, die als Verstärkung herbeirasten? Zehn Minuten später tauchte der Polizist wieder auf, schaltete die Lampe aus und setzte sich zurück in den Wagen, der so still davonglitt, wie er gekommen war.

Lee ließ sich Zeit, hinüber zur Tür zu gehen, schlich zwischen den parkenden Autos hindurch und achtete darauf, nicht ins Sichtfeld des Stationsvorstehers zu geraten. Im

Vorraum der Kristallburg war es stockfinster, und sie spürte die Leere, kaum dass sie die Tür hinter sich geschlossen hatte. Lee tastete sich zur Treppe vor und stieg hinauf in den ersten Stock. Das einzige Licht kam von den Laternen draußen, es fiel durch die Fenster der offenen Zimmer entlang des Flurs. Lee spähte in jeden Raum, an dem sie vorbeikam. Da lagen keine Matratzen, keine Kleidung, und an den Wänden hingen keine Plakate, nichts. Es sah aus, als wäre seit Jahren niemand mehr hier gewesen.

Schließlich gelangte sie zum Zimmer des Stationsvorstehers: Seine völlige Leere gab ihr ein Gefühl von Desorientiertheit. Nichts war von dem Mann geblieben, kein Bett, kein Schrank, kein Schach- oder Schreibtisch, kein Bild oder Buch und auch kein nutzloses Rad. Nichts, was an ihn erinnert hätte. Lee hatte das Gefühl, verrückt zu werden. Auf dem Weg zurück nach draußen blieb sie kurz vor ihrem alten Zimmer stehen, und als sie die Mäuse an der Wand sah, dachte sie an das Tagebuch.

Sie durchquerte das Zimmer und tastete hinter dem Heizkörper nach ihm, bis ihre Finger auf etwas Hartes stießen. Das Tagebuch war noch da. Sie steckte es in ihre Tasche.

Vor dem Gebäude sah Lee sich nach Lois um. Vielleicht hatte die beobachtet, wie sie verschwunden waren. Aber auch von ihr war keine Spur.

Als Lee an diesem Abend an die Seitenwand des Transporters gelehnt dahockte und durch die Windschutzscheibe auf die Schatten des Schrottplatzes hinausstarrte, fühlte sie sich verlorener, als sie es in der Einzelhaft getan hatte. Sie nahm das Tagebuch, schlug es auf, und die Einladungskarte fiel ihr in den Schoß. Lee betrachtete sie im Licht des Mondes. Das Datum war lange verstrichen. Aber das Mädchen hatte eine Straße auf der Rückseite notiert. Der Stationsvorsteher mochte sich in Luft aufgelöst haben. Vielleicht hatte er dennoch eine Spur hinterlassen.

Das Mondlicht gab dem Schrottplatz etwas Außerirdisches. Fast hatte Lee das Gefühl, auf dem Mond selbst zu stehen. Die Leere da draußen war noch größer als im Transporter. Es fing an zu regnen, große, fette Tropfen landeten auf ihrem Nacken und ihren Händen. Nicht weit von ihrer Unterkunft türmten sich alte Fahrräder auf, und Lee wühlte darin herum, bis sie eines fand, das noch mehr oder weniger in Ordnung war. Sie zog es durch den Zaun und fuhr zur Tankstelle, in der sie den Großteil ihrer Verpflegung kaufte.

Eine Flasche Cola und eine Packung Trockenfleisch. Der Mann an der Kasse starrte durch sie hindurch. Seit fast zwei Wochen kam sie jeden Tag hierher, manchmal sogar zweimal, und dieser Kerl starrte immer nur ins Leere, als wäre sie Luft. Bevor sie ging, nahm sie eine Karte aus dem Regal mit den Stadtplänen von Philadelphia. Sie fand die Straße, die auf der Einladung stand. Es schien ein Zubringer zum Highway zu sein, etwa neun Kilometer nördlich der Innenstadt.

Lee strampelte durch den strömenden Regen und war schon nach einem guten Kilometer komplett durchnässt. Sie fuhr ganz auf der Seite des Highways, die Autos brausten hupend an ihr vorbei. Hätte sie auch in einem Auto gesessen, hätte sie die überwucherte Straße mit Sicherheit übersehen. Ein Schild gab es nicht, aber es war seit etlichen Kilometern der einzige Abzweig, und so riskierte sie es.

Die Straße wand sich lange durch einen Wald, der sie an ihre Flucht aus der Strafanstalt erinnerte. Endlich gaben die Bäume den Blick auf einen großen, unbefestigten Platz frei, auf dem etwa zwanzig Autos kreuz und quer vor einer großen, mit Stacheldraht bewehrten Betonmauer parkten.

Eine Videokamera hing an einem Pfosten hoch über der Mauer. Es hätte eine militärische Anlage sein können, wäre da nicht das elektronisch wummernde Auf und Ab gewesen, das aus dem Boden selbst aufzusteigen schien. Sonst war, bis auf die umstehenden Nadelbäume, nichts und niemand zu entdecken.

Als sie sich der in die Mauer eingelassenen Stahltür näherte, schaltete sich ein Scheinwerfer ein. Lee senkte den Blick. Eine Stimme hinter der Tür fragte sie nach ihrer Einladung. Sie hielt den Kopf weiter gesenkt und reichte die Karte durch die Klappe in der Tür. Der Mann fuhr mit einem UV-Licht darüber, und Lee sah kurz das Bild eines Fahrrad-Rades darauf aufscheinen. Er drehte die Karte um.

»Die Einladung gilt nicht mehr.«

»Ich weiß«, sagte Lee. »Ich hab's verpasst. Ich war nur …«

»Tut mir leid. Vielleicht sollte es einfach nicht sein.«

»Ich bin das ganze Stück mit dem Fahrrad hergefahren. Gibt es denn keine Möglichkeit …«

»Zieh die Kapuze runter.«

»Was?«

»Lass mich dein Gesicht sehen.«

Ihr gefiel nicht, wie er sie angaffte, aber sie tat, was er verlangte, und starrte in die Öffnung.

Die Tür öffnete sich mit einem lauten, rostigen Krächzen. Ein fetter Kerl mit buschigem Bart und Brille saß auf einem alten Metallhocker und hielt ein offenes Buch auf dem Schoß. Er nickte ihr zu, und sie war drin.

Es gab kein Gebäude, keine Mauern, kein Nichts, nur eine große runde Betonfläche, und in deren Mitte stand …

… ein riesiger aufblasbarer Clownskopf.

Aus seinen Augen blitzten bunte Strobes im Takt einer Musik, die so laut war, dass sie den Kopf erzittern ließ. Lee trat näher und sah, wozu der Kopf diente: Er verdeckte eine Stahltür, unter der eine Treppe nach unten führte. Ein leicht chemisch riechender Rauch waberte von dort herauf. Sie wandte sich noch einmal zu dem Fettwanst auf seinem Hocker um. Was hoffte sie, hier erreichen zu können? Sie hatte keinerlei Plan, nichts, um sich zu verteidigen, nicht mal eine Geschichte hatte sie sich zurechtgelegt, falls sie jemand auszufragen versuchte.

Sie packte das rote Stahlgeländer.

Die Musik, dieses gewaltige, unablässige Dröhnen wurde lauter, je tiefer sie kam, der Rauch dichter. Sie erreichte einen Treppenabsatz, und es fühlte sich an, als gäbe es keine Luft mehr, nur noch Rauch und Musik, die in pulsierenden Wellen gegen ihren Körper schlug. Vor ihr war eine weitere Stahltür, die Treppe führte tiefer nach unten. Lee drückte die Klinke, doch die Tür war verschlossen, und so folgte sie der Musik weiter die Stufen hinunter.

Auf dem zweiten Treppenabsatz kamen drei Kids aus einer Tür zu ihrer Linken gestolpert, lachten und schubsten sich gegenseitig hin und her. Die beiden Jungen hatten Schnauzbärte und trugen altmodische Anzüge, das Mädchen eine Art Landfrauenkleid mit Spitzenkragen. Ihr Haar, kurz und gegelt, schaute unter einem breitkrempigen Hut hervor. Ihre Blicke kreuzten sich, und das Mädchen lächelte Lee im Vorbeigehen zu.

Das Trio lief einen langen Gang hinunter in Richtung Musik und verschwand schließlich im Rauch. Alles hier unten war im gleichen Schlachtschiffgrau gestrichen. Rohre und Kabel liefen über Decke und Wände, und in der Mitte der Tür, aus der die drei gekommen waren, prangte ein gläsernes Bullauge. Wie in einem U-Boot. Lee schlüpfte hindurch.

Die Tür fiel hinter ihr ins Schloss, und die Musik war nicht mehr als ein Geist ihrer selbst. Lee stand in einem runden Raum, in dessen Mitte eine Betonsäule aufragte, von der ein Dutzend Stangen wie Fahrradspeichen abstanden. Sie hingen voller alter Anzüge und Kleider.

»Such dir was Trockenes zum Anziehen«, sagte eine Stimme.

Lee fuhr zusammen. Auf einem Sessel direkt hinter ihr saß ein Mann, die Hände um ein Knie gelegt. Als er aufstand, musste sie einen Schritt zurücktreten, um zu ihm aufsehen zu können. Er trug einen altmodischen schwarzen Anzug, ein Hemd mit weißem Stehkragen und eine schwarze Krawatte. Das dichte, gewellte braune Haar hatte er sich nach hinten aus der hohen Stirn gekämmt.

Der Mann fasste sie bei der Schulter und führte sie an einer Stange mit alten Sachen entlang. Da hingen Flapperkleider aus den Zwanzigern, Rüschenträume, Uniformen, Zylinder, Strohhüte und Fedoras. Historische Kostüme. Alles schien etwa hundert Jahre alt zu sein. Dem Blick des Mannes ausweichend, fuhr Lee mit der Hand über die Stoffe, zog kurz ein perlenbesetztes Cabaretkleid heraus und ließ es wieder zurückgleiten.

»Wenn du erlaubst«, begann der Mann, ging bis ans Ende einer Reihe und nahm ein einfaches weißes Hochzeitskleid von der Stange. Schlicht und gerade geschnitten, der einzige Schmuck war eine Reihe perlenbesetzter Quasten am Saum.

»Die Braut?«, sagte er. »Nein?«

Lee stand völlig reglos da. Sah an sich herab. Sie tropfte immer noch, und um ihre Füße bildete sich eine kleine Pfütze.

Er fuhr mit dem Finger über die helle Seide. »Hier. Darf ich mal?«

Der Mann legte das Kleid behutsam zur Seite, griff nach ihrem durchnässten Sweatshirt und hob es an. Er roch nach Sandelholz. Edie hatte in ihrem Zimmer ein Buch mit alten Schwarz-Weiß-Fotos von Schauspielern und Schauspielerinnen aus den goldenen Tagen Hollywoods gehabt. Die meisten waren Lee unwirklich vorgekommen, flach und weiß wie Papier. Aber einer von ihnen, Rudolph Valentino, schien über die Fotos hinauszuwachsen. Er leuchtete, als käme er aus einer anderen Welt. Die Haut des Mannes hier war so weiß wie die des Schauspielers.

Er war Teil des Ganzen, das war klar. Lee hatte eine solche Angst, dass sie nichts anderes tun konnte, als ihm nachzugeben. Sie hob die Arme und ließ sich die nassen Sachen von ihm ausziehen, erst das Sweatshirt, dann das T-Shirt. Aus der nassen Jeans strampelte sie sich selbst. Er drehte sie um und senkte das Kleid über sie. Als seine Finger ihren nackten Rücken streiften, spürte sie einen Stromstoß. Er schloss den Reißverschluss. Das Kleid passte wie angegossen.

Der Mann drehte sie wieder zu sich herum. Schaute sie mit seinen schmalen grauen Augen an. Eine dicke Locke war ihm in die Stirn gerutscht. Lee befürchtete, er könnte sich vorbeugen, um sie zu küssen. Sie wusste nicht, was sie tun sollte. Ihre Instinkte funktionierten nicht mehr. Sie schloss die Augen.

»Es sitzt perfekt«, sagte er. »Und die Party ist voller Junggesellen.«

Als sie die Augen wieder öffnete, zog er gerade die Tür hinter sich zu, und Lee stand da und fühlte sich klein und dumm. Sie stocherte in einem Stapel Schuhe herum, bis ihr Abscheu sie vollends übermannte und sie sich einfach die nassen Turnschuhe wieder anzog, in denen sie hergekommen war.

Lee schob sich durch den engen Gang und kam an einem Mann in einer alten Polizeiuniform vorbei, der sich nach ihr umdrehte. Der Gang war mit gewelltem Stahl ausgekleidet, mit einem Graffiti über die gesamte Länge. Die Musik wurde lauter und wuchtiger, je näher Lee einem dicken schwarzen Vorhang ganz am Ende kam. Sie trat hindurch und stand in einem riesigen runden Hangar voller tanzender Körper.

Auf einer Bühne rauchte ein DJ in einer alten, europäisch aussehenden Uniform gerade eine Zigarre und hantierte mit zwei Plattentellern. Ein antiquierter Projektor warf Szenen aus Schwarz-Weiß-Filmen an die Wand hinter ihm. Die Bilder bewegten sich mit der amphetaminschnellen Abruptheit alter Stummfilme: zwei Männer, die um eine Kanone auf Rädern herumliefen, ein bärtiger Mann mit Ballerina-Tutu vollführte eine Pirouette, zwei Schachspieler oben auf einem Dach. Mit auf der Bühne, als spiegelten sie Teile des Films, saßen zwei Männer in Tweedanzügen, starrten auf ein Schachbrett und ignorierten das Chaos um sie herum. Sie schoben die Figuren zügig hin und her, und Lee konnte nicht anders, als sich vorzustellen, dass es reine Show war.

Ein Mädchen in einem schwarzen Paillettenkleid schwebte an ihr vorbei, und ein Junge in einer alten Militäruniform zuckte auf der Stelle. Lee drückte sich an die Wand, als könne sie sich dadurch unsichtbar machen. Die Musik erfüllte sie mit einer so dichten, pochenden Energie, dass ihr die Zähne schmerzten.

Plötzlich hörte sie ein Fauchen, gefolgt von einem lauten Krachen, und Lee dachte, eine Wand müsse eingestürzt sein. Die Leute um sie herum hörten auf zu tanzen und hoben die Köpfe. Lee folgte ihren Blicken und sah, wie sich die Betondecke in der Mitte teilte und vier enorme Hydraulikarme die sich voneinander trennenden Platten senkrecht in die Höhe drückten. Applaus brandete auf, eine Welle kühler Luft und ein plötzliches Gefühl von Weite legten sich über Lee. Die Wolken waren verschwunden, und sie sah durch den Lichternebel hinauf zur schwarzen, sternengesprenkelten Leinwand des Firmaments.

Ein Mädchen mit kurzem blondem Haar und einem funkelnden, perlenbesetzten Zwanziger-Jahre-Kleid kreiste durch den Raum, schob sich zwischen den Tanzenden hindurch, in der einen Hand eine lange Zigarettenspitze, in der anderen ein Tablett mit Wasserflaschen. Sie war ein echter Hingucker und strahlte auf jene unangestrengte Art Körperlichkeit und Sex aus, um die Lee andere Frauen immer beneidete. Lee war überrascht, als die junge Frau plötzlich etwas zu ihr sagte, und musste sich vorbeugen, um sie zu verstehen, so nahe, dass sie den Wassermelonenbonbongeruch von ihrem Hals auffing.

»Ich sagte, willkommen bei der Société Anonyme!«, rief sie. »Ich heiße Xenia. Wenn du was brauchst, sag's einfach!«

Lee spürte, wie sich ein Teil von ihr dieser Xenia gegenüber öffnete, ganz so, wie es bei Edie an dem Tag hinter der Sporthalle gewesen war, und bei Ester vor der Kristallburg. Wie ein Hund, der sich auf den Rücken rollt und darauf hofft, gekrault zu werden. Sie hasste sich dafür.

Xenia drückte ihr eine Flasche Wasser in die Hand. »Du musst hier unten genug trinken! Selbst bei offenem Dach hab ich hier schon Mädchen umkippen sehen. Mach mir nicht noch mehr Arbeit.« Sie zwinkerte Lee zu und verschwand, wie sie gekommen war.

Es war wie jeder andere Rave, bei dem Lee gewesen war, nur mit alten Anzügen, Kleidern und Uniformen statt Phat Pants und bunter Perlenkettchen, und sie tanzten in einem ausgebauten Raketensilo, nicht auf offenem Feld oder in einem alten Lagerhaus. Aber am Ende war es die gleiche Musik mit den gleichen verlorenen, entfesselten Kids, die allesamt Mitschüler von Lee hätten sein können: Sie tanzten mit dem gleichen Hunger, stierten mit den gleichen leeren Blicken in sich hinein und wollten nichts als gesehen werden. Natürlich war Edie nirgends zu entdecken. Lee hatte nicht wirklich damit gerechnet, sie hier zu finden, aber doch darauf gehofft. Was hatte sie erwartet? Den Stationsvorsteher? Ester? Mehr Thrumm-Kids? In der Kristallburg waren die Thrumm-Kids im oberen Stock festgehalten worden. Vielleicht waren sie auch hier irgendwo, wo man sie nicht sah?

Lee wand sich durch die Menge, zwischen schweißnassen Körpern und Händen hindurch, die wie Kolibris durch die Luft schwirrten. Sah sich um, ohne zu wissen, wonach. Niemand schenkte ihr Beachtung, nur hier und da begegnete ihr ein entrücktes Pillenlächeln, das nichts mit ihr zu tun hatte. Ein Junge tanzte um sie herum, seine Füße glitten über den Boden, als stünde er auf Eis.

Plötzlich aber hatte Lee das Gefühl, beobachtet zu werden. Sie drehte sich um. Die Schachspieler starrten zu ihr herüber, und sie musste noch einmal hinsehen, um den rechten zu erkennen. Er hatte seinen Vollbart abrasiert und trug nur noch einen Schnäuzer. Alle Freundlichkeit war aus seinen Augen gewichen, doch er war es: Der Mann, der ihr die sechzig Dollar für die Busfahrt zurück nach Ohio gegeben hatte. Der Professor. Ihre Blicke trafen sich. Er sah in ihr nicht länger seine eigene Tochter. Er hatte überhaupt keine Tochter in ihrem Alter.

Übelkeit überkam sie. Sie spielte gegen einen Gegner, der ihr immer zwei Züge voraus war. Der große Mann, der ihr das Kleid gegeben hatte, sah ebenfalls quer durch den Raum zu ihr herüber, und jetzt erkannte sie auch den DJ: Es war der Obdachlose aus dem Park, der ihr gesagt hatte, sie solle nach dem Stationsvorsteher fragen. Lees Blick fuhr durch das offene Dach über ihr. Da oben musste sie hin, aber es gab keine Leitern dort hinauf. Hinaus kam man offenbar nur auf dem Weg, auf dem sie hereingekommen war.

Der Eingang mit dem Vorhang lag auf der anderen Seite der Tanzfläche. Lee rempelte sich durch die tanzenden Kids, war auch schon auf der anderen Seite des Vorhangs und den Gang halb hinunter, als sie den kostümierten Polizisten auf der Treppe nach oben sitzen sah. Er rauchte und starrte sie neugierig an, drückte dann ohne Eile seine Zigarette aus und stand auf. Mit einem Mal spürte Lee ihren Atem, jedes Luftholen stach schmerzhaft in ihrer Brust. Sie beugte sich vor, ihr war schwindelig, sie verlor alle Kraft. Da legte sich ihr eine Hand auf die Schulter. Lee wollte schreien, aber es ging nicht, und eine Stimme sagte: »Hier entlang.«

Lee konnte nicht gut genug sehen, um mehr als eine alte Frau zu erkennen, die ein Tuch über ihrem grauen Haar und eine schwarz gerahmte, im Licht grün schimmernde Brille trug. Die Frau zischte: »Komm mit!«

Lee schaute zu dem Polizisten. Er kam auf sie zu. Die Frau packte ihre Schulter und zog sie mit sich. Lee löste sich aus ihrer Benommenheit und folgte ihr zu dem Durchgang, durch den sie gerade gekommen war. Aber statt durch den Vorhang zu treten, bog die Frau kurz davor zur Seite, durch einen anderen Vorhang, wo sie sich hinter Lee schob und deren Hand auf eine in die Wand eingearbeitete Leiter legte.

Lee stieg nach oben. Sie konnte die Frau hinter sich spüren, deren Hände gegen Lees Füße stießen. Sprosse für Sprosse beruhigte sich Lees Atem. Dann stießen ihre Fingerknöchel gegen eine Stahldecke, und fast wäre Lee mit dem Kopf dagegengerammt. Die Frau hielt sie zurück. Sie war überraschend stark, griff an Lee vorbei und öffnete eine Verriegelung, die gleichzeitig ein Hebel war. Zog ihn herunter, ein leises Klicken, gefolgt von einem hydraulischen Keuchen, ein schmaler Lichtstrahl drang herein. Lee drückte, und die runde Stahlklappe über ihr öffnete sich ganz. Sie kam direkt hinter dem Clownskopf an die Oberfläche und drehte sich, um der Frau zu helfen, doch die stand bereits da, schloss die Klappe wieder und zog sich das Tuch vom Kopf. Auch die Haare lösten sich. Es war eine Perücke.

Er war klein, sogar noch kleiner als Lee, hatte ein breites, etwas pummeliges Gesicht und welliges braunes Haar. Er war sicherlich nur ein paar Jahre älter als sie.

Als er ihren Arm fassen wollte, wich Lee instinktiv zurück, verlor das Gleichgewicht und wäre beinahe durch das geöffnete Dach gefallen. Sie fing sich wieder und sah in die Tiefe. Gut zehn Meter unter ihr tanzten die Kids völlig selbstverloren und hörten nichts als die Musik. Die Schachspieler waren verschwunden, aber der große Mann in dem dunklen Anzug sah zu ihr herauf. Lee glaubte, ihn lächeln zu sehen, wandte sich ab und lief zum Eingang vor. Der junge Mann folgte ihr.

»Langsam«, sagte er. »Ganz ruhig.«

Lee schaltete tatsächlich etwas herunter, weil sie Angst hatte, der Türsteher könnte sonst versuchen, sie aufzuhalten. Aber er öffnete die Tür und ließ sie nach draußen, ohne auch nur von seinem Buch aufzusehen.

»Alles okay?«

»Wer bist du?«, fragte Lee.

»Sicher, dass alles okay ist?«

»Warum bist du so angezogen?«

Ihr Retter hob eine Braue, und Lee wurde bewusst, dass auch sie kostümiert war. Alle hier waren kostümiert.

»Kann ich dich irgendwohin mitnehmen?«, fragte er.

Lee wandte sich zu ihm um und sah, wie er die Beifahrertür einer eckigen alten Limousine öffnete. Ihr Fahrrad stand, erinnerte sie sich, direkt beim Eingang.

Die schwarze Brille ihres Retters saß auf einer eingedrückt wirkenden Nase und schien sein Gesicht zusammenzuhalten, seinen flachen, breiten Mund, die zu hohe Stirn und die runden, stoppligen Wangen. Konnte er einer von ihnen sein? Ihr Bauch sagte nein, aber der hatte sich schon oft genug getäuscht. Sie hörte Stimmen beim Eingang und das Quietschen der Tür. Lee stieg ein.

Sie fuhren. Lee sah ihren Retter an. »Wer sind diese Leute?«

»Was für Leute?«

»Die das alles veranstalten. Wer ist das?«

»Ich verstehe nicht, was du meinst.«

»Du hast mir gerade geholfen, ihnen zu entkommen. Warum hättest du das tun sollen, wenn du nicht weißt, wer sie sind?«

Er sah sie verwirrt an. »Du standest kurz vor eine Panikattacke. Meine Schwester hatte das früher oft, deswegen kenne ich mich damit aus. Du brauchtest offensichtlich Luft.«

»Du hast mir also nicht geholfen zu fliehen?«

»Wovor?«

»Vor diesen Männern. Dem Stationsvorsteher.«

»Wer von denen war das?« Als Lee nicht antwortete, zuckte der junge Kerl mit den Schultern und lächelte sie an. »Hey, du sahst aus, als bekämst du keine Luft mehr, und da habe ich dich auf dem direktesten Weg nach draußen gebracht, den ich kannte.«

»Gehst du oft da hin?«

»Nee. Ein Freund hat mir die Karte gegeben. Ich sollte ihn da treffen, aber er ist nicht gekommen. Wer ist der Stationsvorsteher?«

Lee starrte aus dem Fenster. Sie hatte keine Ahnung, wo sie waren. »Wohin fahren wir?«

Er zuckte mit den Schultern. »Wir fahren herum. Wir reden. Ich dachte, du müsstest dich beruhigen. Ich kann dich bringen, wohin du willst. Du kannst aber auch mit zu mir kommen. Ich könnte dich meinen Freunden vorstellen.«

Er hatte einen ganz leichten Akzent, sein Ton war fast etwas förmlich. Als wäre er nicht von hier, aber doch schon lange genug da, um seine Vergangenheit hinter sich zu lassen. Lee dachte an ihren Transporter auf dem Schrottplatz und die unruhige, erdrückende Einsamkeit, die von ihm ausging. »Okay.«

»Gut«, sagte er und fuhr rechts ran. »Wir sind nämlich schon da.«

Die Wohnung lag in einem vierstöckigen Haus in Fishtown. Er schloss die Tür auf, und Lee zögerte einen Moment, bevor sie ihm folgte.

»Willst du ein Bier?«, fragte er.

»Wo sind deine Mitbewohner?«

Ihr Retter zuckte mit den Schultern. »Unterwegs. Bleib eine Weile, dann kommen sie schon zurück, und du lernst sie kennen.« Er gab ihr ein Bier und ließ sich aufs Sofa fallen, zückte sein Telefon und tippte darauf herum, bis ein Stück von Sigur Rós erklang.

Lee war unwohl, und sie dachte: Das war eine schlechte Idee.

Aber einige Stunden und drei Bier später hatte sie sich entspannt. Irgendwann verschwand ihr Gastgeber in seinem Zimmer und kam mit einem brennenden Joint wieder heraus. Er gab ihn ihr. Lee hatte seit über einem Jahr nichts mehr geraucht, und es war nie gut, wenn sie Gras mit Alkohol mixte. Trotzdem nahm sie einen Zug, und noch einen, bevor sie ihm den Joint zurückgab. Der Junge – er war ganz bestimmt kaum älter als sie – redete unentwegt. Es war ein nervöses, dahinwogendes Gerede, in das Lee immer wieder eintauchte. Sie hörte, wie er ihr von der Geschichte hinter irgendeiner obskuren europäischen Kunstrichtung erzählte, klinkte sich aus und wieder ein, und dann war er bei einer Kindheitserinnerung und erklärte ihr, wie sie mit einem Pferdekopf Aale gefangen hatten. Bald schon spürte sie, dass sie kurz davor war einzunicken, und kämpfte darum, die Augen offen zu halten.

Buch III

Das versteckte Geräusch

Fünf

Lee wachte auf, den Kopf im Kissen eines fremden Sofas vergraben. Jemand hatte einen Mantel über sie gebreitet, und darunter trug sie immer noch ihr Hochzeitskleid.

Die Rollläden waren heruntergelassen, es war dunkel im Zimmer. Sie hörte das Klappern einer Tastatur, drehte sich um und sah jemanden am Tisch hinter ihr vor einem Laptop sitzen. Der Bildschirm warf zwei blaue Rechtecke auf die Gläser seiner Brille. Lee brauchte einen Moment, bis sie das Gesicht dahinter klarer sah.

»Wie viel Uhr ist es?«, fragte sie.

»Fast fünf«, antwortete er, ohne aufzusehen. »Fünf Uhr nachmittags.«

Lee rieb sich den Schlaf aus den Augen. Wie war das möglich? »Wie lange habe ich …« Sie verstummte und erinnerte sich daran, wie sie hergekommen waren und auf dem Sofa gesessen und geredet hatten, bis sie eingenickt sein musste. Dann war sie irgendwann noch mal halb aufgewacht, inmitten eines undefinierbaren Haufens von Mitbewohnern. Ein gut aussehender Typ mit nacktem Oberkörper und einer schwarzen Lederhose, dunklem, gestyltem Haar und getuschten Wimpern. Derrick, hatte er sich vorgestellt und ihr ziemlich förmlich die Hand hingehalten. Und dann war da noch ein Pärchen gewesen, die Namen hatte sie vergessen, ein Bauernmädchen und ihr Freund, der mit seinen kurzen Haaren, seiner Buddy-Holly-Brille und seiner Weste einem Handwerkslehrer aus der Highschool glich.

»Wirklich lange. Du musst müde gewesen sein.«

Lee blinzelte in seine Richtung.

Er stand auf und streckte die Hand aus. »Ich bin übrigens Tomi.«

Sie schüttelte sie und ließ sich von ihm hochziehen. »Wo kommt der Name denn her?«

Er lächelte und setzte sich zurück an seine Tastatur. »Von meiner Mutter natürlich.«

»Nein, ich meine, woher du ...«

»Ich weiß schon, was du meinst. Ich komme aus Tschechien. Warst du da mal?«

Lee fühlte sich dumm. So als wäre sie noch immer nicht richtig wach. Sie verneinte.

»Es ist schön. Und einiges ist hässlich. Aber vieles auch schön. Mein Heimatort ist wie aus einem Märchen. Vielleicht nehme ich dich mal mit. Meine Mutter wartet da auf mich, dick wie ein Knödel, und sie vermisst mich schrecklich.« Er lächelte, und in seiner Brille spiegelte sich wieder blassblau der Bildschirm.

Sie spürte einen Stich in der Brust. »Ich heiße Lee«, sagte sie.

Er klappte den Laptop zu, sein Lächeln galt jetzt ganz ihr. »Darf ich dir etwas zeigen, Lee? Ich würde mit dir gern wo hinfahren.«

Als er den Wagen neben einem grauen, über die Jahre durch Ruß und Abgase geschwärzten Steingebäude parkte, dämmerte es fast schon. Sie befanden sich in einem verlassen wirkenden Industriegebiet am Fluss. Lee stieg nach Tomi aus dem Auto und betrachtete das baufällige dreistöckige, von Maschendraht umgebene Haus. Hier und da waren die Mauern mit Graffiti übersät. Der Bau war früher wohl ziemlich protzig gewesen. Neben dem riesigen stählernen Tor wuchsen zwei mächtige Granitsäulen auf, der brüchige Steinbogen darüber wurde von verwitterten, sicher zehn Zentimeter starken Balken gehalten.

»Was denkst du?«, fragte Tomi.

Einfach ein verlassenes Gebäude, dachte Lee, wie es sie zu Hunderten in Philly gab. Wie die Kristallburg, die nicht annähernd so beeindruckend gewesen war, aber am Ende ebenso verlassen, und der Gedanke war ihr unheimlich.

»Komm«, sagte er und hielt ein kaputtes Stück Zaun für sie auf.

Auf dem Grundstück türmte sich der Müll, zerschlagene Flaschen und zerdrückte Hamburgerschachteln, alte Dosen und Lumpen.

»Beeil dich. Das hier ist nicht das beste Viertel.«

»Da drin ist es sicher auch nicht viel gemütlicher.«

»Du wirst es nicht bereuen. Aber es ist deine Entscheidung.«

Er wartete nicht auf sie, stieg durch den Zaun und sprang mit ein paar langen Schritten zu einem verrosteten Regenrohr, das seitlich an der Mauer hinaufführte. Leichtfüßig kletterte er daran hinauf, ließ oben mit einer Hand los, grinste herunter zu ihr und schwang sich aufs Dach.

Lee stand da und schaute ihm nach, doch er tauchte nicht wieder auf. Die Straße war still und verlassen, dennoch schienen sich mit einem Mal überall Schatten zu bewegen, die verschwanden, wenn sie in ihre Richtung sah. Ein Stück die Straße hinunter hörte Lee Stimmen, und drei dunkle Umrisse nahmen langsam Gestalt an. Sie kamen in ihre Richtung, und ihr betrunkenes Gelächter wurde lauter und lauter. Entweder folgte sie diesem Tomi, den sie noch keine vierundzwanzig Stunden lang kannte, oder sie riskierte es und blieb hier draußen. Lee sah noch einmal die Straße hinunter, schlüpfte durch den Zaun und rüttelte an dem Regenrohr. Es war überraschend einfach, daran hochzuklettern, und ehe sie sich versah, stand sie bereits oben auf dem Dach. Ein schwarzes Lüftungsrohr drehte sich im Wind, und eine Reihe zerschlagener Dachfenster erstreckte sich bis zur anderen Seite des Gebäudes. Eines davon stand auf. Lee steckte den Kopf hinein.

Der Raum darunter wurde von einer riesigen stählernen Maschine verdunkelt. Lee ließ sich darauf hinab, blieb jedoch mit ihrem Kleid an einer Scherbe hängen. Silbriges Licht fiel in den Raum und tauchte ihn in ein wässriges Schimmern. Die Anlage war offenbar schon seit Jahrzehnten verlassen. Das meiste war aus Stein und Stahl, sie sah große verrostete Turbinen und uralte Ventile, und das Ding, auf dem sie hockte, kam ihr vor wie ein Ungeheuer, das man vom Meeresgrund heraufgeholt hatte. Sie wartete, bis sich ihre Augen an die Dunkelheit gewöhnt hatten, und kletterte dann über eine Leiter nach unten.

Tomi stand da und wartete, doch sie beachtete ihn nicht weiter, fuhr mit der Hand über die zersprungenen Uhren einer klobigen Maschine von der Größe eines Kühlschranks und spürte, wie die Farbe unter ihren Fingern abblätterte. An einer Wand lehnte ein Getriebe etwa so groß wie sie selbst, und auf dem Boden eines langen Betonkanals lagen die Überbleibsel einer Wassermühle. Das Gebäude war voller alter Maschinen und Vorrichtungen dieser Art, und Lee sah sie sich genau an. Der Verfall faszinierte sie, und es war ihr egal, dass ihr Kleid voller Rost und Schmutz und unter einem Arm eingerissen war. Es war der schönste Ort, den sie je gesehen hatte.

»Das Schuylkill-Wasserwerk. In seinen besten Zeiten wurde von hier aus die ganze Stadt mit Wasser versorgt.« Tomi folgte ihr, während sie herumlief und die großen rostenden Maschinen betrachtete. »Die Turbine da pumpte täglich siebeneinhalb Millionen Liter aus dem Fluss, und die Generatoren da drüben haben mal den Strom für halb Philadelphia produziert. Natürlich war die Stadt damals noch kleiner.«

Die Turbine war eine mächtige Stahlröhre mit Nieten

größer als ihre gespreizte Hand, und der Generator bestand aus vier Stahlringen, die sie beide wie Zwerge erscheinen ließen. Tomi nahm sie bei der Rechten, und sie ließ sich von ihm durch Geröll und herabgestürzte Röhren führen und schließlich eine Stahltreppe hinauf, die allein noch vom Rost zusammengehalten wurde.

»Da drüben«, sagte er und ging mit ihr über einen schmalen Steg.

Sie folgte ihm durch eine Tür in einen lang gezogenen Raum mit Ziegelmauern und ungehobelten Dielen, der bis auf ein paar grobe Metalltische mit einer langen Bankreihe leer war. Durch die rußgeschwärzten Fenster fiel nur wenig Licht herein.

»Warte hier«, sagte er.

Tomi verschwand in der Finsternis, und Lee hörte, wie er am anderen Ende des Raumes herumtastete und klackernd und scheppernd etwas zusammenbaute. Dann erfüllte ein dumpfes unterirdisches Summen den Raum, und hinten bei ihm begann es schwach zu glimmen. Als würde auf den Tischen dort eine Art Moos von einem natürlichen Leuchtfeuer erhellt. Lee trat näher und konnte nach und nach mehrere wehende Tentakel ausmachen, die sich wie ein Feld Wollgras an einem stürmischen Tag im Wind wiegten.

Tomi beugte sich vor, um einen Stecker in eine orangefarbene Verlängerungsschnur zu stecken, die durch eines der Fenster führte, und die Wand seitlich von ihr begann, im gleichen blassen Licht zu schimmern. Eine schmale Stoffbahn erstreckte sich fast über ihre ganze Länge, ein Gemälde aus erdigen, mulchigen Farben, die Blasen warfen, welche hier und da aufbrachen. Es war die Haut von etwas Dunklem, Öligem, das sich aus einem Sumpf erhob, und an ihr klebten Archipele amöbischer Inseln, jede eine klare Lackbasis mit einem Feld weißer, vibrierender Tentakel.

»Hast du das gemacht?«, fragte sie.

»Du bist die Erste, der ich es zeige.«

So nahe daneben zu stehen – sie bekam Gänsehaut. »Du hast es sonst noch niemandem gezeigt?«

»Ein Mann, vor dem ich großen Respekt habe, hat einmal gesagt, dass der große Künstler von morgen in den Untergrund geht.« Tomis Akzent war kaum auszumachen, allein seine Konsonanten klangen etwas weicher, das »s« ein wenig gedehnt, was allem, was er sagte, den Klang reiner Freude gab.

Lee dachte darüber nach, was es bedeutete, im »Untergrund« zu sein. Zu verschwinden. Etwas an dem Gedanken gefiel ihr. Bisher war sie unbemerkt durch ihr Leben gegeistert, hatte es gehasst und wollte gesehen werden, doch jetzt fragte sie sich, ob das nicht vielleicht ihr natürlicher Zustand war, etwas, dem sie sich hingeben sollte.

Tomi bückte sich, zog den Stecker wieder heraus, und der Raum verdunkelte sich erneut. Lee konnte nur noch die sumpfigen Konturen erkennen, die er auf die Leinwand gemalt hatte. »Derselbe Mann hat auch gesagt, wenn eine Million Menschen ein Gemälde ansehen, verändern sie es, einfach nur durchs Ansehen. Vielleicht will ich meine Arbeit auch so erhalten, wie sie ist. Sie ist perfekt, oder?«

»Ja, das ist sie.«

»Weißt du, was eine Aura ist?«

Steve hatte ständig von dieser oder jener Aura geredet. Von Auras, Chakras, Dharmas und Tantras. Eines Morgens, als sie darauf warteten, dass ihre Mutter das Frühstück machte, hatte er sie ins Visier genommen, sich über den Tisch gebeugt und leise geraunt, dass ihre Aura grau wie ein alter Fisch sei, fast so, als wäre sie gar nicht da.

»Du weißt schon, wenn du in einem Museum vor einem Picasso stehst und es fühlt sich ganz anders an, ganz anders als wenn du das Bild in einem Buch siehst?«, fragte er. »Das macht das Original. Es ist seine Aura.«

»Hmm, ich weiß nicht.«

»Hast du noch nie einen echten Picasso gesehen? Ernsthaft?«

Er wartete darauf, dass sie ihm antwortete, aber sie reagierte nicht. Sie kannte solche Leute aus der Schule, die ihr Geheimwissen wie eine Reihe Orden vor sich hertrugen, und sie würde es nicht zulassen, dass sie sich seinetwegen dumm fühlte.

Aber da lächelte er selbst etwas dümmlich und schien verlegener, weil er sich ihr öffnete, als sie es war, weil sie es nicht tat. Und plötzlich mochte sie ihn. Schließlich trug er keine Orden vor sich her und tat sie auch nicht ab, weil sie nicht verstand, wovon er redete.

»Darf ich dir zeigen, was ich meine?«, fragte er.

Lee war schon einmal im Philadelphia Museum of Art gewesen, als Kind mit ihrem Vater, und der riesige Eingang mit der hohen Decke, den Steinsäulen und der Diana-Statue rief in ihr das Gefühl seines Körpers neben ihrem wach. Tomi hatte Lee einen grauen Kapuzenpulli geliehen, den sie über ihrem Kleid trug. Als er die beiden Eintrittskarten bezahlte, dabei auf den Fußballen vor- und zurückwippte und sich gegen den Tresen drückte, sagte der Mann an der Kasse, dass das Museum in einer halben Stunde schließe.

»Wir brauchen nicht lange«, erwiderte Tomi und fasste Lees Hand. Die folgte ihm die Treppe hinauf und durch verschiedene Ausstellungsräume, bis sie vor dem Porträt einer Frau standen. Sie saß neben einer Vase voller Blumen, trug einen langen Leopardenfellmantel, hatte asiatische Gesichtszüge und große unförmige Hände. Die Finger lagen wie schlaffe Nudeln auf ihren Schenkeln. Alles an dem Gemälde war schal, die Farben grell wie aus einem Kindermalkasten.

»Matisse«, sagte er und beobachtete, wie sie das Bild aufnahm. »Okay«, meinte er schließlich. »Du spürst es nicht. Ich verstehe.«

Er führte sie zu einem anderen Bild, einem Boot, das unter einer Brücke hindurchsegelte, und noch einem, einer Frau mit einem Schwanenhals und schläfrigen Augen, und einem impressionistischen Feld im Regen. Sie betrachteten mehrere Skulpturen. Er sagte nicht viel und gab ihr den Raum zu spüren, was immer sie spüren sollte. Das war süß. Trotzdem würde Lee nicht so tun, als fühlte sie etwas, was sie nicht fühlte.

Eine Klingel ertönte, und über die Lautsprecheranlage informierte sie eine Stimme, dass das Museum in einer Viertelstunde schließen werde. Als die Aufsicht die Leute aus dem Raum zu treiben begann, wollte Lee ihnen folgen, doch Tomi fasste sie beim Arm. Er zog sie in die entgegengesetzte Richtung, hinter eine Skulptur, um einer weiteren Aufsicht auszuweichen, und in einen Raum, in dem sie allein waren. Am anderen Ende lag eine Tür. Tomi zückte einen Schlüssel.

»Was machst du da?«, fragte sie.

Er schloss die Tür auf, die in eine dunkle Kammer führte. Ein rotes Lämpchen von einer Art Messanzeige spendete ein wenig Licht, wodurch Lee sehen konnte, dass sie sich in einem Putzschrank befanden. Über eine Stunde hockten sie da, umgeben vom Geruch der Reinigungsmittel. Sie wollte Tomi etliche Dinge fragen: Woher hatte er den Schlüssel? Was machten sie hier? Wie lange sollten sie hier noch sitzen? Aber er hob jedes Mal den Finger an die Lippen. Lee zweifelte allmählich daran, warum sie sich überhaupt hatte herbringen lassen und warum sie geblieben war. Aber jetzt war es zu spät. Jetzt musste sie Tomi vertrauen.

Sie war ganz steif und verkrampft, als er endlich aufstand, an der Tür lauschte, sie öffnete und Lee aus dem Schrank schob. Außerhalb der Öffnungszeiten wurde das Museum offenbar nur von ein paar schwachen Lämpchen in Fußhöhe beleuchtet, was den Räumen eine klösterliche Feierlichkeit verlieh. Wie war sie nur hier gelandet? Hatte der Nervenkitzel jeden vernünftigen Gedanken aus ihrem Hirn gefegt?

»Auf dieser Etage gibt es zwei Wachmänner«, flüsterte er. »Wir müssen die Sache richtig timen, dann können wir zwischen ihnen bleiben.«

Sie gingen durch einen Raum mit japanischen Drucken, in einem anderen hingen nur Teppiche, dann durchquerten sie mehrere Räume einer Ausstellung mit dem Titel »Über die Natur des Bedeutungslosen«, eine Sammlung von Arbeiten, deren Wert sich daran zu bemessen schien, wie lange es gedauert hatte, sie fertigzustellen. Es gab ein 1961er Modell des Lincoln Continental, der allein aus Zahnstochern hergestellt worden war (in 3762 Stunden, wie es auf der zugehörigen Tafel an der Wand hieß), ein Aquarium mit genau 821 309 schwarzen Sandkörnern (was der geschätzten Zahl der Toten beim Genozid an den Armeniern entsprechen sollte) und einem einzelnen weißen Sandkorn (dessen Bedeutung unerklärt blieb), alles vom Künstler gezählt und Korn für Korn in das Aquarium gegeben (4699 Stunden), daneben ein komplett aus Kleiderbügeln hergestelltes Porträt von Pauly Shore in dreifacher Lebensgröße (1775 Stunden). Lee stellte sich vor, wie es wäre, so viel Zeit ihres Lebens für etwas derart Belangloses zu opfern. Dann überlegte sie, womit sie ihre Zeit bisher verbracht hatte und was dabei herausgekommen war.

Nach ein paar Räumen setzte Tomi zu einem fortdauernden geflüsterten Geplapper über die Kunst um sie herum an. Er erläuterte ihr die Entwicklung der Kunstrichtungen, an deren Vertretern sie vorbeikamen, vom Impressionismus über Dada zum Surrealismus, vom abstrakten Expressionismus zur Pop-Art und zum Fotorealismus. Lee konnte sich nicht konzentrieren und hatte Angst, dass sie jemand hörte. Dabei flüsterte Tomi so nahe an ihrem Ohr, dass sie seinen Atem spüren konnte.

Schließlich wurde sie von einem Foto abgelenkt, das so groß war, dass es fast eine ganze Wand einnahm, und sie blieb stehen, um es anzusehen. Die alte, verfallende rote Scheune inmitten eines von Unkraut überwucherten Feldes übte auf Lee eine starke Anziehung aus. Wo auch immer diese Scheune stand, sie wollte dort sein und das fleckige Sonnenlicht auf ihren Schultern spüren. Tomi fasste ihren Arm und zog sie weiter. »Das ist nur ein Foto«, sagte er, »und damit kein Original. Es hat keine Aura. Komm.«

Die Aura war ihr egal, aber Lee folgte ihm dennoch.

»Gemälde haben eine Aura, weil es sie nur einmal gibt«, fuhr er fort. »Zu einem Gemälde zu fahren und es sich anzusehen, das ist wie eine Pilgerfahrt, ein Ritual.«

Er führte sie vor ein anderes Bild. Eines, vor dem sie bereits gestanden hatten, als das Museum noch geöffnet gewesen war. Das verregnete Feld. »Spürst du es jetzt?«

Da war eine dunkle, impressionistische Landschaft mit energischen senkrechten Linien. Hätte es ihr jetzt anders erscheinen sollen? Das tat es nicht.

»Ich weiß, dass du etwas spürst. Du bist nicht so kalt, wie du tust. Walter Benjamin würde sagen, dieses Bild hat eine Aura, weil es ein Original ist, keine Reproduktion. Vor über einem Jahrhundert von van Gogh höchstpersönlich gemalt. Aber ich denke, eine Aura ist mehr. Ich denke, sie existiert im Raum zwischen diesem Gemälde und uns.« Er fuhr mit der Hand durch die Luft vor dem Bild, als wollte er Rauch wegwedeln. »Eine Aura ist kein Ding, sie liegt in der Beziehung zwischen Betrachter und Bild. Denk nur daran, wie anders das Erlebnis war, als wir hier mit einem Dutzend Leuten standen und es angesehen haben.«

»Es war anders, weil wenn wir jetzt hier erwischt werden, sperren sie uns ein«, sagte sie. Der Reiz des Unerlaubten war verflogen und wurde bei Lee nicht durch Angst, sondern durch Wut ersetzt. Darüber, dass er das alles riskierte, ohne sie auch nur gefragt zu haben. Wofür?

»Nein«, sagte er. »Das ist es nicht, das Risiko hat nichts damit zu tun.«

»Aber ich spüre nichts. Was ist das? Der kindliche Blick auf ein Feld? Es ist mir egal, ob es ein van Gogh ist.«

Tomi grinste. »Ich weiß, dass du es spürst.«

Er hielt immer noch ihre Hand, und sie machte sich verärgert von ihm los. Er hatte sie in diese Geschichte hineingezogen. Nun blieb ihr keine andere Wahl, als mitzumachen. Lee hatte es Tomi nicht gesagt, aber sie hatte heute Geburtstag. Sie war jetzt achtzehn. Was hätte sie an diesem Abend gemacht, wenn nichts von all diesen Dingen passiert wäre? Zunächst mal wäre sie nicht hier, sondern im College, mit Edie. Edie hätte etwas Besonderes organisiert. Am Ende ging es Edie zwar immer nur um sich selbst, aber wenn du Teil ihrer Welt warst, fühltest du dich einzigartig, erwählt. Der Stationsvorsteher hatte Lee das gleiche Gefühl vermittelt, und der Gedanke daran machte sie krank. War sie so leicht zu beeinflussen? Und machte dieser Kerl hier das auch? Nein, dachte Lee, Tomi gab sich zu große Mühe, sie zu beeindrucken. Bei Edie und dem Stationsvorsteher war Lee immer diejenige gewesen, die Eindruck machen wollte … Achtzehn, immerhin. Edie hätte eine Wahnsinnsparty organisiert. Da wurde Lee plötzlich etwas bewusst: Wenn man sie erwischte, würde sie nicht zurück in die Jugendstrafanstalt kommen, sondern in ein ganz normales Erwachsenengefängnis.

»Gehen wir«, sagte sie.

»Aber wir haben gerade erst angefangen.«

»Bitte.« Sie sah ihn mit flehenden Augen an. »Bitte, bring mich hier raus.«

Da musste Tomi etwas in ihrem Blick gesehen haben, denn sein Ton änderte sich. »Es ist in Ordnung, Lee. Ich habe das schon öfter gemacht. Bleib bei mir, und alles ist okay. Ich verspreche es dir. Ja? Komm, ich möchte dir noch eine letzte Sache zeigen.«

Sie rührte sich nicht.

»Einer der Wachmänner ist hinter uns. Wenn wir ihren Rhythmus nicht einhalten, erwischt er uns. Ich kenne ihren Weg und ihr Timing. Wenn wir hierbleiben oder vom Kurs abweichen, verderben wir es.«

Also ließ sie sich von ihm in einen anderen Raum führen, und in einen weiteren. Lee starrte zu einem stacheligen, mittelalterlich aussehenden, von der Decke hängenden Ding hinauf und wäre beinahe in eine mitten im Raum stehende Glasscheibe hineingelaufen. Genau genommen waren es zwei, die übereinander standen. Lee hielt inne und betrachtete sie.

Die beiden Scheiben ragten senkrecht vor ihr in die Höhe, mindestens drei Meter. Sie wurden auf beiden Seiten von Stahlstangen gehalten, und in der Fuge auf halber Höhe, wo sie aufeinandertrafen, befanden sich zwei Vierkantrohre. Von der rechten oberen Ecke zog sich ein Gitterwerk aus Sprüngen nach unten links, und unterhalb der Fuge von links zurück nach rechts. Die Scheiben bestanden aus Doppelglas, in dem sepiafarbene, in einer Art mechanischem Ballett verfangene Formen schwebten. Unten links gab es einen Kreis abstrakter, schachfigurenartiger Gestalten.

Lee konnte sich nicht erinnern, die Skulptur schon einmal gesehen zu haben, und doch hatte sie etwas Vertrautes. Sie verstand nicht, warum. Fühlte sich seltsam erregt und fragte sich einen Moment lang, ob das die Aura war.

»Das ist Marcel Duchamps *Die Braut von ihren Junggesellen nackt entblößt, sogar*. Wahrscheinlich sein größtes Werk. Aber nicht das, was ich dir zeigen will.«

Während sie die Scheiben weiter anstarrte, fühlte sie, wie Tomi wieder ihre Hand nahm, und sie folgte ihm in eine nur ein paar Schritte entfernte dunkle Nische mit einer uralten hölzernen, von Ziegeln eingefassten Lattentür.

»Drück dich dagegen«, sagte er zu ihr.

»Gegen die Tür?«

»Ja, mach schon.«

Sie ging hin und drückte sich gegen das Holz, wie er es gesagt hatte, fühlte aber nichts. Als sie sich umdrehen wollte, lag seine Hand unten auf ihrem Rücken und hielt sie fest. Eine kurze Panik erfasste sie, und sie dachte an den Mann beim Müllcontainer. Aber Tomis Druck wurde schwächer.

»Bleib so. Und jetzt schließ die Augen.«

»Warum?«

»Vertrau mir.«

Lee war sich nicht sicher, ob sie ihm vertraute, schloss die Augen aber dennoch. Sie spürte die kühle Maserung des Holzes auf ihrer Wange, und der mittlere waagerechte Balken drückte auf ihren Bauch. Von irgendwoher konnte sie die Schritte eines Wachmanns hören. Lee hielt den Atem an.

Tomis Hand legte sich auf ihren Hinterkopf, und ein Kribbeln erfasste sie. Er schob ihren Kopf etwas tiefer und ein wenig nach links und hielt ihn dort. »Jetzt mach die Augen wieder auf«, sagte er.

Sie hörte, wie die Schritte des Wachmanns in den nächsten Raum weiterzogen, und atmete aus. Lee tat, wie ihr geheißen, und sah etwas sehr Merkwürdiges. Eines ihrer Augen lag direkt vor einem Loch in der Tür, und durch dieses Loch blickte sie in einen anderen Raum.

Da lag eine Frau auf dichtem, trockenem Gestrüpp – nackt, auf dem Rücken, die Beine geöffnet, die Haut weiß wie Gips. Der Winkel des Gucklochs erlaubte es Lee nicht, das Gesicht der Frau zu sehen, nur ein paar Strähnen ihres blonden Haars auf der Schulter. Lee hätte angenommen, bei der Frau handele es sich um eine auf einem Feld zurückgelassene Tote, hätte sie mit der linken Hand nicht eine alte Lampe in die Luft gehalten. Die Szenerie hinter ihr wirkte in ihrer Künstlichkeit wie entrückt: ein hellblauer Himmel mit bauschigen Wolken, Bäume in Rot, Orange und Grün, in ihrer Mitte ein glitzernder Wasserfall. Abgesehen von dem Umstand, dass die Frau völlig nackt war, erinnerte Lee die Landschaft durch ihre schimmernde Geformtheit an eine Bierreklame in irgendeiner Kellerbar.

»Es heißt *Étant donnés*, oder *Gegeben sei.*«

Lee fuhr zusammen. Irgendwie hatte sie Tomi vergessen.

»Duchamps letzte Arbeit. Während der letzten zwanzig Jahre seines Lebens hat er heimlich daran gearbeitet. Der einflussreichste Künstler des zwanzigsten Jahrhunderts, und alle dachten, er hätte sich zur Ruhe gesetzt, um Schach zu spielen.«

»Was soll das darstellen?«

Tomi zuckte mit den Schultern. »Nach Duchamp vollendet der Betrachter ein Kunstwerk. Zwischen beiden entzündet sich etwas, das dem Werk erst seine Bedeutung gibt. Damit ist es, was auch immer es für dich ist. In deinem Universum. In meinem mag es etwas anderes sein. In gewisser Weise sehen wir uns also in diesem Moment zwei verschiedene Kunstwerke an. Was *er* damit ausdrücken wollte, ist eine Frage, zu der sich Duchamp nie wirklich geäußert hat.«

Lee spürte das Kribbeln immer noch. »Es sieht wie der Schauplatz eines Verbrechens aus.«

Tomi beugte sich vor und drückte selbst ein Auge an das Guckloch. »Mein Universum ist romantischer. In meinem

Universum ist sie die Frau aus dem anderen Kunstwerk nebenan, die entblößte Braut. Nur, dass sie da eine Verführerin ist. Hier schläft sie nach einem guten Gerangel im Heu. Duchamp hat seine früheren Arbeiten immer weiter fortgesetzt, und alles von ihm ist erotisch.«

Es klang unsinnig, doch sie spürte den Sex, der wie ein warmes Glühen zwischen den Latten der Tür hervordrang und den Raum durchflutete. Das alte Hochzeitskleid klebte an ihr, und Lee wurde bewusst, dass sie schwitzte. Noch nie hatte sie ein Kunstwerk sexuell erregt, doch genau das passierte gerade. Sie versuchte, ihre Erregung zu unterdrücken. »War er einfach ein Pornograf?«

»Nun …«

Plötzlich wollte sie Tomis Mund auf ihrem spüren. Sie wusste nicht, warum, aber sie zitterte.

Tomi trat vom Guckloch zurück und sah sie argwöhnisch an. Bevor er etwas sagen konnte, drückte sie ihn gegen die Tür und küsste ihn.

Er wich zur Seite. »Warte. Ich muss dir etwas sagen. Ich habe dich aus einem bestimmten Grund hierher gebracht.«

Lee biss ihm auf die Lippe. Sie konnte ihn jetzt nicht reden lassen, drückte ihn mit der einen Hand gegen die Tür und zog ihm mit der anderen die Hose herunter.

Sie vögelten gegen die alte Holztür gedrückt, und Lee spürte, wie sich ein Splitter in ihren Rücken bohrte, doch der Schmerz ging in der Erregung des Augenblicks unter. Da war sonst nichts mehr. Die Wachleute, die Bilder und die Skulpturen, der Reiz des Unerlaubten, die Auren, was immer das auch sein mochte, alles ging in dieser Erregung unter. Lee war noch nie so völlig weggetreten.

Hinterher, auf dem harten Teppich der Nische, schmiegte sich Tomi an ihren Hals. Doch jetzt war Lee es, die zur Seite wich. Der Augenblick war vorüber. Das zerrissene

Kleid bauschte sich um ihre Füße. Sie stand auf, zog es hoch und sah sich nach ihrem zweiten Schuh um. Er lag am anderen Ende des Raumes.

»Lee …«

»Wenn du noch mal von der Aura anfängst …«

»Ich will nur sagen, dass das toll war, aber wir sehen besser zu, dass wir hier rauskommen. Das war nicht geplant, und wir sind schon zu lange hier. Ich hab die Übersicht verloren, wo die Wachleute sind.« Tomi zog sich schnell an und blieb im Durchgang stehen. »Ich gehe voraus und erkunde die Lage.«

Sein plötzlicher Pragmatismus traf sie völlig unerwartet, und ebenso unerwartet verletzte er sie. Sie schlüpfte in ihren zweiten Schuh.

Lee ging in den nächsten Raum und kam an einem rechteckigen weißen Podest vorbei, darauf ein leerer Plexiglaswürfel, auf dem oben ein Zettel mit dem Foto eines Objekts klebte, das offenbar am 20. August gestohlen worden war. Für Informationen, die zum Wiederauffinden des Objekts führten, war eine Belohnung ausgesetzt worden. Ihr wurde sofort schwindelig, als sie zu begreifen versuchte, was sie da sah: Es war das Ding, das sie aus dem Zimmer des Stationsvorstehers mitgenommen hatte, das Bindfadenknäuel zwischen den beiden Metallplatten, das in ihrem Transporter lag.

Tomi steckte den Kopf zurück in den Raum und winkte sie zu sich. Benommen und verwirrt folgte sie ihm. Er schien genau zu wissen, wohin er zu gehen hatte und wann sie warten und sich verstecken mussten, um den Wachleuten auszuweichen. Schließlich kamen sie zu einer Tür.

»Die Alarmanlage geht los, sobald wir sie öffnen. Aber wir haben keine Wahl. Lauf hinter mir her, okay?« Er drückte die Tür auf, ohne auf eine Antwort zu warten.

Sie rannten, als wäre der Teufel hinter ihnen her.

Es war ein Uhr morgens, als Tomi sie an einer Ecke nicht weit vom Schrottplatz absetzte. Er fragte sie, wann er sie wiedersehen würde, aber Lee lächelte nur, bevor sie die Tür seines Wagens zuschlug. »Ich weiß, wo du wohnst«, erklärte sie ihm. »Ich komme zu dir.«

Tatsächlich hatte sie keinerlei Absicht, ihn wiederzutreffen, und war erleichtert, als sie sein Auto langsam davonfahren sah. Lee ging direkt zum Transporter, holte den Ranzen des Stationsvorstehers und lief damit zum Fluss. Dort setzte sie sich auf einen Felsen und betrachtete die auf dem Wasser flimmernden Lichter. Warum in aller Welt war sie über diese Bekanntmachung gestolpert, mit der ausgerechnet nach dem gestohlenen Kunstobjekt gesucht wurde, das sie in ihrem Besitz hatte? Wollte das Universum sie verarschen? Das Universum konnte sie mal.

Lee nahm das Ding aus dem Ranzen, drehte es wieder und wieder in ihren Händen und mochte das Gefühl und die scharfen Kanten und dass das Ding offenbar so alt war. Vielleicht spürte sie da ja eine Aura? Denn das Ding selbst war nicht mehr als eine schrullige Kuriosität, nach der sie womöglich gegriffen hätte, wenn sie es irgendwo entdeckt hätte, ja, aber die Faszination wäre doch nur von kurzer Dauer gewesen. Bisher hatte es sie kaum interessiert. Doch plötzlich ging eine Energie von ihm aus, die in ihren Händen zu vibrieren schien.

Warum hatte sie es überhaupt mitgenommen? Es war egal, sie wollte das Ding nicht. Das hier war kein Pullover aus einem Kaufhaus, es konnte Millionen wert sein, soweit sie wusste. Vor allem aber würde es sie ernsthaft hinter Gitter bringen, wenn sie damit erwischt wurde. In ein Erwachsenengefängnis, erinnerte sie sich. Sie sollte das Ding einfach in den Fluss werfen. Lee wog es in der Hand und setzte zum Wurf an. Das Wasser sah kalt und unermesslich tief aus.

Dann ließ sie ihren Arm wieder sinken. Sie konnte es nicht. Dieses Ding, was immer es war, stammte aus einem Museum. Wer war sie, dass sie es zerstören wollte?

Sie wühlte in einem Papierkorb und fand zwei Tüten, eine aus Papier und eine aus Plastik, packte das Ding in die Plastiktüte und wickelte diese in die andere aus Papier. Dann ging sie am Ufer entlang und steckte es in einen Spalt zwischen den Felsen, der groß genug dafür war.

Der Weg zurück zum Schrottplatz kam ihr unendlich lang vor, und als sie ihn erreichte, hatte er bereits aufgemacht. Alles, was sie im Moment wollte, war, in ihren beschissenen alten Transporter zu kriechen und zu schlafen. Aber als sie zu der Stelle gelangte, wo er gestanden hatte, war er nicht mehr da. Lee sah sich um, als hätte sie ihn verlegt, und dann entdeckte sie ihn, zu einem Quader aus Stahl und Plastik von der Größe zweier Matratzen zusammengepresst. Und alles, was sie auf dieser Welt besaß, ihr Schlafsack, ihre Kleider, alles steckte da drin.

Sechs

Derrick sah nicht überrascht aus, als sie vor ihrer Tür stand, aber auch nicht glücklich. Tatsächlich sah er nach kaum etwas aus und schien nicht einmal richtig wach, trat nur zur Seite und nickte sie herein. Schleppte sich zurück ins Bett und ließ sie im Wohnzimmer allein. Sie hörte, wie er die Tür hinter sich zuzog und abschloss. Lee setzte sich aufs Sofa und dachte an den zerquetschten Transporter mit ihren Sachen, an das gestohlene Kunstwerk und die Tatsache, dass sie kurz davorstand, sich der Gnade eines Menschen auszuliefern, den sie kaum kannte.

Laut der Uhr über dem Fernseher war es halb acht, und es dauerte noch eine Stunde, bis das weibliche Mitglied der Wohngemeinschaft an ihr vorbeischlurfte, um Kaffee zu kochen. Triefäugig lächelte sie Lee an und verschwand in der Küche. Eine Viertelstunde später kam sie mit einer Tasse für sich und einer für Lee zurück.

»Ich bin Allison«, sagte sie.

»Wir haben uns vorletzte Nacht kennengelernt.«

»Oh, ja, entschuldige. Ich bin noch nicht richtig wach. Wie hießt du gleich?«

»Lee.«

»Das klingt irgendwie falsch. Bist du sicher?«

»Sehr sicher.«

Allison zuckte mit den Schultern, nahm einen kleinen Schluck und verzog das Gesicht. »Großer Gott, ich koche schrecklichen Kaffee. Kannst du das?«

»Ich trinke nicht viel Kaffee«, sagte Lee. »Ich merke den Unterschied nicht. Wenn du mich fragst, schmeckt er gut.«

Allison lächelte. »Ich mag dich. Will? Mein Freund? Der würde ihn nicht trinken. Er würde ihn wegschütten und dann eine halbe Stunde damit zubringen, Bohnen zu mahlen, natürlich von Hand, das Wasser auf eine bestimmte Temperatur zu erhitzen, das Kaffeepulver aufzugießen und dann immer nur ein bisschen Wasser nachzuschütten, mit einer präzisen kleinen Kreisbewegung … Ich schwöre, normalerweise schlafe ich, wenn er fertig ist. Ich versteh's schon, er möchte Koch werden, das ist sein Ding, aber manchmal will ich nur ein verdammtes Sandwich. Weißt du, was ich meine?«

Lee versuchte, ihr zu folgen, mit gemischtem Erfolg, aber das schien nichts zu machen. Allison redete offenbar gern.

»Ist das echt?«, fragte Allison.

Lee sah ihr schmutziges, zerrissenes Hochzeitskleid an. Am liebsten hätte sie es unter etwas versteckt.

»Du rockst das«, sagte Allison. »Ich käm damit nicht durch, aber ich versteh schon. So 'ne Art Riot-Grrrl-Remix. Und woher kennst du Tomi?«

»Wir haben uns einfach so kennengelernt.«

»Seid ihr einfach nur Freunde? Weil Tomi nicht viele Frauen mit nach Hause bringt.«

»Genau, einfach nur Freunde.«

»Also … tu ihm nicht weh, hörst du? Sonst muss ich dich umbringen.«

Lee überlegte, wie sie darauf reagieren sollte, als Allison den Blick über ihre Schulter hob.

»Wenn man vom Teufel spricht«, sagte sie. »Du hättest ihr wenigstens eine Decke geben können.«

Lee drehte sich um und sah, wie sich Tomis Verwirrung in Freude verwandelte. »Wann bist du gekommen?«

»Es tut mir leid«, sagte Lee. »Ich …«

»Ist alles okay? Brauchst du einen Platz, wo du bleiben kannst, oder so?«

Lee war froh, dass sie nicht darum bitten musste. Sie musste nicht einmal antworten. Tomi sah Allison an, und mit Allisons Schulterzucken schien die Sache geklärt.

»Solange du willst, Schatz«, sagte sie. »Und wenn du jemanden zum Reden brauchst, ich schweige wie ein verflixtes Grab.«

»Ist noch welcher da?«, fragte Tomi, nickte zu Allisons Kaffee und ging, ohne auf eine Antwort zu warten, in die Küche.

»Tomi ist der Einzige, der meinen Kaffee aushält«, sagte sie. »Aber er ist Tscheche. Seiner ist noch schlimmer als meiner.«

Lee schlief am Abend wieder auf dem Sofa, mit einer Decke von Allison, die nach alter Milch roch. In den Tagen danach versuchte sie, in der kleinen Wohnung möglichst wenig aufzufallen, las Romane, die herumlagen, und sah sich mit Will Kochsendungen an. Sie stellte fest, dass Will und Allison schweigend miteinander kommunizierten und auf unheimliche Weise die Gedanken des anderen lesen zu können schienen. Lee hasste die Vorstellung, dass ihr jemand in den Kopf sah, die Nähe der beiden zueinander rührte sie jedoch. Allison mochte sie, das sah Lee, aber sie hatte auch einen eifersüchtigen Zug. Lee lernte, Will nicht zu nahe zu kommen und sich auch nichts zum Anziehen von ihm auszuleihen, obwohl ihr seine Sachen sicher besser gepasst hätten. Stattdessen lief sie in Allisons übergroßen, karierten Landkleidern und Pullovern herum, behielt auf jeden Fall aber auch Tomis grauen Kapuzenpulli, und nach einer Weile gehörte er praktisch ihr.

Die meiste Zeit verbrachte sie mit ihm. Er hatte sie gerne um sich, wenn er an seinem Laptop saß und arbeitete, das Gesicht zum Bildschirm vorreckte und leicht unbeholfen auf der Tastatur herumtippte. Nebenher erzählte er ihr Geschichten aus seiner Kindheit in einer kleinen südböhmischen Stadt, von der dolittleartig engen Beziehung seiner Schwester zu Tieren oder seinem verrückten Onkel Sascha, der am Ende immer mit Scheiße bespritzt zu sein schien. Und manchmal traf Lee ihn nach seiner Arbeit unten im Wasserwerk in seinem Studio, wo er an seinen Bildern malte.

Alle gingen sie Beschäftigungen nach, die sie zu verschiedenen Zeiten in die Wohnung und hinaus in die Stadt spülten. Tomi hatte einen Brotjob in einer Datenrettungsfirma, Allison studierte Architektur an der Philadelphia University, Will arbeitete in der Küche einer Whole-Foods-Filiale, und Derrick sollte angeblich Barmann sein, verbrachte allerdings einen Großteil seiner Zeit in seinem Zimmer und hatte die Tür zu. So war Lee immer wieder lange Zeit allein in der Wohnung. Sie putzte gern, wenn die anderen weg waren, weil es ihr das Gefühl gab, etwas beizutragen.

Abends wurde gemeinsam gegessen, und meistens kochte Will, der aufstrebende Chefkoch. Lee konnte überhaupt nicht kochen, half ihm aber nur zu gern bei den Vorbereitungen und wusch hinterher das Geschirr ab. Als sie Allison um ein T-Shirt bat, sagte die, sie müsse nicht fragen, sondern solle sich einfach an ihrem Schrank bedienen, was Lee unerwartet glücklich machte. Bis zum Ende der ersten Woche schienen sie alle bis auf Derrick ins Herz geschlossen zu haben.

Mit der Zeit fühlte sich Lee immer weniger als Pensionsgast. Eher wie ein Teil der Familie. Will verriet ihr, dass er dafür sparte, auf eine Kochschule zu gehen, und dass sein Fünf-Jahres-Plan vorsah, ein Restaurant zu eröffnen, das Allison entwerfen würde. Tomi wollte ebenfalls sparen und eines Tages in seine Heimatstadt zurückkehren, wo das

Leben billig war und er es sich leisten konnte, den ganzen Tag nur zu malen. Er arbeitete zu merkwürdigen Zeiten. Zu allen möglichen Nachtstunden wachte Lee auf ihrem Sofa auf und sah und hörte, wie er die Wohnung verließ oder nach Hause kam. Dabei tat sie immer so, als schliefe sie. Eines Tages fragte sie ihn, wo er nachts hingehe.

»Möchtest du mal mitkommen?«

»Du hast mir noch nicht gesagt, was du machst.«

»Wart's ab«, sagte er. »Vielleicht nehme ich dich demnächst mal mit.« Dabei beließ er es.

Selbst Derrick konnte charmant und normal sein, besonders wenn er von seinen Träumen erzählte: Er wollte eine Datensicherheitsfirma gründen und viel Geld damit verdienen. Als Lee ihn fragte, was er mit seinem Reichtum anfangen würde, erklärte er ihr, dass er sich um seinen autistischen kleinen Bruder kümmern werde, den seine Eltern in ein Heim gesteckt hätten. Lee war den Tränen nahe, bis er über ihre Leichtgläubigkeit lachen musste.

Sie vermochte sich keinen Reim auf Derrick zu machen. Oft behandelte er sie wie eine streunende Katze, die sich in ihre Wohnung geflüchtet hatte, aber hin und wieder, wenn die anderen weg waren, öffnete er sich und wurde zu einem menschlichen Wesen. Eines Nachts kam er spät von einer Party, und Lee war noch wach und las einen von Tomis Science-Fiction-Romanen.

Derrick trug eine dünne, aber teuer aussehende Lederjacke über einem weißen T-Shirt mit V-Ausschnitt, dazu viel Lidschatten und einen dunklen, verschmierten Lippenstift. Sein frisch gefärbtes Haar war blauschwarz und verstrubbelt. Er holte zwei Bier aus dem Kühlschrank und gab ihr, ohne zu fragen, eins davon. Sie wollte eigentlich kein Bier, aber er hatte ihr noch nie etwas angeboten, und so nahm sie es.

Derrick ließ sich auf einen Stuhl fallen, zog ihn nahe ans

Sofa, legte die Füße darauf und nahm eine Haltung ein, die gleichzeitig einstudiert und verrufen wirkte.

»War die Party gut?«, fragte sie.

Derrick legte den Kopf in den Nacken und sagte in Richtung Decke: »Der DJ hat diesen ganzen Retro-Jungle-Bullshit gemixt, aber den Teenies hat's gefallen.« Er sah Lee an und lächelte. »Ist nicht böse gemeint.«

»Versteh ich auch nicht so.«

»Gehst du eigentlich noch in die Schule?«, fragte er und wandte den Blick ab, als wäre es eine beiläufige Frage und kein Verhör, obwohl es sich so anfühlte. Seit ihrer Ankunft hatte er mehr oder weniger unbeholfen versucht, ihr Dinge über ihre Vergangenheit zu entlocken.

Lee überlegte sorgfältig, was sie ihm antworten sollte. »Bisher bin ich zu Hause unterrichtet worden«, sagte sie.

»Sind deine Eltern so was wie religiöse Irre?«

»Etwas in der Art, ja.«

»Viel verpasst hast du nicht. Ich hab die Highschool gehasst.«

»Warum?«

Derrik grinste schwermütig. »Die verstehen da einfach keinen Spaß. Im letzten Jahr bin ich rausgeflogen und hab's nicht bereut.«

»Weswegen?«

»Ich hab mich ins Schulnetz gehackt und alle Links auf Webcam-Pornos gelegt. Beweisen konnten sie es mir nicht, haben aber trotzdem einen Weg gefunden, mich an die Luft zu setzen. Was Besseres ist mir nie passiert. Ich hab's als Eintrittskarte bei 'ner Hackertruppe benutzt. So hab ich Tomi kennengelernt.«

»Gehörte er mit dazu?«

»Nein, er hat allein gearbeitet. Aber wir haben uns zufällig beide gleichzeitig in dasselbe System eingehackt. Das ist so, als würdest du gerade irgendwo am Arsch der Welt ein paar Höhlen erforschen, mitten im Nirgendwo, und dort in einen Typen reinrennen. Das verbindet.«

»Ihr habt euch also von Anfang an verstanden?«

»Zuerst haben wir uns gehasst und versucht, uns gegenseitig zu sabotieren, wo immer es ging. Aber es war eine gute Rivalität. Deswegen haben wir irgendwann beschlossen, uns auch *in real life* zu treffen und uns zusammenzutun. Nicht lange danach hatten wir unsere eigene Crew und stellten fest, dass wir die gleichen Dinge am Hacken mögen: die soziale Manipulation, das persönliche Risiko, den Ehrenkodex. Und die Kryptografie. Das war echt unser gemeinsames Feld.«

Derrick starrte sie auf eine Weise an, die ihr langsam unangenehm wurde. Sie dachte an das Objekt, das sie gefunden hatte, und den Code darauf.

»Aber dann hat er mit diesem albernen Stadterkundungsscheiß angefangen, und die Hackerei ging immer mehr an ihm vorbei. Das passiert schnell. Heute ist er nur noch eines dieser Script-Kiddies.« Derrick sah in sein Bier und schob die Lippen vor. »Wie auch immer«, sagte er und leerte das Glas. »Willst du ins Bett mit mir?« Er fragte das, als ginge es darum, zusammen eine zu rauchen.

»Ist schon okay«, sagte Lee amüsiert und versuchte, ein Grinsen zu unterdrücken. »Ich glaube, ich schlafe jetzt lieber.«

»Wie du willst.« Derrick ließ die leere Bierflasche auf dem Tisch stehen und ging den Flur hinunter. Sie konnte hören, wie er seine Tür abschloss.

Lee wandte sich wieder ihrem Roman zu. Es war ein Buch über einen Mann, der einen anderen auskundschaftete, ohne zu begreifen, dass dieser andere er selbst war. Lee war im letzten Kapitel, als eine große Karte ganz hinten aus dem Buch rutschte. Erst dachte sie, es sei eine Postkarte, aber als sie sie aufhob, sah sie, dass es ein Einladung der Société Anonyme war. Genau wie die, die der Mann im Café ihr und Edie gegeben hatte, vor über einem Jahr.

Sie konfrontierte Tomi am nächsten Tag damit. Nahm die Karte und ließ sie auf seine Tastatur fallen, als er vor seinem Bildschirm hockte. Tomi hörte auf zu tippen, nahm die Einladung und betrachtete sie. Falls er nicht darauf gefasst gewesen war, ließ er es sich nicht anmerken.

»Was ist das?«, fragte er.

»Du hast mir gesagt, du wärst vor der Nacht, in der wir uns getroffen haben, noch nie bei einer dieser Partys gewesen.«

Er drehte die Karte um und gab sie ihr zurück. »War ich auch nicht.«

»Das ist dein Buch, oder? Ich habe es aus deinem Bücherregal.«

»Ich sage die Wahrheit. Aber ich verstehe auch nicht, was es machen würde. Was wäre der Unterschied?«

»Der Unterschied wäre ...« Lee begriff, dass sie ihm das nicht begreiflich machen konnte, ohne ihm von der Kristallburg und dem Stationsvorsteher zu erzählen. Von ihrer verschwundenen Freundin Edie. Und von Claire. Den Thrumm-Kids. Ihrer Flucht aus dem Jugendknast. Und so weit war sie noch nicht. Das ging erst, wenn sie wusste, dass sie ihm trauen konnte. »Der Unterschied wäre, dass du mich angelogen hättest. Warum?«

»Ich habe dir doch gesagt, dass ich die Einladung von einem Freund hatte.«

»Und?«

»Der Freund war Derrick, und der hat sich das Buch vor einer Weile ausgeliehen. Er muss die Karte als Lesezeichen benutzt haben. Soll ich ihn danach fragen?«

»Vergiss es«, sagte Lee und kam sich dumm vor. »Ich mache einen Spaziergang.«

Es war Nachmittag. Lee behielt die Kapuze auf und begann, auf eine Weise über Derrick nachzudenken, wie sie es bisher nicht getan hatte. Ständig schloss er sein Zimmer ab, ob er drinnen war oder nicht, und sie fragte sich, was für ein Mensch sich so verhielt. Es war klar, dass er etwas zu verbergen hatte, aber war er Teil dieser Geschichte? Sie überlegte, wie sie in sein Zimmer gelangen könnte.

Als sie zurückkam, war niemand in der Wohnung. Lee war müde, weil sie nachts nicht geschlafen hatte, doch als sie sich hinlegte, wollten ihr die Augen nicht zufallen. Der Gedanke, dass das alles kein Zufall sein konnte, ging ihr einfach nicht mehr aus dem Kopf. Dass Derrick irgendwie zur S. A. gehörte oder doch wenigstens mehr wusste, als er sagte.

Sie rief ein paarmal, um sicherzugehen, dass die Wohnung wirklich leer war, und klopfte an alle Türen. Bei Derrick klopfte sie am lautesten. Als Lee klein gewesen war, hatte ihr Vater eine alte verschlossene Kassette hinten im Schrank aufbewahrt, und sie war wie besessen von der Frage gewesen, was er wohl darin aufbewahrte, bis sie eines Tages, als sie allein zu Hause war, herausfand, wie sie das Schloss mit einer Büroklammer knacken konnte. Sie fand nicht viel in dieser Kassette, nur eine Menge Fotos und ein paar Dinge, die aus einem früheren Leben zu stammen schienen. Lee war enttäuscht, als das Geheimnis gelüftet war, jedoch auch ein bisschen stolz darauf, dass sie es geschafft hatte, das Schloss zu knacken. Und so tat sie es von Zeit zu Zeit wieder, nur so zum Spaß.

Das Schloss zu Derricks Zimmer war allerdings kein billiges altes Kassettenschloss, und so wollte es Lees Herumstocherei mit der zurechtgebogenen Klammer nicht nachgeben. Sie versuchte es mit einer Nagelfeile und ihrer Haarspange, begriff aber schnell, dass sie trotz ihres früheren Erfolgs keine Ahnung von Schlössern hatte. Die Tür blieb versperrt.

Eine ganze Weile fragte sie niemand geradeheraus, woher sie komme, weder nach ihrer Familie noch nach ihrer Vergangenheit. Sie waren ganz offensichtlich neugierig, doch Lee gab sich so verschlossen, dass sie es für geboten hielten, nicht daran zu rühren. Als Allison jedoch eines Abends anbot, Lee beim Abwasch zu helfen, war klar, dass es um mehr ging. Und Allison verschwendete keine Zeit: »Du weißt, wir haben kein Problem damit, dass du bei uns wohnst. Du kannst so lange bleiben, wie du willst. Aber wir fragen uns alle ...«

»Ja?« Lee machte ein ziemliches Gewese darum, etwas angebackene Pasta von einem Teller zu bekommen.

»... was passiert ist.«

Sie schrubbte noch ein wenig fester an dem längst nicht mehr sichtbaren Fleck herum. »Passiert ist, dass ich vor ein paar Monaten von zu Hause abgehauen bin.«

Allison nickte, als sei das die Antwort, mit der sie gerechnet hatte. »Wie alt bist du?«

»Jetzt bin ich achtzehn. Als ich von zu Hause weg bin, war ich siebzehn und noch nicht mit der Highschool fertig. Aber jetzt bin ich erwachsen und kann tun und lassen, was ich will. Ihr gebt also keiner Minderjährigen Unterschlupf. Ich kann nur nicht nach Hause.«

Allison gab sich inzwischen keine Mühe mehr, so zu tun, als wolle sie beim Abwasch helfen. Sie lehnte am Kühlschrank und betrachtete Lees Spiegelbild im Fenster über der Spüle. »Wo warst du vorher?«

Lee wusste, sie durfte Allison nichts von ihrer Geschichte erzählen, aber Edie hatte ihr mal gesagt, dass es weit leichter sei, mit einer Lüge durchzukommen, wenn man sie mit der Wahrheit verbinde. »Ich habe in einem verlassenen Transporter geschlafen. Auf einem Schrottplatz.«

»Ernsthaft?«

Lee lächelte. »Hier ist es besser.«

»Ja, ich meine, natürlich … Darf ich fragen, was … Ich meine, warum …«

»Warum ich von zu Hause weg bin?«

»Ja.«

»Du erzählst es niemandem?«

»Wie ein verflixtes Grab, erinnerst du dich?«

Lee sagte einfach nur: »Der Freund von meiner Mom«, und Allison fragte nicht weiter nach.

Nachts legte sich ihr eine Hand auf die Schulter und schüttelte sie wach. Sie rollte herum und sah Tomi vor sich hocken, das Gesicht direkt vor ihrem.

»Was ist?«, fragte sie.

»Zieh dich an.«

»Jetzt? Wie viel Uhr ist es?«

»Kurz nach zwei.«

Lee setzte sich auf und griff nach ihrer Jeans. »Wohin gehen wir?«

Er gab ihr nur einen dunklen Kapuzenpulli und nahm seinen Rucksack. »Du hast gesagt, du willst mal mitkommen. Jetzt ist die Gelegenheit.«

Lee hatte nichts in der Art gesagt, zog aber dennoch den Pulli an und folgte ihm nach draußen.

Sie fuhren mit dem Fahrrad durch die Stadt. Lee versuchte, mit Tomi mitzuhalten. All ihre Müdigkeit war verflogen, und der kalte Wind belebte sie. Plötzlich hielt Tomi an, schob sein Fahrrad auf den Bürgersteig und versteckte es hinter einer Hecke. Die Straße war gut beleuchtet, und eine mächtige Steinmauer, vielleicht zehn Meter hoch, nahm eine der beiden Seiten ein. Parallel zu ihr verlief die Hecke, wie die Mauer über die gesamte Länge des Blocks. Lee folgte ihm.

Tomi lief hinter der Hecke entlang, den Blick auf den Boden gerichtet, blieb stehen, bückte sich und zog dann ein kurzes Metallwerkzeug aus der Tasche. Er ging in die Hocke, und Lee sah zu, wie er damit den Riegel eines Gitters vor seinen Füßen löste. Tomi schob die Hand zwischen die Stäbe und hob das Gitter an.

In einem Betonkanal führte eine Leiter aus einzelnen Stahlstreben hinunter in die Finsternis. Tomi holte eine Stirnlampe aus seinem Rucksack, band sie sich um und gab auch Lee eine. Er stieg vor ihr in die Tiefe. Lee setzte die Lampe auf und folgte ihm. Etwa sechs, sieben Meter tiefer kreuzte ein waagerechter Betontunnel, der sie zu einer weiteren Leiter brachte, über die sie zurück nach oben in einen Hof mit mickrigen Grasflecken kamen. Im Mondlicht war es schwer zu sagen, aber die Mauer schien fast einen gesamten Straßenblock zu umschließen. Auf der anderen Seite des Hofs konnte sie gerade so die Spitze eines Schornsteins ausmachen, und darunter ein niedriges, lang gezogenes Gebäude.

»Warte hier«, sagte Tomi. »Ich muss mal pinkeln.«

Sie sah zu, wie er zur Mauer ging. Warum brauchten Männer immer etwas, wogegen sie pinkeln konnten? Lee wandte sich wieder zu dem Gebäude um, war neugierig, was es war, und ging darauf zu. Das Ding war alt, offenbar aus den gleichen Steinen gebaut wie die Mauer, mit einer enormen, finsteren Öffnung in der Mitte. Es war ein mächtiger Schlund, dessen Tor weit aufstand, und ehe Lee groß darüber nachdachte, lief sie schon einen Gang hinunter. Als es zu dunkel wurde, um noch etwas zu sehen, schaltete sie wieder ihre Stirnlampe ein. Beide Seiten des Ganges wurden von Zellen gesäumt, deren Holzlattentüren auf Schienen saßen. Es musste ein altes Gefängnis sein. Lee leuchtete in eine der Zellen und ging hinein. Von den Wänden bröckelte der Putz, in einer Ecke stand ein eiserner Bettrahmen. Es roch feucht und alt, und sie stellte sich vor, was diese Wände in all den Jahren in sich aufgenommen haben mussten: die Angst, Wut und Einsamkeit ganzer Gefangenengenerationen. Lee konnte hören, wie Tomi nach ihr rief, und drehte sich nach seiner Stimme um, stolperte über etwas und schlug mit dem Kopf gegen eine Wand. Die Lampe schützte ihre Stirn, aber der kleine Scheinwerfer ging zu Bruch, und sie versank in völliger Finsternis.

Lee empfand einen Moment der Schwerelosigkeit, als sie den Boden unter den Füßen verlor. Sie erinnerte sich daran zu atmen und tastete herum, bis sie die Tür der Zelle fand. Zurück im Gang hörte sie immer noch Tomis Stimme, doch sie entfernte sich von ihr. Aus welcher Richtung war sie gekommen? Sie wusste es nicht mehr und versuchte, der Stimme zu folgen, vermochte sie aber nicht zu lokalisieren.

Während sie sich langsam den Gang hinunterschob, machte sich Angst in ihr breit und schnürte ihr die Kehle zu. Sie hätte längst wieder den Ausgang erreichen müssen, sah kein Licht und hörte nichts, nur den eigenen Atem, der immer flacher ging, bis sie kaum mehr Luft bekam. Sie streckte die Hand nach der Wand aus, doch da war keine Wand. Sie stolperte, die Hände vor sich ausgestreckt, und da war nichts vor ihr. Sie fiel, schlug auf dem Boden auf, und ein kalter Schmerz fuhr ihr vom Knie durch den Körper. Ihre Handflächen brannten. Auf allen vieren kroch sie voran und ignorierte den Schmerz. Der Boden war das einzig Feste, ihr einziger Halt. Dann schnitt ihr etwas ins Knie, und sie sackte auf dem Betonboden zusammen.

Sie konnte bis zum Morgen hier liegen bleiben, auf der Seite, und die Arme um sich schlingen. Oder sie riss sich verdammt noch mal zusammen. Lee richtete sich auf und dachte zurück an die Zeit, als sie vier gewesen war. Ihre Mutter hatte Nachtdienst gehabt und ihr Vater sie spätabends noch geweckt, damit sie mit ihm einkaufen kam. Im Auto hatte er sie sitzen lassen und »ich bin gleich zurück« gesagt. Eine Stunde saß sie da und wartete, aber vielleicht waren es auch nur ein paar Minuten gewesen. Sie hatte aus dem Fenster geguckt und die Ratten gesehen, die im Gestrüpp neben dem Parkplatz hin- und herhuschten, und schließlich stieg sie aus und ging hinüber in den Spätshop, doch ihr Vater war nicht da. Als sie wieder herauskam, hörte sie Geräusche aus dem Park nebenan und folgte ihnen, stand auf dem Gras und sah, wie ihr Vater vor einem Baum einen Mann umarmte. Beide hatten ihren Kopf abgewandt, und Lee konnte hören, wie ihr Vater dem anderen Mann etwas ins Ohr raunte. Sie lief zurück zum Auto, stellte fest, dass sie sich ausgesperrt hatte, und machte sich auf den Weg nach Hause. Noch Jahre später konnte sie sich daran erinnern, dass sie sich gewünscht hatte, ihr Vater würde auch ihr seine Geheimnisse anvertrauen. Sie kannte den Weg nicht wirklich, summte aber vor sich hin und fand zurück, ohne groß darüber nachzudenken. Ihr Vater war bereits zu Hause und wartete auf sie. Mit weit aufgerissenen Augen lief er hin und her und drückte sie so fest an sich, dass sie dachte, er würde alle Luft aus ihr herausdrücken. Er versprach, sie nie wieder allein zu lassen.

Während sie sich an das Gefühl erinnerte, durch die Nacht nach Hause zu laufen, wurde sie sich einer Veränderung bewusst. Ihre Umgebung wurde trotz der Finsternis klar. Sie befand sich nicht in einem Gang, sondern in einem Raum, einem runden Raum. Obwohl sie es nicht sehen konnte, wusste sie, dass es so war.

Lee tat einen Schritt, dann drei, drehte um. Da war eine Wand vor ihr, vielleicht einen guten Meter entfernt. Sie spürte es, machte wieder zwei Schritte, streckte die Hand aus – da war sie. Lee wich zurück und drehte sich erneut. Ging vorwärts, spürte einen Gang zu ihrer Linken. Tastete sich weiter. Noch ein Gang. Lee ging einmal im Kreis durch den Raum und sah ihn am Ende in ihrem Kopf: Er war tatsächlich rund, mit mehreren Gängen, die zu ihm hinführten wie Speichen zu einer Radnabe. Sie lief noch einmal an der Wand entlang und zählte. Neun, es waren neun. Es schien unglaublich, doch sie wusste, durch welchen von ihnen sie gekommen war, wusste, wo sich das Gitter befand, und sogar, in welcher Richtung Tomis Wohnung lag.

Lee drehte sich eine halbe Minute im Kreis und blieb wieder stehen. Ihr war schwindelig, doch sie wusste immer noch, durch welchen Gang sie gekommen war und welchen Weg sie nehmen müsste, um zu dem Gitter zu gelangen. Und sie wusste auch, dass der Raum bis auf etwas Massiges knapp zwei Meter links von ihr leer war. Sie steuerte darauf zu, streckte die Hände aus und berührte das Ding, eine Art Schaukasten oder Vitrine aus Holz und Glas.

Lee ging los. Sie suchte sich eine Richtung aus und nahm einen der anderen Gänge, langsam erst, da sie Angst hatte, in etwas hineinzulaufen, dann schneller und schneller, bis sie durch die Dunkelheit rannte, so schnell sie konnte. Ein Lichtfleck vor ihr nahm Gestalt an, und sie hielt darauf zu. Als sie zurück in den Hof kam, lachte sie. Sie sah an sich hinunter. Ihre Jeans war zerrissen, ein Knie aufgeschürft, und das Blut lief ihr bis in die Chucks, von denen einer an der Sohle völlig zerfetzt war. Sie zog beide Schuhe aus und warf sie nacheinander quer über den Hof, stand in Socken im Dunkeln und konnte sich nicht erinnern, je glücklicher gewesen zu sein.

Tomi fand sie zehn Minuten später, mithilfe seiner Lampe. Er war so wütend auf sie, dass er den ganzen Rückweg über kein Wort sagte, doch das war Lee egal. Sie hatte eine andere Welt entdeckt.

Während der nächsten Tage wollte Lee von Tomi alles über sein Hobby erfahren. Sie hatte schon von Leuten gehört, die verlassene Orte erkundeten, aber so abstrakt und theoretisch hatte es keinen besonderen Reiz auf sie ausgeübt. Jetzt wollte sie es gleich noch einmal ausprobieren, so bald wie möglich. Lee konnte das Gefühl von Freiheit und Macht nicht erklären, das sie empfunden hatte, als sie durch die Dunkelheit gelaufen war, aber Feuer und Flamme war sie allemal. Sie machte Tomi ein Sandwich, um ihn damit in seinem Studio zu überraschen, und hoffte, ihn überzeugen zu können, dass er sie wieder mitnahm. Als sie aus der Wohnung trat, hörte sie unter sich Stimmen. Lee wich zurück und lauschte.

»Sie meinte, sie kann nirgends hin. Was hätte ich da machen sollen, sie abweisen?«, hörte sie Tomi sagen.

»Na und, sie ist obdachlos. Weißt du eigentlich, wie alt sie ist?«

»Fragst du mich, ob ich mir ihren Ausweis habe zeigen lassen, Derrick?«

»Sie könnte genauso gut vierzehn sein. Weißt du, zu was dich das machen würde?«

Lee stellten sich die Haare auf, als sie überlegte, was Tomi ihnen erzählt haben mochte.

»Sie ist achtzehn«, schaltete sich Allison ein. »Das hat sie mir erzählt.«

»Was soll sie auch sonst sagen? Ich würde darauf wetten, dass sie nicht mal sechzehn ist«, protestierte Derrick. »Finde heraus, wer ihre Eltern sind, ruf sie an und sage ihnen, sie sollen kommen und sie abholen.«

»Wir haben keine Ahnung, was ihr alles passiert ist«, sagte Allison. »Vielleicht ist sie missbraucht worden oder so was. Und du willst sie einfach so zurückschicken?«

»Das ist nicht unser Problem«, antwortete Derrick. »Hört zu, sie ist ein nettes Mädchen, aber unsere Wohnung ist kein Asyl für Obdachlose, und wir wissen nichts über sie. Wir können ziemlichen Ärger bekommen, weil wir ihr Unterschlupf bieten.«

»Ich habe ihr gesagt, sie kann bleiben«, meinte Tomi. »Ich bin für sie verantwortlich.«

»Für ein paar Tage. Mittlerweile sind es Wochen. Willst du die Miete für sie bezahlen? Und das, was sie isst?«

»Mich stört es nicht, mein Essen mit ihr zu teilen.« Das war Will. »Ist doch hauptsächlich Zeugs von Whole Foods, das sonst im Müll landen würde.«

»Okay«, sagte Derrick. »Ums Geld geht's mir auch nicht. Ich will nur nicht in den Knast, weil wir eine minderjährige Ausreißerin bei uns wohnen lassen. Ich bin zu alt für diesen Scheiß.«

»Du bist siebenundzwanzig, Derrick.«

»Genau.«

»Ich habe doch gesagt, *ich* trage die Verantwortung«, wiederholte Tomi genervt. »Ich kümmere mich um sie.«

Lee schlich zurück in die Wohnung, bevor sie entdeckt wurde. Abends sagte sie kein Wort, das Gespräch hatte ihr ein Loch in den Magen gebrannt. Sie fühlte sich elend genug, weil sie sich nicht an den Kosten beteiligen, dafür nur putzen, aufräumen und abwaschen konnte, und das schien nicht genug zu sein. Nachts, als alle schliefen, zog sie zweimal ihre Sneakers an und wieder aus, immer kurz davor, sich wegzuschleichen. Aber Tomi hatte recht: Sie konnte sonst nirgends hin.

Ein paar Tage später kam sie aus dem Supermarkt zurück, als Derrick hinter ihr auftauchte, ihr eine Einkaufstüte abnahm und die Haustür unten aufschloss. »Lass mich eine für dich tragen«, sagte er.

Sie dankte ihm und folgte ihm die Treppe hinauf, doch dann blieb er so plötzlich stehen, dass sie in ihn hineinlief. Lee wollte an ihm vorbei, aber er versperrte ihr den Weg.

»Wie lange willst du eigentlich noch bleiben?«

Lee versuchte erneut, an ihm vorbeizukommen, aber er ließ sie nicht.

»Ich weiß nicht.«

»Weil alle hier Miete zahlen, Strom, Wasser, Lebensmittel. Du bist in einer miesen Situation, das verstehe ich. Ich bin kein schlechter Kerl, weißt du. Du brauchst was, wo du schlafen kannst, bis du deinen Kram wieder auf die Reihe kriegst, klar. Aber früher oder später muss jeder für sich aufkommen.«

»Ich weiß, Derrick, und ich bin euch dankbar, ganz ehrlich. Und genau das mache ich: Ich versuche, mich zu sortieren, damit ich für mich selbst sorgen kann.«

»Du suchst also Arbeit?«

Lee suchte nicht nach Arbeit, das war undenkbar, doch das konnte sie ihm nicht sagen.

»Ja.«

»Wo?«

»Wo?«

»Nach was für Arbeit? Vielleicht kann ich dir helfen?«

»Ich weiß nicht. Egal.«

»Hast du schon mal geschauspielert?«

»Wie meinst du das?«

»In einem Film.«

»Was? Nein. Warum?«

»Oder mehr so Webcam-Schauspielern. So was in der Art?«

Lee brauchte einen Moment, bis sie verstand, was er meinte. Sie sah, dass ihm die Sache gefiel.

Er lehnte sich an die Wand und fuhr sich mit der Hand durchs Haar. »Du bist doch achtzehn, oder? Ich kenne da ein paar Leute. Mit denen könnte ich dich zusammenbringen.«

Lee hörte, wie sich über ihnen die Tür öffnete und schloss, dann Schritte. Derrick drehte sich um, und Tomi kam die

Treppe herunter. »Ich habe dich gesucht«, sagte er zu Lee. »Ich bin auf dem Weg ins Studio. Magst du mit?«

Lee wandte sich an Derrick: »Kannst du die auch mit hochnehmen?«, überreichte ihm die zweite Tüte und folgte Tomi, ohne auf eine Antwort zu warten.

Tomi nannte ihre Ausflüge »Kriechtouren«, und während der nächsten zwei Wochen zog Lee noch achtmal mit ihm los. Sie stiegen in ein verfallendes Krankenhaus ein, ein verlassenes Aquarium auf einer Insel, aufs Dach eines halb fertigen Hochhauses, in eine Theaterruine, ein marodes Hotel, zwei Fabriken und ein Tunnelsystem unter einem Eisenbahnbetriebshof, das wie eine riesige Katakombe voller Industrieleichen wirkte. Wie alle Entdecker suchten sie nach Orten, wo noch niemand gewesen war. Die ersten Fotos in einem Forum zu posten, das war wie das Aufstellen einer Flagge. Danach konnten andere den Ort erkunden, wie sie wollten, aber damit liefen sie ihnen hinterher.

Tomi nannte seine Crew die Philadelphia Urbex Society, und als sie ihn fragte, wer sonst noch mit dabei sei, sagte er: »Nur du. Immer angenommen, du möchtest mitmachen.«

»Ehrlich?«

»Es ist eine exklusive Truppe.«

»Bis jetzt hatte deine Society genau ein Mitglied?«

Tomi lächelte. »Sonst hat noch niemand die Aufnahme geschafft.«

Ihre urbanen Erkundungen veränderten die Art, wie Lee die Welt sah. Wo die Oxford die Broad Street kreuzte, stand nicht länger ein in Bau befindliches Bürohochhaus, ein Kino, ein U-Bahnhof, ein Kaufhaus. Wenn sie jetzt daran vorbeikam, sah sie ein Gerüst, das aufs Dach führte, einladende offene Fenster und kaum gesicherte unterirdische Zugänge.

Lee liebte das Gefühl, sich in einem leeren Gebäude zu verlaufen, das vage, richtungslose Gefühl, sich durch einen unbekannten Raum zu bewegen, ohne zu wissen, was als Nächstes kommen würde. Das Komische war, dass ihr innerer Kompass immer wusste, wo sie sich befand und wo die Ausgänge lagen. Sie forderte sich selbst heraus, indem sie so tief in die Gebäude vordrang, wie sie nur konnte, manchmal minutenlang ihre Lampe ausstellte oder die Augen schloss und sich im Kreis drehte. Am Ende fand sie immer wieder raus.

Eines Nachts erkundeten Tomi und sie eine seit den Achtzigern leer stehende, verfallene Highschool. Als Lee den Lichtstrahl ihrer neuen Stirnlampe über die alten Spinde, den Müll und den Schlamm unten im leeren Schwimmbecken gleiten ließ, fühlte sie sich auf die Tribüne ihrer Schule zurückversetzt und musste an jenen letzten Moment mit Edie denken, bevor die Polizei gekommen war, um sie zu holen. Es schien so lange her zu sein. Was für ein Kind sie da noch gewesen war.

Tomi war schon weitergegangen, und sie folgte ihm hinunter in den Keller, wo sie in einen riesigen Lagerraum mit einem Haufen alter Schulbücher groß wie ein Greyhoundbus kamen. Die Bücher waren verrottet, zerfallen, sie sahen aus wie etwas, das in einem Wald wuchs, pilzüberwuchert, und dabei den gesamten Boden bedeckte. Lee durchquerte den feuchten Raum, der Boden war weich wie Moos, und der Geruch, erdig und schimmelschwer, stieg ihr zu Kopf. Was für eine Fantasiewelt das war, eine gigantische unterirdische Höhle.

Lee legte sich mitten in diese Höhle, ihre Stirnlampe deutete nach oben, und sie verlor sich in der Weite der abbröckelnden Decke. Hier unten war die Strafanstalt nur noch eine ferne Erinnerung, ihre Mutter eine Figur aus einem vor langer Zeit geschlossenen Buch und die Kristallburg ein unwirklicher Traum, der Stationsvorsteher ein Trugbild.

Tomi sank auf einen schwammigen Haufen Bücher neben ihr, der wie ein Sitzsack nachgab, und sie lauschten dem leisen Ticken des Verfalls um sie herum. Lee fand es herrlich, wie allein sie hier sein konnte. Es war etwas anderes, als oben in der richtigen Welt allein zu sein. Da war sie nur verloren und unsichtbar, hier aber, in der Finsternis unter der Erde, fühlte sie sich ganz und unversehrt. Dass Tomi da war, machte nichts, weil er sie sah. In gewisser Weise kam es ihr so vor, als ließe er das alles erst wirklich werden, indem er ihr Zeuge war. Lee griff nach einem alten Geometriebuch, doch es war so aufgeweicht, dass es in ihrer Hand zerfiel.

»Das hier unten ist eine Totenstadt des geschriebenen Wortes«, sagte Tomi.

Das war es ganz und gar nicht, und mit seiner Bemerkung machte er alles kaputt. Er sah sie doch nicht, dachte sie.

»Du hast die ganze Zeit darauf gewartet, das zu sagen, oder? Warum braucht alles immer eine Überschrift?«

Lee fühlte sich schon schlecht, als die Worte ihren Mund verließen. Sie wusste auch nicht, warum sie manchmal den Drang verspürte, gemein zu Tomi zu sein. Er machte kein Geheimnis daraus, dass er mehr für sie empfand und sich mehr von ihr wünschte, und vielleicht war es seine Ungeschütztheit, die sie dazu trieb, ihm über den Mund zu fahren. Er versteckte nie etwas von sich, und das war Lee unbehaglich.

Sie glaubte, ihn verletzt zu haben, doch nach einer Pause lachte er und sagte, was für ein Biest sie doch sei, und damit war wieder alles in Ordnung zwischen ihnen.

»Erzähl mir was über Derrick«, sagte sie.

»Warum? Magst du ihn?« Tomi klang, als wäre er schon

vor Langem zu dem Schluss gekommen und hätte sich damit abgefunden.

Lee wollte lachen. »Was redest du da?«

»Du hast gesagt, du findest, er sieht gut aus.«

»Er ist ein verdammter Fiesling, habe ich das nicht auch erwähnt?«

»Du bist also nicht in ihn verknallt?«

Wie süß Tomis spürbare Erleichterung doch war. Er hatte die Geschichte im Museum nie angesprochen oder irgendwelche Annäherungsversuche gemacht, obwohl sie damit gerechnet und ihr halb davor gegraut hatte. Sie hasste die Vorstellung, ihm wehtun zu müssen. Vielleicht probierte er ja jetzt etwas. Aber Tomi stand auf und ging zur Treppe hinüber, und selbst in der Dunkelheit konnte sie sehen, dass er lächelte.

Auf dem Weg zurück zur Wohnung erzählte er ihr von seiner verrückten tschechischen Familie, den drei Katzen, die er als Kind gehabt hatte (Bolo, Tomo und Gogo), und warum er sich, könnte er in der Geschichte zurückreisen, für 1917 entscheiden würde. Er schnüffelte kaum mal in ihrem Leben herum, und das gefiel ihr, heute Abend jedoch stellte er ihr ein paar Fragen zu ihrer Vergangenheit, und Lee war gezwungen, ihre Worte sorgfältig zu wählen und sich auf Einzelheiten zu beschränken, mit denen sie nicht zu identifizieren war. Sie spürte, wie empfindsam er auf alles, was sie tat, reagierte, und es war schön zu sehen, wie er ihre Antworten abwog, als wäre da etwas Abwiegenswertes in ihnen.

Manchmal gingen sie nachts aus dem Haus, aßen Sandwiches am Anleger oder machten ein Picknick in einem halb fertigen Bürogebäude, dem leeren Becken eines öffentlichen Schwimmbads oder einem baufälligen Banktresor. Einmal schlichen sie sich zur Spätvorstellung in ein Multiplexkino, kletterten auf die Dachsparren hinter der Leinwand, ließen die Beine baumeln und sahen sich den Film spiegelverkehrt an. Tomis Rucksack war voller Popcorn, und dazu holte er einen Flachmann mit Whiskey hervor. Während sie die Flasche hin- und herreichten, betrachtete Lee sein Gesicht, die hellsilbrige Haut im Licht des Films, und spürte eine Zuneigung zu ihm, von der sie bisher nichts geahnt hatte.

Am liebsten ging sie mit ihm in sein Studio im Wasserwerk und sah zu, wie er sich die über die gesamte Länge des Raums ausgerollte Leinwand entlangbewegte. Beim Malen sagte er nichts, redete nur in den Pausen. Er wollte wissen, was sie über bestimmte Dinge dachte und ob sie an jenem Abend, als sie sich ins Museum geschlichen hatten, nicht doch so etwas wie eine Aura gespürt habe. Als sie ihm gestand, vor der großen Glasskulptur von Duchamp habe sie tatsächlich etwas empfunden, freute er sich sichtlich.

»Was ist an dem Abend passiert? Nach dem Museum? Als du am nächsten Morgen bei uns vor der Tür standst?« Als sie nicht darauf antwortete, fuhr er fort: »Allison hat mir erzählt, du hättest in einem alten Transporter auf einem Schrottplatz gewohnt.«

Wie ein verflixtes Grab. Aber Lee war Allison nicht böse.

»Das stimmt. Nachdem du mich an der Ecke abgesetzt hattest, kam ich da hin, und das Ding war platt wie ein Pfannkuchen.«

Sie versuchte zu lachen, doch er sah sie bedauernd an.

»Mit allen deinen Sachen?«

Lee legte die Hände aufeinander, als zerdrückte sie etwas.

»Was war alles drin?«

Lee dachte an ihre Kleider, ihren Schlafsack, das Tagebuch des Mädchens. »Alles, was ich hatte.« Sie zuckte mit den Schultern. »Also nicht so viel.«

Betrübt ging Tomi zurück an die Arbeit. Es gefiel Lee, dass er ihr seine Aufmerksamkeit schenkte und doch immer zu wissen schien, wenn sie allein sein wollte. Und ganz besonders gefiel ihr, wenn er das Licht ausmachte und eines seiner Bilder einschaltete. Sie hörte das Summen, und die kleinen vibrierenden Tentakel erwachten zum Leben. Im Dunkeln leuchteten die weißen Felder radiumgrün und schienen wie kleine, zitternde Wolken in der Luft zu schweben.

Erst hielt sie es für eine beliebige, womöglich zufällige Markierung: Mit einem Leuchtstift hatte jemand mitten in dem Buch, das sie gerade las, das Wort »Hallo« hervorgehoben. Es war ein zerlesenes Taschenbuch, ein historischer Roman von Allisons Bücherregal, den sie Lee gegeben hatte, und die fraß sich hindurch. Ein halbes Dutzend Seiten nach dem hervorgehobenen Gruß war wieder etwas markiert, im selben kranken Neongelb, die mittleren drei Buchstaben des Wortes »entleeren«, also »lee«. Lee blätterte weiter, fand ein leuchtendes »was«, dann »siehst«. Ein paar Seiten weiter folgte ein »du«, dann ein »aus« und ein »deinen«. Dann war nichts mehr zu finden, erst ganz hinten landete sie bei dem Wort »Fenstern«, und etwas tiefer auf der Seite leuchtete ein Fragezeichen. Das war alles.

Lee klappte das Buch zu und lauschte dem Summen der stillen Wohnung. Es war drei Uhr morgens, und alle schliefen.

»Hallo, Lee, was siehst du aus deinen Fenstern?«

Stammte das von Tomi? Es schien eines der scheuen, schrägen Spielchen zu sein, wie er sie gern spielte. Aber was bedeutete das? Die Botschaft konnte auch von jemand anderem stammen. Allison waren solche Dinge ebenfalls zuzutrauen, und Derrick versuchte schon seit ihrem Einzug, sie wieder rauszuekeln. Vielleicht wollte er sie so irgendwie irre machen. Sie war heute draußen gewesen, ohne das Buch. Es konnte jeder von ihnen gewesen sein. Lee ließ den Blick durchs Wohnzimmer schweifen und landete beim Fenster. Sie stand auf, nahm die Decke mit und zog das Rollo hoch.

Alles, was sie sah, schien ihr eigenes Spiegelbild zu sein, und es dauerte eine Weile, bis sie begriff, dass sich darin noch etliche andere Bilder befanden. Lee schaltete das Licht aus. Jemand hatte von außen mit Paketband etwas an die Scheibe geklebt, ein Rechteck voller Fotos von Männern aus einer anderen Zeit, alle in altmodischen Anzügen, mit Krawatte und Überzieher, alle mit geschlossenen Augen, und in der Mitte prangte ein einzelnes Polaroidfoto: das Bild von Lee, das Ester in der Cafeteria der Kristallburg gemacht hatte. Nur hatte jemand die Augen herausgeschnitten und sie durch große, blinde, geschwollene Augen ersetzt, die ihr Gesicht kalt und gefühlsleer erscheinen ließen. Lee versuchte, das Fenster zu öffnen, doch es war mit Farbe verklebt. Und sie befand sich im dritten Stock.

Buch IV

Akt, eine Treppe herabsteigend

Sieben

Sechsunddreißig Tage. Eine lange Zeit für etwas, das in einem wächst. Wie hatte Lee es so lange nicht spüren können? Trotzdem hatte sie es gewusst. Hatte sie nicht deshalb den Schwangerschaftstest geklaut? Jetzt starrte sie auf den weißen Streifen und fragte sich, wie groß das Ding wohl war und wie es sich anfühlen würde, es umzubringen. Und sie fragte sich auch, wie es sich anfühlen würde, es in sich wachsen zu lassen. Sie stellte es sich als eines der Wesen aus dem Diorama vor, ein kambrisches Geschöpf vom Grund des Meeres, das in ihrem Bauch herumkrabbelte, ihr Inneres mit seinen Antennen kitzelte und sich nach draußen zu kratzen versuchte.

Lee hatte geweint, als sie sah, wie das kleine rosa Pluszeichen auf dem Streifen erschien. Fast hätte sie zu atmen aufgehört. Sie wollte alles um sich herum zerschlagen. Dann hörte das Schluchzen so plötzlich auf, wie es begonnen hatte, und sie sagte sich, dass sich auch diese Sache regeln ließ.

Sie vergaß es ganz, wenn auch nur kurz, als sie die kleine Rolle aus dem Diorama fischte und darin das Foto von ihrem hundert Jahre alten Zwilling entdeckte. Lee hatte es nur kurz im Zimmer des Stationsvorstehers gesehen und die empfundene Ähnlichkeit am Ende dem Adrenalin zugeschrieben, das seine Späße mit ihr trieb. Nun aber starrte sie es seit einer Stunde an, und die Ähnlichkeit war unbestreitbar.

»*A. T., Juli 1911.*« Damit war nicht viel anzufangen. Die kurze Notiz darunter war verständlicher: »*Gib zurück, was du genommen hast.*«

Wenn sie das Ding bei sich gehabt hätte, würde sie es jetzt zurückgeben. Lee fragte sich, ob sie womöglich hier waren und sie beobachteten. Sie drehte sich um und fuhr mit dem Licht durch den Raum, leere Aquarien leuchteten auf, alte Ausstellungsschilder, vergessene Fossilienvitrinen. Sie schaltete ihre Lampe aus und lauschte. Nicht ein Geräusch. Nichts. Sie war allein, das wusste sie. Dennoch, der Unterschlupf gehörte ihr nicht mehr.

Lee steuerte das kleine Boot ans Ufer und überlegte, was sie tun sollte. Die Wohnung war nicht länger sicher. Vorletzte Nacht hatte sie, nachdem sie die Fotos auf der Scheibe gesehen hatte, ihre paar Sachen in eine Tasche gestopft und sich aus der Wohnung geschlichen. Das verlassene Aquarium war der abgelegenste Ort, den sie kannte. Morgens hatte sie mit ihrem Boot den Fluss gequert und mit dem wenigen Geld, das sie besaß, etwas zu essen gekauft. Den Schwangerschaftstest hatte sie aus einer Laune heraus mitgehen lassen – dass sie ihre Periode nicht bekommen hatte, konnte genauso gut am Stress der letzten Wochen liegen. Den Streifen aus der Schachtel hatte sie sich hinter den Bund ihrer Hose geschoben und die leere Verpackung hinter einem Milchkarton versteckt. Währenddessen musste, wer auch immer ihr nachstellte, ins Aquarium gekommen sein und die kleine Rolle hiergelassen haben, damit Lee sie fand. Und dieser Jemand wusste, wie gern sie hier saß und das Diorama betrachtete, was bedeutete, dass er oder sie Lee beobachtet hatte. Tomi hatte ihr das Aquarium überhaupt erst gezeigt. Wer sonst konnte noch wissen, dass sie sich hierher geflüchtet hatte? Lee begann die Möglichkeit in Betracht zu ziehen, dass Tomi hinter der Sache steckte. Schließlich war er auf der Party im Silo gerade im rechten Augenblick zur Stelle gewesen, um sie dort herauszuholen. Hatte er ihre Rettung nur inszeniert? Aber warum? Wenn es tatsächlich so war, hatte er danach doch den besten Zugriff auf sie gehabt. Warum sie dann entkommen lassen, um sie gleich wieder jagen zu müssen?

Wenn Tomi mit dem Stationsvorsteher unter einer Decke steckte, spielten sie von Anfang an mit ihr. Lee ging alles in ihrem Kopf noch einmal durch, von der Party im Silo über Tomis Studio und die Nacht im Museum, seit der sie sein Kind in sich trug (der Gedanke drehte ihr den Magen um), bis zu ihren gemeinsamen Erkundungen. Aber warum sollte er sie jetzt plötzlich mit geheimen Botschaften verhöhnen? Tomi war ihr Freund und, wenn auch nur für eine Nacht, ihr Liebhaber gewesen. Er mochte sie, das wusste Lee oder dachte es zumindest. Hatte er ihr auch das nur vorgemacht? Lee sah das ölige schwarze Wasser vorbeiziehen und versuchte sich vorzustellen, wie es sich anfühlen würde, darin unterzugehen und nie wieder aufzutauchen.

Das Boot stieß unerwartet aufs Ufer, fast wäre sie über Bord gegangen. Sie hatte den Anleger komplett übersehen. Nachdem sie den Motor ausgestellt und das Boot vertäut hatte, saß sie noch lange da und starrte vor sich hin. Sie kannte Tomi erst seit etwas mehr als einem Monat, doch es kam ihr wie ein ganzes Leben vor. Was tust du, wenn sich die eine wahre Geschichte in deinem Leben als Lüge entpuppt?

Es war spätabends, aber noch warm für Mitte Oktober, warm genug, um nur das zu tragen, womit sie die Wohnung verlassen hatte: ein dünnes, ärmelloses Shirt von Allison, eine leichte Kapuzenjacke und eine Jeans von Tomi. Lee lief am Ufer entlang, und mit einem Mal hatte sie das Gefühl, auch hier von allen Seiten beobachtet zu werden, jeder Blick über die Schulter galt ihr, jedes vor die Brust gehaltene Handy war nur ein Vorwand. Ziellos streifte sie durch die Straßen, vorbei an Schiffswerften und verfallenden Lagerhäusern, durch Wohngebiete mit vergilbten Doppelhaushälften und am Maschendrahtzaun eines Autohändlers entlang, auf dessen Hof Autoreifen zu kunstvollen schwarzen Obelisken aufgetürmt lagen. Lee ging immer weiter und gelangte auf einen Parkplatz, mit Glasscherben übersät, die grimmig zu den Laternen hochschimmerten. Überall waren die Straßen so gut wie leer gefegt, und sie überkam das Gefühl, von ihnen verschluckt zu werden. Sie hatte keine Wohnung, keine Freunde, kein Geld. Und nun war auch jeder Ort, den sie mit Tomi erkundet hatte, unsicher geworden.

Als die Sonne das Wasser des Delaware River allmählich rosa färbte, fand sich Lee in einem Viertel voller herrschaftlicher Anwesen mit Eingangssäulen und deutschen Limousinen wieder. Ein verbeulter Toyota kroch die Straße herauf, aus dem ein Mann Zeitungen auf die manikürten Rasenflächen und plattierten Einfahrten warf. Er schnipste eine Zigarette auf die Straße, und Lee hob sie auf und zog daran. So mitten auf dem Asphalt stehend, sah sie ein Pärchen, das, wie sie annahm, gerade in den Urlaub fahren wollte. Der Mann belud einen Audi Kombi, während die Frau noch mehr Gepäck aus der Tür eines großen weißen Hauses schleppte. Lee sah zu, wie sie eine der Taschen öffnete und darin herumwühlte. Sie schien nachzusehen, was alles drin war, und zu überlegen, ob sie etwas vergessen hatten. Der Mann saß bereits hinterm Steuer und beobachtete das alles mit düsterer Ungeduld im Rückspiegel. Da plötzlich spürte Lee, dass sie jemand ansah, und sie fing den Blick eines Mädchens auf, nicht viel jünger als sie selbst, das sie vom Rücksitz des Autos aus anstarrte. Das Mädchen wirkte verschlafen, die Augen allein von dem festen braunen Haarknoten offen gehalten, und Lee fand darin eine Mischung aus Neugier und Neid.

Dann ließ sich die Frau auf den Beifahrersitz fallen. Ihr Mann hatte das Auto bereits angelassen und fuhr los, bevor sie sich anschnallen konnte. In dem Moment sah Lee, dass sie vergessen hatte, die Haustür zuzumachen. Sie stand halb offen, und Lee konnte eine düstere Diele und einen burgunderfarbenen Läufer ausmachen, der eine Treppe hinaufführte. Sie wollte etwas rufen und wandte den Blick zurück auf die Straße, da stoppte der Wagen Zentimeter vor ihrem Knie, der Vater hupte schon und schrie, sie solle verdammt noch mal aus dem Weg gehen. Lee wich zur Seite und fing ein weiteres Mal den Blick des Mädchens auf.

Hinter den heruntergelassenen Jalousien war es im Haus dunkel und still. Lee streifte die Schuhe ab, sah durchs Esszimmer in die Küche und die Treppe hinauf in den oberen Stock. Sie ging hinauf und gleich ins erste Zimmer, das Elternschlafzimmer, zog Schubladen auf und fuhr mit den Händen durch die Kleidung der Frau, durch Unterhemdchen, Yogahosen und BHs, Unterwäsche und Seidentücher. Auf der Kommode stand eine Schachtel mit einer losen Sammlung Schmuck, und Lee stieß die Finger hinein. Es fühlte sich an wie Kiesel und Seeglas. Im Schrank fand sie einen kurzen Nerzmantel, den sie auf links drehte, bevor sie hineinschlüpfte und im Gefühl des weichen Fells auf Armen und Nacken versank.

Dann ging sie weiter, pinkelte und drehte das Wasser auf, um sich ein Bad einzulassen. Während sich die Wanne füllte, schaute sie hinunter in die Küche. Nahm eine Packung aufgeschnittenen Schinken aus dem Kühlschrank, rollte die Scheiben auf und tunkte sie in ein Glas Mayonnaise. Dem ließ sie vier hart gekochte Eier aus einer Frischhaltedose folgen, die sie ebenfalls in die Mayonnaise tauchte, um sich dann genüsslich die Finger abzulecken und an der Jeans abzuwischen. Die Badewanne lief fast über, als sie zurück nach oben kam. Sie drehte die Hähne zu und wartete, bis genug Wasser wieder abgelaufen war, zog sich dann aus und stieg hinein. Die Wanne war riesig. Lee tauchte komplett im heißen Wasser unter und verharrte dort so lange, bis sie wieder hochkommen musste, um nach Luft zu schnappen. Wie konnte das Ding da in ihr drin atmen? Als sie das nächste Mal auftauchte, hörte sie unten eine Tür knallen.

Lee stockte der Atem, und sie legte sich eine Hand über den Mund, um nicht zu husten, stieg aus der Wanne, nahm ihre Jeans von der Toilette und zog sie sich über die nassen Beine. Im Bad gab es nur ein Fenster, das zu klein war, um hinauszuklettern. Lees T-Shirt hatte sich auf den Fliesen mit Wasser vollgesogen, doch sie zog es trotzdem an, bevor sie ins Schlafzimmer schlich. Von unten hörte sie eine Frauenstimme »Scheiße, Scheiße, Scheiße« murmeln, worauf es ein paarmal piepste. Lee dachte an ihre Turnschuhe vor der Treppe und an das Durcheinander, das sie in der Küche hinterlassen hatte. Es konnte nur Sekunden dauern, bis, wer auch immer da unten war, merkte, dass sich jemand im Haus befand. Lee kroch über den Teppich zum großen Schlafzimmerfenster und lugte hinaus. In der Einfahrt stand der Familienkombi mit laufendem Motor und offener Beifahrertür.

Lee steckte den Kopf in den Flur. Gegenüber waren noch zwei Türen, allerdings musste sie an der Treppe vorbei, um sie zu erreichen. Egal, ihr blieb keine Wahl. Sie stellte einen Fuß auf den Läufer und erstarrte, als sie die Diele darunter knarzen hörte. Vorsichtig zog sie das andere Bein nach und schob den Kopf vor, um einen Blick nach unten werfen zu können. Gerade rechtzeitig, um zu sehen, wie sich die Haustür schloss. Sie hörte die Autotür zuknallen und die Reifen quietschen. Lee wartete, völlig reglos, noch eine Minute. Sie war wieder allein. Rechts von der Tür, neben einer Zahlentastatur, blinkte ein rotes Lämpchen.

Demnach würde sie so lange bleiben können, wie die Familie im Urlaub war, war aber hier drinnen gefangen. Wenn sie hinausging, gab es keinen Weg zurück. Lee zog die Jeans wieder aus, warf ihr T-Shirt über das Treppengeländer und ließ sich zurück in die Wanne gleiten.

Sie nannte sie die Orbisons, nach der Roy-Orbison-CD, die in der Stereoanlage steckte. Das Essen im Haus würde für mehrere Wochen reichen. Es gab Obst- und Thunfischkonserven, Diätdrinks, tiefgefrorene Kartoffelpuffer und Frikadellen. Fast alles Verderbliche hatten sie entsorgt, was Lee annehmen ließ, dass sie mindestens eine Woche wegbleiben würden. Im Zimmer des Mädchens fand sie einen Laptop, brachte ihn nach unten und schaltete ihn ein. Lee konnte nicht sagen, warum sie sich noch nicht die Mühe gemacht hatte, im Internet nach Antworten zu suchen. Vielleicht hatte sie einfach gehofft, dass das alles auch so vorbeigehen würde. Aber sie fand sowieso nichts. Wenn sie »Kristallburg« googelte, stieß sie auf ein kanadisches Elektromusik-Duo, ein Arcade-Spiel aus den Achtzigern und ein Touristenziel in Australien, das nach Steve roch. Nichts schien von Bedeutung. »Société Anonyme« stand für eine französische Aktiengesellschaft, ein italienisches Bekleidungslabel und, bezeichnenderweise, ein von Marcel Duchamp in den zwanziger Jahren gegründetes Künstlerkollektiv. Genau wie der Stationsvorsteher schien auch Duchamp sie überallhin zu verfolgen. Lee tippte seinen Namen in den Browser ein.

Henri Robert Marcel Duchamp war am 28. Juli 1887 geboren, in einem kleinen französischen Dorf namens Blainville-Crevon. Sein Vater war Notar gewesen, seine Mutter hatte er einmal als »still und gleichgültig« beschrieben, eine Grundhaltung, die Duchamp offenbar als eine Art leitendes Prinzip für sein eigenes Leben übernommen hatte. Lee fand jede Menge Bilder von ihm. Er sah gut aus, selbst noch als alter Mann, mit einem Gesicht so heiter und gelassen wie ein See an einem Sommertag. Sie klickte sich durch immer mehr Bilder, Duchamp als junger und als alter Mann, und war fasziniert von seiner Nase, die von der Stirn zwischen den Brauen aus gerade nach unten verlief, mit schön gerundeter Spitze, und je nachdem, wie schräg er den Kopf hielt, schien sie eine etwas andere Form anzunehmen. Er hatte intelligente Augen und einen schmalen, spöttischen Mund, der nie offen lächelte, aber doch auf jedem Bild eine fast unmerkliche Heiterkeit ausstrahlte. Sein Haar war dicht und dunkel, er trug es von der hohen, breiten Stirn zurückgekämmt. Oft rauchte er Pfeife oder spielte Schach.

Dann sah Lee das auf einen Hocker montierte Rad eines Fahrrads und spürte die Präsenz des Stationsvorstehers im Raum. Sie klappte den Laptop zu und ging wieder nach oben.

Die ersten beiden Nächte verbrachte sie im prunkvollen Ehebett der Orbisons, ohne kaum einmal die Augen zuzutun, danach zog sie ins Zimmer der Tochter, wo es eine Doppelmatratze gab, die Lee passender fand. Die Wände hingen voller Zeitschriftenfotos von alten Schauspielerinnen wie Audrey Hepburn und Grace Kelly, Bandpostern und Modeseiten.

Der Boden war mit Jugend- und Schulbüchern übersät, dazwischen Schnellhefter voller Notizen und verträumter, komplizierter Kritzeleien. Das Mädchen hieß Annie, wie Lee auf einem der Hefter las. Während der nächsten Woche nistete sie sich in Annies Zimmer ein, trug ihre Kleider, tanzte auf dem ungemachten Bett zu Annies Musik und erlaubte sich, die Leute, die hinter ihr her waren, und das Ding, das in ihr wuchs, zu vergessen. Lee stellte sich vor, dass sie und Annie Freundinnen waren. Die Fotos auf ihrem Computer zeigten Annie mit schulterlangem braunem, für gewöhnlich mit einem Band zurückgebundenen Haar. Sie hatte braune Augen, bevorzugte ein leicht rosiges Make-up und zog sich wie der Rest ihrer Freundinnen an, trug karierte Röcke, pastellfarbene Blusen, Ballerinas, Plastikringe und Freundschaftsbänder. Erst verachtete Lee sie für dieses Genauso-Sein, ihre fehlende Fantasie und Originalität. Annie war eines der Mädchen, die Lee hinter ihrem Rücken immer verhöhnt hatten, nach der Schule aber dastanden und einen Pullover von Macy's geklaut haben wollten. Die nach einem Sack Pillen für eine Party fragten, Lee dann aber nicht einluden. Als sich Lee jedoch tiefer in Annies Tagebücher versenkte, ihre E-Mails und Fotoalben, ihr Facebook- und Instagram-Profil, erkannte sie eine Seite an ihr, die Annie verbarg, und Lee sehnte sich danach, sie zu beschützen und von dem Schmerz zu befreien, den sie in ihren Augen zu sehen glaubte. Annie war sechzehn, ging auf eine private Highschool und war heimlich in ihre beste Freundin Oona verliebt, eine hübsche Blondine mit der Ausstrahlung einer Reiterin. Auf jedem einzelnen Foto schien Oona die Leute um sich herum wie eine Art wohlwollende Herrscherin zu behandeln. Lee entwickelte einen Hass auf Oona, die ihre Ansprüche gleichsam mit der Reitpeitsche durchsetzte und ihre Freundinnen gegeneinander ausspielte. Dann kam Lee Edie in den Sinn, und sie fühlte sich schuldig. Lange noch nach der Vermisstenanzeige hatte Lee nachts wach gelegen und sich gefragt, was ihr wohl passiert sein mochte. Seit einer Weile aber dachte sie nicht mehr an sie.

Während Lee immer tiefer in Annies Sehnsüchte eindrang, verlor sie den Überblick über die Tage. Sie aß, wenn sie hungrig war, und schlief, wenn sie sich nicht mehr wachhalten konnte. Die heruntergelassenen Jalousien ließen Tag und Nacht ineinander verschwimmen, und so traf es sie völlig unerwartet, als sie nach einem Bad nackt und tropfnass die Treppe hinunterging: ein kurzes Klicken, dann öffnete sich die Haustür.

Lee erstarrte, hielt das Geländer gepackt, und aus ihrem Haar tropfte das Wasser, in Zeitlupe, zwei Tropfen, dann drei. Mrs Orbison kam herein und kehrte ihr den Rücken zu, um den Code für die Alarmanlage einzugeben. Lee nutzte die Gelegenheit, drehte leise um und lief die Treppe hinauf in Annies Zimmer, wo sie die Situation überschlug. Lee hatte gewusst, dass die Orbisons heute zurückkommen würden, es hatte auf dem Kalender in der Küche gestanden. Sie hatte sich darauf vorbereitet, ihren Fluchtweg geplant und tags zuvor schon das Haus verlassen wollen. Sie hatte alles sauber machen, ihren Müll mitnehmen und sämtliche Spuren verwischen wollen. Aber jetzt lagen ihre Sachen überall im Haus herum, und ihre Schuhe standen immer noch dort, wo Lee sie am ersten Tag ausgezogen hatte. Im Wohnzimmer stapelte sich das schmutzige Geschirr von einer Woche, lagen Bücher, Zeitschriften und CDs verstreut. Sie konnte nicht glauben, dass die zehn Tage bereits um waren.

Lee stand vor Annies Schrank und zog gerade eines ihrer T-Shirts an, als die Tür aufging. Da war Annie, in Lebensgröße, die Hand noch auf der Türklinke, und starrte das halb nackte Mädchen in ihrem Zimmer an. Völlig reglos verharrten beide, als würde die erste Bewegung eine schreckliche Maschinerie in Gang setzen. Es war merkwürdig, Annie so zu sehen und das Mädchen da vor ihr mit der Person zu vergleichen, die Lee durch ihre Worte, ihre Fotos, ihre Musik und ihre spitze, wütend vorgebeugte Schrift zu kennen glaubte. Langsam bückte sie sich nach einer von

Annies Jeans und sah an ihrem Gesichtsausdruck, dass Annie sie erkannte, vom Tag der Abreise, als sich ihre Blicke getroffen hatten. Lee versuchte, diesen Moment des Wiedererkennens zwischen ihnen zu bewahren.

Annie nickte fast unmerklich und wich rückwärts aus der Tür. Lee blieb nicht viel Zeit. Ihre einzige Hoffnung war, dass Annie ihre Eltern lange genug aufhalten konnte, damit sie ... was? Lee packte eine Einkaufstasche, stopfte ein paar Dinge hinein, ein T-Shirt, Strümpfe, Unterwäsche, nahm auch ein Paar Turnschuhe und öffnete das Fenster. Sie kletterte auf das Dach des Carports und langte zurück durchs Fenster nach der Tasche. Da stand Annie in der Tür und zeigte auf sie, ihren Vater neben sich, der den Baseballschläger schon bereithielt.

Du kleines Biest, dachte Lee, sprang, ohne weiter darüber nachzudenken, auf den Rasen und lief davon.

Acht

Das Royal Green Hotel stand einen Steinwurf von einem verlassenen Theater im Norden Phillys entfernt, in das sie einmal mit Tomi eingestiegen war. Dabei hatten sie kaum auf das leere Hotel geachtet, dessen östliche Außenmauer noch die Spuren des Brandes zeigte, der das Nachbargebäude verwüstet hatte. Einige der Sperrholzplatten vor den Fenstern waren ebenfalls versengt, was bedeutete, dass das Hotel bereits vor dem Feuer aufgegeben worden war. Jedenfalls war es mittlerweile so verkommen, dass selbst Junkies dort keinen Unterschlupf mehr suchten.

Es gab kein fließend Wasser und keinen Strom. Das Zimmer im zweiten Stock, in dem Lee schlief, roch nach menschlichen Exkrementen. Das Erste, was sie sah, als sie hineinkam, war das Bild einer nackten Frau auf schwarzem Samt, auf das irgendein Kerl eindeutig seine Ladung abgefeuert hatte. Lee nahm es und hängte es über das Bett, in dessen Mitte ein Brandloch größer als ihre Faust klaffte. In der Badewanne moderte ein Gewirr gebrauchter Spritzen vor sich hin. Aber das Zimmer bot einen leichten Ausstieg aus dem nur notdürftig vernagelten Fenster, und Lee baute ein Alarmsystem aus Rattenfallen, die sie in einem Lagerraum gefunden hatte. Sie verminte den Boden um den vorderen Eingang und die Treppe damit. Zuerst hatte der Gestank des Hotels sie würgen lassen, doch sie gewöhnte sich daran, und nach einer Weile bemerkte sie ihn nur noch, wenn sie weg gewesen war und wieder zurückkam.

Schlimmer als der Gestank waren die Geräusche in der

Nacht, das Geschrei der Prostituierten und Dealer unten auf der Straße und das Jammern eines Mannes, der unablässig um den Block zu laufen schien und sich in ein Selbstgespräch darüber hineinsteigerte, dass er etwas verloren hatte. Meist blieb sie wach, lauschte und war sicher, wenn sie einschlief, würden diese Leute in ihr Zimmer kommen. Die Stille des Tages war allerdings noch schlimmer. Auch das spärlich durchs Fenster fallende Licht machte die Geschichte des Zimmers überdeutlich, den Dreck und den Schmutz auf Matratze und Wänden, den Haufen leerer Brennpastedosen, den Abfall und den Kreis Fäkalien auf dem Boden, wo der Eimer gestanden hatte, der von ihr gleich ein Stockwerk tiefer geschafft worden war.

Trotzdem wollte sie bleiben. Sie pinkelte in die Toiletten anderer Zimmer und wagte sich einmal am Tag die Straße hinunter auf die Toilette einer Tankstelle, wo sie sich wusch und eine Flasche mit Wasser füllte. Sie versuchte, etwas zu essen zu schnorren oder zu stehlen, kehrte zum Hotel zurück und ging erst wieder raus, wenn ihre Eingeweide oder der Hunger sie dazu zwangen. Denn draußen auf der Straße schienen alle, selbst obdachlose Kinder, Agenten des Stationsvorstehers zu sein.

Genau wie im Transporter und in der Einzelhaft war es die Einsamkeit, die ihr am meisten zusetzte. Und allein im Hotel zu sein war etwas anderes, als allein herumzuwandern. Im Hotel wurde sie von ungewollten Gedanken bedrängt. So dachte sie mehr an ihre Mutter, als sie wollte. An all die kleinen Vertrauensbrüche, die sie hatte ertragen müssen, besonders, seit Steve bei ihnen eingezogen war. Aber sie dachte auch an die Zeit vorher, als sie und ihre Mutter noch vertrauter miteinander gewesen waren, und das tat genauso weh. Sie dachte daran, wie ihre Mutter – da war Lee sieben – von der Arbeit in die Schule bestellt worden war und sie gegen die Rektorin und ihren Lehrer verteidigt hatte, die ihr vorwarfen, Howard, das Meerschweinchen der Klasse, gestohlen zu haben (was stimmte, aber nicht bewiesen werden konnte). Lee hatte zwei Jungen dabei beobachtet, wie sie das arme Tier gequält hatten, und einen Plan zu seiner Befreiung ausgeheckt. In einer Pause schmuggelte sie Howard aus der Klasse und trug ihn in den Park neben der Schule. Als sie am nächsten Tag nach ihm sehen wollte, fand sie ihn kalt und steif ein paar Schritte von der Stelle, wo sie ihn ausgesetzt hatte. Aber ihre Mutter war damals, bevor Lees Vater sie verlassen hatte, noch ein anderer Mensch gewesen.

Es war Lees siebte Nacht im Hotel, als sie unten eine Falle zuschnappen hörte, dann noch eine. Sie war halb weggedöst, und das Geräusch versetzte sie so sehr in Angst und Schrecken, dass sie, ehe es ihr bewusst wurde, bereits mit einem Stück Rohr in der Hand draußen auf dem Flur stand. Am Fuß der Treppe schlug ein aufheulender Tomi nach seinen Beinen, während um ihn herum Rattenfallen wie in ihrer Ruhe gestörte Grashüpfer in die Höhe sprangen. Er warf ihr ein verlegenes Lächeln zu. Erleichterung machte sich auf seinem Gesicht breit.

Lee fasste ihr Rohr fester und wartete darauf, dass er nahe genug kam, damit sie drauflosschlagen konnte. »Wie hast du mich gefunden?«

Tomi holte ein Deli-Sandwich aus einer Papiertüte. »Willst du mich nicht zu dir einladen?«

»Du bist einfach verschwunden«, sagte er. »Ohne jede Nachricht. Ich werde jetzt nicht so tun, als hätte das nicht wehgetan.«

Lee saß mit dem Rücken an die Wand gelehnt da, das Rohr neben sich auf dem Boden. Am Ende hatte sie es einfach nicht tun können. Nach allem, was passiert war, hatte sie ihn doch vermisst. Und wenn sie in sich hineinhorchte, traute sie ihm auch immer noch, weitgehend, und wusste, er würde nichts tun, was ihr schadete. Wenn er mehr wusste, als er sagte, würde sie es schon aus ihm herausholen. »Ich habe eure Nachricht gekriegt.«

Tomi hockte unbeholfen auf dem Rand der Matratze, als wollte er mit ihr so wenig wie möglich in Berührung kommen. Er hörte auf zu kauen und sah sie an. »Was für eine Nachricht?«

»Jetzt tu nicht so.«

Er wirkte ernsthaft verwirrt. »Ich habe mir echt Sorgen um dich gemacht, Lee. Wir alle. Warum bist du einfach so verschwunden?«

»Ich brauchte Zeit zum Nachdenken.«

»Über zwei Wochen bist du jetzt schon weg. Was gibt's da alles nachzudenken?«

Weil Lee nicht über ihre Grübeleien reden wollte, erzählte sie ihm von den Orbisons.

»Du bist also ins Haus von jemandem eingebrochen und hast da gewohnt? Und das war besser als bei mir?«

»Ich habe jede Minute genossen.«

»Hier auch?«

Lee sah ihn an und fragte sich, ob er wirklich so wenig wusste, wie es schien. Sie zog ihre Tasche heran, zückte das Foto von der Frau und warf es ihm vor die Füße. »Wer ist das?«

Tomi betrachtete das Bild. »Sie sieht aus wie du. Ist es eine Verwandte von dir?«

»Du hast sie noch nie gesehen?«

Tomi drehte das Foto um, entdeckte die Abkürzung auf der Rückseite, und ganz kurz nahm sein Gesicht einen anderen Ausdruck an. »Woher hast du das?«

»Genau daher, wo du es für mich deponiert hast.«

Er sah sie an und schüttelte den Kopf. Er hatte wirklich keine Ahnung, das begriff sie jetzt.

»Was ist mit dem Bild von mir, das mit den ausgestochenen Augen, und den Männern rundherum … ›Was siehst du aus deinen Fenstern?‹«

Er gab ihr das Foto zurück. »Ich schwöre, ich weiß nicht, wovon du redest.«

Lee musterte sein Gesicht. »Sag mir, was du an dem Abend im Silo gemacht hast.«

»Was soll das?«

»Ich versuche bloß dahinterzukommen, warum du immer nur knapp von all dem Scheiß entfernt bist, der mir passiert.«

Tomi sah aus, als wollte er etwas sagen, schluckte dann aber. »Hör zu, ich kapier schon, dass du mir nicht traust. Aber ich kann dir helfen. Hier kannst du nicht bleiben.«

»Warum nicht?«

»Mensch, Lee, sei nicht so ein Arschloch. Sieh dir das hier doch an. Sieh dich an. Du siehst aus wie ein kleiner, verletzter Vogel.«

Lee spürte Wut in sich aufflammen. »Nenn mich nie wieder so.«

Tomi ließ den Kopf hängen. »Okay. Aber ich kann nicht zurück nach Hause, wenn ich weiß, dass du hier schläfst.«

Lee sah sich in dem um, was in der letzten Woche ihre Bleibe gewesen war. Sie gewöhnte sich langsam daran, und das machte ihr Angst. »Ich komme nicht zurück mit dir in die Wohnung.«

»Auch das habe ich kapiert. Aber vielleicht kann ich dir helfen, in den Untergrund zu gehen. Nicht wie das hier, sondern richtig.«

»In den Untergrund.« Das Wort klang wie ein richtiger Ort, als er es aussprach, aber sie wusste, es gab keinen *Untergrund*. Es gab nur das, wo sie war, wenn sie denn da war. »Wie?«

»Überlass das mir.«

»Ich will wissen, was hier vorgeht. Wer diese Leute sind, die mich verfolgen. Und was sie von mir wollen.«

»Vielleicht kann ich dir auch dabei helfen. Ich werde es versuchen, wenn du mir mehr erzählst. Aber erst müssen wir dich hier rausholen. Bitte.«

»Ernsthaft, Tomi, wie hast du mich gefunden?«

Tomi lachte. »Reines Glück. Ich hab dich gestern aus einem Aldi kommen sehen.«

»Und bist mir hierher gefolgt? Warum hast du nichts gesagt?«

»Du wolltest ganz offensichtlich nicht gefunden werden. Es tut mir leid, aber ich konnte dir nicht die Möglichkeit geben, gleich wieder zu verschwinden. Jetzt kapier ich, was ist, und kann dir helfen.«

Sie sah, wie es in Tomis Kopf arbeitete. »Wie?«

Am nächsten Tag kam Tomi mit etwa zwanzig bedruckten Seiten Papier. Lee sah sie sich im Halbdunkel ihres Zimmers an. Es war eine lange Liste von Namen, Adressen und Datumsangaben.

»Okay«, sagte Tomi. »Du hast gesagt, du warst im Haus einer Familie, die im Urlaub war.«

»Ja.«

»Nun, da dachte ich mir, dass es doch jede Woche Hunderte von Leuten geben muss, die nicht zu Hause sind.«

»Ich hatte einfach verdammtes Glück, dass ich eines davon gefunden habe.«

»Das stimmt. Aber was, wenn …«, sagte er und ließ sich mit einer Selbstzufriedenheit auf die Matratze sinken, die sie durchaus nervig fand, »wenn du wüsstest, wer alles die Stadt verlässt?«

»Ich würde mich da nicht drauflegen«, sagte sie. »Nicht mal in die Nähe würde ich gehen.«

»Auf die Matratze?«

»Weiß Gott, wie viel Junkiesaft die über die Jahre schon in sich aufgesogen hat.«

»Wo schläfst du denn?«

Lee zeigte auf eine zusammengerollte Schaumstoffmatte, die sie in einem der Zimmer gefunden hatte. »Direkt hinter dir, der große Fleck an der Wand?« Sie wartete, bis er sich umdrehte. »Ich glaube, da hat sich einer erschossen.«

Tomi stand auf und setzte sich auf den Boden. Mit einem Nicken deutete er wieder auf die Seiten in ihrer Hand. »Sieh dir die Liste an.«

»Was sind das für Leute?«

»Meine Arbeit gewährt mir gewisse Zugänge.« Als Datenwiedergewinnungstechniker verbrachte Tomi einen Großteil seiner Arbeitszeit damit, kaputte Festplatten zu rekonstruieren und zu retten, was zu retten war. »Einer unserer Kunden ist ein Reisebüro. Nicht viele Leute benutzen die noch, aber Leute mit Geld wollen, dass ihnen einer die ganze Scheißorga abnimmt. Dieses Büro hat vor ein paar Monaten seinen Server zu uns gebracht, das Ding war komplett eingefroren. Irgendein Typ hat Kaffee reingekippt, und natürlich hatten die Trottel kein Back-up.«

»Und?«

»Ich habe dreiundachtzig Prozent rekonstruiert.«

»Und?«

»Und wir machen Back-ups von allen Daten, die wir retten. Letzte Nacht habe ich mal reingeguckt, und hey, lauter Benutzernamen und Passwörter. Also bin ich in die aktuelle Datenbank mit Flug- und Hotelbuchungen und hab nach Reisen von mindestens einer Woche gesucht, und nach zwei oder mehr Reisenden mit derselben Adresse. Damit dürften das hauptsächlich Urlaube sein und keine Geschäftsreisen, bei denen Frau und Kinder zu Hause bleiben. Sollen wir auf Hausjagd gehen?«

Das erste Haus auf der Liste war ein zweistöckiger Ziegelbau im Kolonialstil im Südwesten der Stadt, ein Stück von der Straße zurückgesetzt, mit einer langen, grasbewachsenen Einfahrt. Sie gingen vorbei und drehten um, um es genauer in Augenschein zu nehmen. »Halt die Augen offen«, sagte Tomi, trabte zur Tür und sah durch den Briefschlitz.

»Nicht gut«, vermeldete er, als er zurückkam.

»Wie kannst du das sagen?«

»Die Post war auf einem Tisch gestapelt. Das heißt, da kommt regelmäßig einer und sieht nach dem Rechten.«

»Du hast das alles genau durchdacht, oder?«

Tomi wurde leicht rot, als er auf seiner Liste nach einer Alternative suchte. Er nahm ihre Hand und ging los. »Komm, wir sind ein Pärchen, das einen Spaziergang macht.«

Das nächste Haus war aus Naturstein und Holz, ebenfalls zweistöckig, im Tudorstil, mit einem spitzen Dach. Tomi ließ ihre Hand los, griff nach einem Gummiball, der am Rand der Einfahrt lag, prellte ihn ein paarmal auf den Boden, machte dann ein, zwei Schritte und schoss ihn in den Garten.

Lee sah zu, wie er ihm hinterherlief, sich Zeit dabei ließ, durch den Briefschlitz sah, um das Haus herumging und zu den oberen Fenstern hinaufblickte.

Als er zurückkam, sagte er: »Ich glaube, das ist es.«

Sie versuchten es auf der Rückseite des Hauses. Tomi zeigte ihr die Risse im Magnetband an den Fensterrahmen, die darauf hindeuteten, dass die Alarmanlage alt und außer Betrieb war. Er zog einen dünnen Metallstreifen aus der Tasche, mit dem er unter der Scheibe durch problemlos den Griff innen aufhebelte.

»Woher weißt du, wie so was geht?«, fragte Lee.

Tomi zuckte mit den Schultern. »Aus dem Internet.«

Lee spürte, wie ihr Herz raste. Ganz ähnlich hatte sie sich bei den Ladendiebstählen gefühlt. Sie kletterte mit den Füßen voran nach drinnen und ließ sich auf den Boden fallen. Im metallenen Licht kamen sie an einem Heizkessel und einem Wasserboiler vorbei. Überall stapelten sich Requisiten und Überreste eines anderen Lebens: rostige Fahrräder, Kartons, einer davon eingerissen, mit Campingsachen, Brettspielen und alten Kleidern, dahinter Gartengeräte und Werkzeuge, und an der Decke hing ein orangefarbenes Kajak. Lee folgte Tomi durch den Keller zu einer Treppe. Oben war eine Tür, die Tomi mit einem Brecheisen aufstemmte.

Die Eigentümer waren nett genug gewesen, ein paar Lampen brennen zu lassen. Lee schlängelte sich an Tomi vorbei, um den ersten Stock zu erkunden. Die Zimmer waren sparsam eingerichtet und in kühlen Grautönen gehalten. Jedes Einzelne von ihnen war vorzeigbar, nichts darin fehl am Platz. In einem ordentlichen kleinen Büro nahm sie einen Metallkamm vom Regal und fuhr mit den Fingern über die Zinken. Sie ging ins Schlafzimmer, legte sich aufs Bett und versuchte, ein Gefühl für das Haus zu bekommen, doch da war nichts. Selbst im Hotel hatte sie die Anwesenheit der Leute gespürt, die vorher dort gehaust hatten. Die Leute, die hier wohnten, blieben dagegen komplette Leerstellen, und Lee fühlte sich sehr allein.

Tomi saß auf dem Sofa im Wohnzimmer, aß Erdnussbutter aus einem Glas und blätterte in einer Zeitschrift.

»Na, was hältst du von deiner neuen Bude?«, sagte er. »Passt das für eine Woche?«

Sie nahm ihm die Erdnussbutter ab und aß sie mit dem Messer. »Ich denke schon.«

Er zog die Liste aus seiner Gesäßtasche und strich sie auf dem Kaffeetisch neben dem Stadtplan glatt. »Das Essen in der Küche sollte auch so lange reichen. Es gibt keinen Fressnapf für ein Haustier und keine Pflanzen, was bedeutet, dass auch niemand zum Füttern oder Gießen kommt. Und sieh her: Mr und Mrs Lunske, die netten Herrschaften, kommen nächsten Freitag zurück. Wenn du am Donnerstag ausziehst, kannst du zu den Gilberts, hier«, er zeigte auf einen Punkt auf dem Stadtplan, »oder hierher, zu den Talbots.«

Lee betrachtete den Stadtplan und versuchte, sich die Häuser dieser Leute vorzustellen, sah aber nur ihre eigenen verstümmelten Augen auf dem Foto vor sich, die sie durch die Fensterscheibe anstarrten. »Du hast gesagt, du hilfst mir herauszufinden, was da vorgeht. Warum mich diese Leute nicht in Ruhe lassen.«

Tomi faltete den Stadtplan zusammen. Er sah sie an. »Okay«, sagte er. »Aber erst musst du mir alles erzählen. Von Anfang an.«

Lee zögerte.

»Sonst kann ich dir nicht helfen.«

Seit der Strafanstalt hatte sie niemandem erzählt, was ihr alles passiert war, und es fühlte sich komisch an, es jetzt zu tun. Es war, als wäre es die Geschichte einer anderen Person, aber sie kämpfte sich hindurch, fing mit ihrer Verhaftung in der Highschool an, nahm Fahrt auf, als sie die Strafanstalt und ihre Flucht beschrieb, kam zu dem Mann im Park und schließlich zur Kristallburg. Sie erzählte Tomi von Ester und vom Stationsvorsteher, und wie er mit ihr geredet hatte. Sie erzählte, wie sie sich in sein Zimmer geschlichen hatte, und als sie zu dem kam, was sie oben im zweiten Stock gesehen hatte, verspürte sie wieder die alte Übelkeit und Wut in sich.

»Was hast du in seinem Büro gefunden?«

»Da gab es ein altes Rechnungsbuch. Mit Listen von Leuten – ich glaube, da hat er die Kids verzeichnet. Ich stand auch drauf.«

»Was noch?«

»Das Foto. Das von der Frau, das ich dir gezeigt habe. Bei ihm habe ich es zum ersten Mal gesehen, und dann habe ich es im Aquarium wiedergefunden. Wer ist sie?«

»Ich kann versuchen, das zu recherchieren. Noch was?«

Lee zögerte, und gab sich einen Ruck. »Ich hab was mitgenommen. Jemand hatte ihm abends etwas gebracht. Eine Arbeit von Duchamp.«

»Warum hast du sie mitgenommen?«

»Ich hatte die Tasche gerade in der Hand und wusste nicht, was drin war. Als ich ihn kommen hörte, bin ich in Panik geraten. Dass das Ding aus dem Museum gestohlen wurde, habe ich erst später begriffen … Was für ein Zufall ist das denn bitte?«

Es klang immer fantastischer, je weiter sie kam. Wenn Tomi seine Zweifel hatte, ließ er sich nichts davon anmerken.

»Wo ist es jetzt?«, fragte er.

Lee schüttelte den Kopf. »Ich kann es einfach zurückgeben. Vielleicht lassen sie mich dann in Ruhe.«

Tomi zog die Brauen zusammen. »Vielleicht.«

»Aber ich will wissen, wer sie sind«, sagte sie.

Die beiden gingen nach oben ins Büro, und Lee setzte sich neben Tomi, als er den Computer einschaltete. Er öffnete ein privates Browserfenster und fragte: »Wo fangen wir an?«

»Ich möchte wissen, was es mit der Société Anonyme auf sich hat. Der Stationsvorsteher ist irgendwie mit denen verbunden. Aber das habe ich schon versucht. Da kommt nur was über einen alten Künstlersalon, den Duchamp 1920 gegründet und der sich vor Ewigkeiten aufgelöst hat.«

»Vielleicht hat er sich wieder neu gegründet«, gab er zu bedenken.

»Und heute veranstalten sie Raves und verkaufen Drogen?«

Tomi zuckte mit den Schultern.

»Glaubst du, Derrick hat was damit zu tun? Er hatte mindestens zwei von diesen Einladungen, für zwei verschiedene Partys. Die eine, die er dir gegeben hat, und dann noch die in dem Buch.«

Tomi schüttelte den Kopf. »Derrick ist ein Szenetyp. Was auch immer gerade cool ist, er will dabei sein. Aber er beteiligt sich nirgends. Er macht so viele Frauen an, wie er kann, bleibt jedoch am Ende immer für sich.«

Tomi blätterte durch die Ergebnisseiten, durch eine nach der anderen, ohne Erfolg.

»Ich hab's doch gesagt.«

An Tomis Schlüsselbund hing eine blaue Hasenpfote, aus der er einen USB-Stick holte. Er steckte ihn in den Computer, öffnete einen Ordner und klickte auf ein Icon. Ein anderer Browser öffnete sich. Tomi beugte sich vor und fing an, wie wild zu tippen.

»Was machst du da?«, fragte Lee.

»Schon mal was vom Darknet gehört?«

»Ist das eine von diesen Untergrund-Websites, wo du Drogen kaufen und Killer anheuern kannst?«

Tomi lachte. »Du kannst sogar gestohlene Organe ordern. Aber das ist nur ein kleiner Teil davon.«

»Bestellen wir uns eine Niere, oder lassen wir jemanden umbringen?«

Tomi musste wieder lächeln. »Weder noch. Das meiste davon ist sowieso Betrug. Wie, glaubst du, kommt Derrick an sein Geld? Wie kann er sich all die Gadgets leisten? Die Spiegelreflex, seine Uhr? Als Barmann?«

Lee dachte an sein Webcam-Angebot im Treppenhaus. »Derrick handelt mit menschlichen Organen?«

»Er gibt sich als Arzt aus der Ukraine aus, oder Mumbai, und erklärt seinen Kunden, dass er Zugang zu Nieren, Lebern, Lungen und sogar Herzen hat. Oder als Ex-Marine und Söldner, der jeden für den entsprechenden Preis umbringt. Ehemänner und Ehefrauen zahlen dafür, dass er sie von ihren Partnern befreit. Er aber nimmt nur das Geld und taucht ab.«

»Wie kommt er damit durch?«

»Mit Anonymität und geschicktem Navigieren. Das Darknet ist keine Website, sondern eher ein Raum. Es ist Teil eines noch größeren Raums, den man das Deep Web nennt, das so was wie ein verstecktes Internet ist. Das Deep Web läuft unter dem öffentlichen Internet, du musst nur wissen, wie du hineinkommst. Es ist riesig, vielleicht fünftausendmal so groß wie das World Wide Web, wobei das meiste davon aus vergessenen Informationen auf den Servern von Regierungen und Institutionen rund um die Welt besteht. Und in diesem Deep Web gibt es eben Bereiche wie das versteckte, anonyme Darknet, und auch in dem wieder verschiedene Sites, Gruppen und Organisationen. Es ist wie ein Termitenhaufen. Wir gehen auf eine Site, die Subnet heißt. Eine Menge Urbex-Leute kommunizieren darüber. Da gibt es nicht nur das wichtigste Urbex-Forum, das Subnet dient auch als Handelsplatz. Wir handeln da mit Karten und Orten und posten Fotos, ohne dass uns jemand findet. Wenn ich was brauche, kontaktiere ich diesen Typen im Subnet, und der findet einen, der es hat. Wir einigen uns auf einen fairen Handel, das Subnet kriegt eine Vermittlungsgebühr, und alle sind glücklich.«

Um ins Subnet zu gelangen, erklärte ihr Tomi, müsse er sich über einen speziellen Browser einloggen, der seine Identität verschleiere und ihm Zugang zu Darknet-Sites gewähre. Als er drin war, klickte er auf ein Icon, das eine Tür darstellte, wodurch er elektronisch bei der Subnet-Site anklopfte.

Ein Fenster öffnete sich, mit einem kleinen Avatar, einem

fliegenden Schildkrötenmonster, das Lee von früher aus dem Fernsehen kannte, als sie noch ein Kind gewesen war. Darunter stand der Name H3rm3s.

»Bist du das?«, fragte Lee. »Hermes?«

»Der Götterbote. Beschützer von Dieben, Reisenden und Grenzüberschreitern. Führer in die Unterwelt.«

Unter Tomis tauchte ein weiterer Avatar auf, ein feindselig wirkender Troll mit einem Schlüssel in der Hand und dem Namen Papoola.

»Papoola ist ein Türsteher«, erklärte Tomi. »Jeder, der sich ins Subnet einloggt, muss ihm erst ein Visual geben. Das ist sicherer als ein Passwort.«

Tomi schrieb: *»subnet access«*, worauf sofort eine Antwort kam.

{Papoola}: Fertig für die *Vid-Ver*.

Tomi rückte sich vor der Webcam zurecht. Von der Person am anderen Ende sah man nichts, nur eine Stimme war zu hören, die so moduliert war, dass sich nicht auf ein Geschlecht schließen ließ: »Hallo, Hermes. Wie kann ich dir heute helfen?«

»Ich will nur recherchieren«, antwortete Tomi.

»Dir ist bewusst, dass du mit deinen Zahlungen zwei Monate im Rückstand bist?«

»Du weißt, dass ich zahlen werde.«

»Und wer ist das hinter dir?«

Tomi grinste. »Eine neue Freundin.«

Lee wich zurück ins Dunkel und senkte den Kopf.

»Warum versteckt sie sich?«

»Sie ist schüchtern.«

Tomi richtete die Schreibtischlampe auf sie, und plötzlich war Lee ohne Deckung. Sie mochte es nicht, angesehen zu werden, ohne zu wissen, wer sie ansah.

»Ich möchte ihr einen vollen Zugang zu meinem Account einrichten«, hörte sie Tomi sagen.

»Du bürgst für sie?«

»Natürlich.«

»Sehr gut. Sie soll sich bitte vor die Webcam setzen und so tun, als würde ich ein Passfoto machen.«

Tomi stand auf, damit Lee sich setzen konnte. Die musste an Ester und das Foto in der Cafeteria denken. »Schon gut«, sagte sie.

Tomi sah sie verblüfft an. »Wie, schon gut?«

»Ich möchte im Moment nicht, dass ein Foto von mir gemacht wird.«

Tomi wandte sich an den Computer: »Könntest du uns eine Sekunde geben?« Er schaltete das Mikro aus.

»Hör zu, ich habe bereits für dich gebürgt. Ich lasse dich zusehen, wie ich ins Subnet komme. Da kannst du nicht einfach so einen Rückzieher machen.«

»Warum nicht?«

Tomi schwieg, als überlegte er, wie er es ausdrücken sollte. »Du weißt, im Film, wenn da Drogendealer austesten wollen, ob einer ein Bulle ist, lassen sie ihn das Zeug erst mal probieren? Das ist eine Art Versicherung.«

»Ich bin kein Drogendealer und auch kein Bulle.«

»Aber du verstehst, was ich meine. Wenn du jetzt nicht willst, sieht das schlecht aus. Für uns beide.«

Alles in ihr flehte sie an, es nicht zu tun, aber wenn sie Tomi so weit vertraute, wie sie es bereits tat, konnte sie nicht plötzlich abwinken. Als sie wenige Sekunden später doch vor dem Bildschirm saß, starrte ihr ein Gesicht mit dunklen Augen daraus entgegen, müde, aber mit geröteten Wangen. Sie hörte ein Klicken, und einen Moment lang fror ihr Bild ein.

»Du bist jetzt L2-autorisiert«, sagte die Stimme. »Wirst du sie in alles einführen, Hermes?«

»Natürlich«, antwortete Tomi.

»Und die Verantwortung für ihre Präsenz im Subnet übernehmen?«

Tomi sah Lee an. »Ja«, sagte er, und für Lee fühlte es sich an, als würden sie heiraten.

»Wenn sie ungesponserten Zugang will, muss sie sich einen eigenen Account einrichten und eine monatliche Bitcoin-Zahlung leisten. Gibt es sonst noch etwas?«

»Nein.«

»Weiter«, sagte die Stimme, und der Troll verschwand.

Tomi öffnete ein Browserfenster. Es sah genauso aus wie die Google-Homepage, nur dass unten am ersten G von »Google« ein winziges »s« hing. Er gab »Société Anonyme« ein, und sofort war der Bildschirm voller Treffer, die es im normalen Browser nicht gegeben hatte. »Siehst du, das Subnet hat sogar seine eigene subWikipedia.«

Die subWiki-Seite nannte ebenfalls die ursprüngliche Société Anonyme, doch der Großteil widmete sich einer neu gebildeten S.A., die angeblich 2001 von einem Mann gegründet worden war, der nur der »Priester« genannt wurde.

»Ich habe den Stationsvorsteher diesen Namen benutzen hören«, sagte Lee. »Als er mit dem Mann redete, der ihm das Duchamp-Ding gebracht hat.«

»Was genau hat er gesagt?«

»Etwas darüber, dass der Priester ein alter Mann sei.«

»Noch was?«

»Und dass er irgendwo in einem Raum festsitzt und dass das, was der Mann mitgebracht hat, alles verändern würde. Ich weiß nicht, es ist schwer, mich daran zu erinnern. Aber wenn ich es mir genau überlege, klang es so, als gebe es einen Bruch zwischen den beiden. Ich glaube, sie arbeiten gegeneinander. Vielleicht hilft uns das?«

Tomi dachte nach. »Vielleicht, aber wir brauchen mehr als das.« Er sah aus, als überdenke er etwas.

»Was ist?«, fragte Lee.

»Erinnerst du dich an die *Entblößte Braut* von Duchamp, die große Glasskulptur im Museum?«

»Ja.«

»Unten ist ein Kreis von neun Figuren. Duchamp nannte sie die Junggesellen. Sie verkörpern typische männliche Rollen zu Beginn des zwanzigsten Jahrhunderts: den Laufburschen, den Gendarmen, den Kavalleriesoldaten, den Schutzmann, den Leichenträger, den Hilfskellner, den Lakaien und, stell dir vor, den Stationsvorsteher und den Priester.«

»Und das geht alles zurück auf Duchamp?«

»Soweit ich sehen kann, ist er so eine Art Schutzheiliger der neuen Société Anonyme.«

Sie dachte an die Männer in den alten Uniformen, die sie im Silo gesehen hatte. »Vielleicht sind also neun von ihnen die S. A. Das ist immerhin etwas.« Lees Augen waren müde. Sie setzte sich hinter Tomi auf ein kleines Sofa. »Was noch?«

Tomi wandte sich wieder dem Bildschirm zu und fasste für sie zusammen, was da stand: »Angefangen hat die Société Anonyme damit, Salons und Ausstellungen zur modernistischen Avantgarde zu organisieren. Sie zogen sich an wie die Leute im frühen zwanzigsten Jahrhundert und ahmten Ausstellungen und Performances der Zeit nach. Zum Beispiel eine Performance mit einer Komposition von Duchamp, die aus beliebig ausgewählten Noten besteht. Oder eine Produktion eines Stücks von Alfred Jarry, *Ubu Roi*. Dada-Geräusch-Gedichte des Cabaret Voltaire in Zürich, und eine futuristische Sinfonie mit Industriemaschinen als Instrumenten.«

Tomi klickte ein paarmal, und eine Seite mit unscharfen Bildern von Handzetteln für diese Veranstaltungen tauchte auf. Lees Gedanken waren immer noch bei den Männern in alten Uniformen. Der Stationsvorsteher, sie hatte eine alte Uniform in seinem Schrank gesehen. Und der Mann, der ihm das Kunstwerk von Duchamp gebracht hatte, auch er hatte eine sonderbare Uniform getragen. Vielleicht war er der Laufbursche? Und der große Mann in dem antiquierten dunklen Wollanzug, wer war das? Sie erinnerte sich an einen Polizisten und ein paar Männer in militärischen Uniformen. Lee hatte einen Onkel mütterlicherseits, der jedes Jahr im Juni mit Freunden zusammenkam, und sie verkleideten sich und spielten die Ermordung von Erzherzog Ferdinand nach. Ihr Onkel und die anderen Männer (es waren nur Männer) in seinem Club waren alle aufrichtig und harmlos. Bei der S. A. schien das anders zu sein. Lee dachte an das Mädchen und den Jungen im zweiten Stock der Kristallburg.

Tomi blätterte durch die Seiten und suchte nach etwas, das für sie von Bedeutung sein mochte. Bei einem der Treffer hielt er inne.

Sie stand auf und las über seine Schulter: »›Es heißt, dass die Mitglieder der Société Anonyme Wissenschaftler und Ingenieure in ihre Aktivitäten einbeziehen, aber sie sollen auch in esoterischen Kreisen unterwegs sein, wie der Bewusstseinsforschung, der Metaphysik, Alchemie und technologischen Singularität.‹«

»Die haben ihre Finger in allen möglichen Sachen«, sagte Tomi.

»Was ist eine technologische Singularität?«, wollte Lee wissen.

»Die Vorstellung, dass die künstliche Intelligenz eines Tages einen Riesensprung macht, zu einer höheren Ordnung wird und uns alle wie Insekten erscheinen lässt.«

»Ist das einfach ein Haufen Spinner? Da muss es doch noch was anderes geben. Wer ist der Priester?«

Tomi schüttelte den Kopf.

»Als sie mich in die Kristallburg geholt haben, hat mich

der Stationsvorsteher … ich weiß nicht, er hat mich behandelt, als würde er mich kennen. Als hätte er auf mich gewartet. Und der Mann im Silo auch. Als hätten sie mit mir gerechnet.«

»Du musst ihnen etwas bedeuten.«

»Es hat etwas mit der Frau zu tun«, sagte sie. »Die denken, wir sind miteinander verbunden.«

»Diese Leute sind nicht … sie scheinen die Welt nicht wie der Rest von uns zu betrachten.«

»Und was soll ich jetzt machen?«

»Mach gar nichts. Halt den Kopf unten. Lass mich herumhören und sehen, was ich herausfinde. Das Subnet hat seine Augen überall. Vielleicht gibt es jemanden, der uns helfen kann.« Tomi stand auf und zog seine Jacke an.

»Wo willst du hin?«

»Nach Hause. Ich muss morgen früh arbeiten, und es ist besser, wenn ich von hier verschwinde, solange es noch dunkel ist.«

Sie war so dankbar, ihn zurückzuhaben, mehr als ihr bewusst gewesen war, und das Bedürfnis, dass er die Nacht über bei ihr blieb, kam völlig unerwartet.

Er sah sie an und sagte: »Ich komme morgen Abend wieder her.«

Fast hätte sie ihm von dem Ding erzählt, das da in ihr wuchs, diesem Ding, das seine Augen oder seine gedrungene Nase haben mochte, die kleine Spalte in seinem Kinn. Aber sie wusste nicht, ob sie es ihm sagen würde, weil er ein Recht darauf hatte, davon zu erfahren, oder weil sie wusste, dass er dann bliebe. Also schwieg sie.

Er schrieb seine Nummer auf ein Stück Papier. »Ich weiß, du hast kein Handy, und das Telefon hier darfst du nicht benutzen. Die Nummer ist nur für den Notfall. Wenn du mich brauchst, such dir einen Münzfernsprecher.«

Tomi verließ das Haus, wie sie hineingekommen waren, und Lee schob den Vorhang eine Winzigkeit zur Seite, um ihn die Straße hinuntergehen zu sehen. Als er weg war, stand sie da und lauschte dem Klicken des leeren Hauses.

Lee konnte in dieser Nacht nicht schlafen, und so blieb sie auf und sah fern. Sie wechselte zwischen den Sendern hin und her, bis die Einsamkeit zu sehr an ihr nagte. Sie studierte die Bücher auf dem kleinen Bücherbord, aber die Lunskes waren keine großen Leser, hauptsächlich standen da juristische Sachen. Es gab ein einziges Buch über Chemie, das Lee an das Regal des Stationsvorstehers erinnerte. All die Chemiebücher, aber er hatte auch eine ganze Reihe über Alchemie besessen. Sie ging wieder online.

Alchemie war – das konnte Lee auf die Schnelle in Erfahrung bringen – eine Art Protochemie, deren Anfänge bis ins zwölfte Jahrhundert zurückreichten, ein wirres Durcheinander aus Religion, Magie und mystischen Codes. Ihr Ziel schien entweder darin zu bestehen, einfache Metalle in Gold zu verwandeln oder ein Mittel zu entwickeln, das ihre Entdecker unsterblich machen würde. Für Alchemisten bestand das Universum aus gegenläufigen Kräften und Elementen, und die Alchemie war die Kunst, die jeweiligen Gegensätze zu verbinden. Den Schlüssel dazu nannten sie den Stein der Weisen. Keiner wusste genau, was darunter zu verstehen war, aber alle waren dahinter her. Das alles kam Lee wie bloße Quacksalberei vor. War die S. A. nichts als ein Haufen billiger Hochstapler?

Lee öffnete ein neues privates Browserfenster und gab »Marcel Duchamp Alchemie« ein. Einige Leute glaubten offenbar, codierte alchemistische Symbole in seinen Arbeiten zu erkennen, besonders in der *Entblößten Braut*. Von Duchamp selbst fand Lee nur ein Zitat zum Thema: »Sollte ich je Alchemie praktiziert haben, dann auf die einzige Weise, auf die es heute getan werden kann: ohne es zu wissen.«

Lee sank auf den Stuhl zurück. Das alles sagte ihr nichts. Sie schloss die Augen, konnte aber nicht schlafen. Sie wünschte, Tomi wäre nicht gegangen. Sie wünschte, sie wäre in der Lage gewesen, ihn darum zu bitten zu bleiben. Lee rechnete im Kopf und tippte »Fötus sieben Wochen« in die Suchmaschine ein, löschte es, wollte den Computer schon ausschalten, gab die drei Worte dann aber noch einmal ein. Sie klickte auf »Suchen«. Ein weiteres Klicken auf »Bilder« führte zu einer Seite voller rosafarbener Kaulquappen. Eine von ihnen brachte Lee auf Bildschirmgröße. Die Kaulquappe hatte einen großen, unförmigen Kopf mit dunklen Augen und winzige Flossen. Laut Bildunterschrift war sie gut einen Zentimeter groß. Lee hob ihr T-Shirt und betrachtete ihren Bauch. Das Ding war da drin und trieb in seinem kleinen Beutel. Lee ging ins Wohnzimmer und fand das Barfach. Sie öffnete eine Flasche Gin, setzte sie an und schluckte drei, vier Sekunden lang. Dann lief sie ins Bad und übergab sich.

Am nächsten Morgen machte sie sich Toast mit Eiern. Bei Tageslicht wirkte alles im Haus strenger, und sie lief herum und nahm einzelne Dinge in die Hand: eine blaue Glasvase, ein falsches Art-déco-Feuerzeug, eine winzige Kupferlampe. Sie versuchte, ein Gefühl für ihr neues Heim zu entwickeln. Bei den Orbisons hatte sich alles angefühlt wie etwas, das benutzt und angefasst wurde, die Räume waren von der Familie erfüllt gewesen. Bei den Lunskes war es, als liefe sie durch ein Möbellager.

Nachmittags kam jemand ins Haus. Lee schreckte hoch und wurde sofort von einer animalischen Panik erfasst. Sie versteckte sich in einem Schrank im ersten Stock und betete, dass der- oder diejenige nicht nach oben kam, nicht das zerwühlte Bett und das schmutzige Geschirr fand, das sie auf dem Nachttisch hatte stehen lassen. Endlich dann, nachdem wer auch immer eine gefühlte Ewigkeit unten herumgeklappert hatte, ging die Haustür, und es wurde wieder still.

Lee sammelte ihre Sachen ein, versicherte sich, dass sie keine Spuren hinterließ, und kletterte aus dem Kellerfenster. Sie hatte kein Geld, aber sie hatte Tomis Liste.

Das nächste Haus war ein gelbes, aluverkleidetes Einfamilienhaus hinter einem Lattenzaun. Lee stieg durch ein Fenster im ersten Stock. Sie löste keinen Alarm aus, aber als sie in der Küche saß und gerade Aufschnitt aus dem Kühlschrank aß, kam der Sohn der Familie ins Haus, ein Teenager, der gleich ins Wohnzimmer lief, den Fernseher einschaltete und Freunde anrief, um eine Party zu organisieren, solange seine Eltern nicht da waren. Lee schlich sich aus der Küchentür und durch den Garten des hinten angrenzenden Hauses. Es war dunkel geworden. Sie ging schnell, bog links ab, rechts, bis sie auf eine größere Straße stieß und eine Tankstelle mit einer Toilette fand. Spritzte sich Wasser ins Gesicht, bis das Zittern aufhörte. Dann trocknete sie sich mit ihrem Pullover ab und setzte sich in eines der Toilettenabteile.

»Ist alles in Ordnung?« Die Stimme draußen vor dem Abteil klang zögerlich, als sei die Frau unsicher, ob sie sich einmischen solle.

Lee war nicht bewusst gewesen, dass sie geweint hatte, mit kleinen Schluchzern, die klingen mussten, als bekäme da jemand keine Luft. Sie konnte die Schuhe der Frau sehen, braune Lederpumps, und weiße Seidenstrümpfe. Sie stellte sich jemanden im Alter ihrer Mutter vor, mit Tuch und Strickjacke. Wenn sie die Tür öffnete, hatte die Frau vielleicht Mitleid und lud sie ein, bei ihr zu übernachten, womöglich sogar gleich für ein paar Tage. Lee würde in der Küche der Frau sitzen, arme Ritter essen und ihre

Fragen höflich mit sorgfältig ausgewählten Lügen beantworten.

Als Lee die Tür öffnete, war die Frau bereits wieder weg.

Draußen stand Lee an einem Münzfernsprecher, hielt den Hörer in der Hand, konnte sich aber nicht überwinden, Tomis Nummer zu wählen. Wenn er sie bei den Lunskes nicht fand, würde ihn das krank machen vor Sorge, und allein schon deswegen schuldete sie ihm einen Anruf. Und sie vermisste ihn, vermisste seine Geschichten, ihre nächtlichen Ausflüge und die langen Spaziergänge nach Hause. Sie vermisste sogar den Wunsch, dass er endlich aufhörte zu reden. Aber wegen der Frau auf der Toilette hatte sich Lee so bedürftig und schwach gefühlt, dass sie sich selbst anekelte. Und sie dachte an die in ihr aufsteigende Angst, als Tomi gesagt hatte, dass er jetzt gehe, dachte an ihr instinktives Verlangen danach, dass er blieb, und weigerte sich, irgendjemanden zu brauchen.

Das nächste Haus war ein Volltreffer. Sie verbrachte drei Tage dort, überflog Romane, deren Titel alle auf die Tochter von jemandem zu verweisen schienen, und aß sich systematisch durch den Inhalt des Kühlschranks. Jeden Tag fiel ihr das Alleinsein leichter, und die Möglichkeit, Tomi anzurufen, rückte weiter in die Ferne. Am Ende war er ohne sie besser dran und die Chance, nicht entdeckt zu werden, für sie allein größer. Sie wusste sich unsichtbar zu machen, es lag ihr im Blut. Zu zweit ging das nicht. Am vierten Tag traute sie sich hinaus und kundschaftete ihren nächsten Unterschlupf aus, kam zurück und verwischte alle Spuren ihrer Anwesenheit. In der Nacht zog sie um und warf einen Beutel mit ihrem Abfall in den Mülleimer des Nachbarn.

Lee hatte mittlerweile ein kleines Regelwerk entwickelt. Regel Nummer eins: Hinterlasse so wenig Spuren wie möglich. Das hieß, dass sie ständig hinter sich aufräumte, das Geschirr immer gleich spülte und zurückstellte, sobald sie mit dem Essen fertig war, jeden Morgen nach dem Aufstehen das Bett machte und jeden Abend einmal alle Eventualitäten durchspielte. Zwei: Lass die Jalousien unten und die Vorhänge geschlossen und bewege dich durch die Dunkelheit. Gewöhnlich ließen die Hausbewohner sowieso ein oder zwei Lampen brennen, was reichte, um klarzukommen. Manchmal erlaubte sie sich eine kleine Leselampe in einem Hinterzimmer, wenn alles sorgfältig genug zugezogen war. Drei: Plane immer einen Fluchtweg und behalte deine Sachen in einer Tasche, damit du sofort weg kannst. Und vier (das war das Schwerste): Nimm nie etwas, was du nicht selbst mitgebracht hast.

Die Übelkeit setzte ein. Mehrmals am Tag stand sie kurz davor, sich übergeben zu müssen, saß mit der Wange am kühlen Porzellan der Toilette da und wartete, dass es so weit war. Am Ende jedoch kam nie etwas aus ihr heraus. Einmal war sie kurz davor, ein Krankenhaus ausfindig zu machen und die Sache zu beenden, doch dann stellte sie sich vor, wie sie da hineinging und welche Fragen man ihr stellen würde. Sie hatte noch immer kein Geld, und selbst wenn man sie umsonst behandeln würde, konnte sie sich nicht ausweisen und hatte keine Möglichkeit zu belegen, dass sie über achtzehn war. Sie wusste, wie jung sie aussah. Sie würde sich etwas einfallen lassen müssen, irgendwann. Noch hatte sie Zeit.

Neun

Lee beging ihren ersten richtigen Diebstahl seit der Highschool in einer Novembernacht gegen ein Uhr. Eigentlich sollte das Haus, eine Villa im Kolonialstil mit einem Säuleneingang, die weit nobler als ihre bisherigen Unterkünfte war, ihr neues Quartier sein. Nachdem sie von Raum zu Raum gegangen war, um ein Gefühl für das Haus zu bekommen, machte sie es sich mit einer Schüssel Cornflakes in der Küche bequem. Da fiel ihr Blick auf eine Notiz für die Putzfrau. Zwar stand dort nicht, wann sie kommen würde, aber Lee war klar, dass sie nicht bleiben konnte.

Ihre Liste schrumpfte. Mit etwas Glück reichte sie noch für einen Monat, und Lee begann darüber nachzudenken, was danach passieren würde. Philadelphia war nicht länger sicher. Hier suchten zu viele Leute nach ihr.

Es gab andere Städte, die sie immer schon hatte sehen wollen: New York, Miami, New Orleans, Chicago, Los Angeles, San Francisco, Seattle. Wenn sie genug für ein Busticket zusammenbekam, konnte sie sich eine aussuchen. Lee stellte sich vor, wie sie in New York aus einem Bus steigen und im Neonlicht des Greyhound-Bahnhofs in Manhattan stehen würde, während die Leute um sie herumströmten. Aber was dann? Dann brauchte sie Geld für Essen und eine Wohnung, wenigstens bis sie einen Job fand. Sie sah sich hinter der Kasse eines Buchladens oder beim Spülen in einem Restaurant.

Vielleicht fand sie ja etwas Wertvolles hier im Haus. Wenn sie nicht blieb, galt die Regel, nichts zu stehlen, nicht, oder? Sie ging zurück ins Schlafzimmer, wo sie, wenn sie sich recht erinnerte, auf dem Frisiertisch eine Lackschachtel hatte stehen sehen. Die Schachtel war voller Halsketten, Ohrringe und Ringe, und sie suchte ein paar Dinge heraus, die wertvoll aussahen. Zu viel wollte sie nicht nehmen. Je länger diese Leute brauchten, um festzustellen, dass sie ausgeraubt worden waren, desto besser. Lee nahm ein goldenes Armband, ein paar Ohrringe mit großen blauen Steinen, einen Ring und eine alte Brosche mit, weil sie das Bild mochte, welches in das Elfenbein geschnitzt war: das Profil einer jungen Frau.

Nachdem sie sich ein anderes Quartier gesucht hatte, zog sie nachts los und fand ein Haus, in dem morgens um drei noch Licht brannte. Niemand ließ um diese Zeit sein Licht an, es sei denn, er war noch wach oder nicht zu Hause. Lee linste durch die Fenster, bis sie sicher sein konnte, dass niemand da war, und stieg durch die Garage ein. Zwei Nächte später brach sie in ein drittes Haus ein. Jedes Mal suchte sie nach dem Schmuck und nahm immer nur ein paar Stücke mit. Die, die am wertvollsten aussahen.

Abends breitete sie ihre Beute auf dem Bett des Hauses aus, in dem sie untergekommen war, nahm jedes einzelne Stück in die Hand und schätzte sein Gewicht. Das war alles gutes Geld wert, musste es sein, aber nur, wenn sie jemanden fand, der es kaufte. In der Highschool, auch zu ihren besten Zeiten, hatte Lee nie mit einem Hehler zusammengearbeitet. Sie hatte nie einen gebraucht, weil sie alles immer direkt verkauft hatte. Lee dachte an Maria aus der Strafanstalt. Maria hatte geklaut, genau wie Lee, aber im Unterschied zu Lee hatte es ihr keinen Spaß gemacht. Sie hatte es getan, weil sie ihre jüngeren Geschwister mit durchfüttern musste, sich aber in keinem Job länger als ein paar Wochen hielt. Und weil ihr Onkel Vasco, der ein Leihhaus betrieb, wusste, was man mit dem Diebesgut anfing. Lee fragte sich, wie es Maria im Gefängnis ging. Sie wünschte, sie könnte sie besuchen oder ihr wenigstens einen Brief schreiben, damit sie wusste, dass sie sie nicht vergessen hatte. Und um ihr für ihre Verbindungen zu danken. Aber Maria wusste ja, dass sie nicht vergessen war. Sie bekam ständig Besuch von ihrer Familie und von Freunden, und zumindest einmal war auch ihr Onkel da gewesen.

Lee nahm den Bus hinaus nach Fairhill. Es war ein Viertel mit mexikanischen Bäckereien, Reifenhändlern und Läden, die scheinbar nur Kleider für Schulbälle und Quinceañeras anzubieten hatten. Lee fragte sich fast eine Stunde lang von Laden zu Laden, bis sie endlich jemand in eine alte umgebaute Garage in einer kleinen Gasse schickte.

Der Mann hinter dem Tresen konnte alles zwischen vierzig und sechzig sein und sah dementsprechend entweder alt oder jung aus für sein Alter. Unter dem dünnen, gebügelten Hemd konnte Lee einen knorrigen Körper voller verblichener Tätowierungen erkennen. Der Mann hielt ein weißes Tuch in der Hand, polierte eine Taschenuhr und sah nicht auf, als sie hereinkam. Sein Laden war eigentlich kein Laden, da war nur dieser Tresen und dahinter ein schiefes Regal aus rohen Brettern auf alten Fernsehern, in dem Dinge standen, von denen sich Lee nicht vorstellen konnte, dass sie jemand kaufen würde: alte Tonbandgeräte und Radiowecker, eine verkrustete Heizplatte, ein eingerissener Sonnenschirm und ein unten angeschwärzter Suppentopf mit alten Küchenutensilien. Kartons mit Waschmittel, Windeln, Kaffeepulver und Babymilch. Ein Stapel alte Schulbücher und ein paar Schachteln mit Stiften.

»Sind Sie Mr Velasquez?«, fragte sie. Er sah nicht auf.

»¿Estas muy lejos de tu hogar, verdad?«

»Entschuldigen Sie«, sagte Lee und brauchte einen unangenehmen Moment, um seine Sprache einzuordnen. »Ich kann kein Spanisch.«

»¿Crees que este barrio invita a gringas perdidas?«

In der Hoffnung, dass Gold die weitverbreitetste Sprache der Welt war, trat sie an den Tresen und schüttete ihre Tasche vor ihm aus, ein kleines Häufchen Schmuck: drei Armbänder, sechs Ringe, drei Paar Ohrringe, drei Halsketten und die Brosche. Der Mann legte die Uhr zur Seite und sah sich den Schmuck an. Dann spuckte er etwas auf Spanisch aus, packte den kleinen Haufen mit einer Hand, zog ihre Tasche zu sich heran und stopfte alles wieder hinein. Der Mann nickte zur Tür hin, nahm seine Uhr und fuhr damit fort, sie zu polieren.

»Es tut mir leid, ich dachte nur …« Lee drehte sich um und kam sich unendlich dumm vor. »Schon gut.«

»Du dachtest was?«

Sie wandte sich zu ihm um. »Sie sprechen Englisch?«

»Ich lebe seit vierzig Jahren hier. Natürlich spreche ich Englisch, und jetzt sag mir, was du willst.«

Lee sah dem Mann in die Augen. »Ich bin eine Freundin von Maria.«

»Weißt du, wie viele Marias ich kenne?«

»Von Ihrer Nichte. Wir haben uns in der Strafanstalt kennengelernt.«

Er nahm sich einen Moment Zeit, Lee genauer zu betrachten.

»Sag mir was über sie.«

»Sie hat langes schwarzes Haar und den Namen eines Jungen aufs Handgelenk tätowiert. Und einer ihrer Schneidezähne ist halb abgebrochen.«

»Jeder kann ein Foto beschreiben.«

»Sie war nett zu mir. Als ich dort hinkam, kannte ich niemanden. Die Mädchen haben mich alle gemieden, eine hat mir sogar die Schuhe gestohlen, und Maria hat mir welche von sich gegeben.«

Der Mann nickte. »Das könnte sein. Was noch?«

Lee zögerte. Sie kannte Maria nicht wirklich. »Und sie hat mir rausgeholfen«, sagte sie, was nicht stimmte. Aber sie konnte am Gesichtsausdruck des Mannes sehen, dass sie damit eine Tür geöffnet hatte.

»Du bist die, die abgehauen ist? Maria hat mir von dir erzählt.« Er streckte die Hand aus und deutete auf ihre Tasche. Sie gab sie ihm, und er leerte sie noch einmal auf den Tresen und breitete den Schmuck vor sich aus. »Woher hast du das alles?«

Lee zuckte mit den Schultern. »Von meiner Mutter.«

Der Mann hielt inne. »Wenn wir eine Beziehung aufbauen wollen, musst du lernen, mich nicht für dumm zu verkaufen. Das ist ganz eindeutig nicht der Schmuck einer einzelnen Frau. Ich sehe da drei, vielleicht vier Frauen. Also, wo hast du das Zeug her?«

»Geklaut.«

»Gut.« Er nahm ein Stück nach dem anderen in die Hand und warf es mit einem abfälligen spanischen Begriff zur Seite: »*Basura. Bisutería. Barato. Barato. Barato.*« Er sah sie an. »Warum hast du die Sachen genommen?«

»Weil ich Geld brauche«, sagte sie und hielt seinem Blick stand.

»Nein. Warum gerade *diese* Stücke? Warum sahen sie wertvoll für dich aus?« Als Lee nicht antwortete, fuhr er fort: »Weil sie funkeln und glitzern. Du betrachtest sie mit den Augen eines kleinen Mädchens. Das hier«, sagte er und nahm die Brosche in die Hand, das reich verzierte silberne Oval mit dem Elfenbeinprofil der traurigen Frau, »ist das Einzige, was einen Wert hat.« Er gab ihr die Brosche. »Siehst du, wie stumpf sie ist, wie angelaufen? Sie hat eine Geschichte, ist wahrscheinlich ein Erbstück. Du hast ein Stück Geschichte gestohlen. Kannst du damit leben?«

Lee dachte nach. »Ich kann sie nicht zurückbringen, oder?«

»Wenn du wieder davor stündest, im Schlafzimmer dieser Frau, und du wüsstest, was du jetzt weißt: dass es das einzige Andenken an einen geliebten Menschen sein könnte, das sie besitzt. Würdest du die Brosche trotzdem nehmen?«

Lee dachte wieder nach, was die ehrliche Antwort war. »Ja«, erwiderte sie dann.

»Gut.«

Bevor sie ging, gab er ihr sechzig Dollar für die Brosche und meinte, den übrigen Schmuck solle sie in einen Gully werfen.

Zwei Tage später kam Lee mit einer Plastiktüte voller Sachen zurück, die sie aus drei weiteren Häusern gestohlen hatte. Sie hatte sorgfältig alles durchsucht und nur die ältesten, am meisten angelaufenen Teile genommen, und um zu beweisen, dass sie nicht unter sentimentalen Anwandlungen litt, hatte sie auch noch ein altes Feuerzeug mitgehen lassen, ein kupfernes Zippo aus dem Zweiten Weltkrieg mit einem eingravierten Herz auf der Seite und den Worten »GEFR. JOHNNY CAPP: ZUM SIEGEN GEBOREN«. Mr Velasquez musterte das Feuerzeug kurz, bevor er es in die Tasche steckte, die anderen Sachen sah er kaum an. Stattdessen wischte er sich die Hände ab und nahm ein Schlüsselbund von einem Nagel an der Wand. »Komm«, sagte er und wartete nicht einmal darauf, dass Lee ihm folgte. Was für ein Test es auch gewesen sein mochte, sie hatte ihn nicht bestanden, und etwas in ihr krampfte sich bei dem Gedanken an ihr Versagen zusammen.

Mr Velasquez war bereits halb die Gasse hinunter, als sie aus dem Laden trat. Er bog um die Ecke, und Lee rannte, um ihn einzuholen. Auf der Straße vorn stand ein Transporter mit der Aufschrift »OROZCO BROS. INSTALLATIONEN«, und er hielt ihr die Tür auf.

Das Innere war abgenutzt, aber ordentlich, der Stoff der

Sitze hier und da aufgerissen und wieder genäht. Sie schob ein Klemmbrett mit Voranschlagsformularen zur Seite und setzte sich. Mr Velasquez ließ den Wagen an, und das Radio schaltete sich ein, ein Klassik-Rock-Sender. Unterwegs sagte er nichts. Eine halbe Stunde ging es über einen Freeway, dann hoch in einen der südlichen Vororte von Philadelphia. Ruhige Baumreihen schirmten große Einfamilienhäuser ab, alle zwei- oder dreistöckig, aus Ziegeln und Naturstein, mit viel Platz dazwischen.

Mr Velasquez hielt am Straßenrand, drehte das Radio leiser, griff über Lees Schoß und öffnete die Tür. Lee saß da, und ihr wurde immer unwohler, als er eine Brille aufsetzte, ein vergilbtes Taschenbuch hervorholte und zu lesen begann. Sie überlegte, ob sie einfach abwarten sollte, aber etwas an der Art, wie er sie über seine Brille hinweg musterte, sagte ihr, dass sie diesen Kampf nicht gewinnen würde. Sie stieg aus und schloss die Tür. Mr Velasquez legte sein Buch zur Seite und fuhr davon. Sie sah ihm hinterher, aus seinem Auspuff qualmte es bläulich.

Eine Weile stand Lee reglos da und wartete, dass er zurückkam. Bestimmt testete er sie oder spielte mit ihr. Er hätte sie überall hinbringen können, doch er hatte sich dieses Viertel ausgesucht, einen Vorort der Oberschicht mit alten Bäumen, Rasenflächen voller Kinderspielzeug und SUVs in den Einfahrten. Dachte er, sie wäre irgendein reiches, verzogenes Kid? Wollte er ihr sagen, sie solle nach Hause gehen?

Früh am nächsten Nachmittag kam sie wieder in seinen Laden, und falls er überrascht war, zeigte er es nicht, sah nur kurz auf und tippte weiter Zahlen aus einem Rechnungsbuch in seine unförmige Rechenmaschine. Lee brachte sich am Tresen in Stellung, zog ein eingerissenes Stück Papier aus der Tasche und las vor: »Fünf-vier-fünf Sherwood Street. Zwei, äh, Etagen, keine Alarmanlage, Fenster im … ersten Stock hinten einen Spilt? … einen Spalt offen. Regenrinne kletterbar. Sieben-sechs-vier Sherwood. Einstöckig, Sturmkeller unverschlossen. Neuer BMW in der Einfahrt. Fünfzehn-zweiundachtzig Drexel. Drexer? Drexel. Dreistöckig. Wirkt gut verschlossen, aber das Garagenfenster könnte … gehen. Schwer zu sagen.«

So ging es weiter mit noch sechs anderen Häusern, während Mr Velasquez mit seinen Zahlen fortfuhr. Er tippte auf die Summentaste, und die Maschine spuckte ein paar letzte Zentimeter Papier aus. Mr Velasquez streckte die Hand aus. Lee gab ihm den Zettel.

»Das ist Englisch?«, fragte er und kniff die Augen zusammen.

»Ich habe es so geschrieben, damit es niemand lesen kann«, sagte sie. »Falls mich jemand ausgefragt hätte.«

Mr Velasquez nickte knapp, und Lee glaubte, um seine Mundwinkel herum ein kleines Lächeln zu entdecken.

Er fuhr zu jeder Adresse auf ihrem Zettel und erklärte ihr, welches Haus sie gut ausgesucht hatte und welches nicht. Da gibt es einen Hund, sagte er. Das hat eine stille Alarmanlage. Bei dem kommt regelmäßig ein Gärtner. Dieses da hat Potenzial. Als er fertig war, blieben nur zwei von ihren neun Häusern übrig. Er fuhr sie noch zwei weitere Stunden herum und zeigte ihr, welche Viertel vielversprechend waren und welche nicht. Ein gutes Viertel war wohlhabend, aber nicht obszön reich: Zu großer Reichtum deutete auf moderne Alarmsysteme und Sicherheitspersonal hin. Er brachte ihr bei, nach Neighbourhood-Watch-Schildern Ausschau zu halten und gepflegte Häuser mit gepflegten Gärten zu meiden. In Vierteln mit vielen älteren Bewohnern waren immer Nachbarn zu Hause, die aus ihren Fenstern schielten.

Lee lernte, wie sie erkennen konnte, dass es Hunde im Haus gab – an zerkauten Spielzeugen und Wassernäpfen auf der Veranda und an zerkratzten Türen. Mr Velasquez erklärte ihr, dass Häuser mit Alarmanlagen in Wirklichkeit gute Ziele waren, weil Sicherungssysteme darauf hindeuteten, dass es etwas zu schützen gab. Man musste nur wissen, wie man sie ausschaltete. Er brachte ihr auch bei, wie sie Viertel erkunden konnte, indem sie Take-away-Speisekarten verteilte und durch Fenster sah oder mit einem Klemmbrett von Tür zu Tür ging und so tat, als verkaufte sie Zeitschriftenabos.

In der Woche darauf zeigte er ihr, wie man Schlösser knackte, fing mit einem klobigen Vorhängeschloss an und kam zu verschiedenen Bolzenschlössern, die er in einen Holzbalken eingebaut hatte. Seine Hände waren schlank und geschickt, seine Dietriche wirkten wie Verlängerungen seiner Finger. Er ließ es so einfach aussehen wie Haarekämmen. Lee musste kurz an ihren Vater denken, der ihr einmal die wichtigsten Griffe auf der Gitarre beigebracht und sogar eines seiner Plektren für ihre Kinderfinger zurechtgestutzt hatte. Auf seinem Schoß hatte sie gesessen, und er hatte die Akkorde von *Three Little Birds* oder *Sweet Caroline* gegriffen, während sie die Saiten anschlug. Mr Velasquez ließ sie stundenlang bei sich am Tresen stehen, während sie sich mit immer schwereren Schlössern vertraut machte, bis sich ihre Finger zu verkrampfen und zu bluten begannen. Sie brauchte sechzehn Stunden, um nach vier Tagen auch das komplizierteste Schloss zu knacken, ein stoßfestes Doppelzylinder-Bolzenschloss, und als sie es geschafft hatte und es ihm zeigte, war sie so stolz wie noch nie. Aber er nickte nur und ließ es sie noch einmal machen. Und noch mal. Bis sie jedes Schloss, egal welches, in unter sechs Minuten aufbekam. Da gab er ihr ohne irgendein Getue einen kleinen Lederbeutel mit einem Satz Stahldietriche, von denen einige so dünn wie ein Draht waren. Der Beutel war abgetragen, das Leder weich und rissig. Er sagte nichts dazu, aber Lee stellte sich vor, dass es ein Satz war, mit dem er selbst einmal gearbeitet hatte. In dieser Nacht hielt sie den Beutel beim Schlafen in der Hand.

Lee träumte, sie hätte einen Salamander im Bauch. In ihrem Traum drehte und wendete er sich in ihr, und sie wusste, dass er hungrig war, aber der Supermarkt, durch den sie ging, war verlassen. In den Regalen lag nichts als totes Ungeziefer. Als sie aufwachte, hatte sie Nasenbluten.

Mr Velasquez brachte ihr bei, wie sie Alarmanlagen umging, indem sie im ersten Stock einstieg, wie sie die Hersteller der Anlagen identifizierte und sie mithilfe der entsprechenden Verdrahtungsdiagramme außer Kraft setzte. Er besaß einen übervollen, von Gummibändern zusammengehaltenen Ordner mit solchen Diagrammen, und als er sie auf seinem Tresen ausbreitete, saß sie mit übereinandergeschlagenen Beinen neben ihm, atmete den Geruch seines Haaröls ein und ließ sich von ihm erklären, wie sie zu lesen waren. Er zeigte ihr, wie man moderne Funksysteme mit einem einfachen Handyblocker lahmlegte und Bewegungsdetektoren mit einem weißen Holzquadrat austricksen konnte. Er lehrte sie, wie man in einem Haus, in das man eingebrochen war, ans Telefon ging, wenn es klingelte – vielleicht war es die Sicherheitsfirma, die nachfragen wollte, weil ein Funkalarm ausgelöst worden war. Dann sollte sie vorgeben, ein Gast zu sein und nach dem Sicherheitscode zu suchen, den die Besitzer ihr gegeben hätten. Das würde ihr Zeit verschaffen zu verschwinden, bevor sie die Polizei informierten. Und wenn es nicht die Sicherheitsfirma war, sollte sie sagen, falsch verbunden, und wieder auflegen.

Lee paukte jetzt seit über zwei Wochen. Manchmal ging sie nachts raus, stieg in leere Häuser ein und kam mit Taschen voller Schmuck wieder zurück. Sie breitete ihn vor sich aus und versuchte zu erraten, was wertvoll war und was nicht. Aber Mr Velasquez weigerte sich, auch nur einen Blick darauf zu werfen, und ohne seine Hilfe war sowieso nichts davon etwas wert, und Lee kam keinen Schritt weiter.

Er brachte ihr bei, wie man nach einem Zugang durch Fenster im ersten Stock suchte, oder durch die Garage, was sicherer war als durch die Tür oder ein Fenster vorn. Er zeigte ihr, wie man eine Scheibe mit Paketband beklebte, bevor man sie einschlug. So ließ sich der Lärm dämpfen, und er erklärte ihr auch, dass ein einzelnes lautes Geräusch selten ernsten Verdacht erregte, viele leisere dafür aber auf jeden Fall. Er trichterte ihr ein, innerhalb von zwölf Minuten in ein Haus einzusteigen und wieder draußen zu sein, immer einen Fluchtplan zu haben und Räume zu meiden, die keine Möglichkeit boten, durchs Fenster zu entkommen. Im Übrigen durchsuchte sie ein Haus am besten in dieser Reihenfolge: Elternschlafzimmer (Kommodenschubladen, Nachttische, Matratzen, Badezimmerschrank), dann die Küche und noch das Wohnzimmer, wenn die Zeit reichte. Er sagte, sie solle nie etwas nehmen, das größer als eine Faust war (»in deinem Fall zwei Fäuste«, fügte er mit einem seltenen Lächeln hinzu), es sei denn, es ging um eine Pistole oder um Drogen. Waffen und Drogen waren am leichtesten zu verticken. Ansonsten, erklärte er ihr, beschränke dich auf Schmuck und Bargeld. Handys und Laptops solle sie nicht anrühren, denn da könne sie auch gleich einen Peilsender mitnehmen. Er brachte ihr bei, nach welchen verschreibungspflichtigen Medikamenten sie in Spiegelschränken suchen und dass sie Kinderzimmer grundsätzlich außen vor lassen sollte. Niemand versteckte wertvolle Dinge im Zimmer seiner Kinder.

Mr Velasquez gab ihr einen kleinen Magneten und erklärte ihr, dass wertvolle Metalle nicht magnetisch waren.

Er machte sie mit den verschiedenen Edelmetallstempeln vertraut, und was sie bedeuteten. Auf was für eine Patina sie bei Gold und Silber achten sollte, und dass Platin keine annahm. Er zeigte ihr, wie sie einen falschen Diamanten mit einem Glas Wasser und einer Taschenlampe erkennen konnte, und wenn ein Schmuckstück nicht echt war, waren es die restlichen wahrscheinlich auch nicht. Im Übrigen gab es oft Scheinschmuckkästen, und wenn die Besitzer in einem Haus etwas wirklich Wertvolles hatten, versteckten sie es meist anderswo. Man musste nur wissen, wo man suchen sollte. Er brachte ihr die beliebtesten Verstecke in einer Küche bei: eine Plastiktüte unten im Mehlbehälter, eine Dose Tomaten, die von unten geöffnet und so zu einem Versteck umgewandelt worden war, in Folie gewickelte Päckchen hinten im Gefrierschrank. Und es lohne sich tatsächlich, nach Geheimtüren in den Rückwänden von Schränken zu suchen, Sofakissen nach harten Klumpen abzutasten, Bilder zu schütteln und zu lauschen, ob im Rahmen etwas klapperte.

Er zeigte ihr, wie man einen einfachen Safe mit einem kleinen Verstärker und einem Kopfhörer knackte. Lee übte in den Häusern, in denen sie wohnte, und probierte den Verstärker an verschiedenen Kombinationsschlössern aus. Im Schlafzimmer eines verheirateten Paares stieß sie in einem Fach des Kleiderschranks auf einen kleinen Safe und verbrachte Stunden damit, ihn zu knacken. Als sie ihn endlich aufbekam, fand sie eine Digitalkamera mit Fotos und Videos verschiedener junger Frauen, die alle dieselbe blonde Perücke und ein hellblaues Feenkostüm trugen, das ebenfalls im Safe lag. Lee musste an die Kinder oben in der Kristallburg denken und konnte nicht anders: Sie brach ihre erste Regel, keine Spuren zu hinterlassen, und legte, bevor sie sich aufmachte, Kamera und Outfit aufs Bett des Paares.

Während der nächsten zwei Wochen blühte Lee in der Lehre von Mr Velasquez auf. Er war ein Mann von wenigen Worten und noch weniger emotionalen Gesten, und doch suchte sie ständig nach Zeichen seiner Anerkennung. Seine Kinder waren die Einzigen, die ein echtes Lächeln aus ihm hervorlocken konnten. Lee sah zu, wie die Zwillingsjungen ihren Dad bestürmten, sich an seine Beine klammerten und von ihm durch den Laden getragen werden wollten oder wie seine Tochter ihm stolz ihre Noten aus der Schule präsentierte. Sobald sie kamen, legte Mr Velasquez zur Seite, was er gerade machte. Lee wünschte, sie könnte ihm auch mal ein solches Lächeln entlocken. Einmal wollte sie ihm erzählen, wie sie lebte und von einem Haus ins nächste zog, doch er unterbrach sie. Er wollte es nicht wissen. Es war, als wüsste er, dass sie sich ihm nur anvertrauen wollte, um näher an ihn heranzukommen, und seine Zurückweisung schmerzte sie.

Eines Nachmittags, als sie den Laden fegte, fragte sie ihn, ob sie ihm eine Frage stellen dürfe. Er sagte nicht Nein, und so fuhr sie fort: »Warum tun Sie das?«

»Warum tu ich was?«

»Mir helfen. Mir das alles beibringen.«

»Du bist eine Freundin von Maria, oder?«

»Sicher, aber so nahe waren wir uns nun auch wieder nicht.«

»Ich weiß. Sie hat dich beschützt, weil sie dafür bezahlt wurde. Und du hast für sie den Kopf hingehalten. Warum? Damit …«

»Bezahlt? Wer hat sie bezahlt, um mich zu beschützen?«

»Ich dachte, das wüsstest du. Jemand wollte dich sicher wissen. Ich habe angenommen, jemand, der dir nahesteht.«

Lee schüttelte den Kopf. Sie war zu perplex, um etwas zu erwidern. Die Neuigkeit machte sie ganz benommen. Konnte es ihre Mutter gewesen sein? Nein, sicher nicht.

Hatte Edie ihren Vater am Ende doch dazu gebracht, ihr zu helfen? Lees Herz geriet für einen Moment ins Flattern, aber sie wusste, auch das war es nicht. Die Société Anonyme musste dahinterstecken. Schon im Knast hatten die sie im Visier gehabt, und das bedeutete, dass die S.A. zumindest da versucht hatte, sie zu beschützen. Warum?

»Als junger Mann bin ich ohne Ziel durchs Leben getrieben«, erzählte ihr Mr Velasquez plötzlich. »Ein Junge, der wie alle anderen Drogen auf der Straße verhökerte. Ich hatte nichts gelernt, keinen Ehrgeiz, keine Zukunft. Aber ein Mann, einer, den ich auch noch über den Tisch zu ziehen versucht hatte, nahm mich unter seine Fittiche und hat mir einiges beigebracht. Das, was ich dir jetzt beibringe. Er hatte keinen Grund, mir zu trauen, doch er sah etwas in mir. Es ist ihm zu verdanken, dass ich der Mann wurde, der ich heute bin. Verstehst du?«

»Denke schon.«

»Ich habe sonst niemanden, an den ich das alles weitergeben könnte. Maria sitzt in der Strafanstalt, und im Übrigen ist sie zu ...«

»Hitzköpfig?«

»Ja. Weißt du, wenn du die Sache nicht auf dich genommen hättest, wäre sie in den Block für Gewalttätige gekommen, und das hätte sie für immer verändert. Davor hast du sie bewahrt.«

»Was ist mit Ihren eigenen Kindern?«

»Meine Tochter und meine Söhne ... Ich meine das jetzt nicht persönlich, aber für die wünsche ich mir etwas anderes. Möchte ihnen etwas anderes geben. Verstehst du?«

Dass er ihr so vertraute, erfüllte Lee mit Freude und Wärme. Verlegen griff sie nach dem an der Wand lehnenden Besen und fegte, wo bereits gefegt war.

Am Tag darauf stellte Mr Velasquez eine Schachtel mit Schmuck vor sie hin und holte eine Stoppuhr hervor. Ohne ein Wort drückte er auf Start. Lee wusste, was von ihr erwartet wurde. Sie wühlte sich durch den Inhalt der Schachtel, wog die einzelnen Stücke in der Hand, suchte nach Stempeln und prüfte Perlen, indem sie sie an ihren Zähnen rieb. Als sie fünf Stücke ausgesondert und die Schachtel wieder zugemacht hatte, stoppte er die Uhr, nahm eines der Stücke und legte es zurück in die Schachtel. Aber er nickte ihr zu, und dieses Nicken trug sie für den Rest des Tages mit sich.

Es gab auch nicht so tolle Dinge. Sie verbrachte Stunden im Laden, fegte oder erledigte Aufgaben im Viertel. Die Nachbarn kannten sie mittlerweile alle, die Eckensteher und Lebensmittelhändler, und sie nannten sie *Ladroncita*, wenn sie bei ihnen vorbeilief oder hereinkam, um etwas zu besorgen. Mr Velasquez lachte über den Namen, als sie ihn fragte, was er bedeutete, übersetzte ihn aber nicht. Wenn es nichts zu tun gab, ließ er sie im Lagerraum ausruhen, in den nicht mal seine Kinder durften. Der befand sich etwas weiter die Gasse hinunter, hinter einer Stahltür, für die man drei Schlüssel brauchte. Drinnen gab es zwei lange, eng beieinanderstehende Regale voller Kartons mit Schmuck, Kameras, iPhones und alten Münzen. In einer Schachtel mit Goldschmuck entdeckte Lee eine Halskette, die sie wiedererkannte. Sie stammte von ihr. Alles war geordnet und katalogisiert. Am Ende des Raums standen ein Tisch mit vier Stühlen, ein kleiner Kühlschrank und ein Sofa. Der klobige alte Fernsehapparat auf der Kiste in der Ecke funktionierte nicht, aber an der Wand hing ein neuer Flachbildfernseher, der angeschlossen war.

Oft kamen Mr Velasquez' Kinder in den Laden, manchmal auch seine Frau, und brachten etwas zu essen, für gewöhnlich einen Teller mit Tortillas, Fleisch und Bohnen. Frau Velasquez war eine untersetzte Person mit hellen, ausdrucksstarken Augen und viel Wimperntusche. Sie hatte fast so viele Tätowierungen wie ihr Mann, und Lee begriff, dass sie Dinge erlebt hatte, die sie hart gemacht hatten. Trotzdem war da immer auch Wärme in ihrem Blick. Sie beachtete Lee nicht weiter, brachte jedoch einen zweiten Teller mit, wenn sie wusste, dass sie da war.

Oft aßen sie und Mr Velasquez ohne ein Wort, aber manchmal wollte er reden, und dann erzählte er Lee von seinen Träumen, nicht was sein Leben betraf, sondern das seiner Kinder. Jeden Dollar, den er erübrigen konnte, legte er für sie zur Seite, damit sie aufs College oder auf eine Berufsschule gehen und etwas aus sich machen konnten. Einmal wollte Lee ihm von ihren eigenen Collegeplänen erzählen, doch da klingelte das Telefon, und sie unternahm keinen zweiten Anlauf. Seine Tochter war neun und wollte Tierärztin werden, seine beiden Jungs, die Zwillinge, waren erst vier, konnten aber schon lesen. Manchmal setzten sie sich auf Lees Schoß, und sie half ihnen mit einem Buch. Dann wetteiferten die beiden um ihre Beachtung. Manchmal hatten sie auch ein spanisches Buch dabei, brachten ihr ein paar einfache Wörter bei und lachten über ihre Aussprache. Lee hörte Mr Velasquez gern von den Träumen für seine Kinder erzählen, und es gefiel ihr, dass sie Dinge von ihm lernte, die er ihnen nie beibringen würde.

Lee zog von Haus zu Haus. Immer noch mit Tomis Liste, ließ sie die Vororte hinter sich und lernte, sich zu Wohnblöcken in der Stadt Zutritt zu verschaffen, tarnte sich als Fahrradbote, um unten hineinzukommen, und knackte dann die Wohnungsschlösser. Den Großteil ihrer Zeit verbrachte sie drinnen, sah fern, las Bücher, aber manchmal ging sie auch online. Sie kam nicht in den Subnet-Browser, den Tomi auf seinem USB-Stick hatte, was hieß, dass die Ergebnisse ihrer Recherchen überschaubar blieben. Dennoch gab es viel über Duchamp zu lernen. Zur Frage, was er für die neu gegründete S.A. bedeuten mochte, fand sie jedoch nichts Hilfreiches. Und auch über die Frau auf dem Foto war nichts herauszubekommen.

Draußen in der Welt glaubte sie, überall Zeichen der Société Anonyme zu sehen: einen Mann in einem altmodischen Anzug, der im Bus saß und las, eine schöne alte Arzttasche vor sich auf dem Boden, eine Bande bettelnder Kids, von denen sie ein Junge anstarrte und ihr zu folgen schien, als sie an ihnen vorbeikam – selbst ein altes gesprungenes Urinal auf dem Bordstein vor einer heruntergekommenen Kneipe verstand sie als Zeichen, das dort für sie zurückgelassen worden war. Eines Abends zog eine Gruppe junger Leute aus einem Hotel durch die Innenstadt, alle in Tierkostümen – Kojoten, Pumas und Waschbären. Einer von ihnen, ein fettes braunes Eichhörnchen, kam zu ihr gerannt, umarmte sie fest und schlug hinter seiner Maske zum Spaß die Zähne aufeinander. Lee sah in seine großen Cartoon-Augen und übergab sich auf den Bürgersteig.

Sie tat alles in ihrer Macht Liegende, um das in ihrem Bauch heranwachsende Baby zu ignorieren, aber jedes Mal, wenn ihr so schlecht wurde, dass sie sich an eine Toilette klammern musste und metallisch schmeckender Speichel aus ihrem Mund troff, erinnerte sie das an seine Existenz. Außerdem waren ihre Brüste größer geworden und spannten in ihrem BH auf eine Weise, dass sie mitunter nur schwer Luft bekam.

Eines Abends, als sie kurz vor Feierabend Mr Velasquez' Laden aufräumte, kam er herein und sah sie komisch an. »Ist alles in Ordnung mit dir?«

Lee folgte seinem Blick auf ihren Bauch, auf dem eine ihrer Hände ruhte. In letzter Zeit legte sie sie öfter unbewusst unter die leichte Schwellung dort. Sie nahm sie weg und sagte: »Ich muss was Komisches gegessen haben.«

Er musterte sie einen Moment lang. »Bring mit, was du hast, wenn du morgen herkommst«, sagte er.

Lee brauchte einen Augenblick, um zu entscheiden, ob er gesagt hatte, was sie glaubte, gehört zu haben.

»Ich weiß, dass du auf eigene Faust losziehst. Zeig mir, was du hast mitgehen lassen, und ich sage dir, was es wert ist.«

Am nächsten Tag kam sie mit ihrem Rucksack. Er wog so viel wie eine Bowlingkugel, und sie trug ihn vorn an die Brust gedrückt. Mit einem dumpfen Geräusch stellte sie ihn auf den Tresen. Mr Velasquez öffnete ihn und schüttete den Inhalt vor sich hin: eine ziemliche Menge Goldkettchen, Ringe und Uhren, Ohrringe, Halsketten, Pillenfläschchen und ein paar einzelne Steine. Er ging die Sachen schnell durch, wie zwei Hühner pickten seine Hände die einzelnen Teile heraus, bis am Ende zwei Stapel vor ihnen lagen, der eine weit kleiner als der andere. Lee brauchte einen Moment, um zu verstehen, welcher der gute und welcher der schlechte war, aber es tröstete sie, dass die meisten Stücke auf dem größeren, wertlosen Haufen aus den frühen Tagen ihrer Lehre stammten.

Er beförderte ihn zurück in ihren Rucksack und sagte, sie solle sich die Sachen vom Hals schaffen. Den Rest nahm er sorgfältig in Augenschein, untersuchte jedes einzelne Stück und tippte eine Zahl in seine alte Rechenmaschine. Am Ende drückte er die Summentaste, sah auf das Ergebnis, griff in eine Schublade und blätterte das Geld auf den Tresen. Sechshundertachtzig Dollar. Lee verspürte den gleichen freudigen Schwindel wie in dem Moment, als Edie sie zum ersten Mal zu sich nach Hause eingeladen hatte. Sie nahm achtzig Dollar und gab Mr Velasquez den Rest. »Können Sie das für mich aufbewahren?«, fragte sie.

Er zuckte nur mit den Schultern und steckte das Geld in einen alten Umschlag, den er zurück in die Schublade legte.

Wieder begann Lee sich vorzustellen, was sie tun würde, wenn sie genug zusammengespart hatte, um wegzugehen. Sie konnte sich nicht vorstellen, länger an einem Ort zu bleiben. Wollte die Küste von Nordkalifornien sehen, weil sie ein Foto in Erinnerung hatte, ein Foto von einem Wald aus Mammutbäumen, der bis an die Küste reichte. Im Yellowstone-Nationalpark wollte sie campen gehen, in die Carlsberg Caverns, nach Hollywood und auf die Golden Gate Bridge. Sie würde nach Mexiko fahren, nach Südamerika. Selbst nach Asien oder Afrika. Anfangen würde sie jedoch mit Europa. Tomi hatte ihr so oft erzählt, dass Český Krumlow, seine Heimatstadt, die schönste Stadt der Welt sei, und nachts durch die Straßen zu laufen wie ein Spaziergang durch ein Märchen. Schwermut wallte in ihr auf, wenn sie an den Ort dachte. Sie vermisste Tomi so sehr. Was fühlte er wohl, wenn er an sie dachte? Machte er sich Sorgen? Er hatte jeden Grund dazu. War er wütend? Auch dazu hatte er jedes Recht. Während sie nur Schuld und Verlust empfand.

Die Zeit verging, und immer mehr kam ihr die Kristallburg und alles, was sie dort erlebt hatte, wie ein Traum vor. Sie hörte auf, überall Hinweise auf ihre Verfolger zu sehen. Einmal fuhr ein Mann auf einem uralten Fahrrad an ihr vorbei, und Lee spürte, wie sie innerlich erstarrte und alle Angst plötzlich wieder da war. Aber der Fahrer hatte keinen Blick für sie.

Es war kurz nach vier Uhr morgens, als Lee durch ein Fenster im ersten Stock in ihre derzeitige Bleibe kletterte, die Wohnung des Versicherungsmanagers Wally Flemish, seiner Frau Joy und ihrer zwei kleinen Kinder. Sie merkte sofort, dass etwas nicht stimmte, und erstarrte auf der Stelle. Als alles still blieb, schlich sie vorsichtig den Flur hinunter und überprüfte Zimmer für Zimmer. Alles schien am richtigen Platz. Dann sah sie unten ein Licht, und sie war sicher, dass sie keines angelassen hatte.

Lee ging direkt zu dem Wandschrank, in dem sie, als sie dem Leben der Flemishs auf den Grund gegangen war, einen vernickelten Revolver mit schwarzem Gummigriff gefunden hatte. Mehrmals schon hatte sie ihn herausgeholt und gestaunt, wie es sich anfühlte, etwas so perfekt Ausgewogenes in der Hand zu halten. Der Revolver war geladen und lag im obersten Fach des Schrankes ganz hinten in einer Schachtel. Lee musste sich einen Stuhl holen, um heranzukommen.

Jetzt, wo sie ihn womöglich benutzen musste, fühlte er sich klobig an. Trotzdem kam es ihr immer noch einfach genug vor: Richte das Ding auf dein Ziel und drücke ab. Sie ging in den Flur und stieg leise die Treppe hinunter, nicht ohne die knarzenden Stellen zu meiden. Das Licht kam aus dem Wohnzimmer.

Fast hätte sie vor Überraschung den Abzug gedrückt, als sie am Türrahmen vorbei ins Zimmer lugte. Es war niemand im Zimmer, aber jemand hatte die Lampe auf dem Beistelltisch so auf die Seite gelegt, dass sie einen Lichtkegel über den Boden schickte. Und mitten in diesem Lichtkegel lag etwas auf dem Teppich. Sie trat näher heran. Lee konnte nicht entschlüsseln, was genau es darstellte, verstand nur die einfache ihm innewohnende Drohung: Wir haben dich gefunden.

Buch V

Der Jongleur der Gravitation

Zehn

Tomis neue Wohnung war winzig, ein Studio in Fishtown mit einem aus der Wand klappbaren Bett und einer Küche mit einem kleinen Gasherd, einem kleinen Kühlschrank, einer kleinen Arbeitsfläche und einer kleinen Spüle unter dem Fenster. In den fünf Wochen, seit Lee ihn zuletzt gesehen hatte, war eine Menge passiert. Allison war zurück nach Hause gezogen, um sich um ihre krebskranke Mutter zu kümmern, und Will war mit ihr mitgegangen. Und dann hatte sich Tomi mit Derrick zerstritten.

Als sie ihn mitten in der Nacht von einem Münzfernsprecher aus anrief, sagte er zunächst nichts, und dann: »Ich bin so wütend auf dich.« Tomi erzählte ihr, dass er bei den Lunskes eingestiegen war, während sie im Wohnzimmer saßen und fernsahen. Sie hatten ihn nur stumm und erschrocken angestarrt, während er zurückwich und floh. »Ich wusste nicht, was mit dir war. Ich dachte, sie hätten dich verhaftet. Ich hab's noch in anderen Häusern auf der Liste versucht, aber du warst verschwunden.«

Lee hatte überlegt, was wohl passieren mochte, wenn er zurück zu den Lunskes ginge. »Es tut mir leid«, sagte sie. Sie hatte ihn eigentlich nicht anrufen wollen und fühlte sich schrecklich, weil sie ihn da jetzt wieder mit hineinzog. Aber die S.A. schien sie zu finden, wo auch immer sie hinging, und Tomi war der Einzige, der genug wusste, um ihr zu helfen.

Als sie dann endlich vor seiner Tür stand, drückte er sie so fest an sich, dass sie keine Luft mehr bekam. Sie dachte, er könnte zu weinen anfangen, und dann, kurz, auch sie selbst. Alles, was sie wusste, war, dass sie sich bei ihm endlich wieder sicher fühlte. Tomis Erleichterung, sie zurückzuhaben, umhüllte sie. Es war, als säße sie in einem warmen Gezeitentümpel. Von Mr Velasquez erzählte sie ihm nichts, nur dass sie von Haus zu Haus gezogen war, bis sie festgestellt hatte, dass *die* sie wieder gefunden hatten. »Ich bin sofort raus«, erzählte sie Tomi, »und hab ja sonst niemanden, den ich hätte anrufen können.«

»Hast du etwas zurückgelassen, etwas, das sie zu dir führen könnte?«, fragte er.

Lee saß auf seinem Sofa, zog die Füllung in kleinen Fetzen aus einem Loch im Kissen und rollte sie zwischen den Fingern hin und her. Vor ihren Füßen lagen bereits etliche Kügelchen. Es half ihr, die Hand nicht auf den Bauch zu legen. »Nichts habe ich dagelassen.« Sie stand auf und lief in dem winzigen Zimmer auf und ab. Er hatte mehr Bücher als Platz. Sie stapelten sich überall.

»Hast du was mitgenommen?«

»Nur das hier.«

»Um Himmels willen, leg das Ding weg. Ist es geladen?«

»Natürlich ist er geladen.« Lee warf den Revolver auf Tomis Sofa.

Sie öffnete den Kühlschrank und holte eine Packung Milch heraus. Es fühlte sich so gut an, wieder bei ihm zu sein. Sie schob den Revolver zur Seite, setzte sich neben Tomi und trank gierig.

»Drei Stücke Bindfaden auf dem Boden?«, sagte er. »Das war alles? Woher weißt du, dass sie von *ihnen* stammten?«

»Weil ich sie wiedererkannt habe.« Lee öffnete Tomis Laptop und gab ein paar Suchbegriffe ein, rief ein Foto auf und drehte den Bildschirm zu ihm hin. Das Foto zeigte drei senkrechte Bindfäden auf blauem Hintergrund, mehr oder weniger parallel, jeder in seinem eigenen weißen Rahmen.

»Das kenne ich. Die *Drei Kunststopf-Normalmaße.*«

»Und was sollen die darstellen?«

»Duchamp hat drei ein Meter lange Fäden aus derselben Höhe auf einen Stoff fallen lassen und sie dann festgeklebt. Er hat sie benutzt, um eine auf Zufall gründende neue Maßlänge zu schaffen.«

»Aber wozu? Was wollen *die* damit sagen?«

Tomi schüttelte den Kopf.

»Das Ding, das ich beim Stationsvorsteher mitgenommen habe, hatte ein Bindfadenknäuel in der Mitte«, sagte sie.

»Richtig.«

»Glaubst du, das hat was zu bedeuten?«

»Ich glaube, für diese Leute hat alles eine Bedeutung.«

»Ich geb's ihnen einfach. Das hätte ich schon längst tun sollen. Vielleicht macht das der Geschichte ja ein Ende?«

Tomi sah von seinem Computer auf. »Hast du's denn noch?«

»Nein.« Lee trank die Milch aus. »Ich meine, ich habe es, es ist sicher, aber …«

»Wo ist es?«

Sie hob die Milchpackung wieder an den Mund, stellte jetzt erst fest, dass sie leer war, und warf sie zur Seite. »Vielleicht ist es an der Zeit, dass ich es hole.«

Lee ging allein zum Fluss. Halb rechnete sie damit, dass das Ding verschwunden war oder wasserdurchtränkt, aber nach kaum fünf Minuten fand sie es genau da, wo sie es zurückgelassen hatte. Trocken und unversehrt.

Es war mitten in der Nacht. Lee hatte seit sechsundzwanzig Stunden nicht geschlafen und nickte im fast leeren, sanft ruckelnden Zug zurück nach Fishtown ein, schreckte plötzlich hoch und sah einen jungen Burschen, der ihr gegenübersaß, auf den Boden starrte und völlig verloren wirkte. Lee versuchte sich vorzustellen, warum er so traurig war, wegen einer Trennung vielleicht, einer unerwiderten Liebe, und wünschte sich, das wäre die Art von Problem, die sie quälte. Da hob der Junge den Kopf und sah sie an, und sie starrte in zwei dahintreibende blaue Quallen.

Lee war so erschöpft, als sie zurück zu Tomi kam, dass sie nur noch schlafen wollte. Aber Tomi war ganz aufgeregt. »Hast du es?«

Sie holte das Päckchen aus der Tasche. »Warum ist dieses Ding so wichtig für die? Wahrscheinlich weil es einfach eine Menge Geld wert ist.«

Er streckte die Hand danach aus, doch sie hielt es fest und spürte die scharfen Kanten an ihren Fingerspitzen. »Nicht im Vergleich zu den anderen Dingen, die sie hätten stehlen können«, sagte er. »Das Museum hängt voller Picassos, van Goghs, Gauguins und so weiter. Es gibt kleine chinesische Jadedrachen, mit denen du dir ein Haus in einem Vorort kaufen könntest. Dagegen ist das Duchamp-Stück gar nichts.«

»Dann muss es einen anderen Grund haben. Was weißt du über das Ding?«

»Es ist eines seiner Readymades«, begann Tomi. »Dahinter steht der Gedanke, dass alles ein Kunstwerk sein kann, wenn ein Künstler es dazu erklärt. Zu Anfang des zwanzigsten Jahrhunderts ging es in der Kunst immer noch um Schönheit, und was schön war, entschieden die Leute, die auch sonst den Ton angaben. Duchamp nannte das Netzhautkunst, Kunst, die nur mit dem Auge aufgenommen werden sollte, und das verabscheute er. Seine Readymades waren ein einziges ›Ich-scheiß-auf-euch‹, das er den Kunstrichtern seiner Zeit entgegenbrüllte. Dieses Ding ist aber kein reines Readymade wie die *Fontäne* oder der *Flaschen-*

trockner, sondern ein unterstütztes. Was bedeutet, dass Duchamp etwas damit angestellt hat.«

Lee legte das Ding auf den Tisch. Wie konnte ein altes Bindfadenknäuel zwischen zwei Metallplatten auf vier Messingbeinen mehr als eine Kuriosität sein? »Erklär mir mal bitte, was daran besonders ist. Ich meine heute, nicht vor hundert Jahren.«

»Duchamp war zu seiner Zeit nicht gerade geachtet. Erst gegen Ende seines Lebens haben die Leute den Visionär in ihm erkannt.«

»Damit hilfst du mir immer noch nicht. Warum wollen diese Leute dieses Ding?«

»Woher soll ich das wissen, Lee?«

»Du scheinst eine Menge zu wissen.«

Er sah sie an. »Du glaubst immer noch, ich stecke da mit drin, oder?«

»Du weißt einfach zufällig so viel über den Mann, den die Leute, die hinter mir her sind, als eine Art – wie hast du es genannt – *Schutzheiligen* betrachten.«

Tomi schnaufte. »Ich weiß da nicht einfach zufällig was. Duchamp war einer der wichtigsten, einflussreichsten Künstler des zwanzigsten Jahrhunderts, und ich bin auch Künstler. Und genau wie alle anderen Künstler arbeite ich in seinem Schatten.« Er schien zu überlegen. »Diese Leute wollen nicht gesehen werden, sie verstecken sich in Duchamps Schatten. So tief verborgen halten sie sich darin, dass man nicht mal im Netz was über sie findet. Warum?«

»Vor einer Weile hast du mir erklärt, dass der Künstler der Zukunft in den Untergrund geht. Hat Duchamp das gesagt?«

»Ja.«

»Das ist es, verstehst du?«, rief Lee aus. »Das ist es, wofür sich diese Leute halten: Künstler der Zukunft, die in Duchamps Namen im Untergrund wirken. Nur, dass sie alles, wofür er stand, verdrehen. Die wirkliche Frage ist doch aber, warum sie diese Silo-Partys veranstalten, ich meine, damit bleiben sie nicht wirklich im Untergrund, oder?«

Er überlegte. »Sie sind aus irgendeinem Grund darauf angewiesen, gesehen zu werden.«

»Und warum? Warum wollen wir gesehen werden?«

Tomi schüttelte den Kopf. »Wegen des Publikums? Der Anerkennung?«

»Vielleicht«, sagte Lee. »Was ist mit Reklame?«

»Wie meinst du das?«

»Vielleicht brauchen sie Leute von außerhalb.«

»Warum?«

Lee überlegte, was Lois über das Anwerben gesagt hatte. »Ich weiß es nicht.« Sie wandte ihre Aufmerksamkeit wieder dem Readymade zu. »Wie heißt das Ding gleich noch mal?«

»*With Hidden Noise*. Das versteckte Geräusch, wenn du so willst. Duchamp hat es 1916 geschaffen. Für ihn hatte alles eine doppelte Bedeutung.« Tomi nahm und betrachtete es. »Bevor er es zusammengeschraubt hat, gab er es einem Freund und sagte, er solle etwas in das Knäuel hineinlegen.«

»Wenn du es schüttelst, klappert was!« Lee nahm es ihm aus der Hand und schüttelte es neben ihrem Ohr. Es fühlte sich ähnlich an, wie neben einem Safe zu sitzen und das Schloss klicken zu hören. »Was ist da drin?«

»Das weiß keiner. Der Freund hat es ihm nie verraten, und Duchamp behauptete, es nicht zu wissen.« Tomi nahm es zurück und schüttelte es ebenfalls. »Vielleicht ist es Schrödingers Katze.«

»Was?«

»Nichts, nur ... soweit wir wissen, könnte es einer von Duchamps Scherzen sein. Alles, was er tat, war gleichzeitig ernst und ein Riesenspaß auf Kosten aller, die ihn *zu* ernst nahmen. Aber was auch immer es sein mag, die S. A. hält es für wichtig.«

»Warum machen wir es nicht auf und sehen nach?«

Tomi verzog das Gesicht.

»Bist du nicht neugierig?«

»Natürlich bin ich neugierig. Aber wir würden es kaputt machen.« Er starrte sie an. »Ich könnte damit nicht leben. Du?«

Lee stellte es zurück auf den Tisch. »Ich will einfach wissen, warum diese Leute mich verfolgen. Ich will, dass es aufhört.«

»Du darfst es nicht kaputt machen. Duchamp könnte der einflussreichste Künstler seit da Vinci sein. Es ist einzigartig. Es wäre, als würdest du eine Farbe zerstören, zum Beispiel Orange, und niemand wird je wieder die Farbe Orange sehen, weil du sie zerstört hast. Sie wäre für immer weg. Willst du das auf dich laden?«

»Es ist mir egal. Ich gebe ihnen das verdammte Ding, und vielleicht lassen sie mich dann in Ruhe.«

Tomi nahm das Readymade erneut in die Hand. Er strahlte regelrecht. Ganz sanft stellte er es zurück. »Es gehört ihnen nicht. Wie wäre es, wenn wir es zurückbrächten?«

»Was? Wir schweben ins Museum und legen es zurück in die Vitrine, aus der es gestohlen wurde?«

»Warum nicht? Ich mach das schon.«

»Nein«, sagte Lee. »Ich bin dafür verantwortlich. Ich mache es.«

Tomi seufzte. »Gut. Schlaf etwas, und wir bringen es heute Abend zurück. Gemeinsam.«

»Wie?«

»Überlass das mir.«

Als Lee aufwachte, saß Tomi an seinem Computer, das Objekt auf dem Tisch vor sich, um sich herum jede Menge Zettel. Lee sah ihm über die Schulter.

P.G	.ECIDES	DÉBARRASSE.
LE.	D.SERT	F.URNIS.ENT
.AS	HOW.V.R.	COR.ESPONDS

.IR.	.CAR.É	LONGSEA→
F.NE,	HEA.,	.O.SQUE→
TE.U	S.ARP	BAR AIN→

Er hatte versucht, Duchamps Kryptogramm zu entschlüsseln, hatte Buchstaben eingefügt, verschiedene Sätze ausprobiert, Etliches durchgestrichen.

Sie ging zum Kühlschrank, der so leer war wie zuvor. »Hast du was rausgefunden?«

»Nein. Wahrscheinlich verschwende ich hier nur meine Zeit. Manches davon ist auf Englisch, manches auf Französisch. Kannst du Französisch?«

»In der Highschool habe ich es ein bisschen gelernt. Nicht genug.«

»Ist auch nicht so schlimm. Daran haben sich schon andere Leute die Zähne ausgebissen, die klüger sind als wir. In Kalifornien gibt es einen Prof, der eine 350 000 Wörter lange Abhandlung über diesen Code geschrieben hat. Er betrachtet das Ganze als eine Art bildhauerisches Kosmogramm.«

»Ein was?«

»Ein Kosmogramm. Etwas, das die Ursprünge und das Schicksal des Universums darstellt.«

Lee nahm das kleine Objekt, drehte es in der Hand, und es sagte ihr immer noch nichts.

»Das ist natürlich nichts als die Theorie eines Akademikers«, fuhr Tomi fort. »Aber in vielen Kosmogrammen tauchen ein Kreis und ein Quadrat auf, genau wie hier.«

Lee blickte auf das wirre Durcheinander von Zetteln. »Das klingt mir ein bisschen weit hergeholt.«

»Okay, aber sieh dir das an …« Tomi gab etwas in seinen Browser ein und rief das Bild eines flachen Gitters auf. »Das ist eine zweidimensionale Darstellung des Weltraums. Im Prinzip, wie wir ihn uns vor Einstein vorgestellt haben. Eine endlose Ebene. Aber was passiert, wenn wir etwas Materie, sagen wir, einen mächtigen Stern, dazugeben? Vor Einstein hätten wir gesagt, nichts passiert. Einsteins allgemeine Relativitätstheorie lehrt uns jedoch, dass die durch die Masse des Sterns generierte Schwerkraft den Raum rundherum krümmt. Als würdest du eine Bowlingkugel mitten auf eine große Gummimembran legen. Sie verkrümmt den Raum um sich herum.« Tomi griff nach dem Objekt. »Jetzt sieh dir Duchamps Readymade an. Die zwei Metallplatten – siehst du?«

Lee schaute genauer hin. Die vier Schrauben, die die beiden Platten gegen das Knäuel drückten und zusammenhielten, zogen die Ecken, wenn auch ganz leicht, nach innen. »Die Platten sind gebogen«, sagte sie.

»Weil sie den Raum repräsentieren. Das Bindfadenknäuel ist ein Stern, ein Planet oder so etwas. Irgendeine mächtige, schwere Masse.«

»Und was ist mit dem Geräusch? Wenn du es schüttelst?«

Tomi starrte das Objekt ausdruckslos an. »Vielleicht hat das etwas mit der Zeit zu tun? Nach Einstein sind Raum und Zeit miteinander verwoben. Die Raumzeit. Nicht nur der Raum wird durch die Masse eines Objekts gekrümmt, sondern auch die Zeit. Duchamp hat mal gesagt, die Kunst sei ein Weg hin zu Regionen, die nicht von Raum und Zeit beherrscht sind. Aber willst du wissen, was das Merkwürdigste an der ganzen Sache ist?«

»Was?«

»Einstein stellte seine allgemeine Relativitätstheorie am 25. November 1915 vor. Und Duchamp produzierte *With Hidden Noise* ein paar Monate später, im April 1916. Aber ich habe Duchamps Notizen dazu gefunden, und die stammen bereits aus dem September 1915, fast drei Monate, bevor Einstein seine Theorie auf die Welt losließ.«

Sie fuhren mit ihren Fahrrädern in Schlangenlinien durch die leeren, nassen Straßen der Stadt. Durchs Fenster einer Kneipe konnte Lee zwei Männer sehen, die Stühle auf die Tische stellten. Es war fast drei Uhr morgens, als sie das Gelände des Museums erreichten. Sie drückten sich in den Schatten und beobachteten den seine Runden drehenden Wagen des Sicherheitsdienstes. Nachdem er das dritte Mal vorbeigekommen war, rannten sie zur Rückseite des Gebäudes. Als sie bei vier entlang der hinteren Mauer im Boden eingelassenen Metallgittern angelangten, wurde Tomi langsamer, und Lee hockte sich neben ihn.

Tomi zog ein zusammengefaltetes Blatt Papier und einen Vierkant aus seinem Rucksack. »Ich habe den Plan aus dem Subnet. Er hilft uns nicht durch die Abwasserkanäle, aber wenn wir erst mal unter dem Keller sind, haben wir's geschafft.«

Er schob den Vierkant über einen Bolzen, der sich leicht drehen ließ. Lee half ihm, das Gitter anzuheben, und sie sahen hinunter in einen rechteckigen Schacht. Lee stieg zuerst hinein, Tomi folgte ihr und zog das Gitter zurück an seinen Platz.

Nicht weit unten stießen sie auf einen waagerechten Tunnel, der so eng war, dass sie sich auf Ellbogen und Hüften voranbewegen mussten. Sie krochen durch flaches, modriges Wasser, und Lee hielt ihre Taschenlampe zwischen den Zähnen. Immer wieder musste sie Spinnweben aus dem Weg wischen. Sie kamen nur langsam voran, und als der Kanal schließlich in einen kleinen Betonraum mündete, war Lee so mit Matsch und Staub bedeckt, dass sie ihr bis in Lunge und Poren drangen. Es war nicht einfach, sich aus der Öffnung zu manövrieren und, die Füße voran, mit einem Platschen auf dem Boden des Raumes zu landen.

Der Tunnel, durch den sie gekommen waren, lag fast zweieinhalb Meter über ihnen, und aus ihm troff ein stetiger Fluss dunklen, schmierigen Wassers, das ihnen bis über die Schuhe reichte.

Tomi ließ das Licht seiner Stirnlampe über Lee gleiten. »Du siehst aus wie eine Bisamratte.«

»Und du wie ein abnormal großer Scheißhaufen«, sagte sie. Es fühlte sich gut an, wieder mit Tomi auf Expedition zu sein. Die Welt war wieder in Ordnung. Aber bei ihren anderen Expeditionen war es immer ums Erkunden gegangen, ein konkretes Ziel hatte es nicht gegeben, und Lee musste sich daran erinnern, dass sie heute Abend eine Aufgabe zu erfüllen hatten.

Hinter Tomi führte eine Leiter aus Bewehrungsstahl in die Höhe. Sie hatten genug gemeinsame Unternehmungen hinter sich, um zu wissen, dass diese Sprossen das waren, was sie suchten: der Zugang ins eigentliche Gebäude, der den städtischen Arbeitern Zugriff auf das Gas-, Wasser- und Abwassersystem gewährte. Oben in der Decke befand sich ein quadratischer Eisendeckel, den sie gemeinsam aus seiner Öffnung drücken mussten. Lee schob sich hinauf in einen riesigen Keller. Tomi kam neben ihr herauf und leuchtete zusammen mit ihr durch den Raum.

»Da wären wir wieder bei deiner verdammten Aura«, sagte sie.

Eine mächtige Marmorstatue erhob sich über sie, ein nackter Mann, der sich gegen eine unsichtbare Kraft zur Wehr zu setzen schien. Im Licht ihrer Lampen stand er milchblau auf einer hölzernen Palette, die, von einem Gabelstapler gehalten, nur wenige Zentimeter über dem Boden schwebte. Weitere Statuen säumten den Raum hinter ihm: jahrhundertealte steinerne Gottheiten, ägyptische Königsköpfe aus schwarzem Granit, ein gedrungener indischer Buddha. Einige andere verbargen sich unter schweren Leinentüchern.

In der Regaleinheit eines Gerüsts standen Dutzende Büsten aus Stein, Gips und Bronze, alle mit einer Nummer um den Hals. An einer Wand ragten bis zur Decke reichende Metallregale in den Raum, auf Schienen geführt und mit einer Handkurbel vor- und zurückbewegbar. Lee griff nach einer der Kurbeln und fuhr zwei Regaleinheiten weit genug auseinander, um zwischen sie treten zu können. Die Bilder, die da standen, jeweils zu fünft oder sechst in drei Ebenen übereinander, mussten hundert, zweihundert, ja fünfhundert Jahre alt sein.

Lee zog eine enorme Kartenschublade auf und stieß auf Dutzende kleine, in Seidenpapier gewickelte und wie Eier vor ihr aufgereihte Steinfiguren. Tomi faltete seinen Plan auf und breitete ihn auf dem Boden aus, legte einen winzigen Kompass darauf, richtete ihn aus und leuchtete zur Decke hinauf. Sein Lichtstrahl wanderte zu den Lamellen eines Lüftungsschachtes, gleich neben einer Wand. »Da«, sagte er.

Sie fuhren eine Leiter unter den Schacht, und Lee stieg hinauf, um die Schrauben zu lösen. Sie reichte ihm den Lamellendeckel nach unten und leuchtete ins Innere der Öffnung. »Der Zugang ist ziemlich eng, aber dahinter wird der Schacht breiter.«

Schon nach drei Metern kamen sie in einen anderen Raum. Lee griff nach einem freiliegenden Rohr unter der Decke, hangelte sich daran entlang bis über einen Tisch und ließ sich fallen. Tomi war direkt hinter ihr. Sie befanden sich in einem großen, quadratischen Raum mit einer einzelnen Tür am Ende. Lee ließ das Licht ihrer Lampe über grün gestrichene Wände gleiten. An einigen Stellen war die pastöse Farbe auf den Betonboden gelaufen und dort ausgehärtet. Im Übrigen lag der Boden voller verschieden großer Orientteppiche, zerschlissen, durchlöchert und hier und da sogar in drei Schichten. Lee ging durch den Raum und spürte, wie die Teppiche an einigen Stellen tief und sumpfig unter ihr nachgaben. »Was ist das da?«

Sie wandte sich einem Bücherregal zu. Dort standen eine ganze Reihe wissenschaftlicher Abhandlungen, einige neueren Datums, andere aber auch bis zu hundert Jahre alt. Bücher über Physik, Chemie, Quantenmechanik. Hirnkartierung. Bücher für interessierte Laien waren das sicher nicht. Lee zog eines heraus. *Helium-Kryotechnik*. Sie öffnete es und blätterte durch Formelwälder, die ihr so viel sagten wie Kornkreise.

»Vielleicht ist es eine Art Bibliothek des Museums«, schlug Tomi vor.

Lee ging zu einer Arbeitsfläche mit Laborinstrumenten, mit Glasgefäßen, Bechergläsern und Kolben voller verschiedenfarbiger Flüssigkeiten. Sie griff nach einer großen alten, milchigen Glasampulle und leuchtete hinein. Die Ampulle war leer. Ein paar klobig und kompliziert aussehende Maschinen standen, mit einem alten Computer verbunden, nutzlos in der Ecke. Dahinter war ein enormes Loch in der Wand, dessen Ränder verkohlt aussahen, als wäre dort einmal etwas explodiert.

»Ich glaube nicht«, antwortete sie.

Tomi griff nach seiner Karte. »Dieser Raum ist nicht mit auf dem Plan. Es muss so was wie ein Versteck sein. Trotzdem, wir sollten genau richtig sein.«

Etwas blitzte am Rand von Lees Blickfeld auf, zwei große, in Stahl gerahmte, übereinander angeordnete Scheiben. Ins Glas geätzt waren Formen, die längliche Schatten auf die Wand warfen, und das Ganze hing an zwei Angeln, sodass es hin- und herschwingen konnte.

»Das kenne ich doch. Von oben, aus dem Duchamp-Raum.«

»Das ist die *Entblößte Braut*«, sagte er. »Muss eine Kopie sein.«

»Es hat die gleichen Sprünge. Ich dachte, da wär was kaputtgegangen. Warum die auch nachmachen?«

»Ich weiß nicht, aber für Duchamp war der Zufall Teil seines Schaffens. Kultivierter Zufall, nannte er das. Domestizierter Zufall. Als die *Entblößte Braut* auf dem Rücktransport von ihrer ersten Ausstellung zerbrach, verbrachte Duchamp ein Jahr damit, sie wieder zusammenzusetzen, Scherbe für Scherbe klebte er zusammen, wie ein Puzzle. Und als das geschafft war, erklärte er sie für vollendet. Die Risse wurden zu einem Teil seiner Arbeit.«

»Aber die hier ist etwas anders.«

Tomi bewegte sie hin und her. »Könnte sein.«

Lee machte ein Foto, der Blitz verwandelte den Raum in ein schroffes Relief. Tomi stellte ein Buch zurück ins Regal und sah durch einen Haufen Trümmer auf einem Tisch. Lee nahm ein weiteres Bücherregal in Augenschein. *Fünf Abhandlungen über den Stein der Weisen*. Athanasius Kircher: *Mundus Subterraneus*. *Arcanum Hermeticum*. *Corpus Hermeticum*. Einige der Titel hatte Lee auch im Zimmer des Stationsvorstehers gesehen. »Dieser Raum hat damit zu tun«, sagte sie. Er kam ihr plötzlich sehr klein vor.

Tomi blätterte jetzt durch einige Unterlagen. »Womit zu tun?«

Bücher über Alchemie und Kryotechnik. »Kryotechnik, da geht es um das Einfrieren von Menschen, oder?«

»Der Theorie nach kann der eingefrorene Körper in der Zukunft wiederbelebt werden. Wenn wir Heilmittel für Krankheiten haben, die uns heute noch fehlen.«

»Macht das schon einer?«

»Ich weiß es nicht. Ist wohl eher noch hypothetisch.«

Sie dachte an das, was sie über Alchemie gelesen hatte. »Ein Weg, um unsterblich zu werden?«

Tomi antwortete nicht. Er blätterte durch einen Stapel Papiere. Und schien mit einem Mal betroffen.

»Was ist?«

»Nichts«, sagte er und legte die Papiere zurück auf den Tisch.

Sie trat neben ihn. »Was?«

»Flipp nicht aus«, sagte er.

Es waren sechs oder sieben zusammengetackerte Seiten. Auf der ersten war ein Foto von ihr, wie sie aus einem Subway-Eingang kam. Da hatte sie noch längeres Haar als jetzt und sah überrascht aus. Lee blätterte weiter, es folgte ein Ausdruck mit ihrem Namen, ihrem Geburtsdatum und Geburtsort, der Adresse ihrer Mutter und der ihrer Highschool. Mit ihrer Telefonnummer. Die Adresse ihres Vaters stand da ebenfalls, ein Apartment in Albuquerque, New Mexico – dabei wusste sie nicht mal selbst, wo ihr Vater inzwischen lebte. Ihre Größe und ihre Haarfarbe. Auf der nächsten Seite entdeckte sie das Protokoll ihrer Verhaftung, gefolgt von der Kopie eines Haftbefehls, ausgestellt vom Staat Pennsylvania, eine Woche nach ihrer Flucht. Ihr Kennblatt aus der Strafanstalt, auf dem sie als »psychologisch instabil und potenziell gefährlich« beschrieben wurde. Und dann, auf der letzten Seite, ein weiteres Foto, in Schwarz-Weiß: Lee in dem alten Hochzeitskleid, wie sie an einer versteckten Kamera vorbeisieht. Die Seiten wurden von einigen Klammern zusammengehalten, als wären einige später hinzugefügt worden, und unten gab es mehrere Datumsstempel. Lee ging zurück zur ersten Seite, die auf den 3. September datiert war, das war vor über einem Jahr. Vor der Kristallburg. Vor der Strafanstalt. Ihr Geburtstag. Der Tag, an dem sie der große, kindliche Mann mit der alten Kamera auf der Straße belästigt hatte.

Sie spürte, wie sie von Wut und Demütigung erfüllt wurde. »Wer sind diese Leute?«, fragte sie. Ihr Blick fiel auf die Tür auf der anderen Seite des Raums. Sie ging hinüber, und Tomi griff noch nach ihrem Arm, doch sie schüttelte ihn ab. »Wie können die hier unten sein, unter dem Museum?« Lee erinnerte sich, wie der Typ, als er dem Stationsvorsteher das Readymade von Duchamp brachte, zu ihm gesagt hatte, der Priester sei ein alter Mann, *in einem Raum gefangen*. War das dieser Raum hier? Sie drückte die Klinke, die Tür öffnete sich. Lee riss sie auf und leuchtete einen langen Gang hinunter, mit einer Tür etwa in der Mitte und einer ganz am Ende.

Tomi fasste sie erneut beim Arm. »Ich habe ein schlechtes Gefühl. Besser, wir lassen das Ding hier liegen und verschwinden auf dem Weg, auf dem wir gekommen sind.«

Lee hörte nicht auf ihn. Die Tür in der Mitte des Ganges sah genauso aus wie die oben, durch die sie auf Duchamps letztes Werk geblickt hatten, alt, aus einzelnen Brettern und mit Ziegeln rundum. Und genau wie bei der oben im Museum hatte auch diese hier zwei kleine Löcher auf Augenhöhe. Lee drückte ein Auge an eines von ihnen, ihre Taschenlampe auf das andere.

Sie konnte nur einen kurzen Blick erhaschen, bevor sie Stimmen am Ende des Ganges hörte, hinter der anderen Tür, und in dem kurzen Moment sah sie etwas, das sie kaum beschreiben konnte. Eine große metallene Vorrichtung, in Schatten gehüllt, die in der Luft zu schweben schien. Sie schaltete ihre Lampe aus. Tomi zischte, sie solle zurückkommen.

Als sich die Tür am anderen Ende des Ganges öffnete und eine große, dunkle Gestalt hindurchtrat, war Lee gerade wieder bei Tomi. Leise zogen sie die Tür hinter sich zu. Was auch immer Lee gepackt und mit dem Drang erfüllt hatte, diesen Leuten die Stirn zu bieten, war verflogen. Die Stimmen kamen den Gang herunter und wurden lauter.

»Sieh mal.« Tomi zeigte auf etwas.

Eine Leiter, die ihr bisher nicht aufgefallen war. In die Wand eingelassen, führte sie hoch zu einer quadratischen Klappe unter der Decke. Schon war sie oben, drückte die Klappe auf und kroch hindurch. Lee drehte sich um, half Tomi, und sie schlossen die Klappe just in dem Moment, als das Licht unter ihnen anging.

Sie befanden sich in einem winzigen Raum. Eine alte Gaslampe verbreitete einen düster flackernden, künstlichen Lichtschein. In die Luft gehalten wurde sie von einer nackten Frauenpuppe, und das bläuliche Licht fiel auf den Wasserfall in ihrem Rücken, auf die zerknitterte Metallfolie und die buschigen Pastellbäume hinter ihr.

»Ach du Scheiße«, flüsterte Tomi. »Das ist das *Étant donnés*. Wir sind in ihm drin.«

Unter sich konnten sie die Stimmen zweier Männer hören. Lee verstand nicht, was sie sagten, aber sie wusste, gleich würden die beiden sie und Tomi finden. Es war nicht genug Platz, um aufrecht zu stehen, und Lee musste den Kopf gebückt halten, als sie vorsichtig um den Körper der Puppe herumtrat, die, wie sie jetzt sah, gar kein Gesicht hatte, keinen Kopf, sondern nur eine Perücke mit grobem, blondem Haar, wo das Gesicht hätte sein müssen. Vor der hölzernen Tür war eine Ziegelwand mit einem Loch in der Mitte, das allerdings zu klein war, um hindurchzukriechen. Aber als Lee danach griff, kam ihr die Wand entgegen. Die Tür selbst ließ sich nicht so leicht aufmachen. Tomi fuhr mit den Händen über den Rand, bis er einen versteckten Haken fand. Es klackte, und sie öffnete sich einen Spaltbreit.

Lee wollte gleich hinaus, aber Tomi fasste sie an der Schulter. »Die Wachleute können überall sein. Wir werden einfach rennen müssen. Ich gehe voraus und sehe nach, ob die Luft rein ist. Und vergiss nicht, warum wir hier sind: Leg das Ding irgendwohin.«

Tomi drückte die Tür auf, schlich in den Raum und weiter in den nächsten. Lee näherte sich unterdessen dem Sockel mit der leeren Plexiglasvitrine und holte *With Hidden Noise* aus ihrer Tasche. Das Ding im Knäuel klapperte. Diese Kerle waren hier, unter dem Museum, und sie waren schon hinter ihr her gewesen, als sie das Ding noch nicht mitgenommen hatte. Sie dachte an den uniformierten Mann im Café, wie er ihr gesagt hatte, dass sie wie jemand anders aussehe, und ihr und Edie die Karten für die Party im Silo gegeben hatte. Wenigstens so lange ging es schon. Das Ding zurückzugeben würde nichts beenden. Sie wollten sie wegen etwas anderem. Lee sah wieder vor sich, wie sie in dem alten Hochzeitskleid vor dem großen Mann gestanden und der sie gemustert hatte. Da musste eine Kamera gewesen sein. Sie spionierten auch noch die letzte Ecke ihres Lebens aus. Zum Teufel mit ihnen, dachte sie und steckte Duchamps Readymade zurück in ihre Tasche. Die kriegen nichts von mir.

Elf

All seine Bücher lagen auf dem Boden, die Rücken gebrochen, die Einbände heruntergerissen. Das Regal war umgekippt, der kleine Kühlschrank lehnte auf der Seite, und unter seiner geborstenen Tür sammelte sich irgendeine Flüssigkeit. Die Kommodenschubladen waren herausgezogen, Bett und Sofa aufgeschlitzt, die Füllung und Tomis Kleidung überall verstreut. Tomi nahm einen kleinen Guckkasten von der Arbeitsfläche. Die Glasscheibe war zerschlagen, der Inhalt – ein Nest kleiner mechanischer Figuren – auf dem Boden gelandet.

Tomi versuchte, die Figuren zusammenzusuchen und wieder zurechtzubiegen. »Das hat meine Schwester für mich gemacht.« Dann knallte er alles auf die Arbeitsfläche. »Verdammte Scheiße.«

Eine Weile suchten sie in den Überbleibseln des Gemetzels nach Spuren, bis Lee schließlich aufgab und sich auf das Sofawrack sinken ließ. »Es tut mir leid, Tomi. Das ist alles meine Schuld.«

Tomi schüttelte den Kopf und versuchte zu lächeln, doch Lee sah, dass es ihm das Herz brach. »Du hast das Ding zurückgebracht, vielleicht lassen sie uns jetzt in Ruhe.«

Lee senkte den Blick.

»Du hast es doch getan?«

Lee schüttelte den Kopf.

Tomi ließ die Bücher fallen, die er in der Hand hielt. »War das nicht der Grund, warum wir da eingestiegen sind?«

Sie stand auf und sah aus dem Fenster auf die Straße hinunter. Wahrscheinlich lauerte da unten einer von ihnen und sah aus dem Dunkel zu ihr herauf. »Warum wissen die so viel von mir? Warum wissen sie, wo ich geboren wurde?«

Tomi nahm ein Buch aus der Pfütze am Kühlschrank und rieb es an seiner Jeans ab. »Ich weiß es nicht.« Er stellte den Kühlschrank wieder auf. »Bist du sicher, dass der Revolver geladen ist?«

Lee holte ihn aus ihrer Tasche, öffnete die Trommel und zeigte es ihm.

»Weißt du, wie man damit umgeht?«

»Nein.« Sie hob seinen Laptop auf und stellte ihn vorsichtig auf den Schreibtisch. »Deinen Computer haben sie nicht mitgenommen.«

»Dahinter sind sie nicht her.« Tomi ging auf die Knie und befreite eine kleine Bronzestaue aus einem Kabelknäuel. »Gottverdammt«, sagte er.

»Wir müssen hier weg«, sagte Lee. Was sie da über sie beide gebracht hatte, trieb ihr die Tränen in die Augen, doch sie riss sich zusammen. »Vielleicht beobachten sie uns.« Er hielt inne, bedachte das erst jetzt, und die kleine Statue glitt ihm aus der Hand.

Das Haus war eines der letzten auf Lees Liste. Seine Bewohner, George und Patricia Caldwell, den Fotos entlang der Treppe nach zu schließen ein kinderloses Paar Mitte fünfzig, hatten drei Wochen in einem Ferienort an der Riviera Maya gebucht. Auch ihr Haus hatten sie wie eines dieser Urlaubsstrandhäuser eingerichtet, voller makrameegerahmter Fotos von Jachthäfen und Villen am Meer, alberner kleiner Figuren aus Muscheln und nautischer Nichtigkeiten. Unter der Platte des gläsernen Kaffeetischs fand sich ein Tableau aus Sand und Muscheln.

Die Caldwells mussten eilig aufgebrochen sein, denn der Kühlschrank stand voller Milch, Käse, Joghurt und Beeren, Eier, Tortillas und Speck. Tomi rief in der Arbeit an und krächzte, ihn habe die Grippe erwischt, er könne ein paar Tage nicht kommen.

»Warum hast du das Ding nicht dagelassen, wie wir es besprochen haben?« Es war das erste Mal, dass Lee ihn wütend erlebte. Sie saßen am Küchentisch und aßen Hähnchenreste. »Vielleicht hätte es damit aufgehört.«

Lee legte ihr Stück Fleisch zurück auf den Teller. Ihr war der Appetit vergangen. »Hast du das Foto von mir nicht gesehen? Weißt du, wann sie das gemacht haben? Vor über einem Jahr. Diese Leute sind schon ewig hinter mir her, das hat nichts mit dem Duchamp-Ding zu tun.«

»Vielleicht nicht, aber sie wollen es zurück«, sagte er. »Überlassen wir es ihnen einfach, und wer weiß, vielleicht geben sie dann Ruhe. Danach gehen wir irgendwohin, wo sie uns nicht finden.«

»Und wo wäre das?«

»Lass mich drüber nachdenken. Mir fällt schon was ein.«

Sie schliefen in getrennten Räumen. Lee versuchte, in den Schlaf zu finden, sah aber immer wieder das Mädchen oben in der Kristallburg vor sich, sah ihren Blick. Sie wusste, hinter diesen Augen war nichts als entrückte Leere gewesen, und doch war da noch etwas anderes. *Verlass mich nicht*, bettelten die Augen sie an.

Lee ertrug es nicht, stand auf und wanderte leise durch das dunkle Haus. Schließlich öffnete sie die Hintertür und schlich zwischen den Häusern vor auf die Straße. Der Himmel war klar und voller Sterne. Wie war sie nur in diese ausweglose Lage geraten? Ohne Ziel lief sie durch die Straßen.

Am nächsten Morgen kam sie nach unten und fand Tomi mit Schürze und Kochlöffel am Herd. Auf dem Tisch standen zwei Teller, zwei Tassen, es war für zwei Personen gedeckt.

»Ich hab dich letzte Nacht draußen gesehen«, sagte er. »Ich frage jetzt nicht, wo du warst.«

»Gut.«

Er schob eine Portion Rührei auf ihren Teller. »Ich wusste nicht, ob du zurückkommen würdest.«

»Und warum hast du gedacht, dass ich es täte?«

»Ich habe es gehofft. In meiner Heimat gibt es ein Sprichwort: Hoffnung ist der Treibstoff des Lebens, Verzweiflung bringt nur den Motor zum Stocken.«

Sie sah ihn an und versuchte zu ergründen, ob er ihr etwas vormachte.

»Auf Tschechisch klingt es besser.«

»Sag es.«

»Auf Tschechisch?«

»Ja.«

Er sah ihr so lange in die Augen, dass Lee sich unwohl fühlte. *»Celý můj život moje srdce toužilo po něčem, co jsem nedokázal pojmenovat. Teď to má jméno, a to jméno jsi ty. Slibuji, že ti budu vždy nablízku.«*

Lee setzte sich, nahm ihre Gabel und starrte auf ihr Rührei. »Du hast recht, das klingt hübsch.«

»Sag ich doch.«

Tomi fand bald schon Gefallen an diesem Leben. Er schien es zu genießen, mit Lee untergetaucht zu sein. Sie saßen fest, doch es fühlte sich nicht so an. Er übernahm es, sie beide zu unterhalten, und es dauerte nicht lange, da zogen sie sich Sachen aus den Schränken der Caldwells an, Tomi Mr Caldwells Golfhosen, seine kurzärmeligen Polyesterhemden, den zweireihigen Blazer mit Goldknöpfen und manchmal auch seine Anzüge, wobei er sich immer alles hochkrempeln musste. Patricia Caldwell war ebenfalls größer und vor allem massiger als Lee, die in ihren blumenbedruckten Abendkleidern und wallenden Hosenanzügen versank. Tomi ließ sich formelle und weniger formelle Anlässe einfallen, Geburtstagsfeiern, Poolpartys, Cocktailempfänge und Dinner, zu denen die Caldwells gingen, und er und Lee ahmten die beiden in ihrer natürlichen Umgebung nach. Tomi wurde schwindelig von schlecht bemessenen Mixgetränken aus dem Barfach, Lee tat nur so.

Ihr gefiel es am besten, wenn sie aufwachte, nach unten kam, und Tomi hatte schon Frühstück gemacht, mit Kaffee, Eiern und aufgetauten Bagels. Alles stand bereit, und er ließ sie in Ruhe essen und sich dem Gefühl hingeben, dass es immer so weitergehen werde.

Mit Tomi zu schweigen war etwas Seltenes. Er redete gern über ihre Zukunft und die Orte, die sie besuchen und an denen sie leben würden, wenn es mit dieser Sache hier vorbei war. Manchmal war es die irische Küste, ein Cottage hoch auf den Felsen, manchmal führten sie gemeinsam ein kleines Musikgeschäft in Oslo oder einen Souvenierladen in Thailand. Mehr als einmal zogen sie in ein kleines Bauernhaus an einem See in Tschechien. Lee mied es, an seinen Fantasien mitzustricken, waren sie doch so unverstellt, dass es sie verlegen machte. Trotzdem, die Möglichkeit, dass sie sich ein lebenswertes Dasein schaffen könnten, gab ihr so etwas wie Hoffnung. Aber dann dachte Lee an das, was da in ihr heranwuchs und was es alles brauchen würde, und dass dadurch ihre Zukunft, jede Form von Zukunft, unmöglich wurde. Selbst die, die allein in ihren Köpfen existierte.

Wenn sie allein war, setzte sie sich ins Arbeitszimmer an den alten Computer der Caldwells, durchforstete, was über Duchamp zu finden war, und versuchte etwas, irgendetwas, zu finden, das ihr helfen könnte. Es musste eine Möglichkeit geben, diesen Leuten auf die Schliche zu kommen, wenn sie auch keine Ahnung hatte, wie. Sie stellte das alte Foto ihrer Doppelgängerin neben den Bildschirm und suchte nach Frauen, die mit Duchamp zu tun gehabt hatten, googelte »Duchamp A.T.« und sah durch die Bilder, bis ihr die Augen wehtaten.

Auch Tomi gab nicht auf. Er konzentrierte sich auf Duchamps Arbeiten und die Anmerkungen dazu, die es online gab. »Ich bin nicht sicher«, sagte er eines Abends, »aber vielleicht habe ich etwas gefunden.« Lee sah in seinen Augen den erregten Ausdruck, den er immer hatte, wenn er ihr etwas zeigen wollte. »Ich glaube, wir beschäftigen uns mit dem falschen Werk. Wir sollten uns nicht so sehr auf *With Hidden Noise* konzentrieren.«

Lee rückte ihren Stuhl neben seinen und betrachtete das längst vertraute Objekt auf seinem Bildschirm, den Stahlrahmen mit den beiden übereinanderschwebenden Scheiben, den Rissen im Glas und den sepiafarbenen Formen.

»Die *Entblößte Braut*, auch *Großes Glas* genannt. Die Idee hatte Duchamp 1914, mit der Konstruktion begann er ein Jahr später, beendet hat er die Geschichte mehr oder weniger 1923. Jedoch nicht so wie geplant. Er sagt, sie fing an, ihn zu langweilen, aber ich denke, es steckt mehr dahinter. Wenn wir über den Mann *wirklich* etwas wissen, dann, dass man ihn nicht wörtlich verstehen darf.«

»Was hast du herausgefunden?«

»Ich habe Duchamps Notizen zum *Großen Glas* gelesen. Sie sind typisch Duchamp, absolut undurchschaubar und rätselhaft, aber sie haben mir geholfen, etwas zu begreifen.«

»Was?«

»Okay. Die Arbeit stellt ein System dar. Eine Maschine. Zu einem Zeitpunkt gegen Ende eines bestimmten Ablaufs. Duchamp nennt es eine ›Verzögerung in Glas‹. Wir sollen uns die einzelnen Elemente in Bewegung vorstellen.«

Lee sah genauer hin und versuchte es, aber alles blieb reglos an seinem Platz. »Ich wüsste nicht, wie.«

»Das macht nichts, ich erklär es dir. Die obere Hälfte ist der Bereich der Braut.« Tomi deutete auf eine Gestalt oben links im Rahmen, die aussah wie eine Art mechanisches Insekt. »Die Braut ist ein Motor, der mit, wie Duchamp es nennt, Liebesbenzin läuft. Es ist das Blut ihres Verlangens, das die ganze Maschine antreibt.«

»Der Mann im Silo, der mir das alte Hochzeitskleid angezogen hat, für den war ich die ›Braut‹.«

»Wie gesagt, diese Leute sehen überall Verbindungen.«

»Die Frau auf dem Foto ist die Verbindung, aber ich finde einfach nichts über sie heraus. Sie sieht mir so ähnlich, dass ich erst dachte, sie hätten das Bild bearbeitet. Doch das stimmt nicht.«

»Überleg dir mal, wie viele Menschen auf dieser Welt schon geboren wurden. Wir müssen alle Doppelgänger haben, wenn wir weit genug zurückgehen. Wir bekommen sie nur normalerweise nicht zu Gesicht.«

Lee nahm an, dass er damit recht hatte. »Du willst also sagen, dass es reiner Zufall ist?«

»Ja. Was sonst?«

Sie erinnerte sich an etwas, das der Stationsvorsteher zu ihr gesagt hatte: dass Zufälle eine Bedeutung hätten, ja, Schicksal seien. Für die S.A. gab es keinen Zufall. Alles war bedeutungsvoll, was Lee gefährlich vorkam, ohne dass sie den Finger darauf hätte legen können, warum.

Ihr Blick wanderte zum oberen Teil der Scheibe, wo eine wolkenartige Form mit drei quadratischen Löchern aus dem Kopf der Braut zu steigen schien. Diese Wolke hatte sie doch schon einmal gesehen, auf den Einladungen der S.A. »Was ist das?«

»Das ist das ›kinematische Erblühen‹, ihre Libido. Stell dir in den drei Quadraten erotische Bilder vor.«

»Wie was? Pornos?«

Tomi lachte. »Warum nicht.«

»Okay, die Braut schwebt da also, mit ihren sexy Vorstellungen. Was dann?«

»Ihre pornografischen Fantasien werden für die Junggesellen auf diese drei Felder projiziert. Der Bereich hier unten«, er deutete auf die untere Scheibe, »gehört ihnen.« Tomi zeigte auf die ringförmig angeordneten Formen unten links im Rahmen. »Das sind die neun Junggesellen: der Laufbursche, der Gendarm, der Kavalleriesoldat, der Schutzmann, der Leichenträger, der Hilfskellner, der Lakai, der Stationsvorsteher und der Priester. Sie existieren nur, um der Braut zu folgen, und leben allein in der Hoffnung, sie nackt zu sehen. Sie sind ihre Diener.«

Lee fragte sich, wer von ihnen der große Mann war. Sie nahm wieder das ganze Glas in den Blick, kniff die Augen zusammen, öffnete sie und versuchte, darin irgendetwas zu sehen. Es war alles so abstrakt. »Ich erkenne da gar nichts.«

»Das liegt daran, dass die Welt der *Entblößten Braut* aus unsichtbaren Kräften im Fluss besteht. Die obere Hälfte repräsentiert die Kräfte des Verlangens, die untere die Physik von Zufall und Schicksal. Und vergiss nicht, das Ganze ist eine Maschine in ständiger Bewegung. Wir sehen nur einen erstarrten Moment.«

Lee dachte über das nach, was sie über Alchemie gelesen hatte. Dass das Universum für sie aus gegensätzlichen Kräften entstanden war. Die Vermählung der Gegensätze. Die Braut und die Junggesellen. Oben und unten. Lee seufzte. Was war es, was diese Männer da oben sahen? Dann kam ihr eine Idee. »Vielleicht ist es eine Karte.«

Tomis Miene hellte sich auf. Er schien es auch zu sehen. Im nächsten Moment aber legte sich seine Stirn wieder in Falten. »Äh … wie meinst du das?«

»Was du mir erklärst, ist eine … Abstraktion«, begann Lee. »Aber die Männer wollen etwas Konkretes. Kann es sein, dass das Ganze auf etwas hindeutet, ohne es selbst zu sein? Was auch immer das ist. Oder vielleicht ist es selbst keine Karte, sondern … Das ist alles Glas, oder? Vielleicht muss man eine Karte dahinterhalten, und dann erkennt man den Ort eines verborgenen Schatzes oder so.«

»Mir gefällt, wie du an die Sache herangehst. Das könnte etwas sein, was Duchamp sich ausgedacht hat.«

Lee starrte jedes einzelne Element an und versuchte, die Dinge zusammenzubringen, aber es kam nichts dabei heraus. »Okay, sprich erst mal weiter.«

»Gut. Während die Junggesellen sich aufgeilen, fängt die Braut an zu strippen.«

»Sie zieht sich aus?«

»Sie legte einen Striptease hin, ja. Was die Männer alle heiß auf sie macht. Tatsächlich passieren tut aber nichts, weil die Braut sie nur scharfmachen will. Sie kennt die Macht, die sie über sie hat.«

»Du meinst, sie zieht sich aus, lässt die Jungs einen Blick auf ihre Möse werfen, weiß aber genau, dass sie nicht an sie rankommen? Gott, wie erotisch.« Lee dachte daran, wie sie mehr oder weniger nackt vor dem großen Mann gestanden und was er gesagt hatte, als er sie in dem Brautkleid sah: *Die Party ist voller Junggesellen.* Im Raum da musste es eine Kamera gegeben haben. Lee dachte an die Männer auf der Party, und wie die sie angestarrt hatten. Ekel erfüllte sie.

»Die Braut will nur gesehen werden. Sie geilt die Junggesellen mit ihren Sexuallockstoffen auf, und alle wollen sie«, erklärte Tomi.

Auch Lee wollte gesehen werden, aber nicht so. Sie hob den Blick vom Bildschirm auf die leere Wand dahinter, stellte sich das *Große Glas* darauf vor und versuchte erneut, es aus der Erstarrung zu befreien. Und mit einem Mal begann sich die Braut tatsächlich zu bewegen, langsam erst, ein erwachender Kolben, dann schneller, und dann ließ sie einen Liebesbenzinschauer auf die Junggesellen niedergehen, die unter ihr auf ihrem klapprigen Karussell immer heftiger ruckten, sich immer schneller drehten.

»Die Junggesellen antworten, indem sie ein illuminierendes Gas ausstoßen, das durch die Röhrchen da dringt, wo es zu einer Flüssigkeit wird. Währenddessen repräsentiert all das hier unten«, Tomi deutete auf eine Art Gehege wacklig aussehender Apparaturen, »die Kräfte von Zufall und Schicksal, und die treiben die Schere hier oben an, die die Flüssigkeit in einzelne Spritzer zerteilt. Die Spritzer steigen weiter auf, passieren die drei Augenzeugen, da«, Tomi zeigte auf ein paar Ringe, »und gelangen über die Schwelle in den Bereich der Braut. Das Ziel sind die Fenster im kinematischen Erblühen, und wenn sie eines treffen, befriedigt das ihr Verlangen. Aber sie treffen nie und bespritzen am Ende nur den Äther.«

»Der Geldschuss.«

»Und so geht es immer weiter.«

»Ich glaube, ich sehe es jetzt«, sagte Lee und dachte es tatsächlich.

»Und jetzt wird es interessant. Als wir in dem Raum unterhalb des Museums waren, erinnerst du dich an die Reproduktion, die da hing? Du meintest, an ihr sei etwas anders.«

»Klar erinnere ich mich.«

Tomi steckte seinen Stick in den Computer der Caldwells und holte ein Bild auf den Schirm. »Hier ist das Foto, das du davon gemacht hast. Fällt dir was auf?«

Sie brauchte nur einen Moment, um es zu sehen: Die Reproduktion enthielt einige neue Formen, die im Original nicht enthalten waren. Unten rechts, im Feld der Junggesellen, unter den Augenzeugen, gab es eine lange, gewundene Spindelgeschichte und über ihnen etwas, das aussah wie ein Diagramm aus dem Geometrieunterricht. Direkt darüber wiederum, im oberen Bereich, stand eine mechanisch aussehende Gestalt auf vier dünnen Beinchen, die ein spiralförmiges Anhängsel hoch zur Braut reckte.

»Es heißt, dass Duchamp das Interesse an seinem *Großen Glas* verlor und es ›definitiv unvollendet‹ ließ. Er behauptete sogar, anschließend für immer mit der Kunst aufgehört zu haben. Was nun aber definitiv nicht stimmt: Insgeheim hat er noch über zwanzig Jahre am *Étant donnés* gearbeitet. Und was, wenn Duchamp nicht mit dem *Großen Glas* aufgehört hat, weil es ihn langweilte, sondern um ein paar Schlüsselelemente auszulassen?«

»Du meinst, das hier ist die vervollständigte Version?«

»Genau. Und das«, Tomi zeigte auf die geometrische Anordnung, »nannte er den Boxkampf. Er funktioniert wie eine Art elektrische Spule. Ohne kann die Maschine nicht mal starten. Das da«, sein Finger wanderte zu der dünnbeinigen Figur, »ist der Jongleur der Gravitation. Sein Job ist es, die Spritzer der Junggesellen aufzufangen und abzulenken.«

»Die Reproduktion unter dem Museum zeigt also, wie das ganze System am Ende aussehen sollte.« Lee stand auf und lief im Zimmer auf und ab. Als sie die Lider schloss, hatte sie es vor Augen, überall um sich herum, das gesamte System in Bewegung. »Du sagtest, dass die Maschine ohne den Boxkampf nicht einmal starten kann …«

»So verstehe ich Duchamps Aufzeichnungen, ja. Wie gesagt, sie waren ziemlich …«

»Ich habe mich geirrt, die *Entblößte Braut* ist keine Karte, sie ist ein Plan.«

»Wie meinst du das?«

Aber Lee konnte sehen, wie Tomi es begriff. »Er hat den

Boxkampf, den Jongleur und den Rest weggelassen«, sagte sie, »weil das System ohne sie nicht funktioniert. Das ist so, als gäbe ich dir den Bauplan für ein Auto, ließe dabei aber die Zündspule weg. Du kannst das Auto zwar bauen, aber es fährt nicht. Es würde einfach nur dastehen. Nur *warum* hat er die Elemente aus der letzten offiziellen Version herausgelassen? Nachdem er so lange daran gearbeitet hat – immerhin scheint es doch, als wäre er fast so weit gewesen.«

»Ich weiß es nicht. Trotzdem, es fängt an, einen Sinn zu ergeben.« Jetzt war Tomi derjenige, der im Zimmer auf und ab lief. Das machte er, wenn er aufgewühlt oder begeistert war. »Erinnerst du dich, dass ich dir gesagt habe, *With Hidden Noise* könnte ein Kosmogramm sein, das Einsteins allgemeine Relativitätstheorie voraussagt? Es gibt Dutzende Versuche, das *Große Glas* zu entschlüsseln. Die meisten Leute verstehen es als eine Inszenierung frustrierten Verlangens. Aber Duchamp war eher Wissenschaftler als Humanist.« Tomi hob eine Hand an den Kopf, als könnte er nicht glauben, was er da dachte.

»Was? Was meinst du?«

»Der Jongleur der Gravitation. Natürlich! So passt es zusammen.«

»Was? Wovon redest du?«

Tomi blieb stehen. Er setzte die Brille ab und sah sie an. Lee musste das ungebetene Verlangen unterdrücken, ihn zu küssen. Wo kam das wieder her?

»Die Gravitation. In der allgemeinen Relativität dreht sich alles um die Gravitation.«

»Und?«

»Was, wenn die *Entblößte Braut* eine Antwort enthält, etwas Weltveränderndes, etwas, das bis heute nicht entdeckt wurde?«

Lee schüttelte den Kopf.

»Es gibt einen Widerspruch in der Physik, den immer noch keiner hat auflösen können. Einsteins allgemeine Relativitätstheorie erklärt genau, wie sich das Universum verhält, von Sonnensystemen über Planeten bis hin zu Objekten groß wie ein Sandkorn. Und die Quantentheorie erklärt mit ähnlicher Genauigkeit das subatomare Universum, das Funktionieren von Photonen, Neutronen, Quarks und so weiter. Das Problem ist nur, dass die beiden Theorien nicht zusammenpassen. Sie lassen sich nicht unter einen Hut bringen. Womit sich das Universum erklären lässt, steht im Widerspruch zu dem, was die subatomaren Prozesse erklärt, und umgekehrt. Das heißt, dass beide nicht richtig sein können, und doch sind sie es irgendwie.« Tomi machte eine Pause und wartete darauf, dass sie sich von seiner Begeisterung anstecken ließ. »Damit beide sich vereinbaren lassen, braucht es eine Theorie, die sie verbindet, die sogenannte Einheitliche Feldtheorie. Die gibt es aber bisher nur rein hypothetisch, sie ist so etwas wie der Heilige Gral der Physik. Manche Leute sagen, das Problem zu lösen wäre so, wie Gottes Gedanken zu lesen.«

Er hatte eine Decke über sie gebreitet. Der Computer war aus, und seine Notizen lagen ordentlich auf einem Stapel daneben. Sie musste eingeschlafen sein, während er wach geblieben war und gearbeitet hatte. Lee sah kurz durch die Zettel, wobei er nicht mehr viel weitergekommen zu sein schien. Auf einem Blatt stand »PLAN??«, und ein Pfeil zeigte auf die mit einem Kreis versehene »einheitl. Feldtheorie«.

Lee ging ins Bad und stellte sich nackt vor den großen Spiegel. Sie musste jetzt Ende des dritten Monats sein. Man sah noch nichts. Es war nicht, wie sie es sich vorgestellt hatte. Sie musste an Geschichten von Mädchen denken, die schwanger in die Schule gegangen waren, ohne dass jemand etwas gemerkt hatte. Trotzdem, sie fühlte sich aufgedunsen und schwer, als hätte sie jemand voll Wasser gepumpt, und ihre Brüste waren prall und empfindlich.

Sie ging nach unten und roch, dass er etwas kochte, aber die Küchentür war verschlossen. Sie klopfte.

»Lass mich!«, rief Tomi.

Lee drückte ein Auge ans Schlüsselloch, konnte jedoch nicht viel erkennen. »Was machst du da drin?«

»Alchemie!«

Sie hätte das Schloss knacken können, doch sie entschied sich, Tomi gewähren zu lassen, und ging zurück nach oben. Wenig später brachte er Kaffee und Toast hinauf, verschwand anschließend aber wieder in der Küche.

Lee blieb oben und stöberte im Schlafzimmer der Caldwells herum, sah in Schubladen und Schränke, öffnete Schachteln und suchte nach Verstecken. Doch die Caldwells waren langweilige Leute mit einem Bücherregal voller christlicher Cowboy-Schnurren und religiösem Endzeitkram. Da war das Hochzeitsalbum noch das Interessanteste. Ein großes schwarzes Buch mit alten Farbfotos, die unter einer Plastikfolie klebten und Mr und Mrs Caldwell als junge Leute zeigten. Alles gestellt natürlich, aber Lee kam es so süß und ernst vor, dass es sie ein bisschen traurig machte.

Später am Nachmittag – sie hatte gerade einen dicken Roman aus dem Regal gezogen, der versprach, »die erotischen Geheimnisse des alten Rom« zu enthüllen – rief Tomi nach ihr: »Komm runter!«

Der Geruch von Essen erfüllte das Haus und erinnerte sie daran, wie hungrig sie war. Tomi stand unten am Absatz der Treppe und wartete. Er trug einen von Mr Caldwells Anzügen, hellblau und mit einer kleinen Plastikblume im Knopfloch, nahm die Schürze ab, die er umgebunden hatte, und hängte sie über einen Stuhl. Der Esszimmertisch hinter ihm war weiß gedeckt, und auf einer Bratenplatte lag ein welker brauner Truthahn mit gerunzelter, hier und da verbrannter Haut. Aus Mr Caldwells winzigen Golfschlägerhüllen hatte Tomi kleine Rüschen gemacht und sie dem Vogel über die Beine gestülpt. Um den Truthahn herum lagen geröstete Möhren, Äpfel, Sellerie und Zwiebeln. Es gab einen Klumpen Preiselbeeren, dem man die Form der Dose noch ansah, und eine Schüssel mit Weißbrotfüllung. Neben den Tellern standen zwei Gläser und eine Flasche Wein.

»Happy Thanksgiving!«, rief Tomi und breitete die Arme aus.

Lee empfand mehr Scham als Freude. An so etwas hätte sie niemals gedacht, in tausend Jahren nicht. Sie sah an sich hinunter: schmutzige Socken, die fadenscheinigen Jeans, die sie immer trug, eines von Mr Caldwells übergroßen weißen Shirts. »Ich zieh mich schnell um«, sagte sie.

Er zog einen Stuhl unter dem Tisch hervor. »Mach keine Witze. Du siehst wunderschön aus.«

So schnell es gekommen war, so schnell verschwand ihr Schuldgefühl auch wieder. Tomi erwartete keine großen Gesten von ihr. Er war schon glücklich, wenn sie seine akzeptierte.

Sie sah zu, wie er ihr ein paar klobige Fleischstücke aus dem Truthahn schnitt und Preiselbeeren dazugab, wartete, bis er auch sich selbst aufgetan und ihnen beiden ein Glas Wein eingeschenkt hatte, und nahm ihr Glas, als er sich vorbeugte, um mit ihr anzustoßen.

»Auf den domestizierten Zufall«, sagte er.

Sie trank einen kleinen Schluck, stellte das Glas ab und begann zu essen.

Lee stellte fest, dass sie immer seltener das Bedürfnis verspürte, allein zu sein. Sie genoss es, Tomis Fantasien über ein gemeinsames Leben zuzuhören, und eines Abends bat sie ihn, bei ihr zu schlafen. So zog er aus dem Gästezimmer in ihr Bett. Sie war noch nicht so weit, wieder mit ihm schlafen zu wollen, nicht mit dem Kind, das in ihr heranwuchs, aber sie wollte in seinen Armen einschlafen, umhüllt von der fiebrigen Wärme seines Körpers. Sie spürte seine Erektion, und manchmal nahm sie seine Hand und legte sie sich auf den Bauch, immer nahe daran, es ihm zu sagen.

Aber es ging nicht. Seit der Nacht im Museum hatte er an der Aussicht auf eine gemeinsame Zukunft festgehalten, doch Lee spürte nach wie vor die Fäden, die ihn mit diesen Leuten zu verbinden schienen – dass er Duchamp so gut kannte, dass er an dem Abend im Silo gewesen war, als man auch sie dort hingelockt hatte, dass die S. A. sie immer wieder fand. Und jedes Mal, wenn sie darüber nachdachte, hatte sie das Gefühl zu ertrinken.

Am Ende jedoch schien das alles Zufall. Tief in ihrem Innern traute sie ihm. Und mit Tomi zusammen zu sein war so leicht. Was sie allerdings nicht losließ, war der Umstand, dass diese Leute offenbar tatsächlich alles über sie wussten. So lange schon, lange bevor sie in die Kristallburg gekommen war, hatten die sie studiert, wie eine Maus in einem Labyrinth. Wie war es gekommen, dass sie an dem Abend ins Silo gefahren war? Und mehr noch, wie war Tomi dort gelandet? Da erinnerte sie sich daran, wer ihm, wie er sagte, die Einladung gegeben hatte.

Zwölf

Er trug nur eine knappe schwarze Unterhose, als er Lee aufmachte, fuhr sich mit der Hand durchs Haar und sah verschlafen auf Lees Brust. »Wenn du gekommen bist, um deinen Scheiß zu holen, den hab ich weggeschmissen. Und wenn du was von mir zurückbringen willst«, sagte er und drückte die Tür gegen ihre Schulter, »behalt's.«

Lee drängte sich an ihm vorbei in die Wohnung. »Ist sonst noch jemand da?«

»Was zum Teufel? Es ist …«, er sah auf die Uhr, »Viertel nach drei, mitten in der Nacht. Als du das letzte Mal so rein bist bei uns, bist du einen Monat geblieben. Du kannst heute hier übernachten, wenn du mit mir schläfst, ansonsten verpiss dich.« Er ging in die Küche und kam mit einem Bier zurück, ließ sich aufs Sofa sinken, griff nach einer Zeitschrift und tat so, als wäre Lee gar nicht da. Schließlich sah er sie wieder an. »Immer noch nicht weg?«

Sie nahm sich einen Stuhl und setzte sich ihm gegenüber. Derrick war ein Fiesling, aber wie alle Fieslinge auch feige, und Lee wusste, dass es das Beste war, keine großen Umstände mit ihm zu machen. Sie holte die alte Einladung der S.A. aus der Tasche und ließ sie in seinen Schoß fallen. Derrick warf kaum einen Blick darauf.

»Wo hast du die her?«, fragte sie.

Er sah von seiner Zeitschrift auf und starrte sie ausdruckslos an. »Von dir. Du hast sie grade fallen lassen.«

»Woher hast du sie, Derrick?«

»Fick dich. Denkst du, du kannst so einfach in meine Wohnung hineinschneien und Fragen stellen? Mir vorwerfen, ich …« Er nahm die Karte und betrachtete sie, als hätte er sie noch nie gesehen. »Ich weiß nicht mal, was du mir eigentlich vorwirfst.«

»Du hast die Einladung Tomi gegeben. Du hast ihn zu dieser Party geschickt. Alles, was ich wissen will, ist, wer dahintersteckt. Wo hast du die Einladung her? Wer ist die Société Anonyme?«

»Ein Haufen französische Schwuchteln? Keine Ahnung. Ich hab keinen Schimmer, wovon du redest.«

Lee holte stumm den Revolver aus der Tasche und richtete ihn auf Derricks Brust, oder seinen Bauch – ihre Hand zitterte so sehr, dass sie es nicht sagen konnte. Übelkeit erfüllte sie, und sie wusste nicht, ob es die vertraute Morgenübelkeit oder das Gefühl war, mit einem geladenen Revolver auf jemanden zu zielen und nicht zu wissen, ob sie auch abdrücken würde.

Derrick fing an zu lachen, laut hustend zu lachen, und vielleicht war es echt, was machte das schon. Lee wurde so wütend, dass sie beinahe abgedrückt hätte. Nur, dass sie den Finger nicht mal am Abzug hatte.

»Du willst mich also erschießen?«, sagte Derrick und lachte noch immer. »Das wirst du nicht tun, aber ich bewundere deine Mädcheneier. Wie ein richtiger kleiner Gangster. Ziel besser auf was anderes, das Ding könnte losgehen.«

Lee ließ die Waffe sinken. Derrick trank sein Bier aus. Er schien Gefallen an der Sache zu finden und hielt ihr die Flasche hin. »Hol mir noch eins.«

»Ich werde dich nicht erschießen, du hast recht. Aber ich habe ein paar Ordner von deiner Festplatte kopiert. Fotos, ein paar Videos und jede Menge E-Mails. Ein paar sehr erhellende Storys, die ich leicht hochgehen lassen könnte.«

»Schwachsinn. Meine Tür ist immer abgeschlossen.«

Lee ging zu seinem Zimmer, nahm ihre Dietriche heraus

und öffnete die beiden Schlösser in weniger als einer halben Minute. Sie hatte noch nie bei ihm hineingesehen. Derricks Zimmer war so aufgeräumt und normal, dass es in ein Möbelhaus gepasst hätte. Das Bett war gemacht, der Schreibtisch leer, und all seine Kleider hingen ordentlich, nach Farben geordnet, in seinem halb offenen Schrank. Die Wände waren voller Poster und Flugblätter. Lee kehrte zu ihrem Stuhl zurück.

Derricks Augen wurden ganz schmal und gemein. Er stand auf und trat auf sie zu. »Du kleine Nutte.« Aber Lee sah, dass sie ihn geknackt hatte.

»Warum beantwortest du nicht einfach meine Frage?«

»Vergiss es. Je weniger du weißt, desto besser, glaub's mir.« Er sank zurück aufs Sofa. »Hör zu, mich hat eine Frau dafür bezahlt, die Einladungen an Kids zu verteilen. Sie sagte was von einer Einstellungskampagne.«

»Was für eine Frau?«

Er wirkte mit einem Mal wie geschrumpft, dieser magere blasse Körper in seiner schwarzen Unterhose. Lee ekelte sich vor ihm. »Wie hieß sie?«

Derrick murmelte etwas und wollte ihr dabei nicht in die Augen sehen.

»Was?«

»Ich weiß es nicht. Lange blonde Haare, jede Menge Make-up auf den Augen.«

Lee sah Esters Zahnlückenlächeln vor sich, und sie spürte, wie ihre Welt ins Wanken geriet. »Warst du in der Kristallburg?«

Zum ersten Mal wirkte Derrick ernsthaft verunsichert. »Ich weiß nicht, wovon du redest.«

»Du weißt, was da vorgeht?«

Er griff nach seiner Flasche und fummelte am Etikett herum. »Das sind alles nur Gerüchte.«

»Sind es nicht. Ich habe es selbst gesehen. Und ich wette,

du auch. Große Augen wie von verdammten aufblasbaren Puppen? Mit genauso viel Bewusstsein? Vielleicht hast du selbst ein paar von ihnen benutzt?« Lee sah, wie sich Derrick verspannte, und folgte seinem Blick zu ihrem Revolver, der, ohne dass es ihr bewusst gewesen wäre, wieder auf seine Brust zielte. »Was ist mit ihnen?«

Derrick schüttelte den Kopf.

Lee rückte näher an ihn heran. »Ein paar Klicks, und der Inhalt des Ordners wird auf 4chan hochgeladen. Muss ich dich daran erinnern, was da alles ans Licht kommt?«

Derrick sah jetzt aus, als litte er echte Schmerzen. »Ich sag dir nichts, was nicht alle in der Szene längst gehört haben.«

»Nur zu.«

»Es sind nur *Gerüchte*. Ich glaub nicht mal die Hälfte davon.«

»Wo ist die Verbindung mit der Société Anonyme?«

»Red keinen Scheiß. Das ist alles die Société Anonyme. Die Kristallburg ist nur ein Arm von ihr.«

»Wie tief steckst du mit drin?«

»Ich bin ein Niemand. Manchmal rekrutiere ich Leute für ihre Partys. So komme ich mit rein, und es gibt umsonst Drogen und so weiter.«

»Lüg mich nicht an, Derrick. Du bist näher an denen dran. Du weißt mehr, als irgendein Außenseiter wissen kann.«

»Das Ganze ist wie ein Unternehmen, mit einer Hierarchie. Ich sitze zwar nicht in der Poststelle, aber auch nicht im Aufsichtsrat.«

»Was bist du? Mittleres Management?« Fast tat er ihr leid. »Sag's mir. Sag mir alles, was du weißt.«

»Die S. A. produziert Drogen.«

»Was für Drogen?«

»Es fing an mit Partydrogen: Crystal Meth, Ecstasy,

GHB, LSD. Die Kids konnten sie im Silo kaufen und die ganze Nacht durchfeiern. Es gab sogar einen Raum, da konnten sie ihren Rausch ausschlafen, aber dann …«

Er erzählte ihr, dass die Société Anonyme eine stetige Produktion unterhielt und versucht hatte, DMT zu synthetisieren. Was schiefging. Ein paar Moleküle hätten sich anders angeordnet, und sie hatten eine neue Droge, ein synthetisches Psychotropikum, das LSD, Meskalin und alles andere auf dem Markt wie starken Kaffee aussehen ließ. Sie nannten es Thrumm, wegen des dumpfen unterirdischen Dröhnens, das der Konsument mit Einsetzen der Wirkung verspürte. Es war ein körperzentrierter, katalysierender Stoff, der einem das Gefühl gab, die ganze Welt sei Vibration, und all diese Vibration komme aus einer einzigen Quelle. Jede Trennung zwischen Körper und Geist wurde aufgehoben, und wer die Droge nahm, berichtete von stundenlangen Zuständen reiner, summender Energie.

Bei einer der ersten Chargen war es jedoch zu einem Fehler gekommen, und es gab Berichte über Kids, die ziellos durch die Stadt trieben, die Augen riesig und wie geliert, ohne jeden eigenen Willen. Mit ihren großen, starren Augen liefen sie durch die Straßen, hörten kaum auf zu lächeln und kicherten in sich hinein. Sie gingen in Restaurants und Läden, nervten Kunden und Gäste, waren im Übrigen aber harmlos. Und weil sie offen für Anweisungen waren und bereitwillig einfachen Befehlen folgten, wurden sie zu einer schnellen Beute für die örtlichen Zuhälter, die sie wie Vieh zusammentrieben und als lebende Sexpuppen anboten, die alles mit sich machen ließen.

Die S. A. produzierte beide Formen der Droge, die eine, von der der Nutzer wieder herunterkam, und die andere, die ihn zu einem quallenäugigen Zombie machte. So wurde die Kristallburg geboren. Hübsche junge Ausreißer fanden dort Unterschlupf und bekamen die schlimme Version der

Droge. Die Mädchen wurden in winzige Röcke und Baby-Doll-Blüschen gesteckt, die Jungs in hautenge Jeans und Schnallenjacken. Mit ihren übergroßen Augen und ihrer verträumten Jenseitigkeit sahen sie aus wie lebende Cartoonfiguren.

Als Derrick fertig war, sagte Lee eine Weile nichts. Sie hatte den Revolver in ihren Schoß sinken lassen. »Was weißt du über einen Mann, der sich der Priester nennt?«

»Der Priester hat die S. A. gegründet und den Laden geleitet, bis es zu einer Art Spaltung kam.«

»Wann war das?«

»Vor etwa drei Monaten.«

In der Zeit, als sie im Silo gewesen war. »Warum? Was ist da passiert?«

»Ich kann es nicht genau sagen. Da war was zwischen ihm und dem Leichenträger. Ich glaube nicht, dass der Priester wusste, was er und der Stationsvorsteher mit diesen Kids anstellten. Alle in der S. A. mussten sich für eine Seite entscheiden.«

»Der Leichenträger, ist das der Große mit dem schwarzen Anzug? Was für eine Funktion hat er?«

»Er hat die Show im Silo in der Hand, und er ist einer, mit dem du keine Schwierigkeiten haben willst. Ich hab's dir schon gesagt. Lass die Finger von der Sache. Halt dich da raus.«

»Was noch?«

»Das ist alles, ich schwöre es.«

Lee stand auf, um zu gehen, doch Derrick verstellte ihr den Weg. Sie hob den Revolver, und er hob die Hände und wich zurück. »Gib mir den Stick.«

»Was?«

»Ich hab dir gesagt, was du wissen wolltest. Das Zeug von meiner Festplatte, du musst es auf einem Stick haben. Gib ihn mir.«

Lee lachte. »Es gibt keinen Stick.«

»Unsinn.«

»Derrick, wie du gesagt hast, deine Tür war immer verschlossen. Du hast Geheimnisse da drin. Ich bin nie zu dir reingegangen, aber die Chancen standen gut …«

Derrick war sichtlich angepisst. »Was, wenn ich deinen Bluff durchschaut hätte?«

Sie lächelte. »Dann hätte ich dich wohl erschießen müssen.«

Tomi lehnte draußen an einer Laterne und wartete auf sie. Sie ignorierte ihn. Sie war zu wütend, um etwas zu sagen, schloss ihr Rad ab und fuhr los, ohne sich umzusehen. Er war direkt hinter ihr. »Lee, warte«, rief er. »Fahr wenigstens langsamer.«

Sie trat in die Pedale, ging alles durch, was seit ihrer Flucht aus der Strafanstalt geschehen war, und versuchte, sich einen Reim darauf zu machen. Wie kam es, dass die sie immer wieder fanden? Irgendwo war sie nachlässig, wobei ihr nicht klar werden wollte, wo.

Lee war wie benommen vor Müdigkeit und Wut, als sie zurück zu den Caldwells kamen, zog ihr Sweatshirt aus, lief ins Bad und übergab sich. Tomi kam herein und legte eine Hand auf ihren Rücken, aber sie schüttelte ihn ab.

»Du warst bei Derrick. Warum?«

Sie spülte sich den Mund über dem Waschbecken aus und drehte sich zu ihm um. »Hör auf, mich zu verfolgen.«

»Lee, ich war …«

»*Die* verfolgen mich. *Du* nicht. Mein Leben gehört mir. Ich kann für mich selbst sorgen.«

Tomi hob kapitulierend die Hände. »Okay, okay.« Er versuchte, ihr mit einem Handtuch den Mund trocken zu wischen, sie nahm es ihm ab und tat es selbst.

Lee ging an ihm vorbei ins Schlafzimmer, setzte sich aufs Bett und stützte den Kopf in die Hände.

»Aber was wolltest du von Derrick?«

»Er steckt bei denen mit drin. Hat mir verschiedene Dinge erzählt. Wie wir angenommen hatten, hat sich die Gruppe gespalten. Vor ein paar Monaten erst. Wenn es stimmt, heißt das, die eine Hand weiß nicht, was die andere tut. Aber beide wollen dieses Ding, *With Hidden Noise*, und so kriegen wir sie. Wir finden einen Weg, um sie gegeneinander auszuspielen. Um sie dazu zu bringen, sich von innen heraus zu zerstören.«

»Warum, Lee? Lass uns einfach verschwinden. Es gibt keinen Grund, länger hierzubleiben. Wir können uns zusammen ein neues Leben aufbauen.«

»Du weißt nicht, wie es diesen Kids geht. Du hast sie nicht gesehen.«

Tomi kam näher, und dieses Mal ließ sie ihn.

»Wenn du sie gesehen hättest, würdest du mich verstehen. Dann könntest auch du nicht so einfach davonlaufen.« Lee hielt inne und wurde mit einem Mal wieder argwöhnisch. »Tomi, du musst es mir jetzt sagen. Gibt es etwas, was du mir verschwiegen hast?«

»Du glaubst immer noch, ich gehöre zu denen, oder?«

»Ich weiß es nicht. Nicht richtig, vielleicht, aber …«

»Ich weiß nicht, was ich sagen soll, damit du mir traust. Aber wenn ich mit denen unter einer Decke stecken würde, warum wären wir dann hier? Würde ich dich dann nicht einfach ausliefern? Es tut mir leid, dass ich dir gefolgt bin. Ich will nur, dass dir nichts passiert. Ich habe dich schon einmal verloren, und das will ich nicht noch mal erleben müssen.«

Sie nahm seine Hand und ließ sich zurück aufs Bett sinken. So, ganz angezogen, schlief sie in seinen Armen ein. Seine Hand strich ihr eine salzige Strähne aus dem Gesicht.

Als Lee aufwachte, wurde es gerade hell. Tomi saß am Computer, das Gesicht vom Bildschirm erleuchtet. Seine Hand schwebte über dem Trackpad, als hätte er Angst, es zu berühren.

»Was ist?«, fragte sie.

Als er nicht antwortete, sah sie ihm über die Schulter. Er hatte eine E-Mail bekommen:

Von: rroseselavy@gmail.com
Betrifft: Warum nicht niesen?

»Tomi, was ist los?«

»Sie ist von denen.«

»Woher weißt du das?«

»Rrose Sélavy war Duchamps Alter Ego. Die Mail muss von ihnen sein.«

»Machst du sie auf?«

Sie musste Tomi am Arm packen, um ihn aus seiner Erstarrung zu lösen. Er klickte auf die Mail.

Da war kein Text, nur ein Anhang.

»Mach ihn auf.«

Tomi loggte sich aus dem Subnet aus, schaltete das WLAN des Laptops aus und prüfte die Datei mit einem Programm. »Sie scheint in Ordnung zu sein.«

»Mach sie auf.«

Tomi zögerte immer noch, und so schob Lee seine Hand zur Seite und klickte zweimal auf die Datei.

Ein einzelnes Foto erschien auf dem Bildschirm. Lee krümmte sich über dem Schreibtisch, ihr Atem ging schnell und flach, die Luft schaffte es kaum bis in ihre Lunge.

Auf dem Foto war Derrick zu sehen, voll angezogen in der Badewanne, und über dem rechten Auge fehlte ein großer Teil seines Kopfes. Blut und Hirn klebten auf den Kacheln hinter ihm.

Tomi beugte sich über sie, um ihr zum Bett zu helfen. »Atme da rein«, sagte er, fischte eine Plastiktüte aus dem Papierkorb und hielt sie ihr vors Gesicht.

Doch stattdessen zerknüllte sie sie und konnte den Blick nicht von dem Foto wenden.

»Das ist gefälscht«, sagte Tomi. »Derrick will sich nur an uns rächen.«

Lee wischte sich über den Mund und beugte sich weiter vor.

»Sieh dir das an.« Tomi zeigte auf das Bild. »So viel Blut, wie in einem Zombiefilm. Das ist so unecht.«

Dann sah sie ihn in Derricks Hand: Zwischen zwei Fingern klemmte er wie eine Zigarette, der kleine weiße Schwangerschaftstest.

»Was ist?«, fragte Tomi.

»Ich muss da noch mal hin.«

»Was?«

»Also … Ich muss da noch mal hin.«

»Was ist das?« Tomi zoomte auf das kleine Objekt, aber Lee stieß seine Hand zur Seite und schloss den Bildschirm.

»Egal, was es ist. Wenn die Polizei es findet, führen sie es auf mich zurück.«

Tomi stimmte zu, draußen Wache zu stehen, während Lee in die Wohnung ging und tat, was sie zu tun hatte. Es war eindeutig eine Falle, aber hatte sie eine Wahl? Tomi hatte recht, Derricks Tod war wahrscheinlich nur vorgetäuscht. Das Ziel von diesen Leuten war jedoch klar, und wenn sie einen Austausch wollten, *With Hidden Noise* gegen den Schwangerschaftstest, dann nahm Lee das Angebot an. Die Tür war unverschlossen, und das Erste, was ihr auffiel, war die Stille. Hier war es nie so still gewesen. Auch in keinem der verlassenen Gebäude, in denen Tomi und sie je gewesen waren, hatte eine solche Stille geherrscht.

Auf ihrem Weg ins Bad sah sie etwas, was ebenfalls neu war: Derricks Tür stand offen, wenn auch nur einen Spaltbreit. Sie blieb davor stehen, lauschte und flüsterte: »Derrick?« Keine Antwort. Sie drückte die Tür auf.

Diesmal sah sie die Poster, Flugblätter und Programme an den Wänden etwas genauer an. Das alles stammte von der Société Anonyme. Es war das Zimmer eines in eine Band verknallten Teenagers. Sie ging zum Bad hinüber.

Das Foto hatte sie kaum auf die Wirklichkeit vorbereitet: Derricks Körper zusammengesackt in der Wanne, Blut und Hirn in Schlieren auf den Kacheln hinter ihm. Seine Augen standen offen, nur waren es keine Augen mehr. Sie waren blind, von einem grauen Film überzogen. Lee schloss den Duschvorhang und riss ihn dann fast herunter, als sie ihn und alles andere, was sie angefasst hatte, verzweifelt mit dem Ärmel ihrer Kapuzenjacke abzuwischen versuchte. Vor ein paar Stunden erst hatte sie mit einem Revolver auf dieses Gesicht gezielt. Lee erinnerte sich daran, wie es sich angefühlt hatte, den Abzug drücken zu wollen. Ihr Magen krampfte sich schmerzhaft zusammen. Es war, als hätte sie wirklich abgedrückt – Derrick war wegen ihr tot.

Sie hielt den Atem an und öffnete den Vorhang noch einmal. Das kleine Plastikteil klemmte tatsächlich zwischen seinen Fingern. Sie drückte eine Hand vor den Mund und tat ihr Bestes, sich nicht zu übergeben. Das Letzte, was sie brauchte, war, hier noch mehr DNA zu hinterlassen.

Sie fasste das Ding mit spitzen Fingern und löste es aus seiner Hand, als sie hinter sich Schritte hörte. Lee klappte vor und wäre beinahe auf Derricks Leiche gestürzt, aber jemand fasste und hielt sie. Sie hörte Tomis Stimme: »Lee …«

Lee stopfte den Test in ihre Tasche und drängte an ihm vorbei. Sie nahm immer drei Stufen auf einmal und fühlte sich, als würde sie jeden Moment unter dem Druck zusammensacken, angewidert von sich selbst. Was hatte sie getan? Derrick war ein Mistkerl, aber das hatte er nicht verdient. Sie wünschte sich tief in ein dunkles, verlassenes Gebäude und wollte allein sein, für immer und ewig allein.

Draußen auf dem Bürgersteig nahm ihr das helle Nachmittagslicht die letzte Kraft. Tomi war direkt hinter ihr. »Lee … warte.«

Gegen ihren Willen wurde sie langsamer, blieb stehen, drehte sich aber nicht um. Er kam zu ihr.

»*Die* haben das mit ihm gemacht«, sagte sie.

»Ich weiß.«

Ihr war schwindelig. Derrick war tatsächlich tot. Sie wusste nicht, was sie empfinden sollte, spürte nur, dass ihr Körper nun wirklich seinen Dienst einstellen wollte. Es kostete sie große Mühe, nicht einfach auf dem Bürgersteig zusammenzubrechen. »O Gott, ich glaube, ich muss mich wieder übergeben.«

»Komm, wir laufen es uns von der Seele.«

»Wie bitte? Hast du ihn gesehen?«

Tomi senkte den Blick.

»Wir haben uns nie gemocht, aber ich hätte nie … Er war dein Freund.«

»Komm, wir müssen weg. Vielleicht sind sie noch hier.« Sie gingen los. Lee zog sich die Kapuze noch tiefer ins Gesicht und hielt den Kopf gesenkt. Tomi sah sich immer wieder um.

Derrick war tot, und sie lebte. War das fair? Offenbar hatte er in der Sache mit dringesteckt, doch um *ihn* war es nicht gegangen. Um Lee selbst dagegen schon. Derrick war nichts als ein … Kollateralschaden. Lee fragte sich, ob seine Ermordung eine Nachricht an sie sein sollte. Sie verstand nicht, wie sich die Dinge so hatten zuspitzen können.

»Wie haben sie ihn überhaupt in die Wanne gekriegt?«, fragte sie. »Glaubst du, er wusste, was passieren würde? Hast du ihn gesehen? Seine Augen …«

»Ich habe ihn gesehen.«

»Es ist meine Schuld.«

»Nein.«

»Wessen denn?«

»Derrick hatte mit diesen Leuten zu tun, und er muss gewusst haben, wozu sie fähig sind.«

»Ich wusste nicht, dass sie zu *so etwas* fähig sind.«

»Warum haben sie ihn umgebracht?«, fragte Tomi.

»Um uns aus der Deckung zu locken.« Sie blieb stehen und sah die Straße hinauf und hinunter. Aber da war nur ein Pärchen mit einem Kinderwagen und, weiter unten, ein Mann mit seinem Hund. »Sie müssen uns verloren haben, aber jetzt haben sie uns wieder.« Lee wartete, bis das Pärchen außer Hörweite war. »Wie viel Geld hast du?«

»Jetzt bei mir?«

»Nein, überhaupt. Ich kann sechshundert Dollar besorgen.«

»Wofür?«

»Lass uns von hier verschwinden. Weg aus dieser Stadt.«

»Und wohin?«

»Irgendwohin. Egal.«

»Okay. Ja. Endlich.«

»Echt?«

»Ja, echt.«

»Heute Nacht?«

»Heute Nacht.«

»Wir nehmen einen Greyhound.«

»Lee …«

»Den nächstbesten Bus.«

»Lee! Ich habe gesehen, wie du Derrick was aus der Hand genommen hast. Was war das?«

»Nichts.«

»Ein Schwangerschaftstest.«

Lee wandte den Blick ab.

Tomis Verwirrung stand ihm ins Gesicht geschrieben. »Ist es von ihm?«

Lee steuerte jetzt auf ihre Fahrräder zu. Er fasste ihren Arm und drehte sie zu sich um, erstarrte dann aber und wich einen Schritt zurück. Lee konnte sich nur vorstellen, wie sie ihn ansah.

»Im wievielten Monat bist du?« Die Nachricht hatte Tomi getroffen. Sie sah, wie er versuchte, es zu schlucken. »Es ist mir egal, ob es von ihm ist. Wir tun, was immer du willst. Ich stehe zu dir.«

Den Blick zu Boden gerichtet, rammte sie die Hände in die Taschen. »Es sind jetzt zwölfeinhalb Wochen.«

Lee wartete, dass er zurückrechnete, und sah, wie die Information langsam in sein Bewusstsein sickerte. »Es ist von mir? Es ist von mir, stimmt's?«

Sie wandte sich um und schloss die Fahrräder ab. Lee fuhr los, wohin, war ihr egal. Er war direkt hinter ihr und rief ihr ins Ohr: »Wir ziehen sie auf dem Land auf und zeigen ihr, wie man jagt und Gemüse anbaut! Und ich bringe ihr bei, wie man Computer hackt, noch bevor sie zu sprechen anfängt. Warum ich glaube, dass es ein Mädchen wird? Es macht nichts, wir kriegen noch eins, sie kann einen kleinen Bruder haben, um den sie sich kümmert. Was hältst du von New Hampshire? New Hampshire fand ich schon immer gut …«

Lee bremste so plötzlich ab, dass Tomi umdrehen und zu ihr zurückfahren musste. »Sie werden groß und stark wie Grizzlybären«, rief er.

»Ich behalte es nicht.«

Tomi stieg abrupt ab und stolperte zum Bordstein. Sein Rad blieb mitten auf der Straße liegen, ein Auto hupte. Lee trat zu ihm. »Komm«, sagte sie. »Wir müssen weiter. Vielleicht folgen sie uns immer noch.«

»Ist mir egal.«

Tomi hatte sich auf den Bordstein gehockt, und Lee setzte sich neben ihn. »Genau deswegen wollte ich es dir nicht verraten.«

»Du willst sie umbringen?«

»Das habe ich nicht gesagt.«

»Doch, gerade.«

»Ich weiß es nicht.«

»Aber vielleicht tust du es. Vielleicht bringst du sie um.«

»Ja.«

»Darf ich mal fühlen?«

»Was?«

»Bevor du dich entscheidest. Darf ich mal fühlen?«

Lee zog den Reißverschluss ihrer Kapuzenjacke auf, hob das T-Shirt und lehnte sich zurück. Sie sah zum Himmel hinauf. Tomis Hand legte sich kühl auf ihren Bauch. Es fühlte sich gut an. »Ich kann das nicht«, sagte sie, zog das Shirt wieder herunter und stieß seine Hand weg.

»Was?«

»Ich nehm dich da nicht mit rein.« Lee lief zu ihrem Rad und fuhr weiter, ohne sich nach ihm umzusehen.

Als sie bei den Caldwells ankamen, fing Tomi sofort an zu packen. Sie wussten beide, dass sie nicht länger bleiben konnten. Lee hatte nur ihre kleine Tasche und war sofort aufbruchbereit.

»Was jetzt?«, fragte Tomi.

Lee begriff langsam, wie ernst diese Sache tatsächlich war und wie tief sie beide in ihr drinsteckten. Thrumm-Kids zu retten, jetzt oder in Zukunft, das war nur ein Hirngespinst gewesen. »Nenne sechs Städte«, sagte sie. »Irgendwo. Irgendwelche Orte, wo dich keiner kennt.«

»San Francisco. Portland. Detroit. New Orleans.« Er hielt inne. »Machen wir das wirklich?«

»Chicago«, fügte sie hinzu, schrieb die Namen auf und nummerierte sie. »Albuquerque.« Fast hätte sie den letzten wieder gestrichen. Schließlich wussten sie, dass ihr Vater dort lebte. Aber wenn es das Schicksal wollte, dass sie dorthin gingen ... Sie nahm die kleine blaue Flasche, die sie an der Kette um ihren Hals getragen hatte, schüttelte sie und starrte auf den Würfel in ihr. Sah auf ihren Zettel. Tomi und sie würden nach Detroit fahren.

»In Ordnung«, sagte er. »Da gibt es gute Urbex-Leute. Gehen wir zum Bahnhof?«

Lee öffnete Tomis Laptop und suchte nach den Abfahrtszeiten nach Detroit. Sie sah auf die Uhr. »Der nächste Bus fährt in einer Stunde, den schaffen wir nie. Aber morgen Mittag fährt wieder einer, um zwölf. Das passt.«

Sie gingen zusammen los, trennten sich dann jedoch und verabredeten sich in zwei Stunden in einem Café in der Stadt. Tomi wollte mit ihr kommen, aber Lee wusste, wenn ihr jemand folgte, würde sie ihn allein leichter abhängen können. Den ganzen Weg über versicherte sie sich, dass niemand hinter ihr war, fuhr durch mehrere Parks und sogar über die Terrasse eines Restaurants, um wirklich alle Autos abzuschütteln, die hinter ihr her sein mochten.

Mr Velasquez schien nicht überrascht, als Lee vor seiner Tür stand. Obwohl sie im Grunde nie viel aus seiner Miene herauszulesen vermocht hatte. Sie glaubte, ein kleines, dunkles Gesicht hinter der Küchengardine zu ihr herausspähen zu sehen. Er bat sie nicht herein, sondern ging ohne ein Wort zu seinem Laden. Draußen war es kalt, aber Lee war schweißnass und keuchte. Die Fahrt hatte sie ihre letzte Kraft gekostet. Sie musste fürchterlich aussehen, doch Mr Velasquez verlor kein Wort darüber.

Er fragte sie nicht, wo sie gewesen war. Schon seit Wochen hatte sie sich nicht mehr blicken lassen. In seinem Laden angekommen, schloss er die Tür und sah sie an.

»Ich brauche mein Geld«, sagte sie.

»Hast du Schwierigkeiten?«

»Nichts Schlimmes.«

Er sah sie lange an, griff schließlich unter den Tresen, holte den Umschlag mit dem Geld hervor und gab ihn ihr. Sie stopfte ihn in die Tasche.

»Es gibt da noch etwas«, sagte sie. Sie zog das in ein altes Geschirrtuch gewickelte Readymade aus ihrer Tasche. »Sie müssen etwas für mich aufbewahren.«

»Was ist das?«

Lee wickelte es auf seinem Tresen aus, und Mr Velasquez stand da und starrte das Kunstwerk an, als wollte er es nicht anrühren. Im düsteren Licht der Garage sah es älter aus, als es war. Wie eine Grabbeigabe.

»Nur bis ich was geklärt habe.«

»Das könnte auch eine der Schrottskulpturen sein, die mein Cousin Marco aus Müll von der Straße bastelt. Und der ist nicht ganz richtig im Kopf.« Mr Velasquez packte das Ding vorsichtig wieder ein. »Ich nehme an, es ist einiges wert?«

»Ich denke, ja«, sagte Lee und wandte sich zum Gehen.

»Warte«, sagte er.

Lee drehte sich um und sah, dass er ihr etwas geben wollte. Es war das Feuerzeug, das sie zu Anfang ihrer Lehrzeit angeschleppt hatte. Er hatte es gereinigt und in eine Seite in ausladender gotischer Schrift »LADRONCITA« graviert, darunter in kleinen Blockbuchstaben: »VON VV«. Kühl schimmernd lag das Feuerzeug in ihrer Hand. Lee ließ es aufspringen, und die kleine orangefarbene Flamme wärmte ihr die Finger. Vom Geruch des Feuersteins und des Benzins wurde ihr ein wenig schwindelig.

Dreizehn

Das Schild des Heart-O'-Philly-Hotels hatte ein rotes Neonherz anstelle des »O«s. Tomi bestand auf dem besten Zimmer, was den Angestellten zu amüsieren schien. Bereitwillig stellte er ihnen weitere zwanzig Dollar in Rechnung. Lee nahm an, dass die Zimmer alle gleich aussahen, doch sie sagte nichts. Seit sie das Café verlassen hatten, war Tomi ungeheuer besorgt um sie, versuchte, sie vor Autos zu schützen, die noch eine ganze Straße entfernt waren, und trug ihre beiden Taschen in einer Hand, um den anderen Arm um Lees Schultern zu legen.

Lee mochte diese Seite an ihm, die so bestimmt, aber doch süß war. Als der Hotelangestellte fragte, ob sie ein Zimmer mit einem Doppelbett oder zwei Einzelbetten wollten, sah er zunächst sie, dann den Mann an und sagte: »Mit einem Doppelbett.« Lee nahm den Schlüssel, ging voran und überließ es Tomi, sich um den Rest kümmern. Sie fühlte sich nicht besonders sicher in einem Hotel und hatte gemeint, es sei besser, sie schliefen in einem verlassenen Gebäude, aber er hatte darauf bestanden.

Das Zimmer war klein und durchaus sauber, hatte ein großes Bett und einen Fernseher. Lee schloss die Vorhänge, zog sich aus und ging unter die Dusche. Dort blieb sie lange Zeit und schrubbte sich den Schrecken von Derricks Bad von der Haut. Das Wasser sammelte sich zu ihren Füßen und verschwand gurgelnd im Abfluss. Immer wieder flackerte das Bild seiner Leiche in ihrem Kopf auf, und sie musste direkt ins Licht sehen, damit es verschwand. Als sie zurück ins Zimmer kam, fühlte sie sich wieder etwas menschlicher.

Tomi saß im Schneidersitz auf dem Bett und hatte seinen Laptop offen vor sich stehen. Neben ihm lag die Zeichnung eines Schachbretts, auf dem nur noch ein paar Figuren übrig waren.

»Was machst du da?«

Er sah nicht auf. »Ich spiele etwas mit deiner Idee herum. Das hier habe ich zwischen den Papieren im Raum unter dem Museum gefunden. Es ist die Kopie einer Ankündigung, die Duchamp für eine Ausstellung im Jahr 1943 verfasst hat. Er hat ihr dieses Schachproblem beigefügt, auf durchscheinendem Karton: die Ausstellungsankündigung auf der einen, das Problem auf der anderen Seite.«

Tomi hielt das Blatt in die Höhe, aber Lee spielte kein Schach, und so sagten ihr die Figuren kaum etwas. Unter dem Brett stand: »Weiß zieht und gewinnt.«

»Du versuchst, es zu lösen?«, fragte sie. »Ich dachte, wir lassen das alles hinter uns.«

»Ich kann nicht anders. Wobei ich es nicht wirklich lösen will. Das haben schon viele Schachspieler probiert, auch Großmeister. Einer hat sogar ein Computerprogramm dafür entwickelt, und alle sagen, es gibt keine Lösung.«

»Was machst du dann?«

Tomi drehte das Papier um und zeigte ihr die Skizze eines kleinen Cupido, eines Amors, der auf dem Kopf stand und offenbar in die Tiefe stürzte, aber mitten im Fall seinen Bogen spannte. »Man muss es gegen das Licht halten.« Er hielt das Blatt vor die Lampe, sodass der Schatten des kleinen Amors auf das Brett fiel. »Er richtet seinen Pfeil direkt auf diesen Bauern.«

»Das ist also die Lösung? Der Bauer?«

»So weit waren andere auch schon, nur lässt sich mit ihm das Spiel nicht gewinnen. Aber ich habe eine andere Idee.«

»Die da wäre?«

Tomi ließ das Blatt zurück aufs Bett fallen. »Duchamps gesamtes Leben gleicht einem Gitterwerk aus Verbindungen. Jede seiner Arbeiten bezieht sich auf frühere, nimmt sie in sich auf und verweist wieder und wieder darauf.«

»Und da drin gibt es einen Verweis?«

»Vielleicht. Etwas, das du über das *Große Glas* gesagt hast, hat mich nachdenklich gemacht. Was, wenn es gar kein Schachproblem ist. Was, wenn es sich eher um eine … eine Karte handelt.«

»Oder man es über eine Karte halten müsste«, sagte sie und verstand, worauf er hinauswollte. »Dann zeigt es vielleicht auf etwas. Aber worüber sollen wir es halten?«

Tomi schüttelte den Kopf. »Ich wünschte, ich wüsste es.«

Lee legte sich aufs Bett, das Badetuch immer noch um sich gewickelt. »Am Ende ist auch das egal«, sagte sie. »Morgen um diese Zeit sitzen wir im Bus nach Detroit und lassen alles hinter uns.« Sie stellte den Fernseher an, um nicht an das Mädchen oben in der Kristallburg denken zu müssen.

Sie wusste nicht, wie lange sie geschlafen hatte, als die Tür klickte und ins Schloss fiel. Tomi holte eine Schachtel Chow-mein-Nudeln und einen Liter Cola aus einer Tasche, stellte beides auf den kleinen Tisch und verschwand im Bad. Lee hörte, wie er die Dusche anstellte. Sie wartete nicht, nahm einen Schluck aus der Flasche, griff nach den Stäbchen und schaufelte sich heiße Nudeln in den Mund.

Als Tomi aus der Dusche kam, war sie fast schon wieder eingeschlafen. Er stieg ins Bett zu ihr, immer noch nass. Lee hatte sich von Tomi nie wirklich körperlich angezogen gefühlt. Sie war gern mit ihm zusammen, brauchte ihn sogar, aber er war an den falschen Stellen behaart und fast so klein wie sie selbst. Seine Augen wirkten naiv und nervös, und seine Nase sah aus, als gehörte sie in ein anderes Gesicht. In jener ersten Nacht im Museum hatte es sie zu ihm hingezogen, dann aber nicht mehr. Lee spürte seinen Atem in ihrem Nacken und drehte sich zu ihm um. Ohne seine Brille und im vagen Licht des Zimmers sah er durchaus gut aus. Seine nicht durch die Brillengläser vergrößerten Augen wirkten intelligent und lieb, und offenbar zog er die Mundwinkel herunter, um nicht zu grinsen. Ohne die Brille schien auch die Nase in Ordnung. Tomi hatte im letzten Monat ein paar Kilo abgenommen, Lee sah es an den Wangenknochen und dem Spalt in seinem Kinn. Aber vor allem sah sie in seinen Augen, wie sehr er sie liebte. Sein Atem traf auf ihren Mund, und sie zog ihn an sich und küsste ihn.

Es war anders als im Museum. Diesmal tasteten sie sich langsam und zärtlich vor. Lee war nicht sicher, ob sie Tomi liebte, aber zum ersten Mal dachte sie, dass sie es vielleicht könnte. Hinterher setzte er sich im Bett auf, aß die restlichen Nudeln und erzählte ihr eine Geschichte aus seiner Kindheit, die er, wie er sagte, sonst noch nie jemandem erzählt hatte: Während seine Freunde auf der Straße Fußball gespielt hätten, hätte er in der Bibliothek gesessen und Bücher gelesen. Nicht, weil er ein besonders lernbegieriges Kind gewesen wäre, sondern weil er in die Bibliothekarin verknallt gewesen sei. Sie war groß, blond und ernst und sah aus wie Nico von Velvet Underground. Und sie war mindestens zehn, zwölf Jahre älter als er. Tomi saß in der Nähe der Buchausgabe und las eine kunstwissenschaftliche Abhandlung nach der anderen, nur weil er herausgefunden hatte, dass sie sich dafür interessierte. Aber irgendwie wandte sich sein Augenmerk im Verlauf eines Jahres immer stärker dem zu, was er da las, weg von ihr, und so kam er zu dem Entschluss, selbst Künstler zu werden …

Tomi erzählte Lee gerade, wie er mit dreizehn nach Amerika gekommen war und Zeitungen ausgetragen hatte, um sich seine Malutensilien leisten zu können, als sich sein offener Laptop meldete. Er wollte ihn ausstellen, sah aber kurz auf den Bildschirm und hielt inne.

»Eine E-Mail«, sagte er. »Wieder von denen.«

»Mach sie auf.«

Tomi klappte den Laptop zu. »Nein. Wir bleiben bei unserem Plan. Ganz egal, was passiert.«

Lee nahm ihm den Laptop ab. Die E-Mail kam von derselben Adresse wie die letzte: rroseselavy@gmail.com. Lee öffnete sie.

Es gab wieder nur einen Anhang, keinen Text. Als sie darauf klickte, war sofort das Video zu sehen: Lee in Derricks Bad, seine Leiche in der Wanne.

Lee sah, wie sie sich vorbeugte und ihm vorsichtig den kleinen weißen Streifen abnahm. Sie sah, wie Tomi hinter sie trat, sie den Streifen in die Tasche steckte und aus dem Raum floh. Das Video war nicht mehr als zehn Sekunden lang, lief aber in einer Endlosschleife, wieder und wieder.

Lee wurde schwindelig. Doch da kam noch eine E-Mail. Diesmal öffnete Tomi sie. Eine einzige Zeile Text: »Schluss mit der Spielerei. Wo ist es?«

Tomi war wie erstarrt. Lee schob sich vor und schrieb: »Fuck you.«

Fast sofort folgte die Antwort: »Treffen wir uns und beenden es. Sonst geht das Video an die Polizei.«

Sie schrieb: »Wo und wann?«

»Im alten Aquarium. In zwei Stunden.«

Es war kurz nach Mitternacht, als sie mit dem Fahrrad von Mrs Caldwell durch die Straßen fuhr, durch Schatten und gelbe Lichtlachen. Sie würde das blöde Ding holen, und dann sollte es haben, wer auch immer es so unbedingt wollte. Und Schluss. Dann würde sie sich mit Tomi eine Zukunft suchen, irgendwo in einer seiner unmöglichen Fantasien. Vielleicht konnten sie sich ja wirklich etwas aufbauen, vielleicht reichte die Kraft seines Glaubens, um sie beide durchzubringen. Und vielleicht sah sie eines Tages nicht mehr das Mädchen oben in der Kristallburg vor sich, sobald sie die Augen schloss.

Lee begriff schon eine Straße vorher, dass etwas nicht stimmte. Die roten und blauen Lichter eines Polizeiwagens zuckten über Mr Velasquez' drei Kinder – das kleine Mädchen starrte ins Nichts, die beiden Jungen hatten die Gesichter in den Beinen ihrer Mutter vergraben, deren Wangen tränennass waren, während sie mit einem Polizisten redete.

Lee duckte sich und schob ihr Fahrrad langsam die Gasse hinunter, vorbei an den Leuten, die sich um das gelbe Band drängten. Jemand murmelte etwas auf Spanisch. Sie erhaschte einen Blick unter dem tätowierten Arm eines Mannes hindurch. Der Körper lag unter einer Plane. Lee erkannte Mr Velasquez' Schuhe, die unter ihr hervorragten.

Viel zu lange stand sie so da und konnte sich nicht rühren. Derrick hatte mit denen unter einer Decke gesteckt, aber Mr Velasquez hatte nichts mit ihnen zu tun gehabt. Er hatte nur etwas aufbewahrt, das sie wollten, und musste sich geweigert haben, es ihnen zu geben. Der Satz »Es tut mir so leid« kam auf ihre Lippen und wollte sie nicht mehr verlassen. Wieder und wieder murmelte sie ihn. Ein Mann neben ihr sah kurz zu ihr hin, bevor er seine Aufmerksamkeit wieder der Szene hinter dem Absperrband zuwandte. Lee konnte nicht aufhören, diese fünf Worte zu wiederholen. Sie schob ihr Fahrrad ans andere Ende der Gasse. Alles, ihre ganze Welt, kam ihr so unwirklich vor. Nicht wie ein Traum, sondern unwirklich. Als könnte nichts von alledem wahr sein. Er lag einfach da, vor seinem eigenen Laden. Er war so gut zu ihr gewesen. Ohne jeden Grund war er gut zu ihr gewesen, und sie hatte es ihm auf diese Weise gedankt. Ihr wurde bewusst, dass sie den Satz immer noch wiederholte, und sie zwang sich, damit aufzuhören, sagte sich, atme ganz ruhig, mach das Atmen zu deinem Satz, bis sie unkontrollierbar zu schluchzen begann und nichts mehr um sich herum wahrnahm. Sie fiel ins Bodenlose.

Als sie wieder zu sich kam, lag sie zwischen tausend kleinen Scherben einer Autoscheibe. Ihre Wange drückte so fest darauf, dass einige daran kleben blieben, als sie sich aufrichtete. Das Absperrband war noch da, die Gasse aber sonst leer. An der Ecke sah sie die Rücklichter des Streifenwagens. Seine Leiche hatten sie mitgenommen. Die Tür zu Mr Velasquez' Lager war ganz nah. Sie stand offen. Lee schob sich hinein und zog sie hinter sich zu, wartete im Dunkeln und lauschte, bevor sie das Licht einschaltete.

Jemand hatte den Raum verwüstet. Überall auf dem Boden lagen Dosen und Schachteln, ihr Inhalt rundherum verstreut. Geräte waren zerschlagen, und selbst die Wände hatten sie aufgerissen. Der stählerne Safe neben dem kleinen Kühlschrank war aufgebrochen, die Tür offen. Vielleicht hatten sie es also gefunden. Aber das war nicht seine Art. Mr Velasquez hätte etwas wirklich Wertvolles niemals in den Safe gelegt. Und wenn sie es gefunden hatten, warum dann diese E-Mail? Das Video mussten sie nach der Sache hier geschickt haben. Sie hatten nicht gefunden, wonach sie suchten.

Lee trat durch die Trümmer und hielt Ausschau nach etwas, das sie womöglich übersehen hatten, ging selbst noch einmal durch die Dosen und Schachteln und wusste, es konnte überall sein. Mr Velasquez hatte es nicht notwendigerweise hier versteckt … Da kam ihr ein Gedanke: In ihrer freien Zeit hier im Lager hatte sie versucht, den alten Fernseher einzuschalten, doch er funktionierte nicht. Dabei war Mr Velasquez so genau und so organisiert. Es passte nicht zu ihm, etwas kaputt in seinem Lager stehen zu lassen. Sie suchte in dem Chaos nach einem Schraubenzieher, wurde fündig und löste die acht Schrauben der hinteren Abdeckung. Hinter der Röhre war alles ausgeräumt. Nur dieses faustgroße Objekt lag da, noch immer in seinen Lumpen gewickelt.

Lee raste durch die Straßen, achtete nicht weiter auf Ampeln, umkurvte Lieferwagen und wäre fast in eine Gruppe Männer hineingefahren, die aus einer Kneipe torkelten, sie eine Lesbenschwuchtel nannten und riefen, ein echter Kerl werde sie schon wieder auf den rechten Weg ficken. Sie trat erst recht in die Pedale. Tomi wartete genau dort, wo sie es ihm gesagt hatte. Sie drückte ihn so fest an sich, dass sein Rückgrat knackte.

Das kleine Motorboot lag da, wo es immer lag, am Anleger vertäut. Lee hielt die Bordwand, während Tomi einstieg und um ein Haar auf die Bank gefallen wäre. Er packte die Seiten und fand sein Gleichgewicht wieder. Lee band das Tau los, sprang ins Boot und griff nach den Rudern. Sie stieß sich ab und ruderte los. Um diese Zeit den Motor anzulassen hätte bedeutet, womöglich ungewollt Aufmerksamkeit auf sich zu ziehen. Auf der Westseite von Petty Island brannte kein einziges Licht, und so musste sie sich an der Silhouette des Gebäudes am Landungssteg orientieren, die sich schwach vorm Licht der Stadt abzeichnete.

»Halt die Augen offen, ob was den Fluss runterkommt«, sagte sie zu Tomi. »Hier fahren immer noch Frachtschiffe, und die sehen uns nicht.«

»Ich tu so, als wären wir auf dem See bei unserem Haus, draußen auf dem Land. Nur du und ich und unsere Tochter, und wir fahren mit ihr zu einem Picknick auf eine kleine Insel. Da gibt es einen Apfelhain, und eine Quelle.« Tomis Stimme klang ganz hohl, als wäre er tatsächlich woanders.

Lee wollte ihm sagen, er solle aufhören, aber sie wusste,

es war seine Art, mit der Situation fertigzuwerden. Während er redete, ließ sie den Blick über das stille, ölig dunkle Wasser gleiten und sah ihre kleinen Heckwellen in der Finsternis verschwinden. Es gab kein Haus draußen auf dem Land, keine Farm, keinen See und auch keine Insel zum Picknicken. Aber vielleicht fanden sie ja trotzdem einen gemeinsamen Weg.

»Wir sind da.« Lee wendete und entdeckte eine Stelle, wo sie das Boot an einer aus der Betonwand des Anlegers ragenden eisernen Leitersprosse festmachen konnten. Sie leuchtete mit ihrer Taschenlampe nach links und nach rechts, doch sonst war kein Boot zu sehen. Vielleicht waren sie ja noch nicht hier. Vielleicht kamen sie aber auch von der anderen Seite. Lee hielt das Boot stabil, während Tomi auf die Leiter stieg.

Oben auf dem Anleger angelangt, konnten sie die Lichter der Raffinerie am nördlichen Ende der Insel sehen. Im Osten, wo sie hinmussten, war es dunkel, nur drüben in New Jersey brannten Lichter. Sie liefen durch den ausgetrockneten Sumpf und das kleine Wäldchen, und schon kam die Silhouette des Blizzards in den Blick. Die alte Achterbahn wirkte wie das Skelett eines toten Dinosauriers.

Lee führte sie um ein Gelände, auf dem die Raffinerie jahrelang illegal riesige alte Reifen entsorgt hatte, hin zur Vorderseite des Aquariums und zu der Rampe, über die sie hinter das Gebäude gelangten. Sie krochen durch die Öffnung unter der Tür des Ladedocks, Lee ging voran durch die Büros, den Flur und schließlich ins Aquarium selbst.

Dort schaltete sie ihre Lampe aus, und Tomi tat es ihr gleich. Sie lauschten. Für gewöhnlich konnte sie sagen, wenn da in einem leeren Raum noch jemand war. Im Moment aber spürte Lee nichts, und so schaltete sie ihre Lampe wieder ein und lief am leeren Alligatorengehege, der Kasse, den Aquarien und Dioramen vorbei.

Im Raum des Paläolithikums betrachtete Tomi stumm, wie man sich in den Sechzigern die Wohn- und Lebensweise der Steinzeitmenschen vorgestellt hatte. Puppen gab es keine, die musste jemand schon vor langer Zeit mitgenommen haben. Es war nur noch die grobe Struktur geblieben: ein Bett mit Decken aus Tierhäuten, eine Feuerstelle, ein paar einfache Schneidewerkzeuge.

Lee legte eine Hand auf Tomis Schulter und machte die Taschenlampe ein zweites Mal aus. Sie setzten sich auf das Bett, verhielten sich so ruhig wie nur möglich und lauschten in die Dunkelheit. Lee roch Sandelholz und wusste, sie waren nicht allein. Auf der anderen Seite des Raumes wurde zischend ein Streichholz angerissen, und die kleine Flamme entzündete den Docht einer alten Petroleumlampe, die ein Mann in der Hand hielt. »Kommen wir zur Sache«, sagte er.

Die Lampe warf einen orangefarbenen Schimmer auf sein Gesicht, die dunklen Augen und das dichte, zurückgekämmte Haar. Er trug denselben Anzug wie im Silo, als er ihr das weiße Kleid herausgesucht hatte. Der Mann näherte sich ihnen mit langsamen, bedachten Schritten und blieb dann stehen. »Es ist schön, dich wiederzusehen, kleine Braut.«

Bevor Lee ihn aufhalten konnte, stellte sich Tomi vor sie und zog etwas aus der Jacke. Sie dachte, es sei eine zweite Taschenlampe, bis sie den dunklen Umriss in seiner Hand sah. Das hatten sie nicht geplant – sie wollten denen doch nur Duchamps Bindfadenknäuel geben und die Sache damit beenden. Lee hatte nicht gemerkt, dass er den Revolver aus ihrer Tasche genommen hatte. Jetzt griff Tomi hinter sich und hielt Lee, wo sie war.

»Wir wollen nur Duchamps Arbeit«, sagte der Mann. »Dann müssen wir uns nie wieder sehen.«

»Woher soll ich wissen, dass Sie das Video nicht trotzdem der Polizei übergeben?«, fragte Lee.

»Du hast mein Wort.«

»Was soll ich damit anfangen?«

»Wir machen keine Deals mit der Polizei. Du kannst dir sicher vorstellen, dass es nur unnötige Komplikationen heraufbeschwören würde, es ihnen zuzuspielen. Es ist unser letztes Mittel. Wir wollen nur das Objekt. Auch du bist uns nicht mehr wichtig. Du bist ganz offenbar nicht die, für die wir dich gehalten haben. Also, habt ihr es dabei?«

Der Mann hatte den Revolver noch nicht gesehen. Tomi hielt ihn unten hinter seinem Bein. »Das haben wir«, sagte er.

»Kann ich es sehen?«

Lee griff in ihre Tasche und holte das Ding heraus. Was auch immer in dem Knäuel war, klapperte, als sie es vor sich hinhielt. Mit der anderen Hand umklammerte sie Tomis Arm, den mit dem Revolver. Sie versuchte, in seine Gedanken zu dringen: *Überlass es ihm. Sei nicht dumm.*

Als der Schein der Lampe das Objekt fand, entspannte sich die Miene des Mannes, und er ließ einen leisen Seufzer hören. Lee sah, wie er die Augen schloss. Doch Tomis Hand mit der Waffe hob sich. Er würde ihn erschießen, daran hatte Lee keinen Zweifel. Sie hörte ein Ploppen hinter einem gelben Lichtblitz und spürte, wie Tomis Körper nach hinten sackte. Sein Atem stockte, und er hustete dreimal, als hätte er sich verschluckt.

Lee hatte Schwierigkeiten zu verstehen, was sie sah. Die Waffe, auf die sie blickte, war nicht Tomis, sondern ein uralt aussehendes Ding, stumpf und grau. Der Mund des Mannes verzog sich zu einem beinahe verlegenen Grinsen. Sie fühlte, wie Tomi nach vorn kippte, den Revolver in der Hand. Lee packte ihn und zielte auf den Mann, doch bevor sie schießen konnte, drückte der ein weiteres Mal ab. Sie hörte ein Klicken. Tomi stürzte zu Boden. Immer noch die Laterne in der Hand haltend, versuchte der Mann unbeholfen, seine Pistole wieder gangbar zu machen. Lee hob den Revolver und schoss zuerst.

Die Petroleumlampe fiel zu Boden und verlosch. Sie hörte ihn fluchen und zurückstolpern, bevor er ganz in der Dunkelheit verschwand. Lee feuerte weiter in seine Richtung, bis sie alle Kugeln verschossen hatte. Sie ging in die Knie, griff nach Tomis Gesicht und versuchte, seine Augen zu erkennen. Ihre Hand strich über seine Brust. Da war überall Blut. In sich spürte sie einen schrecklichen Druck, ihr ganzer Körper zog sich zusammen. Ihre Hilflosigkeit war vollkommen. Sie schüttelte Tomi, drückte mit den Händen auf seine Brust, wie sie es im Fernsehen gesehen hatte, legte ihren Mund auf seinen und blies Luft in ihn. Aber da wusste sie bereits, dass er tot war.

Lee saß in der Finsternis und lauschte, die Hand jetzt wieder auf dem Revolver. Nach einer Weile schaltete sie die Taschenlampe ein und stellte sie auf den Boden. Sie konnte Tomi nicht mitnehmen, konnte niemandem von ihm erzählen. Doch es fühlte sich nicht richtig an, ihn hier so auf dem Boden liegen zu lassen. Lee nahm seine Hände, zog ihn über den schmutzigen Boden in den Schutz der steinzeitlichen Behausung, legte ihn auf das Bett mit den Tierhäuten und deckte ihn zu. Über ihm auf der falschen Höhlendecke war die Kopie einer alten Höhlenmalerei zu sehen: ein mit Pfeilen überschütteter Büffel.

Lee nahm ihre und auch Tomis Tasche. Von der kaputten Petroleumlampe führte eine Blutspur aus dem Raum. Lee folgte ihr. Sie würde den Mann finden, verwundet oder sterbend irgendwo zwischen den Bäumen, und der Sache ein Ende machen. Aber als sie den Anleger auf der Südseite der Insel erreichte, begriff sie, dass er weg war.

Der Tag brach an, als sie ihr Boot erreichte. Der Himmel färbte sich grau, und entlang des Horizonts verlief ein purpurner Streifen. Sie knotete die Leine los und ruderte. Am

Ufer angekommen, steuerte sie das Boot an seinen Platz und vertäute es, stand auf dem Betonanleger und wusste nicht, was sie tun sollte. Sie konnte nirgends hin. Sie hatte nichts. Tomi hatte all ihr Geld in einem Brustbeutel unter seinem Shirt getragen.

Lee ging in die Hocke, legte die Taschen auf den Anleger und öffnete sie. Sie nahm die Taschenlampe und den Revolver und warf beides ins Wasser. Tomis Laptop flog hinterher. Dann nahm sie *With Hidden Noise*, hielt das Ding ein letztes Mal in der Hand und stellte es sanft auf den Boden.

Bei den Bruchsteinen unten am Wasser fand sie ein verrostetes Stück Rohr und kehrte damit auf den Anleger zurück. Stand da und sah auf dieses Ding hinunter, das ihr nichts als Unheil gebracht hatte. Sie hasste sich dafür, es überhaupt genommen zu haben, hob das Rohr über den Kopf und schlug wieder und wieder darauf ein. Das Ding verbog sich, zerbrach, und endlich riss das Knäuel auf. Lee beugte sich nach unten, ganz außer Atem. Sie nahm, was von dem Ding übrig war, und hörte es immer noch klappern. Und als sie einen Finger in die Öffnung des Knäuels steckte, fühlte sie etwas Kleines, Rundes, fischte es heraus und hielt es ins frühe Morgenlicht.

Buch VI

Die entblößte Braut

Vierzehn

Als das Daywater Medical Center im August 2002 endgültig seine Pforten schloss, holten seine Gläubiger alles aus ihm heraus, was sich irgendwie zu Geld machen ließ, vor allem die medizinische Ausrüstung und Büroausstattung, von Schreibtischen und Schränken über Computertomografen, Dialysemaschinen und Ultraschallgeräten bis hin zu Rollstühlen, Tragen und Betten, und verkauften all das an Krankenhäuser, Pflegeheime und Kliniken. Ein Agent aus Ghana schlug gleich für zweihundertzwanzigtausend Dollar zu, packte die Gerätschaften in Kisten und verschiffte sie nach Accra. Was die Gläubiger nicht verkaufen konnten, ließen sie zurück, und einige Wochen blieb das Gebäude Plünderern überlassen, die alles aberntenten, von diversen übrig gebliebenen medizinischen Apparaturen bis hin zu den Kupferleitungen der unteren beiden Stockwerke. Junkies machten sich in den Pausenräumen breit und wankten durch die Gänge. Die Nachbarn aber drohten den Banken mit Klagen, und so wurde eine Mannschaft angeheuert, die das Gebäude versiegelte, die Türen mit Ketten versah und die Fenster aller vier Stockwerke mit Brettern vernagelte, was dem einst langweilig modernen Krankenhaus den Anschein eines postapokalyptischen Filmsets verlieh.

Lee sah das Gebäude kaum einmal aus diesem Blickwinkel, da der Zugang seither auf einen einzigen Tunnel beschränkt war, in den man über ein Regengitter hinter einem Dunkin'-Donuts-Parkplatz gelangte, fast einen Block entfernt. Der Tunnel führte ins untere Kellergeschoss, in einen

Raum mit bröckelnden Betonmauern, verrosteten Rohren und Kabeln, die wie dicke schwarze Ranken von der Decke hingen. Von dort kletterte sie über eine Treppe hoch in einen Betriebsraum mit eckigen Lüftungsschächten, runden weißen Röhren und einem riesigen Sicherungskasten, von dem aus es über eine zweite Treppe hinauf in die Eingangshalle ging.

Das Erdgeschoss und der erste Stock waren komplett ausgeräumt, die Wände voller Furchen, wo die Kabel herausgerissen worden waren. Junkies hatten ihren Abfall auf kleinen Haufen in den Wartezimmern und um die Nischen der Notaufnahme herum zurückgelassen, und Lee konnte sehen, wo sie wütende Plünderungsversuche unternommen, Schränke aufgebrochen und Kammertüren eingetreten hatten, wohl auf der Suche nach unentdeckten Vorräten verschreibungspflichtiger Medikamente. Dem zweiten und dritten Stock war diese Art von Zerstörung irgendwie erspart geblieben, und so zog Lee sich dorthin zurück. Da oben gab es Räume voller medizinischer Apparate noch aus der Reagan-Ära, die zu alt gewesen waren, um sie zu verkaufen, und zu sperrig, um sie zu plündern, beigefarbene OP-Lampen aus Plastik, ein zerschlagener Tomograf und eine vorsintflutliche Eiserne Lunge, die wie ein verlassenes Fluchtfahrzeug in einem ansonsten leeren Raum stand. Lee schlief in einem Büro im dritten Stock, einem bescheidenen Raum, dessen Mobiliar fast vollständig verkauft worden war, in dem es aber noch einen Teppich und ein Sofa voller Kaffeeflecken gab, und daneben sogar ein kleines Regal mit medizinischen Büchern, die man in den Nachwehen des plötzlichen Untergangs offenbar vergessen hatte.

Weil die Fenster des Gebäudes zugenagelt waren und nur noch wenig Tageslicht hereinließen, vergingen die Tage im Grauton eines nebelverhangenen Morgens. Die ersten paar Nächte schlich Lee durch die Unterwasserfinsternis der Gänge und erkundete die umliegenden Räume, allerdings ganz ohne die Faszination und Selbstvergessenheit, die sie auf ihren Erkundungen mit Tomi befallen hatte. Und es war während dieser Streifzüge, dass Tomi zu ihr zu sprechen begann. Nur einfache Sätze, er fragte nach persönlichen Dingen und wie es ihr ging, kam am Ende jedoch immer wieder auf das Baby: *Du hast sie nicht wegmachen lassen, oder? Kannst du sie schon fühlen? Ich denke über Namen nach.* Erst ignorierte sie ihn. Als er trotzdem nicht aufhören wollte, schlug sie sich mit den Fäusten gegen den Kopf und rannte, so schnell sie konnte, durch den großen Gang und zurück, bis ihre Lunge nicht mehr mitmachen wollte und sie erschöpft zusammenbrach. Später zerschlug sie alles im Büro und warf herum, was nicht fest an die Wände geschraubt war. Nichts davon half, Tomis Stimme aus ihrem Kopf zu vertreiben.

Als sie dann aber tatsächlich ausblieb, begriff Lee, wie sehr sie sich nach ihr sehnte. Sie zu hören musste bedeuten, dass sie den Verstand verlor, doch das störte sie nicht länger. Das würde sie in Kauf nehmen, wenn sie ihn nur wieder hörte. Sie erwischte sich dabei, wie sie über die Gänge lief, nach seiner Stimme suchte und dabei manchmal selbst zu ihm sprach. Lee hatte nie erfahren, was es bedeutete, jemanden so fürchterlich zu vermissen, jemanden, der ihr mit Gewalt genommen worden war und nichts als eine klaffende Wunde hinterlassen hatte. Ihr Vater hatte mit seinem Verschwinden bereits ein Loch gerissen, doch da war Lee noch ein kleines Mädchen gewesen, und sein Verlust war etwas anderes, tiefer, aber dumpf. Tomis Verlust hatte nichts Dumpfes oder Benommenes, die Trauer und der Schmerz waren so groß, dass es sich anfühlte, als stäche ihr etwas wieder und wieder ins Herz.

Der Strom war vor Jahren schon abgestellt worden, und

so senkte sich nachts eine vollkommene Schwärze über das Krankenhaus, die Lee zu verschlucken drohte. Sie hatte Schwierigkeiten, darin einzuschlafen, aber wach zu bleiben war noch schlimmer, und so kroch sie durch den Tunnel und wanderte durch die nachthellen Straßen. Und selbst während der wenigen Stunden, in denen sie tatsächlich schlief, blieb ein Teil von ihr wach und hoffte auf Tomi.

Der Schlafmangel forderte langsam seinen Tribut. Sie lief über die Flure und Straßen, fühlte sich wacklig und desorientiert und fing an, am Rand ihres Blickfelds Bewegungen wahrzunehmen. Die Kristallburg, die Société Anonyme, die Polizei, das alles war ihr längst egal. Wenn die sie finden wollten, würden sie es tun. Selbst die Thrumm-Kids waren ihr egal. Schloss sie die Augen, sah sie nicht länger das Mädchen aus dem zweiten Stock. Da war nur noch Schwärze.

Sie sammelte Essbares aus den Müllcontainern, die hinter Supermärkten und Restaurants standen. Fließendes Wasser gab es keines im Krankenhaus, und so entleerte sich Lee auf Eimern und wusch sich ein-, zweimal mit einem Schlauch im Keller des Nachbargebäudes, wo sie sich auch ihr Trinkwasser besorgte. Einmal sah sie ihr Spiegelbild in der Scheibe eines Besprechungsraums. Als hätte jemand ihr Gesicht mit einem Eiscremelöffel ausgehöhlt. Ihr Haar war wirr und stumpf. Nur ihr Bauch, der wie ein sanfter weißer Hügel aus ihrem Körper wuchs, hatte nichts Ausgemergeltes. Lange Zeit stand Lee so da und fragte sich, wer sie dort anstarrte, um sich schließlich eine alte OP-Schere zu nehmen und sich die Haare abzuschneiden, bis sie nur noch ein paar ungleichmäßige Stoppeln auf dem Kopf hatte.

Lee war sich des Babys in ihr bewusster denn je. Seine Tentakel wuchsen tief in sie hinein und klammerten sich in ihr fest wie Seetang an einem Fels. Es lebte mit ihr in ihren

Träumen, immer unter Wasser, ein kleines Ding mit Flossen, mit dem sie durch prähistorische Brackwassertümpel schwamm.

Irgendwann lief sie fast jede Nacht durch die Straßen. Niemand hatte je einen Blick für sie. Und Lee wusste, es lag daran, dass sie ein Geist geworden war.

Die ersten roten und grünen Lichter kamen hier und da zum Vorschein. Sie schmückten Türen und Hecken und breiteten ein weiches Farbentuch über Lee, während sie nachts durch die Straßen irrte. Bald schon folgten aufwendigere Bilder, große Weihnachtsmänner aus Plastik steuerten ihre Schlitten über die Dächer, überarbeitete Elfen hüpften durch die Vorgärten, und die alles erfassende Lichterschau beschien ruhige kleine Krippenszenen.

Lees nächtelanges Herumirren durch die eisige Kälte blieb nicht ohne Folgen. Sie schlief jetzt tagsüber mehr, und wenn sie wach war, tanzten kleine schwarze Sprenkel am Rand ihres Blickfeldes, als bewegte sie sich durch eine Welt unruhiger dunkler Kobolde. Ihre Zunge lag geschwollen in ihrem Mund. Ständig war ihr heiß, ständig fieberte sie. Es fiel ihr schwer, sich aufzurichten, und jeden Abend kostete es sie mehr Überwindung, nach draußen zu kriechen.

Sie befand sich, so viel wusste Lee, in einem Strudel, und dieser Strudel zog sie an einen Ort, von dem sie nie zurückkehren würde. Ruhig dahinschwinden würde sie, im vergessenen Raum eines vergessenen Krankenhauses. Sie vermochte sich nicht dazu zu bringen, dass es ihr etwas ausmachte, bis sie an Tomi dachte. Er besuchte sie nicht mehr, aber sie wusste, wie sehr es ihn träfe, wenn er sie so sähe. Sie dachte daran, wie fürsorglich er geworden war, nachdem er von ihrem Baby erfahren hatte. Sie hätte auf ihn hören sollen. Hätte sie das Ding im Museum zurückgelassen, wie sie es besprochen hatten, würde er wahrscheinlich noch leben. Lee dachte an alles, was sie ihm nie gesagt hatte. Wie sehr sie es mochte, ihn bei sich zu haben. Wie sehr sie ihn brauchte. Sie wusste jetzt, dass sie ihn geliebt hatte, und auch das hatte sie ihm nie gesagt. Wenn sie ihn auch nicht hatte retten können, wünschte sie doch, sie wäre stark genug gewesen, diesen einen Satz auszusprechen. Hätte es etwas bedeutet, wenn es die letzten Worte gewesen wären, die Tomi gehört hätte?

Sie konnte nirgends hin, aber im Krankenhaus konnte sie auch nicht länger bleiben. Lee kämpfte sich die Treppen hinunter, durch den Betriebsraum in den unteren Keller und den Tunnel hinauf nach draußen. Sie wusste, sie würde nicht wieder zurückkommen. Die schwarzen Sprenkel in ihren Augen waren größer geworden, und was sie sah, glich nur mehr einem dunklen, wolkigen Schacht mit einer kleinen Lichtiris am Ende. Lee ging los, ohne Ziel, bis sie hörte, wie neben ihr keuchend ein Bus hielt. Sie stieg ein. Wusste, dass sie unsichtbar war und sie niemand aufhalten würde. Ganz nach hinten setzte sie sich und schlief schnell ein.

Sie hatte nicht vorgehabt, in einen anderen Teil der Stadt zu fahren, doch als sie aufwachte, kam ihr die Gegend seltsam vertraut vor. Zwar wusste Lee nicht, woher, aber sie erkannte die Bäume und einige der Häuser. Hatte sie hier schon mal gewohnt? Vielleicht besuchte Tomi sie hier ja wieder. Vielleicht konnte sie ihm dann sagen, was sie nie gesagt hatte. Sie stieg aus.

Es schneite, und in diesem Viertel hatte der Festtagsgeist wirklich alles erfasst: Riesige aufblasbare Weihnachtsmänner und Plastikrentierzüge flogen in großen, blinkenden Lichterwolken auf die Dächer. Durch die Fenster der Häuser sah man über und über mit Lametta behängte Christbäume und Stapel bunt verpackter Geschenke. Ein Mann bahnte sich mit einer Schneeschaufel den Weg zu seinem

Haus. Lee humpelte an alldem vorbei, ihr Tunnelblick wurde immer enger, und sie vermochte die Schneeflocken kaum noch von den Flecken zu unterscheiden, die ihren Blick trübten. Es schneite, aber sie verbrannte.

Sie stolperte, hielt sich an einem Hydranten fest und taumelte dann weiter, eher einem Instinkt als einer Erinnerung folgend. Nichts kam ihr mehr vertraut vor. Und dann doch etwas: Als sie die Haustür sah, war alles wieder da, der Rausch der Angst und des Hochgefühls, den sie empfunden hatte, als sie aus einer Laune heraus dort hineingeschlüpft war. Die kühle Stille des Hauses, als sie von Raum zu Raum gegangen war, alles so ruhig und vollkommen wie ein lebensgroßes Diorama in einem Museum der Zukunft: Vororthaus, Anfang 21. Jahrhundert.

Lee versank halb im Schnee des Bürgersteiges, rappelte sich aber doch wieder auf die Füße und wankte über die Straße in den Garten der Orbisons. Unten brannte Licht, das Auto stand in der Einfahrt. Sie schaffte es am Haus vorbei nach hinten, wo sie sich mühsam auf einen Mülleimer hievte, aufs Garagendach kletterte und zum Fenster des Mädchens kroch. Lee fasste den Rahmen, holte tief Luft und versuchte, ihn hochzuschieben. Das Fenster gab nicht nach. Sie sah hinein, sah den Riegel. Er war nicht zu. Da schloss Lee die Augen, atmete ein und schob mit allerletzter Kraft. Das Fenster öffnete sich. Lee kletterte ins Zimmer, fiel aufs ungemachte Bett des Mädchens und sackte weg, während sie sich an seinen Namen zu erinnern versuchte.

Als sie aufwachte, stand Annie über ihr und sah Lee mit einem Ausdruck an, der eher von Neugier und Ärger erfüllt war als von Angst. Lee versuchte, *Bitte* zu sagen. Nichts kam aus ihr heraus. Sie spürte, wie ihre Unterlippe aufplatzte, und schmeckte Blut.

»Willst du Wasser?«, fragte Annie.

Lee nickte.

Annie nahm eine offene Cola und gab sie ihr. Sie glitt Lee aus der Hand. Annie ignorierte die Lache auf ihrer Decke und gab ihr die Dose noch einmal. Jetzt gelang es Lee, sie an ihren Mund zu führen und ein paar Tropfen über die Lippen zu bringen.

Annie setzte sich auf ihren Schreibtischstuhl und beugte sich zu ihr vor. »Ich erkenne dich. Wer bist du, und was machst du in meinem Zimmer? Schon wieder.«

Lee nahm noch einen Schluck. Der Flüssigkeit und dem Zucker war es zu verdanken, dass sie einen Satz herausbrachte. »Ich bin gekommen, um zu sterben«, sagte sie.

Annie lehnte sich unbeeindruckt zurück. »Hier? Das ist so ungefähr der letzte Ort, wo ich sterben wollen würde. Wenn ich mal sterbe, will ich so weit von hier weg sein wie möglich.«

»Bitte …«

»Bitte was? Hier«, sagte sie und schob Lee ein Stück nach hinten, sodass sie sich an die Wand lehnen konnte und nicht gleich wieder umfiel. Erneut gab sie ihr die Cola. *»Bitte …?«*

»Bitte, sag deinen Eltern nichts.«

»Gerade rede ich sowieso nicht mit ihnen. Da hast du Glück.«

»Es tut mir leid. Ich wollte nur noch mal in deinem Zimmer sein.«

»Bevor du stirbst? Eigentlich war ich auf dem Weg nach unten, um was zu essen. Hast du Hunger? Meine Mom ist eine blöde Kuh, aber sie steht die ganze Zeit in der Küche, und normalerweise gibt's da was.«

Lee schüttelte den Kopf.

»Du solltest trotzdem was essen. Siehst aus wie aus'm Konzentrationslager.«

Kaum dass Annie aus dem Zimmer war, schlief Lee wieder ein, wurde aber wenig später vom Geruch nach Fett und Fleisch geweckt, öffnete die Augen, und neben ihr stand ein Teller mit einem Stück Pizza, einem Hühnerbein und einem klumpigen beigefarbenen Zeugs in einer Pfütze aus warmem Öl.

»Keine Angst, das ist kein Hundefutter, obwohl es so aussieht. Ist ein Thunfischauflauf, glaube ich. Ich vergess das immer.«

Annie ließ sie wieder allein, und Lee spürte, wie das Zimmer um sie herumwaberte und das letzte bisschen Kraft in dunklen Wellen aus ihr herausblutete.

Dann gab ihr Annie einen Schlag. Nicht fest, nur einen kleinen Klaps, erst auf die eine, dann auf die andere Wange. »Hey, mach das nicht wieder. Ich will wissen, wer du bist und warum du plötzlich in meinem Zimmer auftauchst. Hier.« Sie hob die Pizza an Lees Mund und steckte ihr die Spitze zwischen die Lippen, bis Lee ein Stück abbiss und zu kauen begann. Dann hielt Annie ihr eine zweite Cola hin, diesmal mit einem Strohhalm. Lee sog kräftig daran, zuckte zusammen und hustete.

»Bitte, lass …« Lee hustete noch immer und spürte, wie ihr irgendetwas hochkam, Schleim oder Blut, vielleicht auch ein Stück Lunge. Sie schluckte es wieder herunter.

»Bitte was? Ich versuch hier, was Gutes zu tun, und du willst mir nicht mal sagen, warum du hier bist. Ich kann auch meinen Dad rufen. Der erkennt dich wieder und zeigt dich an. Der ist so ein richtiges kleines Miststück, glaub mir.«

Lee konnte nur den Kopf schütteln.

»Dann sag's mir.«

Annie wartete, aber Lee konnte nicht. Sie spürte, wie sie wieder wegdämmerte, bis ihr Annie noch einen Bissen Pizza in den Mund schob. Das Kauen fiel ihr jetzt etwas leichter.

»Okay«, seufzte Annie. »Iss erst und erzähl später.«

Nachdem sie den halben Teller leer gegessen hatte, nickte Lee wieder ein. Annie ließ sie schlafen.

Als sie aufwachte, drang Tageslicht durch die Jalousie. Sie lag immer noch in Annies Bett und war allein. Das hier war kein Traum gewesen. Auf dem Boden neben ihr stand ein Tablett mit einer Schüssel in Milch aufgeweichter Cornflakes, einer Dose Cola, drei kalten Scheiben Toast und einer Tasse mit so stark gesüßtem Milchkaffee, dass Lee erst dachte, es sei Kakao. Unter der Schüssel fand sie ein dreimal gefaltetes Blatt Papier.

Liebes fremdes Mädchen in meinem Zimmer,
guten Morgen. Es tut mir leid, dass ich gestern Abend so ein Arsch gewesen bin, aber du erwischst mich zu einer schlechten Zeit. In der Schule läuft es im Moment total beschissen, und meine Eltern sind die letzten Wichser. Aber wie es aussieht, läuft's bei dir auch nicht gerade gut. Ich muss jetzt in meine scheiß Schule und bin den ganzen Tag weg, aber meine scheiß Eltern sind bei der Arbeit, und ich komme vor ihnen zurück. Dann können wir überlegen, was wir mit dir machen. Bring dich nur nicht um – wie du sehen kannst, bin ich nicht gut im Aufräumen und Saubermachen.

Unterschrieben hatte sie ihren Brief mit einem Smiley mit ausgeixten Augen und einem »A«.

Wie sich herausstellte, schaffte es Lee, das meiste auf dem Teller zu essen, und als sie fertig war, kehrte ein wenig von ihrer Kraft zurück. Vor ihren Augen sah sie immer noch kleine schwarze Sprenkel, und mit ihrem Gleichgewicht haperte es, als sie sich hinzustellen versuchte, aber ihre Zunge war nicht mehr so geschwollen und das Hämmern in ihrem Kopf zu einem ruhigen Klopfen geworden. Sie hustete etwas Dickes, Schleimiges in die Kaffeetasse.

Lee setzte sich auf die Bettkante und stellte die Füße auf den Boden. Annie hatte ihr die Schuhe ausgezogen. Behutsam, den Stuhl als Stütze nutzend, richtete Lee sich auf. Sie fühlte sich wackelig auf den Beinen, da rappelte etwas in ihrem Schädel. Im nächsten Moment brach sie zusammen und schaffte es nicht wieder ins Bett, blieb auf dem Boden liegen, war bei Bewusstsein und dann wieder nicht, wachte auf, sackte weg, bis sie unten die Tür zugehen hörte, gefolgt vom leisen Piepen der Alarmanlagenknöpfe.

Kurz darauf hockte Annie über ihr und legte eine Hand auf Lees Stirn.

»Du glühst ja. Soll ich einen Arzt rufen?«

Lee schüttelte den Kopf.

»Wie du willst. In der Schule hatte ich eine Idee. Glaubst du, du kannst laufen?«

Lee wusste es nicht. Sie war so müde, dass es schon über ihre Kraft zu gehen schien, auch nur den Kopf zu heben. Aber sie drückte sich hoch, bis sie wieder auf der Bettkante saß, und Annie half ihr aufzustehen. Das Mädchen hielt sie, und gemeinsam schafften sie es auf den Flur.

»Du bist schwerer, als du aussiehst«, sagte Annie. »Verhungert, wie du bist. Und wir haben eine Menge Stufen vor uns. Geht's?«

Sie stiegen hinunter in die Diele, einen langsamen Schritt nach dem anderen. Lee kam es vor, als dauerte es ewig. Sie hatte das Gefühl, bei jedem Schritt zusammenbrechen zu müssen, aber Annie war überraschend geduldig und trieb sie mit kleinen ermutigenden Lauten an. Sie gingen durch die Küche und auf die Tür zu, die, wie Lee wusste, in den Keller führte. Ihr Arm noch immer um Annies Schulter, öffnete diese die Tür und schaltete das Licht an. Die Stufen waren härter, ohne Teppich, und tiefer, aber sie schafften es auch hier.

Der Keller stand voller alter Kisten und vergessener Dinge, einem hölzernen Gitterbett mit drei Beinen, einem durchhängenden Wandregal voller alter Farbdosen, Lösungsmittel und Ölkanister, einem zusammengerollten Stück Teppich und einem Paar Ski. Annie fuhr mit einem Finger über die Holzwand entlang der Treppe, bis sie eine Kante zu fassen bekam. Sie zog, und eine Tür öffnete sich.

Dahinter, unter der Treppe, befand sich ein kleiner Raum. Er war vom Boden bis zur Decke mit Teppich ausgekleidet, wie das zusammengerollte Stück draußen, darauf eine Matratze, ein Sitzsack und eine kleine Kommode. In der Ecke lag ein Schlafsack, und auf einem kleinen Tisch stand ein Gettoblaster mit Kopfhörern. Die teppichverkleideten Wände hingen voller Poster, von Blink-182, Eminem und Insane Clown Posse. Annie half Lee in den Raum und ließ sie auf den Sitzsack sinken. Sie schloss die Tür, schaltete das Licht ein und fläzte sich auf die Matratze.

»Mein Bruder hat sich hier eingenistet, als er so alt war wie ich jetzt. Jeden Tag nach der Schule, bevor meine Eltern nach Hause kamen, ist er hier runtergestiegen und hat daran gearbeitet. Während er auf mich aufpassen sollte. Meine Eltern sind nie dahintergekommen, aber ich natürlich schon. Ich war neugierig, hab rumgeschnüffelt, und dann konnte ich eines Tages Licht durch die Türritzen sehen. Das hat er geändert, und jetzt entdeckt man die Tür echt nur noch, wenn man weiß, dass es sie gibt. Mir hat er manchmal erlaubt, mit hier zu sein, wenn er nicht gerade einen Freund oder ein Mädchen dahatte.«

Vor dem Sitzsack lag eine große Muschel, die als Aschenbecher diente, daneben stand eine etwa dreißig Zentimeter große lila Wasserpfeife aus Plastik. Annie griff in eine der Schubladen, und zog einen Frischhaltebeutel mit Gras heraus. Sie stopfte eine kleine Knospe in die Pfeife. Zündete sie an. »Henry ist tot. Vor zwei Jahren ist er in Afghanistan umgekommen. Jetzt ist es meine Bude.«

Annie nahm einen langen, blubbernden Zug und inhalierte, und sofort erfüllte dichter Rauch den Raum. Sie hielt Lee das Mundstück hin, doch die schüttelte den Kopf.

»Na, wenn du was willst, bedien dich. Ich hoffe, du hast nichts dagegen, wenn ich ab und zu runterkomme und mir was reinziehe. In der Kommode liegen ein paar CDs, aber das ist fast alles lahmer Bro-Rock. Mein Bruder war ein guter Typ, aber mit einem fürchterlichen Musikgeschmack. Die Poster habe ich als Erinnerung an ihn hängen lassen. Ich stell dir ein paar gute Tracks zusammen, wenn ich dran denke. Wie wär's mit was zu essen?«

Lee konnte ein kleines, leichtes High spüren. Ihr Körper schien ein Stück zu sich zurückzufinden. Annie tat ihr gut, und zum ersten Mal seit Wochen war sie tatsächlich hungrig.

Lee wusste nicht, wie lange sie geschlafen hatte und ob es Tag oder Nacht war, doch als sie aufwachte, stand eine Dose Sardinen mit einem Stück Baguette und einer Dose Cola neben ihr. Der Geruch von Öl und Fisch war widerwärtig. Sie fühlte sich in dem kleinen Raum wie in einem Sarg, hilflos, delirierend, und wünschte sich ins endlose Labyrinth ihres Krankenhauses zurück. Besonders aber vermisste sie Tomi und seine Stimme neben sich, während sie durch die Stadt wanderte. Sie nahm einen großen Schluck Cola, wollte eigentlich Wasser, trank dennoch weiter und leerte die Dose.

Die schwarzen Sprenkel engten immer noch ihren Blick ein, wenn auch nicht mehr so sehr. Sie waren weniger dicht gesät, und Lee konnte besser durch sie hindurchsehen. Sie fand den Lichtschalter, überließ sich erneut der Finsternis und schlief wieder ein. Wachte auf, schlief ein, wachte auf und immer so weiter, für wie viele Stunden, Tage, Wochen, Monate oder Jahre, konnte sie nicht sagen. Manchmal war ihr so heiß, dass sie völlig verschwitzt war und sich die nassen Sachen vom Leib riss, dann wieder fror sie, rollte sich in den Schlafsack ein und zitterte sich in den Schlaf. Lee hatte vage Visionen von Annie, die kam und ging und deren Stimme den Raum füllte, ohne dass sie ein Wort verstanden hätte. Es gab Teller mit Essen, zu den verschiedensten Zeiten, und manchmal aß sie etwas, manchmal nicht. Aber durstig war sie, immer durstig. Manchmal brachte Annie anstelle von Cola große Plastikkrüge mit Wasser, die Lee schnell austrank.

Mit Annies Hilfe schaffte Lee es auf eine Toilette außerhalb des Kellers, und einmal nahm Annie den Schlafsack und all ihre Kleider mit, und Lee dachte, vielleicht hatte sie sich im Schlaf erleichtert, aber sicher wusste sie es nicht. Die Zeit, alle Bewegungen und Momente, Wachen und Träumen verwirbelten und verdichteten sich in einem einzigen gestaltlosen Sein, von dem sie mal Teil war, mal nicht.

Dann, eines Nachmittags, wachte sie auf, und sie schwitzte nicht, und ihr Körper wurde auch nicht von Kälte geschüttelt. Sie konnte nicht sagen, woher sie wusste, dass es Nachmittag war, aber offenbar hatte sich ihre innere Uhr wieder in Bewegung gesetzt. Zum ersten Mal seit langer, langer Zeit fühlte sie sich wieder irgendwie klar. Neben ihr stand ein Teller mit einem Thunfischsandwich, einer Tüte Chips und einem halb vollen Glas Apfelmus. Sie aß alles auf und schmeckte, was sie aß, leckte sich die Finger sauber und wollte mehr. Am Fuß ihres Bettes stand eine leere Farbdose, halb voll mit Urin, und ebenfalls zum ersten Mal wurde ihr bewusst, wie es in dem kleinen Raum roch. Ranzig. Nach ihrer Krankheit. Lee drückte die Tür auf, atmete tief ein und genoss den Blutrausch in ihrem Kopf. Das fühlte sich gut an. Sie sah auf ihren Bauch, wusste nicht, wann sie ihn zum letzten Mal betrachtet hatte, und fuhr mit den Händen über die leichte Wölbung. Sie dachte an Tomi, und der Schmerz seines Verlustes kehrte zurück, als wäre er nie von ihr gewichen. Sie träumte sich in eine seiner Fantasien, sie und er mit ihrer Tochter auf einer Farm bei einem See. Einen Moment lang lächelte sie, doch schon verschwand Tomi wieder, und sie war allein hier unten, von einer dumpfen Leere erfüllt. Plötzlich kam ihr der Raum zu klein vor. Sie kroch hinaus und schaute ins Licht, das durch die hohen Kellerfenster fiel.

Lee stand ganz still und lauschte. Oben war niemand. Dem Licht nach zu urteilen war es tatsächlich Nachmittag, was hieß, dass die Orbisons noch bei der Arbeit sein mussten. Annie in der Schule. Irgendetwas roch ganz fürchterlich. Sie blickte sich im Keller um und sah ihn zum ersten Mal klar und deutlich. Da stapelte sich eine Menge Zeugs, das mal Annies Bruder gehört haben musste. Nach Annie sah kaum etwas aus. Bis auf ein altes Puppenhaus in einer dunklen Ecke. Lee ging in die Hocke, um hineinzusehen, aber jemand hatte die hellblauen, bodentiefen Fenster zugeklebt und das Glas schwarz angemalt. Erst jetzt, die Nase nahe am Schritt, begriff Lee, woher der fürchterliche Gestank kam. Neben der Waschmaschine fand sie einen alten, zusammengerollten Schlauch, den sie an den Hahn über einer großen Metallwanne anschloss. Sie zog sich aus, stieg in die farbbekleckerte Wanne und ließ sich das kalte Wasser über den Körper laufen. Ihre Haut war empfindlich, und das Wasser versetzte ihr kleine Stiche. Trotzdem fühlte es sich gut an. Sie fand ein schmutziges Stück Seife, säuberte sich Zentimeter für Zentimeter und wusch sich auch die verfilzten Haarbüschel auf dem Kopf.

Als sie fertig war, stand sie nass und zitternd da, wollte sich aber nicht wieder ihre schmutzigen Sachen anziehen.

Zusammen mit dem Schlafsack steckte Lee sie in die Waschmaschine, und während die ihren Dienst tat, leerte sie die Dose mit Urin, räumte den kleinen Raum auf, säuberte ihn, setzte sich nackt in den Sitzsack und zog die Beine an den Körper. Bis die Maschine summte, und sie die Sachen in den Trockner stecken konnte.

Sie zog sich gerade wieder an und genoss die Wärme ihrer frisch gewaschenen Kleider auf der Haut, als sie Annie nach Hause kommen hörte. Es folgte einiges Geklapper aus der Küche, und Annie summte ein Lied, das Lee vage bekannt vorkam. Lee war gespannt darauf, Annie ohne ihren fiebervernebelten Blick endlich klar vor sich zu sehen. Sie fühlte sich seltsam befangen und zog schnell die Kapuze über den Kopf, als Annie die Tür aufmachte.

Als Annie Lee aufrecht dasitzen und nicht fiebrig eingerollt im Bett liegen sah, erstarrte sie. Schaute sie mit offenem Mund an. Ihre Blicke schienen sich für eine Ewigkeit ineinander zu verfangen, als versuchten sie, sich und ihre Absichten gegenseitig einzuschätzen. Dann lächelte Annie und ließ vor Begeisterung fast den Teller fallen. »Du bist wieder da!«, rief sie so laut, dass es Lee in den Ohren schmerzte. »Und du hast sauber gemacht. Jetzt stinkt's hier nicht mehr wie auf dem Klo im Busbahnhof.« Annie kam herein und schloss die Tür hinter sich. Sie gab Lee den Teller, und Lee nahm ihn und aß, ohne sich darum zu kümmern, was es eigentlich gab.

Annie verfolgte stumm, wie Lee Gabel um Gabel kaltes Huhn, Kartoffeln und Gemüse in sich hineinschaufelte. Sie war so hungrig, als hätte sie seit Tagen nichts bekommen. Ein Bissen blieb ihr in der Kehle stecken, und sie versuchte, ihn mit einem Schluck Cola hinunterzuspülen. Aber er wollte einfach nicht weichen, und sie erstickte fast, bis er endlich weiterrutschte.

»Vorsicht. Was wäre das denn, wenn du hier erstickst,

nachdem ich dich gerade von den Toten zurückgeholt habe. Du sahst echt tot aus, weißt du.« Lee aß auf und stellte den Teller neben sich. »Wie 'ne Leiche. Aber jetzt sieh dich an. Du hast ja sogar ein bisschen Farbe im Gesicht.« Lee zuckte zusammen, als Annie die Hand ausstreckte und ihr die Kapuze vom Kopf zog. »Oh, mein Gott, du bist so hübsch. Ich wünschte, ich käme mit so einem Haarschnitt durch.«

Lee versuchte zu lächeln, war sich aber nicht sicher, ob es ihr gelang.

»Kannst du auch reden? Ich glaube nicht, dass ich dich, seit du hier bist, mehr als ›bitte‹ hab sagen hören. Ich kann es kaum erwarten, dich reden zu hören. Los, jetzt sag schon was.«

Lee wusste, sie konnte reden. Trotzdem bekam sie im Augenblick keinen Ton heraus. Nichts schien ihr angemessen. »Vielen Dank«, sagte sie endlich.

Annie kam während der nächsten Tage viel öfter nach unten, blieb da, während Lee aß, und sie redeten über Annies elendes Schülerinnendasein und ihre elenden Eltern, die Annie beide gleichermaßen hasste. Lee wollte Annie gezielt Fragen zu ihren Problemen in der Schule stellen, besonders zu Oona, obwohl sie eigentlich nichts über sie wissen durfte. Annie durfte nicht dahinterkommen, dass Lee bei ihrem ersten Aufenthalt hier im Haus ihre Tagebücher gelesen und sich ihre Fotos auf dem Computer angesehen hatte. Sie brauchte jedoch nicht lange, um von sich aus auf Oona zu kommen und Lee zu erzählen, was die bereits wusste, aber auch Sachen hinzuzufügen, die Lee neu waren. Sie war Lee gegenüber so offen wie in ihrem Tagebuch. Lee dagegen öffnete sich nicht so sehr und wich dem Großteil von Annies Fragen mit vagen Pseudoantworten aus. Alles, was sie sagen konnte, war, dass sie kein Zuhause hatte, und das schon seit einiger Zeit nicht mehr. Annie schien die

Vorstellung ihrer Obdachlosigkeit zu faszinieren. Offenbar hatte es etwas Romantisches an sich, und sie überzog Lee mit Fragen, wie sie überlebt hatte. Da war Lee dann offener und erzählte ihr, wie sie wochenweise in den Häusern von Leuten gewohnt hatte, die im Urlaub waren.

»Warum bist du wieder hergekommen?«, fragte Annie. »Ich meine, ausgerechnet hierher. Warum gerade zu mir?«

Lee wusste nicht, wie sie es erklären sollte, nicht einmal sich selbst gegenüber. »Ich dachte wohl, ich würde sterben, und da schien ein Ort so gut wie der andere.«

Annie nickte nachdenklich, als klänge das ganz vernünftig. »Ich schätze, ich hab dir deinen Plan verdorben, wie?«

Lee lächelte, und ihr war bewusst, dass ihre Lippen diesmal nicht aufplatzten. »So ist es wohl.«

Der Raum kam ihr nicht länger wie ein Sarg vor, eher wie eine Schiffskoje, und sie stellte sich draußen vor ihrer Tür einen riesigen, flachen Ozean statt des düsteren vollgestellten Raums vor, durch den sie musste, wenn sie zur Toilette wollte. Manchmal las sie die Bücher, die Annie ihr nach unten brachte, manchmal lauschte sie dem Musikmix, den die ihr zusammengestellt hatte. »ADHDmix«, hatte sie mit ihrer zackigen Schrift auf die CD gekrakelt, und am Ende waren es Technotracks, die alle gleich klangen. Manchmal konnte Lee Mrs Orbison zum Waschen herunterkommen hören, und dann rollte sie sich zusammen und machte so wenig Geräusche wie möglich.

Morgens hörte sie die drei Orbisons direkt über sich frühstücken, später zu Abend essen. Oft stritten sie, und Annies empörte, schrille Stimme erhob sich über die ihrer Eltern, was für gewöhnlich auf das baldige Kreischen von Stuhlbeinen und Aufstampfen von Füßen hindeutete. Lee gefiel das. Sie stellte die Musik ab, legte ihr Buch beiseite, oder womit auch immer sie sich gerade beschäftigte, lehnte sich zurück und stellte sich vor, Teil der Familie da oben zu sein. Bei ihr zu Hause hatte nie jemand gestritten, was wohl daran lag, dass sie kaum miteinander geredet hatten. Steve sagte immer, es gebe zu viel Geschwätz in der Welt, und so hatte er an den meisten Vormittagen und beim Essen sogenannte »Stillezonen« eingerichtet. Lee waren keine Kopfhörer erlaubt gewesen, sie durfte aber auch nicht allein essen, und Steve hatte sie und ihre Mutter in diesen »Zonen« auf eine ruhige, zustimmende Weise angelächelt, die in Lee immer nur den Wunsch geweckt hatte, ihm ihre Gabel tief in den Rachen zu rammen. Die Stimmen oben, ob sie nun stritten oder nicht, ließen Lee an ihren Monat in der Wohnung von Will, Allison, Derrick und Tomi denken, und dass die vier für sie die Familie gewesen waren, die sie nie gehabt hatte.

Immer häufiger stellte Lee fest, dass sich ihre Hände wieder unbewusst auf die Wölbung ihres Leibes legten, und das Baby drängte sich zurück in ihre Gedanken. Im wievielten Monat war sie jetzt? Sie rechnete zurück zu der Nacht mit Tomi im Museum. Das mussten knapp vier Monate sein. Und hatte sie das Baby während der letzten Wochen genauso malträtiert wie sich selbst? Die Vorstellung drohte, ihr den Magen umzudrehen.

Ihre Kraft kehrte zurück, sie war ganz kribbelig und wollte aus ihrem Verschlag heraus, hatte aber auch Angst, weil sie wusste, dass es kein Zurück geben würde. Eines Morgens erwachte sie von Chormusik oben im Haus. Es war Weihnachten. Sie stellte sich vor, wie Annie unter dem Baum Geschenke für sich fand und sie in einem seltenen trauten Moment zwischen sich und ihren Eltern mit kindlicher Freude aufriss.

Steve hatte immer gesagt, Weihnachten sei eine Erfindung der großen Konzerne, und sich geweigert, daran teilzunehmen. Vor Steve, als sie mit ihrer Mutter noch allein gewesen war, hatten sie, wie Lee sich erinnerte, jedes Jahr mit ihrem Bollerwagen einen kleinen Baum von einem Platz ein Stück die Straße hinunter geholt und mit dem Schmuck ihrer Mutter dekoriert. Am Weihnachtsmorgen schenkte Lee ihrer Mutter ein Bild, das sie gemalt hatte, und ihre Mutter gab ihr ein einziges Geschenk, eine Puppe, ein Buch oder einen Pullover. Als sie zwölf war, einen Monat bevor sie Steve kennenlernte, also an ihrem letzten richtigen Weihnachtsfest, hatte ihre Mutter Lee ein Paar goldene Ohrringe geschenkt und ihr selbst die Ohrlöcher gestochen, mit einem Korken und einer Nadel. Später waren sie ins Kino gegangen, und Lee musste daran denken, wie sie die ganze Zeit an den Ringen und ihren Ohren herumgefummelt hatte und wie süß der Schmerz gewesen war.

Annie kam später noch nach unten, einen Teller mit Truthahnfleisch, Füllung, Soße und Preiselbeeren in der einen und eine kleine, eingepackte Schachtel in der anderen Hand. Unter dem Arm hielt sie ihren Laptop, den sie Lee als Erstes gab. »Meine Eltern haben mir ein neues MacBook zu Weihnachten geschenkt, da dachte ich, du könntest mein altes haben«, sagte sie. »Aber das ist kein richtiges Geschenk. Hier.« Sie gab Lee die Schachtel. »Mach es auf.«

Lee nahm das Geschenk und schämte sich mit einem Mal so sehr, weil sie so viel von diesem Mädchen nahm und nichts zurückgab. Es war wie bei Tomi – Lee wusste nicht, was Annie davon hatte, dass sie sich so um sie kümmerte.

»Komm schon, mach es auf. Wenn du eines über mich wissen solltest, dann, dass ich es hasse zu warten.«

Lee packte ihr Geschenk behutsam aus und spürte, wie sie unter Annies Blicken rot wurde. Unter dem Geschenkpapier kam eine alte Pappschachtel zum Vorschein. Lee öffnete sie.

»Er sieht nicht nach viel aus, aber er war mein Freund, seit ich denken kann. Wie du siehst, hat Tedward einiges mitgemacht.«

Lee zog einen alten Teddybär aus der Schachtel, platt wie ein leerer Ballon, dem ein Auge fehlte, und an einem seiner Füße war ein Loch.

»Er hat mir durch viele einsame Zeiten geholfen«, sagte Annie. »Ich dachte, das kann er auch für dich tun, hier unten, wenn ich nicht da bin, um dir Gesellschaft zu leisten.«

»Ich fühl mich so schlecht«, sagte Lee leise. »Ich habe nichts für dich.«

Annie sah sie entsetzt an. »Was? Dann gib ihn zurück. Komm schon. Ich schenk dir was, du schenkst mir was. So geht das Spiel.«

Lee dachte einen Moment lang nach, nahm dann den Lederriemen, den sie um den Hals trug, und gab Annie die kleine blaue Glasflasche.

Annie war wie erstarrt und weigerte sich, sie zu nehmen. »Das war doch nur Spaß. Das kann ich nicht annehmen. Das sieht …«

»Wertlos aus?«

»Nein, als würde es dir etwas bedeuten.«

Lee beugte sich vor und schob Annie den Riemen über den Kopf.

Annie betrachtete die kleine Flasche, nahm sie in die Hand und schüttelte sie. Sie sah genauer hin. »Was ist da drin?«

Lee zuckte mit den Schultern. »Der domestizierte Zufall.«

»Was?«

»Nichts. Nur ein Würfel.«

Fünfzehn

Bevor Annie mit ihren Eltern zur Kirche aufbrach, zog sie die kleine Flasche unter ihrem T-Shirt hervor, und Lee musste sie in die Hand nehmen und darauf schwören, dass sie nicht abhauen werde. »Jetzt, wo es dir gut genug geht, um allein das Haus zu verlassen, will ich nicht, dass du wieder davonläufst.«

Lee sagte sich, dass sie das letzte Mal davongelaufen war, weil Annie ihren knüppelschwingenden Vater ins Spiel gebracht hatte. Aber sie hatte sowieso noch nicht daran gedacht, wieder zu gehen. Das Krankenhaus schien ihr nicht länger ein Ort, an den sie sich flüchten sollte. Da hatte sie nichts, kein Internet, kein Essen. Und es war schön, Annie zu haben. Dass sie jetzt ihre kleine Flasche um den Hals trug, gab Lee ein gutes Gefühl.

Sie öffnete den Laptop und klickte sich eine Weile durchs Netz, sah durch die Nachrichten der letzten Wochen und stieß auf Dinge und Leute, die sie nicht kannte. Wie schnell sich die Welt doch änderte, wenn du nicht hinsahst. Sie scrollte durch ein paar ältere Beiträge des *Philadelphia Inquirer*, bis sie auf Artikel über den Mord an Derrick stieß. Der erste war kurz, brachte kaum Einzelheiten, nannte seinen Namen nicht und sprach nur von einer »Schusswunde im Kopf«. Er sei von einem Nachbarn entdeckt und noch vor Ort für tot erklärt worden. Ein späterer Artikel identifizierte ihn: »Derrick James, ein siebenundzwanzigjähriger Barista und aufstrebender DJ.« Etwas an dem Mord, seine Grausamkeit oder der Umstand, dass er ein junger Weißer mit einem zweifelhaften Onlineleben gewesen war, hatte der Geschichte Resonanz verschafft, und Lee klickte sich durch das kurze Mediengestöber, das schnell auf Spekulationen über Drogenhandel und okkulte Kreise hinausgelaufen war. Von seinen alten Mitbewohnern war keine Rede. Lee fragte sich, wann sie wohl Tomis Leiche entdeckten und was dann passieren würde.

Anschließend loggte sie sich in einem Urbex-Forum ein, das Tomi ihr gezeigt hatte, nur um dem Strudel ihrer Gedanken zu entkommen. Da gab es Leute, die sie nie persönlich kennengelernt hatte, mit Nicknames wie JinxMagnet oder VolumeControl. Sie wusste nicht, wie sie aussahen, und doch kannte sie sie, zumindest ihre Onlineversionen. Lee schnüffelte etwas herum und wollte mit keinem in Verbindung treten, besonders Fragen nach Tomi aus dem Weg gehen, über dessen Verschwinden hier und da geschrieben wurde. Lee loggte sich wieder aus.

Ihre Augen waren müde, und trotzdem gab sie, ohne weiter nachzudenken, »Tomas Cernak« in den Browser ein. Nur ein paar Treffer wurden angezeigt. Lange betrachtete sie ein Foto: Tomi vor einem seiner Gemälde in der Ausstellung einer kleinen Galerie. Sie spürte, wie ihr die Tränen in die Augen stiegen, und versuchte, sie zurückzudrängen. Was auch immer sie sich erhofft hatte, führte nur dazu, dass sie sich schlechter fühlte.

Sie nahm seinen Schlüsselanhänger, den sie in ihrer Tasche gefunden hatte – er war alles, was sie von ihm besaß. Hilflos rieb sie die Karnickelpfote zwischen den Fingern, und erst als sie sich öffnete, erinnerte sich Lee, was sich darin befand. Sie steckte den USB-Stick in den Laptop, woraufhin sich ein Ordner auf ihrem Desktop öffnete, der »+/–« hieß und in dem sich weitere Ordner befanden. Sie entschied sich für den mit dem Namen »Subnet«, klickte auf das Icon und gab Tomis Passwort ein.

Der Troll-Avatar des Türstehers erschien, und Lee

schrieb: »*subnet access*«, wie sie es so oft bei Tomi gesehen hatte. Die Antwort kam sofort:

{Papoola}: Fertig für die *Vid-Ver*.

Nach kurzem Zögern klickte Lee auf die Webcam.

»Hermes! Ich denke …« Die Stimme, Papoola, hielt inne. »Ich erinnere mich an dich«, sagte Papoola schließlich.

Lee kam sich nackt vor, aber sie widerstand dem Impuls, die Kapuze aufzusetzen.

»Ist Hermes bei dir? Seit einer Weile schon hat ihn keiner mehr gesehen oder von ihm gehört.«

»Tom … Hermes ist nicht hier.«

»Er ist nicht bei dir?«

»Nein.«

»Beim letzten Mal hat er dich autorisiert, seinen Account zu benutzen, deshalb gewähre ich dir Zugang. Aber er hat sich lange nicht eingeloggt, und es gibt Spekulationen, wo er sein könnte. Kannst du mir sagen, wo?«

»Es geht ihm gut.«

»Okay. Weißt du, die Foren sind ohne ihn nicht mehr das, was sie mal waren, und wir hätten ihn alle gerne zurück. Wirst du ihm das sagen?«

»Okay.«

»Ist mit dir alles in Ordnung?«

Lee wischte sich mit dem Ärmel übers Gesicht. »Mir geht's gut.«

»Bist du sicher?«

Lee starrte in die Webcam. »Könnte ich jetzt bitte Zugang bekommen?«

»Natürlich.«

Es gab kein erkennbares Geräusch, aber Lee merkte, dass sie wieder allein war. Sie klickte aufs Subnet-Google und gab »Tomas Cernak« ein. Da kam nicht viel mehr als bei ihrer ersten Suche. Sie wollte schon aufgeben, doch dann probierte sie es mit »H3rm3s«. Sie wusste nicht, was sie erwartet hatte, aber das sicherlich nicht: Hunderte und Aberhunderte Treffer, Tomis Nickname als Thema und Begründer von Diskussionen, der oft auch das letzte Wort hatte. Sie ging die einzelnen Threads durch und fand seine Stimme wieder, nicht in ihrem Kopf, sondern archiviert auf diesen Seiten, und es war eine andere Stimme als die, die sie gekannt hatte. Denn diese hier war zuversichtlich, wusste viel, ohne damit anzugeben, und hatte nichts von der nervösen Beharrlichkeit, die für den Tomi, den sie gekannt hatte, so typisch gewesen war. Lee verbrachte fast drei Stunden damit, in dieses Gewirr aus Threads einzutauchen, von einem zum anderen und oft im Kreis wieder zurück. Als sie gerade einen Eintrag las, in dem Tomi ihre gemeinsame Gefängniserkundung erwähnte, öffnete sich ein kleines Chatfenster. Da stand ein Name, den sie von den Foren wiedererkannte, zusammen mit einem Avatar, einem Fraktal. Dann schickte ihr jemand von der anderen Seite des Subnets eine Nachricht.

{Teutonik23}: Hallo!

Lee starrte eine lange Weile auf den Bildschirm und war unschlüssig, was sie jetzt tun sollte.

{Teutonik23}: Bist du da?

Sie schrieb:

{H3rm3s}: Ja?
{Teutonik23}: Wir haben gehört, dass H3rm3s' Freundin im Subnet unterwegs ist. Wir würden sie gern kennenlernen.

Ein weiterer User kam dazu.

{DreamClown}: Kannst du eine Wette für uns entscheiden?

Lee schrieb:

{H3rm3s}: Wer seid ihr?
{Teutonik23}: Es geht um H3rm3s. Er ist legendär dafür, unverfreundinbar zu sein. Einige von uns denken, deine Existenz ist ein Trick.

Lee spürte, wie sie rot wurde.

{H3rm3s}: Verpisst euch.
{DreamClown}: Siehst du? Ich hab's doch gesagt. H3rm3s wüsste nicht, was er mit einer Frau anfangen soll, selbst wenn sie nackt auf seinem Schoß säße.

»Ihr kanntet ihn?«, tippte Lee, doch bevor sie die Frage abschickte, korrigierte sie das »kannte« zu einem »kennt«.

{Teutonik23}: Natürlich kennen wir ihn. Hat er mich nicht erwähnt?
{H3rm3s}: Nein.
{Teutonik23}: Das tut weh. Von dir hat er schon gesprochen. Er spricht überhaupt von nichts anderem. Er schmachtet dich an, dass es langweilig wird.
{DreamClown}: Langweiliglangweiliglangweilig.
{H3rm3s}: Was hat er über mich gesagt?
{Teutonik23}: Er hat gesagt, du hättest Augen wie Anna Karina. Der Banause neben mir wird das googeln müssen.
{DreamClown}: Er hat uns gesagt, dass er Sex mit dir hatte. Mein deutscher Freund hier wird *das* googeln müssen.

{Teutonik23}: Deinen Namen hat er uns nicht verraten.
{DreamClown}: Wenn wir deinen Namen kennen, können wir dir sagen, wo du geboren wurdest, was dein Lieblingsessen ist und was bei deinem letzten Abstrich rausgekommen ist. Und wir können dir sagen, was für Pornos sich dein Vater reinzieht, wenn ihr, du und deine Mutter, schlaft.
{Teutonik23}: Er hat uns gesagt, du wärst eine Streunerin. Und dass er dich retten will.

Lee stellten sich die Nackenhaare auf.

{H3rm3s}: Ich sage euch meinen Namen nicht.
{DreamClown}: Können wir wieder auf die Wette zurückkommen? Da geht's um Bitcoins. Sag uns nur, ob er dich wirklich flachgelegt hat.

Lee antwortete nicht.

{Teutonik23}: Vor dir war er berühmt dafür, noch Jungfrau zu sein, weißt du.
{DreamClown}: Ich glaube, er isses immer noch.

Lee spürte, wie die Wut in ihr hochkochte.

{H3rm3s}: Ist das echt eure Wette?
{Teutonik23}: Nimm's nicht persönlich. Ich glaub ihm ja.
{H3rm3s}: Mir ist egal, was ihr glaubt.
{DreamClown}: Ich hab dir doch gesagt, er hat sie erfunden.
{H3rm3s}: Ich bin hier. Ich schreibe euch das hier.
{DreamClown}: Dann beweise es uns.
{H3rm3s}: Wie?
{DreamClown}: Mach die Webcam an. Zeig dich.

{H3rm3s}: Was beweist das?
{DreamClown}: Zeig uns dein Gesicht, sag uns, du bist H3rm3s' Freundin, und wir glauben ihm und entschuldigen uns auf Knien.

Lee sah nicht ein, warum sie diesen Idioten etwas beweisen sollte. Aber irgendwie ärgerte es sie, dass sie dachten, Tomi wäre nicht fähig, eine Freundin zu haben.

{H3rm3s}: Zeigt mir euer Gesicht zuerst.
{DreamClown}: Zeig mir deinen, dann zeig ich dir meine?

Es machte »Plopp!«, und aus dem Textfeld wurden kleine Videofenster. Vor einer der Webcams saß ein Mann, vielleicht in seinen Vierzigern, am Scheitel fast kahl, aber mit langen blonden Dreadlocks. Lee zählte vier Katzen im Zimmer, eine von ihnen klebte wie ein pelziger grauer Pilz auf seinem Schoß, und durch die Drahtgestellbrille sahen sie die Augen eines Menschen an, der in seinem Leben schon jede Menge psychedelischer Drogen genommen hatte. DreamClown, auf der anderen Seite, konnte eigentlich nicht älter als sechzehn sein und trug eine schwere schwarze Brille. Ein Deadmau5-Poster mit glühenden grünen Augen hing hinter ihm, darüber eine Flagge der Toronto Maple Leafs. Er saugte an einem Becher Big Gulp.

»Hallo«, sagte Teutonik. Sein starker deutscher Akzent kam unmoduliert durch.

»Jetzt du«, sagte DreamClown.

Lee holte Luft, klickte auf ihr Webcam-Icon und starrte in die Linse. Ihr Bild erschien in einem eigenen Fenster. Sie hatte sich schon eine Weile nicht mehr im Spiegel gesehen, und all ihr Babyspeck war verschwunden. Die Wangen waren eingefallen. Ihr gesamtes Gesicht, knochenbleich, war der Inbegriff von Hagerkeit, bis auf den Mund, der voller wirkte, nachdem rundum so viel weggeschmolzen war. Die Augen lagen tief in ihren Höhlen, mit dunklen Rändern, obwohl sie kein Make-up trug, und ihr Haar, das nachgewachsen, aber immer noch ungleichmäßig lang war, wirkte neben dem Weiß ihres Gesichts so schwarz, dass es gefärbt aussah.

Lee hörte, wie DreamClown schluckte. »Okay, dich gibt's also. Aber du bist unmöglich Tomis Freundin.«

»Was hast du erwartet?«, fragte Lee.

»Etwas eher …« Teutonik kam näher an den Monitor heran, kniff die Augen zusammen, schüttelte den Kopf und gab auf.

»Was Pudelhaariges? Fleischiges? Wie 'ne Marktfrau aus dem Mittelalter?«, stimmte DreamClown ein. In seinem gestreiften T-Shirt und mit dem moosigen Haar sah er wie ein beliebiger Junge aus ihrer Schulcafeteria aus, einer, der immer hinten in der Ecke herumlungerte. Jeden Tag hätte er da gesessen, mit ein paar Freunden, und wäre irgendwann scheu zu ihr geschlichen, damit sie ihm eine Kette klaute, die er einem anderen Mädchen schenken wollte.

»Was jetzt?«, fragte Lee.

»Jetzt?« Teutonik stellte etwas an seinem Bildschirm ein, und Lee erhaschte einen kurzen Blick auf ein Terrarium im Hintergrund. Sie hörte eine Tür zugehen, dann Annies Schritte die Treppe herunterkommen.

»Jetzt zeigst du uns deine Titten«, sagte DreamClown.

Lee zeigte den beiden ihre Mittelfinger. Als Annie die Tür öffnete und den Kopf hereinsteckte, klappte sie den Laptop zu.

»Hey«, sagte Annie. »Mit wem hast du geredet?«

Lee starrte auf einen Punkt hinter Annies Kopf. »Mit wem sollte ich reden?«, fuhr sie auf. »Entschuldige, manchmal führe ich Selbstgespräche.«

»Hier unten kriegt man mit der Zeit bestimmt einen Koller, oder?«

»Ich bin seit zwei Wochen kaum aus diesem Raum herausgekommen. Fühlt sich an, als wär ich ein Stück Holz.«

Annie lächelte, aber da war auch Mitleid in ihrem Blick, und Lee wandte sich ab.

»Jetzt muss ich erst mal schlafen«, sagte sie.

»Aber das ist alles, was du tust«, erwiderte Annie.

Das Gespräch über Tomi hatte Lee aufgeregt. Frustration darüber, seit Wochen in dieser Kiste eingesperrt zu sein, schwappte in ihr hoch. »Was sonst kann ich tun? Du bist einfach nur sauer, weil deine kleine Puppe einen eigenen Kopf hat und dich gerade nicht unterhalten will.«

Lee konnte sehen, wie verletzt Annie war, doch dann verengten sich die Augen des Mädchens. »Ich hab dein verdammtes Leben gerettet. Ohne mich wärst du tot. Mausetot. Und Weihnachten hättest du auch nicht gehabt. An deiner Stelle wär ich mir verdammt dankbar.«

Sie hatte recht, und Lee fühlte sich schrecklich, doch sie brachte kein Wort mehr heraus. Stattdessen wandte sie sich ab und hörte die Tür ins Schloss fallen. Annie war weg. Lee schlief mit Annies Bär in den Armen ein und wünschte, sie hätte die richtigen Worte gefunden.

Als Annie tags darauf zurückkam, war sie ganz aufgeregt, und alles Unangenehme vom Vortag schien, warum auch immer, wie ausgelöscht. Sie huschte in den kleinen Raum und schloss die Tür. »Jetzt hab ich's, Liebste.«

»Du hast was?«

»Ich führ dich aus.«

»Wohin?«

»Tanzen!«

Als Annie die Karte hinten aus der Tasche zog und sie aufklappte, wurde Lee ganz schlecht.

Annie verkniff das Gesicht. »Ist alles in Ordnung?«

Auf der Karte stand: »L.CUN.E FUTUR.«, über der hundert Jahre alt wirkenden Lithographie eines Mannes mit Anzug und Melone, der einen stromlinienförmigen silbernen Zeppelin an der Leine hielt. Hinten aus dem Zeppelin wuchs ein Dutzend alter Phonographenhörner, und aus der Gondel lachte eine Gruppe Feiernder zu dem Mann mit der Leine hinunter. Ganz unten in der Ecke stand ein kleines »S. A.«.

»Wo hast du die her?«

»Ich war mit Oona in der Java Hut, und dieser schräge Typ hat sie uns gegeben. Es ist ein Neujahrsrave. Als forderte uns das Universum auf, auszugehen und uns zu amüsieren.«

»Du kannst da nicht hin.«

»Wie meinst du das? Ich nehm dich mit. *Wir* gehen da hin. Und Oona wird auch mitkommen, da lernt ihr euch endlich kennen.«

»Nein.«

»Ernsthaft, mach dir keinen Kopf. Ich hab alles im Griff. Ich werd meinen Eltern sagen …«

»Hör mir zu. Du kannst da nicht …«

Annie riss ihr die Karte aus der Hand. »Bist du jetzt plötzlich meine Mom oder was? Ich dachte, wir könnten etwas Spaß haben. Du hast selbst gesagt, dass du hier durchdrehst.«

»Wir gehen woandershin. Ich gehe mit dir auf eine Erkundung. Unten im Süden gibt's eine Gießerei, wo sie mal Schiffsschrauben hergestellt haben.«

»Ich will nicht in eine deiner ekligen alten Fabriken, in ein Krankenhaus oder irgendeine Kläranlage. Ich will nichts von diesem Obdachlosenscheiß. Ich will wo hin, wo's Leute in unserm Alter gibt. Leute wie uns, nicht die verklemmten Kids aus der Schule. Du schuldest mir was,

Lee. Wenigstens dieses eine Mal. Ich hab Oona nur dazu gebracht, auch hinzugehen, weil sie dich da treffen kann. Jetzt kann ich da unmöglich allein auftauchen.«

»Du hast ihr von mir erzählt?«

»Na und?«

Lee gefiel es gar nicht, aber sie wusste, dass es besser war, das Thema nicht weiter zu vertiefen. »Also ich gehe nicht, und wenn du nicht alleine hinwillst, ist die Sache wohl klar.«

»Okay«, sagte Annie. Aber nichts war damit klar. Eindeutig nicht.

»Annie, du musst mir vertrauen.« Lee wurde bewusst, dass sie Annies Schultern umklammerte, und sie lockerte ihren Griff. Sie schloss die Augen und holte ein paarmal tief Luft. »Bitte, geh nicht auf diese Party.«

»Dann sag mir, warum nicht.«

Lee haderte mit sich, ob sie Annie ein Stück weit einweihen sollte. Aber wie sollte das gehen, ohne ihr alles zu erzählen? Es war unmöglich. »Ich war auf so einer«, sagte sie dann. »Alles, was ich dazu sagen kann: Es ist nicht, was es scheint.«

»Was ist es denn?«

Lee hatte keine Ahnung, wie sie es ihr erklären oder wo sie überhaupt anfangen sollte. »Es ist ... so was wie ein Kult. Eklige alte Kerle, die sich an junge Kids ranmachen.«

»Igitt, echt?«

»Echt. Und du musst es auch Oona sagen.«

»Okay. Mach ich.«

»Sieh mich an und versprich es mir.«

Annie beugte sich vor, und wieder verengten sich ihre Augen. »Ich verspreche es. Ist ja auch egal. Das klingt wirklich eklig.«

»Wir machen was anderes. Das verspreche *ich*.«

»Ich weiß. Und Lee?«

»Ja.«

»Es tut mir leid, dass ich das mit dem Obdachlosenscheiß gesagt habe.«

Lee lachte nur. Das Mädchen hatte ja keine Ahnung.

Sechzehn

Lee erzählte von den Geschehnissen, die zu Tomis Tod geführt hatten, und es war ein quälender Weg voller Lücken, die sie noch würde füllen müssen. Die S. A. zu erklären und wer sie waren – das klang alles so verdammt irre, aber sie tat es trotzdem. Sie brauchte lange, bis sie zu seinem Tod kam, obwohl sie das Gefühl, wie Tomis Körper in ihren Armen immer schwerer und schwerer geworden war, ständig neu erfüllte. Ganz gleich, wie viele Umwege sie dorthin nahm, die Geschichte würde auf dieselbe Art enden. Lee wusste, sie sollte das alles nicht einfach ein paar Fremden im Internet erzählen, schließlich war überhaupt gar nicht klar, ob sie ihnen trauen konnte. Aber sie hatten bewiesen, dass sie Tomis Freunde gewesen waren, und Lee wollte, dass sie Bescheid wussten.

Als sie fertig war, sagte weder Teutonik noch DreamClown etwas. Die beiden wollten sie nicht mal ansehen.

»Wir veranstalten eine Gedenkgeschichte«, meinte Teutonik schließlich. »Übers Subnet. Ich kümmere mich darum.«

Lee dachte an Tomis Leiche, allein im leeren Aquarium. »Weiß einer was über seine Familie?«, fragte sie. Tomi hatte ihr tausendundeine Geschichten über seine Kindheit und Jugend erzählt, aber wenn sie sich an Einzelheiten zu erinnern versuchte, vermochte sie nur das Bild von ihm als Teenager in der Bibliothek heraufzubeschwören, das eine Auge im Buch vor sich, das andere auf die stattliche blonde Bibliothekarin gerichtet. »Ich glaube, die lebt in Tschechien.«

Teutonik starrte immer noch auf seine Tastatur. »Keiner von uns redet viel über seine Familie. Das ist Teil der Anonymität hier im Netz. Hermes hat von dir erzählt, aber das war nicht normal.«

»Warum waren sie hinter euch her?«, fragte DreamClown.

»Sie wollten etwas, was ich hatte. Wir waren eigentlich gerade dabei, es ihnen zurückzugeben, und dann hat ihn dieser Kerl erschossen.« Sie überlegte, wie es sich anfühlen musste, ein Messer in den Leichenträger zu rammen. Zuzusehen, wie das Licht in seinen Augen verlosch. Sie wollte die S. A. mit allem, was dazugehörte, niedermetzeln.

»Was genau war das denn?«, fragte DreamClown weiter.

»Ein Kunstwerk.« Sie hatte nicht davon reden wollen, aber es war unmöglich, Tomis Tod zu erklären, ohne darauf zu kommen. Sie hatte es zerstört, doch in Ruhe ließ es sie nicht.

»So was wie ein Gemälde?«

»Kein Gemälde. Ein Ding. Ein Objekt.«

»Warum wollten sie es? Ist es viel Geld wert?«

»Es war hundert Jahre alt, und vielleicht war es viel wert, ja«, sagte Lee. »Aber es sah nach nichts aus.« Trotzdem hatte es sich nach etwas angefühlt. Lee erinnerte sich, wie sie es zum ersten Mal in der Hand gehalten und da womöglich tatsächlich eine Aura gespürt hatte. »Ich wollte es loswerden. Auf dem Ding lastete ein Fluch. Es hat mein Leben zerstört.«

»Jetzt haben sie es also wieder?«, fragte DreamClown.

»Nein. Ich hab es zertrümmert.« Etwas biss ihr in die Hand. Lee senkte den Blick, und es war die Coladose, die sie zerdrückte, fest genug, um sich zu verletzen.

»Was für ein Jammer.«

»Wieso? Was stört dich das?«

»Du hast gesagt, du willst es ihnen heimzahlen«, erklärte

DreamClown. »Das wäre einfacher, wenn du etwas hättest, das sie wollen.«

»Der Großteil davon liegt auf dem Grund des Delaware«, antwortete sie. »Aber es war etwas drin.«

Lee suchte in ihrer Tasche, bis sie es fand: eine kleine braune Kugel, kaum größer als zwei Zentimeter, aus einem gehärteten, harzartigen Material. Sie legte sie auf ihre offene Hand und hielt sie vor den Bildschirm.

»Sieht für mich aus wie 'n Hundehaufen«, sagte DreamClown. »Bist du sicher, dass es kein versteinerter Hundehaufen ist? Halt es mal ins Licht.«

Lee richtete die Lampe darauf und sah zu, wie Teutonik sich vorbeugte und seine Augen auf dem Bildschirm immer größer wurden. »Könntest du es etwas näher an die Kamera halten, zwischen den Fingern?«

Lee tat, was er sagte, wartete darauf, dass sich die Webcam scharf stellte, und drehte es hin und her.

»Weißt du, wie das aussieht?«, fragte Teutonik, als er sich wieder zurücklehnte.

»Für mich ist es ein Scheißhaufen«, sagte DreamClown.

»Es sieht fast aus wie ein Calabi-Yau-Raum.«

Lee hielt das Ding hoch ins Licht und musterte es noch einmal, jetzt, da es einen Namen hatte. So genau hatte sie es bisher noch nicht angesehen. Es war keine ebenmäßige Kugel, sondern unförmiger, zerfurcht, voller Taschen und Falten, als hätte jemand ein flaches Band wieder und wieder und wieder gefaltet, bis es zu einem Ball aus Ebenen, Kämmen und engen Höhlungen geworden war. Sie ließ es über ihre Handfläche rollen. »Ist das was Besonderes?«

»O ja.«

DreamClown saugte unbeeindruckt an seinem Big Gulp. »Klär uns auf.«

»Ein Calabi-Yau-Raum ist die physische Entsprechung von Multidimensionalität.«

»Scheiße.« DreamClown nahm den Deckel von seinem Becher und schüttete sich einen Eiswürfel in den Mund, den er beim Sprechen zerbiss. »Red Englisch, du alter deutscher Bastard.«

»Wenn du eine einzelne Dimension darstellen willst, reicht ein Punkt auf einem Blatt Papier. Zwei Dimensionen kannst du mit dem Papier selbst veranschaulichen, wenn du einen Moment lang so tust, als wäre es unendlich dünn. Drei Dimensionen lassen sich zeigen, indem man das Papier zu einem Origamiwürfel faltet. Die vierte Dimension ist die Zeit, und um ihr Vergehen zu demonstrieren, kannst du den Würfel in die Luft werfen. Aber was, wenn du mehr als vier Dimensionen darstellen willst?«

»Ich wusste nicht, dass es mehr als vier gibt«, sagte Lee.

»Der Stringtheorie nach existiert das Universum in elf Dimensionen.«

»Keine Ahnung, wie ich mir das vorstellen soll«, entgegnete Lee.

»Genau. Und damit sind wir beim Calabi-Yau-Raum.«

DreamClown tippte etwas und kicherte in sich hinein. »Das Ding geht also bis elf?«

»Erspar uns deine leeren popkulturellen Verweise, du Homunkulus. So eine kleine dreidimensionale Darstellung des Calabi-Yau-Raums kriegst du sicher nicht oft zu sehen. So was herzustellen muss äußerst mühsam sein. All die gefalteten Dimensionen von Hand hineinzuschnitzen, ich kann's mir kaum vorstellen. Normalerweise sind sie größer, oder es sind computergenerierte zweidimensionale Darstellungen.« Teutonik gab etwas in seinen Computer ein, und auf Lees Bildschirm öffnete sich ein Fenster mit einer Abbildung, die in etwa so aussah wie das kleine Objekt, das sie in der Hand hielt.

»Wann, hast du gesagt, ist das Ding entstanden, hinter dem sie her waren?«, fragte Teutonik.

»Neunzehnhundertsechzehn«, sagte Lee. »Angeblich wusste Duchamp nicht, was in dem Knäuel drin war. Ein Freund hat es hineinlegt und fest versiegelt.«

»Also, dann kann es kein Calabi-Yau-Raum sein, der wurde erst Jahrzehnte später entworfen.« Teutonik nahm die Katze von seinem Schoß und setzte sie auf den Boden. »Wobei es schon interessant ist, dass das Ding in einem Bindfadenknäuel steckte …«

»Warum?«

»Na ja, offensichtlich ist das ein Verweis auf die Stringtheorie. Hast du schon mal von der Einheitlichen Feldtheorie gehört?«

Lee erinnerte sich an das, was Tomi ihr erklärt hatte. »Der Versuch, den Widerspruch zwischen den Gesetzen des Gesamtuniversums und denen des Universums auf subatomarer Ebene zu lösen.«

Teutonik wirkte beeindruckt, und Lee versuchte, sich ihren Stolz nicht anmerken zu lassen.

»Die Stringtheorie kommt dieser Lösung im Moment am nächsten. Aber die ist erst Jahrzehnte nach diesem Ding entwickelt worden.«

Lee dachte an die *Drei Kunststopf-Normalmaße* und ihre parallelen Fäden. War das alles Zufall? Ihr Herz schlug schneller. Sie stand kurz davor, auf etwas zu kommen, sie wusste es, und wünschte sich nichts sehnlicher, als dass Tomi bei ihr wäre.

DreamClown schien immer noch ungerührt. »Für alte Verschwörungstheoretiker wie dich besteht die Welt aus nichts als Punkten, die darauf warten, dass sie einer verbindet.«

»Wozu ist dieses Teil denn jetzt gut? Was tut es?«, fragte Lee.

»Was es tut?«, sagte Teutonik. »Ein Calabi-Yau-Raum tut gar nichts. Er stellt nur etwas dar.«

»Und warum wollen diese Leute ihn dann so unbedingt?«

»Das ist die Frage. Aber wenn tatsächlich eine Verbindung zur Stringtheorie bestünde, könnte das eine Riesensache sein.«

»Eine Riesensache? In welchem Sinne?«

»Das weiß keiner, nicht wirklich. Aber wenn man die Grundprinzipien hinter der Stringtheorie begründen könnte, wäre es auch denkbar, sie zu beeinflussen, und das könnte zu einer ganzen Ära neuer wissenschaftlicher Erkenntnisse führen. Mit Quantencomputern und gigantischen Fortschritten in puncto künstlicher Intelligenz, was definitiv ultrarevolutionär wäre.«

»Technologische Singularität«, sagte Lee.

»Ja! Genau!«

»Mit welchem Ergebnis?«

Teutonik zog die Brauen zusammen. »Das ist alles hypothetisch. Die Möglichkeiten gehen über unser derzeitiges Vorstellungsvermögen hinaus, und wer auch immer sie entdeckt, verdient sicher Milliarden damit.«

Lee erinnerte sich an das Bücherregal im Raum unter dem Museum. Die Bücher über die Hirnkartierung. »Könnte man mit so viel Rechenkraft ein Gehirn kartieren?«

»Vermutlich, ja. Man könnte es kopieren, wie man die Informationen einer Computerfestplatte kopiert.«

Gold und Unsterblichkeit, dachte Lee. Moderne Alchemie. Ging es darum? Unmengen von Geld und ein ewiges Leben, in dem man damit spielen kann?

»Einige sagen, die Lösung könnte uns erlauben, die Raumzeit selbst zu verändern.«

»Hör nicht auf Teutonik«, sagte DreamClown. »Zu viel LSD hat sein armes Hirn bis zur Nutzlosigkeit erweitert. Wir dürfen nicht vergessen, was wir hier machen. Du willst es diesen Leuten heimzahlen, oder?«

»Warum machst du dich nicht irgendwie nützlich, Homunkulus?«

DreamClown hörte auf zu tippen und sah auf seinen Monitor. »Während du Fantasiepunkte miteinander verbunden und uns Vorträge über irgendwelche abstrakten Gebilde gehalten hast, habe ich etwas Nützliches getan. Weißt du, was ich gerade beschafft habe?« Er stellte eine Grafik auf den Bildschirm, die aussah wie aus einem Science-Fiction-Film. »Das sind die Pläne des 2004 verkauften Atlas-Raketensilos. Du willst es den Leuten zeigen? So kommst du bei ihnen rein.«

Teutonik nahm seine Brille ab und putzte sie mit seinem Hemd. Ohne die Brille hatte er die kleinen, feuchten Augen eines Dachses. »Ich habe selbst auch einige Erkundungen angestellt.«

»Schieß los«, sagte DreamClown.

»Etwas ist unter dem Philadelphia Museum of Art entdeckt worden. In einem geheimen Raum. Einige sagen, in den Achtzigern, einige, in den Neunzigern, wieder andere, viel früher.«

Lee dachte an die Maschine, die sie durch die Gucklöcher in der Tür gesehen hatte. »Und was?«

Teutonik starrte auf einen anderen Bildschirm. Er schüttelte den Kopf. »Das scheint niemand zu wissen. Aber offenbar wurde die Société Anonyme nach dieser Entdeckung gegründet.«

Lee versuchte, sich daran zu erinnern, was sie in dem Raum gesehen hatte. Ein großes metallenes Ding hatte dort in der Dunkelheit geschimmert, und es hatte ausgesehen, als schwebte es in der Luft.

»Das ist alles mit einer gewissen Skepsis zu betrachten«, sagte Teutonik. »Das Darknet ist ein Ozean an Informationen, aber auf ihm fahren auch Schiffe von Verschwörungstheoretikern, Schwindlern und Irren, und es gibt ganze

Archipele aus Gerüchten und Falschmeldungen. Viele von uns wünschen sich nichts sehnlicher, als die Urheber moderner Mythologien zu sein, und ziehen die schöne Scheingeschichte der banalen Wahrheit vor. Manchmal ist es schwer, die Insel vom Meer zu unterscheiden.«

»Ozeane und Inseln, genau. Teutonik könnte dir sämtliche Drogen aufzählen, die er über die Jahre eingeworfen hat, aber damit wäre er den Rest des Tages beschäftigt.«

»Ich hab's gesehen«, platzte es aus Lee heraus.

»Was?«

Sie erzählte ihnen von dem Raum.

»Was hast du gesehen?«, fragte DreamClown.

Lee schüttelte den Kopf. »Ich weiß es nicht. Es war dunkel, und ich habe es nur eine Sekunde lang aufscheinen sehen.«

»Schließ die Augen«, sagte Teutonik. »Versuche, dich an die Einzelheiten zu erinnern.«

Sie versuchte es wieder. Diesmal glaubte sie, ein langes, dürres Gebilde zu sehen, von dunklem Metall umschlossen, und darüber schwebte eine wolkenartige Form. Sonst waren da nur Düsternis und ihre Angst, entdeckt zu werden. »Ich habe es einfach nicht richtig anschauen können.«

Als sie erwachte, konnte Lee sich nicht erinnern, eingeschlafen zu sein. Noch ganz benommen fragte sie sich einen Moment lang, wo sie war, sah Annies Teddy auf dem Boden liegen und hob ihn auf. Ein Tastendruck weckte den Computer aus seinem Ruhezustand. Der Subnet-Browser war noch offen, und sie betrachtete die leeren Videorahmen, Überbleibsel eines Gesprächs, das ihr wie ein Traum vorkam. Sie sah nach der Zeit: 22.41 Uhr. Hatte sie wirklich so lange geschlafen? War Annie nicht heruntergekommen, um ihr etwas zu essen zu bringen, wie sie es immer tat, wenn ihre Eltern im Bett waren? Normalerweise war das so gegen zehn. Dann aß Lee, sie unterhielten sich, und manchmal schlief Annie an sie gelehnt ein. So ging das jeden Abend.

Lee kroch aus ihrer Kammer und sah die Kellertreppe hinauf. Sie war seit ihrer Rückkehr zu den Orbisons und seit Annie sie hier heruntergebracht hatte, nur noch oben gewesen, um die Toilette zu benutzen. Lee ging hinauf, wagte sich mit einem Fuß auf das Parkett in der Diele, setzte den anderen vorsichtig daneben und probierte, ob etwas knarzte. Sie nahm sich Zeit, erst etwas ungeschickt, wodurch sie viel lauter war, als sie hätte sein sollen, doch dann war sie am anderen Ende des Flurs. Öffnete die Tür zur Küche. Gelbes Licht fiel von der Straße herein und über den weißen Esstisch. Lee nahm ein Hühnerbein aus dem Kühlschrank, knabberte daran herum und ging zurück in die Diele. Unten an der Treppe blieb sie kurz stehen und lauschte. Da war nur das Summen des schlafenden Hauses.

Sie stieg die Stufen hinauf und schlich den Flur hinunter. Lee war überrascht, wie gut sie darin schon wieder war. Hier oben machte sie keinerlei Geräusch. Durch die Tür des Elternschlafzimmers sah sie zwei leere Bettseiten. Sie ging weiter.

Annies Bett war ebenfalls leer. Lee schloss die Tür und schaltete das Licht ein. Sie öffnete Annies Laptop und sah das Datum. Es war Silvester, der 31. Dezember. Fieberhaft suchte sie nach der Einladungskarte und wusste, sie würde sie nicht finden, ging ins Bad und spähte auf die Einfahrt hinunter. Das Auto war weg.

Sie waren beide online, kaum dass sie sich eingeloggt hatte. »Sie ist weg«, sagte Lee und unterdrückte ihre Panik. »Ich glaube, sie ist ins Silo.«

»Wer?«, fragte DreamClown.

»Wenn die ihr auch nur ein Haar krümmen ...«

»Wer ist da hin?«

»Annie. Meine Freundin. Sie hatte eine Einladung. Ich habe ihr gesagt, sie soll nicht gehen, aber offenbar ist sie hin. Ich muss sie da rausholen.«

Teutonik zog die Brauen zusammen. »Ich glaube nicht, dass das eine gute Idee ist. Das sind gefährliche Leute, und wir sind noch nicht so weit.«

»Ich weiß, wie scheißgefährlich sie sind. Helft ihr mir oder nicht?«

Teutonik und DreamClown sahen sich auf ihren Bildschirmen an.

»Ihr habt's versprochen.«

»Wir haben recherchiert«, sagte Teutonik schließlich. »Die S. A. ist äußerst undurchsichtig. Es gibt nur Gerüchte.«

»Und was besagen die?«

»Dass sie … Verhaltensforscher sind«, erklärte DreamClown.

»Freundlich ausgedrückt«, hakte Teutonik ein. »Sie machen Experimente mit Menschen.«

Lee dachte an Annie, und die Panik stieg erneut in ihr auf. »Was für Experimente?«

»Sie erkunden die Grenzen des menschlichen Bewusstseins«, sagte DreamClown.

Teutonik schnaubte. »Verhaltenskontrolle trifft es wohl besser.«

»Ich verteidige sie nicht. Ich trage nur zusammen, was wir ausgraben konnten.«

Teutonik zupfte an seinem Bart. »Du bist zu jung, aber in meinem Land gab es früher mal so was. Und bei euch auch: die CIA in den Sechzigern. Wobei immer auf die gleichen Leute zugegriffen wird: Ausreißer, Sträflinge, Ausgestoßene. Leute, die keiner vermisst.«

»Wer steckt dahinter?«, fragte Lee. »Irgendjemand muss sie doch kennen.«

»Nur ihre Decknamen«, sagte DreamClown.

»Das weiß ich alles schon«, sagte Lee. »Gibt's was über einen Mann, den sie den Leichenträger nennen, oder den Priester?«

Teutonik sah auf seine Notizen und schüttelte den Kopf.

»Könnt ihr mir überhaupt irgendwie helfen? Mir was geben, mit dem ich weiterkomme?«

»Du willst wirklich da hin und deine Freundin rausholen?«, fragte DreamClown.

Lee spürte, wie sich etwas in ihr sträubte. »Ja.«

»Wir könnten dir Verschiedenes besorgen.«

»Seid ihr in Philly?«

»Natürlich nicht. Aber das Subnet hat seine Leute überall. Leute, bei denen man sich darauf verlassen kann, dass sie liefern. Schaffst du es zur Zentralbibliothek?«

»Klar. Aber die ist zu, oder?«

DreamClown grinste nur.

»Wir kennen deinen Namen nicht«, sagte Teutonik.

»Den geb ich euch auch nicht.«

»Wie sollen wir dich dann nennen?«

Lee überlegte einen Moment. »Die Braut«, sagte sie.

Lee fand im Keller ein Fahrrad, das aussah, als wäre es seit Jahren nicht benutzt worden, pumpte die Reifen auf und schleppte es die Treppe hoch in die Küche. Sie nahm ein Paar von Annies Handschuhen, zog den Reißverschluss ihrer Kapuzenjacke bis unters Kinn und steckte das rechte Hosenbein in den Strumpf. Die kalte Luft draußen schnitt ihr in Wangen und Fingerspitzen. Lee fuhr, so schnell sie konnte, und ihr Kreislauf kam gleich richtig in Schwung, aber schon nach ein paar Minuten spürte sie, wie sie außer Atem geriet. Nach vierwöchiger Krankheit und der endlosen Erholungszeit in einem Raum von der Größe einer Transportkiste war alle Kraft aus ihrem Körper gewichen.

Sie wusste, wie weit es zum Silo war, und ihr wurde klar, dass sie es so nicht schaffen würde. Lee kehrte um.

Es brannte kein Licht, als sie das Haus erreichte, keuchend und erschöpft von der Fahrt, obwohl sie gerade einmal eine Viertelstunde durch die winterlichen Straßen geradelt war. Sie schob das Fahrrad hinters Haus, lehnte es an die Mauer, schlich zur Hintertür und lauschte. Da war nur der Brenner der Heizung zu hören, sonst nichts. Lee stieg auf demselben Weg ins Haus ein wie schon vor ein paar Monaten, durch Steves Meditationszimmer. Der in der Luft hängende Geruch von Räucherstäbchen ließ sie leicht würgen. Sie setzte sich auf eines der Kissen, um zu Atem zu kommen und sich auf den nächsten Schritt vorzubereiten, aber dieses Zimmer machte sie nervös und wütend. Also erhob sie sich gleich wieder, lief ein paarmal auf und ab und trat an die Tür.

Licht fiel durchs Küchenfenster am Ende des Flurs, und Lee sah, dass die Tür zum Schlafzimmer ihrer Mutter geschlossen war. Sie setzte einen Zeh auf den Holzboden und lauschte auf ein Knarzen. Ihr blieb nicht viel Zeit, und so bewegte sie sich schneller, als ihr lieb war. Jedes Dielenknarren hallte in ihrem Kopf nach wie die Becken einer Marschkapelle. Auf Höhe der Schlafzimmertür brach ihr der Schweiß aus. Steve war ein Reptil, das Kälte hasste, und so hielt er die Raumtemperatur bei exakt siebenundzwanzig Grad, Tag und Nacht. Dieses Haus war ein verdammtes Terrarium.

Lee versuchte sich zu erinnern, wo Steve seine Schlüssel ablegte, wenn er nach Hause kam. Er war ein Mann der Gewohnheiten und Rituale – jeden Morgen um sieben ging er scheißen, abends um sechs nahm er ein Bad, und um elf gab es einen Kräutertee. Lee schloss die Augen und stellte sich vor, wie er zur Tür hereinkam, seine Jacke in den Schrank hängte … aber das war alles längst so fern, dass sich das Bild nicht mehr scharf stellen ließ. Sie suchte im Wohnzimmer, auf dem Tisch neben der Tür und in der Schale auf dem Couchtisch, dann in Steves Jacke im Schrank draußen. Keine Schlüssel, aber seine Brieftasche fand sie, nahm fünfundsechzig Dollar und seine Kreditkarten heraus. Warum auch nicht? Hoffentlich musste sie nicht ins Schlafzimmer.

Schließlich entdeckte sie die Schlüssel an einem Haken in der Küche. Lee blieb vor zwei Fotos stehen, die mit Magneten an die Kühlschranktür geheftet waren, eines von ihr als Kind – winzig wie ein Füllen und in einem viel zu großen Pullover stand sie auf einem Spielplatz und blickte ernst in die Kamera, während die Kinder hinter ihr Amok liefen. Das andere Bild hatte Steve auf Geheiß ihrer Mutter gemacht: Da war Lee dreizehn und stand zusammen mit ihrer Mom auf einer Treppe bei den Niagarafällen. Es war eine Wochenendreise gewesen, nicht lange, nachdem ihre Mutter angefangen hatte, mit Steve auszugehen, und Lee konnte in den Augen ihres jüngeren Selbst bereits ihre Feindseligkeit Steve gegenüber erkennen. Lee hob die Hand. Sie mochte den Gedanken nicht, dass noch etwas von ihr in diesem Haus war, und sei es nur ein Foto. Aber ihre Mutter hatte sie offenbar dort hingehängt, um sich an ihre Tochter zu erinnern. Lees Hand senkte sich wieder. Sie konnte sich nicht dazu bringen, ihr diese Bilder wegzunehmen.

Die Tür, die von der Küche nach draußen führte, war verschlossen, und Lee suchte nach dem richtigen Schlüssel, als sie spürte, dass jemand hinter sie trat.

»Lee? Bist du das wirklich? Was machst du da?«

Steves Stimme war noch voller Schlaf, und Lee dachte, wenn sie den Schlüssel fand, bevor er begriff, was hier vorging, würde sie vielleicht noch einmal davonkommen. Also fummelte sie weiter an dem Bund herum, hob den falschen Schlüssel ans Schloss, versuchte es mit einem zweiten. Da spürte sie den Druck seiner Hand auf ihrer Schulter.

»Ganz ruhig«, sagte er. »Ist schon okay. Komm ins Wohnzimmer. Ich wecke deine Mom. Wir haben uns solche Sorgen gemacht.«

Lee fühlte, wie sie unter seiner Berührung zusammenschrumpfte, wie all ihre Entschlossenheit aus ihr wich. Steve trug eine enge rote Unterhose, und um seinen Hals hing die Kette mit den Holzperlen, die ihm, wie er behauptete, der Dalai Lama persönlich geschenkt hatte. Er schien in den letzten Monaten gealtert zu sein. Seine Augen wirkten runzlig und müde, aber sein Haar war länger, als wollte er damit etwas wettmachen. Lee ließ sich von ihm ins Wohnzimmer führen. Er setzte sie aufs Sofa und sank neben sie, ohne auch nur einen Zentimeter Platz zwischen sich und ihr zu lassen.

»Die Polizei war hier. Nach deiner Flucht. Es war die Hölle für deine Mom.«

Lee starrte auf einen braunen Fleck auf dem Teppich und versuchte sich zu erinnern, ob er früher schon dort gewesen war.

»Ich nehme an, es war ziemlich übel da drin. Dass du da so raus bist. Willst du darüber reden?«

Lee dachte an die Strafanstalt, und wie weit weg ihr das alles mittlerweile vorkam. Sie ertrug Steves Blick nicht und sah zu dem riesigen neuen Flachbildfernseher über dem Kamin hinüber, hinter dem ein paar Kabel zu einer Art Videospielkonsole führten. Ihr Collegegeld.

»Du musst nicht zurück. Wir wehren uns dagegen. Wir wollen dich hier zu Hause haben.« Er legte eine Hand auf ihr Knie und drehte ihr Kinn zu sich hin. »Verstehst du?«

Lee nickte. Sie hasste es, wie erstarrt sie sich fühlte, wie sie nicht imstande war, etwas zu sagen oder zu tun.

Steve drückte ihr Knie und stand auf. »Ich wecke deine Mom. Wir setzen uns zusammen und machen einen Plan, okay?«

Lee nickte.

»Willst du einen Kaffee? Das wird eine lange Nacht.«

Lee schüttelte den Kopf.

»Also gut.«

Er ging hinaus, und Lee saß im dunklen, stillen Wohnzimmer. Unfähig, sich zu bewegen. Sie starrte all die Dinge an, die sie hier hatte zurücklassen müssen: den Sessel neben dem Kamin, in dem sie so gern gesessen und gelesen hatte, den kleinen Jadeelefanten auf dem Kaminsims, den man so gut zwischen Daumen und Zeigefinger reiben konnte, und die alten Parfümfläschchen in der Vitrine beim Fenster. Sie waren so unfassbar kitschig, aber wenigstens hatte Lee etwas gehabt, was sie ihrer Mom jedes Jahr zum Geburtstag schenken konnte. Sie ging hinüber, nahm einen Zerstäuber und hob ihn an die Nase. Doch da war kein Duft mehr.

Als sie den Blick hob, sah sie ihre Mom in der Tür zum Schlafzimmer stehen. Sie zog sich den Morgenmantel um den Leib, und in ihren dunklen, müden Augen lag eine Trauer, wie Lee sie noch nie gesehen hatte. Ihre Mom schloss die Tür hinter sich, setzte sich aufs Sofa und wartete, bis sich Lee ihr gegenüber niederließ.

»Wo warst du die ganze Zeit?«, fragte sie. Lee hatte Schwierigkeiten, ihr in die Augen zu blicken. »Du denkst, es war leicht für mich, dich da hinzulassen. Aber das war es nicht. Du warst nicht zu bändigen, Lee. Wir haben Drogen in deinem Zimmer gefunden. Und all das Geld …«

»Das war mein Geld. Damit wollte ich das College bezahlen. Ihr hattet kein Recht …«

»Alles Recht hatten wir. Hätte die Polizei es gefunden, oder den Rest der Drogen, hätten wir das Haus verlieren können, ist dir das klar? Was hast du dir bloß dabei gedacht, Lee?«

Lee spürte, wie ihr etwas Scharfes in die Hand schnitt. Sie sah hinunter, und es war der Zerstäuber, den sie zu zerdrücken drohte.

»Wir haben dich besucht. Weißt du, wie weh es getan hat, dass du mich nicht sehen wolltest? Hast du meine Briefe bekommen?«

Lee stellte das kleine Fläschchen auf den Couchtisch und stand auf. »Ich muss jetzt gehen. Es war schön, dich zu sehen, Mom. Wirklich.«

Ihre Mom stand ebenfalls auf. »Wo willst du hin?«

»Ich komm schon klar. Wirst du der Polizei sagen, dass ich hier war?«

Ihre Mom kam um den Tisch auf sie zu. Lee wusste, dass sie sie umarmen wollte. »Natürlich nicht. Was sind das für Leute?«

Lee erstarrte. »Was für Leute?«

»Nach deiner Flucht hat sich eine junge Frau bei uns gemeldet. Sie sagte, sie hätten dich aufgenommen. Und wollte mich wissen lassen, dass du in Sicherheit seist. Oder besser, dass du in Sicherheit gewesen seist, bei ihnen, aber dann sei irgendetwas passiert und du seist abgehauen. Sie haben nach dir gesucht.«

»Was hast du ihnen gesagt?«

»Was konnte ich sagen? Ich dachte, vielleicht wüsste Edie was.«

Lee dachte an das VERMISST-Plakat. »Du hast ihnen von Edie erzählt?«

»Steve hat ihnen von ihr erzählt. Er hat länger mit ihnen geredet als ich. Wer sind diese Leute, Lee? Sie sagten, sie hätten ein Heim für Jugendliche, die auf die schiefe Bahn geraten sind. Es klang so viel besser als eine Strafanstalt.«

»Was macht Steve jetzt gerade?«

»Er hat sich wieder hingelegt.«

Das schien nicht zu passen. Steve nahm sich nie aus einer Sache wie dieser hier heraus. Lee näherte sich der Tür zum Schlafzimmer und hörte Steve dahinter flüstern. Doch sie konnte ihn nicht verstehen.

Da stürzte Lee in die Küche und packte den Telefonhörer. Steve sagte gerade: »... das würde ich, oder? Sie haben gemeint, Sie bringen sie in Sicherheit, nur ...«

»Das ist auch so«, erwiderte eine Männerstimme. »Wir wollen das Beste für sie. Und das Gefängnis ist nicht das Beste. Lee braucht eine Familie, und da Sie und Ihre Frau da unglücklicherweise keine Option sind ...«

Lee legte auf. Auf dem Weg durchs Wohnzimmer spürte sie, wie ihre Mutter nach ihrem Arm griff, doch sie schüttelte sie ab, öffnete die Haustür und schlug sie hinter sich zu. Der immer noch ziemlich neue Prius stand in der Einfahrt, von einer dünnen Schicht Schnee bedeckt. Lee drückte den Knopf auf dem Schlüssel, das Auto piepste und blinkte sie mit seinen Scheinwerfern an. Sie stieg ein, stellte den Sitz höher und weiter vor. Es war eine ganze Weile her, dass sie Auto gefahren war. Sie hatte Fahrunterricht genommen, die Prüfung aber noch nicht abgelegt und deshalb auch keinen Führerschein. Trotzdem steckte sie jetzt den Schlüssel ins Zündschloss, drehte ihn und fühlte, wie der Motor ansprang. Etwas piepste, und im Armaturenbrett brannte ein Licht. Lee kramte in ihrem Gedächtnis, was sie als Nächstes tun musste. Es war zu dunkel, um etwas zu sehen, und statt die Scheinwerfer einzuschalten, erwischte sie den Scheibenwischer, der die Windschutzscheibe freiräumte und sie sehen ließ, wie Steve barfuß und in Unterhose, die Augen panisch aufgerissen, auf das Auto zustürmte. Der Umriss ihrer Mutter stand hinter ihm in der offenen Tür.

Lee griff nach dem Schalthebel, aber Steve war bereits an

der Tür, riss sie auf und packte sie. Lee versuchte, sich ihm zu widersetzen, doch er war zu stark. Er zerrte an ihrem Arm, und Lee streckte die andere Hand aus, tastete nach etwas, irgendetwas, bekam einen Eiskratzer zu fassen und stieß damit, so fest sie konnte, in Richtung seines Gesichts. Sie streifte seine Wange nur, traf ihn dabei aber doch so heftig, dass sie einen Schnitt darin hinterließ, was ihn derart erschreckte, dass er zurückfuhr und mit dem Arsch auf den kalten Beton knallte. Lee schlug die Tür zu. Steve war bereits wieder auf den Beinen und wollte zurück zum Auto. Lee gab Gas, aber der Motor heulte auf, ohne dass sich das Auto bewegte, bis sie sich erinnerte, dass sie auf Drive schalten musste. Das Auto tat einen Satz nach vorn. Steve klammerte sich an den Türgriff, wurde mitgerissen, und sein blasses Gesicht schlug gegen ihre Scheibe. Während er sich aufs Neue hochrappelte, fand Lee den Rückwärtsgang und schoss aus der Auffahrt. Steve landete auf dem Bürgersteig.

Lee fuhr mit kreischenden Reifen davon und spürte den süßen Adrenalinschub, der aus ihrer Panik eine Welle machte, auf der sie ritt. Im Rückspiegel konnte sie beobachten, wie ihre Mutter aus der Tür stürzte und sich über Steves magere Gestalt beugte. Er setzte sich auf, hielt sich den Ellbogen und sah ihr, das Gesicht zu einer Grimasse verzerrt, hinterher.

Buch VII

Die Junggesellenmaschine

Siebzehn

Die Bibliothek hatte seit Stunden geschlossen, doch die Eingangstür erwies sich als wenig problematisch. Drinnen war es still und dunkel. Lee fand einen Platz an einem der Computer, den man durchs Fenster nicht sehen konnte, schaltete ihn an und loggte sich in ihren Gmail-Account ein. Vor einer halben Stunde war eine E-Mail eingegangen, von DreamClown. Sie enthielt eine Dewey-Dezimalnummer, die Signatur eines Buches. Als sie an den Regalen entlangging, sich der Nummer näherte und ihr Blick über lauter Künstlermonografien glitt, Dalí, Degas, Delacroix, wurde ihr klar, dass sich da jemand einen Spaß erlaubte. Unter den Büchern über Duchamp – etwa drei Regalbretter nahmen sie ein – fand Lee die Nummer, nach der sie suchte. Sie sah links und rechts den leeren Gang hinunter und zog das Buch heraus. Dahinter lag, in braunes Papier gewickelt, ein etwa zwei Handbreit großes Paket. Es war schwerer, als sie gedacht hatte.

Unter dem Papier kam eine alte Lunchbox für Kinder zum Vorschein, auf deren Seiten die *Super Friends* das Verbrechen bekämpften. Lee setzte sich auf den Boden, lehnte sich ans Regal und nahm die Box auf ihren Schoß. Jemand hatte einen Sticker mit dem Subnet-Logo daraufgeklebt. In der Box lagen ein kleiner schwarzer Revolver, fünf Zwanzig-Dollar-Scheine, eine Taschenlampe und ein Handy.

Lee öffnete die Trommel, fischte eine der Patronen heraus und rollte sie zwischen ihren Fingern hin und her. Nach einer Weile steckte sie sie zurück und verstaute den Revolver in ihrer Tasche. Sie schaltete das Handy ein. Es war ganz neu und hatte eine einzige Nummer gespeichert: DC. Die Nummer hatte eine 416er Vorwahl. Lee checkte die Zeit: 01.39 Uhr, 1. Januar.

Draußen vor dem Gelände parkten mehr Autos als beim letzten Mal. Ein paar Kids drängten sich um einen alten Pick-up, tranken und bewegten sich zu einem langsamen, schweren Bass aus den Lautsprechern des Trucks. Lee parkte Steves Prius hinter einem Minivan. Den Audi der Orbisons erkannte sie sofort. Er stach unter den alten Wagen hervor, die den Großteil des Platzes füllten.

Lee bückte sich zwischen die Autos, um sich vor den Kids zu verstecken. Sie lief in den Kiefernwald und umkreiste den Komplex, wobei sie sich Mühe gab, nicht ins Blickfeld der rundum installierten Kameras zu geraten. An einer Ecke hinten war ein Baum umgestürzt und lag auf der Mauer, wie eine Leiter, die ihr helfen würde hinaufzugelangen. Hin und wieder hat man eben doch Glück, dachte sie. Manchmal sogar eine wahre Glückssträhne. Lee kletterte auf den Stamm, balancierte problemlos hoch auf die Mauer und sprang auf der anderen Seite wieder hinunter.

Der Bereich hinter dem Silo war ungepflegt und verwahrlost. Vertrocknetes Brombeergestrüpp verhakte sich in ihrer Kapuzenjacke und knackte unter ihren Füßen. Nur die beiden großen, stahlgesäumten Betonplatten des Daches, die bündig mit der Erde abschlossen, waren von Unkraut und Gestrüpp befreit worden. Lee konnte hören, wie darunter die Technomusik wummerte. Sie kam an einem dahinrottenden Werkzeugschuppen vorbei und wäre beinahe über einen offenen Luftschacht gestolpert. Auf dem Schacht lag kein Gitter, und Lee konnte nur ahnen, wie tief es hinabgegangen wäre, hätte sie ihn nicht in letzter Sekunde gesehen.

Den riesigen Clownskopf als Deckung nutzend, pirschte

sich Lee zu einem Platz vor, von dem aus sie den Eingang im Blick hatte. Der Türsteher saß ganz krumm auf seinem Hocker und las ein Buch. Lee wartete, reglos im Schatten verborgen.

Nach ein paar Minuten schalteten sich die Bewegungslichter vor dem Tor ein. Die Teenager vom Pick-up kamen herein. Einer bot dem Türsteher ein Bier an, das der in seiner Jackentasche verschwinden ließ. Lee lief unbemerkt hinüber und mischte sich unter die Gruppe, die gleich auf die Treppe zusteuerte. Wieder wurden Rauch und Musik auf dem Weg nach unten lauter und dichter. Sie kam gerade noch rechtzeitig in den grün erleuchteten Tunnel am Fuß der Treppe, um die Kids im Kostümraum verschwinden zu sehen. Lee trat zur Seite und ließ ein frisch verkleidetes Pärchen vorbei. Die beiden trugen schimmernde, metallisch glänzende Sachen, der Junge klobige Moonboots und eine Art Freizeitanzug aus Neopren, das Mädchen einen perlenbesetzten Reifrock und dazu ein Top mit Silberlametta, das wie Tang an ihr herabhing.

Der Mann mit der alten Polizeiuniform kam aus dem Raum. Lee ging in Deckung. Das war der Kerl, der auf sie losgegangen war, als Tomi gekommen war und ihr geholfen hatte. Der Gedanke an Tomi, und dass er diesmal nicht herbeieilen und sie retten konnte, versetzte ihr einen Stich. Sie wartete hinter einer Ecke, bis der Mann ebenfalls vorbeigegangen war, um dann in den Kostümraum zu schlüpfen. Die vier Kids, denen sie gefolgt war, wühlten lachend in einem Haufen Kleider auf dem Boden.

Lee musste schnell sein. Sie lief durch die Reihen und suchte nach etwas, das weit genug war, um ihre Tasche darunter zu verbergen. Sie steckte bereits halb in einer russischen Armeeuniform aus dem Ersten Weltkrieg, als ihr bewusst wurde, was die anderen trugen: eng anliegende Hautpanzer, opaleszierende Reifen, knittrige silbrige Mieder und schutzanzugartige Overalls. Lee erinnerte sich an die Einladung, die Annie ihr gezeigt hatte. »L.CUN.E FUTUR.« hatte da gestanden.

Der Bereich neben ihr hing voller Sachen aus Plastik und Acetat, gerippten Korsagen, Synthetikkleidchen und Tops mit Architekturornamenten und übertriebenen Formen. Sie hielt ein Kleid ganz aus irisierenden Bläschen in die Höhe, hängte es zurück und griff nach einem Anzug aus einem schwarzen Gummigewebe. Lee suchte, bis sie etwas Kuttenartiges mit Kapuze aus dicker grauer Wolle fand. Das Ding war schwer und kratzig, aber weit genug, um ihre Sachen darunter anzubehalten. Wie ein Kokon umschloss der Mantel sie. Lee sah in einen Spiegel, und was sie da anblickte, war ein Mönch aus einem Science-Fiction-Film. Sie zog sich die Kapuze über den Kopf, und ihr Gesicht verschwand darunter. Das war es.

In dem großen Raum mit der Tanzfläche war es ähnlich wie beim letzten Mal. Lee sah auf eine Masse zuckender, sich zusammendrängender Kids, die heute allerdings wie Wesen aus einer Zukunft gekleidet waren, in der sie hoffentlich nie würde leben müssen. Der dumpfe, wummernde Technorhythmus erfüllte sie. Lee wand sich an ein paar Leuten in Latexminis, Chirurgenoutfits und Röhrenkleidern aus wurstartigen Ballonringen vorbei und suchte nach Annie. Sie hielt den Kopf unten, so gut es ging, ließ den Blick über die Tanzenden gleiten und bekam im pulsierenden Licht immer nur Momentaufnahmen zu sehen. Als sie das letzte Mal hier gewesen war, hatte sie nach Edie gesucht, ohne Erfolg. Heute würde es anders sein.

Lee hielt außerdem nach Männern in altmodischen Anzügen und Uniformen Ausschau, ohne Erfolg, und auf der Plattform des DJs, einer jungen Frau mit hellroten Dreadlocks und einem Kleid aus Leuchtstäbchen, stand heute auch kein Schachtisch. Es war heiß und die Luft feucht vom Schweiß der Menge. Lee spürte das Gewicht ihres Kostüms, die dicke Wolle kratzte auf ihrer Haut. Ein lächelnder Alien in einem silbernen Netzhemd und einer Kunstlederhose hielt ihr eine Flasche Wasser hin, und sie trank sie in einem Zug zur Hälfte aus.

Sie brauchte einen besseren Überblick. Die DJ-Plattform lag gegenüber, und Lee schob sich durch eine Gruppe tanzender Kids auf sie zu. Sie war in ihrem Wollkokon kaum zu erkennen, aber das Kostüm hob sie von den anderen ab. Die meisten Kids waren halb nackt. Einige hatten sich sogar nur mit silbernem Tape umwickelt.

Lee suchte weiter nach Annie, und langsam machte sich Panik in ihr breit. Auf die Wand hinter dem DJ wurde eine Diashow projiziert, und Lee schenkte ihr zunächst keine Beachtung, bis sie aus dem Augenwinkel etwas sah, was ihren Blick auf sich zog. Überlebensgroß, wie es da vor ihr stand, ließ das Bild keinen Zweifel zu, wenn es denn je einen gegeben hatte. Es waren weder die Wangenknochen noch die Nase oder die nach unten gezogenen Mundwinkel. Auch nicht der Leberfleck. Es waren die Augen. Die Frau auf dem Foto hatte genau Lees Augen, mit der gleichen Mischung aus Eindringlichkeit und Distanz.

Als Lee Annie endlich entdeckte, war klar, warum sie so schwer zu finden gewesen war: Annie hatte sich den Kopf rasiert, ihr Schädel war schweißnass und mit silbernem Glitter überzogen. Sie trug ein knappes Plastikkleid mit dunkelblauen und milchig durchsichtigen Streifen und bewegte sich, mit geschlossenen Augen ganz in sich selbst versunken, im Rhythmus der Musik. Lee sprang von der Plattform, strauchelte fast, weil sie gar nicht schnell genug zu ihrer Freundin gelangen konnte, und fasste sie bei der Schulter. Annie öffnete die Augen, ihr Bewusstsein schien erst langsam zurück an die Oberfläche zu kommen, sich dann jedoch dort zu halten.

Sie steckte den Kopf unter Lees Kapuze und kreischte vor Freude: »Oh! Lee! Du bist hier!«

»Was hast du gemacht?«

»Was denkst du? Jetzt seh ich aus wie du!« Bevor Lee reagieren konnte, zog Annie ihr die Kapuze vom Kopf und gab sie den Blicken aller preis. »Wir sind praktisch Zwillinge!«

Lee sah den Polizisten, der im Gang an ihr vorbeigelaufen war. Er hielt jetzt direkt auf sie zu, und sie suchte in der tanzenden Menge nach einem Fluchtweg. Aber dann ging sein Blick durch sie hindurch, und Lee zog sich die Kapuze wieder über den Kopf. »Wir müssen hier raus. Komm.« Lee fasste Annies Arm, doch das Mädchen entglitt ihr gleich wieder, so glitschig war er.

»Tanz mit mir! Der Laden hier ist die reine Musik! Diese Musik, das ist, als wär ich auf Drogen. Näher bin ich noch nie rangekommen. Fühlt es sich so an, auf Drogen zu sein?«

»Was hast du genommen?«

»Was?«

»Du hast was genommen, Annie! Was?«

»Ich bin so verwirrt und glücklich.«

Lee fühlte, wie die Musik in Sprudelbläschen unter ihrer Haut aufplatzte. Sie nahm Annie bei beiden Armen. »Wir müssen gehen. Jetzt. Kommst du mit?«

»Mit dir komme ich überallhin, Lee! Das weißt du. Nur noch ein bisschen! Oh, ich liebe diesen Remix! Tanz mit mir!« Annie drehte sich wieder, und Lee konnte nur zusehen, erstarrt im Zwiespalt. Sollte sie Annie aus ihrer Verzauberung reißen oder ihr folgen? Nur für einen Track.

Ein triefendes Plasma durchströmte Lee, ein sich ausbreitender Beat mit einer hohen Frauenstimme, die sich auffächerte und verwandelte, bis da keine Musik und keine Worte mehr waren, nur Vibration. Alles, alles war nur noch Vibration.

Etwas geschah mit ihr, eine fremde, immaterielle Entität nahm ihren Körper von innen heraus ein. Sie dachte an das Baby, das in ihr lauerte, und stellte sich vor, wie seine Tentakel durch ihre Adern drangen und sie völlig ausfüllten. Doch das Bild war falsch. Es war nicht das Baby. Das Baby trieb wie ein winziger Kosmonaut in ihr. Es war etwas anderes, etwas, das die Zellen ihres Körpers gekapert hatte und nun in ihr Bewusstsein drang. Sie schmeckte das Salz des Schweißes, der ihr in den Mund lief, und trank den Rest des Wassers. Und als der letzte Schluck über ihre Lippen lief, begriff sie es. Das Wasser. Es war das Wasser.

Ein Orchester erwachte irgendwo in ihr, stimmte seine Saiten und bereitete sich darauf vor, die ersten Noten einer volltönenden Sinfonie anzustimmen. Sie verlor die Kontrolle. Aber sie konnte es sich nicht leisten, die Kontrolle zu verlieren. Als sie weiter dagegen ankämpfte, führte das jedoch nur dazu, dass sie unkontrollierbar zitterte. Sie hatte das Gefühl, ihr Fleisch faltete sich in sich zusammen und formte … Lee musste ihre Augen sehen. Sie fühlten sich an, als bliesen sie sich in ihrem Kopf auf. Ein Junge mit einer verspiegelten Sonnenbrille tanzte ganz für sich, und sie riss ihm die Brille herunter, um sich darin anzusehen. War ihre Iris schon größer geworden? Sie dachte an die Thrumm-Kids, denen sie begegnet war, und versuchte, sich an deren Augen zu erinnern. Sahen ihre jetzt auch so aus? Sie konnte es nicht sagen: Alles pulsierte, wechselte die Farbe, verlor seine Form.

Lee schloss die Lider, um alles auszublenden, doch da sah sie das Baby in seiner Fruchtblase schwimmen. Seine Augen zwei große Quallen. Sie flüsterte: »Es tut mir leid«, wieder und wieder, und spürte, wie sie fiel, in denselben Abgrund, in den sie gefallen war, als sie Mr Velasquez' Leiche gesehen und begriffen hatte, dass alles ihre Schuld war. Sie sollte das Baby in sich schützen. Was hatte sie getan?

Lee drängte sich durch die pulsierenden Körper und suchte nach etwas, das einer Toilette glich. Sie packte Annie, um sie mitzuziehen, doch als sie sich umsah, hielt sie einen Jungen am Arm, einen Jungen mit einem Nasenring, der sich das Haar raspelkurz rasiert und wie ein Leopardenfell gefärbt hatte. Lee ließ ihn los, stolperte zurück durch die Körper und fragte sich, ob sie überhaupt hier war.

Ein junges Mädchen, deren Arm in dicke Leuchtbänder gehüllt war, das Haar zu einem glänzenden weißen, aalglatten Helm geformt, hakte sich bei Lee unter und führte sie über die Tanzfläche zu einem schweren schwarzen Vorhang auf der anderen Seite des Raums. Das Mädchen hatte ein schmales, exotisches Gesicht mit einer spitzen Hakennase und großen Vogelaugen. Es strahlte Ruhe und Gelassenheit aus, und einen Moment lang lockerten sich die Fesseln der Übelkeit um Lee. Die Menge machte ihnen Platz, das Mädchen führte sie zum Vorhang, schob ihn zur Seite und brachte sie in eine Toilette. An der hinteren Wand gab es einzelne Kloabteile, an der Seite eine Reihe stählerner Waschbecken, doch das Mädchen schob Lee zu einer metallenen Schüssel mit einer Reihe von Wasserhähnen. Das Metall wirkte durchsichtig, schien zugleich aber zu wabern.

Mit einer kühlen Hand in Lees Nacken half das Mädchen ihr auf die Knie. Die Berührung beruhigte Lee, und sie entspannte sich ein wenig, bis die Übelkeit erneut die Oberhand gewann und sie den Rand der Schüssel packte. Das Mädchen bückte sich neben sie, zog ihr die Kapuze herunter und flüsterte ihr etwas ins Ohr. Lee erbrach sich in dicken schwarzen Schnüren, die in der Schüssel zum Leben erwachten und sich wie schäbige Egel krümmten und wanden. Der Anblick förderte noch mehr zutage und noch mehr, bis sie so leer war, dass es wehtat. Das Mädchen blieb die ganze Zeit bei ihr und flüsterte ihr zu, alles aus sich herauszulassen, alles Gift ihres Lebens. Dass sie noch einmal neu anfangen könne, alles in Ordnung käme. Ihre Augen wirkten normal. Die Pupillen waren zwar fürchterlich groß, aber wie Quallen sahen sie nicht aus. Das Mädchen drehte das Wasser an, schob Lees Kopf sanft in seine Richtung und wusch ihr das Gesicht. Das fühlte sich gut an, und Lee hielt den Kopf unter den Strahl, wurde ruhiger und fühlte sich fast wieder normal. Sie richtete sich auf und schaute das Mädchen zum ersten Mal richtig an.

Ihre Iris war fast nicht vorhanden, zwei blassblaue Kreise um die dunkelsten Pupillen, die Lee je gesehen hatte. Lee glaubte, sich doppelt darin zu erkennen, beugte sich weiter vor, und das Mädchen grinste.

»Wie geht es dir?«

Noch immer fühlte sich Lee, als wäre ihr Fleisch zerronnen, und sie brachte nicht mehr als ein weiches Stöhnen heraus.

»Die Wirkung kommt und geht. Du musst sie reiten lernen. Wie mit einem Pferd. Erst bockt es, doch wenn du es zugeritten hast, gehört es dir. Es ist eine Reise. Keine leichte, aber am Ende wirst du sehen, dass es sich gelohnt hat. Vertrau mir.«

Lee erinnerte sich, wie Derrick ihr erklärt hatte, es gebe zwei Sorten von Thrumm, und nur eine davon machte dich zu einem gefühllos dahinvegetierenden Zombie. Welche arbeitete da gerade in ihr? Sie hatte das Gefühl, sich wieder übergeben zu müssen, doch da war nichts mehr in ihr.

»Wie heißt du?«, fragte das Mädchen.

»Lee«, schaffte sie zu sagen, bevor sie sich stoppen konnte.

Das Mädchen hielt ihren Blick, für Sekunden, Minuten, eine Ewigkeit. Lee schwamm in ihren dunklen Pupillen.

»Himmel, du bist hübsch. Und du weißt es nicht mal, oder?«

Lee schlug verlegen die Augen nieder.

»Mein Name ist Xenia.«

Xenia. Wo hatte sie den Namen schon einmal gehört? Und noch etwas hatte Lee vergessen. Aber was auch immer es war, es war weg. Sie hatte Mühe, sich bewusst zu machen, wo sie war. Hier roch es nach Schweiß und Erbrochenem, hinter einem chemischen Erdbeerduft, und als der Geruch in sie hineinsickerte, rief das erneut den Brechreiz in ihr wach. Xenia half Lee auf. Ihr war nicht bewusst gewesen, dass sie auf dem Boden gesessen hatte. »Komm«, sagte Xenia, »wir bringen dich an einen guten Ort.«

Sie führte Lee zurück durch den Vorhang und auf die Tanzfläche, und als die Musik durch Lee pulste und sie die Tanzenden sah, erinnerte sie sich plötzlich: Annie. Sie drehte sich um und versuchte, sich darüber klar zu werden, wo sie ihre Freundin zurückgelassen hatte. Xenia zog sie voran, Lee stemmte sich dagegen, aber das Mädchen war überraschend stark, und Lee spürte allen Widerstand aus sich weichen. Sie konnte ihr nur folgen. Aber sie suchte doch nach jemandem. Nach wem gleich noch mal?

Die Menge machte ihnen Platz, als Xenia Lee zum Ausgang führte. Hinter dem Vorhang wurde die Musik leiser und der grün leuchtende Rauch des Ganges zu etwas, an dem Lee sich festhalten konnte. Xenia zog sie weiter, während es grün um sie herum wogte und wummerte.

»Ich sehe immer, wenn es das erste Mal für jemanden ist. Es kann etwas beängstigend sein. Wir bringen dich an einen ruhigen Ort, und es wird schön werden. Du wirst schon sehen. Du wirst Dinge erleben, die du nie für möglich gehalten hättest.«

Sie kamen an dem Wandbild des Tunnels vorbei, und Lee sah einzelne Bildsplitter mit Händen und Beinen, Armen und Füßen und dem Gesicht einer alten Frau, den Blick zum Himmel gerichtet.

»Von hier unten haben sie Interkontinentalraketen abgefeuert oder waren zumindest bereit, es zu tun. Das Silo hält eine Atomexplosion aus, aber heute ist es ein Zentrum des Positiven.«

Xenia ging mit Lee eine Treppe hinauf, blieb auf dem ersten Treppenabsatz stehen, hielt sie mit der Schulter an der Wand und fummelte mit einem Schlüssel an einem ihrer Armbänder herum. Als sich die Tür öffnete, stolperte Lee nach hinten und stürzte beinahe die Treppe hinunter in die Dunkelheit. Xenia fasste gerade noch ihren Arm. »Halt dich fest«, sagte sie. »Wir wollen schließlich nicht, dass du dir wehtust.« Sie machte das Licht an, half Lee in den Raum und schloss die Tür. Die Musik war jetzt nicht mehr zu hören, war nur noch eine Erinnerung in Lees Haut.

Sie stand auf einem düster grünen Teppich, der Raum groß und rund, und überall lagen Sitzsäcke verteilt. Enorm große, rote Pilze. Eine provisorische Industrieküche nahm einen Teil der Wand ein, daneben ein langer hölzerner Esstisch mit Stühlen. Lee sah zwei schmutzige weiße Sofas und dahinter einen langen Tisch mit Kontroll- und Steuerungsinstrumenten aus der Zeit des Kalten Krieges. Wählscheiben und Knöpfe, manche eckig und klobig, darüber eine Wand mit zwölf leeren Monitoren. Und wie im Kostümraum ragte auch hier in der Mitte eine große, runde Betonsäule bis zur Decke.

»Setz dich«, forderte Xenia sie auf. »Ich bringe dir etwas Wasser. Hier unten musst du darauf achten, nicht auszutrocknen!«

Lee ließ sich in einen Sitzsack sinken und nahm eine Flasche, trank aber erst, nachdem Xenia einen Schluck daraus genommen hatte und sie ihr zurückgab. Lee hörte die Musik wieder, die aus weiter Ferne zu ihr durchzudringen schien, so unterirdisch tief, dass es vielleicht nur eine Täuschung und das alles in ihr war. Lee nippte an der Flasche, bis sie husten musste.

»Langsam jetzt. Du musst dich nicht gleich ertränken. Wie fühlst du dich? Kannst du sprechen?«

Lee versuchte es. »Sage ich etwas?«

Xenia lächelte. »Ich sehe, dass du es versuchst. Was gut ist. Die Wirkung kommt und geht. Wenn du sie also wieder spürst, ist das okay. Ich bringe dich da durch. Vertraust du mir?«

Lee wusste es nicht, zu nicken schien jedoch das Einfachste, und so tat sie es.

»Gut.« Xenia setzte sich in den Sack neben Lee. »Weil du loslassen musst. Alles, woran du dich hältst. Ich kann sehen, dass du einiges durchgemacht hast. Habe ich recht?«

Lee fand keine Worte.

»Du musst nichts sagen, ich verstehe dich auch so. Wie fühlst du dich jetzt?«

Ein metallischer, stechender Geschmack füllte ihren Mund. Ihr Körper kämpfte noch immer gegen Wellen von Übelkeit an. Sie wollte sich wieder übergeben. Nickte stattdessen.

»Gut. Lass dich darauf ein und bekämpfe es nicht, sonst ertrinkst du darin. Lass dich bei der Hand nehmen.«

Es stimmte, sie ertrank, und je mehr Lee sich dagegen auflehnte, desto tiefer sank sie. Sie schloss die Augen, und in ihr löste sich etwas, bonbonfarbene Tentakel entrollten sich wie Tang. Die Musik, die eben noch so weit weg gewesen war, pulsierte wieder in ihr. Eine Bilderwolke wirbelte durch ihren Kopf: paläozoische Unterwassergliederfüßler, ein fötaler, schwebender Kosmonaut, die weißen, geöffneten Beine einer nackten, auf dem Rücken in einem vertrockneten Dickicht liegenden Frau. Lee öffnete die Augen, sah in die des Mädchens, Xenia, und die Bilder verschwanden.

»Gibt es etwas, von dem du dich befreien willst?«

Lee schüttelte den Kopf, nickte, schüttelte ihn wieder. Sie wusste nicht, was sie tun sollte.

»Etwas, das dich belastet? Wir tragen negative psychische Energien in uns, und diese Energien binden uns an unsere Ängste und Sorgen. Befreie dich von ihnen, und du befreist dich von deinen Ängsten. Gibt es etwas, was du gern loswerden würdest?« Lee begann zu zittern, und Xenia legte ihr eine Hand auf den Arm. »Es ist okay. Ich bin hier, um dich zu führen. Tust du etwas für mich?«

Lee nickte.

»Schließ deine Augen.«

»Nein.« Das Wort schmeckte schleimig, wie etwas, das sie aus ihrem Körper schaffen musste.

»Du musst mir vertrauen, Lee. Vertraust du mir?«

Ja, dachte Lee. *Ja*. Ihr Inneres sprach zu ihr, und so schloss Lee die Augen und tauchte in die Dunkelheit des leeren Aquariums ab. Tomi war da. Sie konnte ihn nicht sehen, doch sie spürte seine Anwesenheit.

Das Mädchen war auch dort. Lee hörte eine Stimme: »Wo sind wir?«

Lee sprach ohne Worte, ihre Gedanken wanderten durch die Finsternis. Sie wusste, Xenia konnte sie hören. *Im Aquarium. Wir müssen gehen. Es ist nicht sicher.*

»Wovor hast du Angst?«

Vor dem Leichenträger.

»Was will er?«

With Hidden Noise.

»Wo ist es?«

Lee war kurz davor, es dem Mädchen zu sagen, aber sie wollte sie nicht in Gefahr bringen.

»Lee. Wo ist *With Hidden Noise*?«

Er wird uns dafür umbringen.

»Danach wird es dir besser gehen. Sag mir, wo es ist.«

Lee fühlte sich nackt. Übel und krank, und das Ding in ihr *(das Baby? O Gott, ist das das Baby?)* schlitterte, zappelte in ihrem Innern. Es bewegte sich durch sie hindurch und zog ihre Organe zusammen, seine langen Tentakel flimmerten unter ihrer Haut.

»Weiter. Es ist okay. Befreie dich, und es hört auf.«

Lee begann zu erkennen, dass es im Aquarium nicht völlig dunkel war. Sie vermochte, die Umrisse der Wassertanks auszumachen, Figuren alter Schaubilder, alles in einen blass silbrigen Ton gehüllt. Tomi konnte sie immer noch nicht sehen, aber sie wusste, er war bei ihr. Sie hörte seine Stimme in ihrem Kopf, die mit der Stimme des Mädchens wetteiferte. Weit weg war sie, das schwache Echo einer Stimme, das an ihr zog. Sie versuchte, Tomi zu folgen, aber Xenias Stimme war stärker und drängender und hielt sie an ihrem Platz.

»Lass los, Lee. Überlass es mir. Betrachte es in deinen Gedanken. Beschreibe es.«

Die Lichtquelle, wo auch immer sie war, breitete sich aus, die Umrisse wurden klarer. Sie roch etwas Vertrautes, Milchiges, Süßes. Sandelholz. Dann sah sie, wie eine menschliche Gestalt zusammen mit allem anderen Form annahm. Es war ein dunkler Umriss mit einer silbrigen Aura. Wie vage er auch war, sie kannte ihn. Sie öffnete die Augen.

Er stand hinter dem Mädchen. Er trug denselben Anzug. Lee spürte, wie sich die schwarzen Tentakel aufs Neue ausbreiteten.

Er sagte: »Kennst du den Ausdruck: ›Ein einzelner Funke kann einen Präriebrand auslösen‹? Die Welt ist ein ausgedörrtes Feld, Braut, und du hältst das Streichholz in der Hand.«

Lee fühlte Galle in sich aufsteigen, und Xenia, als könnte sie ihre Gedanken lesen, brachte einen Eimer und hielt ihn ihr hin. Lee entleerte sich dessen, was noch in ihrem Magen verblieben war. Dann gab Xenia ihr die Wasserflasche, nippte erst selbst daran und drängte sie nicht. Lee trank mit großen, gierigen Schlucken, bis sie fast wieder spucken musste.

Der Leichenträger hielt ihr die Hand hin. Sein anderer Arm hing schlaff am Körper herunter, als wären die Drähte in ihm gekappt. »Ich will dir etwas zeigen.«

Er nahm ihre Hand. Xenia half ihr aufzustehen, und Lee wankte hinter ihm durch den Raum. Seine Hand war feucht, wie etwas, das bei Niedrigwasser auf einem Felsen lag. Sie spürte Hass in sich aufsteigen, doch der konnte nirgends hin, und so wand sich der Hass in ihr wie ein rastlos wütendes Tier. Sie wich zurück, aber ihre Hand blieb in der des Leichenträgers.

Das Tier in ihr kratzte und wollte hinaus, um ihm die Augen aus den Höhlen zu reißen. Er lächelte. »Dazu ist es zu spät«, sagte er ruhig und schien ebenfalls ihre Gedanken lesen zu können. »Deine Chance zur Vergeltung ist verstrichen.«

Er löste seine Hand, griff nach dem schlaffen Arm, hob ihn an und ließ ihn fallen, als wollte er ihr seine Nutzlosigkeit demonstrieren. Es war nicht mehr als der Arm einer Marionette. »Deine Kugel hat den Oberarmknochen zerschmettert, die Sehne des Bizeps durchtrennt und den Mittelarmnerv demoliert. Als sie zerschellte, hat sie überall im Gewebe Splitter hinterlassen. Kleine Bleistücke finden ihren Weg an die Oberfläche. Hin und wieder taucht eines auf und bohrt sich wie ein winziger Metallwurm aus der Haut. Die Nerven sind tot. Ich habe keinerlei Gefühl mehr in dem Arm.« Er legte seine gesunde Hand auf ihren Kopf. »Wenn du das Bedürfnis verspürst, den bitteren Wein der Vergeltung zu schmecken, sieh dir meinen Arm an.«

Lee spuckte auf den Boden. »Ich bekomme mehr als Ihren Arm.«

Er lachte nur. »Sieh dich an. Ein zitterndes kleines Mädchen. Glaube mir, es gibt einen einfacheren Weg.«

Lee tat alles, um die Wut zu unterdrücken, die sie aufforderte, dem Mann die Augen auszukratzen. Die Wirkung der Droge hatte so plötzlich nachgelassen, wie sie gekommen war. Mit einem Mal spürte sie sie nicht mehr, behielt jedoch ihren in die Ferne gerichteten Blick bei.

Der Mann nickte Xenia zu, die den Raum verließ. Dann wandte er sich zur Seite, der Kontrolleinheit zu. Schaltete sie an und legte einen Schalter um. Die zwölf Monitore erwachten summend zum Leben, wie Tore zu Orten innerhalb und außerhalb der Anlage: Zwei Kameras zeigten, was draußen vor sich ging, und drinnen sah Lee den Tanzsaal, den Kostümraum und andere Räume, die sie nicht kannte. Er suchte einen Monitor nach dem anderen ab. »Irgendwo da ist sie«, sagte er.

Während der Mann ihr den Rücken zukehrte, mühte sich Lee, mit einem Arm unter ihr Kostüm zu langen, um an ihre Tasche zu kommen.

»Ich wollte sie dir nur zeigen«, sagte er, die Augen immer noch auf den Monitoren. »Deine Freundin. Damit du siehst, dass es ihr gut geht.«

Lee sah sie. Annie tanzte mit einem Jungen. Der Mann entdeckte sie jetzt ebenfalls. Er zoomte Annies Augen heran. »Ein wenig geweitet, sicher, aber das tut ihr nichts.« Er drehte sich um, und wenn ihn der Anblick ihres Revolvers überraschte, ließ er es sich nicht anmerken.

Lee hatte gedacht, sie hätte sich an das Gefühl einer Waffe in ihrer Hand gewöhnt, aber wieder fühlte sie sich sperrig an, und ihre Finger waren wie aufgeblasen. Der Leichenträger stand ungefähr zwei Meter entfernt, seine Hand in einer Art Absolutionsgeste vor sich. Er machte keinerlei Bewegung in ihre Richtung. Sie konnte das jetzt und hier beenden.

»Und?«, fragte er. »Worauf wartest du?«

Der Revolver lag schwer in ihrer Hand. Sie vermochte ihn kaum oben zu halten. »Sie verdienen es.«

»Vielleicht. In deinem System von Gerechtigkeit und Karma wird es so sein. Warum zögerst du dann? Genießt du den Moment so sehr?«

Da sah Lee etwas, das ihr den Magen wegsacken ließ. Eine der Kameras schwenkte durch eine Reihe fast identischer Räume, und an einer Wand erkannte sie ein Poster, das sie gerade erst gesehen hatte: einen schwarzen Deadmau5-Kopf mit glühenden Augen. Und, kurz bevor das Bild in den nächsten Raum wechselte, einen Papierkorb voller Big-Gulp-Becher.

»Er ist einer von euch«, sagte sie.

»Wer?«

»DreamClown.«

»DreamClown.« Er sagte den Namen, als amüsierte es ihn. »Unser Hilfskellner. Ja.«

Lee dachte an das erste Mal, als sie unten in Annies Keller mit Teutonik und DreamClown gesprochen hatte. Wie hatte sie so dumm sein können? Sie hatte sich von ihnen herlocken lassen. Hatte ihnen in die Hände gespielt. Die Trauer um Tomi hatte sie nachlässig gemacht.

»Du fühlst dich verraten. Von jemandem, dem du vertraut hast.«

»Sie haben ja keine Ahnung.«

Er bewegte sich auf sie zu, blieb aber stehen, als Lee den Revolver auf seinen Kopf richtete. »Was würdest du sagen, wenn ich dir verriete, dass dich auch dein Freund Tomas Černák betrogen hat.«

Lee richtete den Lauf auf den dritten Knopf seiner Jacke und drückte ab.

Sie sah ihn lächeln, bevor sie den Schuss hörte, so laut im Raum. Starrte ihn an und verstand es nicht. Wie konnte sie ihn nicht getroffen haben? Der Mann stand keine anderthalb Meter vor ihr, und doch hatte sie seine große schwarze Brust verfehlt. Sie hob den Revolver ein paar Zentimeter und schoss noch einmal. Der Mann sah sie mitleidig an. Lee zielte auf seinen Kopf und schoss dreimal schnell hintereinander. Er zuckte zusammen, schloss die Augen vor den Blitzen, stand aber immer noch.

Lee drückte erneut ab, aber es klickte nur, und sie versuchte es wieder und wieder und wieder. In ihren Ohren rauschte es. Der Raum roch nach Kordit. Der Leichenträger trat vor und sah auf sie hinab. »Fertig?«

Lee sackte zu Boden. Sie war so verdammt dumm. Natürlich waren es keine richtigen Patronen. Der Mann ergriff den Revolver, nahm ihn ihr weg und steckte ihn in die Tasche. Fast schon gütig, ja geradezu liebevoll legte er ihr die Hand auf den Kopf. Aller Kampfeswille verließ Lee. Scham und Hilflosigkeit traten an seine Stelle.

»Geh nicht zu hart mit dir ins Gericht. Diese Welt ist so viel größer als jeder Einzelne von uns.« Er strich ihr übers Haar. Sie spürte seinen Atem auf ihrem Hals.

Lee dachte an das Handy von DreamClown. Sie hatten von Anfang an gewusst, wo sie war.

»Wir zwei sind hier ganz allein. Ich dachte, wir könnten reden und alle Gehässigkeit zwischen uns beilegen. Ich glaube, wir verstehen uns besser, als es dir bewusst ist.«

Er half ihr auf und führte sie zu den Sofas.

»Komm, ich helfe dir aus diesem lächerlichen Ding«, sagte er, zog ihr das Kostüm über den Kopf und legte es auf eines der Sofas. »Das Brautkleid stand dir so viel besser.« Er holte einen alten Diaprojektor aus einem Schrank, stellte ihn auf den kleinen Tisch und richtete ihn auf die Wand bei der Tür. »Das mit Tomas tut mir leid. Ich wollte seinen Tod nicht. Hoffentlich verstehst du, dass es Notwehr war.« Er schob ein Magazin in den Projektor und steckte ihn ein. Mit einem dumpfen Summen erwachte der Apparat zum Leben. »Du musst verstehen, dass es nicht allein um mich ging, sondern um fast hundert Jahre Arbeit und Planung. Wir stehen kurz vor der Lösung des einzigen Problems, auf das es ankommt, und er war drauf und dran, all das wegzuwerfen. Wofür? Die Liebe?« Er schaltete das Licht aus, sodass nur noch die im Lichtstrahl des Projektors wirbelnden Staubkörnchen und das leere weiße Rechteck an der Wand zu sehen waren.

Dann griff der Leichenträger nach der Fernbedienung, und das erste Bild erschien. Das Werk war ihr mittlerweile so vertraut. Der große Stahlrahmen, die waagerechte Fuge in der Mitte, die Sprünge im Glas und die Menagerie mechanischer Formen.

»Ich denke, du kennst Duchamps *Großes Glas*.«

Er schaltete zum nächsten Bild. Es war wieder das *Große Glas*, aber mit den fehlenden Elementen, dem Boxkampf, der Spule und dem Jongleur der Gravitation. Mit dem Schatten seines Fingers deutete er darauf. »Wir wissen, dass Duchamp bestimmte Schlüsselkomponenten in seiner letzten Version ausgespart hat. Komponenten, die er seinen Notizen zufolge ursprünglich mit hineinnehmen wollte. Deshalb haben wir uns gefragt: Warum? Lag es einfach daran, dass er die Arbeit unvollendet lassen wollte? Aus Überdruss und Langeweile? Das kann ich nicht glauben. Duchamp war in seinem ganzen Leben nicht einen Moment lang gelangweilt. Alles, was er tat, diente einem Zweck. Also warum? Seiner Konzeption nach ist das *Große Glas* eine ›Verspätung in Glas‹, das statische Bild eines dynamischen Systems. Wie mag dieses System aussehen, wenn es in seiner wahren Form in Bewegung gesetzt wird? Was mag es enthüllen? Ich persönlich glaube daran, dass er wusste, wir waren für diese Einsicht noch nicht bereit, und so war er gezwungen, bestimmte Komponenten aus seinem Plan zu tilgen, damit wir seine Vision erst entdecken würden, wenn wir bereit dafür wären.«

»Den Boxkampf. Er hat die Zündspule herausgelassen.«

Der Leichenträger schien überrascht, aber erfreut, und Lee hasste sich dafür, dass sie sich nicht hatte zurückhalten können.

»In der Tat«, sagte er. »Aber der Boxkampf ist keine Zündspule. So prosaisch ist es nicht. Der Boxkampf ist eine Vorrichtung, um den Raum einstürzen zu lassen. Auf diese Weise treibt er die Junggesellenspritzer über den Horizont zur Braut. Indem er die Raumzeit selbst kollabieren lässt.«

Lee spürte, wie die Droge wieder zu wirken begann. Das Sofa war ein weiches Moos, das sich um ihren Körper legte. Sie schüttelte es ab, und die Stimme des Mannes kehrte zurück.

»Im Jahr 1912, als Duchamp seine Arbeit konzipierte, drang die Vorstellung eines Raum-Zeit-Kontinuums gerade erst in das öffentliche Bewusstsein. Duchamp selbst spielte mit Ideen einstürzender Mehrdimensionalitäten. So wie ins Licht gehaltene Objekte einen zweidimensionalen Schatten werfen«, er hielt die Hand zur Demonstration in den Lichtstrahl, »glaubte Duchamp, dass die dreidimensionalen Alltagsobjekte um uns herum nichts als Schatten von etwas Vierdimensionalem sind. Dass unser ganzes Universum ein blasser Schatten einer tieferen Ordnung ist. Aber was macht diese Ordnung aus? Und was liegt dahinter?«

Der Leichenträger schien von seinen eigenen Worten gefesselt, und Lee spürte den Wahnsinn in ihm wie eine dritte Person im Raum. »Warum erzählen Sie mir das alles?«, fragte sie.

»Es ist unerlässlich, dass du die Wichtigkeit unserer

Arbeit verstehst. Ob du es magst oder nicht, du bist ein Teil davon. Warum, glaubst du, ist es dir erlaubt weiterzuleben, während andere gestorben sind? Hast du dich das je gefragt?«

Die Droge machte sie benommen, und ihr Kopf verlor jeden Halt, wann immer sie ihn bewegte. Sie konnte nicht länger sagen, wo ihr Körper aufhörte und das Sofa begann.

»Es liegt nicht allein an *With Hidden Noise* und dem Umstand, dass es in deinem Besitz war. Tatsächlich halten wir es kaum für einen Zufall, dass es in deine Hände gelangt ist. Darf ich dir erklären, was ich meine?«

Er nahm ihr Schweigen als Aufforderung fortzufahren. »Erlaube mir, ein wenig auszuholen: Heisenberg meinte, dass Teilchen auf der Quantenebene nur existieren, wenn sie mit anderen Teilchen zusammenstoßen. Stell dir das vor: Materie existiert nur in jenen winzigen Momenten, wenn sie mit anderer Materie verbunden ist. Sonst gibt es sie einfach nicht. Die Welt besteht nicht aus Objekten. Die Welt besteht aus der Beziehung zwischen ihnen. Selbst Einstein hat das nicht gleich begriffen. Wenn zwei Dinge aufeinandertreffen, schafft das in der Welt nicht nur Bedeutung, sondern Existenz.«

Lee war ihr ganzes Leben lang allein gewesen. Unsichtbar. Erst als Tomi in ihr Leben gekommen war, hatte sie sich gesehen gefühlt. Es war, als existierte sie plötzlich auf eine Weise wie nie zuvor. Und nach seinem Tod war sie beinahe wieder verschwunden. War das Leben so? Auf lange Zeiten der Unsichtbarkeit folgten kurze Ausbrüche der Existenz?

»Einsteins Relativitätstheorien, die Quantenmechanik, die Stringtheorie: Duchamp bezog sich darauf, bevor die Wissenschaftler dieser Welt diese Dinge überhaupt zu Ende gedacht hatten. Du findest die Hinweise in seinen Arbeiten schon ab 1913. Aber Duchamp war nicht einfach ein

Wahrsager, so wie Einstein oder Heisenberg. Duchamp war ein Ingenieur. Ein Ingenieur nicht nur der mechanischen, sondern auch der unsichtbaren Kräfte, die überall um uns herum existieren. Das Es, das Ich, die innere Persönlichkeit, das Schicksal und der Zufall, das Unterbewusste, das kollektive Unterbewusste und die Zeit selbst. Genau, wie es Kräfte gibt, die die physischen Strukturen des Universums regieren, von den Sonnensystemen bis hinunter zu den Quantenteilchen, gibt es auch welche, die das menschliche Bewusstsein steuern.«

Lee konnte nicht aufhören, an Tomi und die Möglichkeit zu denken, dass er tatsächlich zu ihnen gehört hatte. Es schien einfach unmöglich. Sie *kannte* ihn. Er hatte sie geliebt, da war sie sicher. »Sie sind ein Lügner«, sagte sie.

Der Mann drehte sich zu ihr und schien verwirrt. »Hör nur zu. Versuch es zu sehen, dann wirst du es verstehen. Fast hundert Jahre lang waren die Menschen zu engstirnig, um die Wahrheit hinter Duchamps größtem Werk zu erkennen. Lass es mich so ausdrücken: Als Einstein feststellte, dass Raum und Zeit Teil eines einzigen Raum-Zeit-Kontinuums sind, staunte die Welt. Als der Physiker David Bohm mit dem Gedanken kam, dass das menschliche Bewusstsein und die Materie, aus der das Universum besteht, in ähnlicher Weise einem einzigen Kontinuum angehören, blieb die Reaktion dagegen aus. Lag es daran, dass diese Idee nicht so grundlegend war? Im Gegenteil, sie ist *so* grundlegend, dass sich niemand damit beschäftigen will. Stell es dir nur mal vor: Alle Trennung, zwischen dir und dieser Wand, zwischen dir und mir, deinem Bewusstsein und meinem, das alles ist reine Illusion, ein Produkt unserer Wahrnehmung und der gegenseitigen unausgesprochenen Übereinkunft, dass die Dinge Grenzen haben müssen. Dass sie getrennt bleiben müssen.«

Lee versuchte sich zu regen. Sich vom Sofa zu lösen,

doch es bewegte sich mit ihr. Sie spürte auch den Mann, spürte, wie er in sie hereinreichte, und versuchte, ihn hinauszustoßen. Aber seine Stimme hielt ihn dort.

»Denk nur daran, wie der Beobachtereffekt besagt, dass der Beobachter das Objekt seiner Beobachtung beeinflusst. Bohm schlug nun vor, dass der Beobachter der Beobachtete *ist*. Dass es auf der Quantenebene keinen Unterschied gibt. Er stellte das mit einem holografischen Modell dar, in dem jedes Teilchen das Ganze enthält. In einem holografischen Universum birgt jedes einzelne Teil, ganz gleich, wie klein es ist, das gesamte Universum in sich. Wenn wir wüssten, wie, könnten wir durch das Blatt eines Baumes auf einen der Jupitermonde gelangen. Zu jeder Zeit. Wir könnten Tausende Jahre in die Vergangenheit blicken, wenn wir nur wüssten, wie man sie in einem Wassertropfen sieht.«

Lee dachte an das, was Tomi über die Einheitliche Feldtheorie gesagt hatte: dass es, wenn sie aufginge, so wäre, als läse man Gottes Gedanken. Hatte das diese Leute dazu getrieben, drei Menschen zu töten, all diesen Kids die Köpfe zu leeren und sie zu lebenden Sexpuppen zu machen? »Sie tun so, als wollten Sie Gottes Gedanken lesen«, sagte Lee. »Aber was, meinen Sie, sieht Gott in *Ihnen*?«

Der Mann blieb sitzen, den Blick auf das Bild an der Wand gerichtet, aber etwas an seiner Haltung veränderte sich, und Lee dachte, vielleicht hatte sie ihn erschüttert.

»Lass es mich so ausdrücken«, erwiderte er. »Duchamp sah nicht nur, dass Materie und Bewusstsein Teil desselben Kontinuums sind, sondern dass wir von gewissen Gesetzen regiert werden, seiner Meinung nach absurden Gesetzen, die den deterministischen Tanz begründen, den wir alle tanzen. Was, wenn wir einen Weg fänden, diese Gesetze zu brechen? Sie zu umgehen oder zu verändern? Das Werk, das du da siehst, ist nicht weniger als ein Plan für eine Maschine, die, einmal in Gang gesetzt, genau das tut. Eine

Maschine, die das menschliche Bewusstsein, wie wir es kennen, transformiert. Ich will nicht Gottes Gedanken lesen, sondern sie verändern.«

»Aber Sie haben die Maschine doch«, sagte sie. »Ich habe sie unter dem Museum gesehen, oder? Warum setzen Sie sie nicht in Bewegung? Wofür zum Teufel brauchen Sie mich?«

Der Leichenträger legte die Fernbedienung zur Seite und sah sie neugierig an. »Ich dachte, das sei offensichtlich. Weil du den Schlüssel hast.«

Den Schlüssel? Natürlich, das war es.

»Wer konnte ahnen, dass wir so viele Jahre förmlich darauf gesessen haben? Als Duchamp Walter Arensberg bat, etwas in ein Bindfadenknäuel zu stecken und mit zwei Metallplatten zu versiegeln, sagte er der Welt, dass er keine Ahnung habe, um was es sich handle. Aber wenn wir eines über Duchamp wissen, dann, dass alles, was er gesagt hat, mit einer gewissen Skepsis zu betrachten ist. Er war ein Mann der Widersprüche. Er verschrieb sich dem Zufall, tat aber nie etwas, ohne die Kontrolle zu behalten. Es ist unmöglich, dass er jemandem, selbst jemandem, der ihm so nahestand wie Arensberg, einen so wesentlichen Teil seiner Arbeit überlassen hätte. Natürlich wusste er, um was für ein Objekt es sich handelte. Das Ganze war bloß eine Verschleierungstaktik, die uns daran hindern sollte zu verstehen, dass sich der Schlüssel in der Spule befindet. Der Schlüssel zu einem Werk, einer Vorrichtung, die er jahrzehntelang nicht bauen würde. Das wurde erst durch deinen Diebstahl klar. Eine Koinzidenz? Kaum. Für Duchamp gab es keine Koinzidenz. Nur den Zufall. Und jetzt bist du hier. Beide sind wir hier. Ich hatte gehofft, dich von der Wichtigkeit dieses Projektes zu überzeugen. Dass wir all das Schlimme, was geschehen ist, hinter uns lassen können. Und noch einmal: Dass es mit Tomas so gekommen ist, tut mir wirklich leid. Ich kann nur sagen, dass auch er bewaffnet war. Er zog seine Waffe zuerst, und so war es ein gutes altes Duell. Er ist als Mann gestorben, und dabei hat er dem Menschen in die Augen gesehen, den er liebte.«

Lee war so durstig, dass sie an nichts anderes mehr denken konnte. Sie sah den Staub durchs Licht des Projektors wirbeln. Als sich der Leichenträger zu ihr beugte und ihr eine Hand auf den Bauch legte, zuckte sie zusammen, regte sich jedoch nicht weiter.

»Komm«, sagte er. »Sag mir, wo es ist. Lass uns das Universum gemeinsam aufschließen.«

Lee versuchte, den Winkel seines Körpers im Verhältnis zu ihrem einzuschätzen. Ihr Blick folgte dem Projektorkabel zur Wand. Das einzige Licht im Raum hing daran. Sie kalkulierte die Entfernung zur Tür und rief sich ein Bild ihres Fluchtwegs vor Augen. Dann sprang sie vor, ließ sich zu Boden fallen und spürte, wie seine Hand über ihrem Kopf durch die Luft fuhr. Hätte sie längere Haare gehabt, hätte er sie womöglich erwischt. Sie rollte von ihm weg, packte das Kabel, riss daran und erwartete, dass der Raum in Dunkelheit versank. Doch das Grau der Monitore schimmerte weiter. Lee lag auf dem Rücken, und der Leichenträger war aufgestanden und sah neugierig auf sie herunter. Lee schaffte es gerade noch, auf die Knie zu kommen, bevor er sie erreichte, wobei der nichtssagende, neugierige Ausdruck nicht aus seinen Zügen wich.

Lee schwang das Kabel mit aller Kraft durch die Luft, und der schwere, dreipolige Stecker schlug ihm ins Gesicht. Er schreckte zurück, hob die Hand an die Nase, und von einem Moment auf den anderen war es mit seiner ruhigen Neugier vorbei. Er griff in seine Jackentasche und zog einen flachen silbernen Stab hervor, aus dem ein Rasiermesser klappte. Der Stahl schimmerte matt.

Lee sprang von ihm weg, quer durch den Raum. Sie erreichte die Tür, packte die Klinke und riss daran, als sie spürte, wie der Mann ihre Kapuze packte. Schon holte er sie zurück und hob sie in die Luft. Wie eine Strohpuppe hielt er sie über dem Boden und rammte sie gegen die Wand. Instinktiv drehte sie sich, damit ihre Schulter den Schlag abbekam, nicht ihr Bauch. Lee fühlte, wie alle Luft aus ihrer Lunge wich. Er ließ sie zu Boden fallen.

Der Mann nahm das Rasiermesser, hielt es an ihre Wange und führte es mit einer langsamen Liebkosung darüber. Sie fühlte, wie ihr das Blut den Hals herunterlief, noch bevor sie den Schnitt spürte. Lee fasste in ihre Tasche und hob das kleine Objekt zwischen ihm und sich in die Höhe. »Wollen Sie das?«

Sein Unterkiefer sackte leicht nach unten, und er wurde mit einem Mal ganz ruhig, als hätte er Angst, das Ding zu zerstören. Er steckte das Rasiermesser weg und streckte seine zitternde Hand aus. »Darf ich?«

»Wollen Sie es?« Lee spuckte ihm ins Gesicht, eine warme Mischung aus Blut und Speichel, dann warf sie das Ding mit aller Kraft quer durch den Raum. Panik überzog das Gesicht des Mannes, als es gegen einen der Monitore schlug. Es prallte daran ab, und einen Moment lang hoffte Lee, es sei zerbrochen. Doch dann sah sie das Ding durch den Raum rollen. Sie nutzte den Augenblick, um erneut zur Tür zu springen, doch der Leichenträger packte sie und schlug ihren Kopf gegen die Wand. Diesmal wurde alles schwarz.

Achtzehn

Sie hatte keine Ahnung, wie lange sie bewusstlos gewesen war, die Kombination aus Drogen und dem Schlag gegen den Kopf entzog ihrem Zeitempfinden jeden verlässlichen Boden. Aber als Lee die Augen öffnete, war sie allein. Es war still um sie herum. Selbst die leise Musik war nicht mehr zu hören.

Lee kämpfte sich hoch und stützte sich an der Wand ab. Ihr Kostüm lag wie eine abgelegte Haut auf dem Sofa. Keine Spur von dem kleinen Calabi-Yau-Raum – oder was auch immer das nun sein sollte. Die Monitore waren schwarz. Lee ging an den Kontrolltisch und drückte den Hauptschalter.

Die Monitore leuchteten auf, und von einem ganz an der Seite starrte sie der große Clownskopf an. Vom Parkplatz waren fast alle Autos verschwunden, der Audi von Annies Eltern aber stand noch da. Ein anderer Monitor zeigte den Gang vorm Kostümraum, direkt unter ihr. Der Polizist lungerte noch immer dort herum, ans Geländer gelehnt, und starrte auf das brennende Ende einer Zigarette. Drei weitere Kameras zeigten Ansichten von leeren Räumen in flachem Schwarz-Weiß: die Tanzfläche, den Kostümraum selbst und einen großen runden Raum mit metallenen Etagenbetten. Nichts regte sich, die Monitore wirkten wie Fotografien. Lee entdeckte einen Klumpen auf der Tanzfläche und auch andere auf dem Boden verstreut, dann einzelne Umrisse in den Etagenbetten des runden Raumes, wo sich die Jugendlichen offenbar die Exzesse der Nacht aus dem Körper schliefen. Annie war nicht dabei.

Sie ließ den Blick über die Wände gleiten, oben unterhalb der Decke. Suchte nach Lüftungsschächten. Nichts. Aber da, auf der anderen Seite des Raumes, war etwas: ein in den Teppich gefasstes stählernes Gitter. Ein Heizungsschacht? Lee ging hinüber und untersuchte es genauer. Es saß mit vier Schrauben im Boden. Sie suchte in den Küchenschubladen, bis sie ein Brotmesser fand, mit dem sie die Schrauben lösen konnte, und hebelte das Gitter auf. Lee ließ sich so langsam, wie sie konnte, in den Schacht hinab.

Er führte ein gutes Stück senkrecht nach unten, und sie hatte keinen Schimmer, wohin. In einen großen Ofen vielleicht? Sie wusste es nicht. Aber jetzt konnte sie nicht mehr zurück. Alle eineinhalb Meter gab es eine schmale Fuge, wo die Bauteile des Schachts aneinandergesetzt waren. Die nutzte sie, um Kräfte zu sammeln, suchte mit den Füßen Halt, ruhte etwas aus und setzte ihren Abstieg dann fort, bis sie an eine Biegung kam, an der der Schacht waagerecht weiterführte.

Lee ging in die Hocke und schob sich vor. Sie hörte das Summen der Luft in den Kanälen. Um sie herum war es völlig finster, nur ganz am Ende schimmerte etwas schwach. Sie kroch darauf zu, und zum ersten Mal machte sich die Wölbung ihres Bauches bemerkbar. Nicht, weil sie so viel dicker geworden wäre, sondern weil ihr Körper schützen wollte, was da in ihm war. Das erschwerte das Kriechen. Das Schimmern wurde zu einem Licht, das durch ein weiteres Gitter fiel, und als Lee es erreichte, sah sie hindurch. Sie befand sich über der Tanzfläche. Lee hob das Gitter an und ließ sich, ohne lange darüber nachzudenken, auf den Boden fallen. Der Raum war mittlerweile in ein nacktes Neonlicht getaucht, das ihm die Atmosphäre eines Busbahnhofs mitten in der Nacht verlieh. Der Boden bestand aus dicken schwarzen Gummimatten, wie es sie manchmal auf Spielplätzen gab. Sie waren klebrig und voller Dreck.

Es stank nach kaltem Schweiß. Plastikflaschen, Zigarettenstummel und allerlei Müll lagen auf dem Boden verstreut, und dazwischen die Schlafenden, etliche auf den Sitzgelegenheiten am Rand, einer sogar auf der leeren DJ-Plattform. Alle in Kostümen, die im grellen Neonlicht plötzlich schäbig aussahen, wie Bühnenrequisiten in einem Kindertheater. Der ganze Laden wirkte jetzt billig und heruntergekommen.

Lee ging zu einem Jungen, der neben einem Sofa auf dem Boden lag, und schüttelte ihn. Er stammelte etwas und versuchte sich wegzudrehen, schoss im nächsten Moment jedoch in die Höhe und rieb sich die Augen. Auf seinem Gesicht lag so etwas wie postkoitaler Gleichmut, der sich in Panik verwandelte, als Lee ihm sagte, die Polizei sei im Anmarsch.

»Steh auf.« Sie gab ihm einen Schuh, den er im Schlaf verloren haben musste. »Weck alle auf, die du finden kannst, und schaff sie hier raus. Uns bleiben nur ein paar Minuten.«

Der Junge starrte auf seine Füße, einen mit, einen ohne Schuh, bevor er zu beschließen schien, die einfachste Lösung sei, den zweiten auch noch auszuziehen. Er verschwand, ohne sonst jemanden zu wecken, schlurfte erst in die falsche Richtung, bevor er die Tür zum Ausgangstunnel fand. Lee weckte auch die anderen, die sich ebenfalls schnell davonmachten. Dann entdeckte sie die Überwachungskamera mitten im Raum, wie ein Raubvogel hockte sie über der DJ-Plattform. Die Mauer ringsum war aus Beton, vor ihr hingen dicke, samtige Vorhänge. Zwei große Lüftungsschächte reichten vom Boden zur Decke, einer auf jeder Seite des Raumes. Einer von ihnen war der Frischluftschacht von der Oberfläche, der andere musste ein Heizungskanal sein. Er verlief an der Decke waagerecht durch den Raum, mit Öffnungen links und rechts.

Jetzt sah Lee etwas, das ihr bisher nicht aufgefallen war: Eine der Gummimatten in der Mitte des Raumes wies Risse auf, auch an den Seiten war sie brüchig. Als sie sich näherte, entdeckte sie einen in den Boden eingelassenen Griff. Sie bückte sich und zog daran. Die Bodenplatte ließ sich problemlos anheben. Darunter führte eine Wendeltreppe eine graue Stahlröhre hinunter. Es gab kein Geländer, sodass sich Lee, als sie den Abstieg begann, nahe an der Wand hielt. Nach etwa fünf, sechs Metern gelangte sie auf einen Treppenabsatz mit einer Stahltür. Die Treppe ging weiter.

Lee lauschte an der Tür, doch es war nichts zu hören. Sie drückte die Klinke nach unten, und die Tür öffnete sich langsam in einen Raum so groß wie der Tanzsaal oben. Hier also standen die stählernen Etagenbetten, und der Boden lag voller alter Bücher und Zeitschriften, leeren Take-away-Schachteln und schmutzigen Kleidern. Die Betten waren zerwühlt, überall Decken und Schlafsäcke, hier und da lagen schlafende, atmende Körper. Lee ging von Bett zu Bett und suchte nach Annie, weckte die Schlafenden und sagte den angeschlagenen, konfusen Teenagern, sie sollten sehen, dass sie hier rauskämen. Endlich fand sie ein Paar Füße mit dem grünen Nagellack, den sie selbst aufgetragen hatte. Sie ragten unter einem Stapel Plüschdecken hervor. Lee schüttelte ihre Freundin wach.

Annie stöhnte matt, rollte sich auf den Rücken, blinzelte Lee an und lächelte. »Lee! Hey, Babylove … komm zu uns rein.« Sie rutschte ein Stück, um ihr Platz zu machen, und Lee konnte noch einen Umriss unter einer Leopardendecke ausmachen.

Es war ein Junge, nicht älter als Annie, knochig, in einem dünnen Unterhemd und einer weißen Unterhose, die wohl etwas zu groß geraten war. Er hatte einen Igelschnitt, wie ihn die Sportler in ihrer Schule gehabt hatten, war aber viel zu mager für eine Sportskanone. Und er trug einen Ohrring. Völlig desorientiert sah er sich um, bis sein Blick an Lee hängen blieb und er nach seiner Hose suchte.

»Wer bist du?« Die Stimme des Jungen war tief und kratzig, als hätte er sein ganzes Leben nur geraucht.

Lee wandte sich an Annie. »Zieh dich an. Sofort. Du musst hier raus. Es ist nicht sicher, verstehst du?«

»Wie viel Uhr ist es? Wo ist mein Telefon?«, fragte Annie ins Leere hinein. »Ich muss zu Hause sein, bevor meine Eltern aufwachen.«

Der Junge hatte ein Bein in der Hose, als Lee ihn am Arm packte und auf die andere Seite des Raums schleifte. Sie sah sich zu Annie um, die zwischen den Decken nach etwas zu suchen schien. Als sie mit dem Jungen außer Hörweite war, drückte sie ihn gegen ein Waschbecken und zischte: »Wo ist er?«

»Wer?«

»Der Leichenträger. Wo ist er? Und wo ist der Rest von ihnen?«

Der Junge hob die Hände. »Hey, ich hab von nichts eine Ahnung. Ich hab gestern Abend deine Freundin da kennengelernt, und wir … Warte, bist du ihre *Freundin*? Entschuldige, ich …«

»Du bist nicht Teil von dieser Geschichte?«

»Von was?«

Der Junge schien aufrichtig verwirrt, doch Lee wusste nicht, ob sie ihm trauen konnte. Blieb ihr eine andere Wahl? In ihrem Kopf formierte sich ein Plan. »Wie heißt du?«

»Teddy.«

»Kannst du Auto fahren, Teddy?«

»Natürlich. Ich nehm nichts von dem Scheiß, ich bin *straight edge*.«

»Zeig mir deinen Führerschein.«

Teddy starrte Lee an, und sie sah, wie sich der Trotz in seinen Augen sammelte.

»Zeig-mir-deinen-verdammten-Führerschein-Teddy.« Lee griff hinter ihn und zog ihm seine an einer Kette hängende Brieftasche aus der Hose. Er wehrte sich nicht. Sie holte den Führerschein heraus. Auf dem Bild war ein Mädchen mit glattem braunem Haar und einem Kleiderkragen um den Hals zu sehen. Elizabeth Pinter. Sie war siebzehn.

»Elizabeth.«

»Verpiss dich. Die Scheiße in der Highschool reicht mir.«

Lee gab ihr die Brieftasche zurück. »Tut mir leid, aber das ist mir grad so was von egal. Weißt du, wie du hier rauskommst?«

»Klar.«

»Annie hat das Auto ihrer Eltern draußen stehen. Einen blauen Audi. Ich will, dass du ihn fährst.« Lee erinnerte sich an den Wahnsinn in den Augen des Leichenträgers, sein Gerede von Vergeltung, und ihr wurde bewusst: Wenn sie tat, was sie vorhatte, würde die Société Anonyme womöglich Annie nachsetzen. »Frag sie, ob sie Verwandte hat, zu denen sie kann. Nur für ein paar Tage. Ich will, dass du sie da hinfährst. *Nicht* zu ihr nach Hause. Kapiert?«

»Was, wenn's keine Verwandten in der Nähe gibt?«

»Dann nimmst du sie mit zu *dir*.«

»Ich glaube nicht, dass meine Eltern …«

»Ich scheiß auf deine Eltern, Teddy. Du bringst sie an einen sicheren Ort, der nicht ihr Zuhause ist, und dann sagst du ihr, sie soll ihre Eltern anrufen und die auch da wegholen. Verstehst du mich?«

Teddy nickte nur.

»Gut. Und Teddy?«

»Ja?«

Lee beugte sich vor und flüsterte: »Du wohnst in der Sansom Street 4826. Wenn Annie was passiert, wenn du es zulässt, dass ihr jemand was tut, finde ich dich. Kapiert?«

Teddy nickte, sehr schnell, und sah dabei nicht Lee, sondern einen Punkt hinter ihr an.

Lee ließ sie stehen und ging zurück zu Annie, die es geschafft hatte, sich halb anzuziehen, dann aber wieder eingeschlafen war. Lee weckte sie und richtete sie auf. Sie nahm Annies Kopf zwischen die Hände und küsste sie, einmal auf jedes Auge. »Es tut mir leid.«

Annie stand wankend da, verwirrt und ein bisschen berauscht von den Küssen.

»Geh mit deinem Freund, okay? Er weiß, was zu tun ist.« Lee zog Annie aus dem Bett und nickte zu Teddy hinüber, die Annie um die Taille fasste und mit ihr hinausging.

Als sie verschwunden waren, stieg Lee der Geruch von Schimmel und Ammoniak in die Nase. Sie setzte sich auf Annies Bett und starrte in die Überwachungskamera. Wenn noch jemand da war, beobachtete er Lee gerade. Sie stand auf, reckte den ausgestreckten Mittelfinger in die Kamera, öffnete die Tür und stieg weiter nach unten.

Neunzehn

Eine Ebene tiefer traf Lee auf einen schmalen, kreisrunden Gang rund um die Treppenröhre, von dem mehrere Türen abgingen. Sie lief zweimal im Kreis und betrachtete die kleinen rostfarbenen, über die Türen genieteten Figuren. Sie kannte sie mittlerweile, auch wenn sie nicht sagen konnte, welche genau wen darstellte. Es waren Duchamps neun Junggesellen: der Laufbursche, der Gendarm, der Kavalleriesoldat, der Schutzmann, der Leichenträger, der Lakai, der Hilfskellner, der Polizist, der Stationsvorsteher und der Priester.

Einige der Türen standen einen Spalt offen, doch die Zimmer dahinter waren leer. Lee steckte den Kopf in einen keilförmigen Raum, der ungefähr so groß war wie die Kabine eines Kreuzfahrtschiffs. Sie sah ein ordentlich gemachtes Bett, dessen Metallrahmen an der Wand verschraubt war, und ganz hinten einen Schreibtisch mit einem Computer und einigen Büchern. Sie schob sich in den Raum und öffnete einen alten Schrank gleich neben der Tür, in dem drei uralte Polizeiuniformen hingen, deren dicker blauer Stoff längst verblichen und von Motten zerfressen war. Sie schienen wirklich sehr alt zu sein, obwohl sie im Neonlicht wie die Kostüme ihres Onkels, des Hobbyschauspielers, aussahen. Er war jung gestorben und in einer seiner Uniformen begraben worden.

Sie sah in einen anderen türlosen Raum, der fast identisch, aber scheinbar gerade erst leer geräumt worden war. Ein offener Karton mit Unterlagen stand noch da. Lee erspähte einen Stapel Papiere, ging hin und nahm das oberste heraus: Edies Vermisst-Plakat. Es musste Hunderte von ihnen gegeben haben, vielleicht sogar Tausende. Lee starrte stumm auf das Blatt, bis es ihr dämmerte: Edie war in Wirklichkeit überhaupt nicht verschwunden. Es war ein Trick gewesen, um sie, Lee, ins Silo zu locken. Sie hatten darauf gewettet, dass sie nach Edie suchen würde. Die ganze Zeit hatten sie die Fäden in der Hand gehalten und taten es immer noch, indem sie sie durch dieses unterirdische Labyrinth hetzten.

Auf dem nächsten Treppenabsatz fand Lee eine Tür und ein in den Boden eingelassenes Stahlgitter, unter dem es noch weiter nach unten ging. Das Gitter war verschlossen. Sie hörte Schritte und stürzte auf die Klinke zu.

Lee kam in einen Raum, der weit größer war als die Räume der Junggesellen. Er schien die ganze Ebene einzunehmen, allerdings kam ihr die Form etwas komisch vor, und er fühlte sich kleiner an, als er, den oberen Ebenen nach zu urteilen, hätte sein sollen. Vielleicht lag es daran, dass er so vollgepackt war. Während die Betonwände oben beige gestrichen gewesen waren, waren sie hier mit dunkel gebeiztem Holz verkleidet, an dem alte Gemälde hingen. An einem Ende stand ein Bett mit einem aufwendig gefertigten Eisengestell. Lee hätte ebenso gut im Schlafzimmer eines alten europäischen Schlosses sein können, das die Jahrhunderte überdauert hatte. In einem dunklen Holzschrank hingen vier schwarze Anzüge wie die des Leichenträgers.

Lee suchte den Raum nach einem Lüftungsschacht ab. Sie wusste, irgendwo musste einer sein, aber zwischen all den Möbeln war er nur schwer zu finden. An und vor einer Wand entdeckte sie jede Menge afrikanische Volkskunst: Masken und Totems, Fruchtbarkeitsfiguren mit riesigen erigierten Penissen und ein langer hölzerner Speer mit einer polierten Stahlspitze. In einer Ecke sah sie einen handbetriebenen Phonographen, auf einem großen Eichenregal eine alte dreibeinige Schleifmaschine. Die Bücher waren alle in Leder gebunden, und auf einem Tisch beim Bett stand ein Schachbrett mit Marmorfiguren. Vor der gegenüberliegenden Wand fand sich eine originalgroße Reproduktion des *Großen Glases*. Wie die Version unter dem Museum verfügte sie über die fehlenden Elemente.

Es gab keinen Fernseher, keine Stereoanlage, keinen Computer oder Laptop, auch kein Handyladegerät in einer der Steckdosen, rein gar nichts, was man als Errungenschaft der letzten dreißig, fünfzig, vielleicht hundert Jahre hätte bezeichnen können. Lee stöhnte. Diese irre Besessenheit und der Gedanke, dass all das Sterben und die Zerstörung dem Fimmel eines alten Trottels für die Vergangenheit zu verdanken waren – es drehte ihr den Magen um.

Hinter einer Tür gab es ein kleines Bad, auf dessen Porzellanbecken alte Rasierutensilien lagen, ein Pinsel, ein Rasiermesser, etwas Rasierseife und eine angeschlagene Flasche Rasierwasser. Auf dem Etikett war das kleine Foto einer hausbackenen Frau mit einem schwarzen, federgeschmückten Hut zu sehen. Die Badewanne hatte Klauenfüße, und ihr Inneres war mit Rostflecken überzogen, die auf den ersten Blick wie getrocknetes Blut aussahen. Lee öffnete das Rasierwasser und roch daran: Es war der Sandelholzgeruch, wie Walderde. Beim Zurückstellen sah sie den Schacht in der Wand über dem Spiegel. Sie wusste, solange sie sich in einem der Räume aufhielt, konnten sie ihren Weg verfolgen, aber durchs Lüftungssystem würde sie ihren Blicken vielleicht entkommen.

Lee kletterte auf das Waschbecken, nahm das Rasiermesser und machte sich an die Schrauben der Abdeckung. Sie hatte auch die letzte fast gelöst, als sie hörte, wie sich die Tür zum Raum hinter ihr öffnete. Sie warf die Abdeckung in die Wanne und kümmerte sich nicht weiter um den Lärm. Schon war sie oben im Schacht.

Auf der anderen Seite der Wand fiel Lee senkrecht nach unten und wäre beinahe durch das Ende des Schachts gebrochen. Der Stahl gab nach, doch er hielt. Schmerz schoss ihr die Beine hinauf, und sie ging vorsichtig in die Hocke, um zu sehen, wie hoch die zur Seite führende Öffnung war. Sie dachte an das Baby, und ihr Körper verkrampfte sich unwillkürlich. In der Schule hatte es ein Mädchen gegeben, das schwanger geworden war und zu Ende des zweiten Monats beim Lauftraining eine Fehlgeburt erlitten hatte. Das Mädchen hatte erleichtert getan, die Geschichte mit einem »Puuh!« und einem theatralischen Wischen über die Stirn erzählt, aber Lee hatte die Trauer in ihren Augen gesehen. Die Vorstellung, eine Fehlgeburt zu erleiden und hier im Dunkeln das Baby aus sich herauszubluten, machte ihr mehr Angst als alles, was ihr der Leichenträger je würde antun können. Lee sah nach oben. Es drang kaum ein Schimmer in den Schacht über ihr, aber sie glaubte, die Bewegung eines Schattens zu sehen.

Spärliches Licht fiel auch durch eine Reihe Abdeckungen vor ihr, und sie kroch darauf zu. Ein ätzender chemischer Geruch stieg ihr in die Nase, kratzte ganz fürchterlich in der Lunge. Sie erreichte eine der Abdeckungen und sah hindurch. Der Raum unter ihr war etwa so groß wie der mit den Etagenbetten, doch dieser hier war ein Labor mit Bechergläsern, langhalsigen Kolben, Verbindungsröhren und Schlauchschnecken, großen kantigen Maschinen und zahllosen Chemikalienflaschen. Am Ende des Lüftungskanals konnte Lee eine Ventilatorenöffnung sehen, die zu einem Schacht nach draußen führen musste, und direkt rechts unter der Öffnung stand ein Turm mächtiger Plastiktonnen mit Chemikalien. Das war der Raum, nach dem sie gesucht hatte. Die Fässer mussten voll mit brennbaren

Lösungsmitteln sein, und wenn sie hier unten ein Feuer entfachte, würde sie es, dachte sie, schon bis nach oben schaffen, bevor die ganze Anlage in Flammen aufging.

Lee wollte gerade die Abdeckung hinaustreten, als sie eine Tür hörte. Schritte. Etwas Metallenes kratzte über eine Wand. Sie konnte ihn spüren, wie er unter dem Kanal entlangging und herauszukriegen versuchte, wo sie sich befand. Sie spürte ein leichtes Klopfen gegen das Metall, dann einen Schlag, der fest genug war, dass sie ihn durch den Kanalboden hindurch spürte. Sie hielt den Atem an. Wieder ein Schlag, fast hätte sich etwas Spitzes in ihren Arm gebohrt. Er zog es aus dem Metall, und gleich drang Licht durch den zentimeterlangen Riss. Noch ein Hieb, und ein weiteres Loch klaffte direkt hinter ihr. Lee kroch vorwärts, so schnell sie konnte, eine Maus in der Wand. Er folgte ihr, schickte die Speerspitze wieder und wieder durch das dünne Metall und verfehlte sie nur um Zentimeter.

Als es im Schacht immer heller wurde, konnte Lee vielleicht fünf Meter vor sich den senkrechten Abluftkanal erkennen, der wohl an die Oberfläche führen musste. Jetzt rammte er den Speer direkt vor ihr durchs Metall, ließ ihn diesmal drinnen und ruckte wie wild vor ihr damit herum. Instinktiv fuhr Lee zurück, und offenbar hörte er genau, wo sie war, denn er riss auch den Speer zurück. Lee schoss vor, und schon stieß die Spitze direkt hinter ihr in den Schacht. Sie erreichte den senkrechten Abzugskanal und schob sich in die Höhe.

Er verharrte unter ihr, dann hörte sie ihn auf und ab laufen, und mit einem lauten Grunzen trieb er den Speer ein weiteres Mal in den Kanal. Lee drückte ihre Füße auf den leicht vortretenden Saum des Kanals unter sich, hielt sich so und spürte, wie ihre Muskeln nachzugeben drohten. Selbst noch nachdem sie gehört hatte, wie seine Schritte den Raum verließen, verharrte sie in dieser Position und versuchte, klar zu denken. Vielleicht tat er nur so, als wäre er gegangen, und wartete, dass sie zurückkam. Ihr blieb keine Wahl, sie musste ihren Plan aufgeben.

Füße und Arme gegen die Seiten des Kanals drückend, arbeitete sie sich zentimeterweise nach oben. Sie kam nur langsam voran, ihre Beine schmerzten und verloren an Kraft. Lee gelangte zu einer waagerechten Abzweigung mit einem großen Ventilator. Damit wusste sie, wo sie war, und konnte sich ausrechnen, wie lange es dauern würde, ganz nach oben zu gelangen. Da würde er längst auf sie warten.

Also drückte sie sich zwischen den Propellerflügeln des Ventilators hindurch, gelangte zu einem offenen Lüftungsloch und landete in einem Versorgungsraum. Ihre Glückssträhne. Sie öffnete einen der großen metallenen Sicherungsschränke und machte sich daran, die einzelnen Schalter umzulegen, immer gleich zwei auf einmal. Lee spürte, wie der Komplex Ebene für Ebene im Dunkel versank. Als auch das Licht im Versorgungsraum erlosch, tastete sie nach dem Rest der Sicherungen und schaltete sie ab.

Nachdem alles ausgestellt war, setzte sie sich und ließ die Finsternis in sich dringen. Atmete sie ein und füllte ihre Lunge damit. Stumm dankte sie Tomi für das, was er ihr auf ihren Erkundungen beigebracht hatte, und spürte, wie sich ihr inneres Radar neu orientierte. Bald schon war es fast so, als könnte sie den Raum auch im Dunkeln sehen: die Propanrohre und die großen Ventilräder ringsum, die klobige alte Industrieheizung und das Wirrwarr der im Raum verlaufenden Kabel.

Lee verließ den Versorgungsraum, ging hinaus auf die Wendeltreppe und tastete sich die Stufen hinauf, von Treppenabsatz zu Treppensatz, bis sie die Einstiegsluke erreichte. Sie drückte sie mit der Schulter auf, spürte, wie die Schwärze um sie herum zurückwich, und trat auf den

Gummiboden der Tanzfläche. Sie lief zum Eingangstunnel hinüber. Die Tür zur Treppe nach oben befand sich am anderen Ende.

Lee eilte hindurch und war den Korridor schon halb hinunter, als sie ein Ächzen hörte, gefolgt von einem schweren Atmen. Etwas schepperte in der Finsternis vor ihr. Sie konnte den Leichenträger nicht sehen, doch in ihrer Vorstellung war er wütend und blind, stolperte mit seinem Speer auf sie zu und attackierte die Luft vor sich wie eine durchgedrehte Dreschmaschine.

Tastend wich sie zurück, hörte ihn fluchen. Hörte das Metall erneut über die Wände kratzen. Unsichere Schritte kamen auf sie zu. Lee drückte sich an die Seite, aber er war verwirrt, stolperte durchs Dunkel, und sie hörte, wie er links und rechts gegen die Wand prallte. Wieder ächzte er laut. Der Leichenträger rumpelte auf sie zu. Lee wechselte leise von einer Seite auf die andere und versuchte, seinen schlingernden Kurs vorauszuberechnen.

Das Herz pochte ihr in den Ohren und brachte ihre Sinne durcheinander. Mit einem Mal war der Geruch von Sandelholz überall, sie schwamm darin, verlor die Orientierung und fast auch das Gleichgewicht, als sein heißes Grunzen so nahe kam, dass sie es auf ihrer Wange zu spüren glaubte. Er war jetzt direkt vor ihr. Hatte innegehalten. Lee konnte ihn atmen hören, tief und schwer und panisch wie sie, und ihr war klar, dass auch er sie spürte, dastand und lauschte.

Ihr Herz schlug so laut, dass sie sicher war, es drang auch an sein Ohr, und je ruhiger sie zu atmen versuchte, desto lauter schien es zu werden. Dennoch, sie regte sich nicht. Sie hörte, wie er sich wieder in Bewegung setzte, einen Schritt machte und in den Raum zwischen ihnen griff. Lee ging in die Hocke, machte sich klein, schob sich auf ihn zu und versuchte, mit dem Rest ihres Instinkts zu erraten, auf welcher Seite des Korridors er sich befand. So leise sie konnte, wechselte sie die Seiten.

Sie spürte eine Bewegung vor ihrem Gesicht und hörte den Speer gegen die Wand schlagen. Lee duckte sich noch tiefer und schlich weiter. Er war jetzt links vor ihr. Die Finsternis gab nichts preis, vergrößerte aber seine Präsenz. Sein flacher, keuchender Atem umhüllte sie. Noch einen Zentimeter. Er grunzte, und sie drückte sich ganz auf den Boden. Lee spürte, wie der Speer über ihrem Kopf durch die Luft fuhr, hörte die Spitze erneut auf die Wand treffen, dann das Splittern von Holz. Die abgebrochene Spitze des Speers fiel ihr auf die Schulter. Lee keuchte ungewollt auf, und das reichte. Sie versuchte noch davonzuspringen, aber er hatte bereits ihre Kapuze gepackt, hob sie hoch und holte aus. Der Schlag nahm ihr die Luft, während sie hilflos nach ihm zu treten versuchte.

»Ich wollte nicht, dass es so weit kommt«, zischte er. »Glaube mir.« Er drückte sie mit der Schulter gegen die Wand, und sie fühlte, wie er etwas aus der Tasche holte. Als er es in der Hand hielt, spürte Lee seinen Atem wieder und stieß den Kopf in seine Richtung, so fest sie konnte. Seine Nase brach unter ihrer Stirn, und er wankte zurück, gerade genug, dass sie sich zu Boden fallen lassen und zur Seite rollen konnte. Sie spürte einen Luftzug, fühlte etwas durch ihren Ärmel schneiden und über die Haut fahren. Dann war sie wieder auf den Beinen und rannte.

Lee stoppte direkt vor der Treppe. Der Leichenträger stolperte hinter ihr durchs Dunkel. Sie nahm jeweils drei Stufen auf einmal, schlitterte unbeholfen über den obersten Treppenabsatz, tastete nach der Wand und gelangte zu der großen Stahltür, die nach draußen führte.

Lee packte die Klinke und versuchte, die Tür mit der Schulter aufzudrücken. Sie gab nicht nach. Lee hielt inne, versuchte zu atmen und spürte, wie die Panik zurückkam.

Sie holte einmal Luft, zweimal, dreimal, viermal, bis der Rhythmus wieder stimmte, griff in ihre Jeans und zog das Bündel Dietriche hervor. Es war eine Tür wie beim Militär, aber das Schloss wahrscheinlich fünfzig Jahre alt, wenn nicht älter.

Lee tastete sich durch die einzelnen Werkzeuge, bis ihre Finger den Tropfendiamanten fanden, zog ihn heraus, und dann den Spanner, ertastete das Schlüsselloch mit dem Daumen, schob den Spanner hinein, drehte ihn, bis sie die Richtung des Mechanismus spürte, und hielt die Spannung. Danach schob sie den Tropfendiamanten ins Schloss, doch ihre Finger waren voller Blut und glitschig, und die Dietriche fielen zu Boden. Den Spanner mit einer Hand im Schloss haltend, fuhr sie mit der anderen über den Boden. Da war nichts. Sie tastete sich bis zur Wand, nach links und nach rechts. Nichts. Lee zog den Spanner wieder aus dem Schloss, kroch auf allen vieren auf dem Treppenabsatz herum und suchte weiter. Endlich, auf der obersten Stufe, fand sie ihn. Sie wischte sich das Blut von den Händen und hob ihn auf. Weiter unten hörte sie eine Tür zuknallen.

Lee kroch zurück, schob den Spanner ins Loch, dann den Diamanten. Sie spürte an den Stiften entlang, bis sie endlich das Klicken hörte, drehte den Spanner und drückte die Tür auf. Sie entließ Lee in ein so blendendes Morgenlicht, dass sie einen Schritt zurückstolperte. Dann ließ Lee die Tür hinter sich ins Schloss fallen. Die Welt stellte sich langsam schärfer, und sie starrte an sich hinunter. Das Blut von ihrer Wange lief ihr über die Brust, und der Ärmel ihrer Kapuzenjacke war getränkt mit dem Blut ihres Arms. Sie erlaubte sich einen Blick auf den Schnitt: eine fast zwanzig Zentimeter lange Wunde längs des Trizeps.

Sie brach durch Unkraut und Gebüsch, um zu dem Baum zu gelangen, der hinten über die Mauer hing, als sie an einem kleinen Werkzeugschuppen vorbeikam und sah, was darin stand. In einer halben Minute hätte sie auf der anderen Seite der Mauer stehen können, doch sie hielt inne.

Die morsche Tür brach unter ihrem zweiten Tritt, und Lee lief um den Generator zu den drei Gasflaschen an der hinteren Wand. Zwei waren leer, eine voll. Sie reichte ihr bis zum Oberschenkel, und Lee musste sie mit beiden Händen aus dem Schuppen zerren. Ihr Arm verkrampfte sich vor Schmerz. Der verrostete Abluftkanal lag direkt beim Clownskopf und war halb von Unkraut und Gebüsch überwuchert. Lee riss das Gestrüpp zur Seite und blickte in den dunklen Schacht. Da unten musste das Labor sein.

Sie drehte die Kappe von der Flasche, zog ihre Jacke aus, stellte sich drauf und zog mit aller Kraft an einem Ärmel, bis er an der Schulter abriss. Knotete ihn dann um das Ventil, schaffte die Flasche an den Rand des Schachts und holte das alte Messingfeuerzeug hervor. Als sie es aufklappte, dachte sie an Mr Velasquez. Sie hielt das Feuerzeug an den Stoff, und die Stichflamme sengte ihr die Haare vom Arm. Lee trat zurück und gab der Flasche einen Tritt. Polternd fiel sie in die Tiefe, und der orangefarbene Feuerball erleuchtete die schwarzen Wände des Schachts. Es knallte, und ein grellgelber Blitz leuchtete von unten empor. Dann nichts. Das Feuer musste ausgegangen sein. Scheiße. Aber daran ließ sich jetzt nichts ändern.

Lee wandte sich um und lief zur hinteren Mauer, als sie von tief unten eine Explosion hörte. Sie drehte sich um und sah eine Flamme aus dem Schacht schlagen, gefolgt von einer dunklen schwarzen Rauchwolke.

Die Flamme war gleich wieder verschwunden, aber sie hatte ein Ohr des großen Clownskopfs erwischt, das Plastik fing Feuer und fraß sich schnell zu den Locken und der riesigen Melone hinauf. Schwarzer Rauch wallte auf, das brennende Plastik tropfte in großen Klumpen auf die Erde und brodelte nicht weit von Lees Füßen. Sie wich zurück, so schnell sie konnte. Das Feuer hatte auch die Nase des Clowns umschlungen, als sich die Tür des Silos öffnete und den Leichenträger ausspuckte, zusammen mit einer schweren grauen Rauchwolke. Er fiel hustend auf die Erde, und die Nase des Clowns zerschmolz und stürzte als rot blubbernde, brennende Masse auf seinen Rücken. Er schrie und drehte sich um, wollte sich die Jacke vom Leib reißen, als ihm ein weiterer brodelnder Klumpen auf Brust und Hals klatschte. Mit einem fürchterlichen Gurgeln riss der Mann den Kopf nach hinten, seine Augen verdrehten sich und sahen Lee einen Moment lang an, bevor alles Leben aus ihnen wich.

Sie trat, aller Gefahr zum Trotz, auf ihn zu. Der Clownskopf war nur mehr ein schwarzer Haufen brennendes Plastik. In einer Hand hielt der Leichenträger einen grün fluoreszierenden Leuchtstreifen, den er benutzt hatte, um den Weg zurück nach draußen zu finden. Lee griff in seine Tasche und holte den kleinen Ball heraus.

Buch VIII

Dem gebrochenen Arm voraus

Zwanzig

Der Schlüssel zu Steves Wagen war in ihrer Tasche und zerschmolz wahrscheinlich gerade irgendwo unter ihr, und so nahm sie ein Fahrrad, das jemand ans Tor gelehnt hatte. Bei der Fahrt zurück öffnete sich die Wunde an ihrem Arm, und als sie die Stadt erreichte und an der alten Papiermühle vorbeikam, wo sie und Tomi eine ihrer ersten gemeinsamen Erkundungen unternommen hatten, zogen sich dunkle Blutrinnsale ihre ganze linke Seite hinab und nährten die großen roten Flecken auf ihren Jeans. Lee war schwindelig vor Schwäche, als sie das Fahrrad in der Gasse abstellte und durch den Garten stolperte.

Mrs Velasquez öffnete die Tür mit unbewegter Miene, obwohl Lee wusste, dass die Frau sie erkannte. Lee brach auf ihrer Schwelle zusammen und stotterte: »Es tut mir so leid«, bevor die Tränen mit solcher Heftigkeit zu fließen begannen, dass sie kein weiteres Wort mehr herausbrachte. Die Frau nahm Lees Hand und führte sie stumm in ihr Haus. Sie setzte Lee auf einen Stuhl in der Küche und untersuchte die Schnitte an ihrem Arm und ihrer Wange, gab Lee ein Glas Wasser und verschwand. Von ihrem Platz in der Küche aus konnte Lee ins Wohnzimmer sehen, wo die Zwillinge fernsahen.

Mrs Velasquez kam mit einer kleinen Schachtel zurück, einem Stoffbeutel und einer Plastikflasche Alkohol zum Desinfizieren. Sie nahm ein sauberes Tuch, tränkte es mit Wasser und tupfte Lee das Blut vom Gesicht, vom Hals und ihrem Arm, half ihr aus dem T-Shirt und gab ihr das Tuch, sodass sie sich selbst über Bauch und Brust wischen konnte. Mrs Velasquez nahm den Alkohol, schüttete ihn über die Wunden und kümmerte sich nicht darum, dass Lee die Zähne zusammenbiss und vor Schmerz keuchte. Sie tränkte ein weiteres sauberes Tuch mit Alkohol und reinigte die Schnitte. Lee sah zu, wie sie Nadel und Faden aus dem Beutel holte. Mrs Velasquez sprach Englisch, wie Lee wusste, sagte aber kein Wort.

So viel Zeit sie auch mit Mr Velasquez verbracht hatte und so nahe sich die beiden dabei gekommen waren, bei ihm zu Hause war Lee nie gewesen, und es fühlte sich seltsam an, hier zu sitzen. Wie normal alles aussah, wie viel kleiner als der Mann, den sie so schätzen gelernt hatte. Sie hörte etwas hinter sich und entdeckte Angela, die Tochter, die von der Tür zu ihr herübersah. Vasco Jr. und Tino standen hinter ihr. Als sie ihre Blicke auffing, wandten sich die beiden ab und gingen zurück ins Wohnzimmer. Vor gar nicht so langer Zeit hatten die Jungs noch auf Lees Schoß gesessen, und sie hatte ihnen vorgelesen und mit ihnen gespielt. Jetzt waren sie wieder scheu wie Fremde.

Angela kam in die Küche, setzte sich Lee gegenüber und sah zu, wie ihre Mutter die Nadel durch den Schnitt in Lees Arm stach, den Faden festzog und den nächsten Stich setzte. Wieder und wieder. Lee schloss die Augen und versuchte, nicht zu schreien oder zu weinen oder etwas anderes aus sich herauszulassen als das tiefe Brummen, das ihr durch die zusammengebissenen Zähne drang, so sehr sie sich auch mühte, es zurückzuhalten. Etwa nach der Hälfte hielt Mrs Velasquez ihr eine Flasche Whisky hin, doch Lee schüttelte den Kopf und rang sich ein dankbares Lächeln ab. Mrs Velasquez wandte sich wieder ihrer Aufgabe zu, ohne ihr Lächeln zu erwidern. Sie machte das nicht zum ersten Mal, das konnte Lee sehen. Entweder war sie Krankenschwester wie Lees Mom, oder sie hatte es bei anderer Gelegenheit gelernt. Lee fragte sich, was die Frau über ihre,

Lees, Rolle beim Tod ihres Mannes wusste und ob sie ihr die Schuld daran gab.

»Wo ist der Vater?«, fragte Mrs Velasquez.

Lee starrte auf ihren Bauch. »Tot«, sagte sie, spürte die Augen der Frau auf sich und hob den Blick. »Er war noch jung, nicht viel älter als ich.«

»Hast du ihn geliebt?«

Lee nickte. Sie wusste, es stimmte, wer auch immer Tomi gewesen war.

Mrs Velasquez sagte nichts mehr. Als sie fertig war, legte sie Nadel und Faden beiseite, verschloss die Flasche Alkohol und umwickelte Lees Arm mit einem sauberen weißen Verband und einer braunen elastischen Binde, die sie mit zwei Klammern fixierte. Sie betrachtete ihr Werk, prüfte die Festigkeit der Bandage und fuhr mit dem Finger über die Stiche in Lees Wange. Offenbar zufrieden, bedeutete sie Lee mit einer Geste, aufzustehen und ihr ins Badezimmer zu folgen, wo bereits ein Bad eingelassen war. Auf dem Toilettendeckel lag ein zusammengefaltetes gestreiftes Handtuch. Mrs Velasquez schloss die Tür und ließ Lee allein. Die hatte etwas Mühe, die Schuhe auszuziehen, ihr Arm wurde immer steifer. Sie schälte sich aus dem Rest ihrer Kleider und stieg in die Wanne. Den verbundenen Arm über den Rand gehängt, ließ sie sich einweichen, bis das Wasser nur mehr lauwarm war, schlief kurz ein und fuhr direkt wieder erschrocken hoch.

Sie zog den Stöpsel und trocknete sich sorgfältig ab. Mrs Velasquez hatte ein sauberes Hemd unter das Handtuch gelegt, ein weißes, kurzärmeliges Männerhemd, das Lee als eines von Mr Velasquez erkannte. Sie zog es an. Sie fand auch eine Schlinge aus einem zerrissenen T-Shirt, die Lee ebenfalls anlegte. Das Pochen in ihrem Arm hatte etwas nachgelassen, und sie sah sich im Spiegel an. Ihr Gesicht schien ein wenig Fülle zurückgewonnen zu haben, und selbst ihre Hüften wirkten etwas breiter. Wegen der leichten Wölbung ihres Bauches drückte sie den Rücken durch, was ihrem Körper die Form einer Meeresdünung verlieh. Sie schenkte ihren Augen einen weiteren Blick und betrachtete die rissigen grünen Eiszapfen ihrer Iris. Das Weiß war blutunterlaufen, aber sonst schienen ihre Augen in Ordnung. Lee dachte an die Droge, die sie ihr eingetrichtert hatten, und ihre Gedanken wanderten zu ihrem Baby. Zum ersten Mal war es für sie nicht der flatternde, sie mit seinen Tentakeln durchdringende Parasit, sondern eine vollkommene kleine menschliche Gestalt.

Lee ging zurück in die Küche, wo Mrs Velasquez etwas zu essen für sie auf dem Tisch zurückgelassen hatte, Bohnen, Tortillas und Schweinefleisch. Lee aß vorsichtig und zügelte ihren Hunger, so gut sie konnte. Bei jedem Biss schmerzte ihre Wange. Als sie fertig war, räumte sie das Geschirr in die Spüle und ging ins Wohnzimmer. Es war niemand mehr da, im Haus war es still. Mrs Velasquez hatte ein paar Decken auf die Lehne des Sofas gelegt. Lee wusste, es war eine Einladung, wenigstens diese eine Nacht zu bleiben, und die Güte der Frau versetzte ihr einen Stich. Aber sie ließ sich schon viel zu lange von anderen versorgen.

Die Straßen waren noch ruhig am frühen Neujahrsmorgen, füllten sich aber langsam. Lee hielt den Kopf gesenkt, während sie in die Pedale trat. Sie drehte einen Kreis um das Museum, lehnte das Fahrrad dann an einen Baum und schlich hinüber zum Hintereingang. Es kostete sie alle Kraft, das Gitter mit nur einem Arm hochzuheben, und als sie sich in den Schacht darunter hinabgelassen hatte, besaß sie nicht die Kraft, es wieder über sich zu ziehen. Also ließ sie es, wo es war, und stieg hinab. Mit dem Arm in der Schlinge vermochte sie sich nur langsam durch die Innereien des Museums zu bewegen. Zentimeter um Zentimeter schob sie sich vor, ruhte aus, wann immer es nötig war, und es fiel ihr schwerer und schwerer, sich anschließend wieder in Bewegung zu setzen. Sie wünschte sich so sehr, endlich schlafen zu können, dort auf der Stelle liegen zu bleiben und sich der Dunkelheit zu überlassen.

Lee hatte sich ihren Plan auf dem Weg vom Silo zurechtgelegt. Das Leben bedeutete diesen Männern so wenig. Was ihnen etwas, letztlich alles, bedeutete, war Duchamps letztes Werk. Es zu zerstören würde ihnen nehmen, woran sie glaubten. Und jedes Mal, wenn Lee spürte, wie ihre Schwäche überhandzunehmen drohte, stachelte ihre Wut sie aufs Neue an.

Schließlich schaffte sie es durch das Labyrinth des Abwassersystems und die Leiter hinauf in die Räume unter dem Keller des Museums. Wieder stand sie zwischen den jahrhundertealten Skulpturen, Gemälden und Artefakten. Sie lief zwischen den Statuen hindurch und sah hinauf in die Gesichter von Männern, deren Erinnerung in Stein verklärt und deren Geschichte angeblich zu einer *Aura* geworden war. Doch da war nichts, Lee spürte nichts. Ihre Augen waren tot, die Blicke starr.

Die Leiter stand noch da, wo sie und Tomi sie zurückgelassen hatten. Lee kletterte unbeholfen hinauf und schaffte es unter Mühen, in den Entlüftungsschacht zu gelangen. Wo er sich in den nächsten Raum öffnete, griff sie nach der Wasserleitung unter der Decke, hing einen Moment daran und ließ sich dann auf den Boden fallen. Sie landete ungünstig auf einem Bein, stürzte und biss sich in die ohnehin schon verletzte Wange.

Lee ließ den Kupfergeschmack des Blutes in ihrem Mund kreisen, bevor sie sich zurück auf die Beine kämpfte. Sie tastete um sich, bis sie den Lichtschalter fand. Der Raum sah aus wie ein x-beliebiges Lager. Auf dem großen Tisch stapelten sich Papiere, offene Bücher und eine alte schwarze, wie ein leerer Ballon aussehende Schreibmaschinenabdeckung. Dazu die Bücherregale, die verstaubten alten Apparaturen, die Laborausrüstung. Lee hörte etwas von der anderen Seite der Tür, legte das Ohr daran und lauschte. Es war eine einzelne Stimme, aber zu leise und dünn, als dass Lee hätte verstehen können, was sie sagte.

Sie hatte nichts, was sie als Waffe benutzen konnte. Wie hatte sie sich das denn vorgestellt? Dass sie hier eindringen würde, in der Hoffnung, die Männer sähen in Ruhe zu, während sie zerstörte, wofür sie seit Jahren und Jahrzehnten gearbeitet hatten? Dass sie die Tür erreichen würde, bevor die sie hörten? Was, wenn es ihr nicht gelang? Lee griff nach einem alten Humpen, schätzte sein Gewicht ab und stellte ihn wieder zurück.

Auf der anderen Seite des Raumes hing die Nachbildung des *Großen Glases*. Mit allen Teilen, die Duchamp dafür vorgesehen, aber selbst nicht hinzugefügt hatte: der Spule, dem Boxkampf, dem Jongleur der Gravitation. Lee versuchte, sich das System in Bewegung vorzustellen, die Braut vollgepumpt mit Liebesbenzin, wie sie sich ihren erotischen Träumen hingab und in ihrer einzigartigen, unergründlichen Sprache etwas zu den Junggesellen hinunterrief. Die Junggesellen unten, dieser Haufen Slapstickidioten, diese Zeichentrickwölfe mit ihren lüstern vortretenden Augen, die ihre Gase ausfurzten und in der vergeblichen Hoffnung zur Braut hochspritzten, ihre Aufmerksamkeit zu erlangen. Sie auszuziehen.

Lee betrachtete das Gittermuster der Risse im Glas, bis sie ein Stück sah, das dem nahekam, was sie wollte. Sie holte ihr Bündel Dietriche hervor, fuhr mit dem dünnsten den Riss auf und ab und versuchte, das Metall ins Glas zu schieben, um das Stück herauszubrechen. Aber sie kam nicht hinein. Sie legte die Dietriche zur Seite. Scheiße. Lee fasste die frei schwingende Seite des *Großen Glases* und klappte es vorsichtig an die Wand, schätzte sein Gewicht ab, schwang es zur Übung ein paarmal hin und her und schleuderte es dann mit aller Kraft herum. Das *Glas* beschrieb einen weiten Bogen, schlug laut krachend gegen die Wand und zerbrach in tausend Stücke. Die Scherben flogen durch den Raum und regneten zu Boden. Die Stimme auf der anderen Seite der Tür verstummte. Lee ließ den Blick durch den Raum gleiten, bis sie sie auf dem Tisch entdeckte: eine dünne, gemein aussehende Scherbe von etwa dreißig Zentimetern Länge, an der noch ein Stück Braut klebte. Sie nahm sie und steckte sie sich in den Ärmel. Als sie sich umdrehte, kam ein Mann in den Raum gestolpert.

Er blieb gleich hinter der Tür stehen und starrte sie an. Lee erkannte ihn sofort. Er trug dieselbe alte Butleruniform, die er vor fast anderthalb Jahren schon getragen hatte, als er ihr gefolgt war und sie fotografiert hatte.

Jetzt kam er auf sie zu, eher Neugier im Blick als Heimtücke, und streckte die Hand aus. Sie widerstand dem Impuls, sie aufzuschlitzen, und ließ sich von ihm den Gang hinunterführen. Da würden noch mehr von den Neunen sein, wenn Lee auch nicht wusste, wie viele. Als sie an der Tür in der Mitte des Ganges vorbeikamen, durch die sie beim letzten Mal gesehen hatte, ließ Lee die Scherbe in ihre Hand rutschen. Wenn sie dem Mann den Hals damit aufschlitzte, hatte sie vielleicht genug Zeit, hineinzugelangen und das Ding da drin zu zerstören. Aber der Mann wurde langsamer, legte einen Arm um sie und schob sie sanft vor sich. Lee ließ die Scherbe wieder verschwinden. Durch die geöffnete Tür am Ende des Ganges konnte sie jemanden auf einem Stuhl sitzen sehen, an einem langen Tisch.

Als sie näherkamen, stellte sie fest, dass er in einem Rollstuhl saß, alt und aus lackiertem, golden schimmerndem Holz. Die Reifen waren aus rissigem rotem Gummi. Der

Mann schien tausend Jahre alt, und seine welke Haut war mit Flecken übersät.

»Komm herein, mein Mädchen.« Er trug ein dunkles Gewand aus dicker Wolle, mit Knöpfen bis hoch zum eng um seinen faltigen Hals liegenden Kragen. Er war mager, ein Mann aus Haut und Knochen, hielt eine kurze Lackspitze mit einer braunen Zigarette zwischen zwei Fingern und sagte: »Mein Name ist Richard Corless. Ich warte schon lange darauf, dich kennenzulernen.«

Der Tisch stand in der Mitte des Raumes, um ihn herum acht Stühle. Dunkle hölzerne Schnitzereien verliefen entlang der Fußleisten, und wo kein Teppich an den Wänden hing, standen hohe, mit Büchern gefüllte Regale.

Der Priester forderte Lee auf, sich zu setzen. Sie blieb stehen. »Wir haben gerade darüber gesprochen, wo du wohl stecken könntest«, begann er. »Du hast ein ziemliches Chaos hinterlassen. Aber jetzt bist du hier, ohne dass wir auch nur einen Finger krumm machen mussten. Ist das nicht ein Glück?«

Der andere Mann stand verlegen da und schien nicht recht zu wissen, was er mit sich anfangen sollte.

»Starrt der einen immer so an?«, fragte Lee.

»Du musst Jonathan vergeben. Er trifft nicht jeden Tag auf ... nun, deine Gegenwart hat für ihn etwas Elektrisierendes.«

»Er ist tot, wissen Sie. Ihr Leichenträger. Ich habe ihn umgebracht.« Lee erwartete eine Reaktion, doch die blieb aus.

»Wir hatten unsere Differenzen, er und ich, und am Ende hat er den Verstand verloren. Jemand musste ihn ausschalten. Ich finde es angemessen, dass du es warst. Trotzdem tut es mir leid, dass er nicht hier sein und miterleben kann, wie wir die Früchte unserer gemeinsamen Arbeit ernten.«

Lee stellte sich vor, wie sie mit der Scherbe das Flechtwerk am Hals des Priesters aufschnitt. »Was für Differenzen?«

»Hauptsächlich philosophische. Aber die sind in diesem Fall alles.«

Der Priester saß auf der anderen Seite des Tisches, der Unbekannte stand direkt hinter ihm. Sie stellte sich vor, die Scherbe in seinen Kehlkopf zu rammen. Wie sein letztes Husten wohl klingen würde? Sie sah an ihm vorbei auf ein gerahmtes Foto an der Wand, das Foto einer männlich wirkenden Frau mittleren Alters, die eine behutsam um den Hals gelegte Stola und einen reich geschmückten Hut trug und Lee aus ihren mit dunkler Wimperntusche geschminkten Augen heraus undeutbar entgegenblickte. Sie erinnerte Lee an jemanden, den sie kannte, ohne dass sie hätte sagen können, an wen.

»Setz dich doch, bitte. Wir haben viel zu bereden. Ich bin sicher, du willst eine Menge wissen.«

Lee setzte sich ihm gegenüber an den Tisch.

»Es ist wichtig, dass du alles verstehst. Deswegen erlaube ich mir, mit ein paar grundsätzlichen Bemerkungen zu beginnen. Die Geschichte ist voller Visionäre. Einige waren Ingenieure, andere Wissenschaftler, einige Künstler, andere einfach nur große Denker. Ganz wenige waren all dies zugleich. Wir verstehen Leonardo da Vinci als einen von diesen wenigen. Er war nicht nur ein Künstler, sondern auch ein Erfinder. Er hat Dinge entworfen, bis ins Detail, von denen er wusste, dass sie mit den verfügbaren Technologien seiner Zeit nicht zu verwirklichen waren: das Flugzeug, das Maschinengewehr, den Taucheranzug, das Panzerfahrzeug, das Automobil. Er war seiner Zeit so weit voraus, dass seine Visionen erst Hunderte Jahre nach seinem Tod realisierbar wurden. Duchamp war auch so ein Visionär. Aber seine Visionen waren konzeptioneller, theoretischer Natur – wir haben noch immer kaum das Vokabular, um sie zu erfassen, geschweige denn die technischen Mittel, um sie umzusetzen. Duchamp wurde erst richtig anerkannt, als die Welt sich schon in dem Glauben wiegte, er habe mit der Kunst aufgehört, um sein Leben dem Schachspiel zu widmen, einem sich ständig bewegenden System komplexer hypothetischer Geometrien. Aber zu denken, dass er seine Untersuchungen aufgegeben hat, um sich mit etwas zu beschäftigen, das am Ende wenig mehr als ein Spiel ist, war und ist absurd. Er veröffentlichte zwar eine wöchentliche Schachkolumne und nahm an Turnieren rund um die Welt teil. Doch das war nur Tarnung und Zerstreuung. Schach entsprach seiner Natur, und er war ein Spieler, der das schöne Spiel dem Gewinn vorzog. Dennoch lag darin nicht sein eigentliches Interesse. Nein, die ganze Zeit über recherchierte er. Zwanzig Jahre widmete er der Recherche für seine letzte Arbeit.«

Während der Priester völlig selbstverloren fortfuhr, fragte sich Lee, ob sie an ihn herankommen könnte, ohne dass der andere Mann sie aufzuhalten vermochte.

»Duchamp legte schon früh einen Plan seiner Vision an und nannte ihn *Die Braut von ihren Junggesellen nackt entblößt, sogar*. Wobei ihm klar war, dass ihm das Wissen fehlte, um das Versprechen seines Plans einzulösen. Und so beschloss er, es sich anzueignen. Er verbrachte viel Zeit in den Bibliotheken von New York und Washington, D.C., unterhielt Korrespondenzen mit den Stars bestimmter Disziplinen, mit Heisenberg, Max Born und Max Planck in der Physik, aber auch mit Mystikern wie Gurdjieff und Ouspensky. Sogar mit Aleister Crowley, bis er entschied, dass Crowley ein Scharlatan war. Um das Jahr 1945 hatte Duchamp das Gefühl, nahe dran zu sein und anfangen zu können. Also schickte er seinen engen Freund Walter Arensberg, der fast alle großen Werke Duchamps in seiner

Sammlung hatte und der Einzige war, dem er vertraute, zu Verhandlungen mit den Direktoren der renommiertesten Kunstsammlungen des Landes. Das Chicago Art Institute, die University of California, das Museum of Modern Art in New York und viele andere wetteiferten darum, Duchamps Werk bei sich vereinen zu dürfen. Am Ende war es das Philadelphia Museum of Art, das Duchamp besonders anzog. Denn wonach Duchamp suchte, war nicht einfach ein Ort, an dem er seine Werke unterbringen konnte.«

Der Priester lächelte, und es war, als sähe man eine Faust zucken. »1947 war ich Assistent von Fiske Kimball, dem Direktor des Museums. Ich kam gerade vom College. Ein Praktikum würde man es heute nennen, wobei ich ein kleines Gehalt bezog. Als sehr junger Mann war ich so gut wie unsichtbar und half Mr Kimball, etwa bei der Katalogisierung von Ausstellungen und der Auffindung bestimmter Werke. Und ich erinnere mich, in dieser Zeit mehrmals kurz mit Mr Duchamp zusammengetroffen zu sein.«

Lee konnte nicht anders: »Wie war er?«

»Die beste Art, ihn zu beschreiben, ist wohl zu sagen, dass er eine ruhige Strahlkraft besaß. Duchamp war ein liebenswürdiger Mann, immer höflich und unprätentiös. Selbst ein belangloser junger Mann wie ich konnte ihm entspannt begegnen. Während der Verhandlungen durfte ich jedoch nicht anwesend sein, obwohl ich einmal hereingerufen wurde, um Mr Duchamp einen Kaffee zu bringen. Ich weiß noch, wie er seine Rede unterbrach, mich ansah und mir dankte.«

Der Mann hielt inne, versunken in seiner Träumerei, und Lee bemitleidete ihn einen Moment lang: Wie verloren er doch wirkte in seiner Hingabe. Dann fragte sie sich, wie es sich anfühlen würde, ihm die Augen auszustechen.

»Es muss nicht gesagt werden, dass Mr Kimball die Sammlung akquiriert hat, und ein Großteil meiner Aufgaben während der nächsten Jahre bestand in ihrer Katalogisierung und der dazu nötigen Korrespondenz mit Mr Arensberg. Ich fragte mich damals, wie es Mr Kimball gelungen sein mochte, all die anderen Museen auszustechen. Zunächst dachte ich, es müsse mit seiner Persönlichkeit zusammenhängen. Mr Kimball war ein ruhiger Mann, und sein Ruf war so gut, dass ich Leute sah, die ihm unbezahlbare Sammlungen mit einer Unbeschwertheit übergaben, als liehen sie ihm nur ihr Auto. 1955 jedoch, nach dem Tod Kimballs, sah ich durch seine Unterlagen und entdeckte etwas, das eine ziemlich andere Geschichte erzählte.«

Der stumme Mann neben dem Priester regte sich nicht vom Fleck und starrte Lee über den Tisch hinweg an. Er sah nicht unbedingt schnell aus, war aber groß, und Lee hätte keine Chance gehabt gegen ihn.

»Fiske Kimball war der Direktor des Museums, von Haus aus aber Architekt, und ich stieß zufällig auf Pläne von einem Keller unter dem Keller des Museums. Als sein Assistent kannte ich den Museumsbau gut, sehr gut sogar. Und da begriff ich, dass er irgendwann in den späten Vierzigern, nach seinen Gesprächen mit Duchamp, hier unten einige Räume hatte ausgraben lassen. Räume, von deren Existenz ich nichts wusste.«

Ein Kessel pfiff hinter ihr, und Lee fuhr zusammen. Der andere Mann ging in eine kleine Küchenecke hinüber, die Lee zuvor gar nicht wahrgenommen hatte.

»Wir sitzen hier in einem dieser Räume. Siehst du, das ist etwas, was Mr Duchamp als Teil der Vereinbarung forderte: dass für ihn im Museum eigene Räumlichkeiten eingerichtet würden, Räumlichkeiten, von denen nur ein Handvoll Leute wissen durfte und in denen er ungestört arbeiten konnte. Er behielt sein Atelier in New York und arbeitete dort auch weiter, an *Étant donnés*, aber die Arbeit an seinem anderen Projekt wollte er davon getrennt halten. Und so fuhr er mehrmals pro Woche mit dem Zug zwischen beiden Städten hin und her, wobei er mehr und mehr Zeit in Philadelphia verbrachte. Sie bauten das hier sehr hübsch aus, mit einem kleinen Schlafzimmer, einem Wasseranschluss, einer Toilette, sogar einer Küche und einer Badewanne.«

Sie spürte den Mann hinter sich und verkrampfte, als er um sie herumgriff und eine Tasse Tee vor sie hinstellte. Dann ging er um den Tisch und stellte auch dem Priester eine hin, der erst kurz pustete und dann daran nippte. Lee rührte ihren Tee nicht an. »Sieh dich um. Es ist fast genau so, wie Duchamp es hinterlassen hat. Ich lebe hier jetzt seit über vierzig Jahren und habe nichts verändert. Seine Biografen schreiben alle von seiner spartanischen Lebensweise, und sie haben recht. Sein New Yorker Atelier war fast leer. Aber das hier unten war eine andere Geschichte. Er hatte einfach zu viel Material, um das Spartanische hier so pflegen zu können. Eines Abends, nachdem das Museum seine Tore geschlossen hatte, kam ich hier herunter. Bis zur Fertigstellung von *Étant donnés* sollte es noch mehr als zehn Jahre dauern, und der Raum, der dafür vorgesehen war, verfügte über einen geheimen Zugang. Ich glaube, du kennst ihn. Mr Duchamp war hier, als ich kam, und saß genau an diesem Tisch. Falls ihn mein plötzliches Auftauchen überrascht hat, ließ er es sich nicht anmerken. Er hob nur den Blick, zog an seiner Pfeife und stieß den Rauch sehr langsam wieder aus. Dann deutete er auf seinen Schachtisch, genau den, den du dort siehst, und fragte mich, ob ich spielte. Bis zum heutigen Tag überlege ich, ob das alles so eingefädelt war. Ob er und Mr Kimball diese Spur Brotkrumen für mich ausgelegt hatten, wissend, dass ich ihnen folgen, wissend, dass ich zustimmen und Mr Duchamps Assistent werden würde. Mr Kimball wusste, wie loyal ich war. Er wusste, dass sie mir so ein Geheimnis anvertrauen konnten.« In seine Erinnerungen vertieft, starrte der alte Mann ins Nichts hinter Lee.

»Aber er hat es Ihnen nicht anvertraut, oder?«, fragte sie.

Seine Augen nahmen sie wieder in den Blick. »Was hat er mir nicht anvertraut?«

»Sein Geheimnis. Wenn er es Ihnen anvertraut hätte, hätten Sie seine Maschine, oder was auch immer es ist, vor langer Zeit schon begriffen«, sagte Lee. »Wofür hat er Sie gebraucht? Um ihm ein paar Nudeln vom Chinesen zu holen? Seine ausgeliehenen Bücher zurück in die Bibliothek zu bringen?«

Er antwortete nicht, und sie wusste, sie hatte einen wunden Punkt getroffen. Wenn sie ihn nur genug aus der Reserve zu locken vermochte, würde er sich am Ende vielleicht zu ihr herüberlehnen. Sie schob die Hand wieder in den Ärmel und umfasste die Scherbe.

Er sah sie lange an, und der andere Mann wurde nervös. Doch plötzlich lachte der Priester auf. »Es stimmt. Duchamp hat sein Geheimnis mit ins Grab genommen. Über dreißig Jahre habe ich versucht dahinterzukommen. Hatte dabei all diese Bücher zur Verfügung. All seine Aufzeichnungen. Seine privaten Tagebücher. Seine Korrespondenz. Aber Duchamp war ein großer Kryptiker. Jede einzelne Zeile enthielt Schichten um Schichten verborgener Bedeutungen, die sich oft widersprachen. Ein Wort konnte auf drei, vier verschiedene Arten interpretiert werden: als Täuschungsmanöver, schlauer kleiner Insiderwitz oder Spur auf dem Weg zur Erleuchtung. Trotzdem, über die Jahre kam ich voran und vermochte, die Dinge zu verbinden. Duchamp war ein Mann von erstaunlichem Intellekt, ein wahrer Visionär. Bis zu seinem Tod begriff er die neuesten, komplexesten, abstraktesten wissenschaftlichen Theorien, genauso wie die vielschichtigen Metaphern hinter den esoterischen Künsten der Vergangenheit. Duchamp war Wissenschaftler und Künstler, aber er war auch ein Alchemist. Als ich ihn einmal nach dem Attribut fragte, das seine Arbeit am besten beschreibe, erwiderte er: ›Wenn, dann metaphysisch.‹ Seine wahre Gabe bestand darin, diese beiden anscheinend so unvereinbaren Disziplinen miteinander zu verbinden. Er hat den Künstler ›ein mediales Wesen‹ genannt, das seinen Weg aus dem Labyrinth jenseits von Zeit und Raum hinaus auf eine Lichtung suche. Duchamp hat das selbst so gesagt. Und ich denke, das könnte auch über dich gesagt werden, meinst du nicht? Hast du nicht ebenfalls deinen Weg aus einem Labyrinth hinaus auf eine Lichtung gefunden? Und hast du dich dabei nicht auf eine Kraft verlassen, die außerhalb von dir und doch zugleich in dir liegt?«

»*Sie* haben mich hergebracht. Sie wollten mich die ganze Zeit hier haben. Warum? Wer bin ich?«

»Du bist niemand, und doch kann ich es nicht erwarten, dir zu erklären, wer du bist. Weil du im Zentrum von allem stehst.«

»Von was allem?«

»Von Duchamps Lebenswerk natürlich. Seine Arbeit hat die Kunstlandschaft des zwanzigsten Jahrhunderts auf den Kopf gestellt, doch was die Leute nicht verstehen, ist, dass seine Arbeit das Potenzial hat, das menschliche Bewusstsein als Ganzes zu verändern, unser Verständnis des Universums – und das auf eine Weise, die Einsteins Relativitätstheorie wie eine einfache Rechenaufgabe aussehen lässt.«

»Nur sind Sie nicht klug genug, um dahinterzukommen. Auch nach jahrzehntelangen Versuchen nicht.«

Der Priester lachte wieder, doch es klang forciert. Sie bewegte den Arm, und das Glas schnitt in ihre Hand. Lee versuchte, sich nichts anmerken zu lassen, obwohl sie spürte, dass sie zumindest kurz zusammengezuckt war.

»Nein. Jedenfalls nicht die wissenschaftliche Seite. Ich musste mir Hilfe von außen suchen. 1999 begann ich, wissenschaftliche Zeitschriften zu durchforsten und nach einem visionären, vielversprechenden Physiker Ausschau zu halten. Ich stellte ein Dossier mit Duchamps Erkenntnissen zusammen, genug, um einen Hinweis auf die enorme Tragweite seiner Ideen zu geben, ohne jedoch zu viel zu verraten. Und bekam nur eine einzige Antwort.« Er lächelte. »Der Mann, der vor Kurzem erst sein Studium am Massachusetts Institute of Technology abgeschlossen hatte, heißt Lajos Bakó. Wir vereinbarten, uns zu treffen. Ich brachte ein Bündel transkribierter Notizen mit, um seine Neugier weiter zu befeuern. Wieder hatte ich sie sorgfältig ausgewählt, sodass die Art des Rätsels nur angedeutet wurde. Ich hatte sogar ein paar eher ... esoterische, hermetische Implikationen eingefügt und wollte so seine Offenheit derartigen Daten gegenüber erproben. Er zuckte mit keiner Wimper. Lajos war sofort mit an Bord. Ich fütterte ihn Stück für Stück mit Informationen und sah, wie sich seine Sicht des Projekts meiner anglich. Er verstand die wissenschaftlichen Zusammenhänge so gut, dass er in einem Jahr durchblickte, wofür ich zehn gebraucht hatte, und nach diesem Jahr traute ich ihm genug, um ihm den Zutritt zu diesen Räumen zu gewähren. Das folgende Jahr verbrachten wir weitgehend gemeinsam hier unten und arbeiteten uns wieder und wieder durch Duchamps Archive. Und wir begriffen, dass wir auch zu zweit nicht schaffen würden, was Duchamp allein versucht hatte. So wurde die Société Anonyme geboren. Wir rekrutierten die Mitglieder persönlich, mündlich. Lajos brachte zwei weitere Wissenschaftler ein, von denen er wusste, dass sie die Vision hinter dem Projekt verstehen würden. Ich kuratierte zu der

Zeit den Flügel mit der modernen Kunst und rekrutierte ein paar Leute, die das Werk eines wahren Visionärs zu schätzen wissen würden. Und über sie kamen weitere. Am Ende waren wir neun.«

»Haben Sie zu der Zeit mit den Kostümierungen angefangen?«

»Wir hatten es nicht so geplant. Ich war bereits in meinen Sechzigern, aber wir hatten nun auch viel Jüngere in der Gruppe. Wir waren eine Société, und sie wollten Feste und Ausstellungen. Es war der reine Zufall, aber einer von ihnen, ich weiß nicht mehr, wer es war, zog die Verbindung zu den neun Junggesellen. Wir planten eine Ausstellung, in der wir Duchamps *Erratum Musical* aufführen wollten, und jemand sagte: ›Warum übernehmen wir nicht die Rollen?‹«

»Und so ernannten Sie sich zum Priester.«

»Alle tendierten zu ihrer wahren Rolle, denke ich. Das kann ich aber natürlich erst heute sagen, im Nachhinein.«

Lee sah den Mann neben dem Priester an. »Wer wollte der Lakai sein?«

»Nun, Jonathan war der … *Verträglichste* unter uns, es schien ihm nichts auszumachen.« Er drehte den Kopf und schenkte dem Mann einen onkelhaften Blick. Der Lakai starrte auf die Tischplatte.

»Redet Jonathan nicht?«

»Nicht mehr. Er war einmal sehr artikuliert. Ein ziemlich genialer Elektroingenieur.«

»Was ist mit ihm geschehen?«

Der Priester schüttelte traurig den Kopf. »Er ist ein frühes Opfer einiger unglücklicher Versuche zur Bewusstseinserweiterung. Jonathan nahm das Mittel ziemlich bereitwillig. Dennoch, ich habe es immer missbilligt. Ich gebe Lajos die Schuld.«

»Lajos war der Leichenträger?«

»Lajos wurde der Leichenträger, ja. Es war natürlich

alles ein Spaß. Die Spiellaune in unserer kleinen Gruppe wäre etwas gewesen, was Duchamp zu schätzen gewusst hätte. 2004 dann begannen sich die Dinge allerdings in eine andere Richtung zu entwickeln. Eine widerwärtige Richtung, wenn du mich fragst, aber ich bin ein alter Mann, und meine Tage sind gezählt. Mittlerweile war es uns gelungen, die technischen Mittel Duchamps Vision anzunähern, doch die Ausrüstung war teuer, und wir brauchten Geld, um sie anschaffen zu können. Es war Josef, der Stationsvorsteher, der die Idee vorbrachte. Ein Freund und Kollege aus Lajos' letzten Studienjahren. Ein Chemiker. Er zeigte uns, wie er hier unten Drogen herstellen konnte, die sich bei unseren Veranstaltungen verkaufen ließen. Ich war dagegen, einige andere auch, doch wir wurden überstimmt.«

»Die Drogen werden im Silo hergestellt, ich habe das Labor gesehen.«

»Das Silo kam später, nach einer Explosion hier unten, einer Explosion, die leicht hätte vermieden werden können und die dazu führte, dass ich meine Beine nicht mehr benutzen kann. Das war nicht immer so. Erst seit acht Jahren.«

»Sie haben hier unten Ihre Beine verloren?«

»Sie gehorchen mir zumindest nicht mehr, und einer von uns, der Hilfskellner, kam dabei um.«

»Ich dachte, DreamClown sei Ihr Hilfskellner.«

»Du weißt mehr, als ich dir zugetraut habe. Roland war unser ursprünglicher Hilfskellner, und Kyle – DreamClown, wie du ihn nennst – hat ihn ersetzt.«

»Einer stirbt, und ihr ersetzt ihn. So einfach geht das?«

Sein Gesicht veränderte sich. Wieder dachte Lee, sie hätte ihn, doch schon entspannte sich seine Miene wieder, was ihr mehr Angst machte, als wäre er wütend geworden. »Es ist nie einfach. Wie einfach wird es sein, den Vater des Kindes in dir zu ersetzen?«

Lee biss sich so fest in die Wange, dass sie erneut ihr eigenes Blut schmeckte. Es kostete sie alle Kraft, nicht über den Tisch zu springen.

»Es tut mir leid, das hat dich getroffen. Das war nicht richtig. Du schlägst mich, ich schlage zurück. Siehst du, was uns das bringt? Nur Tote. Ich stecke hinter nichts von alledem, es ist mir wichtig, dass dir das klar ist. Und dein Freund, er war einer von uns, weißt du. Wir alle trauern um ihn.«

»Sie lügen.«

»Tomas war einer der ersten Neun. Er war noch ein Junge, vielleicht sechzehn, als er die Rolle des Laufburschen übernahm. Vielleicht nicht der glanzvollste Titel, aber er gehörte dazu.«

»Ich glaube Ihnen nicht.«

Der Priester lächelte sie sanft an, mitleidig, fuhr mit seinem Rollstuhl ein Stück nach hinten und nahm ein Foto von der Wand. Er schob es über den Tisch. Es war ein Schwarz-Weiß-Foto: neun Männer in den alten Anzügen und Uniformen, die sie mittlerweile kannte, aufgereiht auf den Stufen des Museums. Der Leichenträger und der Priester standen vorn, der Leichenträger schien über die Jahre kaum gealtert zu sein, der Priester dagegen sah viel jünger aus, obwohl das Foto nicht älter als zehn Jahre sein konnte. Und dort, in der zweiten Reihe, erkannte sie Tomi. Er trug eine zu große Jacke mit Streifen auf den Ärmeln, Epauletten und Messingknöpfen, dazu ein krempenloses Pillbox-Hütchen. Über seiner Schulter hing eine lederne Botentasche, und mit seinen großen braunen Augen und den vollen, strahlenden Wangen sah er wie ein kleiner Junge aus. Er war der Einzige, der lächelte – als könnte er einfach nicht anders. Hermes, der Götterbote, dachte Lee. Der Laufbursche. Sie hätte es wissen müssen.

»Er war so ernst, so offen in seinen Absichten … Schwer,

ihm nicht zu glauben. Und er gab nicht auf, das weißt du sicherlich.«

»An dem Abend, als wir uns kennengelernt haben, im Silo, das war kein Zufall, oder?«

Der Priester schüttelte den Kopf. »Ich habe ihn geschickt, um dich zu retten.«

Lees Gedanken überschlugen sich. Sie versuchte, alles, was Tomi getan und gesagt hatte, noch einmal in diesem neuen Licht zu betrachten, aber da ergab nichts einen Sinn. »Um mich zu retten? Warum?«

»Die Société Anonyme hat sich gespalten. Wir hatten nicht länger dieselben Ziele. Und tatsächlich warst du der Grund unserer Spaltung. Die Risse waren schon vorher da, aber es war deine Entdeckung, die den wirklichen Bruch herbeiführte. Ich sah deine wahre Rolle und hatte Angst, was geschehen würde, wenn Lajos oder Josef dich in die Finger bekämen. Sie sind beide so unberechenbar geworden. An dem Abend, als Tomi mit dir zum ersten Mal im Museum war, sollte er dich eigentlich zu mir bringen. Aber dann habt ihr, du und er, nun ... Er erlag einer triebhaften Schwäche und wich vom Plan ab. Kurz darauf entdeckten wir einen Maulwurf in unserer Mitte und entschieden, dass es das Sicherste sei, wenn er ein Auge auf dich behielt.«

»Er hat mich also die ganze Zeit für Sie ausspioniert.«

»Falls es deinen Schmerz lindert, solltest du wissen, dass wir am Ende nicht mehr sicher waren, wem er sich tatsächlich zugehörig fühlte. Ich bat ihn, dir *With Hidden Noise* einfach abzunehmen, aber er wollte nicht. Danach hat er den Kontakt abgebrochen, und wir konnten ihn nicht länger beschützen.«

»Sie haben ihn nicht beschützt. Sie haben ihn getötet, weil er nicht länger auf Ihrer Seite war.«

»Wir haben ihn nicht getötet. Das war Lajos.«

»Das ist das Gleiche.«

»Wäre alles wie geplant gelaufen, hätte Tomas dich vor Monaten schon hierhergebracht, und all diese Schrecklichkeiten wären uns erspart geblieben.«

Lee drehte das Foto um. Sie konnte es nicht länger ansehen. »Was wollen Sie von mir?«

Der Priester lächelte schwach. »Glaubst du, dass es ein Schicksal gibt?«

Die Frage war keine Antwort wert.

»Ich denke, du hast das Foto von ihr gesehen, oder? Du musst zugeben, die Ähnlichkeit ist bemerkenswert.«

»Wer war sie?«

Der Priester hielt Lee ein weiteres Foto hin. Von ihr. Aber es war eine andere Aufnahme als die, die sie im Zimmer des Stationsvorstehers gesehen hatte. Hier war sie nackt, lag in einem Feld von vertrocknetem Schilf und hielt eine Schachfigur in die Luft.

»Áille Trivett. Duchamp lernte sie im Sommer 1912 in Paris kennen, wo sie Malerei studierte. Vor genau hundert Jahren, wie es der Zufall will. Eine wunderschöne Frau, ihre Mutter Irin, ihr Vater Franzose. Sie war verheiratet, aber etwa ein Jahr lang hatten die beiden eine so lautlose wie leidenschaftliche Affäre. Er war entschlossen, ja ganz und gar überzeugt, dass sie ihren Mann für ihn verlassen würde, doch als der Krieg ausbrach und ihr Mann sich den Alliierten anschloss, kehrte sie zurück in die Normandie, um sich um den Haushalt zu kümmern, wie es ihre Pflicht war. Duchamp brach es das Herz. Ich weiß das aus seinem Tagebuch, das zwischen seinen Papieren lag. Darin steckten auch zwei Fotos von Trivett: dieses und das andere, das du kennst. Die meisten Historiker sagen, Duchamp ging von Paris nach New York, weil Amerika empfänglicher für seine avantgardistischen Ideen war. In seinem Tagebuch steht etwas anderes. Er war zu niedergeschlagen, um in Paris zu bleiben, die Stadt erinnerte ihn zu sehr an sie. Aber er hat sie nie vergessen. Jahre später fand er sie in der Schweiz, als Witwe, nachdem ihr Mann im Zweiten Weltkrieg umgekommen war. 1946 fuhr Duchamp hin, doch er kam zu spät. Sie war bereits gestorben. Sie hatte ihrem Leben selbst ein Ende gesetzt, eine Woche, bevor er eintraf. Er nahm sich ein Hotelzimmer und fotografierte die Wasserfälle in der Nähe. Die ihm später als Hintergrund für sein *Étant donnés* dienten, das er hier unten konzipiert hatte. Es ist bekannt, dass er seine damalige Freundin als Modell für die Frau benutzt hat. Für den Körper der Frau. Was keiner weiß, ist, dass er das Gesicht Áille Trivett nachempfand. Sie war sein Dornröschen.«

Lee war im Zimmer von *Étant donnés* gewesen. Sie hatte die Frauengestalt ganz aus der Nähe gesehen. »Sie hat kein Gesicht. Da drin liegt eine kopflose Puppe.«

»Ja. Das war die letzte Version. Ursprünglich jedoch hatte sie ein Gesicht.« Der Priester lächelte matt. »Duchamp hat es mit Absicht entfernt, als Anspielung darauf, dass sie verschwunden war. Würdest du es sehen wollen?«

Der Priester drehte sich um, öffnete eine Schublade hinter sich, nahm einen alten Karton heraus und stellte ihn auf den Tisch. Als er ihn öffnete, sah Lee einen Gipsabdruck, der ihr eigener hätte sein können.

»Verblüffend, nicht wahr? Verstehst du? Schicksal. Oder denkst du, es ist reiner Zufall, dass gerade du uns *With Hidden Noise* gestohlen hast? Es war Teil deines längst in Bewegung gesetzten Schicksals.«

»Wussten Sie da bereits, dass sich der Schlüssel darin befand?«

»Ah. Da wird es interessant. Weißt du, was eine Lakune ist? Eine Lakune ist einfach ein Raum, eine Lücke, ein fehlendes Teil. Das kann eine fehlende Manuskriptseite sein oder ein Moment der Stille in einem Musikstück. Aber auch das fehlende Teil in einem Puzzle. Duchamp hat uns im *Großen Glas* eine solche Lakune hinterlassen: den Jongleur der Gravitation und den Boxkampf. Die Spule. Ihr Fehlen bringt die ganze Komposition durcheinander. Jahrelang haben wir *With Hidden Noise* als das Produkt einer bloßen Flause betrachtet. Wir verstanden nicht, dass sämtliche Werke Duchamps miteinander verbunden sind. Und als wir es dann begriffen, mussten wir dieses Stück, das wir bis dahin ignoriert hatten, noch einmal neu bewerten. Einige von uns hatten bereits versucht, das Kryptogramm auf den Messingplatten zu entziffern, ohne Erfolg. Aber im Licht der Lakune des *Großen Glases* wurde es plötzlich offensichtlich: Kein Kryptograf hätte den Code entziffern können, im Gegenteil, sein Wissen wäre nur hinderlich gewesen, und zwar ganz einfach, weil es keinen Code zu knacken gibt.«

Der Priester entfaltete ein Stück Papier und schob es Lee hin. Die betrachtete das nur zu vertraute Kryptogramm. Beide Textblöcke waren von eckigen Rahmen umgeben, die er darum gezeichnet haben musste.

P.G	.ECIDES	DÉBARRASSE.
LE.	D.SERT	F.URNIS.ENT
.AS	HOW.V.R.	COR.ESPONDS

.IR.	.CAR.É	LONGSEA→
F.NE,	HEA.,	.O.SQUE→
TE.U	S.ARP	BAR AIN→

»Sag mir, was du siehst.«

Lee wandte den Blick ab. Sie war so müde. »Eine Menge bedeutungsloser Wortfetzen.«

»Genau, und es liegt in unserer Natur, dem offenbar Bedeutungslosen eine Bedeutung entlocken zu wollen. Nur manchmal gibt es keine. Der Text sieht bedeutungslos aus, weil er bedeutungslos *ist*. Was wir da vor uns haben, sind Lakunen: fehlende Buchstaben, fehlende Verbindungen, die dem Ganzen einen Sinn geben könnten. Unser Impuls besteht darin, den Schlüssel zu finden, mit dem sich der Code knacken lässt, und auf diese Weise die Lakunen zu füllen. Aber was, wenn es gar kein Muster und gar keinen Code gibt? Was, wenn es allein um die Existenz der Lakunen geht? Willst du wissen, wie ich dahintergekommen bin?«

»Nein.«

»Sei so nett, bitte.«

Lee sagte nichts, was dem Priester reichte, um fortzufahren: »Ich hatte *With Hidden Noise* nie besondere Beachtung geschenkt, bis ich begriff, dass alle Arbeiten Duchamps Teil eines großen Puzzles sind. Als ich dann durch sein Werk sah, fiel mir auf, dass beide Platten von *With Hidden Noise* quadratisch sind, wie ein Schachbrett. Schau dir das an.«

Der Priester griff hinter sich und nahm eine kleine Schachtel aus dem Regal. Er öffnete sie, und darin lag nichts als ein doppelt gefaltetes, vergilbtes Stück Papier.

»Du erkennst es. Ich sehe es dir an.«

Es war die Ausstellungsankündigung, die Duchamp entworfen hatte, mit dem Schachproblem und dem fallenden Cupido. »Tomi hat sie mir gezeigt.«

»Hat er das? Wie interessant. Ich hatte ihm nicht davon erzählt. Ich nehme an, er ist selbst darauf gekommen. So ein intelligenter Kerl, es ist wirklich eine Schande.« Er schwieg für einen Moment. »Hat er dir erklärt, was darauf zu sehen ist? Der Cupido, hier, zeigt auf einen Bauern auf dem Schachbrett. Wenigstens sollen wir das glauben. Aber pass auf.« Er nahm den Text von *With Hidden Noise*, legte das Schachbrett über einen der von ihm eingezeichneten Rahmen und hielt beides vors Licht. »Worauf zeigt der Cupido jetzt?«

Lee starrte das Blatt an. »Auf einen der Punkte.«

»Genau.« Er legte den Cupido über den anderen Rahmen und hielt beides ein zweites Mal hoch. »Und jetzt?«

Wieder zeigte er auf einen der Punkte. Tomi hatte gedacht, er würde auf eine Art Karte hindeuten, aber das war es nicht wirklich gewesen. »Die Punkte sind die Lakunen«, sagte sie.

»Genau. Duchamp weist uns auf sie hin. Als ich das begriffen hatte, wusste ich, wo er den Schlüssel versteckt hat. In der Lakune von *With Hidden Noise* selbst: dem Raum innerhalb des Bindfadenknäuels. Das Problem ist, dass Lajos einen Maulwurf bei uns untergebracht hatte, und bevor ich Tomi schicken konnte, um mir *With Hidden Noise* zu bringen, bekam Lajos es mit und schickte Kyle, meinen Hilfskellner, um es ihm vor der Nase wegzuschnappen. So gelangte Duchamps Schlüsselstück zum Stationsvorsteher. Und dann kamst du und hast es zurückgeholt. Jetzt sage mir: Konnte das Zufall sein? Áille Trivett war Duchamps Lakune, und du, ihr Ebenbild, kamst in den Besitz seines Schlüssels. Verstehst du? Schicksal.«

»Sie sagten, es gab Risse, noch bevor Sie mich entdeckt haben. Was war geschehen?«

»Nach der Explosion lag ich im Krankenhaus und verlor über Tage immer wieder das Bewusstsein. Herausgekommen bin ich erst nach etlichen Wochen. Da hatte Lajos mit dem durch diese üble Geschichte verdienten Geld bereits das verlassene Silo gekauft und unsere Unternehmung dorthin verlagert. Ehrlich, ich war froh, dass die Sache damit hier raus war, aber ich sah, was die Stunde geschlagen hatte. Es war der Anfang vom Ende. Ich saß hier unten fest, und Lajos und Josef, der eine mit dem Drogengeschäft und den Partys, der andere mit seinem kleinen Bordell, hatten aus den Augen verloren, um was es uns eigentlich ging. Was uns ursprünglich zusammengebracht hatte. Wir haben immer unsere Meinungsverschiedenheiten gehabt, Lajos und ich. Er betrachtete die Sache aus rein wissenschaftlicher Sicht, während ich sah, dass es eine Realitätsebene gibt, die sich nicht allein wissenschaftlich erklären lässt. Dass hinter allem eine Physik *und* eine Metaphysik steht. Wir ergänzten einander, aber mehr war da nicht. Er verfing sich im Wahn des Vergöttert-Werdens – all die jungen Leute, die ihm zu Füßen lagen und ihm die Worte von den Lippen ablasen. Er wurde zum Anführer eines billigen Kults.«

»Und Sie waren eifersüchtig, weil er junge Mädchen vögelte, während Sie hier unten festsaßen und von der Taille abwärts nichts mehr lief?«

Wieder lachte der Priester. Nichts, was sie sagte, vermochte, ihn zu erschüttern. »Während er seine Zeit mit diesen Dingen zubrachte, habe ich weitergearbeitet und Duchamps Geheimnis Schritt für Schritt gelüftet. Seit über achtzig Jahren sind Wissenschaftler daran gescheitert, die Einheitliche Feldtheorie zu entwickeln, und dabei hat ein einzelner Künstler die Lösung gefunden, bevor sich die Frage überhaupt stellte, und das ohne jede wissenschaftliche Ausrüstung. In der Alchemie hat er sie gefunden.«

»Duchamp war kein Mystiker«, sagte Lee bestimmt. Sie hatte genug gelesen, um das zu wissen. »Er hat selbst bestätigt, dass seine Arbeit nichts mit Alchemie zu tun hat.«

»Es freut mich, dass du dich informiert hast. Aber Duchamp hat vieles gesagt, und nicht wenig davon war widersprüchlich. Er war immer misstrauisch, dass ihm jemand zu nahekam. Lass mich dir erklären, was ich weiß, und du sagst mir, ob er nicht doch in seinem Herzen ein Alchemist war. Beide, Wissenschaft und Alchemie, gehen davon aus, dass das Universum aus einer einzigen ewigen Substanz besteht. In der Alchemie heißt sie Äther, in der Physik ist es der Gottespartikel: der kleinste, grundlegende Baustein des Universums, aus dem alle Masse entsteht. Die Stringtheorie nimmt an, dass winzige subatomare Strings durch die Frequenz ihrer Vibrationen darüber entscheiden, welche Form diese Masse annimmt. Die Alchemie sieht die Substanz des Universums in verbundenen Gegensätzen, Licht und Dunkel, Yin und Yang, Mann und Frau. Und die *Entblößte Braut* ist ein klassisches hermetisches Tableau, das genau in diesem Sinne zu lesen ist: Ein senkrechtes Bild, in zwei Ebenen geteilt, repräsentiert die verbundenen Gegensätze des Universums. Das Ziel der Alchemie, genau wie das Ziel der Junggesellen in Duchamps Arbeit, besteht darin, die Gegensätze miteinander zu verbinden. Und der Schlüssel dazu, den alle Alchemisten suchen, ist der Stein der Weisen. Traditionell hielt man den Stein der Weisen für eine Substanz, die in der Lage ist, aus unedlen Metallen Gold zu machen. Aber ich habe schon immer gewusst, dass Duchamp den Heiligen Gral der Alchemie niemals so prosaisch interpretiert hätte. Für ihn war die Alchemie kein Mittel, um zu Wohlstand und Macht zu kommen, sondern eine Möglichkeit, das Physische der Wissenschaft mit dem Metaphysischen des menschlichen Bewusstseins zu vereinen. Und ich begriff etwas ziemlich Grundlegendes: Niemand zog in Betracht, dass der Stein der Weisen womöglich nichts Natürliches, sondern etwas von Menschen Geschaffenes sein könnte. Eine Vorrichtung. Dieser Gedanke ließ mir ein Licht aufgehen: Vielleicht *suchte* Duchamp gar nicht nach dem Stein der Weisen. Vielleicht versucht er, ihn zu *bauen*. Ihn Stück für Stück zusammenzusetzen. Sein ganzes Lebenswerk, seine letzte Arbeit, alles, was er tat, war ein Darauf-Hinarbeiten. Lajos hat am Ende nur das Gold gesehen, aber es geht um mehr. Duchamp sagt, die Kunst ist ein Weg in Regionen außerhalb von Zeit und Raum, und ich glaube, dass das Begreifen und Fortschreiben seiner letzten Arbeiten das Gewebe der Raumzeit selbst verändern kann.«

Lee erinnerte sich, dass Tomi Duchamp ähnlich zitiert hatte. Später hatte sie den Satz nachgeschlagen, allein. Duchamp hatte davon geredet, dass die Kunst die einzige Ausdrucksform sei, die es dem Menschen erlaube, sich über seine Animalität hinauszubewegen und ein Individuum zu werden. Das hatte nichts mit der Relativitätstheorie zu tun. Lee hatte den Leichenträger für wahnsinnig gehalten, aber wenigstens hatte er an etwas Reales geglaubt. Sie musste an die Bücher nebenan denken, an die Kryogenik und die Hirnkartierung. Die Unsterblichkeit.

»Der Leichenträger wollte Geld. Sie sind ein gebrechlicher alter Mann, der Angst vorm Sterben hat.«

»Es geht nicht um Leben oder Tod, sondern um Transzendenz. Das gesamte menschliche Bewusstsein spielt sich hier oben ab«, sagte er und tippte sich an den Kopf, »und wenn der Körper geht, geht es mit ihm. Stirbt er, sterben auch seine Erinnerungen, seine Träume und geheimen Wünsche. Ist das fair? Wenn du einen Weg fändest, an dieser Gesetzmäßigkeit etwas zu ändern, würdest du ihn nicht auch beschreiten?«

»Selbst wenn Duchamps Maschine etwas beweist, sind Sie tot, bevor sich etwas davon umsetzen lässt.«

»Es wird nicht so lange dauern, wie du denkst. Was mich betrifft, werde ich so lange warten, wie es dauert. Die Kryogenik hat in den letzten Jahren große Fortschritte gemacht. Vierzig Jahre dauerte es von der Geburt der Quantentheorie bis zur ersten Atombombe. Wer weiß, wie schnell sich angesichts der übergroßen Geschwindigkeit moderner Technologie die Früchte der Stringtheorie ernten lassen?«

»Verstehe, Sie wollen eine Kopie von sich machen. Aber wohin damit? Auf eine Festplatte? Auf der sind Sie genauso gefangen wie hier unten.«

Der Priester lächelte. »Alchemie ist Verbindung. Die Braut, verstehst du nicht? Kein Zufall, Schicksal. Du und ich, wir werden auf die schönste vorstellbare Weise vereinigt.«

Da begriff sie. Die Thrumm-Kids. Sie waren ausgeleert worden. Sie waren Behälter, denen das Bewusstsein genommen worden war und die nun darauf warteten, erneut gefüllt zu werden. Und der Priester hatte *sie* als seinen Behälter ausgesucht. Er wollte auch sie entleeren. Er würde sich einfrieren und die neuronalen Verbindungen seines Gehirns kartieren lassen, und eines Tages, wenn alles bereit war, würden sie ihn in sie hineingießen wie Wasser in einen Krug.

»Sie sind schlimmer als alle anderen«, stieß Lee hervor.

»Keiner von ihnen hat meine Weitsicht. Lajos, Josef, sie haben sich nie etwas Derartiges vorgestellt. Sie sehen allein das Geld. Sie wussten nicht mal, warum du zu uns gekommen bist. Sie wussten nur, dass du aussiehst wie Duchamps große Liebe und deswegen von irgendeiner Bedeutung sein musst. Aber nicht, worin die bestehen könnte.«

»Wusste Tomi es?«

»Tomas war zu offen, zu vertrauensselig, deshalb konnte ich ihm nicht alles anvertrauen. Er war loyal, wusste aber nicht wirklich über unsere Ziele Bescheid. Tomas war sowieso mehr an Kunst interessiert.« Der Priester sah sie erwartungsvoll an. »Nun, ich glaube, du hast etwas für mich.«

Lee umfasste die Glasscherbe fester, auch wenn sie ihr weiter ins weiche Fleisch schnitt. Sie stand auf und trat auf den Priester zu. Als sie den kleinen Ball aus ihrer Tasche holte, bekam er feuchte Augen. Sie würde seinen Arm packen, sobald er ihn nahm, und ihm die Kehle von einem Ohr zum anderen aufschlitzen. Aber seine Hand rührte sich nicht.

»Der Schlüssel lag die ganze Zeit direkt vor mir«, sagte er. »Es schmerzt, darüber nachzudenken, wie viele Jahre ich vergeudet habe, bloß weil ich nicht clever genug war, es zu begreifen.«

Lee hielt ihm den kleinen Ball hin. »Nehmen Sie ihn. Ich will ihn nicht mehr.«

Der Priester sah ihn nicht einmal an. »Lajos hat einen Mörder auf mich gehetzt. Nach all den Jahren. Sein Ego ist mit ihm durchgegangen. Möchtest du ihn sehen?«

Der Lakai zog einen ledernen alten, abgewetzten Überseekoffer mit messingverstärkten Ecken hervor, auf dessen Seiten Aufkleber von Hotels in Paris, Tanger, Amsterdam und San Sebastián klebten. Er öffnete die Schlösser und trat zurück. Sie erkannte DreamClown an seinen Haaren und der Brille, die verrutscht war und in einem grotesken Winkel seitlich auf dem Kopf saß. Er trug die Hilfskellneruniform und war wie der Assistent eines Zauberers in den Koffer gefaltet worden. Lee konnte nicht sagen, wie er getötet worden war.

»Ich habe all das Sterben nie gewollt. Aber jetzt ist es vorbei. Wir haben unser Ziel erreicht. Warum gibst du mir also nicht deine Scherbe? Bevor du dich noch schlimmer daran verletzt.«

Lee versuchte es gar nicht erst. Ihr blieb nichts mehr, und so ließ sie die Scherbe einfach zu Boden fallen, wo sie zersprang. Blut tropfte aus ihrem Ärmel und zeichnete ein rotes Fleckenmuster zwischen die Splitter. Der Priester zog ein Taschentuch hervor und hielt es ihr hin. Es war alt und fadenscheinig und trug das Monogramm *»MD«*. Sie nahm es in ihre blutende Hand. Dann öffnete sie die andere und ließ den kleinen Ball über den Tisch rollen.

Der Priester sah zu, wie der Calabi-Yau-Raum direkt vor ihm liegen blieb. Er starrte ihn an, hielt eine Hand darüber und zauderte, als könnte seine Berührung ihn verschwinden lassen. Doch dann schnappte er danach wie ein Vogel, der etwas von der Erde aufpickt. Er hielt ihn sich ein Stück vor die Nase und drehte ihn zwischen den Fingern. »Hast du ihn dir genau angesehen?«

Zahllose Male hatte sie das Ding studiert und war dem Verlauf seiner Gräben und Grate mit den Augen gefolgt. Sie schienen sich endlos ineinanderzufalten. Jetzt aber zuckte sie nur desinteressiert mit den Schultern.

»Es muss der komplexeste dem Menschen bekannte Schlüssel sein«, schwärmte er, »unmöglich zu reproduzieren. Für ein Schloss, das sich nicht knacken lässt.« Damit verschwand der kleine Ball in seiner Faust. Der Priester fuhr vom Tisch zurück.

Er bot Lee seine Hand an. Sie ignorierte sie, folgte jedoch dem Lakaien, der ihn aus dem Raum schob. Als sie die Tür im Flur erreichten, zog der alte Mann einen eisernen Schlüssel aus der Tasche und gab ihn dem Lakaien. Das Schloss klackte laut, und die Tür öffnete sich in einen dunklen Raum. Lee stellte sich neben den Priester, und der Lakai trat über die Schwelle und steckte Kerzen entlang der Wände an. Es war ein großer runder Raum mit einer kreidigen, rußgeschwärzten Mauer. Arbeiten, in denen Lee Duchamps Readymades erkannte, standen auf kleinen Podesten zwischen den Kerzen, sie sah ein Urinal, das Rad eines Fahrrads, eine alte Schneeschaufel, einen Flaschenständer. In der Ecke summte ein großer Luftbefeuchter.

In der Mitte aber, leicht nach hinten versetzt und halb im Schatten, entdeckte sie eine Vorrichtung, die gleichzeitig Skulptur und etwas Mechanisches war. Lee meinte, sie zu kennen, und dann auch wieder nicht. Das Ding stand auf einer stählernen Plattform, die im Durchmesser etwa drei Meter größer war als das Objekt selbst.

Die Braut und ihre Elemente schwebten rund anderthalb Meter hoch in der Luft. Erst bei genauerem Hinsehen erkannte Lee die dünnen Drähte, die hinauf zur Decke führten. Die Braut war aus gehämmertem Metall, vielleicht Kupfer, und wirkte dreidimensional noch insektenartiger als im *Großen Glas* – gleichgültig und verführerisch, unschuldig und gebieterisch, wie sie da über den unter ihr in einem klaustrophobisch engen Kreis hockenden neun Junggesellen hing und Lee, den Priester und den Lakaien überragte. Die Junggesellen waren ebenfalls aus Metall gehämmert, rötlicher als die Braut und innen scheinbar hohl. Neben ihnen, ein Stück weiter vorn, stand die als »Glider« bekannte Vorrichtung, ein Rahmen aus zusammengelöteten Metallstreifen mit der aus Metall und Holz bestehenden Wassermühle im Zentrum. Daneben, auf drei kurzen Beinen, hockte die enorme Schokoladenreibe mit ihrer Scherenvorrichtung oben, auf der einen Seite über Drähte mit dem Glider verbunden, auf der anderen mit den Okulistenzeugen, deren drei runde Augenkarten wie B-Movie-UFOs in der Luft schwebten. Hinter der Schokoladenreibe formte eine Reihe spitzer Siebe einen Bogen, der in einer Korkenzieherspirale endete und sich wurmartig nach oben wand, zwischen den Augenzeugen hindurch.

Es gab sogar den Boxkampf, eine unwirklich komplizierte, geometrische Anordnung winziger Rädchen und gewölbter Flächen direkt über den Okulistenzeugen, und darüber wiederum den Jongleur der Gravitation, der fremdartig und biomechanisch wirkte, wie das vergrößerte Foto eines Virus, an das sich Lee aus dem Biologieunterricht erinnerte. Und über allem schwebend, über dem Jongleur und der Braut, so leicht und ätherisch, dass sie eher projiziert wirkte als real, die wolkengleiche Erscheinung des kinematischen Erblühens der Braut.

All das wartete dort, reglos und doch kurz davor, zum Leben zu erwachen.

»Ein Wahnsinnsanblick, oder?« Der Priester war direkt neben ihr, und Lee zuckte leicht zusammen, nachdem sie ihn für einen kurzen Moment fast vergessen hatte. Sie spürte seine Hand am Ellbogen ihres verletzten Arms. »All die Jahre habe ich ihm gedient, und er hat mich nie in diesen Raum gelassen. Bis zu seinem Todestag habe ich es respektiert. Er starb in Frankreich, und ich war natürlich auf seiner Beerdigung. Dort fand ich unter seinen Besitztümern – was mich durchaus mit Scham erfüllt – einen Schlüssel. Es ging mir wie dir, als ich das erste Mal hier hereinkam: Ich war sprachlos vor Ehrfurcht. Für Duchamp war ein Kunstwerk eine ›Verspätung‹. Dieser Gedanke holt die Zeit, die vierte Dimension, ins Werk herein. Aber was du da vor dir siehst, hat das Potenzial, uns weit mehr Dimensionen zu eröffnen, womit ich in unserer Wirklichkeit enthaltene Wirklichkeiten meine, zu denen wir nie zuvor Zugang gehabt haben.«

Sie konnte ihren Blick nicht von dem Kunstwerk wenden.

»Duchamp hat einmal gesagt, der große Künstler von morgen darf nicht, sollte nicht gesehen werden«, fuhr der Priester fort. »Er sollte in den Untergrund gehen.«

Das hatte Tomi ihr schon bei ihrem ersten Zusammentreffen erklärt. Da hatte ihr die Vorstellung, im Untergrund zu leben, noch gefallen. Jetzt tat sie es nicht mehr.

»Ich habe das immer so verstanden, dass wahre Kunst nicht unter dem Einfluss von Ruhm und Ehrgeiz entsteht. Aber vielleicht bedeutet es mehr. Duchamp glaubte, dass der Betrachter eines Kunstwerks einen Einfluss darauf ausübt, ja dass das Betrachten das Kunstwerk für immer verändert. Er meinte, die arme *Mona Lisa* sei verschwunden, denn ganz gleich, wie wundervoll ihr Lächeln sei, sie ist so oft angesehen worden, dass sie nicht mehr existiere.« Lee konnte nicht sagen, ob das Lächeln des Priesters seine Aussage unterstreichen sollte, aber es wirkte geradezu grotesk. Nichts als schmutzige Zähne und verzerrte Lippen. »Duchamp hat seine letzte Arbeit hier unten behalten, buchstäblich im Untergrund, nicht zuletzt, weil er wusste, je mehr Leute sie sähen, desto stärker würde sich ihr eigentlicher Charakter verändern. Versuche, die Bedeutung dieses Augenblicks in dich aufzunehmen. Ich weiß, du spürst sie. Ich sehe es an deinem Blick.«

»Das ist die Aura«, sagte Lee, ohne es zu wollen. Er hatte recht, sie spürte es. Vielleicht war das jetzt das Gefühl, das Tomi ihr hatte vermitteln wollen.

Er sah sie überrascht an. »Die Aura. Ja, genau das ist es.«

Sie hasste den Gedanken, dass sie diese Vorrichtung oder Skulptur für schön hielt. Sie hasste es, dass sie ihre Aura spürte. Aber sie wusste, auch Tomi hätte sie gespürt. Der Priester nickte dem Lakaien zu, der den Raum verließ und nach einer Weile mit einem großen Glas zurückkam, das mit einer trägen roten Flüssigkeit gefüllt war. Der Mann trat auf die Installation zu und schüttete etwas davon mit einem kleinen Trichter in eine Öffnung an der Seite der Braut.

»Josef hat Jahre gebraucht, um die Zusammensetzung ihres Liebesbenzins zu ergründen«, kommentierte der Priester.

Ein dickes Elektrokabel führte unter der Plattform zu einer Steckdose, und hinten auf dem Sockel befand sich ein Schalter. Der Lakai bückte sich, zögerte. Auf das Nicken des Priesters hin drückte er ihn.

Nichts geschah, nicht wirklich. Nichts leuchtete auf, surrte oder klickte, als wäre es plötzlich bereit. Aber langsam, ganz langsam begann etwas zu summen, ein Getriebe setzte sich in Gang, mit einem Sirren und einem leisen Klacken, als erwachte die Vorrichtung nach und nach.

Lee sah den Priester an, den Lakaien. Auf ihren Gesichtern lag die offene Erwartungsfreude zweier Kinder im Puppentheater. Alles, was bisher geschehen war, war in Erwartung dieses Moments geschehen. Alles danach würde davon bestimmt sein.

Der Priester hatte immer noch Lees Arm gehalten, was ihr erst bewusst wurde, als er ihn losließ. Er nahm ihre Hand. Seine Finger fühlten sich papieren und trocken an, und er legte das kleine Objekt zurück in ihre Handfläche. »Bitte«, sagte er. »Gib dir die Ehre.«

»Welche Ehre?«

»Der Schlüssel. Schieb ihn ins Schloss.«

»Ich?«

»Ich denke, das ist nur angemessen. Du nicht?«

Lee starrte auf die summende Maschine. Da war ein kleiner Schlitz, der sich in der Mitte zu einem ovalen Loch weitete, unten in der stählernen Basis der Maschine. Die Schweißnaht um ihren Rand war zu einem glatten, erhabenen Grat abgeschliffen. Rote Tropfen formten sich darum, wie Tau, wurden dicker und rannen seitlich an der Maschine herunter. Der Priester nahm ihre Hand und führte sie auf das Loch zu. Er schob ihre Finger darüber und wartete. Als sie den Calabi-Yau-Raum hineinsteckte, floss ein einzelner Tropfen rote Flüssigkeit darüber und sickerte in seine Falten. Sie ließ los, und der Ball verschwand in der Maschine.

Lee hörte ein dumpfes Surren, gefolgt von einem Klicken, und einige Sekunden geschah gar nichts. Dann schimmerte das kinematische Erblühen über der Braut auf und kräuselte sich wie Tang. Die Geräusche begannen als unterirdisches Pulsen, als stünde Lee in einem Baum mit Tausenden Insekten. Doch da war noch etwas anderes, ein noch tieferer Unterton, ein dumpfes Stöhnen, das alles durchdrang und aus dem kinematischen Erblühen kam, das sich jetzt wie eine enorme Larve wand. Lee spürte es – Millionen feiner Fäden vibrierten in ihr, und ihre Frequenz folgte der dieser seltsamen Maschine.

Sie sah den Priester an, der mit feuchten Augen zu der Maschine aufblickte und mit der Zunge hinter seiner Wange hin- und herfuhr. Der Lakai atmete schwer, er hyperventilierte fast vor Erregung.

Und dann setzten sich die Junggesellen über dem Sockel der Maschine in Bewegung, begannen zu zittern und zu rucken, und die Braut über ihren Köpfen bewegte sich ebenfalls, als startete da ein Motor – Kolben hoben und senkten sich, langsam erst, dann schneller, und ihr Getriebe und ihre Arme wiegten den Körper in der Luft vor und zurück, was die Junggesellen unter ihr immer mehr erregte. Nervös hopsten sie herum und stießen gegeneinander.

Der untere, insektenartige Teil der Braut rollte sich auf, die dürren Beine lösten sich vom Körper, spreizten sich auseinander, und eine Reihe Löcher kam an ihrer Unterseite zum Vorschein, aus denen es auf sie alle herabregnete: Das Liebesbenzin der Braut durchtränkte die Junggesellen und ließ sie vor Verlangen wild zucken.

Die Junggesellen heizten sich noch mehr auf, liefen leuchtend rot an, dehnten sich sichtbar und stießen ein Gas aus. Schimmernd neonrot entwich es aus ihnen, begleitet vom Geruch von synthetischem Hibiskus, und wurde von einem Netzwerk kapillarer Schläuche an ihren Köpfen aufgefangen. Durch sie stieg es auf, langsam, angetrieben nur durch die eigene Ausdehnung, und die Wassermühle setzte sich in Bewegung, drehte sich langsam, während der Glider um sie herum hin- und herschwenkte, ebenfalls erst langsam, dann schneller und schneller, bis die ganze Maschinerie wackelte und rappelte.

Jedes Mal, wenn der Glider vorstieß, öffnete und schloss sich die daran befestigte Schere, und die große Schokoladenreibe darunter rüttelte heftig. Das Gas erreichte das Ende der dünnen Schläuche und sammelte sich in einer einzigen Öffnung. Jetzt wackelte und bebte die Maschine so sehr, dass Lee dachte, sie könnte auseinanderfallen. Der Priester und der Lakai schwitzten vor Erwartung, und der

Priester leckte sich die Tränen von den Lippen. Er sah aus wie jemand, der Gott selbst ins Antlitz blickte.

Das Gas strömte zusammen, verließ das kapillare System und wurde durch die im Bogen über der Schokoladenreibe angeordneten Siebe geleitet, wo es zu einer wolkigen, trägen Flüssigkeit kondensierte und durch einen kleinen, schmetterlingshaften Apparat in die Spule gepumpt wurde. Lee sah zu, wie die Flüssigkeit dort hindurchströmte, hoch, hoch durch die drei Augen der Augenzeugen und die auf- und zuklappende Schere, die sie in Tropfen zerteilte, hoch durch die außerdimensionale Geometrie des Boxkampfes in den Bereich der Braut und zum Jongleur der Gravitation.

Der Jongleur, eine irre ratternde Vorrichtung auf dünnen Grashüpferbeinen, fing jeden einzelnen Tropfen auf und schleuderte ihn auf die drei offenen Fenster in der Wolke des kinematischen Erblühens zu. Aber die sich windende Wolke schien jedem der Schüsse auszuweichen, wie ein Matador den Hörnern des Stiers, bis auch der neunte und letzte Schuss sein Ziel verfehlte und zerstob. Damit wurde das Insektensummen der Maschine leiser, und die Junggesellen, deren Ekstase zu einem Tanz mit sich selbst geworden war, wurden langsamer, bis sie zu einem schlappen Haufen zusammenfielen.

Innerhalb einer Minute lief die Maschine aus, Dampf zischte aus dem Sockel, und die Braut zitterte leicht in der Luft. Dann sah Lee etwas, von dem sie zunächst nicht sicher war, *dass* sie es sah. Es schien eine Illusion, eine Luftspiegelung, gewann aber an Klarheit, bis kein Zweifel mehr bestand: In jedem der drei Fenster des kinematischen Erblühens formte sich ein Bild, und aus einem verschwommenen bunten Knistern wuchsen drei Hologramme hervor und schwebten dort in der Luft – dreidimensional, vierdimensional? Oder waren es sechs Dimensionen? Elf? Jedenfalls sah Lee sie, und sie erkannte sie. Sie hatte sie schon einmal gesehen, denn es waren Ausschnitte aus dem *Étant donnés*, dem *Gegeben sei*: eine in die Luft gehaltene Petroleumlampe, ein Blick zwischen die gespreizten Beine der Frau und zuletzt der schimmernde blaugraue Wasserfall. Dann, einen kurzen Moment lang, flackerte das letzte Bild, und sie sah nicht den Wasserfall, sondern das Diorama im Aquarium, in dem sie Tomis Leiche zurückgelassen hatte … ein Flackern, und es war wieder der Wasserfall. Das schien unmöglich, und Lee fragte sich, ob der Priester und der Lakai es auch gesehen hatten.

Aber die beiden starrten nur auf die Maschinerie und wirkten vollends verwirrt. Jetzt erwachte die Maschine noch einmal zum Leben und rülpste mit einem altertümlichen Getriebekrachen einen kleinen Papierschnitzel aus einem Schlitz im Sockel, der Lee bis dahin nicht aufgefallen war. Der Lakai bückte sich und hob ihn auf. Er gab ihn dem Priester, der las, was darauf stand.

»Und?«, fragte Lee. »Was steht da?«

Der Priester schien perplex. *»Le hasard est une pute qui butine de maquereau en maquereau.«* Er sah aus, als fügte er in seinem Kopf verschiedene Dinge zusammen.

»Was bedeutet das?« Sie konnte nicht anders, sie musste es wissen. Wie konnte das alles auf diesen winzigen Zettel passen?

»Das ist Französisch. Übersetzt heißt es … so etwas wie: ›Der Zufall ist eine Hure, die von Zuhälter zu Zuhälter wandert.‹«

»Was?«

Eine dunkle Wolke schien sich über den Priester gesenkt zu haben, und aus seiner Verwirrung wurde Wut. »Eine flatterhafte Schlampe ist er!«

Lee hörte die Worte, begriff sie aber immer noch nicht. »Das verstehe ich nicht.«

»Kapierst du's nicht? Es ist ein Witz. Das Ganze ist ein

Spaß.« Seine Miene schien unter dem Gewicht dieser Erkenntnis zu kollabieren. Lee sah die beiden Männer und ihre blassen, entleerten Gesichter an. Sie wirkten so erschüttert und ausgepumpt wie die Maschine vor ihnen.

»Das ist alles?«, fragte sie in das dumpf verklingende Summen der Maschine hinein. Das alles war nichts als ein Witz? Lee überlegte, was sie über Duchamp wusste. Aber ja, es passte genauso gut zu ihm, die Antwort auf die Frage nach dem Zusammenhalt des Kosmos in ein kryptisches Rätsel zu verpacken wie in einen billigen Witz. Aber sie hatte da etwas gesehen, etwas, das die beiden nicht gesehen hatten. Oder?

Dann begriff sie, dass das Summen nicht aus der Maschine kam, sondern aus ihr selbst, aus dem Hohlraum in ihrem Inneren, in dem sie sich früher manchmal versteckt hatte. Wut wallte daraus empor, mehr und mehr Wut, bis es nichts anderes mehr gab. »Sie wollten Dinge wissen, die Sie nichts angehen, und kontrollieren, was sich nicht kontrollieren lässt. Und dafür haben Sie gemordet: Tomi, Mr Velasquez, Derrick, DreamClown. Die armen, ausgeleerten Kinder. Und das alles im Namen dieser Karnevalsattraktion?« Lee zitterte. »Sie sagen, Sie wollen das Universum begreifen, aber dem sind Sie so was von egal. Das Universum sieht Sie gar nicht. War es das wert? Jetzt, wo Sie wissen, dass sich da nur einer einen Spaß erlaubt hat? Wäre es es wert gewesen, wenn Sie recht gehabt hätten? Sie sind ein erbärmlicher Greis. Duchamp hat über Leute wie Sie nur gelacht, Leute, die in allem nur sehen, was sie sehen wollen.«

Der Priester wandte den Blick nicht von den flackernden Hologrammen, als könnte er die Antworten, die er suchte, dort immer noch finden. Der Lakai stand neben ihm und sah zu Boden. Sie hörten sie nicht. Lee sah sich, wie sie die Schneeschaufel von der Wand nahm und sie dem Priester in die Kehle rammte. Aber die Vorstellung verschaffte ihr keine Befriedigung.

Lee ließ die beiden dort zurück. Sie machten keine Anstalten, sie zurückzuhalten. Lee zitterte nicht länger, ihre Wut war wieder zu einem dumpfen Summen geworden. Im Labor kletterte sie durch die Falltür und kam auf demselben Weg durch das *Étant donnés*, auf dem sie und Tomi es vor Monaten durchquert hatten. Nur machte sie sich nicht mehr die Mühe, vorsichtig zu sein, stieß im Vorbeigehen gegen einen der Finger der Puppe und brach ihn ab. Als sie aus der Tür trat, starrten einige Leute die schmale, bandagierte junge Frau an, die da aus dem Kunstwerk kam, doch keiner sagte etwas. Vielleicht dachten sie, Lee gehöre dazu. Sie trat aus dem Museum in einen silbrigen Morgen, spürte die Luft in ihre Lunge dringen und rang sich einen Schritt nach dem anderen ab. Denn sie wusste, wenn sie stehen bliebe, bräche sie zusammen.

Buch IX

Porträt einer jungen Frau

Einundzwanzig

Die Kündigung war unter der Tür durchgeschoben worden. Lee stand eine Weile da, hielt sie in der Hand und wusste, es würde nicht lange dauern, bis der Vermieter oder ein Vertreter des Vermieters zurückkäme. Sie fragte sich, ob Räume eine Aura hatten und etwas von ihren Bewohnern enthielten, etwas, das in ihnen verweilte, auch wenn sie nicht mehr da waren. Was, wenn nicht Tomis Aura, spürte sie hier? Lee legte eine Hand auf ihren Bauch und erlaubte sich, Übelkeit zu empfinden. Weil sie schwanger war, aus keinem anderen Grund. Bisher hatte sie diese Übelkeit fast immer unterdrücken können, doch jetzt ließ sie sich von ihren Wellen erfüllen. Es fühlte sich gut an.

In den Räumen war immer noch alles so durchwühlt und chaotisch, wie sie und Tomi es zurückgelassen hatten, und Lee begann aufzuräumen. Irgendwann würden sie hereinkommen, und Lee wollte, dass sie eine ordentliche Wohnung vorfanden, eine Wohnung, wie Tomi sie gern gehabt hatte. Es ergab keinen Sinn, doch sie konnte nicht anders. Sie schob die Kommode an ihren Platz, faltete seine Sachen zusammen und legte sie zurück in die Schubladen. Sie rückte den Kühlschrank zurecht, warf die alten, abgelaufenen Lebensmittel weg und schrubbte eine eingetrocknete Milchpfütze vom Boden. Sie goss die vertrocknete Pflanze auf der Fensterbank über der Spüle, sammelte die überall verstreuten Papiere ein, ordnete und packte sie in die Schublade seines Schreibtischs. Die aufgeschlitzten Kissen kamen zurück aufs Sofa, mit den Schnitten nach hinten. Zuletzt machte sie sein Bett.

Als sie fertig war, zog sie sich aus und stellte sich ewig unter die Dusche, drehte das Wasser so heiß, wie es ging, und wusch sich gleich dreimal die Haare (oder was noch davon übrig war). Sie zog eines von Tomis T-Shirts an, eine seiner Boxershorts und seine Jeans. Das T-Shirt war nicht gewaschen, und sie konnte ihn darin riechen. Lee legte sich in das gemachte Bett und zog die Decke über den Kopf.

Sie erwachte am späten Nachmittag, als das Sonnenlicht schon wieder aus dem Zimmer gewichen war, dachte an Tomis Leiche im alten Aquarium auf Petty Island und fragte sich, wer seine Familie in Tschechien benachrichtigen würde. Sie suchte nach irgendeiner Information zu seinen Eltern, einem Adressbuch, einem Brief, irgendetwas. Sie fand nichts. Hinten im Schrank lag ein alter Laptop, den die Kerle, die hier alles auf den Kopf gestellt hatten, übersehen haben mussten, aber er war schon bereinigt. Vielleicht auf seinem USB-Stick?

Lee steckte ihn ein, öffnete ihn und scrollte durch die verschiedenen Ordner, bis sie einen fand, der den Großteil von Tomis persönlichen Daten zu enthalten schien. Es gab Scans seiner Kunstwerke und Aufsätze, die er für verschiedene kleine Kunstmagazine geschrieben hatte, und sie öffnete einen Ordner mit dem Namen »Pics«, verlor sich eine halbe Stunde lang darin und blätterte durch Fotos von Erkundungen, die er noch solo gemacht hatte. Dann sah sie den Ordner »Lee«. In ihm war ein einziges Foto, und sie zögerte, es anzuklicken. Es war von ihr, wie sie in Tomis Bett schlief, von oben aufgenommen. Da lag sie, zusammengerollt, trug nur ihre Unterwäsche und eines seiner T-Shirts. Das Foto strahlte etwas so Sanftes und Zartes aus, dass sie das Mädchen darauf fast lieben konnte, eine Fremde in der Besinnungslosigkeit ihres Schlafes. Lee ließ das Bild auf sich wirken und verschob es dann in den Papierkorb.

Da, ganz unten gab es einen Ordner namens »Familie«. Er war voller Bilder, sehr alter Schwarz-Weiß-Fotos vom Leben auf einem europäisch aussehenden Bauernhof: ein Dutzend Leute draußen an einem großen, hölzernen Tisch, die gemeinsam aßen, zwei auf einem Feld tanzende Schwestern, ein Mann mit einem hubschrauberartigen Apparat, der mit dem Fuß betrieben wurde und gerade eher kläglich versuchte, vom Boden abzuheben. Das sah aus wie einer der Orte, an die Tomi sie beide in seinen Träumen fantasiert hatte. Es gab auch jüngere Fotos, in Farbe. Eines von Tomi, da musste er ungefähr vier gewesen sein, wie er eine müde Hauskatze in den Armen hielt. Sein Grinsen hatte er schon immer gehabt. Im Spiegel hinter ihm sah sie den Fotografen, einen untersetzten Mann, dessen Gesicht hinter dem Blitz nicht zu erkennen war. Vielleicht sein Vater. Ein anderes Foto zeigte Tomi im Freien, ein paar Jahre später. Das musste an Halloween sein, denn er war wie ein mittelalterlicher Ritter kostümiert, mit einem Schild in der einen und einer Tüte Süßigkeiten in der anderen Hand. Tomi grinste unverfroren, und das Haus, vor dem er stand, sah aus wie eines in einem amerikanischen Vorort.

Aus keinem der Bilder ließ sich eine Adresse oder auch nur ein Wohnort ableiten, und sie wollte den Laptop schon zuklappen, als sie endlich tat, was sie von Beginn an hätte tun sollen: Sie öffnete sein Adressbuch, und da, unter Černák, fand sie, was sie suchte: eine Adresse in Dubuque, Iowa. Lee starrte auf die Hausnummer und öffnete das Halloween-Foto noch einmal. Es war die Nummer auf dem Haus hinter ihm. Sie brauchte einen Moment, um diese neue Information mit dem zusammenzubringen, was sie über Tomi zu wissen geglaubt hatte. Er war nicht in Tschechien aufgewachsen, sondern in Iowa.

Vielleicht war alles eine Lüge gewesen. Vielleicht auch nur manches davon. Trotzdem waren sie ehrlich zueinander gewesen, selbst wenn alles, was er gesagt hatte, erfunden gewesen war. Tomis Eltern sollten erfahren, was mit ihm passiert war. Lee holte ein Blatt aus der Schublade seines Schreibtischs, fand einen Stift und saß lange vor der leeren Seite, bevor sie schrieb: »Liebe Frau und lieber Herr Černák«. Sie hielt inne, überlegte weiter. Wusste nicht, wie sie ihnen von Tomis Tod berichten sollte. Wie sie auch nur anfangen sollte. Am Ende begnügte sie sich mit einer kurzen Nachricht, in der sie ihnen mitteilte, dass Tomi bei dem Versuch, sie zu schützen, getötet worden sei. Dass er ein guter Mensch gewesen sei und sie auf ihren Sohn stolz sein könnten. Sie schrieb ihnen, wo er zu finden war. Sechsmal in fünf Zeilen schrieb sie, wie leid es ihr tue. Von dem Baby schrieb sie nichts. Lee faltete den Brief zusammen, schob ihn in einen Umschlag und klebte ihn zu.

Der Computer piepste, und in der rechten unteren Ecke blinkte das Subnet-Icon auf. Lee starrte es eine Weile an, bevor sie es anklickte. Eine Chat-Box öffnete sich, und dann:

{Teutonik23}: Braut?

Lee zögerte und schrieb:

{H3rm3s}: Wer ist Braut?
{Teutonik23}: Wer ist da?
{H3rm3s}: H3rm3s. Wer sonst?
{Teutonik23}: Bist du's echt?
{H3rm3s}: Natürlich. Wer sonst?
{Teutonik23}: Wir dachten alle, du wärst tot. Wir haben eine verdammte Trauerfeier für dich veranstaltet.

Lee schrieb:

{H3rm3s}: Warum dachtet ihr, ich wär tot?
{Teutonik23}: Deine Freundin hat so getan, als ob. Was ist los?

Lee überlegte, wie sie weitermachen sollte.

{H3rm3s}: Sie ist verschwunden. Wann habt ihr von ihr gehört?
{Teutonik23}: Vor'n paar Tagen. Warum erzählt die uns, dass du tot bist?
{H3rm3s}: Vielleicht, weil ich mit der Schlampe Schluss gemacht habe. Aber ich muss sie erreichen. Weißt du, wie ich an sie rankomme?
{Teutonik23}: Nein, aber sie ist in Gefahr. Ich muss ebenfalls mit ihr sprechen.
{H3rm3s}: Wie meinst du das, dass sie in Gefahr ist?
{Teutonik23}: Wir hatten einen Infiltrator, der sie benutzt hat.
{H3rm3s}: Wen?
{Teutonik23}: Können wir die Kameras einschalten und reden?

Lee überlegte einen Moment.

{H3rm3s}: Ich kann das hier im Augenblick nicht.

Es folgte eine lange Pause, dann:

{Teutonik23}: H3rm3s, was ist das eine, was du mir mal gesagt hast, und ich musste dir versprechen, es nie jemandem zu erzählen?

Lee wollte etwas schreiben, aber da war nichts, was sie schreiben konnte.

{Teutonik23}: Wer bist du?

Sie dachte an all die Menschen, denen sie vertraut und die sie betrogen hatten. Ihre Mutter, Steve, Edie, Derrick, DreamClown. Aber Tomi? Tomi hatte sie belogen, doch nicht betrogen. Er hatte sie geliebt. Sie hatte ihm vertraut, weil ihr Inneres ihr gesagt hatte, dass es richtig war. Was sagte ihr Inneres ihr jetzt?

Lee klickte auf das Video-Icon, und ihr Gesicht tauchte in einem Fenster auf dem Bildschirm auf. Der Schnitt in ihrer Wange hatte sich lila gefärbt und trat an den Stichen runzlig hervor. Teutonik saß an seinem Tisch, und vor ihm lag eine dicke graue Katze.

»Was willst du?«, fragte sie.

»Ich hab mir schon gedacht, dass du es bist«, sagte er. »Dass es nicht Hermes sein konnte, war sowieso klar. Der würde dich nie eine Schlampe nennen. Gut zu sehen, dass du noch da bist. Aber es war nicht in Ordnung von dir, so zu tun, als würde Hermes noch leben.«

»Er hieß Tomi. Tomas Černák.«

»Hast du die Trauerfeier gesehen?«

»Nein.«

»Sieh sie dir im Subnet an. Es war eine echte Totenwache. Man hat dich vermisst.«

»Wie hast du DreamClown enttarnt?«

»Dass er in der S. A. war? Dahinter sind wir gekommen, als wir ein paar persönliche Spuren von Hermes aus dem Subnet entfernt haben. Da sind wir auf ein paar Doks gestoßen. Tut mir leid, dass ich's nicht eher geschnallt habe. Ich wollte helfen und habe dich in Gefahr gebracht. Aber keine Sorge, wir kümmern uns um ihn.«

»Um den hat sich schon einer gekümmert.« Lee sah ihn genau an.

»Darf ich fragen, wie?« Teutonik wirkte nicht überrascht, aber ernsthaft traurig.

»Woher soll ich eigentlich wissen, dass du nicht auch dazugehörst?«, fragte Lee.

Das schien den mageren alten Deutschen zu verblüffen. Er lehnte sich zurück und fuhr sich mit der Hand durch den Bart. »Komm in zwei Tagen wieder«, sagte er schließlich. »Dann wirst du es sehen. Das Subnet passt auf sich auf.«

Er wartete, bis sie nickte, dann verschwand er vom Bildschirm.

Lee musste eine Sache herauskriegen, und so fuhr sie mit dem Fahrrad zu dem Haus, von dem sie nie gedacht hätte, dass sie noch mal zu ihm zurückkehren könnte. Sie stellte das Rad eine Straße vorher ab und schlich sich nach hinten zu ihrem Fenster.

Sie konnte Edies schlafende Gestalt auf dem Bett liegen sehen, und das reichte. Mehr brauchte sie nicht. Aber als sie sich abwenden wollte, stieß sie einen Blumentopf um, und Edie setzte sich auf und entdeckte sie. Ihre Augen weiteten sich, sie blinzelte und blinzelte wieder, als sähe sie einen Geist und wollte ihn wegblinzeln.

Edie war etwas fülliger um die Wangen, und sie hatte sich das Haar schulterlang wachsen lassen, in seiner natürlichen Farbe, die offenbar braun war. Lee überlegte, ob sie einfach weglaufen sollte, doch da war Edie schon am Fenster, öffnete es, und Lee sah ihrer alten Freundin in die grünen Augen. Sie spürte das vertraute Ziehen in sich, die Bewunderung, und hasste sich dafür.

»Lee? Bist du's wirklich? Komm rein«, flüsterte Edie und öffnete das Fenster ganz. »Wow. *What the fuck.*«

Lee schüttelte den Kopf. »Ich wollte nur sehen, ob mit dir alles okay ist.«

»Mit mir? Was ist mit dir? Guck dich an, ich hab ja nicht geglaubt, dass es geht, aber du bist noch dünner geworden. Nur die Titten, heilige Scheiße, was … Hast du dir die machen lassen? Kann ich mal fühlen?«

Edie streckte tatsächlich die Hand aus, und Lee fuhr zurück.

»Das ganze letzte Jahr haben sie in der Schule nur von dir geredet, weißt du. Wo warst du? Es gab Gerüchte, dass du in der Klapse eine erstochen hättest und geflohen seist. Das ist so irre.«

Lee sagte nichts, aus Angst, in Tränen auszubrechen.

»Ich weiß, ich bin ein fettes Stück, was? Es stimmt, was sie über den Babyspeck der Erstsemester sagen. Aber Scheiße, das College frisst dich, ich sag's dir. Weißt du, wo ich bin? Auf der verdammten University of Michigan. Kannst du das glauben?«

Edie war noch immer die alte, atemlos in ihrer Begeisterung. Lee fand ein Lächeln, doch sie spürte die Traurigkeit darin.

»Du armes kleines Küken, sieh dich an. Wo warst du die ganze Zeit? Wie geht's dir? Hör zu, ich hab meine eigene kleine Bude in Ann Arbor. Du kannst bei mir wohnen. Wir halten dich versteckt, das wird so sexy. Natürlich kannst du nicht zur Schule, aber davon abgesehen wird es genauso, wie wir es immer gesagt haben. In einer Woche fahr ich wieder hin. Wo bist du bis dahin? Und wo zum Teufel warst du, Lee?«

Lee lehnte sich ins Zimmer, gab Edie einen Kuss auf die Wange und ging.

Lee hatte sich die Adresse vor Wochen gemerkt. Sie hatte das Gebäude nie gesehen, und als sie hinkam, brauchte sie eine Weile, um das rosa Eckhaus zu lokalisieren, das eher wie ein Wohnhaus aussah als wie eine medizinische Einrichtung. Auf einem kleinen Schild neben der Tür stand: »FRAUENKLINIK PHILADELPHIA«, mit einer Telefonnummer darunter.

Lee ging einmal um den Block. Sie betrachtete das Fleisch in der Auslage einer Metzgerei, die Salamis an der Wand hinter der Kasse. Jemand hatte zwei Punkte auf das Fenster einer Drogerie gesprayt, einen roten und einen grünen. Sie starrte in das skurrile Schaufenster einer Eisenwarenhandlung, eine kleine Zirkusszene aus Schrauben, Beschlägen, Rohrstücken und allen möglichen anderen Dingen, und musste an Duchamps Junggesellen denken. Sie überlegte, ob sie ins Kino gehen sollte – danach würde immer noch Zeit sein, wieder herzukommen –, aber sie hatte nicht genug Geld. Plötzlich war sie am Anleger, bevor ihr bewusst war, wohin sie wollte, und stand auch schon da, wo sie das kleine Boot, das sie so gut kannte, festgemacht hatte. Lee band es los und stieg hinein. Auf halber Strecke blickte sie zurück zum Ufer. Anschließend würde sie in die Klinik gehen und einen Schlussstrich ziehen. Dann war es vorbei.

Als sie das Aquarium erreichte, war sie voller Matsch. Der Boden war sumpfig und hatte ihr die Schuhe durchweicht. Sie war nur langsam vorangekommen und dreimal beinahe gefallen, hatte sich aber immer noch gerade so aufrecht halten können. Lee kroch unter der hochgebogenen Tür des Ladedocks durch, blieb vor dem Kambrium-Diorama stehen und starrte auf die kleine Seelandschaft, in der sie die Notiz gefunden hatte. Hier hatte alles angefangen. Vor etwa dreizehn Wochen hatte sie erfahren, dass etwas in ihrem Bauch heranwuchs, und seitdem war ihr Leben in sich zusammengebrochen.

Sie wusste nicht, wie lange sie dort schon stand, gefangen in ihrem Unterwassertraum. Wusste nur, dass sie vor dem zurückschreckte, was sie im nächsten Raum erwartete. Wenn sie jetzt wieder ging, konnte sie es noch in die Klinik schaffen, bevor die für heute ihre Türen schloss. Wenn sie heute nicht hinging, würde sie es nie tun, und das Ding in ihr würde weiter wachsen und ihr Leben weiter auf den Abgrund zurasen lassen. Dann würde sie auf der Flucht sein, obdachlos *und* schwanger.

Als sie den Raum betrat, konnte sie seinen dunklen Umriss auf der Plattform des Altsteinzeitmannes erkennen, wo sie Tomi unter einer Tierhaut zurückgelassen hatte. Sie blieb stehen, weil sie nicht sehen wollte, wie sein Gesicht aufgedunsen oder halb von Tieren und Insekten weggefressen war. Lee hätte gern geweint. Sie spürte, wie die Trauer ihre Kehle hinaufkroch, doch ihre Augen blieben trocken.

»Ich weiß, dass du mich belogen hast«, sagte sie. »Aber das ist mir egal. Weil ich auch weiß, dass du mich geliebt hast. Und wenn du es wissen willst: Ich habe dich auch geliebt.« Sie hielt inne und überlegte, was es sonst noch zu sagen gab. »Ich habe deinen Eltern geschrieben. Ich weiß nicht, ob du ihnen dasselbe gesagt hättest, aber ich habe ihnen geschrieben, wie leid es mir tut. Es tut mir leid. Es war alles umsonst. Dass das Ding da in mir wächst, und all diese Menschen, völlig umsonst gestorben ... genau wie du. Aber ich kann es nicht behalten. Ich weiß, du wolltest es, und vielleicht hätte ich es mit dir ja gekonnt, aber allein geht es nicht. Ich könnte es nicht großziehen und jeden Tag in dein Gesicht sehen.« Sie dachte an die Bilder von Tomi als kleinem Jungen. »Dein dummes Lächeln.«

Lee trat ein paar Schritte vor und hielt dann erneut inne. Etwas stimmte nicht. Sein Körper schien eingefallen, kaum noch da, und als sie sich noch näher an die Plattform heranwagte, merkte sie, dass das, was sie zu sehen geglaubt hatte, nichts als Falten in den Häuten waren. Unter ihnen lag niemand. Tomi war nicht mehr da. Lee ging an die Stelle, wo sie ihn, sterbend, in den Armen gehalten hatte. Er hatte geblutet, stark geblutet. Aber da war kein Blut mehr. Der Boden war sauber. Da war nur Staub.

Ihr Blick traf auf ein zusammengefaltetes Stück Papier, das unter einer der Häute steckte, da, wo Tomis Kopf gelegen haben musste. Sie nahm es, faltete es auseinander und leuchtete auf die aus einem Notizbuch gerissene Seite. Auf ihr stand: »*D'ailleurs, c'est toujours les autres qui meurent.*«

Lee erkannte das Zitat. Es war Duchamps Grabinschrift, die so viel bedeutete wie: »Im Übrigen sind es immer die anderen, die sterben.« Lee dachte an das, was der Priester gesagt hatte, darüber, dass Duchamps Maschine die Raumzeit verändern werde. Wie sähe das aus? Konnte man dann Dinge in der Vergangenheit und Zukunft ändern? Sie spürte, wie ihr das Herz in der Brust pochte, und sah sich nach einem Hinweis darauf um, was hier geschehen sein mochte. Aber da war nichts.

Lee betrachtete den Zettel in ihrer Hand noch einmal. Ein schwaches Bild schien darin auf. Sie hielt ihre Lampe dahinter und sah ein Wasserzeichen: den kleinen fallenden Cupido aus Duchamps unlösbarem Schachproblem. Und sie sah, dass sein Pfeil auf das Wort »*D'ailleurs*« deutete. Lee starrte es an, bis sie den Namen darin entdeckte: *Áille*.

Einen Moment lang erlaubte sie sich die Vorstellung, dass Tomi lebte. Dass er aus irgendeinem Grund nie gestorben war. Dass er … was? Tag für Tag erwachte, als sei das alles nicht passiert? Irgendwo ziellos herumwanderte und nicht wusste, wer er war? Sie stellte sich vor, wie sie ihn suchte und fand. Wie sie am Ende doch den Bus nach Detroit nahmen. Dann stoppte sie sich, bevor sie sich noch tiefer in diese Fantastereien verstrickte. Der Priester war wahnsinnig, und der Leichenträger war es auch gewesen. Alle waren sie wahnsinnig und sahen nur, was sie sehen wollten. Und jetzt machte sie es genauso. Diese Nachricht … die war nicht von Tomi. Das waren *die*, und sie räumten hinter sich auf. Spielten immer noch ihre Spielchen. Lee sah sich im leeren Aquarium um. Sie war ganz sicher allein. Aber sie hatte sich auch früher schon getäuscht.

Als Lee am Pier anlegte, war es, dem Stand der Sonne nach zu urteilen, später Nachmittag. Es blieb noch Zeit, zur Klinik zu gehen. Lange stand sie vor der Tür, bis eine Frau herauskam und fragte, ob sie hereinwolle. Nach kurzem Zögern sagte Lee: »Ich warte nur auf jemanden.«

Die Frau sah sie an, als hätte sie diesen Satz schon oft gehört. Sie lächelte. »Sie können auch drinnen warten, wenn Sie mögen. Das ist okay. Oder wenn Sie einfach mit jemandem sprechen wollen …?«

Lee schüttelte den Kopf. »Ist schon gut. Ich komme wieder.«

In Fishtown fand sie ein Café mit Internet und öffnete Tomis Laptop. Sie hatte ihn mitgenommen, zusammen mit ein paar Sachen zum Anziehen und allem anderen, von dem sie dachte, dass sie es irgendwann einmal brauchen könnte. Sie wusste, dass sie nicht zurückgehen würde. Sofort blinkte das Subnet-Icon. Lee setzte sich in eine einsame Ecke des Cafés, stöpselte sich Tomis Kopfhörer in die Ohren und klickte es an.

»Guten Tag, Braut«, sagte Teutonik.

»Nenn mich nicht so.«

»Ich hab was für dich. Ich hab dir gesagt, das Subnet kümmert sich um seine Leute, und das tun wir.«

»Was redest du da?«

»Verzeih, aber wir haben ein bisschen rumgegraben und kennen deine Situation. Am 12. August bist du aus dem Jugendgefängnis Queensbrook geflohen, und im Moment wirst du gesucht, um zum Mord an Derrick James auszusagen.«

»Das war ich nicht. Ich meine, ich bin aus dem Jugendknast geflohen, aber Derrick habe ich nicht umgebracht.«

»Die Behörden denken, dass du es warst. Kannst du das Gegenteil beweisen?«

Lee überlegte. »Nein.«

»Macht nichts. Wir haben den Prozess bereits in Gang gesetzt: Geburtsurkunde, Pass, Führerschein, Sozialversicherungsnummer. Highschool-Abschlusszeugnis, mit Prädikat? Klug genug bist du, warum nicht? Jahrgangsbeste? Vielleicht wäre das eins zu viel, ich weiß nicht. Aber wenn du schon neu anfängst, warum nicht mit den richtigen Voraussetzungen?«

Lee wusste nicht, was sie sagen sollte.

»Lass dir die Geschichte der Person einfallen, die du sein willst: Name, Geburtsdatum, Ausbildung, bisherige Jobs ... ein Fundament, etwas, worauf du aufbauen kannst. Wir haben ein paar äußerst fähige Leute in unserem Netzwerk. Nimm dir Zeit und gib mir die Einzelheiten, wenn du so weit bist. Wir kümmern uns um den Rest.«

Lee sagte sich, dass sie ihm nicht glauben durfte. Ihr Vertrauen war zu oft missbraucht worden. Aber sie bereute es nicht, Tomi vertraut zu haben, und wenn das Universum sie ein weiteres Mal betrügen wollte, konnte es sie mal kreuzweise.

Lee verließ das Café. Da war noch eine Sache, die sie erledigen musste. Etwas, was der Priester gesagt hatte, ließ ihr keine Ruhe, nicht zuletzt weil es mit etwas in Zusammenhang stand, das sie selbst gesehen hatte. Sie musste da noch mal hin.

Es war höchstens knapp über null, aber sie schwitzte, als sie das Silo erreichte. Fast die ganze Zeit war es bergauf gegangen, und mit einer Hand zu fahren tat ihr auf Dauer in den Schultern weh. Lee stellte das Fahrrad im Wald vor der ersten Erhebung ab und ging zu Fuß weiter zur Rückseite des Komplexes. Um das gesamte Gelände war das grelle Absperrband der Polizei gespannt, Streifenwagen waren jedoch keine zu sehen. Seit dem Brand waren vier Tage vergangen, und es schien kein Mensch mehr hier zu sein. Als sie das Silo einmal umrundet hatte, duckte sich Lee unter dem Band am Eingang durch. Das Feuer hatte auch den Generatorschuppen und das trockene Gebüsch erreicht, überall lag schwarze Asche. Die gemauerten Enden der Lüftungsschächte ragten aus der Erde, und Lee sah in die Dunkelheit hinunter. An der stählernen Eingangstür des Silos klebte eine Erklärung der Stadtverwaltung, die vor Einsturzgefahr warnte. Lee ging trotzdem hinein und musste husten, als sie die Treppe hinunterstieg. Es stank nach kaltem Rauch und etwas Chemischem. Am Fuß der Treppe schaltete sie ihre Taschenlampe ein, ging in den Tanzsaal und zum zentralen Treppenschacht dort. Der Boden klebte wie frischer schwarzer Teer. Sie öffnete die Klappe zum Schacht und stieg weiter hinab.

Die Betonwände des Raumes, in dem sie Annie gefunden hatte, waren rußschwarz, die Kabel und Lampen geschmolzen. Sogar die stählernen Umhüllungen waren verzogen und stellenweise heruntergefallen. Der Teppich war nur mehr eine dünne schwarze Kruste und brach, wo sie auf ihn trat. Sie stieg zwei Ebenen tiefer, Ruß und Rauchgestank nahmen zu. An der Tür zum Raum des Leichenträgers musste sie ihr Hemd über Mund und Nase ziehen, um noch atmen zu können. Alles Holz war verkohlt, und als sie mit dem Lichtkegel ihrer Taschenlampe durch den Raum fuhr, bot sich ihr ein Blick wie in ein nach Hunderten von Jahren auf dem Meeresgrund entdecktes Wrack. Die Messingbeschläge waren noch intakt, auch das alte eiserne Bettgestell. Die hölzerne Wandverkleidung war auch hier verbrannt, und dahinter kam der alte Betonbunker mit seinen Stahlbewehrungen zum Vorschein. Die marmornen Schachfiguren lagen auf dem Boden. Lee hob einen Springer auf und blies den Staub weg, ließ den Lichtstrahl über das Bett gleiten und sah die Pistole mit ihrem geschmolzenen Griff, der sich halb um den Eisenrahmen gelegt hatte. Etwas stimmte nicht mit dem Bett, es wirkte seltsam verzogen, fast so, als könne man es nicht mehr ansehen, und plötzlich wurde Lee schwindelig. Sie setzte sich auf den Boden. Hier unten musste es giftige Gase geben.

Sie stieg noch zwei Ebenen weiter hinab, kletterte über einen abgestürzten Lüftungsschacht und betrat das Labor, oder was noch davon übrig war. Welche Temperaturen hier geherrscht haben mussten. Wo einmal die Wand mit den Plastiktonnen voller chemischer Substanzen aufgeragt war, fand sich nur noch eine schwarze Masse auf dem Boden, eine erstarrte Teergrube, in die Stahl- und Glasstücke gefallen waren, als das Zeug noch flüssig gewesen war. Ein paar von den Metallgehäusen der größeren Apparaturen schienen noch intakt, sonst war alles zerstört. Die Glaskolben und Bechergläser waren ebenfalls geschmolzen, sie bildeten magmaartige Klumpen rußüberzogenen Kristalls. Lee leuchtete über den geschwärzten Beton. Der chemische Gestank war so stark, dass sie ihn kaum noch ertrug, aber sie ging noch zur gegenüberliegenden Wand, wo einmal die riesige Ventilatorenanlage gewesen war. Die Flügel des Ventilators lagen auf dem Boden, nicht mehr als ein Haufen verbogenes Metall. Der Rest der Anlage war so gut wie komplett verbrannt. Lee stieg vorsichtig durch die Trümmer bis zur Wand, dann einmal quer durch den Raum und zählte dabei ihre Schritte.

Zurück im Büro des Leichenträgers: Jede der Ebenen sollte in etwa den gleichen Durchmesser haben, und doch hatte sie bei ihrem ersten Besuch das Gefühl gehabt, dass der Raum hier kleiner war, als er demnach hätte sein müssen. Sie schritt ihn ab und fand ihren Eindruck bestätigt. Lee wandte sich der Nachbildung des *Großen Glases* zu, die immer noch an der Wand hing. Sie war versengt, das Glas verzogen, aber sonst noch intakt. Lee fuhr mit den Fingern die Seiten ab, bis sie einen winzigen Riegel fand. Sie drückte, und mit einem Klicken schwang der ganze Rahmen an zwei Angeln hängend wie eine Tür auf. Lee leuchtete die Wand ab. Etwa da, wo der Kreis der Junggesellen gehangen hatte, sah sie das Zahlenschloss und einen Hebel. Lee ließ ihr Licht weiter über die Wand schweifen und erkannte die in den Beton eingelassene Stahltür des Safes.

Sie drehte an dem Rad. Es war allerdings schon etwas her, dass Mr Velasquez ihr die Grundbegriffe des Safeknackens beigebracht hatte, mit denen billigen Privatsafes in Wohnhäusern beizukommen war, und sie war nicht sicher, wie viel ihr das hier bringen würde. Der Safe musste mindestens fünfzig Jahre alt sein, machte aber einen ziemlich soliden Eindruck. Sie holte den kleinen Verstärker aus ihren Einbrechertagen aus der Tasche, stöpselte sich die Kopfhörer in die Ohren, drückte den kleinen Apparat auf die Stahltür und drehte an dem Schloss. Wo war das leise Klicken der sich zurückziehenden Zuhaltung? Sie drehte das Rad einmal ganz herum, dann noch einmal und noch einmal. Hörte das Flüstern des Drehmechanismus, sonst nichts. Sie war einfach nicht gut genug.

Mr Velasquez hatte ihr allerdings auch beigebracht, in den Schubladen des Schreibtischs nach der Kombination zu suchen, bevor sie sich überhaupt daranmachte, einen Safe zu knacken. Manchmal klebe der Code dort drunter.

Vielleicht half auch das Geburtsdatum des Besitzers weiter, das war immer eine gute Möglichkeit. Lee wusste nicht, wie sie das Geburtsdatum des Leichenträgers herausfinden sollte, aber vielleicht ... Sie ging zurück nach oben in den Kontrollraum. Alles war schwarz und verrußt, aber der Raum lag so weit von den verkohlten Ebenen unten entfernt, dass er im Prinzip noch intakt war. Sie trat ans Bücherregal und zog eine Biografie von Marcel Duchamp heraus. Es dauerte etwas, bis sie sein Geburtsdatum im Fließtext fand. Duchamp war im Juli geboren, am 28. Juli 1887. Sie riss die Seite heraus und nahm sie mit nach unten.

Lee drehte das Rad mehrfach im Uhrzeigersinn und stoppte bei der 7. Zurück gegen den Uhrzeigersinn, von der 7 zur 28. Im Uhrzeigersinn zur 87. Vorsichtig nahm sie die Hand vom Rad und griff nach dem Hebel. Drückte ihn herunter. Er leistete keinen Widerstand. Nichts. Es war ohnehin nur ein Schuss ins Blaue gewesen. Dann fiel ihr etwas ein. In Europa schrieben sie das Datum andersherum, oder? Erst den Tag, dann den Monat. Sie versuchte es noch einmal: Im Uhrzeigersinn zur 28, gegen ihn zur 7, und zum Schluss zur 87. Das Klicken des Hebels war das schönste Geräusch, das sie seit Langem gehört hatte. Sie öffnete die Tür und leuchtete in den Safe. Drinnen türmten sich Stapel ziegelgroßer Banknotenbündel. Hinten reichten sie fast bis zur Decke.

Sie nahm ein Bündel und blätterte es durch. Alles Zwanziger. Zog das Gummiband herunter und zählte. Genau tausend Dollar. Dann sah sie einen Stapel bei der Tür, lauter Bündel Hunderter. Jeweils fünftausend Dollar. Lee leerte ihre Tasche und füllte sie mit Geldbündeln. Fünftausend, fünfzehntausend, zwanzig, fünfundzwanzig, dreißig. Sie rechnete.

Vier Jahre College zu vierzigtausend pro Jahr, dazu die Lebenshaltungskosten für sie und das Baby. Tomi hatte sich immer ein Mädchen vorgestellt, und so sah Lee sie jetzt auch. Sie würde noch klein sein, wenn Lee ihren Abschluss machte. KeineReckslöcher mehr. Siebzig pro Jahr mal vier machte zweihundertachtzigtausend. Lee gab noch etwas für Notfälle dazu, und verdoppelte, was sie hatte – Mrs Velasquez sollte auch etwas bekommen. Als sie die Sechshunderttausend in ihre Tasche gepackt hatte, war sie so voll und schwer, dass Lee sich darunterschieben musste, um sie auf den Rücken zu bekommen. Ihr verwundeter Arm schrie auf. Lee warf einen letzten Blick in den Safe. Es fiel kaum auf, dass etwas fehlte. Die Geldstapel reichten immer noch bis zur Decke.

Lee trat zurück, als sie hinter einem der Stapel eine Art in Plastik gewickeltes Paket sah. Es lehnte an der Wand und ragte nach hinten in den Safe. Lee setzte die Tasche noch einmal ab und zog es heraus. Es war groß und eckig und in mit Klebeband umwickelte Müllbeutel verpackt. Sie riss eine Ecke auf und konnte ein halbes Dutzend Bilderrahmen erkennen. Lee schob zwei Finger unter das Plastik und schlitzte es ein Stück auf. Unter der Öffnung kam ein Gemälde mit zwei Bauern in einem Weizenfeld zum Vorschein. Neugierig geworden, riss sie die Verpackung ganz herunter und betrachtete ein Bild nach dem anderen. Sie hätten genauso gut im Museum hängen können, impressionistische, kubistische und fauvistische Werke, wie sie Lee nicht sonderlich beeindruckt hatten und es immer noch nicht taten. Im Licht ihrer Taschenlampe wirkten sie alt und trostlos, aber wenn sie echt waren, waren sie wahrscheinlich viel mehr wert als all das Geld im Safe. Was an Lees Wertschätzung für sie jedoch nichts änderte. Da erregte ein kleineres Bild zwischen zwei größeren ihre Aufmerksamkeit, und sie zog es heraus.

Es war die kleine Studie einer jungen Frau in Öl. Sie hatte ein schmales Gesicht, rote Lippen und große schwarze, leere Augen. Nicht wie die eines Thrumm-Kids, sie waren nur traurig, der Blick nach innen gerichtet. Die Frau hatte wildes dunkelbraunes Haar und eine Haut wie frische Butter. Das Bild war mit lockeren, ausdrucksstarken Pinselstrichen gemalt, die ihm eine fast undurchdringliche Tiefe verliehen. Es war ein Bild, das Duchamp, das wusste Lee, als »retinal« abgetan hätte. Aber das war ihr egal. Sie fand es wunderschön, und es war klein genug, um noch in die Tasche zu passen.

Lee schloss die Tür des Safes und klappte das *Große Glas* davor. Der Weg die Treppen hinauf war unendlich mühsam. Sie machte auf jedem Absatz halt und versuchte, nicht zu viel von den Gasen einzuatmen, war aber völlig außer Atem, als sie oben ankam.

In der Abenddämmerung erreichte Lee das Hotel. Sie zahlte bar und das Doppelte, weil sie sich nicht ausweisen konnte. Im Zimmer angekommen, ließ sie die Tasche auf den Boden fallen und stellte sich unter die Dusche. Danach fühlte sie sich wirklich sauber, zum ersten Mal seit langer, langer Zeit, zog ihre Sachen wieder an und nahm den Block von dem kleinen Schreibtisch. Sie dachte an die Fragen, die Teutonik ihr gestellt hatte. An die neue Biografie, die sie sich geben sollte. Das Beste war, sie fing mit dem Namen an.

Dank

Zahllosen Menschen, die mir beim Schreiben dieses Buchs geholfen haben, schulde ich Dank. Fangen wir vorn an:

Großer Dank an Julie Barer, meine Agentin, für ihre Beharrlichkeit und Weisheit. Über alle Vernunft hinaus hat sie zu mir gehalten und mich immer wieder zum Arbeiten angestachelt. Dank auch an die wundervolle Laura Tisdel, meine Lektorin, für ihr scharfes Auge, das gnadenlos jeden Unsinn erkannt hat. Sie hat mir geholfen, diesen Roman zu dem zu machen, der er am Ende geworden ist. Ich gebe gerne zu, dass dieses Buch ohne die Hilfe dieser beiden Menschen heute noch ein unfertiges Durcheinander wäre. Dank auch dem wunderbaren Team von Viking/Penguin, dessen unerschütterliche Unterstützung mir alles bedeutet.

Dank an Steve Dunn und die Eastern Frontier Foundation in Maine für ihre enorme Hilfe und Inspiration. Dank der Hermitage Foundation in Englewood, Florida, die mir die Zeit und den Raum für die Recherche und das Schreiben eines guten Teils des Romans verschafft hat.

Dank an meine unglaublich großzügigen Freunde Julia und Shane Stratton, die mich durch Philadelphia geführt haben, an Oldřiška Baloušková für ihr Wissen über Alchemie und ihre Übersetzungshilfe ins Tschechische und an Tom Bissell und D. Foy für ihre Ermutigung zur richtigen Zeit.

Dank für die Großzügigkeit derer, die sich durch die frühen Versionen des Manuskripts gekämpft und mir geholfen haben, es mit jeder Version besser zu machen: Marco Morrone, Chris Hebert, Samuel Park, Jenn Stroud-Rossmann, Michelle Falkoff, Anderson Berry, Eugene Cross, Shauna Seliy, Brett Stithem, Zayd Dohrn und Rachel DeWoskin. Und an John (Marcello!) Beckman, dafür und für vieles mehr.

Dank an Ellen McClure und Dr. Raquel Cross für ihre Hilfe bei den Übersetzungen ins Französische und Spanische.

An Andrew Stafford für seine Einsichten, was die *Entblößte Braut* betrifft, und ganz besonders den *Boxkampf*.

An Teri Boyd und Saša Hemon für Liebe und Kohl, und an meine Eltern Mitchell und Lucia Rose: Danke für alles. All meine Liebe und mein ganz besonderer Dank geht an meine Frau Nami Mun, die mir immer zur Seite stand, und an unseren Sohn Auggie, der meinen Blick auf die Welt verändert hat.

Darüber hinaus möchte ich den folgenden Quellen danken, die mir bei meiner Recherche geholfen und mich inspiriert haben:

Zu Marcel Duchamp: Calvin Tompkins, *Duchamp. Eine Biographie*, 1999; ders., *Marcel Duchamp. The Afternoon Interviews*, 2013; Francis M. Naumann, Hector Obalk (Hg.), *Affectionately, Marcel. The Selected Correspondence of Marcel Duchamp*, 2000; Michel Sanouillet, Elmer Peterson (Hg.), *The Essential Writings of Marcel Duchamp*, 1975; Marcel Duchamp, *Marcel Duchamp, Notes*, 1983; Richard Hamilton, Ecke Bonk, *Marcel Duchamp. In the Infinitive*, 1999; Linda Henderson, *Duchamp in Context. Science and Technology in the »Large Glass« and Related Works*, 1998; John F. Mofitt, *Alchemist of the Avant-Garde. The Case of Marcel Duchamp*, 2003; Alice Goldfarb Marquis, *Marcel Duchamp. The Bachelor Stripped Bare. A Biography*, 2002; Thomas Girst, *The Duchamp Dictionary*, 2014; Chris Allen, Dawn Ades (Hg.), *Three New York Dadas and The Blind Man: Marcel Duchamp,*

Henri-Pierre Roché, Beatrice Wood, 2014; Pierre Cabanne, *Gespräche mit Marcel Duchamp*, 1972; Philadelphia Museum of Art, *Marcel Duchamp: Manual of Instructions: Étant donnés*, 1987; Michael R. Taylor, *Marcel Duchamp: Étant donnés*, 2009; Ecke Bonk, *Marcel Duchamp – Die große Schachtel*, 1989. Und ganz allgemein dem Philadelphia Museum of Art und seinen Wachleuten, denen dieser Mann, der sich so viele Stunden im Duchamp-Raum aufhielt, verdächtig erschienen sein muss.

Zur Physik habe ich des Weiteren konsultiert: Brian Green, *Das elegante Universum*, 2005; Michael Talbot, *Das holographische Universum*, 1992; Manjit Kumar, *Quanten*, 2009; Carlo Rovelli, *Sieben kurze Lektionen über Physik*, 2015.

Wie so vieles in diesem Buch fußt das zu einem Drogen- und Rave-Zentrum umfunktionierte Raketensilo auf einer wahren Geschichte. Zuerst davon gelesen habe ich hier: www.vice.com/read/life-is-a-cosmic-giggle-803-v18n5.

Auch außerhalb des Darknets hat Duchamp eine starke Präsenz. Es ist gut, frei herumzurecherchieren, und ich persönlich fand die folgenden Websites besonders hilfreich: Die definitiv beste Website für alles, was Duchamp betrifft, ist das Marcel-Duchamp-Onlinejournal *Tout-Fait*: www.toutfait.com. Auch die Marcel-Duchamp-World-Community lohnt einen Besuch: www.marcelduchamp.net. Die lange Abhandlung über *With Hidden Noise* (ja, die gibt es tatsächlich!) von Kurt von Meier, Professor emeritus des Art Department der California State University Sacramento, *A Ball of Twine: Marcel Duchamp's With Hidden Noise*, findet sich unter: www.csus.edu/indiv/v/vonmeierk/noise.html.

Marcel Duchamps Meisterwerk *Die Braut von ihren Junggesellen nackt entblößt, sogar* ist, mit Duchamps Worten, eine »Verzögerung in Glas«, die erstarrte Momentaufnahme eines Systems, das man sich in Bewegung vorstellen soll – was nicht ganz einfach ist. Die beste und luzideste Erklärung, die ich kenne, findet sich auf Andrew Staffords Website *Making Sense of Marcel Duchamp*, die visuell demonstriert, wie das System in Bewegung aussehen würde. Stafford betrachtet höchst instruktiv den Großteil von Duchamps Werk, und um die Animation von *Die Braut von ihren Junggesellen nackt entblößt, sogar* zu finden, scrollen Sie unter www.understandingduchamp.com einfach waagerecht entlang der Zeitachse zum Jahr 1923.

Augustus Rose, geboren in Bolinas (Kalifornien), hat viele Jahre in Buchhandlungen gearbeitet und dort alles gesammelt, was ihm über Subkultur, urbane Erkundungen, spekulative Wissenschaft, Metaphysik, Alchemie und – seine größte Leidenschaft von allen – Marcel Duchamp in die Hände fiel. Neben literarischen Texten verfasst Augustus Rose Drehbücher und lehrt literarisches Schreiben an der University of Chicago. »Philadelphia Underground« ist sein Debüt.

Werner Löcher-Lawrence war als Lektor tätig, heute arbeitet er als literarischer Agent und Übersetzer. Zu den von ihm übersetzten Autoren gehören John Boyne, Nathan Englander, Hilary Mantel und Hisham Matar.